DAL

Flug i

Buch

Als Oberstleutnant Patrick McLanahan die Möglichkeit geboten wird, einen neuen High-tech-B-2-Bomber zu testen, greift er sofort zu, hat er doch jahrelang in einem Raumwaffen-Forschungszentrum der US Air Force fast ausschließlich theoretisch gearbeitet.
Seine praktischen Fähigkeiten werden um so dringender gebraucht, als gerade jetzt der Streit um einige erdölreiche Inseln zwischen dem kommunistischen China und den mit Amerika verbündeten Philippinen in einen regelrechten Krieg umzuschlagen droht. Die Marine der Volksrepublik hat bereits taktische Kernwaffen gegen die Truppen der Philippinen eingesetzt, was Amerikas Sicherheitsinteressen aufs empfindlichste berührt.
US-Präsident Lord Taylor antwortet nach einigem Zögern energisch auf die chinesische Herausforderung: Er stellt Oberstleutnant McLanahan an die Spitze einer Fliegergruppe, die, mit völlig neuartigen Waffensystemen ausgerüstet, zum Angriff antritt ...

Autor

Dale Brown wurde 1956 in Buffalo, New York, geboren und interessierte sich schon sehr früh für die Luftwaffe. Er studierte an der Penn State University und begann danach eine Offizierslaufbahn als Navigator der US Air Force. 1986 verließ Dale Brown die Luftwaffe, um sich hauptsächlich dem Schreiben zu widmen. Heute lebt er in Nevada, wo er auch häufig als Pilot seiner eigenen Maschine unterwegs ist.

Außerdem als Taschenbücher erschienen

Höllenfracht. Roman (9636) · Die silberne Festung. Roman (9928) · Antares. Roman (41060) · Der Tag des Falken. Roman (44113) · Stählerne Schatten. Roman (43988) · Nachtflug zur Hölle. Roman (35293) · Der Schattenpilot. Roman (35478) · Lautlose Jagd. Roman (35477) · Stählerne Jäger. Roman (35493)

Dale Brown

Flug in die Nacht

Roman

Aus dem Amerikanischen
von Wulf Bergner

BLANVALET

Die Originalausgabe erschien unter dem Titel
»Sky Masters«
bei Donald Fine/G.P. Putnam's Sons, New York.

Umwelthinweis:
Alle bedruckten Materialien dieses Taschenbuches
sind chlorfrei und umweltschonend.

Blanvalet Taschenbücher erscheinen im Goldmann Verlag,
einem Unternehmen der Verlagsgruppe Random House.

Einmalige Sonderausgabe Mai 2003

Umschlaggestaltung: Design Team München
Umschlagfoto: Getty Images
Druck: Elsnerdruck, Berlin
Verlagsnummer: 35933
UH · Herstellung: Heidrun Nawrot
Made in Germany
ISBN 3-442-35933-3
www.blanvalet-verlag.de

1 3 5 7 9 10 8 6 4 2

Tatsächlich veröffentlichte Meldungen

21. Mai 1990

Pentagon erklärt Philippinen
zu »unmittelbarem Gefahrengebiet«

Washington (UPI) – Am Freitag hat das Verteidigungsministerium die Philippinen in bezug auf Sonderzulagen zu einem unmittelbaren Gefahrengebiet erklärt, was bedeutet, daß dort stationierte Soldaten und Zivilangestellte etwas höhere Zulagen erhalten.

Nach Auskunft des Pentagons liegt der Grund für diese Maßnahme in der »gegenwärtig labilen Lage« auf den Philippinen, wo allein in diesem Monat schon drei amerikanische Soldaten bei politisch motivierten Anschlägen getötet worden sind.

Für amerikanische Staatsbürger, die Angestellte des Verteidigungsministeriums sind, beträgt die Gefahrenzulage 15 Prozent ihres Grundgehalts, während alle Militärangehörigen 110 Dollar im Monat erhalten.

22. Mai 1990

»Nun, zunächst glaube ich, daß auf den Philippinen der kommunistische Traum stets bleiben wird. Der kommunistische Traum, das Land zu übernehmen und zu beherrschen, wird weiter existieren, weil man eine Ideologie nicht töten kann.«

General Renato S. de Villa, Generalstabschef der philippinischen Streitkräfte, aus *Asia-Pacific Defense Forum*, US Pacific Command, Winter 1989/90.

2. November 1990

»...Umwälzungen in China... sowie Spekulationen über einen Abzug der amerikanischen Streitkräfte von den Philippinen haben gemeinsam ein neues Bewußtsein für die Rolle Amerikas als Sicherheitsfaktor in dieser Region geweckt... Ich glaube, daß im Pazifik zunehmend erkannt wird, daß die amerikanische Präsenz nicht als selbstverständlich vorausgesetzt werden kann. Sollte sie einmal erheblich reduziert werden, sehen viele Staaten im Pazifik die Gefahr, daß andere Staaten das durch unseren Abzug entstehende Vakuum ausfüllen könnten, was potentiell zu Instabilität und Konflikten führen könnte.«

Admiral Huntington Hardisty, US Navy, Oberbefehlshaber, US Pacific Command, aus *Asia-Pacific Defense Forum*, US Pacific Command, Winter 1989/90.

6. November 1990

Polizeiliche Übergriffe stören Feier zur Gewährung der Unabhängigkeit der Südphilippinen

Cotabato (Reuter) – Nach Berichten von Augenzeugen wurden 17 moslemische Studenten von der Polizei mit Fäusten und Schlagstöcken traktiert und dann an den Haaren weggezerrt, nachdem sie die Einsetzung einer autonomen Regierung auf den Südphilippinen durch Präsidentin Corazon Aquino gestört hatten.

Die Studenten, Mitglieder einer Hilfsorganisation für moslemische Rebellen, die auf der Insel Mindanao einen eigenen Staat fordern, riefen etwa zwanzig Meter von Aquinos Rednerpult entfernt Parolen gegen die autonome Regierung.

Manila hat die von Moslems beherrschte autonome Regierung eingesetzt, um so die von Separatisten verübten Gewalttaten auf Mindanao, der zweitgrößten Insel der Philippinen, zu beenden.

Die neue Regierung unter Führung des ehemaligen moslemischen Rebellenkommandeurs Zacaria Candao kann in den von ihr kontrollierten vier Provinzen Mindanaos mit überwiegend moslemischer Bevölkerung eigene Gesetze erlassen, Steuern und Gebühren erheben und eine regionale Polizei aufstellen. Manila behält sich lediglich die Kontrolle über die Außen- und Verteidigungspolitik vor.

aus *Defense News, US Naval Institute Military Database*

14. Januar 1991

Air Force soll bis 1993 zwei neue kombinierte Geschwader aufstellen

Washington – Die US Air Force stellt bis 1993 zwei kombinierte taktische Geschwader auf, die unterschiedliche Flugzeugtypen zu einem gemeinsamen Verband zusammenfassen. Diese neuen Geschwader werden als Prototypen für eine mögliche Reorganisation der taktischen Einsatzstruktur der Luftwaffe im Hinblick auf einsatzgerechten Aufbau dienen ... [Die kombinierten Geschwader] sollen aus Flugzeugen bestehen, die für Angriff, Verteidigung, ECM-Einsätze und Präzisionsbombardierungen geeignet sind.

aus *Aviation Week and Space Technology*

Prolog

Montag, 6. Juni 1994, 08.12 Uhr Ortszeit
irgendwo über dem Süden Nevadas

»T minus zwei Minuten, Zeit läuft... jetzt.«

Oberstleutnant Patrick McLanahan sah gerade noch rechtzeitig zu seinem Einsatzdatenmonitor auf, um beobachten zu können, wie die rückwärtslaufende Uhr auf 00:01:59 umsprang. Auf die Sekunde pünktlich. Mit dem linken Fuß betätigte er einen Schalter, um auf der Überwachungsfrequenz zu sprechen. »Vapor Two One verstanden«, meldete er. »CROWBAR, Vapor Two-One erbittet Freigabe zum Zielanflug.«

»Bitte warten, Two-One.« Warten? dachte er – wohl kaum. McLanahan und sein Partner, Major Henry Cobb, waren mit einem Bomber FB-111B Super Aardvark in sechzig Meter Höhe über dem Wüstenboden Südnevadas mit Schallgeschwindigkeit unterwegs. Fünf Sekunden Wartezeit bedeuteten, daß sie ihrem Ziel eineinhalb Kilometer näher kamen.

Die FB-111B war die »gestreckte« Version des überschallschnellen Schwenkflügel-Bombers F-111A, der als Übergangslösung hatte dienen sollen, als der Bau des Bombers B-1 Excalibur Ende der siebziger Jahre eingestellt worden war. Die wenigen Exemplare hatte das High Technology Aerospace Weapons Center (HAWC) erhalten – der geheime Testkomplex für Waffensysteme und Flugzeuge, den das Verteidigungsministerium in Sperrgebieten nördlich von Las Vegas betrieb. Die meisten F-111 würden nicht mehr lange fliegen, und immer mehr tauchten bei Reserveeinheiten auf oder waren schon Ausstellungsstücke, aber das HAWC benutzte seine Flugzeuge immer, bis sie auseinanderfielen oder abstürzten.

Bei dem heutigen Einsatz ging es nicht um die »Super Vark«. Obwohl ihre FB-111B über 113 000 Kilogramm Bomben hätte tragen können, hatten Cobb und McLanahan an diesem Morgen nur eine einzige Bombe an Bord – aber was für eine!

Diese offiziell als BLU-96 bezeichnete, aber besser unter ihrem Spitznamen HADES bekannte Bombe war die wirkungsvollste nichtatomare Waffe der Welt. HADES enthielt fast 800 Liter eines dünnflüssigen Flammöls, das sich übers Zielgebiet verteilte und dann ferngezündet wurde. Die dadurch ausgelöste Detonation wies viele Eigenschaften einer Nuklearexplosion auf: Sie erzeugte eine Hunderte von Metern hohe pilzförmige Wolke, einen Feuerball mit gut eineinhalb Kilometer Durchmesser und eine Druckwelle, die im Umkreis von drei Kilometern Bäume und Häuser flachlegen konnte.

Da die HADES seit dem Vietnamkrieg eigenartigerweise nicht mehr eingesetzt worden war, hatte das HAWC die weitere Erprobung übernommen. Obwohl die HADES ursprünglich zur schnellen Räumung sehr großer Minenfelder entwickelt worden war, wäre ihre Wirkung gegen Truppenansammlungen vernichtend gewesen. Auch diese Tatsache würde natürlich in dem HAWC-Bericht ans Verteidigungsministerium stehen.

»Vapor, hier CROWBAR, frei zum Einflug in R-4808N und R-4806W, Höhe zwo-null-null Fuß. Bleiben Sie weiter hörbar auf dieser Frequenz. Bestätigen Sie.«

McLanahan sah auf seine Uhr. »Vapor bestätigt um 1514 Zulu: Frei zum Einflug in Romeo 4808 Nord und Romeo 4806 West, Höhe zwo-null-null, Hörbereitschaft halten. Ende.« Während er sich an Cobb wandte, kontrollierte er automatisch die Triebwerksinstrumente und die Treibstoffanzeige in der Mittelkonsole zwischen ihnen. »Wir haben die Freigabe, Henry.« Cobbs Antwort bestand aus einem zweimaligen Klicken seiner Sprechtaste. Im Einsatz redete Cobb nie viel: Seine Aufgabe war es, die Maschine zu fliegen, was er mit stoischer Ruhe tat.

Romeo 4808N – so lautete die amtliche Bezeichnung für diesen inoffiziell als »Dreamland« bekannten Luftraum – war von der Federal Aviation Administration als Beschränkungsgebiet ausgewiesen worden, was bedeutete, daß kein ziviles oder militärisches Luftfahrzeug dort ohne ausdrückliche HAWC-Freigabe einfliegen durfte. Selbst die Flugsicherung durfte Maschinen nur im äußersten Notfall durch diesen Luftraum schicken; dort wurde das Flugzeug von Jägern angesteuert und begleitet – und der verantwortliche Fluglotse mußte seine Entscheidung ausführlich rechtfertigen. Umgeben war R-4808N von vier weiteren Beschränkungsgebieten, die als Pufferzone dienen sollten, damit Piloten, die absichtlich oder irrtümlich dorthin flogen, reichlich Gelegenheit zu einer Kursänderung hatten. Zivil- oder Militärpiloten, die ohne Freigabe in R-4808N einflogen, büßten bestenfalls ihren Pilotenschein ein – und konnten sich auf eine intensive mehrtägige »Befragung« durch CIA und Air Force gefaßt machen, deren Vernehmer herauszubekommen versuchten, warum jemand so unglaublich dumm gewesen war, sich nach Dreamland zu verirren. Schlimmstenfalls konnte man Cobbs und McLanahans FB111B begegnen, die im Tiefstflug mit Schallgeschwindigkeit über die Wüste raste, oder in den Wirkungsbereich einer BLU-96 HADES oder irgendeiner anderen, vielleicht noch tödlicheren Waffe geraten.

Tagtäglich waren mehrere tausend Soldaten und Zivilisten als Pendler zwischen Las Vegas, Nellis Air Force Base, Beatty, Mercury, Pahrump, Tonopah und den einzelnen Forschungsstätten im Dreamland unterwegs. Die meisten Zivilisten arbeiteten in den Einrichtungen des Energieministeriums bei Yucca Flats, wo Atomwaffen entwickelt wurden; die meisten Soldaten fuhren vierzig Meilen weiter nach Nordosten zu dem in keiner Karte eingetragenen Erprobungszentrum für Waffen und Flugzeuge am Croom Lake. Im Emigrant Valley unmittelbar südlich davon waren eine Reihe von Beobachtungsposten eingerichtet worden, um die Zerstörungskraft der BLU-96 dokumentieren zu können.

Am Nordende der Pintwater Ridge gab der Navigationscomputer eine 60-Grad-Kurve nach Westen vor. McLanahan meldete sich erneut: »CROWBAR, Vapor Two-One im Zielanflug, abwurfbereit, T minus sechzig Sekunden. Ende.« Danach brauchte er nur wenige Sekunden, um die Schalter für den Bombenabwurf zu betätigen und ihr Ziel im Radar zu erfassen. Das Ziel war ein fünfstöckiger Betonturm, der von Lastwagen, Panzern und Schützenpanzern sowie etwa hundert Schaufensterpuppen in allen möglichen Uniformen von Arbeitsanzügen bis zu schwerer ABC-Schutzausrüstung umgeben war. Um den Nullpunkt herum waren in Abständen von dreihundert Metern hölzerne Schutzräume errichtet worden, an denen sich die Wirkung der Druckwelle ablesen lassen würde.

McLanahan hätte die Bombe fast mit geschlossenen Augen ins Ziel bringen können – dieser Einsatz stellte keine hohen Anforderungen an seine oder Cobbs Fähigkeiten. War das Ziel erfaßt, lieferte der Computer dem Piloten über die Blickfelddarstellung alle Angaben, die er brauchte, um die FB-111B an einen vorausberechneten Punkt zu bringen, an dem die Bombe ausgelöst werden würde. Eigentlich ein Kinderspiel für einen Bombenschützen und Navigator mit fünfzehnjähriger Erfahrung. Aber die Einsätze und Flugstunden wurden ständig weiter reduziert, und McLanahan und seine Kameraden in anderen Erprobungskommandos nahmen jeden Flug mit, den sie bekommen konnten.

»T minus dreißig Sekunden, letzter Abwurfcheck«, kündigte McLanahan an. Er hakte rasch die sieben Punkte seiner Checkliste »Waffenabwurf – konventionell« ab und ließ sich die in Cobbs Blickfelddarstellung angezeigten Werte laut vorlesen. Alles war normal. McLanahan überzeugte sich davon, daß das Ziel im Fadenkreuz lag, nahm eine winzige Korrektur vor und meldete Cobb: »Abwurfbereit... Ton ein.« Den Bombenabwurf aktivierte er, damit die Beobachter am Rande des Zielgebiets genau wußten, wann die Bombardierungscomputer den Auslöseimpuls erzeugten.

»Verstanden«, bestätigte Cobb. »Autopilot aus, Zielerfassung aus. Klar zum Abdrehen ... fertig ... fertig ... jetzt.« Das sagte er so ruhig, als beschreibe er, wie auf einer Teeparty eine Porzellantasse gefüllt wurde – aber dabei leitete er ruckartig eine enge Linkskurve ein und riß den Steuerknüppel zurück. Während das Vierfache ihres Körpergewichts auf ihnen lastete, grunzte Cobb: »Klar zum Abwurf ... fertig ... fertig ... jetzt. Abwurfknopf ... fertig ... jetzt.« Obwohl McLanahan das Zucken des Abwurfimpulses auf seinem Waffenkontrollpult sah, betätigte er sicherheitshalber auch den Knopf für die manuelle Auslösung der Bombe.

»Hier CROWBAR, guter Wurf, sehr guter Wurf«, hörte McLanahan auf der Überwachungsfrequenz. »Alle Stationen ... Achtung!«

Cobb hatte eben ihre 180-Grad-Kurve beendet und den Autopiloten wieder eingeschaltet, als ein grellweißer Lichtblitz das Cockpit erhellte. Die beiden Männer umklammerten instinktiv ihre Haltegriffe oder Steuergeräte, bevor die FB111B im nächsten Augenblick von einem gewaltigen Donnerschlag getroffen wurde. Die Druckwelle ließ das Heck des Bombers in weitem Bogen nach links ausbrechen, aber Cobb war darauf gefaßt und fing die Maschine gefühlvoll ab.

»Henry – bei dir alles okay?« rief McLanahan. Der Lichtblitz hatte bewirkt, daß er noch Sterne vor den Augen hatte, aber er hatte keine Schmerzen. Um die Instrumente ablesen zu können, mußte er sein dunkles Helmvisier hochklappen.

Auch Cobb klappte jetzt sein dunkles Visier hoch. »Yeah, Patrick, mir fehlt nichts.« Seine linke Hand lag wieder auf den Leistungshebeln; nachdem er rasch die Instrumente kontrolliert hatte, nahm er seine gewohnte Haltung ein – den Kopf leicht nach vorn gereckt, die Augen in ständiger Bewegung, die Hände an Steuerknüppel und Leistungshebeln.

»CROWBAR, hier Vapor Two-One, Zustand grün«, meldete McLanahan der Bodenstelle. »Bitte um Freigabe für einen Überflug des Nullpunkts.«

»Bitte warten, Vapor.« Diesmal war die Pause kürzer. »Vapor Two-One, Freigabe erteilt, bleiben Sie über dem Ziel in sechstausend MSL.«

Cobb zog die Maschine in einer weiteren steilen Linkskurve herum und schwenkte die Tragflächen der FB-111B nach vorn, bis mit 54 Grad die maximale Spreizung erreicht war, die mithelfen würde, den Bomber auf Überschallgeschwindigkeit zu bringen. Die verheerende Wirkung der BLU-96 war unübersehbar, sobald sie wieder auf Gegenkurs waren. Um die rauchenden Überreste des Zielturms herum erstreckte sich ein kreisförmiger Brandfleck mit über einem Kilometer Durchmesser. Panzer und Schützenpanzer waren umgestürzt und teilweise durcheinandergeworfen worden; von normalen Lkw waren nur noch ausgeglühte Stahlgerippe übrig. Noch in drei Kilometern Entfernung waren Schutzzäune versengt oder umgeworfen, und alle Schaufensterpuppen waren unabhängig von ihrer Uniformierung verschwunden.

»Mein Gott...«, murmelte McLanahan. Obwohl er außer auf alten Fotos von Hiroshima und Nagasaki noch nie den Nullpunkt einer Atomwaffendetonation gesehen hatte, konnte er sich vorstellen, daß er jetzt nur einen Bruchteil der dort angerichteten Verwüstungen vor sich hatte.

»Cool«, sagte Cobb nur, aber für ihn war das gleichbedeutend mit einer langen Kette von Flüchen und verwunderten Ausrufen.

McLanahan wandte sich von der noch rauchenden Brandstätte unter ihnen ab. »CROWBAR, hier Two-One, Überflug beendet, erbitte Anflugfreigabe.«

»Vapor, hier CROWBAR, auf achttausend steigen und halten, Kurs drei-null-null, frei zum Verlassen von R-4806W und Einflug in R-4808N über Meldepunkt PALACE zu Anflug und Landung. Danke für Ihre Hilfe.«

»Achttausend, drei-null-null, Meldepunkt PALACE, Vapor alles verstanden. Schönen Tag noch. Ende.«

Während McLanahan beobachtete, wie Cobb die Maschine

auf Kurs brachte, stand er noch immer unter dem gewaltigen Eindruck, den die HADES auf ihn gemacht hatte. Eine verheerende Waffe! Gewiß, die BLU-96 war keine Atombombe, aber allein die Tatsache, daß ein Flugzeug eine Bombe abwerfen konnte, die im Umkreis von zwei bis drei Kilometern alles Leben vernichtete, war ziemlich erschütternd. Ein einziger Bomber B-52, der dreißig bis vierzig dieser Waffen trug, konnte bereits eine mittlere Großstadt zerstören.

Aber zum Glück zeichnete sich gegenwärtig keine Bedrohung ab, die den Einsatz der HADES hätte rechtfertigen können. Im allgemeinen war die Welt friedlicher geworden. Viele Staaten, die früher als Aggressoren aufgetreten waren, bemühten sich jetzt, ihre Konflikte am Verhandlungstisch zu lösen. Bürgerkriege gab es weiterhin, aber kein Staat wollte gegen einen anderen Krieg führen, weil die Möglichkeit massiver Vergeltungsschläge selbst zahlenmäßig unterlegener Streitkräfte eine demonstrierbare Realität war.

Und aus McLanahans Sicht war das durchaus in Ordnung. Es war besser, Waffen wie die BLU-96 in den Munitionsbunkern zu lassen oder zu vernichten, als sie wirklich einzusetzen.

Allerdings konnte Patrick McLanahan nicht ahnen, daß sich eine halbe Welt entfernt ein Konflikt zusammenbraute, der ihn und seine Fliegerkameraden wieder dazu zwingen konnte, solche schrecklichen Waffen einzusetzen.

1

Vor den Spratly-Inseln, Südchinesisches Meer
Mittwoch, 8. Juni 1994, 22.47 Uhr Ortszeit

Als der siebenundfünfzigjährige Flottillenadmiral Yin Po L'un, der Befehlshaber der Spratly-Islands-Flottille der chinesischen Volksbefreiungsmarine, eben nach dem Becher Tee greifen wollte, den ein junger Steward ihm servierte, holte sein Schiff so stark nach Backbord über, daß das Teetablett quer über die Brücke seines Flaggschiffs segelte. Nun, das bedeutete, daß er seinen Abendtee *noch* eine Viertelstunde später bekommen würde. Kapitän Lubu Yin Li, der Kommandant des Flaggschiffs, stauchte den jungen Steward wegen seiner Ungeschicklichkeit zusammen. Yin betrachtete den armen Messejungen – einen schmächtigen Jugendlichen, der halb tibetischer Abstammung zu sein schien – und hob abwehrend seine Hand. »Kapitän, lassen Sie ihn bitte einfach den verdammten Tee bringen.« Lubu verbeugte sich zustimmend, bevor er den Steward mit finsterer Miene und einem Stoß vor die Brust entließ.

»Ich entschuldige mich für dieses Vorkommnis, Genosse Admiral«, sagte Lubu, als er auf seinen Platz neben Yins Sessel auf der Kommandobrücke der *Hong Lung* zurückkehrte. »Wie Sie wissen, ist seit mehreren Tagen Taifun-Warnstufe drei ausgerufen. Ich erwarte, daß alle Besatzungsmitglieder unterdessen imstande sind, sich auf den Beinen zu halten.«

»An Ihrer Stelle würde ich lieber mit dem Maschinisten sprechen, um feststellen zu lassen, was dieses letzte Rollen verursacht hat, Kapitän«, sagte Yin, ohne den jungen Zerstörerkommandanten anzusehen. »Unsere *Hong Lung* ist mit den besten Stabilisatoren der Welt ausgerüstet, und wir haben noch keinen richtigen Sturm – also hätten die Stabilisatoren imstande sein müssen, das Rollen zu dämpfen. Kümmern Sie sich darum.« Lubus Miene war erst ausdruckslos, dann betrübt, als er seinen Fehler erkannte, und zuletzt resolut, während er nach einer Verbeugung an die Sprechanlage trat, um den Leitenden Ingenieur zu sich zu beordern. Das modernste Schiff der Volksbefreiungsmarine darf nicht schon bei Windstärke drei zu rollen anfangen, dachte Yin – das macht die ganzen Einheiten so unbedeutend.

Admiral Yin sah zu der großen Plexiglastafel, auf der mit Fettstift Standorte und Einsatzbereitschaft der übrigen Schiffe seiner Flottille markiert waren. Radar- und Sonardaten sämtlicher Schiffe wurden ständig an den Schreiber vom Dienst übermittelt, der die Darstellung aktualisierte, indem er ständig Schiffssymbole wegwischte und durch neue ersetzte. Yins Verband, dessen Einheiten das Flaggschiff in einer weit auseinandergezogenen schützenden Raute umgaben, lief auf Südwestkurs gegen den Wind an, der selbst das große Flaggschiff rollen ließ. Admiral Yin Po L'uns winzige Spratly-Islands-Flottille bestand gegenwärtig aus vierzehn kleinen Einheiten, dessen Schiffe durchschnittlich etwa fünfzehn Jahre alt waren und die junge, unerfahrene Besatzungen hatten. Jeweils vier bis sechs Schiffe bildeten eine zweite Kampfgruppe, die in der chinesischen Zone patrouillierte, während die übrigen Schiffe an der Grenze zur neutralen Zone standen.

Den äußeren Verteidigungsring von Yins Flottille bildeten drei Schnellboote der *Huangfen*-Klasse mit Lenkwaffen zur Bekämpfung schwerer Überwasserziele und drei Schnellboote der *Hegu*-Klasse, die U-Boote und Flugzeuge bekämpfen konnten. An der Spitze des Verbandes lief ein alter Minensucher der *Lienyun*-Klasse – eine Vorsichtsmaßnahme als Folge der erst sechs Jahre zurückliegenden Seegefechte mit der vietnamesischen Marine. Darüber hinaus setzte Yin zwei schnelle Vorpostenboote der *Hainan*-Klasse, die U-Boote, Schiffe und Flugzeuge bekämpfen konnten, als »Springer« zwischen dem inneren und dem äußeren Verteidigungsring ein.

Alle diese Einheiten waren Nachbauten sowjetischer Schiffe aus dem Zweiten Weltkrieg und hatten eigentlich nichts auf hoher See zu suchen – auch wenn sie verhältnismäßig zahm wie das Südchinesische Meer war. Etwa alle vier bis sechs Wochen wurden die Schiffe von Yins Flottille durch andere Einheiten der sechshundert Schiffe starken chinesischen Südflotte abgelöst, die im Kriegshafen Zhanjiang auf der Halbinsel Leizhou am Golf von Tonking stationiert war.

Die *Hong Lung* – Roter Drache –, Admiral Yins Flaggschiff, war eine Schönheit – ein wirkliches Hochseeschiff der größten Kriegsmarine der Welt. Der Lenkwaffen-Zerstörer des Typs EF5 mit einer Verdrängung von 5000 ts hatte einen kombinierten Diesel-Gasturbinen-Antrieb, mit dem das 132 Meter lange Schiff über 35 Knoten lief. Die *Hong Lung* war mit einem Hubschrauberhangar und einer Start- und Landeplattform ausgerüstet und hatte einen modernen französischen Hubschrauber Dauphin II an Bord, der als Aufklärer, Minensucher, U-Boot-Jäger und Rettungshubschrauber eingesetzt werden konnte.

Bewaffnet war Yins Zerstörer mit sechs Marschflugkörpern Fei Lung-7 zur Bekämpfung von Schiffszielen – eine Weiterentwicklung der französischen Lenkwaffe Exocet –, zwei Marschflugkörpern Fei Lung-9 mit vergrößerter Reichweite, Versuchsmustern eines Nachbaus der französischen Schiff-Schiff-Lenkwaffe ANS, zwei Fla-Raketenwerfern Hong Qian-91 mit Magazinen zu je dreißig Raketen, einem 10-cm-Geschütz Creusot-Loire zur Bekämpfung von Luft- und Schiffszielen und acht 3,7-cm-Flakgeschützen in Einzel- und Doppellafetten. Dazu kam noch eine Maschinenkanone des amerikanischen Typs Phalanx: eine radargeführte sechsläufige Gatling-Revolverkanone, die anfliegende Lenkflugkörper auf Entfernungen unter zwei Kilometern abschießen konnte. Darüber hinaus hatte die *Hong Lung* auch Sonar (jedoch keine Torpedos oder Wasserbomben) und modernstes Feuerleitradar für ihr gesamtes Arsenal an Bord.

Die *Hong Lung* war speziell dafür ausgelegt, zu China gehörende Inseln wie die Spratly und Paracel Islands zu überwachen und gegen Kriegsschiffe anderer Staaten, die ebenfalls Ansprüche auf diese Inseln erhoben, zu verteidigen – deshalb hatte sie im Gegensatz zu den älteren Zerstörern des Typs EF4 der Nordflotte keine Waffen zur U-Boot-Bekämpfung an Bord. Die *Hong Lung* war jedem anderen Überwasserschiff im Südchinesischen Meer überlegen und konnte sich gegen fast jeden Luftangriff verteidigen. Und ihre Begleitschiffe – die Minensucher und U-Boot-Jäger – konnten es mit jeder Bedrohung aufnehmen, gegen die der Zerstörer nicht eigens ausgerüstet war.

»Position, Navigator?« rief Admiral Yin.

»Genosse Admiral!« antwortete der Navigationsoffizier von seinem Platz halbrechts hinter Yin aus. Er beugte sich über den Kartentisch, um die Anzeige des LORAN-Empfängers abzulesen. »Unsere Position: zehn Seemeilen nordwestlich des West Reefs, dreiundzwanzig Seemeilen nördlich des Luftwaffenstützpunkts Spratly Island.«

»Wassertiefe?«

»Zwanzig Meter unter dem Kiel, Genosse Admiral«, meldete Kapitän Lubu. »Auf dem jetzigen Kurs besteht keine Gefahr einer Grundberührung.«

Yin nickte wortlos. Das war genau der Punkt, der ihm Sorgen machte. Während seine Begleitschiffe kaum befürchten mußten, in den seichten Gewässern zwischen den Spratly-Inseln auf Grund zu laufen, war die *Hong Lung* ein Hochseeschiff mit vier Meter Tiefgang. Bei Niedrigwasser konnte der große Zerstörer jederzeit irgendwo zwischen den Inseln Grundberührung bekommen oder sogar auf Grund laufen.

Obwohl die Spratlys auf neutralem Gebiet lagen, kontrollierte China faktisch die wertvollen Inseln – nicht auf Grund internationaler Abkommen oder Verträge, sondern durch nackte Übermacht.

Auf ihrer gewohnten Route folgte Yins Flottille im Bereich der Inselkette etwa der Südgrenze der »neutralen Zone«, suchte das Gebiet nach philippinischen Kriegsschiffen ab und war allgemein wachsam. Obwohl die philippinische Marine zwischen den Spratlys patrouillierte und dort viel Feuerkraft aufbieten konnte, hätten Admiral Yins kleinere, schnellere Begleitschiffe sich schlagartig verteidigen können. Und da keines der philippinischen Kriegsschiffe Lenkwaffen oder Fla-Raketen an Bord hatte, war die *Hong Lung* mit Abstand das kampfstärkste Kriegsschiff in zweitausend Seemeilen Umkreis.

Im Augenblick befanden sie sich ziemlich weit nördlich des neunten Breitengrads auf Ostkurs – und aus Yins Sicht bedeutete die »neutrale Zone«, daß er möglicherweise *erwägen* würde, Eindringlinge zu warnen, bevor er das Feuer auf sie eröffnete. Auch die Untiefen lagen südlich ihrer Position bei Pearson Reef, und er wollte diese gefährlichen Gewässer unbedingt meiden.

»Nachrichtenraum an Brücke«, krächzte eine Stimme aus der Sprechanlage. »*Wenshan* meldet Radarkontakt, Peilung drei-vier-null, Entfernung achtzehn Seemeilen. Stationäres Ziel.«

»Verstanden«, bestätigte Kapitän Lubu knapp, bevor er sich über den Radarschirm auf der Brücke beugte. Die *Wenshan* gehörte zu den im Norden und Osten der *Hong Lung* patrouillierenden Vorpostenbooten der *Hainan*-Klasse; sie hatte ein weit besseres Suchradar als die dem Ziel nähere *Xingyi* aus der kleineren *Huangfen*-Klasse. Obwohl die *Xingyi* mit Lenkwaffen Fei Lung-7 zur Bekämpfung von Schiffszielen ausgerüstet war, blieb sie oft darauf angewiesen, daß andere Schiffe Ziele für sie fanden.

Lubu wandte sich an Yin. »Genosse Admiral, dieses Überwasserziel befindet sich in der Nähe von Phu Qui Island – in der neutralen Zone ungefähr zwanzig Seemeilen nördlich von Pearson Reef. Uns liegen keine Meldungen über Schiffe oder Bauten in diesem Gebiet vor. *Wenshan* und *Xingyi* halten sich für weitere Nachforschungen bereit.«

Admiral Yin nickte. Er kannte Phu Qui Island als ehemalige chinesische Ölförderstätte auf den Spratly-Inseln; allerdings war das Bohrloch schon vor vielen Jahren verschlossen und aufgegeben worden. Obwohl die Insel bei Flut unter Wasser verschwand, war sie eine sehr große Fels- und Korallenformation, die leicht mit größerer Fläche als Spratly Island ausgebaut und befestigt werden konnte. Hätte Yin eine Insel besetzen und befestigen sollen, hätte er sich für Phu Qui entschieden.

Aber auf diese Idee konnten auch andere kommen …

»*Wenshan* und *Xingyi* sollen sich das Ziel näher ansehen«, befahl Yin. »Die *Manning* läuft inzwischen nach Norden, um die Position der *Wenshan* einzunehmen.« Die *Manning* war das zweite als »Springer« eingesetzte Vorpostenboot in Yins Verband.

Kapitän Lubu bestätigte den Befehl und gab ihn an seinen Wachoffizier zur Übermittlung an *Wenshan* und *Xingyi* weiter.

Admiral Yin, der praktisch sein ganzes Leben in der Volksbefreiungsmarine verbracht hatte, war stolz auf seine in langen Dienstjahren erworbenen Instinkte. Er vertraute auf sie. Und jetzt sagten ihm seine Instinkte, daß es Schwierigkeiten geben würde.

Gewiß, Phu Qui Island und sogar die Spratlys selbst waren kein Gebiet, in dem man normalerweise Schwierigkeiten erwartet hätte. Die Spratly-Inseln – im Chinesischen *Nansha Dao*, die Einsamen Inseln – bestanden aus einer Ansammlung von Riffen, Atollen und häufig überschwemmten Inseln mitten im Südchinesischen Meer, einige hundert Kilometer südlich von China auf halber Strecke zwischen Vietnam und den Philippinen. In den Gewässern zwischen den 55 Hauptformationen der Spratlys lagen zahlreiche Wracks, die Zeugnis von den navigatorischen Tücken dieses Seegebiets ablegten.

Normalerweise wäre ein so gefährliches Labyrinth weiträumig umfahren worden, aber chinesische Entdecker hatten schon vor Jahrhunderten festgestellt, daß die Nansha Dao eine wahre Schatzkammer darstellten: Dort gab es Gold, Eisen, Kupfer und Dutzende von weiteren Metallen sowie Edelsteine und weitere Mineralien.

Da die Inseln mitten auf dem Seeweg zwischen Südchinesischem Meer und Indischem Ozean lagen, hatten auch die »Rundaugen« sie irgendwann gefunden, und die Engländer hatten ihnen den Namen Spratly Islands gegeben – nach dem Kommandanten des englischen Kriegsschiffs, der sie im 18. Jahrhundert »entdeckt« hatte. Später hatten die Engländer dort Öl gefunden und mit der Ausbeutung der Lagerstätten begonnen. Der damalige Stand der Bohrtechnik ließ jedoch keine wirtschaftliche Förderung dieser Vorkommen zu, deshalb hatten die Engländer sich lieber auf Indonesien und Malaysia konzentriert, wo die Exploration sicherer und lohnender war.

Im Lauf der Zeit hatten mehrere Staaten – Indonesien, Malaysia und die Philippinen – sich bemüht, Spratly Island zu einem wichtigen Handelshafen auszubauen. Aber nach dem Zweiten Weltkrieg betrachtete China die Spratlys – wie alles andere im Südchinesischen Meer – als sein Territorium.

Während Bohrtürme, Fischereihäfen und Bergwerke entstanden, begannen die Chinesen mit Hilfe der Nordvietnamesen in diesem Gebiet rigoros zu patrouillieren. Im Vietnamkrieg konnte der Vietkong mit Abhör- und Radarstationen auf Spratly Island den gesamten Flug- und Schiffsverkehr zwischen den Philippinen und Saigon überwachen – auch Flüge amerikanischer Bomber B-52 zu Angriffen auf Ziele in Nordvietnam.

Das rief jedoch die stärkste Kriegsmarine der Nachkriegszeit, die US Navy, auf den Plan. Mit amerikanischer Unterstützung verstärkte die philippinische Marine ihre Patrouillentätigkeit, vertrieb die vietnamesischen Spionageeinheiten von den Spratly-Inseln und benützte sie als Operationsbasis für die Überwachung der Seewege im Westen des Südchinesischen Meers. Damit waren die Chinesen nach fünfhundertjähriger Vorherrschaft praktisch von den Spratlys vertrieben worden.

Aus chinesischer Sicht war *das* eine empfindliche Schlappe.

Als die amerikanische Präsenz nach dem Vietnamkrieg erheblich abgebaut wurde, konnte erst die vietnamesische und danach die chinesische Kriegsmarine auf die Spratly-Inseln zurückkehren. Aber die Philippinen hielten ihre durch amerikanische Unterstützung ermöglichte substantielle Militärpräsenz weiterhin aufrecht, obwohl sie die meisten der südlichen Inseln China und Vietnam überlassen hatten.

Damit waren die Grenzen gezogen.

Die Philippinen betrachteten die dreißig Atolle 930 nördlicher Breite und das Seegebiet zwischen ihnen als eine Art neutrale Zone. Im ersten Jahrzehnt nach dem Vietnamkrieg blieb es dort verhältnismäßig ruhig, aber Ende der achtziger Jahre brach ein neuer Konflikt aus. Die jetzt von der Sowjetunion ausgebildeten und schwer bewaffneten Vietnamesen verwehrten chinesischen Schiffen die Zufahrt zu Öl- und Erzlagerstätten auf den Spratlys. Dabei kam es mehrmals zu kleineren Seegefechten. Als sich zeigte, daß die Sowjetunion keinen Krieg mit China riskieren würde, um Vietnam zu helfen, riß China die vor vierzig Jahren verlorene Kontrolle über die Spratlys wieder an sich. Die vietnamesische Kriegsmarine, der völlige Vernichtung drohte, zog sich zurück und begnügte sich mit gelegentlichen Aufklärungsflügen über die Inseln.

Damals hatte Admiral Yin Po L'un das Kommando über seine Spratly-Islands-Flottille erhalten. Seiner Ansicht nach *gehörten* die Nansha Dao – nicht die Quan-Dao Mueng Bang, wie die Vietnamesen sie nannten – der Volksrepublik China. China hatte auf Spratly Island einen Flugplatz angelegt und einige der Atolle zu Liegeplätzen für Kriegsschiffe ausgebaut. Mehrere andere Staaten hatten gegen die Militarisierung der Spratlys protestiert – aber dabei war es dann geblieben. Für Admiral Yin war es nur noch eine Frage der Zeit, bis alle Nansha Dao an China zurückfielen.

Aber die philippinische Marine kontrollierte das inoffiziell ihr unterstehende Seegebiet weiterhin sehr scharf. Yin hatte den Auftrag, entlang der Grenze zu patrouillieren, den gesamten Schiffsverkehr zu überwachen und sofort Meldung zu erstatten, falls versucht wurde, in der neutralen Zone Bauten zu errichten, Fabrikschiffe einzusetzen, Ölbohrinseln dorthin zu schleppen oder Erzvorkommen abzubauen. Außerdem mußte er Bewegungen größerer Einheiten der philippinischen Marine in diesem Seegebiet melden und seinen Verband stets so gruppieren, daß höchste Kampfbereitschaft herrschte, falls Feindseligkeiten ausbrechen sollten.

Allerdings stellte die philippinische Kriegsmarine keine ernsthafte Bedrohung für die Volksbefreiungsmarine dar. Ihre kampfstärksten Schiffe in diesem Seegebiet waren vierzig Jahre alte Fregatten, Korvetten, Radarschiffe und U-Boot-Jäger, die nur noch von vielen Lagen Farbe und Gebeten zusammengehalten wurden.

Trotzdem bedeutete sie eine Gefahr für Yins Territorium – von welcher Seite auch immer –, in seinen Augen war sie stets eine Gefahr für ganz China.

Eine halbe Stunde später war Yins Kampfgruppe bis auf neun Seemeilen ans Ziel herangekommen, während *Wenshan* und *Xingyi* den Abstand auf eine Seemeile verringert hatten. Yin brachte seine Schiffe so in Position, daß eine direkte Scrambler-Verbindung zu den beiden Schnellbooten möglich war, ohne daß die Kampfgruppe vom Ziel aus zu sehen war.

»Drache, hier Sieben«, meldete Kapitän Han, der Kommandant der *Wenshan*, seinem Admiral über Funk. »Ich habe das Ziel in Sicht. Es handelt sich um einen Bohrturm, der auf Phu Qui Island errichtet oder verankert ist. In seiner Nähe liegen mehrere mit Röhren beladene Prahme und zwei Hochseeschlepper. An Deck scheinen sich bewaffnete Besatzungsmitglieder aufzuhalten. Nationalflaggen sind keine zu sehen, aber die Schlepper haben eine Reedereiflagge gesetzt. Wir gehen näher heran, um mehr sehen zu können. Bitte um Erlaubnis, den Bohrturm über Funk anzurufen.«

Seine Instinkte hatten also nicht getrogen ... »Ein Bohrturm in der neutralen Zone? Wie können sie's wagen, auf chinesischem Gebiet einen Bohrturm zu errichten?« Yin wandte sich an Lubu. »Sorgen Sie dafür, daß wir den Funkverkehr mithören können. Erlaubnis zum Anrufen des Bohrturms erteilt. Kapitän Han soll die Besatzung warnen, daß sie angegriffen wird, wenn sie den Bohrturm nicht *sofort* aus der neutralen Zone abtransportiert.«

Kurze Zeit später hörten sie Hans Warnung: »Achtung, Achtung, ich rufe den Bohrturm auf Phu Qui Island. Hier spricht die Fregatte *Wenshan* der Volksrepublik China auf dem internationalen Anrufkanal neun. Antworten Sie sofort! Kommen!« Kapitän Han sprach ausgezeichnetes Englisch, und Yin hatte Mühe, dem Gesagten zu folgen. Er nahm sich vor, Han wegen seiner List zu belobigen: Die *Wenshan* war keine Fregatte – aber wenn die Bohrmannschaft das glaubte, war sie vielleicht eher bereit, seine Befehle auszuführen.

»Fregatte *Wenshan,* hier Prahm neunzehn der National Oil Company auf Kanal neun. Wir hören Sie laut und deutlich. Kommen.«

Admiral Yin kochte vor Wut. Die National Oil Company mit Sitz in Manila wurde von einem Verwandten des neuen philippinischen Präsidenten Arturo Mikaso geleitet. Noch schlimmer war, daß diese Firma fast ganz texanischen Ölmillionären gehörte – amerikanischen Kapitalisten, die offenbar glaubten, sie könnten auf typisch imperialistische Weise einfach einen Bohrturm errichten, wo es ihnen gerade paßte.

Diese Frechheit!

Daß jemand auch nur versuchte, in der neutralen Zone einen Bohrturm zu errichten ...

Dabei wußte Yin, daß sie nicht wirklich neutral war. Sie war chinesisches Hoheitsgebiet. Und die Yankees und Filipinos versuchten, es zu berauben!

»Prahm neunzehn«, fuhr Han fort, »Sie verstoßen gegen internationale Abkommen, die jegliche private oder kommerzielle Exploration in diesem Gebiet untersagen. Sie werden hiermit angewiesen, sofort alles Gerät abzubauen und dieses Seegebiet zu verlassen. Dies ist die letzte Warnung! Ich erwarte sofortige Ausführung. Kommen.«

»Schiff *Wenshan*, wir führen lediglich Such- und Bergungsarbeiten durch«, antwortete eine jung und locker klingende neue Stimme. »Bergungsarbeiten sind in internationalen Gewässern gestattet. Wir kennen keine internationalen Abkommen in bezug auf dieses Seegebiet. Auskünfte dazu erteilen die philippinische oder amerikanische Regierung.«

»Prahm neunzehn, kommerzielle Unternehmungen in diesen Gewässern stellen eine direkte Gefahr für die nationale Sicherheit und die wirtschaftlichen Interessen der Volksrepublik China dar«, antwortete Kapitän Han. Er wußte, daß Admiral Yin diese Debatte über Funk als unsoldatisch mißbilligen würde, aber bevor er sich dem philippinischen Bohrturm weiter näherte, wollte er seine Gründe unmißverständlich darlegen. »Ich befehle Ihnen nochmals, sämtliche Aktivitäten sofort einzustellen – sonst müssen Sie die Folgen tragen.«

Die Bohrmannschaft gab keine Antwort mehr.

»Kurzwellenverkehr von Prahm neun, Genosse Admiral«, sagte Lubu, der damit eine Meldung aus dem Nachrichtenraum weitergab. »Wahrscheinlich haben sie sich mit ihrer Zentrale in Verbindung gesetzt.«

Mit ihrer Zentrale in Verbindung gesetzt? Diese Bohrmannschaft hatte nichts anderes zu tun, als den Turm *abzubauen*. Und das sofort! Admiral Yin schüttelte aufgebracht den Kopf. China war gezwungen worden, eine ganze Inselkette abzutreten, eine neutrale Zone anzuerkennen und freie Schiffahrt zuzulassen – und so wurde diese Großzügigkeit belohnt! Diese Unverschämtheit!

»Ungeheuerlich!« knurre Yin. »Jeder Idiot weiß, daß dies chinesisches Gebiet ist, auch wenn es als neutrale Zone oder sonstwie bezeichnet wird. Wie können sie's nur wagen ...!«

»Wir könnten den Verstoß über Funk ans Oberkommando melden, Genosse Admiral.«

Yin hob abwehrend eine Hand. »Das ist kein Verstoß, Lubu. Das ist ein Akt der Aggression! Diese Leute wissen genau, daß kommerzielle Aktivitäten in der neutralen Zone verboten sind – und das gilt *auch* für Bergungsarbeiten, falls es sich *tatsächlich* um welche handelt. Meine Kampfgruppe sieht nicht untätig zu, wie diese Schweinehunde das Völkerrecht mißachten und meine Autorität in Frage stellen.«

So zornig hatte Lubu seinen Admiral schon lange nicht mehr erlebt. »Genosse Admiral, falls wir ernsthaft an Einsatz von Waffengewalt denken, sollte das Oberkommando . . .«

Yin unterbrach ihn. »Diese Leute sind keine langen Erklärungen wert. Haben Sie vergessen, daß ich für dieses Gebiet zuständig bin? Ich trage die Verantwortung für den Schutz unseres Territoriums.« Er schüttelte aufgebracht den Kopf. »Was mich so verblüfft, ist die Frechheit dieser Leute. Haben die nichts aus der Geschichte gelernt? Ist wegen dieser Inseln nicht schon genug von ihrem Blut vergossen worden? Sind diese Leute übergeschnappt? Nun, dann sollen sie jetzt die ganze Macht meiner Kampfgruppe kennenlernen!«

Der Admiral holte tief Luft. »Kapitän, lassen Sie an Kapitän Han von der *Wenshan* durchgeben: ›Sie gehen bis auf tausend Meter an den Bohrturm heran und schicken dann ein Prisenkommando hinüber, das alle dort angetroffenen Personen in Gewahrsam nimmt. Sobald die Besatzung des Prahms abtransportiert ist, *zerstören Sie das gesamte Material durch Geschützfeuer.*‹ An die *Xingyi:* ›Näher rangehen und zur Hilfeleistung bereithalten.‹ An unsere übrigen Schiffe: ›Alle Mann auf Gefechtsstation.‹ Ausführung!«

Wenig später meldete der Wachoffizier der *Wenshan:* »Boot eins ist bemannt und klar zum Aussetzen, Genosse Kapitän. Der Bootsmann meldet, daß der Davit drei nicht klar ist; er empfiehlt die Benützung der Nummer vier.«

»Also los! Lassen Sie die Nummer drei schnellstens klarmachen und alle anderen überprüfen. Danach sofort Meldung an mich.« Den Grund dafür wollte Han nicht nennen – er fürchtete, sie würden die verdammten Boote *für sich selbst* brauchen. Während die *Wenshan* Mühe hatte, ihre Position vor Phu Qui Island zu halten, wurden einige Minuten später die beiden Boote ausgesetzt. Jedes dieser zwölf Meter langen und zweieinhalb Meter breiten Motorboote hatten drei Mann Besatzung und acht mit Sturmgewehren und Pistolen bewaffnete Matrosen unter Führung eines Bootsmanns an Bord.

Die Boote waren erst wenige Dutzend Meter von der *Wenshan* entfernt, als die Welt für Admiral Yin, Kapitän Han, Kapitän Lubu und den Rest der Kampfgruppe zu explodieren schien.

Die Motoren hatten zwischendurch immer wieder aufgeheult, während der Rudergänger versuchte, die Position der *Wenshan* zu halten. Kapitän Han, der das Ablegen der Nummer vier beobachtet hatte, war zu abgelenkt gewesen, um die Warnung des Signalgasten zu hören: »Wassertiefe nimmt ab! Tiefe drei Meter... Tiefe zwei Meter... Tiefe weiter abnehmend!«

Gleichzeitig wurde die Steuerbordseite der *Wenshan* mit einem Kugelhagel eingedeckt, als die Besatzung des vor Phu Qui Island liegenden Prahms das Feuer auf die Motorboote und die *Wenshan* selbst eröffnete.

Kapitän Han hatte die Warnung des Signalgasten nicht gehört. Er stürzte auf die Brücke zurück. »Melden Sie der *Hong Lung*, daß wir von der Bohrmannschaft beschossen werden...«

»Kapitän, die Wassertiefe...!«

Plötzlich wurde die *Wenshan* von der Strömung versetzt und lief auf ein Phu Qui Island vorgelagertes Korallenriff. Während das Vorpostenboot stark nach Steuerbord krängte, war auf der Brücke nach diesem ruckartigen Stopp niemand mehr auf den Beinen. Der böige Wind trieb die *Wenshan* noch mehr gegen die Korallen, und obwohl die brüchigen Kalziumgebilde unter dem vierhundert Tonnen schweren Schiff sofort nachgaben, entstand durch das Kreischen von Stahl, das Heulen des Windes und die Schreie überraschter Besatzungsmitglieder der Eindruck, das Ende der Welt sei gekommen.

Der Wachoffizier setzte seine Hör-Sprech-Garnitur wieder auf und rief ins Mikrofon: »Nachrichtenraum, Brücke, sofort Meldung an *Hong Lung*, wir werden beschossen, wir werden beschossen...« Und während das Knirschen und Kreischen weiterging: »Wir sind auf ein Riff gelaufen, wir sind auf ein Riff gelaufen.« Die Meldung, die der ängstliche und verwirrte Funker dem Rest der Kampfgruppe übermittelte, lautete dann jedoch: »*Hong Lung*, hier *Wenshan*. Wir werden beschossen... wir sind getroffen.«

An Bord des Flaggschiffs »Hong Lung«

Als die Warnung von der *Wenshan* aus dem Brückenlautsprecher der *Hong Lung* gellte, drehte Admiral Yin sich ruckartig nach Kapitän Lubu um und rief laut: »Befehl an *Wenshan* und *Xingyi:* Feuer frei mit Geschützen und Lenkwaffen!«

Kapitän Lubu, der einen Vorfall dieser Art befürchtet hatte, dachte nicht daran, Yins Befehl in Frage zu stellen, sondern ließ ihn rasch an die beiden Boote übermitteln.

Sekunden später wurde die stürmische Nacht in weiter Ferne von Lichtblitzen und Feuerstrahlen erhellt. Mit Hilfe seines modernen Feuerleitradars hatte das Schnellboot *Xingyi* seine Lenkwaffen Fei Lung-7 ständig auf die Prähme gerichtet gehalten. Sobald die Warnung von der *Wenshan* gekommen war, hatte Kapitän Miliyan alle Geschütze und Lenkwaffen der *Xingyi* feuerbereit machen lassen. Als dann Admiral Yins Befehl einging, war die erste Lenkwaffe nur wenige Sekunden später in der Luft.

Nachdem die Fei Lung-7 ihre Kursprogrammierung vom Feuerleitradar der *Xingyi* erhalten hatte, wurde eine Startrakete gezündet, die den etwa eine Tonne schweren Marschflugkörper aus seinem Behälter ausstieß. Nach hundert Metern Flug wurde das Haupttriebwerk gezündet und beschleunigte die Lenkwaffe auf Mach 1. Ihr Radarhöhenmesser hielt sie in genau fünf Meter Höhe über der weiß schäumenden See, bis sie den östlichsten Prahm traf und sechs Sekunden nach dem Start detonierte.

Mit ihrer panzerbrechenden Titanspitze durchschlug die Fei Lung-7 den dünnen Stahlrumpf des äußeren Prahms, bevor ihr Gefechtskopf in seinem Inneren detonierte. Die fast zweihundert Kilogramm schwere Sprengladung ließ einen Feuerball entstehen und schleuderte rotglühende Metallsplitter und brennenden Treibstoff Hunderte von Metern weit nach allen Richtungen. Die Feuerwalze rollte über Phu Qui Island hinweg und erzeugte einen Wirbelsturm, der eine Flammensäule in den wolkenverhangenen Nachthimmel aufsteigen ließ.

Kapitän Han beobachtete den spektakulären Feuersturm, in dem der philippinische Bohrturm verschwunden war, einige Augenblicke lang, bevor er merkte, daß die *Wenshan* sich wieder auf ebenem Kiel befand – und daß ihr vorderes 7,6-cm-Geschütz das Feuer eröffnet hatte und die Flammensäule mit zwanzig Kilogramm schweren Granaten beschoß.

»Feuer einstellen!« rief Han seinem Wachoffizier zu, der die Szene fasziniert beobachtete. »Feuer einstellen!« wiederholte er, bevor das Geschütz endlich schwieg. »Rudergänger! Eine Meile weit von der Insel ablaufen. Unsere Boote verständigen und *Hong Lung* melden, daß wir in tieferes Wasser laufen.«

Während die *Wenshan* von den noch immer in Flammen gehüllten Prähmen ablief, schoß die *Xingyi* zwei weitere Lenkwaffen ab, bevor Admiral Yin auf der *Hong Lung* die Feuereinstellung befahl. Schon eine Fei Lung-7 hätte genügt, um jeglichen Widerstand der Bohrmannschaft zu brechen; zwei Marschflugkörper hätten die Prähme, den Bohrturm und alle sonstigen Einrichtungen restlos zerstört. Und vier Lenkwaffen – die Hälfte des Bestands an Bord der *Xingyi* – hätten einen Flugzeugträger verwüsten können.

Yins Absicht war klar: Auf der Insel sollte es keine Überlebenden geben.

»Sieben, hier Drache«, begann der Funkspruch. »Prisenkommandos an Bord nehmen und in den Verband zurückkehren. Kommen.«

Diesmal griff Kapitän Han selbst nach dem Mikrofon. »Verstanden, Drache«, antwortete er. »Ich schlage vor, daß eines meiner Boote nach Überlebenden sucht. Kommen.«

»Abgelehnt, Sieben«, lautete die Antwort. »Drachenführer befiehlt Rückzug aller Dracheneinheiten.«

Eine Stunde später wurden die letzten Überreste des philippinischen Bohrturms und der Prähme bei einsetzender Flut von der Windsee des Südchinesischen Meers weggeschwemmt. Abgesehen von einigen verbogenen Röhren und verkohlten Leichen hatte die Bohrstelle auf Phu Qui Island zu existieren aufgehört.

Malacanang-Palast, Manila, Philippinen
Donnerstag, 9. Juni 1994, 06.02 Uhr Ortszeit

Seit Fernando Marcos' Jahren war der Malacanang-Palast, der Amtssitz des Präsidenten der Philippinen, erheblich umgebaut worden. Aus Sorge um seine Sicherheit hatte Marcos den eleganten Herrensitz im spanischen Kolonialstil des 18. Jahrhunderts in eine häßliche Festung verwandeln lassen. Um sich von den diktatorischen Exzessen des Marcos-Regimes zu distanzieren, hatte Corazon Aquino es vorgezogen, das schlichtere Gästehaus zu bewohnen und den Palast in ein Museum der Schande umzuwandeln, in dem Einheimische und Touristen Marcos' unterirdischen Bunker und Imeldas riesiges Schlafzimmer, ihr gewaltiges Himmelbett, ihre berühmtberüchtigten Schuhschränke und ihren kugelsicheren Büstenhalter bestaunen konnten.

Erst der neue Präsident der Philippinen, der siebzigjährige Arturo Mikaso, ließ den Palast in eine historische Stätte zurückverwandeln, die auch seinen Amtssitz und Arbeitsräume für sein Kabinett enthielt. Der Malacanang-Palast wurde im alten Stil wiederhergestellt, die massiven Sicherheitsbarrieren verschwanden, und der Palast stand wie das Weiße Haus in Washington für Führungen offen, wenn der Präsident nicht anwesend war. Im Laufe der Zeit wurde der Palast wieder zu einem Wahrzeichen der Hauptstadt Manila.

Aber jetzt, kurz nach Sonnenaufgang, fand im Palast eine hastig einberufene Kabinettssitzung statt. In Mikasos Amtszimmer, von dem aus er den Fluß Pasig sehen konnte, der sich durch den Norden Manilas schlängelte, trank der Präsident mit kleinen Schlucken seinen Tee. Der weißhaarige Mikaso war größer und stämmiger als die meisten Filipinos und ein bei seinen Landsleuten sehr beliebter Großgrundbesitzer und Exsenator. Um die Präsidentschaftswahlen gewinnen zu können, hatte er sich mit der Nationalen Demokratischen Front – der politischen Hauptorganisation der philippinischen Kommunisten – und der Nationalen Moro Befreiungsfront – einer pro-islamischen Bewegung moslemischer Filipinos im Süden des Landes – verbünden müssen.

»Wie viele Tote hat's gegeben, General?« fragte Mikaso.

»Dreißig Männer, alles Zivilisten«, antwortete der Generalstabschef des philippinischen Heeres, General Roberto La Loma Santos, ernst. »Ihr Prahm ist von einer rotchinesischen Patrouille beschossen worden. Keine Aufforderung zur Übergabe, kein Pardon, kein Versuch, die Überlebenden nach dem Angriff zu retten. Die Schweine haben sie überfallen und sind danach feige abgehauen.«

Der große schwarzhaarige Mann, der am offenen Kamin stand, wandte sich an General Santos. »Sie haben uns noch nicht erklärt, General«, sagte Zweiter Vizepräsident José Trujillo Samar mit tiefer Stimme, »warum dieser Prahm in der neutralen Zone vor Pagasa Island verankert gewesen ist...«

»Und was wollen Sie damit andeuten, Samar?« fragte der Erste Vizepräsident Daniel Teguina, der neben dem Schreibtisch des Präsidenten saß, in herausforderndem Tonfall. Obwohl Teguina ein politischer Verbündeter Samars war, lagen, ideologisch gesehen, Welten zwischen den beiden. Der 41jährige Teguina war nicht nur Vizepräsident, sondern auch Sprecher des Repräsentantenhauses, ein ehemaliger Offizier, Zeitungsverleger und Vorsitzender der linksgerichteten Nationalen Demokratischen Front. Gemeinsam mit dem alternden Mikaso und General José Trujillo Samar, der nicht nur Zweiter Vizepräsident, sondern auch Gouverneur des unabhängigen Bundesstaats Mindanao war, bildete Teguina eine labile Koalition, in der es häufig Auseinandersetzungen gab. »An Bord dieses Prahms waren unschuldige Filipinos, harmlose Arbeiter ...«

Samar nickte knapp. »Die verbotenerweise in der neutralen Zone nach Öl gebohrt haben«, sagte er. »Haben sie sich etwa eingebildet, die Chinesen würden sie ruhig gewähren lassen?«

»Sie haben nicht nach Öl *gebohrt*, sondern nur Sondierungen vorgenommen«, widersprach Teguina.

»Nun, jedenfalls hatten sie dort nichts zu suchen«, stellte Samar fest. »Der Angriff der chinesischen Marine ist empörend, aber diese Arbeiter haben sich klar illegal verhalten.«

»Wie kann man bloß so gefühllos sein?« fragte Teguina empört. »Sie werfen unseren Toten vor, einen Akt der Aggression verübt zu haben, und ...«

»Genug, genug«, wehrte Präsident Mikaso mit erhobenen Händen ab. »Ich habe Sie nicht hergerufen, damit Sie streiten.«

Teguina funkelte die beiden an. »Wir können nicht einfach so tun, als sei nichts passiert! Wir müssen etwas gegen diese freche chinesische Aggression unternehmen. Wir müssen ...«

»Genug!« unterbrach ihn Mikaso. »Als erstes müssen wir eine Untersuchung anordnen, um feststellen zu lassen, warum der Prahm in diesen Gewässern verankert war. Danach ...«

»Exzellenz, ich schlage vor, daß wir außerdem unsere Patrouille im Gebiet um die Spratly-Inseln verstärken«, sagte General Santos. »Unter Umständen ist dies der Auftakt zu einer regelrechten Invasion der Chinesen gewesen.«

»Das wäre riskant«, stellte Samar fest. »Eine Verstärkung unserer Patrouillen könnte als Provokation aufgefaßt werden, und wir hätten keine Chance gegen die Volksbefreiungsmarine. Damit wäre nichts gewonnen.«

»Immer der General, was, Samar?« fragte Teguina spöttisch lächelnd. Er wandte sich an den Präsidenten. »Ich stimme mit General Santos überein. Wir haben eine Kriegsmarine, so klein sie auch sein mag, und ich plädiere dafür, sie zum Schutz unserer Interessen auf den Spratlys einzusetzen. Das sind wir unserer Bevölkerung schuldig!«

Arturo Mikaso sah von einem seiner Berater zum anderen und nickte dann zustimmend. Er konnte nicht ahnen, was für eine außergewöhnliche Folge von Ereignissen er mit diesem leichten Nicken in Gang setzte.

2

Über New Mexico, 150 Kilometer südlich von Albuquerque
9. Juni 1994, 07.45 Uhr Ortszeit

Mit seinem jungenhaften Gesicht, seiner schlaksigen Gestalt, seiner Baseballkappe und seiner großen Plastikflasche Pepsi-Cola – er trank fünf dieser Flaschen pro Tag und war trotzdem dünn wie eine Bohnenstange – sah Jonathan Colin Masters wie ein Kid beim Baseballspiel am Samstagnachmittag aus. Er hatte leuchtendgrüne Augen und kurzes braunes Haar; zum Glück verdeckte die Baseballkappe seine Locken, sonst hätte Masters in den Augen der Schießplatzoffiziere und Techniker in seiner Umgebung noch jünger, fast unreif gewirkt.

Masters, seine Assistenten und Techniker und mehrere Luftwaffenoffiziere und Beobachter der Defense Advanced Research and Projects Agency (DARPA) befanden sich an Bord einer umgebauten DC-10 in 13 500 Meter Höhe über dem Raketenversuchsgelände White Sands im Süden New Mexicos. Im Gegensatz zu den Offizieren und Vertretern des

Pentagons, die mit Checklisten und Ablaufplänen beschäftigt waren, hatte Masters seine Füße auf die im Frachtraum montierten Schienen gelegt, trank aus seiner Pepsiflasche und lächelte wie ein kleiner Junge, der zum ersten Mal im Zirkus ist.

»Der Wind frischt wieder auf, Dr. Masters«, stellte Luftwaffenoberst Ralph Foch, der Sicherheitsoffizier des Raketenversuchsgeländes, mit sorgenvollem Unterton fest.

Masters stellte wortlos die Pepsiflasche weg, drehte sich nach seiner Konsole um, tippte etwas in den Computer ein und studierte seinen Bildschirm. »Das Trägerflugzeug hat den Wind kompensiert, und ALARM hat die Werte übernommen«, berichtete er dann. »Wir haben alles im Griff, Ralph.«

Oberst Ralph Foch war keineswegs beruhigt, und daß dieser Mann, ein unreifer Jüngling, der zwanzig Jahre jünger war als er, ihn »Ralph« nannte, verbesserte seine Laune nicht gerade. »Auf der Hundertmillibarfläche nähern sich die Windstärken der zweiten Stufe des Q-Limits, *Doktor*«, stellte Foch irritiert fest. »Das ist binnen zwei Stunden die dritte Zunahme gegenüber der Vorhersage. Wir sollten daran denken, den Flug abzubrechen.«

Masters sah sich über die Schulter hinweg nach ihm um und grinste jungenhaft unbekümmert. »ALARM hat alles kompensiert, Ralph«, wiederholte er. »Wir brauchen nicht abzubrechen«

»Aber wir sind schon am Rand des Einsatzbereichs«, wandte Oberst Foch ein.

»Am Rand *Ihres* Einsatzbereichs, Ralph«, sagte Masters. Er stand auf, ging einige Schritte nach hinten und tätschelte den Bug eines riesigen torpedoförmigen Objekts, das dort auf den Startschienen lag. »Sie haben Ihre Flugparameter auf der Grundlage der von mir übermittelten Daten festgelegt – verständlicherweise ziemlich restriktiv. ALARM hier kennt seine Betriebsgrenzen und gibt weiterhin grünes Licht. Also machen wir weiter.«

»Dr. Masters, als Sicherheitsoffizier bin ich an Bord, um

einen für alle Beteiligten sicheren Start zu gewährleisten. Meine Parameter sind so festgelegt, daß ...«

»Oberst Foch, wenn Sie das Unternehmen abbrechen wollen, brauchen Sie's nur zu sagen«, unterbrach Masters ihn gelassen. »Dann kriegt die Marine ihre Nachrichtensatelliten eben erst morgen, Sie können noch mal im Holiday Inn in Blytheville, Arkansas, übernachten, und ich berechne der DARPA weitere hunderttausend Dollar für Kerosin. Das ist Ihre Entscheidung.«

»Ich habe lediglich meiner Besorgnis wegen der Höhenwinde Ausdruck verliehen, Dr. Masters.«

»Und ich habe versucht, sie zu zerstreuen«, sagte Masters lächelnd. »Mein Baby hier gibt uns grünes Licht. Solange wir nicht anderswo hinfliegen, um dem Jetstream auszuweichen ...«

»Das Startgebiet hat die DARPA festgelegt, Doktor. Diese Satelliten sind für die Navy sehr wichtig. Sie will die Bahn der Trägerraketen bis zum Aussetzen der Satelliten verfolgen können. Deshalb müssen sie über der White Sands Range gestartet werden.«

»Gut, dann beobachten wir weiter den Wind und lassen die Computer arbeiten. Sollten sie ihn nicht innerhalb des Testgeländes kompensieren können, nehmen wir einen neuen Anlauf. Verlassen wir dabei das Startfenster, brechen wir diesen Flug ab. Einverstanden?«

Foch konnte nur zustimmend nicken. Der heutige Start war für Luftwaffe und Marine gleichermaßen wichtig, und er hatte nicht die Absicht, ihn auf eigene Verantwortung abzubrechen.

Der als ALARM bezeichnete Gegenstand, den Masters so liebevoll betrachtete, war die Air Launched Alert Response Missile, von der an diesem Morgen zwei an Bord der DC-10 waren. Die ALARM war eine vierstufige Trägerrakete, die Nutzlasten bis zu einer Dreivierteltonne in eine niedrige Erdumlaufbahn bringen konnte, indem sie aus dem Frachtraum einer Düsenmaschine startete. Tatsächlich stellte die DC-10 die erste Stufe der ALARM dar, während die drei anderen aus leistungsfähigen Feststofftriebwerken bestanden.

Die Trägerrakete ALARM hatte lange, dünne Tragflächen, die nach dem Start aus ihrem Rumpf herausklappten. Solange sich die Rakete noch in der Erdatmosphäre befand, lieferten diese Tragflächen Auftrieb, was die Nutzlast der ALARM entscheidend vergrößerte. In ihrer Ladebucht mit drei Metern Länge und einem Meter Durchmesser konnte die Trägerrakete so Nutzlasten bis zu einer Dreivierteltonne befördern.

Diesmal trug jede ALARM vier je hundertachtzig Kilogramm schwere Nachrichtensatelliten, die Jon Masters in seiner unnachahmlichen Weise »NIRTSats« nannte – »Need It Right This Second«-Satelliten. Im Gegensatz zu herkömmlichen Nachrichtensatelliten, die bis über eine Tonne wogen, in siebenunddreißigtausend Kilometern Höhe in geostationäre Umlaufbahnen über dem Äquator geschossen wurden und Dutzende von Fernmeldekanälen übertrugen, waren NIRTSats kleine, leichte Satelliten, die nur wenige Fernmeldekanäle übertrugen und in niedrige Umlaufbahnen zwischen hundertfünzig und fünfzehnhundert Kilometern Höhe geschossen wurden. Während die großen Satelliten über dem Äquator zu stehen schienen, umkreiste NIRTSat die Erde alle neunzig bis dreihundert Minuten, was bedeutete, daß stets mehrere Satelliten gebraucht wurden, um ein bestimmtes Gebiet abzudecken.

Aber ein NIRTSat kostete weniger als ein Fünfzigstel des Preises eines großen Satelliten – und er war auch billiger zu versichern und zu starten. Selbst wenn für bestimmte Aufgaben vier NIRTSats gebraucht wurden, zahlte der Kunde dafür weniger als ein Drittel dessen, was er für die Miete existierender Satelliten hätte ausgeben müssen. Ein ALARM-Start für nur zehn Millionen Dollar verschaffte dem Kunden sofort weltweite Nachrichtenverbindungen – und es dauerte im Gegensatz zu herkömmlichen Satelliten nur wenige Tage, das System in Position zu bringen. Änderten die Anforderungen sich plötzlich, konnten die Kleinsatelliten jederzeit in andere Umlaufbahnen gebracht werden, und Masters hatte sogar ein Verfahren zur Bergung und Wiederverwendung von NIRTSats entwickelt, das den Kunden noch mehr Geld sparte.

An diesem Tag war sein Auftraggeber wie üblich das Verteidigungsministerium – daher die vielen uniformierten Beobachter. Masters sollte vier NIRTSats in eine sechshundert Kilometer hohe Polarumlaufbahn über dem westlichen Pazifik bringen, um US Navy und Air Force dort Nachrichtenverbindungen zwischen Schiffen, Flugzeugen und Bodenstationen zur Verfügung zu stellen. Gemeinsam mit dem Global Positioning System, dem militärischen Satellitennavigationssystem GPS, würden die NIRTSats den jeweiligen Oberkommandos ständig Daten über ihre Flugzeuge und Schiffe in diesem Bereich übermitteln. Die zweite Trägerrakete mit vier weiteren NIRTSats war lediglich als Reserve für den Fall eines Fehlstarts an Bord.

Die unbekümmerte Einstellung, mit der Jon Masters an diesen wichtigen Start heranging, bereitete Oberst Foch Unbehagen. Andererseits hatte der kleine Widerling allen Grund, unbekümmert selbstbewußt zu sein – in mehrjährigen Testreihen und bei über zwei Dutzend Starts hatte noch keine seiner Trägerraketen versagt, noch kein NIRTSat nicht funktioniert. Ein schlagender Beweis für Jonathan Colin Masters Genie, wie Foch zugeben mußte. Wunderknabe war fast noch untertrieben.

Jon Masters war kaum in Manchester, New Hampshire, eingeschult worden, als seine Lehrerin seinen Eltern eine hundert Seiten starke Arbeit über die Durchführbarkeit einer bemannten Mondlandung zeigte – von einem kleinen Jungen, der gerade erst Lesen und Schreiben gelernt hatte! Als sie ihn danach fragten, hielt Jon ihnen einen ausführlichen Vortrag über alle Probleme, die im Zusammenhang mit einem bemannten Flug zum Mond auftreten konnten. Dabei war das Apollo-Programm damals erst angelaufen, und die erste Mondlandung sollte erst drei Jahre später stattfinden...

Jons Eltern taten das einzig Richtige: Sie schickten ihn auf eine Privatschule, die er drei Jahre später als Zehnjähriger abschloß. Danach studierte er am Dartmouth College, war mit dreizehn Jahren Bachelor of Science und erhielt als Fünfzehnjähriger sein Master's Degree in Mathematik. Nach fünf weiteren turbulenten Jahren am Massachusetts Institute of Technology promovierte er mit nur zwanzig Jahren zum Doktor der Ingenieurwissenschaften.

Masters, der sich schon immer sehr für die National Aeronautics und Space Administration interessiert hatte, ging 1981 nach seiner Promotion sofort zur NASA. Damals lief gerade das Shuttle-Programm an, und Jon Masters spielte eine wichtige Rolle bei der Entwicklung der Hardware, die benötigt wurde, um dieses neue Arbeitspferd der NASA auszulasten. So gut wie alle Satelliten und Untersysteme, die von 1982 bis 1985 für die Raumfähren entwickelt wurden, waren zumindest teilweise von Jonathan Masters konstruiert.

Aber während im Shuttle-Programm immer mehr Starts und immer ehrgeizigere Projekte vorgesehen waren, erkannte Jon Masters einen schwachen Punkt. Die Raumfähren sammelten viele Flugstunden an, sollten sogar noch häufiger eingesetzt werden – aber es gab keine Neubauten. Masters fand, das offensichtlich erfolgreiche Shuttle-Programm hätte die NASA dazu veranlassen sollen, jedes Jahr eine neue Raumfähre zu bauen und ständige Verbesserungen an Avionik und Triebwerken vorzunehmen. Aber auf diesem Gebiet passierte nichts.

Daraufhin interessierte Jon Masters sich für eine der vielen kleinen Firmen, die Trägerraketen für kommerzielle Zwecke bauten. Im Jahre 1984 schied er aus der NASA aus und trat in den Vorstand der Sky Sciences, Inc., in Tennessee ein, die gelegentlich Aufträge als SDI-Subunternehmerin erhielt. Wenig später übernahm er als Vizepräsident die Forschungsabteilung der kleinen Firma. Durch Masters' Eintritt in den Vorstand kam neuer Optimismus – und neues Kapital – in die Firma, die sonst vielleicht nicht mehr lange überlebt hätte.

Als alle Raumfähren nach der *Challenger*-Katastrophe von 1986 für unbegrenzte Zeit Startverbot erhielten, kamen Trägerraketen wieder groß in Mode. Während die NASA alte Titan-Raketen für Satellitenstarts reaktivierte, kündigte Jon Masters – inzwischen Präsident der in Sky Masters, Inc., umbenannten Firma – 1988 die Entwicklung einer neuen preiswerten Trägerrakete an, die an Bord eines einzigen Flugzeugs transportiert und von praktisch jedem Flugplatz aus gestartet werden konnte. Damit waren Militär und NASA wieder imstande, binnen kürzester Zeit Satelliten in eine Erdumlaufbahn zu bringen.

Sein nächstes Projekt war das ähnliche, aber noch flexiblere System ALARM: eine Trägerrakete mit ausklappbaren Tragflächen. Sie benützte ihr Transportflugzeug als erste Raketenstufe und dann ihre Tragflächen, um den Wirkungsgrad der beiden nächsten Stufen zu erhöhen. Ein Flugzeug konnte ständig mit zwei Trägerraketen an Bord einsatzbereit dastehen, um dann zu starten, sobald die Nutzlast an Bord war. Wurde die Maschine in der Luft betankt, konnte sie tagelang im Einsatz bleiben, um die ALARM von jedem beliebigen Punkt der Erdoberfläche aus zu starten.

Für seine kleinen Trägerraketen hatte Masters verschiedene Nutzlasten entwickelt. Sein ganzer Stolz war ein Satellit, der Radar-, Infrarot- und Filmaufnahmen zu einem Bild der Erde kombinieren konnte, das dutzendmal schärfer als alle bisher bekannten Aufnahmen war. Diese Bilder konnten digitalisiert und über seine kleinen Nachrichtensatelliten an Bodenstationen in aller Welt übermittelt werden, so daß Militärstellen Echtzeit-Aufklärung zur Verfügung hatten. So konnten Nutzer im Pentagon oder Weißen Haus bis hin zu Bomberkommandanten selbständig Bildaufklärung betreiben, Einsätze planen oder umplanen und die Wirkung von Angriffen fast augenblicklich beurteilen.

»Fünfzehn Minuten bis Startfenster eins«, kündigte Helen Kaddiri als Startkontrolloffizier an. Helen unterstand nicht nur der gesamte Technikerstab, sondern sie war auch für die Überwachung aller Flugsysteme während des Einsatzes verantwortlich. Sie war Anfang Vierzig, exotisch attraktiv und als Zwölfjährige mit ihren Eltern von Indien nach Amerika gekommen. Als Wissenschaftlerin, die nur an ihre Karriere dachte, fand Helen es manchmal sehr frustrierend, für einen Chef wie Jon Masters zu arbeiten.

Jetzt beobachtete sie Masters mit ihren schönen schwarzen Mandelaugen, als er einen Blick aufs Steuerpult warf. Masters war so entspannt und locker, daß er die pedantischen Technikertypen, mit denen er zusammenarbeitete, ständig irritierte – sie selbst natürlich auch. Das mochte daran liegen, daß er alle und alles gleichmäßig unbekümmert behandelte ... als sei die Arbeit für ihn eine einzige große Strandparty.

»Vierzehn Minuten bis Startfenster eins«, sagte sie.

»Danke, Helen«, antwortete Jon. Er schob seine Baseballkappe etwas höher, wodurch er noch jünger aussah – wie »Beaver« Cleaver. »Dann wollen wir Roosevelt One mal in Position bringen und startklar machen.«

Kaddiri verzog das Gesicht. Masters hatte den Tick, seinen Trägerraketen statt Nummern Namen zu geben. Im allgemeinen benannte er sie nach amerikanischen Präsidenten oder Hollywoodstars. Hätte er einen Hund gehabt, hätte er *ihm* vermutlich eine Nummer zugeteilt.

Jon Masters klappte das Mikrofon seiner Hör-Sprech-Garnitur vor seine Lippen. »Besatzung, Roosevelt One wird jetzt in Startposition gebracht.«

Die beiden Trägerraketen lagen nebeneinander im vorderen Teil des fünfunddreißig Meter langen und zehn Meter breiten Frachtraums, so daß reichlich Platz für Inspektionen der bei 1,25 Meter Durchmesser fünfzehn Meter langen Rakete und ihrer Stabilisatoren blieb. Vor dem Lagerbereich befand sich das Kontrollzentrum, von dem aus der Start geleitet und alle Funktionen der Raketen überwacht wurden, und zwischen Kontrollraum und Cockpit war ein Druckschott angeordnet. Aus Sicherheitsgründen waren Cockpit und Frachtraum voneinander getrennt, damit die beiden Piloten und der Flugingenieur auch bei einem Druckabfall im Frachtraum handlungsfähig blieben.

Die letzten zwanzig Meter des Frachtraums nahm eine große zylinderförmige Kammer aus Stahl und Aluminium mit zahlreichen Beobachtungsfenstern aus Plexiglas ein. Die Rakete rollte auf einem Mittelgleis in diese Kammer, die dann hermetisch verschlossen und erst unmittelbar vor dem Start zum Druckausgleich entlüftet wurde, bevor ihre »Bombenklappen« sich öffneten. Dank dieses Systems brauchte nicht der gesamte Frachtraum der DC-10 dem geringeren Luftdruck in großer Höhe angeglichen zu werden. Scheinwerfer und Videokameras in der Kammer und außerhalb der DC-10 waren bereit, die gesamte Startsequenz im Bild festzuhalten.

Nun setzte die 19,5 Tonnen schwere Trägerrakete sich auf ihrem Gleis in Bewegung und rollte in die Mitte des Frachtraums, während zwei von Kaddiris Assistenten sie mit Taschenlampen in der Hand begleiteten. Bevor eine der schweren Raketen bewegt wurde, mußte das Cockpit informiert sein, damit der Flugingenieur Treibstoff umpumpen konnte, um die Maschine wieder auszutrimmen. Die Rakete bewegte sich in der Minute etwa drei Meter weit, was genau der Geschwindigkeit entsprach, mit der die entsprechende Menge Treibstoff in die Flügeltanks gepumpt werden konnte.

Nach zwei Minuten war die Rakete in der Mitte des Frachtraums angelangt und glitt langsam nach hinten in die Startkammer. Um die Längsstabilität der DC-10 zu erhalten, bewegte sich im unteren Frachtraum gleichzeitig ein großer Stahltank mit dreißigtausend Litern Kerosin nach vorn. Sobald die Trägerrakete gestartet war, wurde der Tank wieder rasch nach hinten gezogen, um das Flugzeug auszutrimmen.

Diesmal dauerte die Fahrt wesentlich länger, aber schließlich gelangte die Rakete in die Kammer, deren schwere Stahltür hinter ihr geschlossen wurde. Jetzt hielten einziehbare Krampen die Rakete über den Bombenklappen fest. »Roosevelt One in Position«, meldete Kaddiri nach einem Blick durch ein Beobachtungsfenster. »Cockpit, Trimmlage bestätigen.«

»Maschine ausgetrimmt«, antwortete der Flugingenieur.

»Verstanden.« Kaddiri machte eine Pause. »Bestätigung Kammertür geschlossen und verriegelt?«

Masters überprüfte seine Anzeigen. »Kammertür geschlossen, verriegelt, grünes Licht.«

»Cockpitanzeige überprüft, grünes Licht«, meldete auch der Flugingenieur.

Kaddiri griff in die über ihrer Schulter hängende olivgrüne Segeltuchtasche, die ein tragbares Sauerstoffgerät enthielt. Sie zog ihre Maske heraus, kontrollierte Schlauch und Regler, schaltete das Mikrofon ein und setzte dann die Maske auf. Ihre Assistenten hinten in der DC-10 folgten ihrem Beispiel. Foch und Masters hatten ihre Sauerstoffmasken bereits aufgesetzt. »Sauerstoff ein und normal«, stellte sie fest. Nachdem ihre Assistenten ihr mit hochgereckten Daumen signalisiert hatten, daß ihre Masken in Ordnung waren, sagte sie: »Startkammer klar zum Druckausgleich.«

Masters, dem Foch ein Zeichen gegeben hatte, bestätigte: »Sauerstoff am Kontrollpult ein und normal.« Er ließ den Innendruck im Frachtraum in großen Zahlen auf dem Monitor erscheinen, damit Foch ihn ebenfalls im Auge behalten konnte. »Druckausgleich Startkammer – jetzt!«

Zwei Minuten später herrschte in der Startkammer nur noch Außendruck, während der Innendruck im Frachtraum gleichgeblieben war. Nachdem Masters ihn für den Fall, daß irgendwo ein kleines Leck entstanden war, noch eine Minute beobachtet hatte, nahm er seine Maske ab und meldete: »Druck im Frachtraum stabil, Startkammer hat Außendruck, keine Lecks.« Der Computer würde den Innendruck überwachen und bei Veränderungen Alarm schlagen. Trotzdem ließen Masters und die anderen ihre Sauerstoffmasken umgehängt – für alle Fälle.

»Kontrolle Datenübertragung.« Masters überprüfte, ob die Trägerrakete weiter Informationen mit dem Startcomputer austauschte. Obwohl die Überprüfung automatisch ablief, dauerte sie einige Sekunden. »Datenübertragung steht, zwei Minuten bis zum Startfenster.« Masters wandte sich an Foch. »Wir brauchen die endgültige Freigabe von White Sands.«

Aber Foch starrte auf einen der Bildschirme, auf dem die von der White Sands Missile Range ständig übermittelten atmosphärischen Daten dargestellt waren. »Der Wind hat das Maximum des Q-Limits erreicht, Dr. Masters«, stellte er fest. »Wir sollten abbrechen.«

»Roosevelt sagt, daß er im grünen Bereich ist«, antwortete Masters ungerührt, ohne auf die Warnung einzugehen. »Wir machen weiter.« Er sah zu Kaddiri hinüber, während er seine Sprechtaste drückte. »Helen?«

Sie nahm ihre Sauerstoffmaske ab, während sie in den Kontrollraum zurückkam. »Das ist ziemlich riskant, Jon.«

»Helen, ›ziemlich riskant‹ bedeutet nicht ›nein‹. Solange ich kein definitives Nein höre, machen wir weiter.«

Foch räusperte sich. »Doktor, Sie riskieren zuviel, finde ich.« Er sah zu Kaddiri hinüber, als erwarte er von jemandem, der mit Masters' Entscheidung nicht ganz einverstanden zu sein schien, etwas mehr Unterstützung, aber sie erwiderte seinen Blick mit ausdrucksloser Miene. »Sie vergeuden eine Ihrer Raketen, bloß um etwas zu beweisen. Wir sind hier schließlich nicht im Krieg ...«

»Oberst, wir befinden uns vielleicht nicht im Krieg, aber für mich ist dies eine Entscheidungsschlacht«, sagte Masters. »Ich muß meinen Kunden, meinen Aktionären und ganz Amerika beweisen, daß das ALARM-System seine Nutzlast pünktlich und zuverlässig in die Umlaufbahn bringen kann.« Kaddiri sah, daß sein jungenhaftes Gesicht ungewohnt entschlossen wirkte. »Ich habe meine Raketen auf Zuverlässigkeit hin programmiert – gerade damit sie auch unter Bedingungen wie heute eingesetzt werden können.«

Foch beugte sich nach vorn und senkte die Stimme. »Das brauchen Sie mir alles nicht zu erklären, Doktor. Ich weiß, was Sie wollen. Sie kriegen Ihr Geld, sobald dieses Ding gestartet ist. Meine Flugparameter gewährleisten die Sicherheit aller Beteiligten und die Zuverlässigkeit des Starts selbst. Ihre betreffen nur den Start. Daher lautet meine Frage: Machen Sie sich wirklich Gedanken darüber, was *nach* dem Start passiert? Ich fürchte, daß Ihnen das Geschäft wichtiger als der Erfolg dieses Unternehmens ist.«

Masters funkelte ihn an. »Hören Sie, Ralph, was steht auf dieser Rakete, auf diesen Satelliten, auf diesem ganzen Projekt? Richtig ... *mein* Name. Startet die ALARM nicht, trage *ich* die Verantwortung. Fliegt sie nicht, trage *ich* die Verantwortung. Bringt sie keine vier funktionierenden Satelliten in die richtige Umlaufbahn, trage *ich* die Verantwortung.

Sie glauben anscheinend, meine Verträge zu kennen, Ralph. Sie haben recht: Ich kriege mein Geld, sobald Roosevelt One gestartet ist. Aber ich bekomme es auch, wenn ich die Rakete heute wieder zurückbringe. Ich habe bereits Anzahlungen für die nächsten sechs Starts kassiert und Vorschüsse für den Bau der nächsten zehn Trägerraketen erhalten.

Aber Sie haben keinen blassen Schimmer von meiner Arbeit, Freundchen. Da gibt's ein Dutzend Möglichkeiten, große Fehler zu machen, und jeder einzelne kann bedeuten, daß ich blitzartig aus dem Geschäft bin. Das macht mir natürlich Sorgen. Und ich sage trotzdem, daß wir starten. Sollten Sie Einwände haben, müssen Sie's sagen. Andernfalls erteilen Sie die Freigabe, lehnen sich zurück und beobachten das Feuerwerk.«

Helen Kaddiri war überrascht. So aufgebracht hatte sie Jon noch nie erlebt. Er hatte natürlich recht, was den Druck betraf, der auf ihm und der Firma lastete – es gab mehr als ein Dutzend Möglichkeiten, Fehler zu machen. Vor allem die Luft- und Raumfahrtindustrie litt unter der in Amerika herrschenden Mini-Rezession, aber auch unter den Folgen von *Glasnost, Perestroika,* der Öffnung Osteuropas und der Wiedervereinigung Deutschlands für den gesamten Verteidigungssektor. Tatsächlich mußte Sky Masters, Inc., sich bei jedem Flug erneut bewähren.

Aber Jon Masters hatte diese Sachzwänge bisher stets ignoriert. Er hatte Bedenken von Mitarbeitern und Verwaltungsrat kaum zur Kenntnis genommen und Militärfachleute wie Foch und Wissenschaftler wie Kaddiri als Mitwirkende seiner Road Show behandelt. Manchmal schien er zu sehr damit beschäftigt zu sein, sich zu amüsieren, um die Gefährlichkeit seines Verhaltens zu erkennen.

Oberst Ralph Foch amüsierte sich ganz offenbar nicht. Er wandte sich ab, kontrollierte die Informationen, die von der White Sands Missile Test Range an die DC-10 übermittelt wurden, und verglich sie mit den Korrekturen, die das Flugzeug zurückmeldete, und den Daten der ALARM. Da ihre DC-10 praktisch die erste Stufe der ALARM war, »flog« die Trägerrakete bereits den Einsatz, obwohl sie noch in der Kammer lag: Sie gab den Piloten Kursänderungen vor, korrigierte ständig ihre eigene Position und berechnete fortlaufend ihre neue Bahn.

»Sie bewegen sich genau an der Grenze, Dr. Masters«, sagte Foch schließlich, »aber Sie sind noch im grünen Bereich. Stimmt auch White Sands zu, ist die Startfreigabe erteilt.« Er nahm über Funk Verbindung mit der Bodenstelle auf und empfahl, den Start freizugeben. Nach dieser Empfehlung kontrollierte White Sands den Luftraum ein letztes Mal, benachrichtigte Albuquerque ATC, damit Verkehrsflugzeuge vom Schießgebiet ferngehalten wurden, und erteilte die endgültige Startfreigabe.

Masters nickte Helen zu. »Du kannst loslegen, Helen«, erklärte er ihr grinsend. »Startsequenz einleiten.«

»Besatzung, Startsequenz läuft«, seufzte Kaddiri ins Mikrofon der Bordsprechanlage, während Jon mit zwei Technikern nach hinten ging. Kaddiri las die 51 Positionen der Checkliste herunter, die nur sicherstellen sollte, daß die Computer fehlerlos arbeiteten. Dieser Countdown wurde bei Schritt 45 »Endgültige Startfreigabe, Besatzung verständigt« und T minus sechzig Sekunden angehalten, als der Computer die Kontrolle wieder an Kaddiri übergab. »Halt bei T minus sechzig Sekunden«, verkündete sie. »Tragflächen und Steuerwerk bei manueller Betätigung überprüfen.«

Anstatt am Kontrollpult zu bleiben, nahm Jon Masters diese letzte Überprüfung immer selbst vor. Dabei konnte er einen letzten Blick auf die Rakete werfen, bevor er sie in die Welt hinausschickte – wie eine Mutter, die ihr Kind anzieht, bevor sie es zum ersten Mal in den Kindergarten schickt.

Masters und die beiden Techniker begutachteten die Tragflächen und das Steuerwerk der ALARM. Als sie alles in Ordnung meldeten, aktivierte Kaddiri eine nur zehn Sekunden lange Eigentestsequenz, die von dem Trio beobachtet wurde. Dann schaltete sie das Testprogramm aus und stellte Tragflächen und Steuerwerk manuell für den Start ein.

»Tragflächen in Mittelstellung«, meldete Masters zur Kontrolle zurück. »Seitenruder in Mittelstellung. Höhenruder am unteren Anschlag.« Diese Höhenruderstellung bewirkte, daß die ALARM beim Start zunächst unter der DC-10 wegtauchte, wodurch die Zusammenstoßgefahr auf ein Minimum verringert wurde.

»Checkliste bei T minus sechzig komplett«, stellte Kaddiri fest. Sie überprüfte ihre Navigationsanzeigen. »Auf Kurs wie von Roosevelt One vorgegeben. Verbleibende Zeit im Startfenster eins: sechs Minuten vierzehn Sekunden.« Unterdessen war Jon Masters wieder nach vorn gekommen, ließ sich in seinen Sessel fallen und nahm einen großen Schluck aus der Pepsiflasche.

»Countdown wieder aufnehmen«, sagte Masters und beobachtete dabei die Bildschirme der Videokameras. Während er sprach, öffneten sich die Bodenklappen der Startkammer und gaben den Blick auf eine hellgraue Wolkendecke tief unter der Maschine frei. Weitere Kameras unter dem Rumpf, an den

Flügeln und am Leitwerk der DC-10 zeigten die geöffneten Klappen und die in ihren Halterungen hängende Trägerrakete. »Klappen offen. Noch dreißig Sekunden ...«

Die dreißig Sekunden verstrichen quälend langsam. Masters wollte Helen schon fragen, ob es Probleme gebe, als sie endlich zu zählen begann: »Fünf ... vier ... drei ... zwei ... eins ... Start!«

Ein merkwürdiges Gefühl, ein seltsamer Anblick. Die ALARM schien einfach nur kleiner zu werden, als sie aus der Kammer fiel: Sie flog anfangs unter der DC-10, als sei sie weiter mit ihr verbunden. Während die Klappen sich schlossen, ging das Flugzeugheck steil in die Höhe, weil der bewegliche Ballasttank etwa eine Minute brauchte, um das Gewicht der abgeworfenen Rakete auszugleichen. Die Besatzungsmitglieder im Frachtraum hielten sich an den dafür vorgesehenen Handgriffen fest, während ihre Körper zu Boden gedrückt wurden.

»Rakete los, Rakete los«, meldete Kaddiri. Der Pilot legte die DC-10 sofort in eine Linkskurve, so daß Roosevelt One aus dem Bereich der Rumpfkamera verschwand. Helen schaltete auf eine der Flügelkameras um, damit sie die Zündung der ersten Stufe beobachten konnten.

»Wir sind frei von der Flugbahn der Rakete«, stellte Kaddiri fest. »Klar zur Zündung der ersten Stufe ... fertig ... fertig ... jetzt!«

Als ziehe ein riesiges Stück Kreide einen dicken weißgelben Strich über den Himmel, zündete der Raketenmotor der ersten Stufe und ließ die ALARM vorwärtsschießen. In etwa eineinhalb Kilometer Abstand wurden die dünnen Tragflächen ausgefahren, und die Rakete begann zu steigen. Neunzehn Sekunden nach dem Start hatte sie fast Mach 2 erreicht und ihre Ausgangshöhe bereits wieder durchstiegen. Nur Sekunden später geriet sie außer Sicht, weil selbst die Hochgeschwindigkeitskameras ihr nicht mehr folgen konnten.

»T plus dreißig Sekunden, Roosevelt One auf Kurs, alle Systeme normal, Höhe fünfunddreißig Kilometer, Geschwindigkeit über Mach drei«, berichtete Kaddiri.

»Kammertüren geschlossen, Startkammer wieder unter Druck«, meldete einer der Techniker. »Kammer einsatzbereit.« Diesmal hatten sie es nicht eilig, Roosevelt Two in Startposition zu bringen, aber Masters übte gern Schnellstarts, um zu demonstrieren, daß ein Mehrfachstart innerhalb eines Startfensters möglich war.

»T plus sechzig Sekunden, fünfzehn Sekunden bis zum Brennschluß der ersten Stufe«, kündigte Kaddiri an. »Höhe vierundfünfzig Kilometer, Geschwindigkeit über Mach sechs, Anstellwinkel dreißig Grad. Alle Systeme normal.«

Die Trägerrakete stieg rasend schnell weiter. Als die Atmosphäre zu dünn wurde, um noch Auftrieb zu erzeugen, wurden die Tragflächen mehr und mehr angelegt. Sechsundsiebzig Sekunden nach der Zündung brannte die erste Stufe aus, und die untere Hälfte der ALARM mit Leitwerk, Tragflächen und ausgebranntem Triebwerk wurde abgetrennt. Zu diesem Zeitpunkt befand sich die Trägerrakete in fast achtzig Kilometer Höhe am äußersten Rand der Erdatmosphäre. Neun Sekunden später wurde die zweite Stufe gezündet und schoß die Rakete in den Weltraum.

Gleichzeitig begann die erste Stufe ihren genau vorausberechneten Absturz auf die Erde zurück, bei dem sich in achtzehn Kilometer Höhe vier große Lastenfallschirme öffnen würden. Eine speziell ausgerüstete C-130 Hercules der Luftwaffe sollte die an den Fallschirmen hängende erste Raketenstufe irgendwo über dem Nordteil der White Sands Missile Test Range aus der Luft bergen, damit sie wiederverwendet werden konnte. Die zweite und dritte Stufe der Trägerrakete würden wieder in die Erdatmosphäre eintreten und dabei verglühen.

»Einwandfreie Zündung der zweiten Stufe«, berichtete Kaddiri. »Höhe hundertfünf Kilometer, Geschwindigkeit Mach elf, auf Kurs.« Nach einem besorgten Blick zu Foch wandte sie sich an Masters. »Der Schwenkmechanismus des Triebwerks der zweiten Stufe meldet einen Defekt, Jon. Anscheinend hat er wegen der Höhenwinde überkorrigiert und ist dabei beschädigt worden.«

Masters sah auf seine Stoppuhr, die ihm die Zeit bis zum Brennschluß der zweiten Stufe anzeigte. »Noch vierzig Sekunden«, murmelte er. »Sind Leistung und Geschwindigkeit weiter gut? Wird der Kurs weiter korrigiert?«

»Der Schwenkmechanismus arbeitet fehlerhaft«, antwortete Kaddiri. »Unter Umständen reichen die Kurskorrekturen nicht für einen sicheren Übergang zu Stufe drei aus.«

Die dritte Stufe der Trägerrakete war viel kleiner als die beiden ersten; sie sollte die ALARM für den Eintritt in die Umlaufbahn auf Mach 25 beschleunigen, konnte aber keine großen Kurskorrekturen bewirken. War das Triebwerk der zweiten Stufe nicht imstande, die Rakete in einem sich allmählich verengenden Zielkorridor zu halten, konnte sie auf eine wertlose oder sogar gefährliche Bahn geraten. Unter Umständen beschädigte oder vernichtete sie andere Nutzlasten und gefährdete beim Wiedereintritt in die Erdatmosphäre besiedelte Gebiete. Bevor es dazu kam, mußte die Trägerrakete durch einen Funkbefehl zerstört werden.

Daran dachte Foch, als er jetzt den Plastikdeckel über der roten Taste hochklappte, mit der die Selbstzerstörung ausgelöst werden konnte. Foch, Kaddiri, Masters und die Bodenkontrollstelle White Sands konnten der ALARM jederzeit befehlen, sich selbst zu zerstören; war sie erst einmal gestartet, unterstand sie nicht mehr Masters' Verfügungsgewalt, so daß er einen Zerstörungsbefehl nicht hätte aufheben können. »Ich habe Sie gewarnt, daß das passieren könnte, Dr. Masters«, sagte Foch. »Die Rakete hat versucht, trotz starker Höhenwinde ihren Kurs zu halten, und ist dabei offenbar beschädigt worden.«

Aber Masters lehnte sich zurück und legte zur allgemeinen Überraschung die Füße aufs Kontrollpult. »Noch zwanzig

Sekunden bis Brennschluß«, kündigte er an und nahm einen Schluck Pepsi. »Nur keine Aufregung. Sie bleibt lange genug im Zielkorridor.«

»Darüber haben nicht Sie zu entscheiden, Masters!« knurrte Foch. »Den Befehl gibt diesmal White Sands. Und sollte er nicht ankommen, wiederhole ich ihn von hier aus.«

»Na, also ...« Masters zeigte grinsend auf den Bildschirm. Foch drehte sich danach um. »Brennschluß der zweiten Stufe – und Roosevelt One ist wieder auf Kurs.« Die Trägerrakete, die über Kanada eine Polarumlaufbahn ansteuerte, wurde jetzt von Radarstationen in Alaska geortet. Ihr Eintritt in die Umlaufbahn würde schon bald vom Bahnverfolgungsradar der San Miguel Air Station auf den Philippinen erfaßt werden, und dann konnten die NIRTSats ihre Arbeit aufnehmen.

Masters war sichtlich zufrieden, als er sich jetzt an Foch wandte. »Kleinere Korrekturen sind noch nötig, aber sie ist eindeutig auf Kurs. Die dritte Stufe wird in vier Minuten gezündet.« Er trank noch einen Schluck und unterstrich seinen Triumph durch einen Rülpser. »An Ihrer Stelle würd' ich den Finger von der roten Taste nehmen, Oberst. Der Navy wär's bestimmt nicht recht, wenn Sie 'ne einwandfrei funktionierende Rakete sprengen würden.«

Clark Air Base, Provinz Pampanga, Philippinen
Philippinischer Unabhängigkeitstag
Sonntag, 12. Juni 1994, 11.47 Uhr Ortszeit

Die erste Bewährungsprobe für die vier neuen NIRTSats, die in Echtzeit Positionsangaben von Militärflugzeugen übermitteln konnten und Sprechfunkverkehr mit ihnen ermöglichten, kam wenige Tage später. An diesem Tag verließen die letzten Flugzeuge der US Air Force die Philippinen, als die Amerikaner ihre Stützpunkte räumten und den Filipinos zurückgaben. Die Satelliten würden die letzten amerikanischen Jäger und Tankflugzeuge auf ihrem Flug von den Philippinen zu Stützpunkten auf Guam und in Japan überwachen.

Das Stabsgebäude der amerikanischen Thirteenth Air Force auf der Clark Air Base hundertfünf Kilometer nördlich von Manila war ein fünfstöckiger weißer Bau am Ende der breiten Straße zwischen den Wohnanlagen für Offiziere und Unteroffiziere. Früher hatten entlang der Straße die Flaggen der Einheiten aus mehreren Staaten geweht, die im Zweiten Weltkrieg die Philippinen verteidigt hatten: ein lebendes Denkmal für die Toten, die bei der Verteidigung dieses Inselstaats gegen die Japaner gefallen waren. Jetzt waren diese sechzig Fahnenmasten leer – bis auf die drei vor dem Stabsgebäude mit den Fahnen der Philippinen, der Vereinigten Staaten und der US Air Force.

Von seinem Platz in der Nähe des Podiums vor dem Stabsgebäude aus sah Generalmajor Richard »Rat« Stone, daß die amerikanische Fahne nicht ganz bis zum Mastknopf gehißt war. So schienen die Stars and Stripes beinahe auf halbmast gesetzt zu sein – aber vielleicht war das sogar ganz passend.

Oberst Michael Krieg, Stones Adjutant, trat mit einem Telefax in der Hand auf seinen Vorgesetzten zu. »Neue Meldungen über diesen Zwischenfall auf den Spratlys, Sir«, sagte Krieg. »Die Chinesen behaupten weiterhin, mit Lenkwaffen zur Bekämpfung von Schiffszielen angegriffen worden zu sein. Siebenundzwanzig Filipinos und sechs Amerikaner sind tot, fünf werden noch vermißt.«

»Jesus«, seufzte Stone. Er hatte die schärfer werdende Auseinandersetzung in den Tagen seit dem Zwischenfall aufmerksam verfolgt. »Denken die Chinesen etwa, daß ihnen das irgend jemand abnimmt? Warum, zum Teufel, sollte eine Ölgesellschaft ihre Bohrmannschaft mit Lenkwaffen ausrüsten?«

»Sie haben schwere Maschinengewehre gehabt, Sir. Amerikanische Mk 4 aus dem Zweiten Weltkrieg. Offenbar noch gut in Schuß – bis die Chinesen sie mit 'ner Fei Lung-7 eingeschmolzen haben.«

»Idioten«, murmelte Stone. »Auf ein Kriegsschiff draufhalten ... Und was tun die Chinesen jetzt?«

»Die sind abgetaucht«, berichtete Krieg. »Sie lassen sich nur noch gelegentlich in der neutralen Zone blicken. Präsident Mikasos Regierung hat bisher sehr verständnisvoll reagiert. Vizepräsident Samar hat in einer Presseerklärung Wiedergutmachungszahlungen von den Chinesen gefordert.«

»Viel Glück!«

»Vizepräsident Teguina hat Ermittlungen gefordert – nicht gegen die Chinesen, sondern gegen die Regierung Mikaso«, fügte Krieg hinzu.

»Nicht gegen die *Chinesen?*« fragte Stone. »Klar, das ist wieder typisch für Teguina. Er tut, was er kann, um sich von Mikaso zu distanzieren. Hauptsache, er macht Schlagzeilen.«

»Mumm hat er, das muß man ihm lassen.«

Generalmajor Stone grunzte. »Allerdings! Aber Teguina ist ein alter Unruhestifter. Okay, was haben wir dort draußen, um die weitere Entwicklung zu beobachten?«

Krieg machte ein besorgtes Gesicht. »In zwei Stunden gar nichts mehr.«

»Was soll das heißen?«

»Befehl vom CINCPAC.« CINCPAC bedeutete Commander in Chief Pacific Command – der amerikanische Oberbefehlshaber im Pazifikraum. »Er will keine Schiffe oder Flugzeuge in der Nähe der Spratlys haben, solange die chinesische Haltung nicht geklärt ist. Also strikt Hände weg!«

»Okay, was *haben* wir dort draußen gehabt?« knurrte Stone, den dieser Befehl irritierte.

»Ein paar F-16 von hier als Aufklärer, zwischendurch ein U-Boot-Jäger P-3, der von Zamboangea Airport oder Bangoy Airport aus gestartet ist, um Aufnahmen zu machen. Die Chinesen scheinen unsere Überwachung als bedrohlich empfunden zu haben. CINCPAC hat sich dieser Auffassung angeschlossen. Keine Flüge mehr, die näher als fünfzig Seemeilen an die Spratlys heranführen.«

»Der richtige Abschluß eines beschissenen Tages«, behauptete Stone, zog sich die Uniform glatt und machte kehrt, um vom Podium aus den Vorbeimarsch abzunehmen. Generalmajor Richard »Rat« Stone war der letzte Kommandeur der jetzt aufgelösten Thirteenth Air Force, der größten amerikanischen Organisation für Lufttransport, Luftverteidigung und Luftunterstützung auf den Philippinen. Seit ihrer Einrichtung im Jahre 1933 war die Clark Air Base ein wichtiger Stützpunkt für die Vereinigten Staaten und ihre Verbündeten gewesen. Jetzt wurde alles an die Filipinos zurückgegeben – zu einem Zeitpunkt, der zu den unruhigsten und gefährlichsten in der Geschichte des Inselstaats gehörte.

Der General sah zu den Horden johlender Demonstranten vor dem weniger als einen Kilometer entfernten Flugplatzzaun hinüber. Dort drängten sich mindestens zehntausend Filipinos, die antiamerikanische Parolen riefen und Flaschen und Steine über den Stacheldrahtzaun warfen. Auf Stones Befehl war hinter dem Zaun alle hundert Meter ein Schützenpanzerwagen aufgefahren, um zu verhindern, daß die Demonstranten ihn durchbrachen. Immer wieder übertönten einzelne Schüsse das Johlen der Menge. Stone fiel auf, daß er nach wochenlangen Protesten dieser Art nicht mehr zusammenzuckte, wenn irgendwo geschossen wurde.

In den letzten Monaten war der Kommandeur der Thirteenth Air Force weit über seine fünfzig Jahre hinaus gealtert. Stone war ein zurückhaltend wirkender, aber trotzdem energischer Mann, der vom Jagdflieger im Vietnamkrieg zum Zwei-Sterne-General und Kommandeur einer wichtigen Organisation aufgestiegen war, die einen demokratischen Hauptverbündeten verteidigte und Amerikas Westflanke schützte. Im vergangenen Jahr hatte er jedoch einen demütigenden, schamvollen Rückzug aus dem Stützpunkt und dem Land, das er lieben gelernt hatte, überwachen müssen. Ein zutiefst deprimierendes Erlebnis.

Von den fast elftausend Männern und Frauen, die noch vor

einem Jahr hier stationiert gewesen waren, hatte Stone heute die letzten zweihundert zur Abschiedsparade antreten lassen. Obwohl jede der früher hier stationierten zwanzig Einheiten mit zehn Personen hätte vertreten sein sollen, wußte Stone genau, daß die meisten dieser zweihundert Männer und Frauen handverlesene Sicherheitsbeamte waren, die heute den endgültigen Abzug der Amerikaner sichern würden.

Daß draußen am Zaun demonstriert wurde, hing auch mit den beiden Filipinos zusammen, die jetzt neben Stone auf der Tribüne standen: Präsident Arturo Mikaso und Vizepräsident Daniel Teguina. Teguina hatte als erster gefordert, die Philippinen sollten ihre Bindungen zum Westen kappen und die amerikanischen Stützpunkte aufkündigen. Im Gegensatz zu dem älteren, vornehmen Mikaso sonnte Teguina sich gern im Licht der Öffentlichkeit und pflegte sein Image, um den jungen Radikalen zu gleichen, die er zu vertreten glaubte. Er war immer modisch gekleidet, färbte sich die Haare, um graue Strähnen zu verdecken, und zeigte sich gern in Nachtclubs und Fußballstadien.

Trotz angeblicher Querverbindungen zur Neuen Volksarmee, die den Widerstand der kommunistischen Huk-Guerillas in den entfernteren Provinzen organisierte, florierte die Nationale Demokratische Front Teguinas in der mit Mikaso und Samar gebildeten Koalition. Unter Mikasos starker, populärer Führerschaft verringerte sich die von extremistischen Kommunisten ausgehende Gefahr, aber die neuen, radikaleren Stimmen im Regierungslager waren unüberhörbar. So dauerte es nicht lange, bis eine Volksabstimmung stattfand, die dem Präsidenten untersagte, den Amerikanern weiterhin Stützpunkte zu verpachten. Statt dessen sollten die amerikanischen Soldaten binnen sechs Monaten sämtliche Stützpunkte räumen und die Philippinen verlassen.

Auch General José Trujillo Samar, der bei dieser Übergabezeremonie abwesende Zweite Vizepräsident, teilte die Abneigung der meisten Filipinos gegen die Vorherrschaft der Amerikaner und hatte sein Bestes getan, um die Schließung ihrer Stützpunkte durchzusetzen.

Während die Demonstranten weiter brüllten und kreischten, marschierten die amerikanischen Soldaten vor dem Podium auf, bildeten vier Blöcke zu je fünfzig Mann und führten Oberst Kriegs lauten Befehl »Rührt euch!« aus. Von zwei Quertribünen aus verfolgten Botschaftsangehörige und Soldatenfamilien mit langen Gesichtern, wie auf der Clark Air Base zum letzten Mal die amerikanische Flagge eingeholt wurde. Fotografen und Kamerateams hielten die Zeremonie fest, aber es gab keine Live-Übertragung, die im ganzen Land weitere Demonstrationen hätte provozieren können. Deshalb waren auch keine prominenten amerikanischen Politiker anwesend – die offizielle Übergabe hatte schon vor einigen Wochen im sicheren Washington, D. C., stattgefunden.

Als das Trompetensignal vom Tonband ertönte, trat Präsident Mikaso auf dem Podium nach vorn. Die Demonstranten begannen zu jubeln, und von den Tribünen erklang höflicher Beifall. Als das Signal verstummte, sagte Mikaso in akzentfreiem Englisch: »Meine amerikanischen Freunde, liebe Landsleute, wir sind heute hier versammelt, um ein historisches Ende und einen historischen Neubeginn in den Beziehungen zwischen den Philippinen und den Vereinigten Staaten mitzuerleben. Dieser Tag der Freiheit und Unabhängigkeit bezeichnet zugleich einen Meilenstein in der Geschichte unseres Landes.

Über neunzig Jahre haben wir in bezug auf unsere Sicherheit auf den Mut, die Großzügigkeit und die Stärke unserer amerikanischen Freunde vertraut. Dieses Arrangement hat unserem Land, unserem ganzen Volk sehr genützt. Dafür werden wir für alle Zeit dankbar sein.

Aber wir haben in diesen Jahrzehnten viel gelernt. Wir haben die unveräußerlichen Werte von Demokratie und Gerechtigkeit in uns aufgenommen; wir haben uns bemüht, starke, zuverlässige Verbündete der Vereinigten Staaten zu werden. Heute sind wir hier zusammengekommen, um den Tag zu feiern, an dem die Philippinen die Verantwortung für ihre nationale Sicherheit selbst übernehmen. Wir erkennen dankbar an, welche Opfer unsere amerikanischen Freunde für unsere Sicherheit und unseren Wohlstand gebracht haben. Mit ihrer Unterstützung machen wir heute den ersten Schritt auf dem Weg zu einer wirklichen Großmacht ...«

Mikaso sprach einige Minuten. Danach gab es nicht nur auf den Tribünen, sondern auch draußen vor dem Zaun anerkennenden Beifall für seine eloquente Rede.

Aber Teguina wurde immer ungeduldiger und irritierter, je länger Mikaso sprach und die Amerikaner lobte. *Er* haßte die Amerikaner und hatte sie stets als Besatzungsmacht empfunden. Als aus den Lautsprechern wieder Musik kam, stellten Mikaso, Stone und Teguina – dieser nur widerstrebend – sich vor den drei Fahnenmasten auf.

Eine Ehrenwache marschierte auf und verteilte sich um die drei Masten. Zuerst wurde die philippinische Fahne etwas niedergeholt; dann wurde die amerikanische Fahne gehißt und anschließend langsam eingeholt.

»Warum wird unsere Fahne niedergeholt?« erkundigte Teguina sich halblaut. Als niemand reagierte, erhob er die Stimme: »Warum wird die philippinische Fahne runtergeholt? Das verstehe ich nicht ...«

»Still, Teguina«, flüsterte Mikaso.

»Zieht unsere Fahne wieder ganz hoch!« sagte Teguina sehr laut. Seine Stimme übertönte die Musik. »Es ist respektlos, unsere Staatsflagge so zu behandeln!«

»Damit ehren wir die Amerikaner ...«

»Pah!« fauchte Teguina. »Sie sind Ausländer, die heimkehren, sonst nichts.« Aber dann schwieg er doch, als die amerikanische Fahne niedergeholt, zusammengelegt und General Stone gebracht wurde. Der General trat auf Mikaso zu, salutierte und übergab sie ihm.

»Als Zeichen der Anerkennung einer dankbaren Nation, Mr. President«, sagte Stone dabei.

Mikaso lächelte dankend. »Sie bekommt einen Ehrenplatz in unserer Hauptstadt, General Stone – als ein Symbol für unsere treue Freundschaft.«

»Danke, Sir.«

Die beiden Männer sahen zum Himmel auf, als aus der Ferne Düsenlärm näher kam.

Die Maschinen flogen genau über das Podium und die Tribüne hinweg. Nach vier Ketten mit je vier Jägern F-4 Phantom kamen drei Bomber B-52, die alle nicht höher als fünfhundert Meter über Grund flogen, so daß die jeweils zwölf Lenkwaffen Harpoon zur Bekämpfung von Schiffszielen unter den Tragflächen der B-52 deutlich zu sehen waren. Die Zuschauer jubelten und klatschten; die Demonstranten vor dem Zaun quittierten diese Vorführung johlend und schreiend.

Aber Daniel Teguina hatte plötzlich genug.

Dieses amerikanische *Liebesfest* war für einen patriotisch gesinnten Filipino unerträglich. Er drängte sich an Stone und Mikaso vorbei, holte rasch die philippinische Fahne ein, hakte sie von der Leine los und befestigte sie an dem mittleren Mast, an dem eben noch die amerikanische Fahne gesetzt gewesen war.

»Was, zum Teufel, soll das, Teguina?« rief Mikaso laut, um den Düsenlärm zu übertönen.

Teguina befahl einem seiner Leibwächter, die philippinische Fahne zu hissen. Dann machte er kehrt, funkelte General Stone an und fauchte: »In Zukunft kuschen wir nicht mehr vor Amerikanern. Dies ist unser Land, unser Himmel, unser Staat... und unsere Fahne!«

Als die philippinische Fahne am Mast nach oben stieg, verwandelten die Wutschreie der Demonstranten vor dem Zaun sich in stürmischen Jubel. Teguina und der amerikanische General starrten sich weiter aufgebracht an, während Mikaso sich hastig für das Benehmen seines Ersten Vizepräsidenten zu entschuldigen versuchte.

So endete die amerikanische Militärpräsenz auf den Philippinen.

Nach dem raschen Ende der Übergabezeremonie fuhr »Rat« Stone zum Terminal hinüber, um den endgültigen Abflug – er zog es noch immer vor, ihn nicht als Evakuierung zu bezeichnen – der letzten Amerikaner von der Clark Air Base zu überwachen. Dabei wurde er das Gefühl nicht los, das gegenseitige Verteidigungsabkommen mit den Philippinen sei zu schnell, zu abrupt aufgekündigt worden. Stone mußte noch immer an den erst wenige Tage zurückliegenden Zwischenfall bei den Spratly-Inseln denken. Und an den Blick, den Daniel Teguina ihm zugeworfen hatte ... wirklich erschreckend.

Nein, überlegte »Rat« Stone, du bist nicht zum letzten Mal auf den Philippinen ...

Die Frage war nur, wann er zurückkehren würde.

High Technology Aerospace Weapons Center (HAWC), Nevada
Montag, 13. Juni 1994, 07.15 Uhr Ortszeit

»Erzählen Sie mir bloß nicht, das sei alles nur ein Scherz, Sir«, sagte Oberstleutnant Patrick McLanahan zu Brigadegeneral John Ormack, »sonst bin ich maßlos enttäuscht.«

John Ormack, der stellvertretende Kommandeur dieses geheimen Erprobungszentrums der Luftwaffe, das zum Dreamland-Komplex gehörte, nickte McLanahan beruhigend zu. Er merkte, daß der neununddreißigjährige Radarnavigator und Erprobungsoffizier ehrlich aufgeregt war. Die beiden Offiziere standen vor dem neuesten, modernsten Flugzeug der Welt: dem Stealth-Bomber B-2. Und das Beste daran war, daß diese B-2 mit dem Spitznamen »Schwarzer Ritter« einige Monate lang ihm gehören würde.

»Kein Scherz, Patrick«, versicherte Ormack ihm und legte seinen Arm um McLanahans breite Schulter. »Ich weiß nicht, wie er das geschafft hat, aber General Elliott hat sich eine der ersten B-2A für Dreamland gesichert. Aus unserer Maschine ist einiges ausgebaut, aber sie ist voll einsatzfähig... dieser Bomber hat vor ein paar Monaten die erste Abwurflenkwaffe SRAM-II erprobt.«

»Aber die B-2 ist doch eben erst in Dienst gestellt worden«, sagte McLanahan. »Allzu viele gibt's noch nicht – bisher nur eine Staffel, stimmt's?«

Ormack nickte wortlos.

»Wie kommt's dann, daß *wir* eine haben?« fragte McLanahan.

»Wie ich Elliott kenne, hat er Druck ausgeübt, um die B-2 als Waffenplattform für den Fall zu erproben, daß sie in größeren Stückzahlen in Dienst gestellt wird. Bekanntlich haben Mittelkürzungen die Luftwaffe dazu gezwungen, ihre Einführung vorläufig zu verschieben – aber wie wir beide wissen, werden die Haushaltsmittel für General Elliotts Projekte nicht öffentlich bewilligt.

Vor dem zuständigen Kongreßausschuß hat er wie die Luftwaffe für eine Umorientierung von nuklearer zu herkömmlicher Kriegsführung plädiert. Die Luftwaffe hat Schwierigkeiten gehabt, die B-2 als konventionelle Waffenplattform zu verkaufen – bis Elliott sich zu Wort gemeldet hat. Er will aus dieser B-2 eine weitere Megafortress, ein fliegendes Schlachtschiff machen. Und er hat's geschafft, sich ein Exemplar für Erprobungszwecke zu sichern.

Selbstverständlich brauchen wir dafür einen erstklassigen Projektoffizier, der große Erfahrung mit Bombern hat, unser neues strategisches Begleitkonzept aus der Praxis kennt, eigene Ideen entwickeln kann und sich in Probleme verbeißt und nicht mehr lockerläßt, bis sie gelöst sind. Natürlich haben wir dabei an Sie gedacht.«

McLanahan war sprachlos. John Ormack, der seine Verblüffung erkannte, grinste noch breiter. General Ormack war ein Absolvent der Air Force Academy, nur mittelgroß, mit grau-meliertem braunen Haar und schlanker, drahtiger Figur. Obwohl er selbst Pilot mit einigen tausend Flugstunden auf Dutzenden von Flugzeugmustern war, fühlte er sich im Labor, im Flugsimulator oder vor einem Computer am wohlsten. Die jungen Männer, mit denen er zusammenarbeitete, waren entweder ruhige, fleißige Ingenieure oder sehr selbstsichere Testpiloten, die sich ihres Werts bewußt waren, weil sie sich gegen harte Konkurrenz diesen Job im HAWC erkämpft hatten.

McLanahan gehörte keiner dieser beiden Gruppen an. Er war kein Absolvent der Air Force Academy, kein Ingenieur und kein Testpilot. McLanahan war ein einsdreiundachtzig großer Blonder, dessen Auftreten große Willens- und Körperkraft verriet; ein begabter, strebsamer, intelligenter, tüchtiger Offizier. Als ältester Sohn irischer Einwanderer war McLanahan in New York geboren, aber in Sacramento aufgewachsen und schon während seines Studiums am California State Polytechnic College Reservevoffizier der Luftwaffe geworden. Gleich nach dem Studium war er 1973 zur US Air Force gegangen, hatte die Ausbildung zum B-52-Navigator geschafft und war dem 320th Bomber Wing auf der Mather AFB in Sacramento zugewiesen worden.

Dort war McLanahan der beste Radar-Bombenschütze der Vereinigten Staaten geworden, was seine in sechsjähriger Dienstzeit an Bord von B-52 bei Wettbewerben errungenen zahlreichen Trophäen bewiesen. Dadurch war Generalmajor Brad Elliott, der HAWC-Kommandeur, auf ihn aufmerksam geworden und hatte McLanahan auf sein geheimes Versuchsgelände in Nevada geholt, wo eine »Megafortress« entwickelt wurde: eine zur Erprobung von High-Tech-Waffen und Stealth-Technologien umgebaute B-52. Eine unwahrscheinliche, aber beängstigende Verkettung von Ereignissen hatte dazu geführt, daß McLanahan dann mit der Megafortress *Old Dog* und einer zusammengewürfelten Besatzung in die Sowjetunion geflogen war und eine Laserstation zur Satellitenabwehr zerstört hatte.

Um die Gefahr zu verringern, daß dieser streng geheime und politisch brisante Einsatz bekannt wurde, war McLanahan dringend nahegelegt worden, im HAWC zu bleiben und sich praktisch damit abzufinden, in einer amerikanischen High-Tech-Version des Archipels Gulag zu leben. Andererseits hatte er dort Gelegenheit, mit den modernsten Flugzeugen und Waffensystemen der Welt umzugehen. Der Flug des Bombers *Old Dog,* der mit zum Zerfall der Sowjetunion beigetragen hatte, mußte unter allen Umständen für immer geheim bleiben.

Im HAWC machte Patrick McLanahan rasch Karriere. Die Luftwaffe beförderte ihn zwei Jahre früher als sonst üblich zum Major. Er bekam einen Stellvertreter, dann eine Sekretärin, dann einen Assistenten, einen Stab und schließlich einen eigenen Gebäudekomplex. Auch seine Projekte änderten sich. Er leitete anfangs Teams, die neue Konzepte entwickelten, führte als nächstes Verhandlungen mit Rüstungsfirmen, war danach für Untersysteme zuständig und trug zuletzt die Verantwortung für ganze Waffensysteme. Die Tinte auf seiner Beförderungsurkunde zum Major war noch nicht ganz trocken, als er schon zum Oberstleutnant befördert wurde.

McLanahan blieb jedoch nicht nur in seinem »Exil« in Nevada, sondern der talentierte junge Offizier wurde häufig an andere Dienststellen wie Border Security Force, Special Operations und Aerospace Defense Command ausgeliehen, die ebenfalls mit Forschung und Entwicklung zu tun hatten. So dauerte es nicht lange, bis McLanahan an sämtlichen neuen Projekten auf dem Luft- und Raumfahrtsektor beteiligt war. Jetzt gehörte er zu den angesehensten Programm-Managern des amerikanischen Verteidigungsministeriums.

Auch die Aufgaben, die das High Technology Aerospace Weapons Center zu erfüllen hatte, hatten sich geändert. Mittelkürzungen und verstärkte Abrüstung der strategischen Bomberverbände machten es notwendig, all die außer Dienst gestellten Maschinen für den Fall, daß sie wieder gebraucht würden, irgendwo unterzubringen. Obwohl die meisten von ihnen auf dem »Friedhof« – dem Air Force Aerospace Maintenance and Restoration Center auf der Davis-Monthan AFB in Tucson, Arizona – endeten, um ausgeschlachtet oder verschrottet zu werden, wurden einige für Erprobungszwecke oder Sondereinsätze heimlich nach Dreamland verlegt.

Zusammengefaßt waren sie dort in der Strategic Air Reserve Group unter Befehl von General Elliott. Die SARG führte die Arbeit der geheimen Erprobungsstelle in der Praxis fort, indem sie mit den Ergebnissen exotischer Experimente einen einsatzfähigen Verband bildete. Zu den im Laufe der Zeit angesammelten Maschinen gehörten sechs Bomber B-52, zwei Bomber B-1A, sechs Jagdbomber F-111G – ehemalige Bomber FB-111A des Strategic Air Command – und jetzt auch McLanahans Bomber B-2 Black Knight.

»Ihre zweite Aufgabe ist die Umgestaltung des Cockpits«, fuhr Ormack fort. »Die Luftwaffe denkt endlich daran, statt des bisherigen ›Kommandanten‹, der eine Zusatzausbildung als Navigator hat, einen Navigator und Bombenschützen, der eine Zusatzausbildung als Pilot hat, in die B-2 zu setzen. Bisher ist das Cockpit für zwei Piloten ausgelegt; Sie müssen es für ASIS einrichten, um einen Arbeitsplatz für den Waffensystemoffizier zu schaffen, der die Maschine notfalls auch fliegen können soll. Dafür haben Sie vier Monate, höchstens bis Ende Oktober Zeit.«

Ormack grinste, als er hinzufügte: »Wie Sie sich vorstellen können, ist die ›Gewerkschaft‹ der B-2-Piloten darüber nicht gerade glücklich. Sie hält ASIS für überflüssig, findet die B-2 automatisiert genug, um keinen Navigator zu brauchen, und möchte den zweiten Piloten beibehalten. Aber ich glaube, unsere Erfahrung mit dem *Old Dog* hat das Gegenteil bewiesen.«

McLanahan lachte. »Das kann man wohl sagen! Was bedeutet ASIS überhaupt?«

»Kommt darauf an, wen man fragt«, antwortete Ormack trocken. »Offiziell ist's die Abkürzung für Attack System Integration Station. Unsere Testpiloten und der B-2-Kader deuten ASIS anders – zu Ehren aller Navigatoren, versteht sich.«

»Wie denn?«

»*A*dditional *s*hit *in*side.«

McLanahan lachte wieder. »Ja, natürlich.« In diesem Mekka der Testpiloten war es ein beliebter Zeitvertreib, über Navigatoren herzuziehen. McLanahan ging, noch immer staunend, auf den an einen Rochen erinnernden riesigen Bomber B-2 zu, der in seinem hell beleuchteten Hangar stand.

Die B-2 Black Knight war speziell dafür konstruiert, weltweit mobile und stark verteidigte Mehrfachziele anzugreifen – bei sehr hoher Trefferwahrscheinlichkeit und sehr guten eigenen Überlebenschancen. Um fast achttausend Kilometer nonstop fliegen zu können, mußte die B-2 riesig sein – sie hatte die gleiche Spannweite wie eine B-52 und konnte fast gleichviel Treibstoff mitführen, so daß ihr maximales Startgewicht mehr als doppelt so hoch war wie ihr Leergewicht.

In der Vergangenheit war ein Bomber dieser Größe ein bequemes Ziel für die gegnerische Luftabwehr gewesen, weil seine riesige Masse vom feindlichen Zielsuch- und Feuerleitradar sehr leicht zu erfassen war. Die in den vierziger Jahren konstruierte B-52, die in großen Höhen hatte fliegen sollen, war später auf Tiefflug, elektronische Köder und Störsender und schlichtes Umfliegen feindlicher Abwehrstellungen angewiesen. Die B-58 Hustler vertraute ganz auf ihre Überschallgeschwindigkeit. Die FB-111 und B-1 nutzten Geschwindigkeit, weiterentwickelte ECM-Geräte und Terrainfolgeradar, um ihre Bomben ins Ziel zu bringen. Die raschen Fortschritte bei Jägern, Fla-Raketen und Bahnverfolgungs-Radargeräten bedeuteten jedoch, daß auch die schlanke, tödliche B-1 bald gefährdet sein würde.

Das schwarze Ungeheuer vor Patrick McLanahan stellte die modernste Lösung dieses Problems dar. Auch die B-2 wog über hundert Tonnen, aber sie bestand zum größten Teil aus nichtmetallischen Verbundwerkstoffen, die auftreffende Radarenergie schluckten oder nur sehr abgeschwächt zurückwarfen. Sie hatte keine Seitenleitwerke, die als Radarreflektoren hätten dienen können. Ihre Tragflügel bestanden aus zwei Schalenhälften in Verbundbauweise, die wie bei einem Plastikmodell zusammengeklebt waren und die Flügel dieser Maschine so belastbar wie den Rumpf machten.

Ihre vier Zweistromturbinenluftstrahltriebwerke waren in die V-förmigen Flügel eingebaut, was die verräterische Wärmeabstrahlung verringerte, und wurden mit Kerosin gekühlt, um die Wärmeabstrahlung weiter zu reduzieren. Mit ihrem hochmodernen Navigationssystem, ihrem Angriffsradar und ihren Sensoren konnte die B-2 schon Ziele bekämpfen, während sie sich noch mehrere Kilometer außerhalb des Erfassungsbereichs gegnerischer Zielsuchradargeräte befand.

Die Produktionskosten des B-2-Programms waren ungeheuer: eine halbe Milliarde Dollar pro Flugzeug, fast achtzig Milliarden Dollar für eine gesamte Flotte – inklusive Forschung, Entwicklung und Stationierung. Die geplante Beschaffung von 132 B-2 binnen fünf Jahren wurde rasch auf fünfundsiebzig Maschinen herabgesetzt, und selbst dieses Beschaffungsprogramm mußte später bis zur Jahrhundertwende gestreckt werden. Deshalb würde die B-52, als deren Nachfolgemodell die B-2 konzipiert war, noch bis weit ins 21. Jahrhundert hinein als Atomwaffenträger im Einsatz bleiben.

Aber die Black Knight, der nachgesagt worden war, sie werde veraltet sein, bevor sie in Dienst gestellt werden könne, war jetzt eine Realität und hatte ihre Fähigkeiten gründlich unter Beweis gestellt. Vor einigen Monaten war die erste B-2-Staffel – die »Tiger« der 393rd Bomb Squadron, die 1945 die erste Atombombe auf Hiroshima abgeworfen hatten – auf der Whiteman Air Force Base in Missouri aktiviert worden und hatte mit einem Schlag gegnerisches Luftverteidigungsmaterial im Wert von Milliarden Dollar obsolet gemacht.

»Haben Sie Zeit für einen Rundgang um die Maschine, Sir?« fragte McLanahan.

»Klar«, antwortete der junge Luftwaffengeneral und setzte sich in Bewegung, um ihn dabei zu begleiten.

Die B-2 hatte keinen eigentlichen Rumpf wie herkömmliche Flugzeuge; sie sah aus, als habe jemand die Flügel einer B-52 abgesägt, zusammengesetzt und auf Räder gestellt. McLanahan, der den Anblick der deutlich herabhängenden Tragflügel einer B-52 gewöhnt war, sah zu seiner Überraschung, daß die Flügel der B-2, die ebenso lang und mindestens doppelt so tief waren, keine Handbreit herabhingen. Ihre Beplankung war völlig glatt – ohne die Streßfalten, die jede B-52 aufwies – und ohne Außenantennen, die ungewollt als Radarreflektoren hätten dienen können. Das Leitwerk anderer Maschinen war bei diesem Nurflügelflugzeug durch Klappenruder ersetzt, die vom Abgasstrahl der Triebwerke angeblasen wurden und dadurch die B-2 wendig wie einen Jäger machten.

Auf dem Weg nach hinten zu den nebeneinander angeordneten zwei Bombenkammern, die McLanahan als SAC-Bombenschützen verständlicherweise interessierten, kamen sie unter dem Bug vorbei. Auf beiden Seiten des Bugfahrwerks waren große rechteckige, von Gummiwülsten geschützte Fenster in die Rumpfunterseite eingelassen. »Sind das die Laser- und IR-Fenster?« erkundigte sich McLanahan.

»Genau, Patrick«, bestätigte Ormack. »Miniaturisierte Lasersucher und Infrarotdetektoren, die mit dem Navigationssystem gekoppelt sind. Diese Fenster hier und die Cockpitfenster sind hauchdünn mit einem Material beschichtet, das Radarenergie durchläßt, aber nicht wieder abstrahlt. Ohne die Beschichtung würde allein das Radarecho der Helme der beiden Piloten die Radarsignatur der B-2 fast verdoppeln.«

»Wo ist das Navigationsradar? Die B-2 hat doch eines?«

»Natürlich. Das Mehrzweckradar AN/APQ-181 der Black Knight sitzt in den Flügelvorderkanten und kann für terrestrische Navigation, als Terrainfolgeradar, zur Zielsuche und als Überwachungsradar benutzt werden. Das System läßt sich so weit ausbauen, daß es sogar für Luftkämpfe tauglich ist ...«

»Luftkampf mit dem B-2-Bomber?« McLanahan stieß einen leisen Pfiff aus. »Aber das ist noch Zukunftsmusik, stimmt's?«

Ormack schüttelte den Kopf. »In Zukunft wird's kein Militärflugzeug mehr geben, das nicht für ein Dutzend verschiedener Einsätze geeignet ist – und dazu gehört, daß schwere Bomber mit Jagdraketen bewaffnet werden. Das ist nur vernünftig, denn wer sechzehn bis zwanzig verschiedene Waffen mitführen kann, ist auf jeden Fall im Vorteil. Da die B-2 nur ein Hundertstel des Radarquerschnitts eines Jägers F-15 Eagle hat, könnte sie angreifen, bevor der Gegner *weiß*, daß sie irgendwo dort draußen unterwegs ist. Und in großen Höhen ist sie so wendig und belastbar wie eine F-4 Phantom.«

Die Unterseite der B-2 glich einer riesigen schwarzen Gewitterwolke – sie schien sich endlos weit nach allen Richtungen zu erstrecken und alle Lichtpartikel förmlich aufzusaugen. McLanahan staunte über die Größe der Bombenkammern. »Die sind viel geräumiger, als ich dachte, General«, sagte er.

»Jede Bombenkammer enthält ein Magazin mit acht Abwurflenkwaffen SRAM«, erklärte ihm Ormack. »In diesen sechzehn Lenkwaffen steckt gewaltige Vernichtungskraft. Natürlich kann die B-2 auch Atombomben B61 oder B83 tragen, aber mit Abwurflenkwaffen ist sie weit gefährlicher. Da die Black Knight nur vier Marschflugkörper tragen kann, ist nicht vorgesehen, sie mit AGM-129A zu bewaffnen, obwohl wir die Software des Waffensystems entsprechend modifiziert haben.«

»Damit ist sie hervorragend für Begleitschutzaufgaben geeignet«, sagte McLanahan. »Der Boß hat recht, finde ich – es wäre unsinnig, diese B-2 mit Atombomben an Bord herumstehen zu lassen, während wir in irgendeinem Teil der Welt in einen nichtnuklearen Konflikt verwickelt sind. Die Luftwaffe redet von ›globaler Reichweite, globaler Luftmacht‹, aber sie verrät nicht, wie der Langstreckenbomber solche Einsätze überleben könnte. Das kann er, wenn er von der Black Knight zur Ausschaltung der feindlichen Luftabwehr begleitet wird. Sie hat die nötige Reichweite, um so tief wie Bomber einzudringen, und mit entsprechender Bewaffnung die Feuerkraft einer B-52 Megafortress ...«

»Wir haben die B-2 mit jeder nur vorstellbaren Bewaffnung erprobt«, erklärte ihm Ormack. »Mit Gleitbomben AGM-130 Striker, Abwurflenkwaffen Harpoon zur Bekämpfung von Schiffszielen, Seeminen, Sprengbomben MK 82, AMRAAM-Lenkwaffen, Jagdraketen Sidewinder, Marschflugkörpern TACIT RAINBOW zur Ausschaltung von Radarstationen, Durandal-Bomben zur Zerstörung von Rollbahnen, fernsehgesteuerten Lenkwaffen AGM-84 und sogar Leuchtbomben zur Zielfestlegung. Bei einem Stückpreis von einer halben Milliarde Dollar wollte der Kongreß kein Flugzeug, das nur Atombomben tragen kann – deshalb mußten wir beweisen, daß die B-2 für jede Aufgabe flexibel genug ist.« Ormack zuckte mit den Schultern, bevor er hinzufügte: »Ich bezweifle, daß die B-2 ein gutes Begleitflugzeug sein kann. Sobald sie von einem feindlichen Jäger oder einer Luftabwehrstellung gesichtet wird, ist sie erledigt.«

»Nicht unbedingt«, widersprach McLanahan. »Ich glaube, daß sie schwer abzuschießen wäre.«

»Ja? Die meisten Piloten sind anderer Meinung«, stellte Ormack fest. »Sehen Sie sich diese Flügel an – das Ding ist selbst aus großer Überhöhung riesig. Und es fliegt im Unterschallbereich, wodurch es zu einem besonders einladenden Ziel wird.« Er machte eine Pause und war überrascht, als der junge Navigator unsicher mit den Schultern zuckte. »Na, noch immer nicht überzeugt?«

»Ich weiß nur, wie schwer es ist, aus fünftausend Fuß über Grund einen Flugplatz zu finden – von einem einzelnen Flugzeug ganz zu schweigen. In dieser Höhe überblickt der Pilot eines Jägers rund tausend Quadratkilometer Land. Ist er auf einem Überwachungsflug mit zwölf bis dreizehn Kilometern pro Minute unterwegs, ziehen alle zehn Sekunden hundert Quadratkilometer unter ihm vorbei – fünfzig auf jeder Seite seines Cockpits. Kann er sein Radar nicht einsetzen, um wenigstens in die Nähe der Black Knight zu kommen, dürfte sie schwer zu entdecken sein.«

»Hätten Abfangjäger immer einen so großen Sektor zu überwachen, würde ich Ihnen vielleicht recht geben«, stimmte Ormack zu. »Aber das Gefechtsfeld wird rasch kleiner. Eine zufällige Beobachtung, ein Piepsen des Radardetektors, ein Zacken auf dem Radarschirm – und schon haben Sie die ganze Meute auf dem Hals.«

»Aber vielleicht habe ich dann schon meine Jagdraketen abgeschossen«, sagte McLanahan. »Und ich würde das Zielgebiet natürlich sehr tief anfliegen. Ich habe eine Infrarotkamera, die mir den Boden zeigt, und die Piloten haben Fenster – also bleiben wir im Tiefflug, solange Jäger uns im Nacken sitzen. Selbst ein hochmoderner Jäger wie die F-23 kann nicht in Bodennähe kämpfen, sondern muß aus größeren Höhen schräg nach unten schießen. Da ist ein Stealth-Flugzeug im Vorteil.«

Ormack antwortete nicht gleich, sondern dachte angestrengt über das nach, was McLanahan vorgebracht hatte. »Ihre Argumente sind nicht schlecht, Patrick«, gab er dann zu. »Und Sie können sich vermutlich denken, wo ich das alles in der Praxis erproben möchte.«

»Bestimmt im Strategic Warfare Center«, antwortete McLanahan. »Auf General Jarrels Spielplatz in South Dakota.«

»Richtig«, bestätigte Ormack. »Wir lassen eine EB-2 gegen ein paar Jäger antreten und sehen zu, was passiert. Oder wir setzen sie als Begleitschutz für Bomber ein, um zu sehen, ob sie sich in dieser Rolle bewährt.« Er nickte zufrieden. »Ja, das müßte sich machen lassen. Wir schicken Sie ins SWC, wenn die 393rd Bomb Squadron in einigen Monaten dort übt. Das muß General Elliott genehmigen, aber ich glaube, daß er einverstanden sein wird. Wahrscheinlich haben Sie eben einen neuen Job für sich an Land gezogen, Patrick – die Entwicklung verbesserter Eindring- und Angriffstechniken für B-2-Besatzungen, die Begleitschutz fliegen.«

»Endlich wieder Arbeit!« sagte McLanahan grinsend, als sie nach vorn zur Einstiegsluke gingen.

McLanahans neuer Vogel trug die Nummer AF SAC 90-007,

die ihn als siebten B-2-Bomber auswies. Nachdem Ormack das Einstiegsluk geöffnet hatte, damit sie ins Cockpit hinaufsteigen konnten, überzeugte er sich davon, daß der Schalter »Alarmstart« auf AUS stand und gesichert war. Mit diesem Schalter im Luk wurde ein Hilfstriebwerk gestartet, das Strom und gekühlte Luft lieferte, bevor die Piloten das Cockpit erreichten. Dank dieses Systems konnte die B-2 in weniger als drei Minuten zum Start rollen, ohne ein Anlaßgerät oder Bodenpersonal zu brauchen. Ormack betätigte jedoch den Schalter »Eigenversorgung«, der das Bordnetz unter Strom setzte.

Im Gegensatz zum Cockpit des Bombers B-1, dessen Angriffs- und Abwehrstationen fast zufällig angeordnet zu sein schienen, war das Cockpit der B-2 sehr geräumig. McLanahan konnte beinahe aufrecht stehen, bevor er auf den rechten Sitz glitt und sich anzuschnallen begann.

Ormack beobachtete erstaunt, wie der junge Navigator den Sitz verstellte und sogar seine dünnen Lederhandschuhe anzog. »Wollen Sie irgendwohin?«

»Ein neues Cockpit kann man nur entwerfen, Sir, wenn der Navigator auf seinem Arbeitsplatz angeschnallt ist«, antwortete McLanahan gelassen. »Seine Reichweite ist dann viel beschränkter. Hätte ich meinen Helm dabei, würde ich ihn ebenfalls aufsetzen.«

General Ormack nickte zufrieden lächelnd – McLanahan kam wie immer gleich zur Sache.

Das linke Instrumentenpult des Bombers bestand hauptsächlich aus vier MFDs – multifunktionellen Displays –, die von Tasten umgeben waren, mit denen andere Funktionen aufgerufen werden konnten, so daß auf jedem Bildschirm Dutzende von Darstellungen möglich waren. Leistungsregelung und Steuerung erfolgten bei der B-2 über Griffe, die aus Seitenkonsolen links und rechts neben beiden Sitzen ragten. Vor den Sitzen war ein Gerät zur Blickfelddarstellung eingebaut, das die wichtigsten Informationen für Flug und Angriff auf die Windschutzscheibe projizierte.

»Aber wo sind die Instrumente?« fragte McLanahan überrascht. »Hier sind kaum welche eingebaut. Haben wir etwa ein abgespecktes Versuchsmuster bekommen?«

»Nein, dies *ist* ein voll funktionsfähiges Produktionsmodell«, versicherte ihm Ormack. »Alles wird auf den MFDs dargestellt oder über Knöpfe an den Leistungs- und Steuergriffen betätigt. Die Bildschirme zeigen Optionen für alle Funktionen, die per Knopfdruck ausgewählt werden können.«

»Aber ich sehe keinen der sonst üblichen Schalter«, wandte McLanahan ein. »Wo ist der Klappenhebel? Der Fahrwerkshebel? Wie wird das Fahrwerk eingezogen – mit einem Seil nach oben gehievt?«

»Wir stehen an der Schwelle des einundzwanzigsten Jahrhunderts, mein Freund«, sagte Ormack. »Wir bewegen keine Hebel mehr – wir sagen dem Flugzeug, was es tun soll, und es nimmt uns die Arbeit ab.« Er deutete auf das rechte MFD vor beiden Sitzen, das ein einfaches fünfzeiliges Menü zeigte: BATT LEISTUNG, HILFSTRIEBWERK, ALARMSTART, NORMALSTART und NOTSTART. Neben jeder Zeile war der entsprechende Knopf angeordnet.

»Um die Triebwerke anzulassen, drückt man nur auf diesen Knopf und stellt die Leistungshebel auf Leerlauf«, erläuterte Ormack. »Den Rest erledigt der Computer. Sobald die Triebwerke laufen, erscheint das nächste Menü. Tippt man START an, übernimmt der Computer die Optimierung von Steuer- und Triebwerksleistung beim Rollen, Abheben und Steigen bis zum Übergang in den Geradeausflug. Wählt man in der gewünschten Höhe MARSCHFLUG an, fungiert der Computer als Autopilot. Seine übrigen Modi sind LANDUNG, TIEFFLUG, BÖIGKEIT – bei schlechtem Wetter –, DURCHSTARTEN und ANGRIFF.«

»Computerisiertes Fliegen, was?« murmelte McLanahan. »Da könnte man den Piloten und den Navigator beinahe abschaffen.«

»Die Hardware ist hochmodern, aber nicht hundertprozentig

zuverlässig«, stellte Ormack fest. »Der Pilot erfüllt weiter eine wichtige Funktion.«

»Und der Navigator natürlich auch«, sagte McLanahan grinsend. Er betrachtete das Instrumentenpult vor seinem Platz, aus dem die vier MFDs bereits ausgebaut waren. »Sieht genau wie die linke Seite aus«, stellte er dann fest.

»Genau«, bestätigte Ormack. »Sie wissen doch: Ursprünglich sollte die Maschine von zwei Piloten geflogen werden.«

»Sir, hübsche Farb-MFDs auf der rechten Seite für den Navigator wären nett«, sagte McLanahan, »aber sie wären reine Geldverschwendung. Kleine MFDs sind hübsch, nur leider nicht der letzte Stand der Technik.«

»Nicht der letzte Stand der Technik? Diese MFDs sind hochmodern und...«

»Vergleichen Sie die Arbeit des Navigators einmal mit der des Piloten«, schlug McLanahan vor. »Der Pilot kann sich zurücklehnen, nach draußen sehen und seine Maschine ruhig und gelassen fliegen. Und der Navigator? Der kann sich immer nur auf den Bildschirm konzentrieren, der ihm die im Augenblick wichtigen Informationen zeigt. Was passiert dann? Er bekommt nicht mehr mit, was um ihn herum passiert. Auf einem der anderen Bildschirme können wichtige Dinge passieren – aber er merkt es nicht, weil er sich auf ein MFD konzentrieren *muß*. Diese Anordnung zwingt ihn dazu, sich zu verzetteln, und das macht ihn trotz des großen Informationsangebots viel *weniger* effektiv.«

»Bessere MFDs als die hier gibt's nicht«, stellte Ormack nüchtern fest. »Sie können jede Darstellung auf einen anderen Bildschirm übernehmen, zwei Darstellungen auf einem einzigen Display erscheinen lassen und sogar alle Darstellungen ständig vom Computer auf Veränderungen kontrollieren lassen. Was ist daran nicht in Ordnung?«

»Diese MFDs stellen einfach nicht den neuesten Stand der Technik dar«, wiederholte McLanahan. »Ich denke, daß wir etwas Besseres bekommen können.«

»Ich weiß nicht, woran Sie jetzt denken, Patrick, aber ich glaube nicht, daß Sie einfach die *gesamte* Avionik auswechseln können...«

»Sie wollten Empfehlungen, und die bekommen Sie«, antwortete McLanahan. »Da keine Beschränkungen oder Spezifikationen vorgegeben sind, entwerfe ich das beste Cockpit, das ich mir vorstellen kann.« Er machte eine kurze Pause, bevor er hinzufügte: »Und meine Arbeit beginnt mit einem Besuch im Armstrong Aerospace Medical Research Laboratory auf der Wright-Patterson AFB.«

»Armstrong? Was...?« Dann wurde ihm klar, worauf McLanahan hinauswollte. »Das Supercockpit-Programm? Sie wollen einen dieser riesigen Bildschirme in die B-2 einbauen?«

»Der ist für die Black Knight wie geschaffen, Sir«, antwortete McLanahan. »Der Bildschirm paßt ideal in dieses große Cockpit, und die Software läßt sich in wenigen Monaten umschreiben. Wir können in ein paar Wochen mit dem Einbau beginnen und das System innerhalb von vier Monaten im Flug vorführen. Dafür garantiere ich!« Er machte eine kurze Pause, bevor er hinzufügte: »Und sobald das Supercockpit eingebaut ist, können wir das System PACER SKY installieren, an dem General Elliott arbeitet, um Zielaufklärung über Satelliten in Echtzeit zu ermöglichen. Dann liefert der Satellit in Echtzeit Bilder des Zielgebiets, und der Computer berechnet den Flugweg und stellt ihn auf dem Super-MFD vor. Wäre das nicht großartig?«

Das mußte John Ormack erst einmal verarbeiten. Obwohl er wußte, daß McLanahan von Ideen übersprudelte, hatte er nicht erwartet, daß er in so kurzer Zeit zwei so radikale Neuerungen vorschlagen würde. Die Kombination war allerdings interessant. Das Supercockpit war in den achtziger Jahren als Demonstrationsprojekt für Spitzentechnologie entwickelt, aber bisher nirgends serienmäßig eingebaut worden, und PACER SKY war eine völlig neue Idee, die erst jetzt im Einsatz erprobt wurde.

Ormack wußte, daß NIRTSats der Sky Masters, Inc., ein kombiniertes Radar-, Infrarot- und Fernsehbild der Erdoberfläche unter ihnen herstellen und an einen Fernmeldesatelliten übermitteln konnten, der es dann zur Erde übertrug. Aber der Vorschlag, dieses Bild an einen militärischen TDRS-Satelliten zu übermitteln, der es an den Feuerleitcomputer eines Einsatzflugzeugs weitergab, war brillant. Der Computer würde jedes Echo mit bekannten oder vermuteten Zielen vergleichen, seine genauen Koordinaten ermitteln und diese Werte dem Bombencomputer der Besatzung eingeben. Die Besatzung konnte dann jedes beliebige Ziel aufrufen, die Informationen auswerten und ihren Angriff planen.

Damit hatten Flugzeugbesatzungen im Einsatz erstmals Echtzeitbilder des Zielgebiets zur Verfügung.

Auf McLanahan ist eben Verlaß! dachte Ormack stolz.

»Jesus, Patrick«, sagte er, »jetzt sitzen Sie kaum fünf Minuten hier und haben schon Arbeit für ein halbes Jahr vorgeschlagen – und damit vermutlich auch die Bank gesprengt.«

»Na ja, hier können wir einiges weglassen«, schlug McLanahan vor und deutete auf eine Ablage unter dem Blendschutz. »Wegfallen kann zum Beispiel diese Arbeitsfläche – das Supercockpit macht Bücher und Karten für den Navigator überflüssig –, aber wir brauchen natürlich Kaffeebecherhalter...«

»Kaffeebecherhalter?« rief Ormack aus. McLanahans Vorliebe für Kaffee war in ganz Dreamland bekannt. »In einer B-2? Ausgeschlossen!«

»Sie glauben, das sei ein Scherz, Sir?« fragte McLanahan. »Ich wette mit Ihnen ums Mittagessen für eine Woche, daß Sie dort drüben nicht nur einen Kaffeebecherhalter für den Piloten, sondern auch einen Bleistifthalter und vielleicht sogar eine Anflugkartenhalterung finden werden.«

»Die Wette gilt!« sagte Ormack sofort. »Kaffeebecherhalter in sündteuren Militärflugzeugen sind mit Khakiuniformen und kunstvoller Bugbemalung verschwunden. Außerdem ist dieser Vogel computerisiert – wozu bräuchten die Piloten Bleistifte und Anflugkarten, wenn alles auf den MFDs in knalligen Farben dargestellt ist?«

Ormack trat hinter den linken Sitz, während McLanahan sich zurücklehnte und zuversichtlich wartete. Sekunden später murmelte er: »Na, da soll mich doch ...«

»Haben Sie was gefunden, General?«

»Ich kann's nicht glauben!« knurrte Ormack. »Kartenhalterung, Bleistifthalter, Kaffeebecherhalter – bloß ein Aschenbecher fehlt noch. Unglaublich!«

»Lassen Sie mich weiterraten«, sagte McLanahan grinsend. »Dort ist auch ein Platz fürs Lunchpaket des Piloten vorgesehen, stimmt's?«

»Richtig! Und hier ist sogar 'ne Stoppuhrhalterung. Nicht zu fassen! An Bord gibt's zwanzig Systeme, die einen Countdown durchführen können. Der Vogel fliegt praktisch allein, verdammt noch mal! Man kann sich den Countdown sogar von einer Frauenstimme über Kopfhörer geben lassen. Trotzdem sind sie hingegangen und haben eine Stoppuhrhalterung aus schwarzem Gummi eingebaut!«

»Diese Halterung hat die Luftwaffe vermutlich tausend Dollar pro Stück gekostet«, fügte McLanahan trocken hinzu. »Manche Dinge ändern sich eben nie. Sollte eines Tages ein hyperschallschneller Bomber gebaut werden, der in weniger als zwei Stunden um die Welt fliegen kann, ist im Cockpit bestimmt eine Stoppuhrhalterung eingebaut.«

Ormack bemühte sich, McLanahans zufriedenes Grinsen zu ignorieren. »Hier wartet eine Menge Arbeit auf Sie, das steht fest. Wann können Sie loslegen?«

»Sofort, General«, antwortete McLanahan. »Mein Projekt F-15F Cheetah kommt bis Jahresende ohne mich aus, so daß ich gleich anfangen kann. In knapp einer Stunde habe ich eine Telefonkonferenz mit J. C. Powell und McDonnell-Douglas; danach räume ich meinen Schreibtisch auf und setze nachmittags eine Mitarbeiterbesprechung an. Dieses Cockpit messen wir aus ...« Er machte eine Pause und lächelte verschmitzt. »... sobald wir vom Mittagessen zurückkommen. Heute bin ich eingeladen, nicht wahr?«

3

Konferenzraum des Vorsitzenden der Vereinten Stabschefs
Pentagon, Washington, D. C.
Montag, 15. August 1994, 08.00 Uhr Ortszeit

»Guten Morgen, Sir«, begann Kapitän zur See Rebecca »Becky« Rodgers, die bei J-2, dem Nachrichtendienst der Vereinigten Stabschefs, für den Pazifikraum zuständig war. »Kapitän Rodgers mit der Nachrichtenlage. Dieser Bericht ist streng geheim, enthält Informationen über geheime Quellen und Beschaffungsverfahren und darf Ausländern nicht zugänglich gemacht werden. Der Raum ist gesichert.« Sie vergewisserte sich nochmals, daß die schweren Mahagonitüren des »Tanks«, des Konferenzraums der Vereinigten Stabschefs, geschlossen waren und die roten Leuchtschilder *Top Secret* brannten. Kapitän Rodgers fühlte die Spannung der vor ihr sitzenden Männer und Frauen und war sich bewußt, daß ihr Bericht keineswegs dazu beitragen würde, die Anwesenden aufzuheitern.

Rebecca Rodgers stand hinter dem Rednerpult an der Grundlinie des riesigen dreieckigen Konferenztischs, wo alle sie und den Großbildschirm gut sehen konnten. Auf diesem hervorgehobenen und entschieden unbequemen Platz wurde sie von sieben der höchsten und mächtigsten Offiziere der Welt beobachtet, die auf sie warteten – und vermutlich ständig beurteilten. Sie erinnerte sich gut daran, wie nervös sie anfangs auf diesem Platz gewesen war. Aber nachdem sie ein gutes halbes Dutzend Krisen überstanden hatte, fand sie die Tatsache beruhigend, etwas zu wissen, was diese mächtigen Männer und Frauen *nicht* wußten.

Anwesend waren der Vorsitzende der Vereinigten Stabschefs, General Wilbur Curtis; der Stellvertretende Vorsitzende,

Marinekorpsgeneral Mario Lanuza; der Chef des Admiralstabs, Admiral Randolph Cunningham; der Oberbefehlshaber des Marinekorps, General Robert Peterson; der Chef des Generalstabs der Luftwaffe, General William Falmouth; der Chef des Generalstabs des Heeres, General John Bonneville; ihre engsten Mitarbeiter und Offiziere aus anderen J-2-Abteilungen. Damit der Stab wenigstens einmal täglich als Team zusammenkam, bestand Curtis darauf, daß alle Mitglieder der Vereinigten Stabschefs an dieser Morgenbesprechung teilnahmen.

Der Vorsitzende saß an der gekappten Spitze des Dreiecks, wo zwei Sessel für den Fall reserviert blieben, daß der Verteidigungsminister oder der Präsident der Vereinigten Staaten an einer Besprechung teilnehmen wollten. Allerdings hatte der Präsident, der seit zwei Jahren im Amt war, noch keinen Fuß in diesen Raum gesetzt. Links neben dem Vorsitzenden saßen die Mitglieder der Vereinigten Stabschefs und ihre engsten Mitarbeiter; rechts hatten die J-2-Offiziere ihre Plätze; an der Grundlinie des Dreiecks saßen Gäste und vortragende Offiziere. Ein vor jedem Sessel in die Tischplatte eingelassener Computer-Arbeitsplatz stellte die Verbindung zu dem gigantischen C3-Zentrum in einem anderen Stockwerk des Pentagons her.

»Das heutige Hauptthema sind die Philippinen und die Zwischenfälle im Südchinesischen Meer«, sagte Rodgers nach einem Kurzbericht über die Einsatzstärke aller US-Teilstreitkräfte. »Als Reaktion auf die Anfang Juni erfolgte Beschießung einer Ölbohrmannschaft in der neutralen Zone der Spratly Islands haben China und die Philippinen ihre Aktivitäten in diesem Gebiet deutlich verstärkt.

Die Chinesen haben dort einen sehr starken Flottenverband unter Führung des Zerstörers *Hong Lung*, der aus zwei Fregatten, vier Schnellbooten, einigen Minensuchern und verschiedenen Nachschubschiffen besteht. Im allgemeinen bildet er drei Kampfgruppen: Zwei werden von je einer Lenkwaffenfregatte geführt, und die dritte besteht aus der *Hong Lung* und ihren Begleitschiffen. Einheiten der in Zhanjiang stationierten

Südmeerflotte lösen diese Schiffe etwa im Vierwochenturnus ab – nur die *Hong Lung* wird sehr selten abgelöst. Der chinesische Stützpunkt auf Spratly Island ist zwar sehr klein, aber für mittlere Transportflugzeuge zur Versorgung der Flotte durchaus geeignet.

Nach dem Angriff auf die Bohrmannschaft haben die Filipinos ihre Flottenpräsenz in diesem strittigen Gebiet erheblich verstärkt. Sie haben zwei ihrer drei Fregatten dorthin entsandt und überwachen ihren Sektor mit Schiffen und Flugzeugen. Trotz dieser Verstärkung ist die philippinische Marine praktisch nicht existent, denn ihre größeren Einheiten sind alt, langsam und störanfällig. Die Besatzungen sind im allgemeinen nicht gut ausgebildet und operieren nur selten mehr als eine Tagesreise von ihren Heimathäfen entfernt.«

»Ohne amerikanische Unterstützung sind sie also nur Zielscheiben für die Chinesen«, warf Admiral Cunningham ein.

»Sir, die chinesische Flotte – zumindest der im Gebiet der Spratly-Inseln operierende Verband – ist nicht viel stärker als die philippinische Marine«, antwortete Rodgers. »Er besteht zum größten Teil aus kleinen, leicht bewaffneten Vorposten- und Schnellbooten. Eine Ausnahme bildet natürlich das Flaggschiff *Hong Lung:* Es entspricht einem unserer Zerstörer der *Kidd*-Klasse und ist zweifellos das kampfstärkste Kriegsschiff im gesamten Südchinesischen Meer. Auch die Fregatten sind schwer bewaffnet; ihre Fla-Lenkwaffen HQ-91 ließen sich wirkungsvoll gegen philippinische Hubschrauber und vielleicht sogar gegen Marschflugkörper Sea Ray einsetzen. Vergleichbar sind sie mit unseren Fregatten der *Perry*-Klasse – allerdings ohne Hubschrauberdeck und hochmoderne Elektronik.

Sollte es bei einer weiteren Verschärfung dieses Konflikts zu einer Offensive kommen, würden die Chinesen vor allem auf ihre gewaltige Übermacht bei den Bodentruppen setzen«, schloß Rodgers. »Obwohl wir die chinesische Kriegsmarine als kleiner und schwächer als unsere einschätzen, wäre sie durchaus imstande, ihre Truppen zu schützen und mit Nachschub zu versorgen. Ein chinesisches Landungsunternehmen auf den Philippinen wäre sehr schnell erfolgreich und würde die Schwelle für einen amerikanischen Gegenschlag ähnlich hoch wie im Golfkrieg legen – jedoch ohne den Vorteil vorgeschobener Stützpunkte.«

»Sollten die Chinesen die Spratly-Inseln besetzen wollen, könnten wir also nicht viel dagegen unternehmen«, faßte General Falmouth zusammen.

»Sir, bei den gegenwärtigen Kräfteverhältnissen im Pazifik könnten wir sehr wenig dagegen unternehmen, wenn die Chinesen die Philippinen besetzen wollten.«

Diese Behauptung löste eine angeregte Diskussion aus, bis Curtis das Wort ergriff. »Augenblick, Kapitän. Ist das eine J-2-Einschätzung oder Ihre persönliche Meinung?«

»Das ist keine Einschätzung der Abteilung J-2, Sir, aber trotzdem eine Tatsachenfeststellung«, antwortete Rebecca Rodgers. »Sollte die Volksbefreiungsmarine einen Invasionsbefehl erhalten, bräuchte sie weniger als eine Woche, um ...«

»Lächerlich ...«

»Das würden sie nicht wagen ...«

»Absurd ...«

»Unsere vorläufige Einschätzung sieht folgendermaßen aus, Sir«, fuhr Rodgers fort, als wieder Ruhe herrschte. »Gelänge es den Chinesen, fünf strategisch wichtige Stützpunkte – die Kriegshäfen Subic Bay und Zamboanga, die Luftwaffenstützpunkte Cavite und Cebu sowie den Heeresstützpunkt Cagayan de Oro – zu erobern und die von Vizepräsident Samar in Davao aufgestellte Miliz niederzukämpfen, hätten sie das ganze Land in ihrer Gewalt.«

Rebecca Rodgers machte eine Pause, bevor sie sich direkt an die rechts von ihr sitzenden Offiziere wandte.

»Gentlemen, die sogenannte Neue Philippinische Armee ist nur eine gut ausgerüstete Polizei, keine ernstzunehmende Verteidigungsstreitmacht. Die Filipinos haben die Verteidigung ihres Landes den Vereinigten Staaten überlassen – und müßten das notfalls wieder tun. General Samars Miliz ist eine gut ausgebildete und organisierte Truppe zur Guerillabekämpfung, die aber keine Invasion abwehren könnte. Die Chinesen wären auf allen Gebieten dreißigfach überlegen.«

General Wilbur Curtis beobachtete seine Stabschefs mit besorgter Miene. In den sechs Jahren auf diesem Platz hatte er gelernt, rasch zwischen isolierten Vorfällen und potentiell gefährlichen Zwischenfällen zu unterscheiden. Er war sich darüber im klaren, daß die von Rodgers angedeutete Entwicklung viel weitreichendere Folgen haben konnte, als sie bisher gedacht hatten.

»Ich denke, wir wollen alle glauben, dies sei lediglich ein weiteres Scharmützel. Aber seit unserem Abzug von den Philippinen ist dort ein gewaltiges Machtvakuum entstanden. Diese Gefahr haben wir vorausgesehen. Trotzdem hat wohl keiner von uns geglaubt, daß die Chinesen so schnell handeln würden – falls sie das wirklich vorhaben.« Curtis wandte sich erneut an Kapitän Rodgers. »Für wie wahrscheinlich halten Sie eine chinesische Invasion?«

»Sir, wenn Sie einen detaillierten Lagebericht wünschen, sollte ich den Zentralen Nachrichtendienst einschalten«, antwortete Rodgers. »Ich hatte mich auf die militärischen Aspekte konzentriert, ohne die politische Situation zu berücksichtigen. Aber J-2 fürchtet, daß die Philippinen jederzeit überrannt werden könnten.«

Curtis wartete auf Kommentare der Vereinigten Stabschefs; als keine konkreten Vorschläge gemacht wurden, sagte er abschließend: »Gut, dann möchte ich den aktuellen Operationsplan für die Abwehr eines chinesischen Angriffs auf die Philippinen sehen. Ich muß wissen, welche Planungen existieren, die vermutlich überarbeitet werden müssen. Kapitän Rodgers, ich möchte, daß der Zentrale Nachrichtendienst eingeschaltet wird, und brauche von der Operationsabteilung einen Abwehrplan, den ich dem Minister vorlegen kann. Halten Sie uns in Zukunft täglich über die Philippinen, die

Spratly-Inseln und die Aktivitäten der chinesischen Südmeerflotte auf dem laufenden. Wir müssen versuchen, die Sache in den Griff zu bekommen und einen Aktionsplan zu haben, *bevor* dort alles hochzugehen droht.«

High Technology Aerospace Weapons Center (HAWC)
Dreamland, Nevada
Mittwoch, 17. August 1994, 09.05 Uhr Ortszeit

In der Leitung des Scrambler-Telefons knisterte und knackte es. »Brad! Wie, zum Teufel, geht's Ihnen?«

Generalleutnant Brad Elliott lehnte sich zurück und grinste, als er den Anrufer an der Stimme erkannte. »Ich hatte eigentlich erwartet, daß Sie wieder den jungen Andy Wyatt herschicken, damit er mich löchert, Sir, aber ich freue mich, daß Sie selbst anrufen.«

»Hören Sie auf, mich ›Sir‹ zu nennen, altes Schlachtroß«, sagte Wilbur Curtis, der Vorsitzende der Vereinigten Stabschefs. »Sie wissen, daß wir das unter uns längst abgeschafft haben. Übrigens scheinen Sie sich nicht sehr über meinen Anruf zu wundern.«

»Ich bin seit Montag vom halben J-Stab und mehrfach vom Space Command angerufen worden – folglich mußten *Sie* der nächste Anrufer sein. Lassen Sie mich mal raten: Sie möchten einige meiner Satelliten mitbenützen.«

»Woher, zum Teufel, wissen Sie das?«

»Das weiß ich, weil Sie jedes meiner neuen Spielzeuge haben wollen.«

»Dazu sind Sie schließlich dort draußen, Dummkopf. Statt rumzuhocken und Ihre drei Sterne zu polieren, sollen Sie neue Spielsachen für uns entwickeln. Also Schluß mit diesem Gejammer!«

»Ich will mich gar nicht beschweren«, versicherte Elliott ihm lachend. »Ich nehme an, daß Sie unsere neuen NIRTSats benützen wollen, deren kombiniertes Radar-, Infrarot- und Fernsehbild in Echtzeit an Flugzeuge und Bodenstationen übermittelt werden kann. Stimmt's?«

»Seit wann sind Sie Gedankenleser?« scherzte Curtis. »Wie ich gehört habe, können Ihre B-2-Bomber und die B-52 Megafortress diese Satellitenbilder empfangen?«

»Die Flugerprobung des Systems PACER SKY findet in einigen Wochen im Strategic Warfare Center statt«, sagte Elliott, »aber die Bodenversuche sind sehr positiv verlaufen. Sie möchten jetzt Aufnahmen eines bestimmten Gebiets, wollen dafür aber keine Aufklärer oder LACROSSE-Satelliten benützen, um eine bestimmte Großmacht nicht auf Ihr Interesse aufmerksam zu machen. Hab' ich recht?«

»Verdammt recht!« bestätigte Curtis. »Wir beobachten einen chinesischen Flottenaufmarsch im Südchinesischen Meer, weil wir befürchten, daß die Chinesen gegen die Spratlys oder sogar die Philippinen losschlagen wollen. Schicken wir Aufklärer oder einen KH-Satelliten über dieses Gebiet, sind sie sofort gewarnt.«

»Die Philippinen? Soll das heißen, daß die Chinesen eine Invasion versuchen könnten?«

»Hoffentlich nicht!« antwortete Curtis. »Der Präsident ist ein überzeugter Anhänger Präsident Mikasos. Eigentlich haben wir schon seit Jahren mit dieser Entwicklung gerechnet, sowie sich abgezeichnet hat, daß wir die Philippinen würden räumen müssen. Was Südostasien betrifft, sind wir dort im Augenblick wegen der Konzentration auf die Golfregion und der Schließung vieler Stützpunkte in Übersee verdammt schwach ...«

»Okay, was Sie an Aufnahmen brauchen, können Sie haben«, versicherte Elliott ihm, während er sich mit der freien Hand übers Haar fuhr. »Wir können sie J-2 digitalisiert übermitteln – oder Jon Masters stellt Ihnen gleich eines seiner Terminals auf den Schreibtisch.«

»Nein, sorgen Sie dafür, daß J-2 und J-3 so bald wie möglich neue Aufnahmen bekommen. Ich veranlasse, daß jemand Sie anruft und Ihnen durchgibt, was wir brauchen...«

»Ich weiß, was Sie brauchen, Sir«, behauptete Elliott.

»Angeber!« sagte Curtis lachend. »Mann, da gibt's Kerle, die auf der Überholspur Karriere machen, ein paar Monate im Weißen Haus Dienst tun und sich gleich sonst was einbilden... Und hören Sie endlich auf, mich ›Sir‹ zu nennen! Sie hätten selbst vier Sterne, wenn Sie sich dazu entschließen könnten, aus Ihrem Wüstenloch rauszukommen und wieder unter Menschen zu gehen.«

»Was? Ich soll Dreamland verlassen und auf die Gelegenheit verzichten, Viersternegeneräle zu beleidigen? Kommt nicht in Frage!« Elliott legte laut lachend auf.

US Air Force Strategic Warfare Center
Ellsworth Air Force Base, South Dakota

»Achtung!«

Zweihundert Männer und Frauen in olivgrünen Pilotenkombis sprangen von ihren Sitzen auf, als Brigadegeneral Calvin Jarrel und sein Stab den großen Besprechungsraum betraten. Eine Szene wie aus dem Film *Patton* – bis auf das große SAC-Emblem an der Wand hinter dem Podium: eine gepanzerte Faust, die einen Olivenzweig und drei Blitze umklammert hielt. Ansonsten hätte dies eine von unzähligen Einsatzbesprechungen sein können, die in den vergangenen Jahrzehnten stattgefunden hatten, obwohl diese Besatzungen, alle aus dem Strategic Air Command, nicht kämpfen würden... zumindest noch nicht gleich.

Es wäre leicht gewesen, General Cal Jarrel für einen der rund vierhundert Piloten und Besatzungsmitglieder im Strategic Warfare Center zu halten, und das war ihm nur recht. Jarrel war sportlich, schlanke einsachtzig groß, trug sein braunes Haar vorschriftsmäßig kurz und versteckte seine braunen

Augen meistens hinter einer Pilotenbrille mit grünen Gläsern. Alle seine Untergebenen waren sich darüber einig, daß er der sichtbarste General war, den irgend jemand kannte. Als begeisterter Jogger war er jeden Morgen mit seinem ganzen Stab unterwegs und hielt sich so in Form, obwohl er in letzter Zeit mehr hinter dem Schreibtisch als im Cockpit von Bombern wie B-52 Stratofortress, B-1B Excalibur oder F-111 G Super Aardvark saß. Jarrel war mit einer auf Umweltrecht spezialisierten Anwältin aus Georgia verheiratet und der gestreßte Vater zweier halbwüchsiger Söhne.

Wie Jarrel wirkten viele der Männer und Frauen im Strategic Air Command der neunziger Jahre im Gegensatz zu den oft vor Selbstbewußtsein strotzenden Jagdfliegern nachdenklich, unauffällig und zurückhaltend – so als wüßten sie instinktiv, daß die auf ihren Schultern ruhende schwere Verantwortung für zwei Drittel des amerikanischen Atomarsenals nichts war, mit dem man angab oder prahlte.

Nach Ansicht von Kritikern hatten die zwanzigtausend SAC-Besatzungsmitglieder wenig Grund zur Prahlerei und noch weniger Aussichten fürs kommende Jahrhundert, in dem die fünfzig B-2 und die hundert von Eisenbahnwagen aus startenden Interkontinentalraketen Peacekeeper, die bis dahin einsatzbereit sein sollten, wahrscheinlich die einzigen SAC-Atomwaffen sein würden. Sämtliche B-52, B-1B, Marschflugkörper und Aufklärer sollten für taktische Unterstützung umgerüstet, in die inaktive Reserve eingegliedert oder schlimmstenfalls sogar verschrottet werden.

Für SAC war dies eine Zeit der Abwicklung, die Fragen zu Ausbildung, Einsatzbereitschaft und Motivation aufwarf. Und genau dort setzten Jarrels Strategic Warfare Center und die Air Battle Force an.

»Rührt euch!« sagte General Calvin Jarrel laut, während er nach vorn in Richtung Podium ging. Die Männer und Frauen nahmen wieder Platz und flüsterten unruhig miteinander, bis Jarrel das Podium betrat. Er war hier, um die Piloten und Besatzungsmitglieder zu begrüßen, die an dem nächsten dreiwöchigen Intensivlehrgang über strategische Luftkriegsführung teilnehmen würden. Wie bei allen bisherigen Lehrgängen in dem Jahr seit seiner Ernennung zum Direktor des Strategic Warfare Centers mußte er jeden einzelnen dieser Männer und Frauen – und vielleicht auch ganz Amerika und nicht zuletzt sich selbst – davon überzeugen, wie wichtig das hier Gelernte war.

Oberstleutnant Patrick McLanahan saß mitten im Saal zwischen anderen B-2-Besatzungen, die wie er hier waren, um an diesem Lehrgang teilzunehmen. Hier gehöre ich her, sagte McLanahan sich: in einer Pilotenkombi zwischen den anderen Besatzungen bei der Einsatzbesprechung. Er war sich darüber im klaren, daß er allzu lange in Dreamland isoliert gewesen war. Gewiß, er durfte dort ein traumhaftes Flugzeug fliegen. Aber das Problem bestand darin, daß er keinem Menschen davon erzählen durfte. Offiziell »beobachtete« er das Strategic Warfare Center nur im Auftrag des Pentagons. Trotzdem – er war hier. Und der aufregendste Teil stand ihm noch bevor...

Nachdem General Jarrel die Besatzungen kurz begrüßt hatte, kam er jetzt zum eigentlichen Thema.

»Das SAC hat keineswegs nur den Auftrag, Nuklearwaffen ins Ziel zu bringen, sondern wird in Zukunft in allen nur denkbaren Konfliktsituationen sehr verschiedene Unterstützungsaufgaben erfüllen müssen«, führte er aus. »Dazu brauchen wir die Air Battle Force. Ab sofort gehören Sie keiner Bomber-, Jäger- oder Transporterstaffel mehr an, sondern sind Besatzung des ersten Geschwaders der Air Battle Force. Sie werden lernen, als Team zu fliegen und zu kämpfen. Sie alle kennen dann nicht nur Ihre eigenen Fähigkeiten, sondern auch die Ihrer Kameraden. Die Air Battle Force bildet den ersten wirklich integrierten Kampfverband, in dem verschiedene Waffensysteme gemeinsam ausgebildet werden, um später gemeinsam zu kämpfen.

Da die Air Battle sich erst im Aufbau befindet und noch nicht einsatzbereit ist, müssen wir Sie nach dem Lehrgang wieder zu Ihren Einheiten zurückschicken. Trotzdem bleiben Sie auch dort Angehörige der Battle Air Force, von denen wir erwarten, daß sie sich weiterbilden und ihre praktischen Fähigkeiten verbessern. Sollte eine Krise entstehen, werden Sie hierher zurückgerufen, um das zweite oder dritte Geschwader der Air Battle Force zu bilden. Später wird es Geschwader der Air Battle Force geben, bei denen Sie wie in jedem anderen Geschwader Dienst tun können.«

Jarrel sprach noch einige Minuten lang über die Aufgaben des Strategic Warfare Centers, das seit 1989 Bomberbesatzungen ausbildete, denen über neun Staaten im Mittleren Westen über fünftausend Kilometer militärische Übungsrouten in verschiedenen Höhen zur Verfügung standen.

»Also, meine Damen und Herren«, sagte der General abschließend, »fliegen Sie los, und zeigen Sie uns, wie die besten Besatzungen Amerikas eine strategische Luftschlacht zu führen verstehen!«

Der Saal brach in jubelnden Beifall aus, und irgendwo inmitten der Menge johlte und klatschte Patrick McLanahan beinahe am lautesten.

Einige Tage nach Beginn ihres Trainingsprogramms im SWC traf Brigadegeneral John Ormack, der mit Cobb, MacLanahan, eigenem Bodenpersonal und den Bombern EB-52 und B-2 vom HAWC herübergekommen war, Patrick McLanahan eines Abends im Cockpit der Black Knight an. Strom- und Luftversorgung waren angeschlossen, und McLanahan saß in den rechten Sitz zurückgelehnt und hatte eine computererzeugte farbige Karte des Übungsgebiets auf dem Super-MFD vor sich. Er trug einen Kopfhörer und war damit beschäftigt, dem hochmodernen B-2-Computer, der Stimmen identifizieren konnte, Befehle einzugeben. McLanahan war so in diese Arbeit vertieft, daß der stellvertretende HAWC-Kommandeur ihn einige Zeit hinter dem Pilotensitz stehend beobachten konnte.

So ist er schon immer gewesen, überlegte Ormack: ruhig, zurückhaltend, introvertiert, manchmal fast ein bißchen abweisend, obwohl er auch gesellig sein konnte und anscheinend gern mit anderen zusammenarbeitete. Aber seit ihrer Ankunft in Ellsworth konzentrierte McLanahan sich noch verbissener auf seine Aufgabe, die für ihn darin bestand, den SWC-Lehrgang mit der bestmöglichen Note zu bestehen und in die Air Battle Force aufgenommen zu werden. Obwohl er nicht benotet werden würde, weil die HAWC-Besatzungen keine offiziellen Teilnehmer waren, büffelte er wie ein junger Hauptmann, der vor den Beförderungsausschuß geladen worden ist. Schwer zu sagen, ob Patrick das tat, weil ihm die Arbeit Spaß machte – oder weil er sich und den anderen beweisen wollte, daß er noch immer der Beste war...

Aber das war eben typisch Patrick McLanahan.

Ormack trat einen Schritt vor und ließ sich in den linken Pilotensitz gleiten. Nun wurde McLanahan auf ihn aufmerksam, nahm den Kopfhörer ab und setzte sich auf. »Hallo, Sir«, begrüßte er Ormack. »Was führt Sie so spät noch hierher?«

»Ich hab' Sie gesucht«, antwortete der General. Er deutete auf den SMFD. »Routenstudium?«

»Ein bißchen Einsatzplanung mit dem PACER-SKY-Prozessor«, antwortete McLanahan. »Ich hab' dem System die Angriffsroute eingegeben, bloß um zu sehen, was dabei rauskommen würde. Wie sich zeigt, wär's besser, dieses Ziel hier aus Westen statt aus Nordwesten anzugreifen, weil die Fla-Stellung am Powder River uns dann erst einundzwanzig Sekunden später sieht. Wir müssen nach dem zweiten Bombenabwurf sechzig Sekunden gutmachen, um nach Westen ausholen zu können, was ein paar Zeitpunkte kostet, aber dafür kriegen wir jede Menge Abwehrpunkte gutgeschrieben.« Er grinste leicht verlegen. »Ich möchte nicht wissen, was die anderen Besatzungen sagen würden, wenn sie wüßten, daß ich meine Einsätze mit PACER SKY plane.«

»Da fällt mir übrigens was ein«, sagte Ormack. »Die Vereinigten Stabschefs haben General Elliott beauftragt, das Südchinesische Meer und die Philippinen mit NIRTSats zu überwachen. Möglicherweise werden Sie vom J-Stab aufgefordert, unser neues System vorzuführen.«

»Jederzeit. Da werden sie Augen machen!«

»Nach Auskunft des Wachtpostens sitzen Sie seit drei Stunden hier oben«, sagte Ormack. »Drei Stunden Arbeit, um zwanzig Sekunden bei einem Bombenangriff einzusparen?«

»Zwanzig Sekunden – und vielleicht vernichte ich ein Ziel, ohne selbst ›getroffen‹ zu werden.« Er deutete auf das SMFD und sprach einen Befehl aus, nach dem die Szene sich in Bewegung setzte. Das B-2-Symbol am unteren Bildrand raste in Wellenlinien über niedrige Hügel und durch flache Täler auf ein pyramidenförmiges Zielsymbol zu. Plötzlich erschien am rechten oberen Bildrand eine gelbe Halbkugel. »Das ist die Fla-Stellung bei ein Uhr, aber dieser Hügel blockiert ihr Schußfeld – anscheinend hat bei der Aufstellung niemand daran gedacht, daß ein Bomber so weit ausholen könnte.«

Die computerisierte »Vorschau« auf dem SMFD ging weiter: Die gelbe Halbkugel vergrößerte sich, überdeckte das Bombersymbol und wurde in diesem Augenblick rot. McLanahan deutete auf eine rückwärtslaufende Sekundenanzeige. »Sehen Sie? Zehn Sekunden nach dem Einflug in den Wirkungsbereich dieser Fla-Stellung löse ich meine Bomben aus. Habe ich Antiradarlenkwaffen an Bord, kann ich sie jetzt ausschalten, oder ich drehe um den Hügel nach Westen ab, um mich wieder in Sicherheit zu bringen.«

Ormack fand den Ablauf faszinierend, aber McLanahan interessierte ihn im Augenblick noch mehr. »Im O-Club findet eine große Fete statt, Patrick«, sagte er. »Dies ist unsere letzte Party vor dem Wochenende, und viele Ihrer alten Kameraden von der Ford AFB haben nach Ihnen gefragt. Warum machen Sie hier nicht Schluß und kommen mit in den Club?«

McLanahan zuckte mit den Schultern und rief auf dem SMFD eine weitere Darstellung auf. »In knapp einer Stunde ist ohnehin Zapfenstreich ...«

»Ein Bier schadet nichts. Ich lade Sie ein.«

McLanahan zögerte, sah dann zu Ormack auf und schüttelte den Kopf. »Nein, lieber nicht, Sir...«

»Irgendwas nicht in Ordnung, Patrick? Irgendwas, von dem ich nichts weiß?«

»Nein... alles ist in Ordnung.« McLanahan zögerte, bevor er dem Computer den mündlichen Befehl gab, das System abzuschalten. »Ich habe nur... das Gefühl, nicht wirklich dazuzugehören, verstehen Sie?«

»Nein, das verstehe ich nicht.«

»Die anderen Jungs sind die wirklichen Flieger«, sagte McLanahan. »Sie sind jung, sie sind begabt, sie sind so selbstbewußt frech, daß sie sich einbilden, es mit der ganzen Welt aufnehmen zu können.«

»Genau wie Sie, als wir uns kennengelernt haben«, stellte Ormack lachend fest. »Ich habe geglaubt, das sei nur eine Masche, aber damals habe ich noch nicht gewußt, wie gut Sie in Wirklichkeit sind.« Er betrachtete McLanahan mit einem Anflug von Besorgnis. »Dabei haben Sie sich doch auf diesen Lehrgang im Strategic Warfare Center, auf ihre Rückkehr in die ›reale Welt‹ gefreut...«

»Aber ich bin nicht zurückgekehrt«, widersprach McLanahan. »Ich bin weiter von den anderen entfernt, als ich's für möglich gehalten hätte. Mir kommt's vor, als hätte ich sie im Stich gelassen...« Er zuckte mit den Schultern. »Anstatt in einer Staffel als Besatzungsmitglied oder Navigator meinen Mann zu stehen, spiele ich mit Kinkerlitzchen, die nichts mit der ›realen Welt‹ zu tun haben...«

»Aber deswegen sind Sie nicht deprimiert«, sagte Ormack. »Dafür kenne ich Sie zu gut, Patrick! Sie sind niedergeschlagen, weil Sie das Gefühl haben, dies alles nicht verdient zu haben. Ich erlebe Sie im Umgang mit Ihren Kameraden: Die anderen sind alte Hauptleute oder Majore, und Sie sind Oberstleutnant, die anderen gehören wie vor zehn Jahren zum aktiven Personal, fliegen Nachteinsätze und üben Alarmstarts, und

Sie fliegen Starships, die viele Ihrer Kameraden in ihrer ganzen Laufbahn nicht mal *sehen* werden; die anderen reden von Bomberwettbewerben oder der Überprüfung ihrer Staffel auf Einsatzbereitschaft, während Ihre Arbeit so geheim ist, daß Sie nicht mal darüber reden dürfen.

Patrick, Sie sind hier, weil Sie der Beste sind. Sie haben mehr getan, als sich nur für einen Job zu qualifizieren: Sie haben Hervorragendes geleistet, niemals aufgegeben, überlebt und andere gerettet. Und als Sie dann in Dreamland in Quarantäne gesteckt worden sind, haben Sie sich nicht damit begnügt, einfach den Rest Ihrer zwanzig Jahre abzusitzen – Sie haben wieder Hervorragendes geleistet und sind zu einem unersetzlichen Mitarbeiter geworden.

Sie haben sich verdient, was Sie jetzt haben. Sie haben's sich erarbeitet. Sie sollten losziehen und Spaß daran haben. Und Sie sollten Ihren Boß zu 'nem Bier einladen, bevor er Sie mit Gewalt aus dem Cockpit zerrt. Los, los, Beeilung!«

Vor der Spratly-Insel Phu Qui, Südchinesisches Meer
Donnerstag, 22. September 1994, 23.44 Uhr Ortszeit

Die Kampfgruppe zwei von Admiral Yin Po L'uns Flottille stand wieder in Radarreichweite der Insel Phu Qui, der großen Fels- und Korallenformation in der umstrittenen neutralen Zone zwischen den von Filipinos besetzten nördlichen und den von Chinesen gehaltenen südlichen Inseln. Im Gegensatz zu dem weit stärkeren Verband aus zehn Schiffen, der Admiral Yins Flaggschiff umgab, bestand diese Kampfgruppe nur aus vier Einheiten: zwei Vorpostenbooten der *Hainan*-Klasse, einem Minensucher der *Lienyun*-Klasse und dem Lenkwaffen-Schnellboot *Chagda* der *Huangfen*-Klasse, dem Führungsschiff dieses schnellen Vorpostenverbands.

Kapitänleutnant Chow Ti U, der junge Kommandant der *Chagda*, fühlte sich unbehaglich, wenn er an seinen Einsatzbefehl dachte. Der Angriff auf die philippinische Bohrmannschaft lag schon über ein Vierteljahr zurück, und die Spannung in diesem Gebiet war seither von Woche zu Woche gestiegen. Inzwischen war sie fast mit Händen zu greifen – und ein Großteil dieser erhöhten Spannung war darauf zurückzuführen, wie Admiral Yin die ganze Sache angepackt hatte.

Im Gegensatz zu der ursprünglichen offiziellen Darstellung hatte Yin dieses Seegebiet sofort nach dem Angriff verlassen; seine Behauptung, wegen hohen Seegangs sei kein Rettungsversuch möglich gewesen, klang wenig überzeugend. Als das Wetter dann aufklarte, zeigte sich, daß Yin seine Flottille weit von Phu Qui entfernt auf der chinesischen Seite der neutralen Zone versammelt hatte – und auch hier lieferte seine Behauptung, er habe Vergeltungsangriffe philippinischer Seestreitkräfte befürchtet, keine Erklärung dafür, warum er nicht angeboten hatte, sich an Rettungsmaßnahmen zu beteiligen.

Chow hätte das niemals ausgesprochen, aber Yins Verhalten ließ sich nur als unprofessionell charakterisieren: Es verstieß gegen das Völkerrecht, die Regeln der Seekriegsführung und die allgemeine Pflicht zur Rettung Schiffbrüchiger. Nach Chows Überzeugung war der Admiral durchaus berechtigt gewesen, die illegale Ölbohrung zu verhindern und das Feuer erwidern zu lassen, als die *Wenshan* beschossen worden war. Aber daß er sich anschließend davongestohlen hatte, ohne Hilfe anzubieten oder sie wenigstens über Funk anzufordern, war doch sehr verdächtig.

Obwohl es seit diesem Zwischenfall keine weiteren Gefechte mehr gegeben hatte, wäre es einige Male fast dazu gekommen. Alle waren nervös, lauerten, beobachteten, warteten ... Chow und seine Besatzung waren innerlich davon überzeugt, daß es nur eine Frage der Zeit war, wann wieder etwas passierte, und nachdem sie miterlebt hatten, wie Admiral Yin die erste Krise bewältigt hatte, waren sie um so nervöser, wenn sie an eine Eskalation dieses Konflikts dachten.

»Entfernung zu Phu Qui, Navigator?« fragte Chow laut.

Seine Brückenbesatzung verfolgte ihren Kurs offenbar aufmerksam, denn die Antwort kam sofort: »Genosse Kapitänleutnant, wir stehen sechzehn Seemeilen südwestlich von Phu Qui. Die Insel kommt in wenigen Minuten in Radarreichweite.«

»Danke«, sagte Chow. Sechzehn Seemeilen... genau am Rand der neutralen Zone. Im Gegensatz zu seinem Admiral hatte er nicht die Absicht, das Schicksal herauszufordern, indem er in die neutrale Zone einlief. Das Gebiet um Pearson Reef gehörte unstrittig der Volksrepublik China, deshalb würde Chow die neutrale Zone von hier aus mit seinem Radar nach Eindringlingen absuchen.

Trotzdem fühlte er sich unbehaglich... Das mochte damit zusammenhängen, daß Admiral Yin mit seiner größeren, stärkeren Kampfgruppe nicht mehr entlang der imaginären Grenze operierte, sondern sich mit ihr nach Süden in unbestritten chinesische Gewässer zurückgezogen hatte. War anfangs vermutet worden, er habe Befehl erhalten, die neutrale Zone zu meiden, hieß es jetzt gerüchteweise, Yin wolle sein kostbares Flaggschiff *Hong Lung* nicht der Gefahr aussetzen, von der philippinischen Marine beschossen zu werden. Yins Kampfgruppe stand fünfundvierzig Seemeilen entfernt vor der Insel Nansha Dao, wo die *Hong Lung* sehr leicht auf Grund laufen konnte. Chows Verband wäre für dieses von Riffen durchsetzte Gebiet besser geeignet gewesen – aber wenn der Admiral lieber dort bleiben wollte...

»Radarkontakt!« meldete der Wachoffizier plötzlich. »Peilung null-fünf-null Grad, Entfernung sechzehn Meilen, Fahrt null.« Chow drehte sich nach der Plexiglastafel um, auf der ein Matrose jetzt den Radarkontakt eintrug.

Die Insel Phu Qui.

»Kontakt bestätigen«, befahl der Kapitänleutnant. »Lassen Sie überprüfen, ob unser Radar nicht die Insel selbst erfaßt hat.« Aber er wußte recht gut, daß ihr Radar am Rande seiner Reichweite unmöglich die niedrige Koralleninsel erfaßt haben konnte. Irgend etwas befand sich auf oder in der Nähe der umstrittenen Insel. Seit Yins Angriff hatten alle Schiffe, die durch die neutrale Zone liefen – auch Chows kleine Kampfgruppe –, vorsichtshalber allen Staaten, die Anspruch auf diese Inseln erhoben, ihre Bewegungen gemeldet.

Auf Chows Liste aller Schiffe, die in den nächsten Tagen dieses Gebiet durchfahren würden, stand keines, das vor Phu Qui ankern wollte.

»Radar bestätigt, daß es sich um ein Schiff handelt«, meldete sein Wachoffizier einige Augenblicke später. »Identifizierung bisher nicht möglich, aber Gelände- oder Wellenechos scheiden aus.«

Der Kapitänleutnant zögerte. Er konnte nicht glauben, daß die Filipinos es wagen würden, nochmals einen Bohrturm auf Phu Qui zu errichten. Das wäre einer Kriegserklärung gleichgekommen. Und er wollte nicht ohne ausdrücklichen Befehl Admiral Yins in die neutrale Zone vorstoßen. Sollte *er* doch die Verantwortung für einen weiteren Angriff tragen!

»Dringende Meldung an Drache«, wies Chow schließlich seinen Wachoffizier an. »Melden Sie den Radarkontakt – und daß wir auf weitere Befehle warten.« Nach kurzer Pause fügte er hinzu: »Lassen Sie die *Guangzhou* weiter nach Nordwesten laufen, damit sie uns nicht behindert, falls wir näher an Phu Qui heranmüssen. Tragen Sie ins Logbuch ein, daß ich das Einlaufen der *Guangzhou* in die neutrale Zone ausdrücklich genehmige.« Da der nur mit einigen leichten MGs bewaffnete Minensucher kein richtiges Kriegsschiff war, konnte seine Entsendung in die neutrale Zone nicht als feindseliger Akt aufgefaßt werden.

Nachdem der Wachoffizier seine Befehle ausgeführt hatte, wandte er sich wieder an den Kommandanten. »Genosse Kapitänleutnant, ich schlage vor, daß wir den Hubschrauber der *Hong Lung* als Aufklärer anfordern. Für jemanden, der sich auf der Insel aufhält, wäre das weniger bedrohlich.«

»Wir erhalten auf jeden Fall Befehl, näher an Phu Qui ranzugehen«, sagte Chow voraus. »Aber Ihre Idee ist gut. Fordern Sie den Hubschrauber an.«

Sie brauchten nicht lange auf den Befehl zu warten.

»Funkspruch von Drache, Genosse Kapitänleutnant«, meldete der Wachoffizier. »›Kampfgruppe zwei läuft sofort in die neutrale Zone ein, kontrolliert Phu Qui, identifiziert alle Eindringlinge und setzt alle Personen fest. Waffengebrauch nur zur Verteidigung; dann jedoch unter Einsatz aller verfügbaren Mittel. Hubschrauber startet sofort zu Ihrer Unterstützung. Kampfgruppe Drache zu Ihnen unterwegs; geschätzte Ankunftszeit: zwei Uhr dreißig. Ende.‹«

»Gut«, sagte der Kommandant, indem er zuversichtlich nickte und so viel Begeisterung wie möglich in seine Stimme legte. »Lassen Sie stillen Alarm geben, ich wiederhole, stillen Alarm auf allen Schiffen.«

Die Nacht war so ruhig, daß die Sirenen und das Schrillen der Alarmglocken auf den Schiffen unter Umständen über zwanzig Kilometer weit zu hören sein konnten. Für Kapitänleutnant Chow war dies die erste wirkliche Konfrontation mit feindlichen Seestreitkräften, und sein schmächtiger Körper verkraftete die Aufregung bisher nicht sonderlich gut. Seine Magennerven verkrampften sich so sehr, daß er fürchtete, die anderen auf der Brücke könnten seinen Magen rebellieren hören.

»Lassen Sie die *Guangzhou* das Gebiet zwischen uns und Phu Qui auf Zickzackkurs absuchen«, wies er den Wachoffizier an. »*Yaan* und *Baoji* sollen in Kiellinie zu uns aufschließen.« Er war froh, daß sein Wachoffizier und die restliche Brückenbesatzung ganz selbstverständlich ihre Pflicht taten, denn er fühlte sich von Minute zu Minute elender. In seinen sechzehn Dienstjahren war er noch nie seekrank gewesen, aber in diesem denkbar ungünstigen Augenblick hatte er das gräßliche Gefühl, er könnte im nächsten Augenblick …

Chow bemühte sich, seinen Magen zu ignorieren, während er die Schiffe seines kleinen Verbandes in die beste Formation für die Annäherung an eine vom Feind besetzte Insel brachte.

Der Minensucher würde vor der *Chagda* herlaufen und einen etwa eine halbe Seemeile breiten Streifen nach Minen absuchen. Solange die beiden Vorpostenboote in Kiellinie blieben, bestand eine gewisse Chance, daß der unbekannte Gegner sie erst entdeckte, wenn die Schießerei losging. *Yaan* und *Baoji,* die zur Bekämpfung von Flugzeugen, Schiffen und U-Booten ausgerüstet waren, würden den Himmel und das Meer vor der eigenen Formation absuchen.

»Alle Schiffe auf Gefechtsstation«, meldete der Wachoffizier, während Chow seine Schwimmweste anlegte und statt eines Helms eine rote Baseballmütze aufsetzte. »Alle Waffen bemannt und abwehrbereit.«

»Danke. Melden Sie ab jetzt fortlaufend die Entfernung zu Phu Qui«, wies Chow ihn an. »Alle Schiffe sollen zehn Knoten laufen, bis ...«

»Achtung!« rief der Radargast. »Zielsuchradar hat uns erfaßt, Peilung null-fünf-null.«

»Was für eines, verdammt noch mal? Welcher Typ? Schnell!«

Die Antwort kam erst nach scheinbar endlos langer Pause: »C-Band-Zielsuchradar ... Sea Giraffe 50, OPS-37, SPS-10 oder –21 ... langsame Abtastgeschwindigkeit ... wahrscheinlich ein SPS-10 ...« Chow machte ein finsteres Gesicht, weil er sich über die Art der Meldung ärgerte. Warum hielt der Mann sich mit schwedischen und japanischen Radargeräten auf, wenn doch feststand, daß das einzige C-Band-Radar im Bereich der Spratly-Inseln auf einem philippinischen Kriegsschiff installiert sein mußte?

»Entfernung zu Phu Qui zwölf Seemeilen, weiter abnehmend«, meldete der Navigationsoffizier. »Fahrt zehn Knoten.«

»*Negros Oriental*-Klasse«, meldete der Wachoffizier. »Vermutlich die *Nueva Viscaya,* die nach letzten Berichten ausgelaufen sein soll.« Chow nickte zustimmend. Die *Nueva Viscaya* war einer der beiden ehemals amerikanischen U-Boot-Jäger, die in der philippinischen Marine als Küstenwachschiff eingesetzt wurden: ein weiterer fünfzig Jahre alter Seelenverkäufer, der längst hätte abgewrackt werden sollen. Die *Nueva Viscaya* war klein, langsam und schwach bewaffnet. Ihr schwerstes Kaliber war ein 7,6-cm-Geschütz; andererseits konnte ihre 2- und 4-cm-Flak dem Hubschrauber der *Hong Lung* auf Entfernungen bis zu sechs Kilometer gefährlich werden.

»Geben Sie an *Hong Lung* durch, daß wir das philippinische Kriegsschiff PS80 vor Phu Qui vermuten«, befahl Chow. »Melden Sie auch, daß wir ein C-Band-Suchradar entdeckt haben und uns ...«

»Meldung von der *Baoji!*« rief der Funker aufgeregt. »Radarkontakt mit Flugzeug, Peilung eins-neun-null, fünfzehn Kilometer.«

»An alle: Fliegeralarm!« brüllte Chow. »Unter fünf Kilometer: Feuer frei! Funkspruch auf internationaler Notfrequenz: Flugzeuge sollen außer Sichtweite chinesischer Kriegsschiffe bleiben!«

Kapitanleutnant Chow trat hastig an den Radarschirm in der Brückenmitte. Das Kombinationsbild zeigte lediglich Pearson Reef und Cornwallis Reef – zwei große Korallenformationen am Südostrand der Spratly-Inseln. Damit war klar, was passiert war: Der kurze Radarimpuls aus der Umgebung von Phu Qui hatte sie dazu veranlaßt, sich ganz auf den Nordosten zu konzentrieren; in dieser Zeit war Chows Kampfgruppe von Flugzeugen umflogen worden, deren Annäherung im Radarschatten der Korallenriffe unbemerkt geblieben war.

»Radar zeigt jetzt drei Flugzeuge, Höhe weniger als zehn Meter, Fahrt sechzig Knoten«, meldete der Radargast. »Vermutlich Hubschrauber. Entfernung jetzt dreizehn Komma fünf Kilometer, weiter abnehmend ...« Auf dem Radarschirm waren plötzlich mehrere grellweiße Zacken zu sehen, die sich um den Mittelpunkt drehten, dann verschwanden und noch heller wiederkamen. »Alle Systeme werden gestört ...«

»An alle: Ausweichmanöver!« befahl Kapitänleutnant Chow. »ECM und Köder aktivieren. Funkspruch in Klartext an Drache: Gefahr von Luftangriff aus Südosten ...«

»Lenkwaffenabschuß!« meldete der Ausguck auf der Brükkennock mit vor Aufregung schriller Stimme. Genau voraus war an der schwarzen Kimm ein Lichtblitz zu sehen, der zu einer bogenförmigen Feuerspur wurde, die rasch aufflammte und wieder verschwand. Dann blitzte es erneut auf – aber diesmal zielte die Feuerspur der Lenkwaffe genau auf die *Chagda*.

»Ruder hart Steuerbord!« brüllte Chow. »Dreimal äußerste Kraft voraus! Düppelraketen los! Alle Geschütze: Feuer frei!« Die beiden Backbordtürme der radargesteuerten 3-cm-Zwillingsflak hämmerten los. Gleichzeitig stiegen vom Heck der *Chagda* die Fallschirmraketen des Ködersystems ERC-1 in den Nachthimmel auf. Sie würden einige hundert Meter vor dem Schiff eine Düppelwolke herabschweben lassen, um das feindliche Radar zu stören, und brennende Phosphorkugeln ausstoßen, um Lenkwaffen mit Infrarotsuchköpfen zu täuschen. Darüber hinaus führte die *Chagda* schwimmfähige Radarreflektoren mit: lachhaft wirkungslose Dinger, die man trotzdem in der schwachen Hoffnung über Bord warf, feindliche Lenkwaffen könnten sie attraktiver als ein zweihundert Tonnen schweres Schnellboot finden.

Die gesamte Brückenbesatzung starrte in Richtung Phu Qui, als plötzlich ein orangeroter Feuerball aufleuchtete, in dem sekundenlang die niedrige Silhouette des Minensuchers *Guangzhou* zu sehen war. Wenig später folgten mehrere Sekundärdetonationen, bevor ihre Druck- und Schallwellen die *Chagda* wie ein drei Sekunden lang tobendes Gewitter erschütterten. Das war der grausigste Anblick, den Kapitänleutnant Chow jemals gesehen hatte. »Die *Guangzhou* hat's erwischt...«

»Schaut!« rief irgendjemand. Als Chow sich herumwarf, sah er gerade noch den Feuerschweif einer Lenkwaffe, die keine hundert Meter achteraus an der *Chagda* vorbeiraste, bevor eine gewaltige Detonation das Schnellboot erzittern ließ. Die zweite aus dem Gebiet um Phu Qui abgeschossene Lenkwaffe hatte wie durch ein Wunder die *Chagda* verfehlt, die Düppelwolke angesteuert und tatsächlich einen der schwimmenden Radarreflektoren getroffen. Die Detonation war gewaltig. Die Klarmeldungen der einzelnen Stationen zeigten jedoch, daß das Schnellboot unbeschädigt geblieben war.

Der Angriff ging weiter. Obwohl *Yaan* und *Baoji* größer und besser bewaffnet als die *Chagda* waren, hatten sie keine Köderraketen und nur schwache ECM-Sender an Bord; zur Luftabwehr vertrauten sie auf je vier 5,7-cm- und 2,5-cm-Maschinenkanonen in Zwillingstürmen. Das Mündungsfeuer der Flak beider Schiffe erhellte den Nachthimmel, während die Hubschrauber aus Südosten anflogen.

»Die *Baoji* meldet Raketenbeschuß durch Hubschrauber!« Kapitänleutnant Chow drehte sich mit seinem Sitz zur Seite, um die Kimm abzusuchen, aber in der Dunkelheit war nur das Mündungsfeuer der Flak seiner Begleitschiffe zu erkennen.

Aber das Vorpostenboot *Baoji* verlor seinen Kampf schon Sekunden später. Beide philippinischen Hubschrauber waren mit zwei lasergesteuerten Abwurflenkwaffen Sea Ray bewaffnet; je ein Hubschrauber griff ein Boot an und warf seine Lenkwaffen in fünf Kilometern Entfernung ab. Dem Vorpostenboot *Yaan* gelang es, einen Hubschrauber abzuschießen. Aber der zweite Hubschrauber schaffte es, dem Abwehrfeuer der *Baoji* auszuweichen, bis seine Lenkwaffen trafen. Wären die kleinen Gefechtsköpfe am Rumpf detoniert, wäre kein allzu großer Schaden entstanden – aber sie bohrten sich in Brücke und Radarraum, wo der Kommandant und zwölf Offiziere und Mannschaften fielen, und machten die *Baoji* weitgehend kampfunfähig.

Chow konnte die Detonationen an Bord der mehrere Seemeilen achteraus stehenden *Baoji* nicht beobachten; er war verzweifelt bemüht, sich Klarheit über die vielen Ziele zu verschaffen, die seine winzige Kampfgruppe plötzlich von allen Seiten zu umgeben schienen. Die feindlichen Störsender waren jetzt so stark, daß die *Chagda* praktisch blind war, während ihre eigenen ECM wirkungslos zu bleiben schienen. »Kurs drei-null-null, äußerste Kraft voraus!« befahl Chow. »Radarecho bei Phu Qui als Ziel eins festlegen. Feuer frei für eine Salve aus zwei C801!«

Chow spürte, daß die *Chagda* nach Backbord überholte, aber der Feuerleitoffizier meldete wie befürchtet: »Suchradar unzuverlässig ... schalte auf manuelle Erfassung um ... keine Zielerfassung möglich ...«

»Neuer Kurs drei-fünf-null«, befahl Chow. »Navigator, sorgen Sie dafür, daß wir direkt auf Phu Qui zulaufen. Lenkwaffen mit Sucheinstellung abschießen, sobald wir wieder auf die Insel zulaufen.«

Normalerweise erhielt die Schiff-Schiff-Lenkwaffe C801 vor dem Abschuß Informationen über Kurs und Entfernung des Ziels sowie Kurs und Fahrt des eigenen Schiffs, damit sie in Richtung Ziel abflog, bis ihr Bordradar das Ziel erfaßte und die Lenkwaffe bis zum Aufschlag führte. Störte der Gegner das eigene Radar jedoch nachhaltig, konnte die Lenkwaffe auch mit manuell eingegebenen Zieldaten und eingeschaltetem Bordradar gestartet werden, worauf sie das erste stärkere Radarsignal in Flugrichtung ansteuerte. Chow setzte darauf, daß die philippinische Fregatte noch jenseits von Phu Qui stand und das Zielsuchradar der C801 leistungsfähig genug war, um sich nicht durch ECM täuschen zu lassen, die Wellenechos zu unterdrücken und das Ziel zu finden ...

Die *Chagda* drehte leicht nach Steuerbord, und im nächsten Augenblick wurden die beiden C801 aus ihren Behältern ausgestoßen. Während der Feuerschweif der ersten Lenkwaffe geradeaus in die Nacht davonraste, wirkte die Flugbahn der zweiten erratischer. Hoffentlich hatte ihr Radar die verdammten Filipinos erfaßt, die es gewagt hatten, eine chinesische Kampfgruppe anzugreifen!

Aber während Chow und das Brückenpersonal dieser Lenkwaffe nachstarrten, sahen sie an der Kimm gewaltiges Sperrfeuer aufleuchten. Schon nach wenigen Sekunden erhellte ein jäher Lichtblitz die Nacht: Eine Lenkwaffe C801 der *Chagda* war ein Opfer dieses Sperrfeuers geworden, das von keinem einfachen Küstenwachschiff stammen konnte. Die andere C801 hatte dieses Ziel nie angesteuert, sondern sich vermutlich selbst zerstört.

»Was ist *das* gewesen?« rief Chow laut. »Bestimmt mehr als bloß ein Vorpostenboot!«

»Noch unbekannt«, antwortete sein Wachoffizier. »Wir versuchen, die Radarsignale zu identifizieren.«

»Wo sind die Hubschrauber hergekommen?« fragte Chow ängstlich verwirrt. »Wieso sind sie nicht früher entdeckt worden? Wir sind hier mindestens fünfhundert Kilometer vom nächsten philippinischen Stützpunkt entfernt.«

»Die Filipinos könnten Prähme als Hubschrauberplattform mitgeschleppt haben ...«

»Oder dort draußen steht ein Schiff, das groß genug ist, um Hubschrauber an Bord zu haben«, warf Chow ein. »Die Filipinos besitzen nur ein Schiff mit genug Platz für zwei Hubschrauber und Schiff-Schiff-Lenkwaffen: eine Korvette der *Rizal*- Klasse. Aber damit ist das Sperrfeuer an der Kimm noch nicht erklärt. Welches ...«

Dann wurde Kapitänleutnant Chow klar, um welches Schiff es sich handeln mußte: das größte, kampfstärkste Schiff der philippinischen Marine – eine ehemals amerikanische Fregatte der *Cannon*-Klasse. Dieses Relikt aus dem Zweiten Weltkrieg hatte nicht weniger als zwanzig radargesteuerte Maschinenkanonen, zwei 7,6-cm-Geschütze und vier Schiff-Schiff-Lenkwaffen Harpoon an Bord. Dort vorn auf Phu Qui wurde nicht wieder illegal nach Öl gebohrt; dort lag eine ganze Kampfgruppe mit drei der größten philippinischen Kriegsschiffe auf der Lauer!

»Funkspruch an Drache: Vermuten mindestens eine Korvette der PS-Klasse und eine Fregatte der PF-Klasse vor Phu Qui«, befahl Chow. »Die *Yaan* soll der *Baoji* helfen und mit uns nach Süden abdrehen. Ich lasse Admiral Yin bitten, sofort mit mir Verbindung aufzunehmen.«

»Lenkwaffenstart!« rief der Radargast laut. »Q-Band-Radar! Lenkwaffen Harpoon gestartet!«

Das war der letzte vollständige Satz, den Kapitänleutnant Chow Ti U in seinem Leben hören sollte. Er befahl ECM, Köderabwurf und Feuereröffnung auf die anfliegenden Marschflugkörper, aber die gegnerischen Störsender waren so stark, daß das Zielsuchradar der *Chagda* sie erst erfaßte, als die philippinischen Schiffe ihre Sender abschalteten, damit der Radarsucher der ersten Harpoon sein Ziel erfassen konnte – ungefähr zwanzig Sekunden vor dem Aufschlag. Zu diesem Zeitpunkt hatte die Lenkwaffe mit willkürlichen Ausweichmanövern begonnen, denen die Flak der *Chagda* unmöglich folgen konnte.

Der Marschflugkörper traf das chinesische Schnellboot fast mit Überschallgeschwindigkeit, durchschlug die Aufbauten und drang tief ins Schiffsinnere ein, bevor sein zweihundert Kilogramm schwerer Gefechtskopf detonierte.

Eine zweite Harpoon, die Sekunden später traf, besiegelte das rasche Ende der *Chagda,* indem sie im Maschinenraum detonierte und einen riesigen Feuerball aufsteigen ließ, der das Meer in drei Seemeilen Umkreis erhellte.

An Bord des Flaggschiffs »Hong Lung«

»Verbindung mit der *Chagda* ist abgerissen, Genosse Admiral«, meldete der Nachrichtenoffizier im Lageraum. »Sie hat zuletzt eine Fregatte der PF-Klasse und eine Korvette der PS-Klasse bei Phu Qui gemeldet. Keine weiteren Einzelheiten.«

»Kampfhubschrauber, Störsender und jetzt eine ganze philippinische Kampfgruppe«, murmelte Admiral Yin. Er saß in dem kleinen Lageraum der *Hong Lung* in seinem Sessel und versuchte, sich aus Funksprüchen und nur eingeschränkt verwertbaren Radardaten ein Bild von der Lage zu machen.

Sind die Filipinos übergeschnappt? fragte sich Yin. Nach den erst wenige Monate zurückliegenden Ereignissen war dieser Angriff auf chinesische Seestreitkräfte nicht nur empörend, sondern in Yins Augen geradezu idiotisch. Rechneten sie sich etwa eine Chance gegen seine Kampfgruppe aus?

Oder hatten sie vielleicht eine?

Wußten sie etwa mehr als er? Yin dachte kurz darüber nach. Er würde sehr, sehr behutsam agieren müssen.

»Brücke an Admiral Yin«, sagte Kapitän Lubus Lautsprecherstimme. »Wir überholen die *Wenshan.*«

Bei äußerster Kraft war die *Hong Lung* mindestens sechs bis zehn Knoten schneller als die übrigen Einheiten seiner Flottille außer den kleinen Raketenschnellbooten *Fuzhou* und *Chukou.* Das hätte bedeutet, daß die *Hong Lung* sich gegen Minen und Luftangriffe nur mit ihrer 3,7-cm-Flak und ihren Phalanx-Revolverkanonen hätte verteidigen können. »Sollen wir sie an Backbord überholen oder nur zu ihr aufschließen?«

Nach sorgfältigem Nachdenken über die Tatsachen – und seine eigenen Ängste – befahl Admiral Yin: »Wir setzen uns vor die *Wenshan,* gehen mit der Fahrt auf zwanzig herunter, bis die *Xingyi* zu uns aufgeschlossen hat, und laufen danach mit dreißig weiter, bis der letzte Standort der *Chagda* in Radarreichweite ist.« Die *Xingyi* war ein Schnellboot der *Huangfen*-Klasse, das wie die *Hong Lung* mit Lenkwaffen Fei Lung-7 zur Bekämpfung von Schiffszielen bewaffnet war. »*Fuzhou* und *Chukou* laufen weiter mit äußerster Kraft zur letzten bekannten Position der *Chagda.*«

»Zu Befehl!« sagte Lubu knapp. »Treffen mit *Xingyi* in voraussichtlich dreißig Minuten.«

»Funkspruch der *Yaan*«, meldete der Nachrichtenoffizier im Lageraum. »Sie hat die brennende *Chagda* in Sicht. Die Besatzung hat über Funk gemeldet, sie sei von zwei Lenkwaffen getroffen worden. Unser Vorpostenboot *Baoji* schwer beschädigt, läuft jedoch mit fünf Knoten nach Südwesten ab. Keine Verbindung zu dem Minensucher *Guangzhou.* Die *Yaan* bittet um Erlaubnis, der *Chagda* beistehen zu dürfen.«

»Erlaubnis erteilt«, antwortete Admiral Yin. »Ich brauche Informationen über den philippinischen Verband. Stärke, Kurs, Fahrt – alles so schnell wie möglich.«

»Sofort, Genosse Admiral«, sagte der Nachrichtenoffizier.

Einige der Besatzungsmitglieder im Lageraum wandten sich ab, um ihren verärgerten Gesichtsausdruck vor Yin zu verbergen. Warum hatte der Admiral befohlen, mit der Fahrt herunterzugehen? Wäre es nicht ihre Pflicht gewesen, mit Höchstfahrt weiterzulaufen, um ihren Kameraden beizustehen?

»Funkspruch von der *Yaan*«, sagte der Nachrichtenoffizier einige Minuten später. »Kapitänleutnant Ko meldet, daß drei, möglicherweise vier Einheiten mit zwanzig Knoten von Phu Qui nach Osten laufen. Rundsichtradar festgestellt, kein Zielsuchradar mehr. Die feindlichen Hubschrauber scheinen zu den Schiffen zu fliegen.«

Admiral Yin atmete innerlich auf. Die Filipinos hatten offenbar nicht den Nerv, ihren Erfolg auszunützen, Phu Qui zu befestigen oder weitere Inseln in der neutralen Zone zu besetzen. Sie hätten bleiben können, um *Yaan* und *Baoji* weiter zu beschießen, die *Chagda* zu entern und Gefangene zu machen – das hätte Yin getan – oder zu versuchen, die *Hong Lung* in einen Hinterhalt zu locken, aber sie ergriffen einfach nur die Flucht. Damit überließen sie die Initiative wieder den Chinesen. Yin hatte keine Lust, mit seinem schönen Schiff in einen Hinterhalt oder ein Seegefecht mit einem philippinischen Verband unbekannter Stärke zu geraten; andererseits wollte er auch nicht den Eindruck erwecken, er schrecke vor einem Kampf zurück.

Deshalb lächelte der Admiral triumphierend, als er sich an seine Männer wandte, die ihn fragend ansahen. »Diese Idioten! Seht ihr, wie sie weglaufen? Sie schleichen sich nachts an, überfallen uns wie Kinder, die Steine werfen, und flüchten, sobald es ernst wird. Solche Rückgratlosigkeit verachte ich!«

Yin drückte die Sprechtaste seines Mikrofons und sagte so laut, daß alle im Lageraum ihn hören konnten: »Kapitän Lubu, setzen Sie sich sofort über Satellit mit Dongdao in Verbindung.« Dongdao – etwa siebenhundert Kilometer nördlich ihrer jetzigen Position – war der neue Stützpunkt der chinesischen Luftwaffe auf den Paracel-Inseln. Obwohl sein Kommandeur ein Luftwaffengeneral war, gehörten die meisten Flugzeuge den Marinefliegern und unterstanden deshalb Yin. »Dongdao soll einen für die Bekämpfung von Schiffszielen bewaffneten Seeaufklärer Shuihong-5 hierher in Marsch setzen. Eine zweite Maschine muß bereitstehen, um die erste ablösen zu können. Ich verlange, daß die Maschine in einer halben Stunde in der Luft ist, sonst…«

Diese unausgesprochene Drohung veranlaßte die Besatzungsmitglieder im Lageraum, sich angelegentlich auf ihre Konsolen zu konzentrieren und zu hoffen, Yin werde sie in Ruhe lassen. Der Admiral überlegte, ob er sich direkt mit dem Oberkommando der Südmeerflotte in Zhanjiang in Verbindung setzen sollte, aber bisher hätte er nur melden können, daß ein Sechstel seiner Flottille versenkt oder beschädigt war. Er mußte Eigeninitiative beweisen, irgend etwas unternehmen, bevor er dem Oberkommando diese Katastrophe meldete und auf weitere Anweisungen wartete.

Die Shuihong-5 war ein hauptsächlich als Seeaufklärer und U-Boot-Jäger eingesetztes großes Amphibien-Flugboot mit Propellerturbinen, aber die zehn seiner Nansha-Flottille unterstellten Maschinen waren für die Bekämpfung von Schiffszielen ausgerüstet. Die Bewaffnung dieser mit dem französischen Seeüberwachungs- und Zielsuchradar Heracles II ausgerüsteten Flugboote bestand aus zwei überschallschnellen Abwurflenkwaffen C-101 an externen Aufhängepunkten und sechs französischen Mehrzwecktorpedos NTL-90 Murène, die ebenfalls unter den Flügeln mitgeführt wurden. Für Schiffe ohne Fla-Lenkwaffen war die Shuihong-5 ein sehr gefährlicher Gegner – und nach Yins Informationen war kein philippinisches Kriegsschiff mit Fla-Lenkwaffen ausgerüstet.

Die Kampfkraft einer einzigen Shuihong-5 genügte, um den

feindlichen Verband erheblich zu dezimieren. Wurde Yin später von seinem Vorgesetzen, dem berüchtigt cholerischen Generaloberst Chin Po Zihong wegen der vernichteten *Chagda* zum Rapport bestellt, konnte er wenigstens mit zahlreichen getöteten Filipinos aufwarten. Und *damit* würde Generaloberst Chin bestimmt sehr zufrieden sein.

Vor der Westküste der Vereinigten Staaten
bei Vandenberg, Kalifornien
Dienstag, 21. September 1994, 11.31 Uhr Ortszeit

An diesem Tag herrschte ideales Flugwetter. Von einigen Kondensstreifen abgesehen war der Himmel wolkenlos blau. Winde und Turbulenzen waren sehr schwach, was in rund zwölftausend Meter Höhe ziemlich ungewöhnlich war.

Weit stärkere Turbulenzen gab es an Bord der speziell umgebauten DC-10 der Firma Sky Masters, Inc., die vor der kalifornischen Küste kreiste.

An diesem Morgen lag im Frachtraum der DC-10 nur eine Trägerrakete, wodurch Jon Masters' nervöse Anspannung sich eigentlich hätte halbieren müssen. Statt dessen war Masters jedoch aufgeregt und reizbar – sehr zum Kummer der restlichen Besatzung. Schuld an seiner Gereiztheit war Jackson-1, ihre neueste Trägerrakete: ein glattes, schlankes Projektil, das schon äußerlich den Eindruck von Kraft und Schnelligkeit erweckte. Aber die nach dem siebten Präsidenten der Vereinigten Staaten benannte Rakete war nicht startklar. Und das war das Problem.

»Warum geht nichts voran?« fragte Masters über die Bordsprechanlage, während seine Finger einen Marsch auf dem Kontrollpult trommelten.

Helen Kaddiri seufzte. »Wir sind noch auf der Suche nach dem Fehler, Jon. Es gibt Schwierigkeiten mit der Q-Band-Verbindung zu Homer-Seven.«

»Ihr habt noch fünf Minuten Zeit«, erinnerte Masters sie. »Steht die Verbindung zu dem Satelliten bis dahin nicht, müssen wir den Start abbrechen.«

Kaddiri seufzte erneut. Als ob sie das nicht wüßte! Einer der Techniker gab ihr den Computerausdruck eines weiteren Eigentests. Sie verdrehte die Augen und zerknüllte das Blatt. Dann holte sie tief Luft und drückte ihre Sprechtaste: »Die Verbindung steht noch immer nicht, Jon – und das liegt nicht an unserer Bodenstation. Wir müssen den Start abbrechen. Die Luftwaffe ist derselben Meinung.«

Aber davon wollte Masters nichts hören. »Vor siebzig Minuten hat Homer-Seven noch einwandfrei funktioniert.« Homer-Seven war einer der acht Bahnverfolgungs- und Datenübermittlungssatelliten (TDRS), die seit Ende der achtziger und Anfang der neunziger Jahre ein weltumspannendes Kommunikationsnetz für Raumfähren, militärische Satelliten und Spionagesatelliten bildeten. Sie hatten mehrere veraltete Bodenstationen in so abgelegenen Gebieten wie dem Kongo und dem australischen Outback ersetzt.

»Die Luftwaffe will jetzt plötzlich abbrechen? Nachdem sie mir zugesetzt hat, dieses Scheißding schnellstens raufzubringen, damit sie die Philippinen beobachten kann? Das ist wieder typisch! Sie soll ihre Nase nicht in meinen Kram stecken, sondern lieber feststellen, wo der Fehler bei *ihrem* Satelliten liegt.«

Schon während Masters das sagte, war er sich darüber im klaren, daß das nicht das war, was die Luftwaffe hören wollte. Außerdem hatte das TDRS-System sich bisher als zuverlässig erwiesen, und Jon Masters' NIRTSats waren auf dieses System angewiesen, das ihre Informationen an ihre Bodenstelle in Blytheville, Arkansas, und an Behörden und militärische Dienststellen übermittelte, die den jeweiligen Satelliten nutzten. Also mußte das Problem an Bord der DC-10 liegen...

»Ich brauche weitere Systemchecks in Blytheville und hier an Bord«, ordnete Masters an. »So schnell wie möglich. Los, Beeilung!«

Kaddiri hatte es satt, sich von ihm herumkommandieren zu lassen. »Wir haben unsere Systeme mehrfach durchgecheckt. Sie funktionieren und sind empfangsbereit. Der Fehler liegt bei dem TDRS-Satelliten, nicht bei unserer Hardware.«

Masters murmelte etwas Unverständliches, setzte den Kopfhörer ab und stand auf. Albert »Red« Philips, sein Cheftechniker, fragte sofort: »Jon, was ist mit dem Countdown?«

»Der läuft weiter«, knurrte Masters. »Nein... vorläufig anhalten. Bin gleich wieder da.« Damit hastete er nach vorn ins Cockpit. Im Gegensatz zu den geräumigen Kontroll- und Frachtabteilen im Rumpf der DC-10 war das Cockpit beengt und verhältnismäßig unbequem. Außer den Arbeitsplätzen der beiden Piloten und des Flugingenieurs enthielt es ein zweites Kontrollpult und das primäre Datenübertragungssystem für die Verbindungen zwischen Satellit, Bodenstation und Trägerrakete ALARM. Die Bordcomputer der Trägerrakete navigierten selbst und brachten das Flugzeug in die günstigste Startposition, aber dazu brauchten sie TDRS-Informationen, die im Augenblick nicht ankamen. Helen Kaddiri, die den Start leitete, hatte sich bisher vergeblich bemüht, die Verbindung wiederherzustellen.

Sie verdrehte die Augen, als Masters ins Cockpit gestürmt kam. »Jon, ich hab' die Sache im Griff und brauche wirklich keine...«

Masters sah sofort auf den Bildschirm mit dem Status des Kommunikationssystems der DC-10 – dort war keine Störung angezeigt. »Ich hatte einen Eigentest unseres Systems verlangt, Helen.«

Kaddiri seufzte, während Masters über ihre linke Schulter blickte, um den Eigentest auf dem Bildschirm zu verfolgen...

»Da!« sagte er plötzlich. »Stecker und Glasfaserkabel der Nabelschnur. Warum hast du diesen Test ausgelassen?«

»Sei doch vernünftig, Jon!« protestierte Kaddiri. »Das ist kein elektronischer Test, das wird durch Sichtkontrolle geprüft.«

»Blödsinn«, sagte Masters und lief aus dem Cockpit in den Frachtraum zurück.

Die Trägerrakete ALARM, deren grauer Rumpf im Scheinwerferlicht bedrohlich riesig wirkte, war aus der Luftschleuse in den Frachtraum zurückgerollt worden, damit die Techniker sie erneut überprüfen konnten.

»Schiebt sie wieder rein und überprüft die Nabelschnur«, ordnete Masters an. »Vielleicht ist nur ein Stecker defekt.«

»Aber wir brauchen eine Startklarmeldung, bevor wir sie in Position bringen können«, sagte Red Philips. Er sah auf seinen Monitor. »Ich sehe noch immer keine TDRS-Daten...«

»Umgeh die Sperren, Red«, forderte Masters ihn auf, »und bring die Rakete in Startposition.«

»Das wäre ein Verstoß gegen die Sicherheitsvorschriften, Jon...« Aber Philips sah, daß Masters das egal war. Er gab seufzend den Befehl ein, die elektronischen Sperren aufzuheben, die eigentlich verhinderten, daß eine startbereite, aber nicht richtig funktionierende Rakete in Startposition gelangte. Die Sperren verhinderten Unfälle an Bord und den versehentlichen Abwurf einer startbereiten Trägerrakete – nur wurden sie jetzt ausgeschaltet.

Dieser Befehl erschien sofort auf Helen Kaddiris Kontrollpult. »Jon, ich sehe eine Gefahrenwarnung. Ist die Rakete fixiert? Bei mir wird angezeigt, daß die Sperren ausgeschaltet sind.«

»Ich hab' sie umgangen, Helen«, sagte Jon über die Bordsprechanlage. Er stand mit einer Taschenlampe in der Hand an der Startkammertür und sah zu, wie die Rakete wieder in Position gebracht wurde. »Wir prüfen den Nabelschnurstecker.«

»Das darfst du nicht tun, Jon!« warnte Kaddiri ihn. »Sollte doch ein anderer Defekt vorliegen, kann die Startsequenz der ALARM ablaufen, bevor wir die Bombenklappen öffnen oder die Zündsequenz unterbrechen können. Du reinigst einen geladenen Revolver mit zurückgezogenem Hammer und einem Finger am Abzug.«

Masters warf einen Blick in die Startkammer mit der wirklich geschoßförmigen Rakete, deren Spitze auf ihn gerichtet war. »Guter Vergleich, Helen«, sagte er trocken.

Die ALARM glitt in Startposition. »Okay, versuchen wir's mit dem Eigentest für die Nabelschnur«, forderte Masters seinen Cheftechniker auf.

Sekunden später grinste Philips triumphierend. »Das war's, Jon!« bestätigte er. »Einer der Steckerpole hat keinen Kontakt. Wir holen sie wieder raus und bringen die Sache gleich in Ordnung.«

»Kommt nicht in Frage. Keine Zeit. Ich mach's selbst.« Bevor jemand ihn daran hindern konnte, war Masters auf die Rakete geklettert und kroch auf ihr nach hinten.

»Jon, bist du übergeschnappt?« fragte der Techniker. »Helen, hier ist Red. Jon ist eben in die Startkammer gekrochen. Du mußt die Sperren wieder einschalten.«

»Nein!« widersprach Masters aus der Kammer. »Weitermachen mit dem Countdown!«

»Hier ist Kaddiri. Schalte die Sperren ein und halte den Countdown an. Besatzungsmitglied in der Startkammer. Sperren eingeschaltet.«

Im nächsten Augenblick ergab der Eigentest der Nabelschnur ein befriedigendes Ergebnis. »Du hast's geschafft, Jon!« rief Philips. »Aber das Startfenster haben wir verpaßt.«

»Countdown bei T minus sechzig beginnen«, ordnete Masters an. »Die Rakete hat genug Treibstoff für Korrekturen, und wir haben das Startfenster eher etwas knapp berechnet. Weitermachen mit dem Countdown!«

»Ich denke nicht daran, das System zu reaktivieren, solange du noch in der Kammer bist«, sagte Kaddiri scharf.

»Ich bin draußen, ich bin draußen«, sagte Masters, sobald seine Schuhspitzen die Kammer verließen. »Los, los, weitermachen!« Masters schloß hastig die Kammertür. Philips hielt ihm sein Sauerstoffgerät hin, und während er sich mit aufgesetzter Maske an seinem Platz anschnallte, wurden die Bombenklappen geöffnet. Weniger als eine Minute später war die Trägerrakete gestartet.

»Abwurf gut, Zündung der ersten Stufe gut«, berichtete Helen, während die Rakete das Trägerflugzeug hinter sich ließ und himmelwärts davonraste. »Alle Systeme normal ... Tragflächen werden ausgefahren ... zwanzig Sekunden bis zum Brennschluß der ersten Stufe ...«

Masters wartete noch einige Sekunden, bevor er mit schwachem Lächeln zu Helen sagte: »Mann, das war knapp! Weißt du, was passiert war? Der Stecker ist eine winzige Idee verkantet gewesen. Obwohl er als eingesteckt gemeldet worden ist, hat er keine Daten übertragen. Und das Dumme war, daß dieser Defekt nur in Startposition aufgetreten ist – im Frachtraum hat die Verbindung zu einem anderen Datenbus einwandfrei geklappt. Kein Wunder, daß wir vermutet haben, der Satellit sei defekt.«

Kaddiri las weiter die Leistungsdaten der Trägerrakete ab, damit das Tonbandgerät sie aufzeichnen konnte. Es diente als Reserve für den unwahrscheinlichen Fall, daß die Computeraufzeichnungen unbrauchbar waren. Sie ging mit keinem Wort auf Masters ein. Sah ihn nicht mal an.

Masters, dem ihr Schweigen auffiel, rutschte unruhig auf seinem Platz hin und her. In letzter Zeit schienen Startflüge sie nur noch mißmutig zu machen. Aber sie gehörte zu seinem Team, und er wollte auch mit ihr gut auskommen.

»Nur gut, daß ich's gemerkt habe, was?« fragte er beinahe verlegen.

»Nein«, sagte Kaddiri, ohne ihn anzusehen. Sie hatte keine Lust, mit ihm darüber zu sprechen, solange jedes Wort aufgezeichnet wurde. Trotzdem hatte er die elektronischen Sperren umgangen und sie dadurch alle in große Gefahr gebracht. Die ALARM hätte leicht in der DC-10 losgehen und sie alle in Stücke reißen können. Und Jon hatte einen möglicherweise defekten Stecker in eine aktivierte Rakete gesteckt. Was hätte er *damit* unter ungünstigen Umständen auslösen können?

Masters, der ahnte, daß sie über die letzten Minuten nachdachte, sagte begütigend: »Helen ... der Countdown ist angehalten gewesen.«

»Weil *ich* ihn angehalten habe, Jon.« Wären wir bei *deiner* Methode geblieben, dachte sie, und hätten den Countdown weiterlaufen lassen, würdest du jetzt vielleicht gerade dicht hinter unserer zwanzig Millionen teuren Rakete in den Pazifik klatschen – wenn das Ding nicht schon vorher hochgegangen wäre.

»Schön«, sagte Masters gönnerhaft, »Jackson One ist genau auf Kurs und hat die richtige Höhe und Geschwindigkeit. In acht Minuten ist er im Orbit, und die verdammte Luftwaffe kann sich den ganzen Scheiß ansehen, der auf den Philippinen passiert.«

»Wie du meinst, Jon ...«

»Komm schon, Helen, ich ...«

»Reden wir nicht mehr davon.«

Und er hielt den Mund.

4

Palawan-Passage, nahe der Ulugan-Bucht
Provinz Palawan, Philippinen
Donnerstag, 22. September 1994, 04.17 Uhr Ortszeit

Die *Hong Lung* und ihre Begleitschiffe hatten bis auf fünfzehn Seemeilen zu dem philippinischen Verband aufgeschlossen, als das erste Flugboot Shuihong-5 erschien. Die chinesische Kampfgruppe lief langsam durch die wegen ihrer Riffe und Untiefen gefährliche Palawan-Passage vor der Westküste der Insel Palawan, der westlichsten Provinz der Philippinen. Die Insel war nur spärlich besiedelt, aber in der Ulugan-Bucht lag der Hafen Nanan, den die Filipinos offenbar ansteuerten. Nur fünfundvierzig Kilometer nördlich davon lag Puerta Princesa, ein ehemaliger amerikanischer Luftwaffenstützpunkt, den die philippinische Luftwaffe übernommen hatte.

»Adler acht-eins, hier Drache«, sagte Admiral Yin Po L'un über Funk zu dem Piloten des Flugboots. »Sie klären gegen den philippinischen Verband östlich von uns auf. Sollten Sie beschossen werden, haben Sie Feuererlaubnis. Vorsicht: Dieser Verband hat bereits chinesische Schiffe angegriffen und versenkt.« Falls die Filipinos wie bisher reagierten, würden sie das Flugboot beschießen; daraufhin würde die Shuihong-5 das Feuer mit ihrer mörderischen Fracht erwidern und die meisten der feindlichen Schiffe versenken.

Aber Yin wurde enttäuscht. Einige Minuten später meldete der Pilot der Shuihong-5: »Genosse Admiral, Adler acht-eins beobachtet vier Schiffe, wiederhole, vier Schiffe. Zwei Fregatten der PF-Klasse und zwei kleinere Einheiten, die Vorpostenboote der PS- oder LF-Klasse zu sein scheinen.«

»Kapitänleutnant Chow hat zwei Vorpostenboote gemeldet«, sagte Kapitän Lubu. »Aber auch eine Korvette ...«

»Jetzt sind's zwei Fregatten statt zwei Vorpostenbooten«, stellte Yin fest. »Solche Identifizierungen sind nachts immer sehr schwierig.«

Lubu nickte, ohne schon restlos überzeugt zu sein. »Eine der Fregatten dürfte die als Hubschrauberträger identifizierte *Rizal* sein. Wir müssen auf einen weiteren Hubschrauberangriff gefaßt sein.«

»Diese Banditen sind auf der Flucht«, versicherte ihm Yin. »Die Feiglinge haben keinen Kampfgeist mehr.« Er runzelte die Stirn. »Warum schießt ihre Flak nicht? Wie weit ist das Flugboot von ihnen entfernt?«

»Neun Kilometer«, meldete Lubu. »Der Pilot empfängt nur Überwachungs- und Navigationsradar – bisher kein Zielsuchradar. Er wartet auf weitere Anweisungen.«

Unglaublich, dachte Yin, wie kann der Verband darauf verzichten, ein feindliches Flugboot zu beschießen? Die Filipinos müssen doch wissen, wie gefährlich diese Maschinen sind? Dann wurde ihm klar, daß die philippinischen Schiffe vermutlich keine Fla-Raketen an Bord hatten, sondern ganz auf ihre Flak mit einer Schußweite von vier bis fünf Kilometern angewiesen waren. Im Gegensatz dazu hatte die Fla-Lenkwaffe Hong Quian-91 der *Hong Lung* eine Reichweite von fast siebzig Kilometern, und Lubu hätte keine Sekunde lang gezögert, sie gegen unidentifizierte Flugzeuge einzusetzen, die in Reichweite kamen.

»Sie gehen auf fünf Kilometer heran, halten weiter Kontakt und melden jede gegnerische Reaktion«, befahl Yin dem Piloten des Flugboots. »Ich brauche eine positive Identifizierung aller Schiffe dieses Verbands.«

Der Pilot der Shuihong-5 zögerte kurz, als ihm klar wurde, daß sein Vorgesetzter ihn soeben angewiesen hatte, auf Schußweite an die philippinischen Schiffe heranzufliegen. »Zu Befehl«, bestätigte er dann. »Adler acht-eins, verstanden.«

Auf den internationalen Notfrequenzen wurden einige Warnungen ausgestrahlt, aber Yin ignorierte sie alle. Das Flugboot hatte sich dem Verband erst um zwei Kilometer genähert, als das im P-Band arbeitende langsame Luftraumüberwachungsradar auf ein im X-Band arbeitendes PRF-Feuerleitradar umgeschaltet wurde. Und bei genau fünf Kilometer Abstand von dem größten Schiff des philippinischen Verbands meldete der Pilot plötzlich mit vor Angst schriller Stimme schweres feindliches Abwehrfeuer.

»Feuer erwidern!« befahl Admiral Yin aufgebracht. »Abwurflenkwaffen: Feuer frei! Bleiben Sie außer Schußweite und in größerer Höhe; Kampfgruppe Drache greift ebenfalls an.« Yin wandte sich an Kapitän Lubu. »Empfangen wir Telemetriedaten von dem Flugboot?«

»Ja, Genosse Admiral«, sagte Lubu, nachdem er beim Feuerleitoffizier nachgefragt hatte. Die Shuihong-5 konnte dafür ausgerüsteten Schiffen Radardaten seines Seeüberwachungs- und Zielsuchradars Heracles II übermitteln; mit Hilfe dieser

Angaben konnte die *Hong Lung* ihre Lenkwaffen Fei Lung-7 ebenso zielsicher abschießen, als stammten die Radardaten von ihren eigenen Geräten.

»Sehr gut!« Yin rieb sich zufrieden die Hände. »Wir greifen an! Wir schießen zwei Fei Lung ab, warten auf die Treffermeldung des Flugboots und schicken zwei weitere hinterher. Ich möchte dieses Gefecht möglichst schnell zu Ende bringen, Lubu.«

Flugplatz Puerta Princesa, Palawan, Philippinen

Das nackte junge Mädchen, das auf Oberst Renaldo Tamalko lag, war so kindlich schmächtig, daß er es versehentlich vom Bett warf, als er nach dem unablässig klingelnden Telefon griff. Er grunzte eine Entschuldigung, während er den Hörer abnahm. »Was gibt's?«

»Kommandostelle, Sergeant Komos«, meldete sich der Wachhabende des kleinen Militärflugplatzes Puerta Princesa. »Ein dringender Funkspruch, Oberst! Eine Marinekampfgruppe westlich von Palawan fordert sofortige Unterstützung an!«

»Augenblick...« Renaldo Tamalko, ein Staffelchef der philippinischen Luftwaffe, machte Licht und rieb sich verschlafen die Augen. Vorerst begriff er nur, daß sein normalerweise unerschütterlicher dienstältester Sergeant aufgeregt war – ein verdammt schlechtes Zeichen.

Obwohl das alte Klimagerät am Fenster auf Hochtouren lärmte, war es im Zimmer heiß und stickig. Tamalko deutete wortlos auf ein Glas mit einer undefinierbaren Flüssigkeit, das auf dem Tisch in der Zimmermitte stand. Das Mädchen verstand seinen stummen Befehl und stand sofort auf, um ihm das Glas zu bringen, das hoffentlich nicht noch mehr Whisky enthielt.

Während die Kleine ihm das Glas holte, begutachtete er ihre sanften Kurven und ihren knackigen Po – sie sah nicht älter als dreizehn oder vierzehn aus, aber ihre sexuellen Erfahrungen schienen beträchtlich zu sein. Er packte ihr Handgelenk, zog sie wieder über sich und führte ihre Hand wie zuvor zwischen seine Beine. Das Glas enthielt etwas Whisky mit geschmolzenen Eiswürfeln, deshalb schüttete er sich die Flüssigkeit nur übers Gesicht, um endlich ganz aufzuwachen. »Was sagen Sie da, Sergeant?«

»Ein Kapitän Banio vom Kommando Küste in Zamboanga hat eine taktische Notfallmeldung an alle Einheiten herausgegeben«, berichtete der Sergeant. »Sie besagt, daß ein chinesischer Schiffsverband sich auf der Verfolgung Palawan nähert und etwa vierzig Seemeilen westlich der Ulugan-Bucht steht. Er fordert sofortige Luftunterstützung an.«

»Ein chinesischer Schiffsverband? Auf der Verfolgung? Von wem? Wohl von *ihm* ? Was für Unterstützung braucht er? Was, zum Teufel, geht dort draußen vor?«

»Wir versuchen schon die ganze Zeit, ihn wieder zu erreichen, Oberst«, antwortete Komos. »Wir haben eine kurze Meldung über einen im Gang befindlichen Angriff empfangen, aber seitdem herrscht Funkstille.«

»Scheiße«, sagte Tamalko. Die gottverdammten Chinesen. Zu Komos sagte er: »Das soll hoffentlich kein schlechter Scherz sein, Sergeant? Haben Sie schon irgendeine Bestätigung erhalten? Ist die Meldung verifiziert worden?«

»Nein, Oberst«, gab der Sergeant zu. »Wir haben das Kommando Küste noch nicht wieder erreicht.«

Tamalko fluchte in sich hinein. Das mußte eine Alarmübung sein, wie sie die Amerikaner oft veranstaltet hatten, als sie noch hier gewesen waren. Aber seit dem erzwungenen Abzug der Amerikaner von den Philippinen war es in diesem Gebiet sehr, sehr ruhig zugegangen ...

Eigentlich fast zu ruhig.

Die kommunistischen Guerillas, die in Palawan und den übrigen Randprovinzen sehr stark waren, hatten ihr Aktivitäten eindeutig verstärkt, aber ihre Überfälle waren zurückgegangen. Schon seit Wochen war keiner von Tamalkos Offizieren mehr in der Stadt zusammengeschlagen, angeschossen oder ermordet worden. Vor dem Abzug der Amerikaner hatte es solche Vorfälle fast an jedem Wochenende gegeben. Obwohl praktisch kein Offizier einen Kommunisten wie Daniel Teguina als Ersten Vizepräsidenten haben wollte, war doch unverkennbar, daß seine Wahl sich stabilisierend ausgewirkt hatte.

Was sollte also dieser Scheiß mit einer chinesischen Invasion? Das mußte eine Übung sein, die sich irgendein ahnungsloser Stabsoffizier im fernen Manila ausgedacht hatte. Oberst Tamalko kannte solche Übungen aus Manövern mit der US Navy und Einheiten der ASEAN-Staaten, die häufig gemeinsam mit den neuen philippinischen Streitkräften übten. Und er wußte, daß er entschlossen handeln, daß er etwas *tun* mußte.

Er mußte alles in seiner Macht Stehende tun, um sich diesen Druckposten hier in Puerta Princesa, einer der schönsten Küstenstädte der Welt, zu erhalten. Puerta Princesa war ein von Bergen und Urwald eingefaßter Diamant und weit genug von Manila entfernt, um einen sehr entspannten Lebensstil zu ermöglichen. Tamalko war Chef einer Staffel, die von den Amerikanern gekaufte Jäger F-5B und Jagdbomber F-4E flog, und Kommandant des auch für zivile Zwecke genutzten Flugplatzes. Es gab keinen besseren Job auf der Welt, und er hütete ihn eifersüchtig.

Die Kleine versuchte halbherzig, Tamalko durch nicht sonderlich engagierte Handarbeit zu erregen, und hoffte offenbar, er werde bald verschwinden, damit sie endlich schlafen konnte. Er schob ihren Kopf nach unten zwischen seine Beine und beobachtete, wie sie sich sichtlich gelangweilt ans Werk machte, bevor er wieder ins Telefon sprach: »Sergeant, trommeln Sie sofort unsere Besatzungen zusammen. Hauptmann Libona von der Betriebsstaffel soll binnen zwanzig Minuten zwei F-4 betanken und bewaffnen lassen. Eine nehme ich selbst; die andere kriegt die erste nüchterne Besatzung, die mit mir aufkreuzt.«

Die Kleine knabberte plötzlich an ihm, und der von seinem Glied ausgehende Schmerz jagte einen Energiestoß durch seinen ganzen Körper. »Alles läuft unter Einsatzbedingungen ab – keine simulierten Waffen oder Verfahren –, solange ich nichts anderes befehle«, fuhr Tamalko fort. »Major Esperanza führt den Gefechtsstab, bis ich wieder zurück bin. Während die Staffel alarmiert wird, rufen Sie das Oberkommando in Cavite an und melden, daß wir einen Kampfeinsatz vorbereiten. Danach rufen Sie in Zamboanga bei der Marine an und versuchen, eine Bestätigung von diesem Kapitän Banio zu bekommen. Das wär's vorläufig.«

Tamalko ließ den Hörer auf die Gabel zurückfallen. Diese Alarmierung seiner Staffel war bereits das Aktivste, was er hatte befehlen können. Er hatte keine Alarmflugzeuge, keine ständig einsatzbereiten Maschinen. Auch der Start zweier Jäger – selbst wenn sie vielleicht unbewaffnet waren – bewies Entschlußkraft. Waren die nächsten Maschinen binnen sechzig Minuten bemannt, betankt und bewaffnet, hatte er alles Menschenmögliche getan, um auf diese »Alarmübung« zu reagieren.

Im Bewußtsein, das Richtige veranlaßt zu haben, gab Tamalko sich den mündlichen Bemühungen der Kleinen entspannt hin und stellte sehr zufrieden fest, daß sein fast fünfzigjähriger Körper noch immer rasch auf solche Reize reagierte.

Admiral Yins Flaggschiff »Hong Lung«
eine halbe Stunde später

»Adler acht-eins meldet: Ein feindliches Schiff brennt – ein Vorpostenboot der PS-Klasse«, sagte eine Stimme aus dem Brückenlautsprecher. »Ein Schiff, vermutlich ein stark bewaffnetes Landungsboot der LF-Klasse, ist längsseits gegangen. Die beiden Fregatten stehen nördlich und südlich des getroffenen Schiffs und scheinen Feuerschutz geben zu können.«

Admiral Yin stand ruckartig von seinem Sessel auf und verwünschte jeden, der ihm gerade einfiel – vor allem die Hersteller der einst vielgerühmten Lenkwaffe Fei Lung-7 zur Bekämpfung von Schiffszielen. Die für seinen Bau verantwortlichen Schweinehunde gehörten an die Wand gestellt! Mit ihren beiden Abwurflenkwaffen C-101 hatte die Shuihong-5 wenigstens einen Treffer auf dem Vorpostenboot erzielt – aber *vier* von der *Hong Lung* gestartete Fei Lung-7 hatten versagt oder waren abgeschossen worden.

Für Admiral Yin, der auf jahrelange Erfahrung mit dieser Lenkwaffe zurückblicken konnte, war das die bei weitem größte Versagerquote, die noch dazu in einem denkbar ungünstigen Augenblick aufgetreten war. Sein Flaggschiff hatte jetzt nur noch zwei Fei Lung-7 an Bord und mußte sich damit gegen zwei der größten philippinischen Kriegsschiffe verteidigen.

Der Admiral überlegte, welche Möglichkeiten ihm noch offenstanden. Im Arsenal der *Hong Lung* befanden sich zwei weitere Lenkwaffen, die überschallschnellen Fei Lung-9. Im Gegensatz zur Kurzstreckenwaffe Fei Lung-7 dienten sie zur Bekämpfung von Schiffszielen auf Entfernungen bis zu hundertachtzig Kilometern und erreichten auf dem Scheitelpunkt ihrer tödlichen Bahn über Mach 2,5. Die Fei Lung-9 – ein ungenehmigter Nachbau der deutsch-französischen Lenkwaffe ANS – waren etwa so groß wie die Fei Lung-7, wurden von vier Feststofftriebwerken gestartet und von einem Staustrahltriebwerk mit Borhydroxid angetrieben ...

Und sie hatten Nuklearsprengköpfe.

Jede Fei Lung-9 trug einen 20-KT-Gefechtskopf AK-55, einen Nachbau des sowjetischen Gefechtskopfs RK-55 für von U-Booten gestartete Marschflugkörper und Nukleartorpedos. Alle chinesischen Flaggschiffe hatten Atomwaffen an Bord, und Admiral Yins *Hong Lung* bildete keine Ausnahme – obwohl der Gefechtskopf RK-55 der kleinste und »schmutzigste« in Chinas Atomwaffenarsenal war. Mit seiner Sprengkraft, die etwa der im Zweiten Weltkrieg eingesetzten Hiroshima-

Bombe entsprach, konnte er leicht den größten Flugzeugträger versenken oder eine Hafenstadt verwüsten.

Admiral Yin hatte noch nie daran gedacht, diese Gefechtsköpfe einzusetzen, und dachte auch jetzt nicht daran. Zuvor hätte er das Gefecht abgebrochen und sich in den Schutz der Spratly- oder Paracel-Inseln geflüchtet – so widerwärtig ihm diese Vorstellung auch war. Der Nukleargefechtskopf konnte jedoch abgebaut und gegen eine fünfhundert Kilogramm schwere Hohlladung ausgetauscht werden. Die Fei Lung-9 war eine viel bessere Waffe: viel präziser, viel schneller und viel schwerer abzuschießen als die Fei Lung-7.

Trotzdem befahl Yin nicht, die Nuklearsprengköpfe der Fei Lung-9 durch herkömmliche Gefechtsköpfe zu ersetzen. Er hatte noch zwei Fei Lung-7 und konnte die Feuerkraft seiner Begleitschiffe einsetzen. Außerdem war es für die Besatzung der *Hong Lung* nicht ganz ungefährlich, Lenkwaffen unter Einsatzbedingungen nachts aus ihren Behältern zu holen und hochexplosive Gefechtsköpfe auszutauschen – noch dazu zwei Nuklearsprengköpfe.

»Status von Adler acht-eins?« fragte Yin.

»Kampfbereit, Genosse Admiral«, meldete Kapitän Lubu, sobald er nachgefragt hatte. »Mit sechs Torpedos NTL-90 bewaffnet. Datenübertragung funktioniert weiter in allen Modi. Verweildauer... eine Stunde bei Rückkehr zu den Paracel-Inseln, eineinhalb Stunden bei einer Notlandung auf Spratly Island. Das Flugboot übermittelt weiter Zieldaten und wartet auf Ihren Befehl zum Wiederangriff.«

Der Admiral nickte. Die gegen Schiffe und U-Boote bis in Tiefen von fünfhundert Metern einsetzbaren Mehrzwecktorpedos NTL-90 Murène waren gefährliche Waffen. Ihre Reichweite betrug achteinhalb Kilometer – mehr als die Schußweite der philippinischen Flak –, aber bei Angriffen auf Überwasserziele war ihre Treffsicherheit viel geringer, so daß die Shuihong-5 zum Abwurf auf vier bis fünf Kilometer hätte herangehen müssen. Yin zögerte, die Shuihong-5 erneut in den

Schußbereich der feindlichen Flak zu schicken, denn falls das Flugboot abgeschossen wurde, mußte er mit seiner kostbaren *Hong Lung* näher an den Feind herangehen, um die restlichen Schiff-Schiff-Lenkwaffen einsetzen zu können. Aber er wußte, daß ihm kaum eine andere Wahl blieb.

»Adler acht-eins soll die nördliche Fregatte mit Torpedos angreifen«, befahl er Kapitän Lubu. »Fordern Sie Zielinformationen über die südliche Fregatte an, und schießen Sie sofort unsere beiden letzten Fei Lung-7 auf sie ab.«

»Die Wassertiefe in der Palawan-Passage reicht möglicherweise nicht für Torpedos aus, Genosse Admiral«, gab der Kapitän zu bedenken. »Die Aale tauchen fünfzehn Meter tief, bevor sie aufsteigen und dicht unter der Oberfläche weiterlaufen – und das könnte die Wassertiefe nicht zulassen.«

»Dann soll das Flugboot seine Torpedos im Langsamflug abwerfen«, befahl Yin, »aber ich will, daß die nördliche Fregatte sofort angegriffen wird. Läuft der philippinische Verband durch die Passage, müssen wir die Verfolgung abbrechen, bevor Küstenverbände eingreifen können. Aber diese Feiglinge dürfen nicht entkommen, verstanden? Sie sollen eine Lektion erhalten – daß die Volksrepublik China ihr Territorium und ihre Grenzen mit allen Mitteln verteidigt. Für jedes versenkte eigene Schiff versenken wir zehn feindliche! Führen Sie jetzt meinen Befehl aus, Kapitän.«

High Technology Aerospace Weapons Center (HAWC)
zur selben Zeit

In dem vom HAWC beanspruchten riesigen Wüstengebiet innerhalb des als Dreamland bezeichneten Sperrgebiets gab es ein Gebäude, das noch geheimer und unzugänglicher als die übrigen war: Building Twelve. Dort genügte es nicht, unten am Eingang seinen Dienstausweis vorzuzeigen, sondern man wurde beim Betreten jedes einzelnen Raums genauestens kontrolliert, ins Besucherbuch eingetragen und beim Verlassen des Raums wieder ausgetragen.

In dem für das Projekt PACER SKY reservierten ersten Stock des Gebäudes war in einem elektronisch gesicherten Raum ein riesiger HDTV-Monitor aufgestellt worden. Zahlreiche Computer und Steuergeräte verarbeiteten die Satellitendaten, die von der zu Dreamland gehörenden großen Bodenstation auf dem Skull Mountain übertragen wurden. Die zu einem Mikroimpuls komprimierten digitalisierten Satellitendaten wurden entschlüsselt, aufbereitet und auf dem Großbildschirm dargestellt.

Die vier Männer in diesem supergeheimen Raum konnten kaum glauben, was sie sahen: eine in Echtzeit übermittelte Aufnahme eines fast achtzehntausend Kilometer entfernten chinesischen Kriegsschiffs. Gesendet wurde das Bild von einem Satelliten in der Größe einer Sauerstoff-Flasche, der in achthundert Kilometer Höhe mit siebenundzwanzigtausend Stundenkilometern über das Aufnahmegebiet hinwegraste. Das Bild war so scharf, daß die Männer die verschiedenen Antennen des Schiffs zählen konnten.

»Unglaublich!« sagte Luftwaffenoberst Andrew Wyatt, einer der leitenden Projektoffiziere der Vereinten Stabschefs. »Und das ist eine Nachtaufnahme? Wirklich erstaunlich.«

»Mit etwas höherer Auflösung könnten wir sogar den Namen am Heck lesen, Sir«, stellte Major Kelvin Carter stolz fest. Carter gehörte zu den führenden Köpfen des Projekts EB-52 Megafortress, war selbst Bomberpilot und hatte als Projektoffizier den Auftrag, die Einführung des Satellitensystems PACER SKY für die Megafortress vorzubereiten. »Das ist allerdings kein Foto, sondern ein aus Radar-, Infrarot- und Nachtaufnahmen zusammengesetztes Bild. So können wir jedes Schiff dort draußen zeigen. Wir haben schon Wale, Delphine, Fischschulen und sogar Menschen auf kleinen bewohnten Inseln geortet. Aber ich muß darauf hinweisen, daß dies keine für unsere Zwecke verwendbare Darstellung ist.«

Der Techniker am Kontrollpult, dem Carter ein Zeichen gegeben hatte, schaltete auf eine Karte des betreffenden Seegebiets um. Jetzt erschienen auf dem Bildschirm Schiffssymbole mit den dazugehörigen Datenblöcken. »So sieht die Umgebung des eben gezeigten Schiffs aus. Der Computer kennzeichnet jedes einzelne Schiff und errechnet Kurs, Fahrt und voraussichtlichen Standort. Im Angriffsmodus zeigt er die beste Anflugroute, wählt die jeweils beste Waffe für jedes Ziel aus und stellt nach Kriterien, die der Kommandant vorgibt, eine Rangfolge aller Ziele auf.« Carter wandte sich an den jungen Luftwaffenoffizier neben ihm. »Ken?«

Hauptmann Kenneth F. James, der bei dieser Vorführung als Carters Assistent fungierte, deutete auf einen kleineren Monitor. »Wie Sie wissen, Sir, ist Oberstleutnant McLanahan im SWC mit seiner modifizierten B-2 Black Knight auf einem Testflug unterwegs. Hier sehen Sie, was er in seinem Cockpit vor sich hat: sämtliche Informationen, die er im Einsatz braucht. Mit diesem Gerät braucht ein Bomber keine zusätzlichen Informationen während des Flugs, keine Zielangaben, die erst entschlüsselt werden müssen, und nicht einmal Funkverbindung zu seiner Einheit. Er kann nach dem Start geradewegs ins Zielgebiet fliegen, weil er weiß, daß er die besten verfügbaren Informationen in ständig aktualisierter Darstellung erhält.«

Wyatt schüttelte staunend den Kopf. »Unglaublich! Bekommen Sie dieses System irgendwann auch in Ihr Cockpit, Hauptmann? Soviel ich weiß, arbeiten Sie an einem sehr futuristischen Jägerprogramm mit.«

James sah Carter an, als wüßte er nicht recht, was er antworten solle. »Hauptmann James legt großen Wert auf Geheimhaltung, Sir«, warf der Major rasch ein. James lächelte erleichtert, weil Carter ihm diese Erklärung abgenommen hatte. »Er redet nicht gern über sein Projekt DreamStar – nicht mal mit Ihnen.«

»Verstehe«, sagte der Adjutant von General Curtis. »Aber man kann Geheimhaltung auch übertreiben, finde ich. Vermutlich gibt's in fünf Meilen Umkreis niemanden, der Geheimnisse ausplaudern würde, stimmt's, Hauptmann James?«

Wyatts Frage schien den jungen Testpiloten leicht zu verblüffen, aber er lächelte schwach und antwortete: »Geheimhaltung gehört zu unserem dienstlichen Alltag, Sir. Nach einiger Zeit wird man ganz von selbst schweigsam.«

»Das glaube ich Ihnen aufs Wort.«

»Jedenfalls kann man sagen, daß DreamStar noch weit über PACER SKY hinausgeht, Sir. Für mein Projekt Megafortress, das Sie ja gut kennen, wäre PACER SKY ideal. Eine EB-52, die Begleitschutz für Langstreckenbomber fliegt, könnte PACER SKY benützen, um Angriffsrouten zu planen und gegebenenfalls abzuändern, Abwehrmaßnahmen festzulegen und den Waffeneinsatz zu optimieren.«

»Und das alles ... von einem Satelliten, der keine zweihundert Kilogramm wiegt«, sagte Wyatt. »Erstaunlich!«

»Oberstleutnant McLanahan müßte gleich die Tiefflugstrecke erreichen, Sir«, stellte James fest. »Während er zwischen den SMFD-Modi hin- und herschaltet, können wir seinen gesamten Flug auf diesem Bildschirm mitverfolgen.«

Übungsgebiet Powder River bei Belle Creek, Montana
zur selben Zeit

Das riesige Übungsgebiet Powder River umfaßte die Südostecke Montanas, einen Teil der Nordostecke Wyomings und einen noch kleineren Teil des Nordwestens von South Dakota. Bis auf einige sanfte Hügel und tief eingeschnittene Täler war es beinahe völlig eben. In diesem rund zwanzigtausend Quadratkilometer großen Gebiet gab es nur sechs Kleinstädte – fast alle entlang der Route 212 von Belle Fourche, South Dakota, nach Crow Agency, Montana. Eine sehr unwirtliche Gegend, wahrhaft die »Badlands«, wie Westernautoren sie oft genug geschildert haben.

Auch heute machten die Badlands ihrem Namen alle Ehre. An diesem Tag waren am Powder River schon sechzehn Männer »abgeschossen« worden.

Die Männer »starben«, weil die Happy Hooligans aus Fargo, North Dakota, heute ungewöhnlich erfolgreich waren. Die 119th Fighter Interceptor Group war mit vier F-16 Fighting Falcon und zwei F-23 Wildcat, die sich in Zweierschichten ablösten, und zwei Tankflugzeugen KC-10 im Einsatz. Die Jäger überwachten den weiten Himmel über den Sektoren A und B des Übungsgebiets Powder River und hatten den Auftrag, jeden Eindringling »abzuschießen«.

Diese seit einigen Wochen stattfindenden Übungen gehörten zu dem Programm, mit dem General Calvin Jarrel vom Strategic Warfare Center die ersten Besatzungen für die neue Air Battle Force ausbildete.

An diesem Spätnachmittag überwachten zwei Jäger F-23 Wildcat das Übungsgebiet Powder River. Geführt wurde die Zweierrotte von Oberstleutnant Joseph Mirisch, dem stellvertretenden Kommodore; sein Rottenflieger war Hauptmann Ed Milo, der noch nicht allzuviel Erfahrung auf diesem Muster hatte. Sobald Milo zu ihm aufgeschlossen hatte, drückte Mirisch seine Sprechtaste und meldete sich auf der taktischen Einsatzfrequenz: »TOPPER, hier Raider Zwo-Zero mit zwei Maschinen, kommen.«

Keine Antwort.

»TOPPER, wie hören Sie mich?« Wieder keine Antwort. Dabei waren sie bestimmt in Reichweite ... Was ging hier vor?

Auf der Jägerfrequenz sagte Mirisch: »Unsere GCI-Stellung meldet sich nicht. Anscheinend müssen wir diesmal allein zurechtkommen.«

»Zwo«, antwortete sein Rottenflieger lakonisch.

Mirisch versuchte noch mehrmals, die Radarstellung TOPPER, die sie hätte führen sollen, über Funk zu erreichen, während die F-23 weiter auf den ins Übungsgebiet führenden Korridor zuflogen. Nachdem die Grenze passiert war, sprach er nochmals auf der Jägerfrequenz: »Raider Zwo, Verbindung zu GCI weiter negativ. Frei zum Abfliegen Ihres Suchstreifens ... jetzt.«

»Zwo«, bestätigte Milo. Auf Mirischs Befehl legte er seine Maschine in eine steile 180-Grad-Linkskurve und flog nach Südosten ins Zentrum des Übungsgebiets, während Mirisch weiter auf den Einflugkorridor zuhielt. Die beiden Jäger würden das Übungsgebiet in etwa dreißig Kilometer voneinander entfernten gegenläufigen Ovalen überfliegen, damit ihr Radar einen größeren Teil des Luftraums absuchen konnte. Sobald ein Gegner mit Radar oder visuell erfaßt war, würde die jeweils andere F-23 aufschließen, damit beide Jäger gemeinsam angreifen konnten.

Für diesen Nachmittag war nur noch ein Übungsflug mit dem Rufzeichen Whisper One-Seven angesetzt. Der Flugzeugtyp war nicht angegeben, aber das spielte natürlich keine Rolle – er war ein »Bandit«, er war ins Gebiet der Happy Hooligans eingedrungen und würde brennend abgeschossen werden.

Wenn sie ihn erst einmal entdeckt hatten.

Aus unbekanntem Grund hatten die GCI-Radarstellungen Lemmon und Belle Fourche keinen anfliegenden Angreifer gemeldet – und jetzt herrschte dort Funkstille, was in General Jarrels Drehbuch bedeutete, daß sie »zerstört« waren. Aber irgend jemand war hier draußen unterwegs, und die Happy Hooligans würden ihn aufspüren ...

An Bord von Whisper One-Seven

»Zwanzig Minuten bis zum ersten Abschußpunkt, Henry«, kündigte Patrick McLanahan an. »Erwarte Freigabe fürs Zielgebiet.« Major Henry Cobb, der Pilot des Stealth-Bombers B-2 Black Knight, begnügte sich mit einem Doppelklick seiner Sprechtaste.

McLanahan sah zu seinem Piloten hinüber. Henry Cobb, der in seinen siebzehn Dienstjahren bei der Luftwaffe hauptsächlich B-52 und B-1 geflogen hatte, war erst letztes Jahr nach Dreamland versetzt worden, um die B-2 zu fliegen, die General Elliott fürs HAWC organisiert hatte. Cobb war ein ausgezeichneter Pilot, den nichts aus der Ruhe bringen konnte. Er flog die B-2, als sei er eine weitere »Black Box«, ein integraler Bestandteil des riesigen vierstrahligen Bombers wie seine Tragflächen. Obwohl jederzeit »feindliche« Jäger angreifen konnten, wirkte er so entspannt, daß McLanahan sich nicht gewundert hätte, wenn er seine Sitzlehne nach hinten geneigt und die Füße hochgelegt hätte.

Im Gegensatz zu Cobb schienen McLanahans Körper und Hände sich wegen der Hightech-Ausstattung seiner Cockpithälfte in ständiger Bewegung zu befinden. Vor sich hatte er ein Super Multi Function Display (SMFD), einen von zahlreichen Leuchttasten umgebenen riesigen Farbbildschirm. Verstellbare Blenden konnten störendes Nebenlicht abschirmen, aber die Bildqualität war so gut, daß McLanahan sie nie herauszog, damit auch Cobb die Darstellung mühelos sehen konnte. Um das SMFD herum waren einige Metallbügel angeordnet, die als Haltegriffe oder Armstützen dienten, damit es auch in extremen Fluglagen bedienbar blieb.

Mitten auf dem SMFD war das die Black Knight umgebende Gelände dreidimensional dargestellt, während ein Wellenband den vorgesehenen Kurs des Bombers zeigte. Ihr B-2-Symbol erschien darauf wie ein Wagen auf einer Achterbahn. Dieses Band hatte »Wände« zur genauen Kennzeichnung der einzuhaltenden Mindest- und Höchsthöhen: Solange sie innerhalb der Grenzen der Computerdarstellung blieben, waren sie auf Kurs und vor allen bekannten oder mit Radar georteten Hindernissen und vor feindlichem Feuer sicher. Entlang des Wellenbands blinkten Leuchtsignale, um McLanahan rechtzeitig auf bevorstehende Veränderungen aufmerksam zu machen. Die in der Draufsicht gezeigte »Landschaft« war in farbige Planquadrate mit einer Seitenlänge von einer Seemeile unterteilt, in denen blinkende Rauten Radarzielpunkte oder Orientierungspunkte für Navigation nach Sicht bezeichneten.

General John Ormack, der stellvertretende HAWC-Kommandeur auf dem Checkpilotensitz zwischen den beiden Besatzungsmitgliedern, hatte zeitweise den Eindruck, der Großbildschirm zeige ein völlig unverständliches Gewirr von Informationen. Ormack, der an Bord war, um diese sehr wichtige praktische Erprobung des NIRTSat-Aufklärungssystems in einem Bomber der Air Battle Force zu beobachten, hatte größte Mühe, mit dem stetigen Datenfluß Schritt zu halten. Patrick McLanahan, der Kommandant der B-2, schien alle Informationen mühelos in sich aufzunehmen.

McLanahan benützte drei unterschiedliche Verfahren, um die Darstellung zu verändern oder Informationen aufzurufen. Die beiden wichtigsten arbeiteten mit Blickbefehlen und gesprochenen Befehlen. Winzige Sensoren in seinem Helm registrierten seine Augenbewegungen und zeigten einem Computer, wohin er gerade blickte. War sein Blick aufs SMFD gerichtet, konnte er Informationen aufrufen, indem er den Befehl dazu aussprach. Der Computer prüfte, ob seine Blickrichtung und die Darstellung auf dem Monitor mit den jedem Fenster zugeordneten Befehlen übereinstimmten, und führte dann den gesprochenen Befehl aus. Das dauerte weniger als eine Sekunde. Außerdem konnte McLanahan Symbole oder Bilder auf dem SMFD berühren, um zusätzliche Informationen aufzurufen oder eine Darstellung auf dem Bildschirm zu verschieben.

Am unteren Bildrand waren Informationen über den Status der Bewaffnung der B-2 eingeblendet, damit beide Besatzungsmitglieder ihn mit einem Blick kontrollieren konnten. McLanahan konnte alle Darstellungen vergrößern oder verkleinern, sie auf dem SMFD verschieben und bestimmte Darstellungen sogar so programmieren, daß sie nach Ablauf eines Countdowns oder beim Wechsel zu bestimmten Modi auftauchten oder verschwanden. Während er mit dem linken Zeigefinger rasch Darstellungen verschob oder wechselte, bediente er mit der rechten Hand eine Tastatur oder die Sprechtaste an dem kleinen Steuerknüppel rechts neben sich.

Ormack hatte das Gefühl, einem Jungen zuzusehen, der sechs Videospiele auf einmal spielte. McLanahan wechselte erstaunlich schnell zwischen allen möglichen SMFD-Darstellungen hin und her. Er rief Radarbilder auf, suchte den Himmel nach Jägern ab, bereitete seinen Bombenabwurf vor, meldete sich über Funk, kontrollierte das Gelände vor ihnen und schickte SAT-COM-Meldungen hinaus – alles mit unglaublicher Geschwindigkeit und ohne irgendwelche Informationen zu übersehen. »Langsamer, Patrick, ganz langsam!« sagte Ormack hörbar frustriert über die Bordsprechanlage. »Sie haben das Radarbild für ein paar Sekunden aufgerufen und gleich wieder gelöscht. Warum?«

McLanahan rief das Radarbild erneut auf, schob es an den linken SMFD-Rand, damit Ormack es deutlich sehen konnte, und sagte dabei: »Weil ich nur kontrollieren wollte, ob das Fadenkreuz mit dem Abwurfpunkt hier zusammenfällt...« Er deutete auf den Bildschirm.

»Ich sehe nichts.«

Als McLanahan das Fadenkreuz berührte, erschien ein Menü, aus dem er durch Antippen einen kleineren Maßstab wählte. Im nächsten Augenblick erschien eine größere Darstellung mit einem weißen Punkt, über dem ein runder Cursor mit einem Fadenkreuz lag, neben einer Gruppe von Gebäuden. »Das ist der Abwurfpunkt, ein Getreidesilo.« Er deutete auf eine Zahlenreihe unter der Darstellung. »Das Fadenkreuz liegt keine dreißig Meter neben dem Abwurfpunkt – also weiß ich, daß das System funktioniert. Ich werfe auch einen Blick aufs Gelände, aber hier ist alles so flach, daß ich mir darüber keine Sorgen machen muß. Die nächste größere Erhebung ist der Devil's Tower... über fünfzig Seemeilen entfernt.«

»Verstehe«, sagte Ormack. »Außerdem wollen Sie Ihr Radar nicht zu lange benützen, stimmt's? Die Jäger könnten den Radarimpuls orten...«

»Ich habe das Radar ungefähr drei Sekunden lang benützt«, erklärte McLanahan ihm. »Nur lange genug, um dieses Bild zu bekommen. Der Bombencomputer digitalisiert das Radarbild und läßt es im Speicher, bis ich es wieder lösche. So kann ich im Endanflug mit einem Radarbild arbeiten, das über zwei Minuten alt ist, und danach meine Bomben werfen. Aber im Augenblick versuche ich, die Jäger zu finden.«

»Wie sieht das alles im Vergleich zu den Satelliteninformationen aus, die Sie auch empfangen?«

»Da gibt's keinen Vergleich«, sagte McLanahan ehrlich begeistert. »Die NIRTSat-Informationen sind unglaublich – weit besser, als ich mir jemals hätte träumen lassen. Ich kann's kaum noch erwarten, die Aufnahmen von den Philippinen zu sehen, die wir offenbar ebenfalls machen.«

Als er dann einen Befehl eingab, wechselte das SMFD-Bild plötzlich, als habe er von einem verschwommenen Foto um die Jahrhundertwende auf ein gestochen scharfes Laserfarbbild umgeschaltet. Diese Darstellung war nicht ganz mit der vorigen identisch, aber auch sie zeigte das wellenförmige Band ihrer Angriffsroute, Zeit- und Entfernungsmarken und Zielmarkierungen. »Der Angriffscomputer hat unsere Route bereits auf Echtzeit umgestellt – sie holt weiter nach Westen aus, aber dafür können wir unsere SLAM früher abwerfen.«

McLanahan holte das Zielgebiet näher heran und schaltete von der Vogelschau auf senkrechte Draufsicht um, die jedoch alle Gegenstände dreidimensional zeigte. »Dort draußen steht eine ganze Reihe angeblicher Raketentransporter...« Er berührte das SMFD, um die mit langen Zylindern beladenen Tieflader noch näher heranzuholen. »Alle sehen gleich aus, aber ich glaube, daß wir beim nächsten NIRTSat-Überflug die echten Raketen von den unechten unterscheiden können. Die neuen Aufnahmen müßten in ein paar Minuten reinkommen. Sehen Sie sich das an, John – mit den NIRTSat-Informationen weiß ich bereits, wie der Angriff ablaufen wird.« Als McLanahan umschaltete, erschien ein weiteres scharfes Bild der Tieflader mit den Zylindern. »So dürfte die SLAM das Zielgebiet einige Sekunden vor dem Aufschlag sehen. Da der Computer nicht weiß, welches die echten Raketen sind, zielt er mitten in die Fahrzeugansammlung hinein.« Danach zeigte das SMFD ein herkömmliches Radarbild. »Das sind die vom Computer aufgrund von NIRTSat-Daten errechneten Abwurfpunkte ... ein Hügel und das Getreidesilo, das ich vorhin benützt habe. Ich brauche sie nur ins Fadenkreuz zu bringen und kann diese Einstellung bis zum Abwurf beibehalten.«

»Erstaunlich!« sagte Ormack. »Das NIRTSat-System ersetzt Abwurfrechner, Handskizzen, veraltete Zielinformationen und sogar Kartenmaterial. Sie haben alles vor sich, was Sie für Ihren Angriff brauchen ...«

»Und ich habe die Daten erst vor einer halben Stunde empfangen«, fügte McLanahan hinzu. »Mit diesem System ausgerüstete Bomber können zu Einsätzen starten, ohne zuvor festgelegte Ziele zu haben. Flugunterlagen, Einsatzbesprechungen, Simulatorflüge, Zielinformationen ... alles überflüssig! Man betankt einen Bomber, bewaffnet ihn und läßt ihn starten. Einen NIRTSat-Überflug später erhält seine Besatzung sekundenschnell alle Informationen, die sie für den Angriff braucht. Der Bordcomputer berechnet die beste Angriffsroute, erstellt einen Flugplan und hält ihn ein, wenn der Autopilot mit dem Angriffscomputer gekoppelt wird. Und die Besatzung kann sich den Bombenabwurf schon Stunden vor ihrem eigentlichen Angriff darstellen lassen.«

McLanahan schaltete wieder auf die ursprüngliche taktische Darstellung um – diesmal jedoch mit integrierten NIRTSat-Daten. »Leider kann man mit NIRTSat-Informationen keine Jäger suchen«, sagte er dabei, »und braucht einige Sekunden Radarzeit, um das Bild auf den neuesten Stand zu bringen ...«

Plötzlich erschienen am rechten SMFD-Rand – weit westlich der gegenwärtigen Position der B-2 – zwei fledermausähnliche

Symbole. Von diesen Symbolen, die mit einer kurzen Zahlenreihe bezeichnet waren, ging jeweils ein zweifarbiger Keil aus. Sein breiterer gelber Teil schien genau auf das B-2-Symbol in der Mitte des Großbildschirms gerichtet zu sein, während der rote Innenteil sich zögernd vor und zurück bewegte, als überlege er noch, ob er das Bombersymbol berühren sollte.

»Das sind sie!« stellte McLanahan fest. »Feindliche Jäger bei zwei Uhr. Zwei F-23 Wildcat. Schätzungsweise zwanzig Seemeilen entfernt und höher als wir. Die Impulse werden stärker – ihr Suchradar kann uns jeden Augenblick erfassen. Ich glaube nicht, daß sie uns schon im Radar haben, Henry ... auf diesem Kurs fliegen sie hinter uns vorbei, aber das kann ein Täuschungsmanöver sein.«

Cobb schien nichts gehört zu haben: Er blieb bewegungslos sitzen, ließ die Hände an Steuerknüppel und Leistungshebel und starrte weiter nach vorn. Aber dann fragte er: »Störsender einsatzbereit?«

»Noch nicht«, antwortete McLanahan und kontrollierte erneut die Darstellung des Radarsignals der beiden Jäger. Die Farbkeile, die Reichweite und Erfassungsbereich ihres Radars und den Wirkungsbereich ihrer Jagdraketen darstellten, überdeckten das B-2-Symbol noch immer nicht dauerhaft, so daß der Stealth-Bomber den Anflug fortsetzen konnte, ohne seine Störsender einschalten zu müssen. McLanahan öffnete das ECM-Fenster und verschob es an den rechten Bildschirmrand, um es jederzeit aktivieren zu können. »Wir sind noch im Grenzbereich ihres Radars. Stören wir sie zu früh, verraten wir nur unsere Position.«

»Stören wir sie zu spät, sehen sie uns womöglich.«

»Vielleicht, vielleicht auch nicht«, sagte McLanahan. »Jedenfalls kommen sie dann zu spät.« Er rief den Kommunikationsbildschirm auf, aktivierte eine vorprogrammierte SATCOM-Nachricht und sendete sie. »Fordere jetzt die Freigabe fürs Zielgebiet an«, erläuterte er dabei. Die über Satellit gesendete und wie gewöhnlicher SAC-Verkehr verschlüsselte

Anforderung und die Antwort darauf würden die nach ihnen suchenden Jäger nicht alarmieren.

Die Antwort kam eine halbe Minute später. »Freigabe fürs Zielgebiet liegt vor, alle Ziele aktiv«, berichtete McLanahan dem Piloten. »Weniger als fünfzehn Minuten bis zum ersten Abwurfpunkt.« Er vergrößerte die Angaben über ihren Bewaffnungsstatus und verschob sie zugleich etwas weiter nach oben, damit auch Cobb sie gut sehen konnte.

In der linken Bombenkammer trug die B-2 einen Abwurflenkkörper AGM-84E SLAM mit konventionellem Sprengkopf und einen nicht zum Abwurf bestimmten gleichschweren Stahlbetonzylinder, der eine weitere SLAM simulierte. Mit ihrem Düsentriebwerk konnte diese Standoff Land Attack Missile (SLAM) einen vierhundertfünfzig Kilogramm schweren Gefechtskopf rund hundert Kilometer weit tragen. Eine Infrarotkammer in ihrer Nase sendete Bilder, so daß sie vom Trägerflugzeug aus präzise ins Ziel gelenkt werden konnte. In der rechten Bombenkammer hingen zwei raketengetriebene Gleitbomben AGM-130 Striker mit nur fünfundzwanzig Kilometern Reichweite, aber dafür neunhundert Kilogramm schweren Sprengköpfen. Mit dem Stealth-Bomber B-2, der näher an stark verteidigte Ziele heranfliegen konnte als jeder andere Bomber der Welt, bildeten SLAM und Striker eine todbringende Kombination.

McLanahan fixierte die Waffensymbole auf dem SMFD und sagte dabei: »Scharfstellen ... fertig.« Die von Rot nach Grün wechselnde Farbe aller Waffensymbole zeigte an, daß sie einsatzbereit waren. »Waffenstatus kontrolliert, kein Ausfall.«

Nach einem kurzen Blick zum Bildschirm hinüber nickte Cobb zustimmend. »Richtig.«

McLanahan sicherte alle Waffen und stellte danach nur den Abwurflenkkörper SLAM scharf. »Linke SLAM ausgewählt«, teilte er dem Piloten mit.

Cobb sah erneut kurz zu ihm hinüber und nahm dann wieder seine scheinbar versteinerte Haltung ein. »Richtig. Waffe in linker Kammer scharf. Alle anderen gesichert.« Wie er so unbeweglich dasaß, erinnerte er McLanahan irgendwie an das Washingtoner Lincoln-Denkmal.

Nun fixierte McLanahan ein spezielles Symbol in der rechten oberen Bildschirmecke. Als er »Aktivieren!« sagte, begann es zu blinken und zeigte damit an, daß es bereit war, Informationen zu liefern. »Ich hole mir jetzt Angaben übers Zielgebiet vom letzten NIRTSat-Überflug«, erklärte er Ormack. »In ein paar Minuten bekomme ich ein aktualisiertes Radarbild des Zielgebiets, das ich mit diesen Angaben kombinieren kann, um die SLAM für einen Volltreffer zu programmieren. Danach läuft der Angriff automatisch ab.«

An Bord der Jäger F-23 Wildcat

Die beiden F-23-Piloten, Oberstleutnant Mirisch und Hauptmann Ed Milo, hatten das Gefühl, ein Geisterschiff zu verfolgen – irgendwo dort draußen war ein Eindringling unterwegs, den alle ihre Sensoren jedoch kaum erfaßten. Spürten sie ihn nicht innerhalb der nächsten fünf Minuten auf, riskierten sie, die Höchstpunktzahl für ein Abfangen außerhalb des Übungsgebiets abgezogen zu bekommen.

Trotzdem wußte Mirisch, daß dieses geheimnisvolle Flugzeug keine Chance gegen ihr Aufklärungssystem Nummer eins hatte – ihre Augen. Da Jarrels Air Battle Force nun auch B-1 und B-2 flog, konnte der Angreifer einer dieser Stealth-Bomber sein. Mirisch stellte fest, in welche Richtung die Schatten auf dem Erdboden fielen, und suchte dann kein Flugzeug, sondern einen großen Schatten: Der Schatten eines Bombers war viel größer als die Maschine selbst und ließ sich nicht tarnen...

Da!

»Horrido!« rief Mirisch. Er war so aufgeregt, daß er alle Funkdisziplin vergaß. »Jesus, ich hab' einen B-2-Bomber, ein

Uhr unter uns! Ein gottverdammter B-2-Bomber!« Deshalb hatten weder ihr Angriffsradar noch ihre Infrarotsensoren funktioniert: Der Radarquerschnitt der B-2 entsprach angeblich dem eines großen Vogels – und Vögel waren im Radar nicht sonderlich gut sichtbar. Mirisch hatte ein schwarzes Flugzeug erwartet, aber das fledermausähnliche Ungetüm hatte einen beige-grünen Tarnanstrich, der seine Konturen vor dem gleichfarbenen Gelände verschwimmen ließ. Obwohl es sehr tief flog, verriet es sich durch seinen am Spätnachmittag auffällig großen Schatten. »Raider, hier Raider Two-Zero, wir haben einen Bomber Bravo Zwo, wiederhole, Bravo Zwo im Tiefflug. Schließen auf, um …«

Plötzlich wurde die Einsatzfrequenz durch das schlimmste Heulen und Pfeifen gestört, das Mirisch jemals gehört hatte. Dieser Störsender blockierte nicht nur sämtliche UHF-Kanäle, sondern auch ihren durch einen Scrambler abhörsicheren FM-Kanal. Die Störung war zwar lästig, aber sie konnte den Angriff nicht verhindern – sie hatten den Bomber in Sicht, keine B-2 war schneller, wendiger oder stärker bewaffnet als eine F-23. Dieser Kerl war praktisch geliefert. Der neu hinzugekommene Unbekannte spielte im Augenblick keine Rolle. Mirisch würde die B-2 abschießen und dann zurückfliegen, um sich den Neuankömmling mit dem starken Störsender vorzunehmen.

Da Mirisch der B-2 am nächsten war, übernahm er wieder die Führung und setzte sich hinter den Bomber. Die B-2 flog jetzt in Schlangenlinie und ging dabei tiefer und tiefer, bis ihr Schatten wirklich zu verschwinden schien. Mirisch mußte sich sehr konzentrieren, um den Bomber nicht aus den Augen zu verlieren, aber je näher er herankam, desto leichter wurde die Verfolgung. Als der Abstand sich auf sechs Kilometer verringert hatte, erfaßte endlich auch sein Angriffsradar die B-2. Die ECM-Sender des Bombers störten gewaltig, aber das Radar des Jägers wechselte rasch genug die Frequenzen, um in seiner Visierfunktion einsatzbereit zu bleiben. Kein Problem …

Die Leistungshebel waren bis zum Anschlag nach vorn geschoben, und Cobb hielt den hundertvierzig Tonnen schweren Bomber in dreihundert Fuß über Grund, wobei er manchmal schummelte und sogar noch etwas tiefer flog. Er wußte, daß seine wilden S-Kurven Fahrt kosteten, so daß die Jäger zu ihnen aufschließen konnten, aber die spezielle Tarnbemalung mit Wasserlack, die ihr Bomber für diesen Einsatz erhalten hatte, hatte den Vorteil, den einzigen Angriff zu erschweren, gegen den keine B-2 sich verteidigen konnte: einen Angriff aus geringer Entfernung mit Bordwaffen.

Solange das Angriffsradar der Jäger den Bomber nur gelegentlich erfaßte, war der wirkungsvollste Sensor der B-2 das digitale Heckwarnradar ALQ-158, das den Himmel hinter ihr absuchte und die Positionen der angreifenden Jäger zeigte. Sobald einer der Jäger nahe genug für einen Angriff mit Bordwaffen heranzukommen versuchte, rief McLanahan eine Warnung, und Cobb flog ein Ausweichmanöver, bei dem er plötzliche Höhenwechsel mit kaum wahrnehmbaren Fahrtänderungen kombinierte. Ohne ihr Angriffsradar mußten die F-23-Piloten selbst abschätzen, wann sie das Feuer eröffnen konnten. Dadurch verloren sie Punkte oder vergeudeten Munition; im günstigsten Fall hatte die B-2 das Übungsgebiet verlassen, bevor die Jäger auf Schußweite herangekommen waren.

Außerdem hatten sie noch einen Trumpf im Ärmel, aber allmählich wurde die Zeit verdammt knapp. »Unser Beschützer muß irgendwo in der Nähe sein, weil er den Funk so zudeckt«, sagte McLanahan zu Cobb und Ormack, »aber ich hab' keine Ahnung, wo er ist. Unter Umständen nur ein paar Minuten von uns entfernt...«

»Fox Drei, Fox Drei, Raider Two-Zero, greife mit Bordwaffen an!« meldete Mirisch auf der Primärfrequenz. Die B-2 war endlich einmal so lange im Geradeausflug geblieben, daß Milo zu ihm aufschließen und Mirisch zum erstenmal ruhig zielen und aufs Heck des großen Bombers »schießen« konnte. Die B-2 hatte jetzt beschleunigt, *wirklich* beschleunigt, und machte fast sechshundert Knoten – weit mehr, als er diesem Ungetüm jemals zugetraut hätte.

Plötzlich leuchtete sein Radarwarner wie ein bunter Weihnachtsbaum auf. Irgendwo über ihm, *genau* voraus, befand sich ein starkes Jägerradar, kein Suchradar, sondern ein Angriffsradar, das ihn erfaßt hatte. Sekunden später folgte die Warnung vor einem Raketenabschuß. Sie kam nicht von Milo, sondern von einem anderen Jäger, der *sie* angriff! Sein Radarwarner zeigte verschiedene Bedrohungen aus verschiedenen Richtungen: Fla-Raketen, Jäger, Radarstellungen – mindestens ein Dutzend, als seien plötzlich sechs Luftabwehrstellungen und sechs »feindliche« Jäger vor ihnen aufgetaucht.

Mirisch wußte, daß er erledigt war. Er konnte die Angreifer nicht sehen, hatte keine Verbindung zu seiner Leitstelle, die ihn hätte informieren sollen, befand sich in weniger als zweitausend Fuß über Grund und litt unter dem schrecklichen Lärm der Störsender, der allmählich Desorientierung verursachte. Nach einem raschen Kontrollblick zu Milo hinüber – der Junge hatte es zum Glück geschafft, Formation zu halten, und war noch nicht in Führungsposition gegangen – rief er auf der Wachfrequenz: »Powder-River-Spieler, hier Raider Two-Zero, aufhören, aufhören, aufhören!«

Die Maschine mit dem starken Störsender mußte ihn verstanden haben, denn der Lärm verstummte augenblicklich. Mirisch fing seine F-23 in zweitausend Fuß ab, wartete noch, bis Milo sich wieder hinter ihn gesetzt hatte, und suchte dann den Himmel nach dem unbekannten Angreifer ab.

Er entdeckte ihn sofort – und wollte seinen Augen nicht trauen.

Eine gottverdammte B-52! Aber sie glich keiner B-52, die er jemals gesehen hatte.

Als sie mit einer Rechtskurve Kurs auf den Mittelpunkt des Übungsgebiets Powder River nahm, sah Mirisch eine lange spitze Nase, ein haushohes Seitenleitwerk, acht riesige Strahltriebwerke und je zwei Zusatztanks an den Flügelenden. Darüber hinaus wies dieser merkwürdige Bomber einen langgestreckten, keilförmigen Aufbau auf der Rumpfoberseite auf, unter dem spezielle Radargeräte stecken mußten, und trug an Aufhängepunkten zwischen Rumpf und inneren Triebwerksgondeln Jagdraketen, die wie AIM-120 aussahen!

»Eins, ich sehe ein Flugzeug bei elf Uhr hoch, geschätzte Entfernung fünf Kilometer...«

»Ich seh's, Zwo, ich seh's«, bestätigte Mirisch. Verdammt noch mal, dachte er, warum hast du den Kerl nicht zwei Minuten früher gesehen? Aber für Schuldzuweisungen war es nun zu spät. Das merkwürdige Flugzeug dort oben hatte sie beide »abgeschossen«. »Keine Ahnung, *was* für'n Vogel das ist, aber ich seh' ihn.«

An Bord von Whisper One-Seven

General Ormack beugte sich nach vorn, soweit der Hosenträgergurt dies zuließ, und sah gerade noch, wie die riesige EB-52 Megafortress mit den Flügeln wackelte, bevor sie nach Norden abdrehte. »Jesus, ein toller Vogel! Von der Sorte könnten wir hundert brauchen.«

McLanahan lachte zustimmend. »Der hat's den F-23 gezeigt, was? Das Ding ist geradezu maßgeschneidert für die Air Battle Force. Lassen Sie jeden schweren Bomber von einer Megafortress mit ECM-Ausrüstung und Jagdraketen begleiten, dann haben Sie ein fast unschlagbares Zweierteam.«

Im Strategic Warfare Center wurde seit Wochen von der EB-52 gesprochen, aber niemand hatte damit gerechnet, daß sie tatsächlich aufkreuzen würde. Nun hatte sie in die Übung eingegriffen und sich glänzend bewährt. Auf der Rumpfoberseite trug sie das Radom der NC-135 Big Crow, mit dem sie sämtliche Frequenzen der beiden F-23 gestört hatte. Außerdem konnte die Maschine zweiundzwanzig Jagdraketen AIM-120 tragen – zwölf unter den Flügeln, bis zu zehn in einem Revolvermagazin innenbords. Zu ihrer Bewaffnung gehörten auch Abwurflenkkörper HARM, Antiradarraketen TACIT RAINBOW, nach hinten zielende Stinger, kameragesteuerte Lenkwaffen SLAM und Maverick, Gleitbomben Hammer und Striker, Durandal-Bomben zur Zerstörung von Startbahnen...

General Brad Elliott verfügte über sechs dieser Maschinen. Eine befand sich in Reparatur, und zwei weitere waren schon genehmigt.

Sie würden das Strategic Warfare Center und das Strategic Air Command umkrempeln.

Flugplatz Puerta Princesa, Palawan, Philippinen
zur selben Zeit

Der erste Pilot, der unmittelbar nach Oberst Renaldo Tamalko den Flugplatz erreichte, war der dreiundzwanzigjährige Leutnant José Borillo, ein junger Fluglehrer, der erst vor einem halben Jahr nach Puerta Princesa versetzt worden war. Daß ein junger Heißsporn wie er sofort losfuhr, wenn Staffelalarm gegeben wurde, war nicht weiter verwunderlich. Die älteren Piloten meldeten sich zwar gleich am Telefon – Sergeant Komos kannte nicht nur ihre Privatnummer, sondern auch die ihrer Freundinnen –, aber sie ließen sich auf der Fahrt zum Flugplatz Zeit. Als Waffensystemoffizier (WSO) teilte Oberst Tamalko ihm Hauptmann Fuentes, einen erfahrenen und kompetenten, aber wenig motivierten Offizier zu, während er den jungen Oberleutnant Pilas als WSO mitnahm.

Auch Hauptmann Libona, der sichtlich aufgeregte Chef der Betriebsstaffel, war da und begleitete Tamalko, als er aufs Vorfeld hinausging, um seine Maschine zu inspizieren und Borillo einzuweisen.

Unterwegs fragte Tamalko den Hauptmann: »Haben wir schon eine Bestätigung dafür, daß dies kein Übungsalarm ist?«

»Nein, Oberst. Sergeant Komos, der Sie angerufen hat, ist es bisher nicht gelungen, eine Bestätigung zu bekommen. Trotzdem gehen wir davon aus, daß dies *keine* Übung ist.«

»Da wäre ich mir nicht so sicher. Und was ist mit diesem Kapitän Banio, der uns alarmiert hat? Steht wenigstens seine Identität fest?«

Libona schüttelte den Kopf. »Leider gibt's auch dafür keine Bestätigung, Oberst.«

Tamalko fluchte laut. Dies war ein ungewöhnlich realistischer Übungsalarm ... oder eben keine Übung. Zum Teufel mit dieser Ungewißheit! Auch wenn das Ganze nur ein Übungsalarm war, mußte er so tun, als sei tatsächlich der Ernstfall eingetreten ...

Der Oberst wandte sich an Borillo. »Nach dem Start lassen Sie Ihren verdammten Daumen vom Feuerknopf, Leutnant, sonst hol' ich Sie selbst vom Himmel. Sie bleiben neben mir, halten die Klappe und passen gut auf. Sollte die Marine Ihretwegen einen negativen Bericht schreiben, können Sie sich fünf Minuten nach Ihrer Landung als Müllkutscher in Mindanao verdingen. Und jetzt los, damit wir endlich sehen, was dort draußen passiert!«

Fünf Minuten später befanden sich die beiden Jäger F-4E in der Luft und flogen über die Honda-Bucht nach Norden in Richtung Ulugan-Bucht.

»Bär Zwo, eins-drei-sieben-komma-eins-fünf«, sagte Tamalko über Funk, um Borillo anzuweisen, auf die Marine-Wachfrequenz zu gehen.

Danach entstand eine Pause, bis der Leutnant sagte: »Bär Eins, wiederholen Sie.«

Jesus! dachte Tamalko und fauchte: »Eins-drei-sieben-komma-eins-fünf.« Borillo hätte seinen WSO nach der neuen Frequenz fragen sollen, wenn er sie nicht verstanden hatte. Im Einsatz den Rottenführer aufzufordern, eine neue Frequenz zu wiederholen, galt fast als Todsünde.

»Zwo«, bestätigte Borillo endlich.

Tamalko ging selbst auf die neue Frequenz und wollte sich vergewissern, daß Borillo den Wechsel mitgemacht hatte, aber auf der Marine-Wachfrequenz herrschte ein geradezu babylonisches Sprachgewirr.

Und dann...

»Mayday, Mayday... wir sind getroffen, wir sind getroffen... brauchen dringend Hilfe... Lenkwaffenstart! Werden mit Lenkwaffen beschossen...! Ruder hart Backbord... Wahrschau...!«

»Bär Zwo, melden!« rief Tamalko. Er hörte ein sehr leises »Zwo« und hoffte, daß das Borillo gewesen war. »Cowboy, Cowboy, hier Fliegergruppe Bär Null-Eins auf der Wachfrequenz, kommen.« *Cowboy* war das Rufzeichen für Kapitän Banios Schiff, das Sergeant Komos ihm genannt hatte, aber Tamalko hatte keine Ahnung, wer alles auf dieser Frequenz sprach oder was dort draußen vorging. »Cowboy, melden Sie sich!«

»Fliegergruppe Bär... Bär, hier Cowboy.« Die Stimme klang fast hysterisch. »Wie ist Ihre Position? Geben Sie Ihre Position an!«

»Das kann ich erst, wenn Sie identifiziert sind, Cowboy.«

»Wir werden angegriffen, Bär, wir werden beschossen!« sagte die vor Angst schrille Stimme. »Rauch... überall Brände... wir brauchen Sie sofort, Bär, wir brauchen *sofort* Unterstützung!«

»Squawke Modi zwo, drei und vier, Cowboy«, meldete Tamalko, um dem Schiff mitzuteilen, daß sein Transponder arbeitete. Sprach er tatsächlich mit Cowboy, mußte das Schiffsradar sein Signal empfangen und ihm einen Steuerkurs geben können. Bei einer Alarmübung sollte auch festgestellt werden, ob Tamalko etwa über Funk kommende Anweisungen einer nicht identifizierten Stelle befolgte, und der Oberst war entschlossen, sich so weit als möglich an die Vorschriften zu halten. »Geben Sie mir einen Steuerkurs, Cowboy.«

»Das kann ich nicht... Kommandozentrale ausgefallen... Schiff brennt, Bär. Bitte, *helfen* Sie uns...!«

Und dann entdeckte Tamalko aus vierzig, fünfzig Kilometern Entfernung etwas in der pechschwarzen Nacht vor ihnen: zwei gelbrote Lichtflecken im Meer. Der eine genau vor seinem Bug war nicht so hell wie der nördlichere, der wie eine riesige Magnesiumfackel brannte. Im nächsten Augenblick sah Tamalko auf dem dunklen Meer weiter südlich mehrere Lichtblitze, die Mündungsfeuer sein mußten, und nach Westen gerichtete Leuchtspurbahnen. »Cowboy, ich sehe Brände und Leuchtspurgeschosse. Wer schießt dort?«

»Bär, hier Cowboy«, meldete sich eine andere Stimme. »Hier Kapitänleutnant Sapao, der Leitende Ingenieur der Fregatte *Rajah Humabon* . Wir werden von chinesischen Kriegsschiffen angegriffen und haben Lenkwaffentreffer erhalten. Auch das Vorpostenboot *Nueva Viscaya* ist getroffen...«

Im Hintergrund waren Rufe und Schreie zu hören. »Der chinesische Verband mit vermutlich zehn Schiffen, darunter einem Zerstörer, steht ungefähr dreißig Meilen westlich der Ulugan-Bucht. Auch ein chinesisches Flugzeug greift mit Lenkwaffen und Torpedos an. Die Fregatte *Rajah Lakandula* steht südlich von uns, und das Vorpostenboot *Camarines Sur* hilft der *Nueva Viscaya*. Können Sie uns unterstützen, Bär?«

Je näher Tamalko heranflog, desto mehr Einzelheiten waren auszumachen: In der Palawan-Passage knapp außerhalb der Ulugan-Bucht brannten zwei Schiffe. Auf dem am südlichsten stehenden Schiff blitzte immer wieder Mündungsfeuer auf; es schien ziellos zu ballern. »Cowboy, können Sie uns die Position des Flugzeugs geben?«

»Negativ, Bär«, antwortete Sapao mit mühsam beherrschter Stimme. Die Verständigung wurde noch schlechter. »Handfunkgerät... Batterien erschöpft... negativ, Radar ist ausgefallen... gehen in die Boote... Sobald die *Rajah Lakandula* sich meldet, soll sie...«

Die Verbindung riß ab.

Tamalko fühlte sich verdammt unbehaglich. Daß dies vielleicht *keine* Übung sein könnte, wurde ihm erst jetzt richtig bewußt. Er hatte natürlich angenommen...

Andererseits konnte dies noch immer eine Übung sein – allerdings eine sehr realistische. Der Oberst wußte, daß er ohne eindeutige Identifizierung kein Flugzeug einsetzen durfte, aber...

Was er hier sah und hörte, wirkte äußerst realistisch.

Eigentlich sogar grausig.

»Zwo, links aufschließen«, wies er Borillo auf ihrer eigenen Frequenz an. »Suchen Sie den Luftraum gemeinsam mit mir ab. Wir müssen dieses verdammte Flugzeug finden!«

Sekunden später hatte Borillo sich neben ihn gesetzt. Die Jäger hielten etwas Abstand, um einen größeren Sektor absuchen zu können, achteten aber darauf, weiter Sichtkontakt zu halten. »Wir suchen von plus einem bis plus zehn Grad«, erklärte Tamalko seinem unerfahrenen WSO für den Fall, daß er wie Borillo zu aufgeregt war, um vernünftig zu denken. »Fuentes sucht von null bis minus zehn Grad.«

Die Suche war rasch erfolgreich. »Bär Eins, Radarkontakt, ein Uhr, zwanzig Meilen, Höhe tausend Fuß, dreihundert Knoten«, meldete Fuentes. »Er scheint nach Süden auf die Fregatte zuzufliegen.«

»Haben Sie ihn?« fragte Tamalko seinen Hintermann.

»Noch nicht...«

»Zwo, Sie übernehmen die Führung«, wies der Oberst Borillo an. »Mal sehen, wer das ist. Ich bleibe dran. Los!« Nachdem Borillo sich an ihm vorbeigeschoben hatte, setzte Tamalko sich leicht erhöht hinter ihn, so daß er über den anderen Jäger hinwegsehen konnte. »Sie haben die Führung, Zwo«, sagte er über Funk.

»Ich hab' die Führung«, bestätigte Borillo zögernd. »Bär Zwo, Rechtskurve.«

»*Erzählen* Sie mir nichts, Zwo, *tun* Sie's einfach. Ich bin hinter Ihnen«, sagte Tamalko. Er folgte Borillo mühelos, als der junge Pilot eine lächerlich langsame 15-Grad-Kurve nach rechts flog – als habe er Angst, seinen Staffelchef abzuhängen. Sie sanken langsam auf sechshundert Fuß, damit ihr Radar das unbekannte Flugzeug schräg von unten erfassen konnte, ohne von Wellenechos gestört zu werden.

Unterdessen hatte Fuentes das Ziel mit seinem Angriffsradar erfaßt, so daß Borillo jetzt automatisch den Abfangkurs angezeigt bekam. Um etwas vorzuhalten, steuerte der Leutnant seine F-4E leicht nach rechts und behielt das Flugzeugsymbol auf der linken Hälfte des Radarschirms. »Bär Eins, Ziel erfaßt«, meldete Fuentes, damit Tamalko informiert war.

Im nächsten Augenblick hörten sie auf der Marine-Wachfrequenz: »An alle, hier PF4 *Rajah Lakandula*, ein chinesisches Flugzeug greift uns an! Fluggruppe Bär, hier Cowboy! Können Sie uns helfen? Können Sie das Flugzeug finden?« Alle Funkdisziplin war vergessen – wer da am Mikrofon war, rief verzweifelt um Hilfe ... für sich selbst, für seine Besatzung, für sein Schiff. Das ist *keine* beschissene Übung, sagte Tamalko sich. »Cowboy, hier Bär. Noch kein Sichtkontakt. Entfernung fünf Meilen, weiter abnehmend. Bitte warten.«

»Bär, warten Sie nicht auf Sichtkontakt! Die Maschine fliegt zum Torpedoangriff an! Sie müssen das Flugzeug abschießen!«

»Sie sind nicht einwandfrei identifiziert, verdammt noch mal!« rief der Oberst. »Ohne Identifizierung und Genehmigung kann ich kein Flugzeug abschießen!«

»Bär, dies ist ein Notfall!« kreischte eine neue Stimme, die Tamalko erst recht mißtrauisch machte, ins Mikrofon. »Sie *müssen* den Kerl abschießen! Kommt er bis auf fünf Meilen an uns heran, wirft er Torpedos ab! Angreifen!«

»*Nicht ohne Genehmigung!*« kreischte Tamalko ebenso laut. Das ist eine Falle, sagte er sich immer wieder, eine gemeine Falle. Anscheinend hatte es irgend jemand auf seinen Job in Puerta Princesa abgesehen. Irgend jemand wollte, daß er versagte, damit er abgelöst und auf einen gottverlassenen Stützpunkt versetzt werden konnte. Aber er würde sich an die Vorschriften halten, verdammt noch mal.

Strikt an seine Vorschriften ...

In diesem Augenblick eröffnete Borillo das Feuer.

Mit einem blendenden Feuerstrahl jagte Borillo dem chinesischen Flugboot seine acht 127-mm-Jagdraketen ZUNI in einer einzigen Salve aus etwa drei Seemeilen Entfernung entgegen. Wahrscheinlich hatte er noch nie eine ZUNI abgeschossen; das Angriffsradar der F-4E hatte keine Zielvorrichtung für diese ungelenkten Raketen; ihre Flugbahn wurde durch die Richtung des ganzen Flugzeugs bestimmt. Der Versuch, eine feindliche Maschine mit einer Jagdrakete ZUNI zu treffen, war nicht viel anders, als eine Kugel mit einer anderen Kugel abzuschießen.

»*Feuer einstellen!*« kreischte Tamalko. »Feuer einstellen, Sie verdammter Idiot!«

Aber irgendwie fand eine der großen Raketen ihr Ziel. Vor ihnen in der Ferne erschien ein riesiger Feuerball, aus dem eine Flammenspur nach rechts abkippte und spiralenförmig ins Dunkel stürzte.

»Was, zum Teufel, haben Sie getan?« fragte Tamalko wütend. »*Was haben Sie getan?*«

»Unsere Schiffe haben Unterstützung angefordert, Oberst«, versuchte Borillo sich zu rechtfertigen. »Sie sind angegriffen worden ... Wir ... ich mußte irgendwas tun ...«

»Versuchen Sie, die Stelle zu finden, wo das Flugzeug in den Bach gegangen ist«, wies Tamalko ihn an. »Jesus, Borillo, das hätte eines *unserer* Flugzeuge sein können, begreifen Sie das nicht? Solange wir keine klaren Anweisungen von der verantwortlichen Bodenstelle bekommen oder einen Angreifer eindeutig identifiziert haben, dürfen wir auf *niemanden* schießen. Mein Gott, ich kann's nicht glauben...« Er stieg einige hundert Fuß höher, um nicht ins Meer zu geraten, flog mit leichter Schräglage eine Rechtskurve und starrte dabei angestrengt nach draußen. Aber die unbekannte Maschine war spurlos verschwunden. »Pilas, haben Sie den Flugzeugtyp erkannt?« fragte Tamalko seinen Hintermann.

»Nein«, antwortete Pilas. »Ich habe nur die Explosion gesehen, aber das Muster war nicht zu erkennen.« Seine Stimme klang vor Aufregung unnatürlich hoch, und Tamalko bildete sich ein, die gequälten Atemzüge seines vor Angst starren Hintermanns zu hören – bis er dann merkte, daß das seine *eigenen* waren.

Ich bin erledigt, sagte sich Tamalko, während auch Borillo einen Suchkreis begann. Ich bin erledigt...

An Bord des Flaggschiffs »Hong Lung«

»Verbindung zu Adler acht-eins abgerissen, Genosse Admiral«, meldete Kapitän Lubu Vin Li ernst. »Der Pilot hat noch gemeldet, daß er nach einem feindlichen Luftangriff eine Notwasserung versucht.«

Admiral Yin Po L'un stützte sein Kinn in eine Hand und widerstand der Versuchung, so unbeherrscht zu fluchen, wie nach dem Mißerfolg des ersten Angriffs mit Lenkwaffen Fei Lung-7. Dieser Abschuß des Flugboots Shuihong-5 war ein schwerer Verlust, der für seine Flottille fast soviel bedeutete, wie die Versenkung eines Vorpostenboots für die philippinische Marine bedeutet hätte. Dieses Seegefecht drohte allmählich außer Kontrolle zu geraten...

»Vielleicht ist die Shuihong-5 doch heil runtergekommen«, murmelte der Admiral. »*Wenshan* und *Xingyi* sollen die Umgebung der letzten Position des Flugboots absuchen. Sorgen Sie dafür, daß die Datenübermittlung dauernd gewährleistet bleibt.« Die *Wenshan* verfügte über ausgezeichnete Radargeräte zur See- und Luftraumüberwachung; sie konnte ihre Daten nicht nur der *Hong Lung* übermitteln, sondern auch als Frühwarnschiff dienen, bis Yin zu einem Entschluß gekommen war. Die *Xingyi* hatte sechs Lenkwaffen C801 zur Bekämpfung von Schiffszielen an Bord, die ihre Zielinformationen vom Feuerleitsystem der *Wenshan* erhalten konnten.

Admiral Yin mußte eine Entscheidung treffen. Er hatte die Wahl zwischen zwei Möglichkeiten. Seine erste Option: Rückzug und Umgruppierung. Yin bezweifelte, daß der philippinische Verband ihm zu den Spratly-Inseln zurück folgen würde – da seine beiden größten Einheiten beschädigt oder vernichtet waren, bestand er praktisch nur noch aus einer Fregatte der PF-Klasse und einem kleinen Vorpostenboot der LF-Klasse. Obwohl sie nur dreißig Seemeilen vor der Küste standen und philippinische Flugzeuge bereits in den Kampf eingegriffen hatten, hielt Yin das Gefecht für beendet. Nachdem beide Seiten einige gute Treffer erzielt, aber auch Verluste erlitten hatten, war nun eine Pause eingetreten, in der sie sich voneinander gelöst hatten.

Seine zweite Option: bleiben und weiterkämpfen. Yin konnte den Angriff fortsetzen, indem er näher an den philippinischen Verband heranging und ihn mit Lenkwaffen oder Geschützfeuer angriff. Mit seiner letzten Fei Lung-7 hatte er endlich einen wirkungsvollen Treffer auf der Fregatte *Rajah Humabon* erzielt; das bedeutete aber auch, daß er zur Bekämpfung von Schiffszielen nur noch die Marschflugkörper Fei Lung-9 hatte. Fast gegen seinen Willen dachte Yin erneut daran, diese Waffen einzusetzen – und verwarf den Gedanken sofort wieder.

Jedenfalls verfügte er noch immer über eine beträchtliche Streitmacht mit zwei Raketenschnellbooten der *Huangfen*-Klasse, vier Vorpostenbooten der *Hegu*-Klasse, zwei Vorpostenbooten der *Hainan*-Klasse und einem Minensucher. Die Schnellboote der *Huangfen*-Klasse waren mit Lenkwaffen Fei Lung-7 und C801 zum Einsatz gegen Schiffsziele bewaffnet, und alle Einheiten hatten ihre Mehrzweckgeschütze, die sie im Artilleriegefecht einsetzen konnten. Seine Flottille verfügte noch über beachtliche Kampfkraft.

Aber Yins Kampfgruppe hatte erhebliche Verluste hinnehmen müssen: Sie hatte einen Minensucher, ein Vorpostenboot, das Raketenschnellboot *Chagda* und ein Flugboot Shuihong-5 verloren. Dafür hatte sie eine Fregatte und ein Vorpostenboot beschädigt oder vernichtet. Eine sehr unbefriedigende Erfolgsbilanz der größten Kriegsmarine der Welt im Kampf mit einer praktisch nichtexistenten Marine ...

»Wie lauten Ihre Befehle, Genosse Admiral?« fragte Kapitän Lubu ihn. »Was tun wir, sobald *Wenshan* und *Xingyi* in Position sind, um die Besatzung der Shuihong-5 aufzunehmen und im dortigen Gebiet aufzuklären?«

Yin betrachtete Lubu und dann die übrigen Besatzungsmitglieder auf der Brücke der *Hong Lung*. Aus ihren Mienen sprach wenig Kampfgeist. Statt dessen sah er überall Angst – nackte Angst. Sollte er mit diesen Jungen weiterkämpfen? Sollte er die philippinische Marine weiter mit Artillerie und Lenkwaffen dezimieren und die Sicherheit seiner bereits angeschlagenen Flottille für einen Pyrrhussieg aufs Spiel setzen?

»Wir marschieren zurück«, hörte Yin sich mit müder Stimme sagen. »Zwanzig Knoten, dann fünfundzwanzig, sobald der Verband wieder geschlossen ist. Sie halten Verbindung zu *Wenshan* und *Xingyi*, legen unseren Kurs durch die Palawan-Passage fest und ...«

»Radarkontakt mit Flugzeug!« rief Lubu plötzlich, der über Kopfhörer eine Meldung erhielt. »Kurs null-drei-null, zu uns eindrehend, Entfernung fünfzehn Kilometer, weiter abnehmend! Radar meldet jetzt zwei Maschinen in Formation, Höhe tausend Meter, Geschwindigkeit vier-acht-null. Flugprofil charakteristisch für Lenkwaffenangriff!«

Yins Optionen waren jäh dahingeschmolzen. Eine schwer angeschlagene Flottille, gefährlicher Mangel an Schiff-Schiff-Lenkflugkörpern, ringsum Riffe und Untiefen – und nun philippinische Militärmaschinen im Anflug. Sie konnten sich in die relative Sicherheit der Spratly-Inseln zurückziehen, aber sie würden sich erst freikämpfen müssen.

»An alle Schiffe: Feuer frei auf anfliegende Maschinen!« befahl Yin energisch.

An Bord von Bär Null-Eins

»Dranbleiben, Zwo, näher dranbleiben!« rief Tamalko auf der Einsatzfrequenz, als er sah, daß Borillos F-4E sich allmählich von seiner rechten Flügelspitze entfernte. »Reißen Sie sich gefälligst zusammen!«

Der Oberst war wieder dabei, die Führungsposition zu übernehmen. Sie kreisten in einer sicheren Höhe von dreitausend Fuß über dem Gebiet, in dem das unbekannte Flugzeug niedergegangen sein mußte. Borillo hielt so schlecht Abstand, daß Tamalkos Hintermann ihn häufig aus den Augen verlor. So miserables Formationsfliegen hatte Tamalko noch selten erlebt. Der kurze Luftkampf hatte dem Jungen offenbar den Rest gegeben.

Tamalko überlegte bereits, ob er den Jungen heimschicken oder vorausfliegen lassen sollte, um ihm von hinten Anweisungen geben zu können, aber bevor er irgendwas unternahm, mußte er mit dem Oberkommando sprechen. Während er Borillo immer wieder ermahnte, näher dranzubleiben, stand er in Verbindung mit Puerta Princesa, um über diese Relaisstation das Oberkommando der Luftwaffe in Cavite bei Manila zu erreichen. Bisher hatte es damit noch nicht geklappt.

An Bord von Bär Null-Zwo war Hauptmann Fuentes, Leutnant Borillos WSO, inzwischen damit ausgelastet, Borillo in Formationsflug bei Nacht einzuweisen und mit seinem Radar den Himmel nach anderen Flugzeugen abzusuchen. Bei größter Antennenneigung seines Angriffsradars erkannte der WSO zwölf Seemeilen vor ihnen mehrere Schiffe. Sein Radarwarner zeigte westlich von ihnen eine Ansammlung feindlicher Suchradargeräte. Auf seinem Bildschirm sprang das Rautensymbol, das die höchste Gefährdung bezeichnete, von einem »S« zum anderen, während das System zu entscheiden versuchte, von wo die größte Gefahr drohte.

»Eins, mehrere Schiffe bei elf Uhr, zwölf Meilen«, meldete er Tamalko. »Nur Suchradar.«

»Verstanden ... Zwo, Sie sollen dranbleiben«, fauchte Tamalko aufgebracht. »Wenn Sie verlorengehen, brauchen wir 'ne verdammte Stunde, um uns wiederzufinden.«

»Schlage vor, daß wir nach Osten abdrehen«, sagte Fuentes. »Näher möchte ich an diese Schiffe nicht rangehen.«

»Warten Sie, Zwo«, wehrte Tamalko barsch ab. »Ich versuche gerade, das Oberkommando zu erreichen.«

Fuentes sah gerade noch rechtzeitig von seinem Radarschirm auf, um verfolgen zu können, wie die Flügelspitze ihrer Maschine sich langsam Tamalkos rechtem Flügel annäherte. »Wie kommen Sie zurecht, Leutnant?« fragte er Borillo.

»Gut ... gut«, antwortete Borillo zögernd. »Ich gehe bloß näher ran.« Aber so wie Doppelsteuer und Leistungshebel vor dem hinteren Sitz zitterten, ging es dem jungen Piloten durchaus nicht gut. Da Borillo die Annäherung jedoch im Griff zu haben schien, riskierte Fuentes einen weiteren Blick auf seinen Radarschirm.»Schiffe weiter bei ein Uhr, jetzt zehn Meilen, Eins«, berichtete er Tamalko. »Auf diesem Kurs können wir nicht bleiben, Oberst.«

»Warten Sie!« funkte Tamalko aufgebracht zurück. »Bleiben Sie in Formation, bis ich ...«

Im nächsten Augenblick wurden zwei der »S«-Symbole auf dem Bildschirm des Radarwarners zu blinkenden »6«- und »8«-Symbolen; in den Kopfhörern war ein langsam an- und abschwellender Warnton zu hören, und ein rot blinkendes Warnlicht machte auf die Raketengefahr aufmerksam. »Erfassungsradar bei elf und ein Uhr«, warnte Fuentes seinen Piloten. »Marinesysteme SA-6 und –8. Wir müssen zusehen, daß wir von hier verschwinden.«

Der Warnton wurde plötzlich zu einem aufgeregten Summen, und die Leuchtschilder *Raketenstart* erhellten das vordere und hintere Cockpit. »Raketenstart!« rief Fuentes. »Sofort Sturzflug!« Er suchte den Himmel vor ihnen ab und fühlte sein Herz gegen die Rippen hämmern, als er zwei leuchtendgelbe Punkte auf sie zurasen sah – Fla-Raketen! Zum Glück waren sie nachts leicht zu erkennen. »Ich sehe sie! Rechts voraus, dicht unter dem Horizont. Fliegen Sie darauf zu, und machen Sie sich bereit, schnell abzudrehen!«

Aber Borillo geriet in Panik. Bei einem Raketenangriff von vorn war es am besten, auf die Raketen zuzuhalten, um ihnen den kleinstmöglichen Radarquerschnitt zu zeigen, und im letzten Augenblick abzudrehen. Der junge Pilot, der nur das Wort »Abdrehen!« verstanden hatte, reagierte genau falsch: Er legte die Maschine in eine steile Rechtskurve. In dieser Fluglage, in der die F-4E den radargelenkten Fla-Raketen ihre gesamte Unterseite zeigte, war sie ein leichtes Ziel. Fuentes versuchte noch, den Steuerknüppel nach links zu drücken, aber er kam viel zu spät – eine der Fla-Lenkwaffen HQ-91 der *Hong Lung* traf den Jäger und verwandelte ihn augenblicklich in einen riesigen Feuerball.

Tamalko wurde von seinem Hintermann nicht gewarnt – Pilas war entweder stumm vor Angst oder hatte die Lautstärke seines Radarwarners zu weit heruntergedreht –, aber als das Warnsignal *Raketenstart* ertönte, versuchte er sofort nicht mehr, Cavete zu erreichen, sondern sah auf und konnte beobachten, wie die zweite Lenkwaffe HQ-91 keine dreißig Meter hinter ihnen vorbeiraste. Er legte seine F-4E in eine steile Rechtskurve, um auf die Gefahrwarnung zuzuhalten, und sah gerade noch, wie die erste Fla-Rakete seinen Rottenflieger vernichtete.

Als die Druckwelle der Explosion ihre Maschine erzittern ließ, begann der junge Pilas auf dem Rücksitz zu kreischen. Tamalko versuchte, sein Kreischen zu ignorieren, während er den Jäger auf die Nase stellte, im Sturzflug tiefer ging und die

F-4E in dreihundert Fuß über dem Meer abfing. »Schnauze halten, Pilas... *Schnauze halten!*« brüllte Tamalko. Danach hörte das Kreischen endlich auf.

»Borillo hat's erwischt! Mein Gott, sie *schießen* auf uns!« rief Pilas. »Ich hab' das Ganze für 'ne *Übung* gehalten!«

»Dies ist *keine* beschissene Übung. Das dort vorn *sind* chinesische Kriegsschiffe. Sie greifen uns an.« Dann wurde Tamalko klar, daß Borillo tatsächlich ein angreifendes chinesisches Flugzeug abgeschossen und dadurch bestimmt Dutzende von Besatzungsmitgliedern der *Rajah Lakandula* gerettet hatte. Und da Pilas die Raketenwarnung nicht an seinen Piloten weitergegeben hatte, war Borillo auch zu ihrem Retter geworden, indem er vor den Fla-Lenkwaffen abgedreht hatte. Obwohl der Leutnant bei diesem Einsatz fast nur Scheiß gemacht hatte, war er ein gottverdammter Held!

»Geben Sie mir den Kurs zu diesem Schiff«, forderte er Pilas auf. »Wir greifen an!«

»Angreifen? Mit *Bordwaffen?* Wir haben bloß unsere Maschinenkanone, Oberst...«

»Ich weiß, ich weiß«, wehrte Tamalko ab. Er schaltete seine Blickfelddarstellung auf einen Tiefangriff mit der Maschinenkanone um. »Wo sind die verdammten Schiffe?«

In der daraufhin folgenden kurzen Pause vermutete Tamalko schon, Pilas wolle nicht antworten oder habe einen Nervenzusammenbruch erlitten. Dann: »Radarkontakt, ein Uhr, neun Meilen. Zehn Grad rechts, Kurs zwo-sechs-null.« Tamalko drehte ein, schob die Leistungshebel ganz nach vorn und sparte sich die Nachbrenner bewußt für den letzten Abschnitt seines Tiefangriffs auf...

An Bord des Flaggschiffs »Hong Lung«

»Schnelles Flugzeug im Anflug auf die *Wenshan*«, meldete Kapitän Lubu. »Entfernung fünfzehn Kilometer. Kein Radarkontakt mit dem zweiten Flugzeug. Die *Wenshan* dreht, um die 5,7-cm-Flak auf dem Achterdeck einsetzen zu können.«

»Sie soll lieber aufhören zu drehen und anfangen zu schießen«, sagte Admiral Yin. »Falls die Flugzeuge mit Lenkwaffen Harpoon angreifen, kommt ihr Abwehrfeuer ohnehin zu spät.«

»Notmeldung von der *Wenshan*!« dröhnte es aus den Brückenlautsprechern. »Sie ist auf Grund gelaufen!«

»*Was?*« rief Yin, der seinen Ohren nicht trauen wollte. Mit seinem großen Tiefgang war das Vorpostenboot *Wenshan* erneut ein Opfer der Untiefen des Südchinesischen Meeres geworden – auch diesmal wieder in einem höchst kritischen Augenblick, in dem feindliche Kräfte angriffen.

»Die *Wenshan* macht Wasser«, meldete der Nachrichtenraum. »Sie fordert Feuerlösch- und Lecksuchtrupps an. An Bord mehrere Verwundete.«

»Entfernung des Jägers?«

»Entfernung zur *Wenshan* acht Kilometer«, meldete der Wachoffizier. »Jäger weiter im Anflug. Geschwindigkeit jetzt elfhundert Stundenkilometer.«

»Radar meldet die zweite Fregatte im Osten an der Kimm«, berichtete Kapitän Lubu. »Entfernung sechzehn Meilen, langsam weiter abnehmend.«

Die Filipinos greifen wieder an, sagte sich Yin erstaunt. Sie sind der Vernichtung nur knapp entgangen – und jetzt versucht die Maus, den Tiger in die Nase zu beißen. »Die *Fuzhou* soll ...«

»Radar meldet einen weiteren Kontakt im Süden«, unterbrach Lubu ihn. »Entfernung siebenunddreißig Kilometer, mit mittlerer Geschwindigkeit abnehmend. Offenbar Hubschrauber – drei anfliegende Hubschrauber.«

»Lenkwaffenstart!« meldete die Stimme aus dem Brückenlautsprecher. »Fregatte im Osten schießt Lenkwaffen ab!«

Der Kampf war ernstlich entbrannt.

Die Meldungen kamen jetzt fast schneller, als Admiral Yin sie verarbeiten konnte. Gesichter starrten ihn an – einige zweifelnd, andere vorwurfsvoll, die meisten ängstlich. Stimmen bombardierten ihn, wurden lauter und drängender, bis der Lärm geradezu ohrenbetäubend war...

»Entfernung des Jägers unter fünf Kilometer«, sagte eine neue Stimme. »Die *Wenshan* krängt nach Steuerbord. Kapitän Han meldet, daß er mit dem Heck festsitzt und ohne Schlepphilfe nicht freikommt...«

»Schiff im Süden ist als Korvette der PS-Klasse identifiziert«, berichtete Lubu. »Wir haben's also doch mit fünf Einheiten zu tun gehabt, Admiral. Der Hubschrauberträger... er muß sich von seinem Verband gelöst und weit ausgeholt haben, um uns zu umgehen...«

»Achtung, Lenkwaffenstart! Korvette im Süden schießt Lenkwaffen ab!«

»Radarkontakt mit drittem Schiff, als Unterstützungsschiff der LF-Klasse identifiziert...«

»Untiefe voraus, drei Meter unter dem Kiel. Empfehle hart Steuerbord, zwanzig Grad...!«

»Ruder hart Steuerbord!«

»Lenkwaffenstart! Hubschrauber schießen Lenkwaffen ab!«

»Die *Chukou* meldet Lenkwaffentreffer an der Wasserlinie!« berichtete irgend jemand. »Keine Schadensmeldung... Verbindung zu *Chukou* abgerissen...«

»*Xingyi* hat Datenübertragung eingestellt. Noch keine Meldung...«

»Unterstützungsschiff scheint Torpedoangriff zu fahren!« rief Lubu. »Entfernung unter zehn Meilen, Fahrt dreißig Knoten...«

»Radarkontakt mit Flugzeug, Entfernung zweiundsiebzig Kilometer, fliegt mit hoher Geschwindigkeit aus Osten an«, lautete die nächste Meldung. »Jabo oder Jäger aus Puerta Princesa. Voraussichtliche Ankunftszeit in fünf Minuten.«

»Genosse Admiral«, sagte Kapitän Lubu, indem er sich vor Yin aufbaute, »wir haben kaum noch Manövrierraum, ein Vorpostenboot ist auf Grund gelaufen, die übrigen Einheiten sind verstreut und desorientiert – sie können weder sich noch das

Flaggschiff verteidigen. Ich schlage vor, mit der Fahrt runterzugehen und unseren Begleitschiffen Feuerschutz zu geben. Sobald der Verband wieder geschlossen ist, können wir durch die Passage zurückmarschieren ...«

Yin schien ihn nicht gehört zu haben. Sein Atem kam keuchend, auf Stirn und Oberlippe standen große Schweißperlen. Sein Gesicht war gerötet, die Stirn gerunzelt, sein Mund zu einer schmalen Linie zusammengekniffen. Man hätte glauben können, er sei gar nicht da, sondern an einem weit entfernten Ort, während er sich überlegte ...

... daß ihre Lage aussichtslos zu sein schien.

... daß er die Pflicht hatte, seine Männer, sein Schiff zu schützen.

... daß er um jeden Preis das Gesicht wahren mußte.

Nach scheinbar endlos langer Zeit, die tatsächlich keine Viertelminute gedauert hatte, knöpfte Yin den obersten Knopf seiner Uniformjacke auf, griff hinein und zog einen silberglänzenden Sicherheitsschlüssel aus der Innentasche.

Lubu blieb vor Verblüffung der Mund offen. Er bekam große Augen, als ihm klar wurde, um welchen Schlüssel es sich handelte. »Genosse Admiral, das ... das *dürfen* Sie nicht ...!«

»Wir dürfen uns nicht unterkriegen lassen, Kapitän«, sagte Yin ruhig. »Ich habe nicht die Absicht, eine Niederlage hinzunehmen.« Er sperrte mit dem Schlüssel ein Fach seines Instrumentenpults auf und wartete, bis die Tür aufsprang. Das Fach enthielt ein rotes Telefon mit mehreren farbig markierten Tasten. Yin drückte auf die gelbe Taste, die überall an Bord die Alarmglocken schrillen ließ. Während Lubu den Admiral entsetzt anstarrte, beeilte sich die Besatzung, einen Befehl auszuführen, der noch nie erteilt worden war ...

Admiral Yin griff nach dem roten Hörer. »Hier ist Admiral Yin«, sagte er. »Der Befehl lautet Schlachtruf. Schlachtruf. Kommen.«

»Anfangscode bestätigt«, antwortete eine Stimme am anderen Ende. »Ziele, Genosse Admiral?«

»Erst die südliche Korvette, dann drehen, dann die östliche Fregatte«, befahl Yin halblaut. »Automatische Ausführung in drei Minuten. Bestätigungscode lautet Roter Mond, wiederhole, Roter Mond. Kommen.«

»Verstanden, Genosse Admiral. Beide Codes verifiziert. System ... einsatzbereit. Automatische Ausführung in drei Minuten. Countdown wird in zwei Minuten nochmals angehalten. Kommandozentrale, Ende.« Yin legte den roten Hörer auf die Gabel zurück.

Ein Bootsmann rannte auf die beiden Offiziere zu und brachte jedem schwere Handschuhe, einen langen Poncho, einen Helm mit goldbedampftem Visier und ein Atemschutzgerät. Lubu ließ sich seine ABC-Schutzkleidung geben, ohne sie jedoch anzulegen. »Genosse Admiral, ich bitte Sie, sich diesen Befehl nochmals zu überlegen. Sie sollten die Genehmigung des Oberkommandos einholen, bevor Sie ...«

Yin ließ sich von dem Bootsmann in den mit Blei gepanzerten Poncho helfen, setzte seinen Helm auf, legte die Atemschutzmaske an und stöpselte das Kabel der Bordsprechanlage ein. Nun konnte er auch unter dem Helm die Bereitschaftsmeldungen der einzelnen Stationen mithören.

»Genosse Admiral, damit dürfen Sie nicht weitermachen ...«, protestierte Lubu.

»Zwei Minuten bis Roter Mond!« plärrte eine Lautsprecherstimme. »Zwei Minuten bis Roter Mond! Alle Stationen melden Gefechtsbereitschaft.«

»Meine Flotte ist eingekreist, wir werden angegriffen, wir sind in Gefahr, die Spratly-Inseln und den größten Teil des Südchinesischen Meeres an die Filipinos zu verlieren«, sagte Yin unter seinem Atemschutzgerät. Mit Blendvisier und Sauerstoffmaske wirkte er bedrohlich, irgendwie unzurechnungsfähig, wie ein Seeungeheuer aus einem Horrorfilm. »Ich verfüge über die Mittel, sie aufzuhalten. Andernfalls müßte ich die Waffen strecken – und das täte ich niemals!«

»Aber das führt zu einer Katastrophe internationalen Ausmaßes!« wandte Lubu ein. »Wir stehen zu nahe vor der philippinischen Küste. In diesen flachen Gewässern bleiben die Korallenriffe und der Meeresboden unwiderruflich geschädigt... Sie *müssen* diesen Befehl zurücknehmen!«

»Legen Sie Ihre Schutzkleidung an und halten Sie sich zur Ausführung von Roter Mond bereit, Kapitän«, verlangte der Admiral mit dumpfer Stimme. »Auch das ist ein *Befehl.*«

»Das dürfen Sie nicht tun! Dann befinden wir uns im Krieg mit den Filipinos, mit den Amerikanern, mit der ganzen *Welt*!«

»Entfernung zum südlichen Ziel?« fragte Yin die Kommandozentrale. »Sechzehn Meilen, weiter abnehmend«, lautete die Antwort. »Hubschrauber in sieben Kilometern Entfernung, geschätzte Ankunftszeit drei Minuten... Sensorwarnung vor Lenkwaffen auf Kollisionskurs, geschätzte Ankunftszeit hundertvierzig Sekunden, Flak bemannt und feuerbereit...«

»Genosse Admiral, *bitte ...*«, flehte Lubu, der sich jetzt mit beiden Händen auf eine Armlehne von Yins Sessel stützte. »Lassen Sie wenigstens eine Warnung funken!« Aber Yin schüttelte den Kopf: eine langsame, grausige Geste, als sei er der Schnitter Tod persönlich, der das Flehen von zum Tode Verurteilten zurückweist.

»Sie alter *Narr*, das dürfen Sie nicht tun!« rief Lubu aufgebracht. Er drehte sich nach dem Wachoffizier um, der jetzt ebenfalls ABC-Schutzkleidung trug. »Lassen Sie die Ausführung von Roter Mond auf meinen Befehl stoppen, Korvettenkapitän. Und lassen Sie auf der Notfrequenz funken, daß unser Verband das Gefecht abbricht und die philippinischen Gewässer sofort verläßt.«

»Genosse Kapitän, dazu brauche ich den Aufhebungscode«, rief der Wachoffizier unter seiner Atemschutzmaske. Dienstlich unterstand er nicht dem Admiral, sondern dem Kommandanten der *Hong Lung*: deshalb würde er rechtmäßige Befehle Lubus prompt ausführen. Aber das vorgeschriebene Verfahren mußte eingehalten werden – vor allem im Gefecht und in Anwesenheit des Flottillenadmirals auf der Kommandobrücke.

Kapitän Lubu starrte Yins dunkle Visage an. Der Admiral blieb schweigend und unbeweglich sitzen. Lubu wiederholte erregt: »Auf meinen Befehl, Korvettenkapitän! Die entsprechenden Codes liegen in meiner Kammer im Safe. Sie wissen, daß ich sie habe. Bis ich die Codes holen kann, befehle ich Ihnen, die Ausführung von Roter Mond sofort zu stoppen!«

Der Wachoffizier drehte sich etwas zur Seite, um Yin und Lubu im Blickfeld zu haben. Auch die meisten Angehörigen der Brückenbesatzung verfolgten den Wortwechsel. Dann sagte der Wachoffizier: »Bedaure, Genosse Kapitän, aber solange der Admiral auf der Brücke ist, führt er das Kommando. Ich kann seine Befehle nicht aufheben.«

»Noch sechzig Sekunden bis Roter Mond. Alle Decks melden Gefechtsbereitschaft ... fünfzig Sekunden ...«

»Sie müssen Ihren Befehl zurücknehmen, Genosse Admiral!« drängte Lubu erneut.

»Legen Sie Ihre Schutzkleidung an, und halten Sie sich bereit, Kapitän«, forderte Yin ihn gelassen auf.

Lubus Blick telegrafierte, was er als nächstes tun würde: Der Kapitän stürzte sich auf den im Kontrollpult für die Fei Lung-9 steckenden Sicherheitsschlüssel. Wurde er abgezogen, war die direkte Verbindung zur Kommandozentrale unterbrochen, so daß Yin den endgültigen Ausführungsbefehl nicht mehr geben konnte. Kam dieser Befehl nicht, würde der Startoffizier den Countdown bei zwanzig Sekunden anhalten.

Als Lubus Finger den Schlüssel berührten, fiel ein Schuß. Der Kapitän taumelte zurück, hielt sich den Unterleib und brach zusammen. Auf seiner weißen Tropenuniform zeichnete sich ein langsam größer werdender dunkelroter Fleck ab.

»Sie sind ein Feigling, ein ehrloser Mann, Lubu Vin Li«, sagte Yin halblaut und legte die noch rauchende 7,62-mm-Pistole vor sich aufs Kontrollpult. »Sie können mein Schicksal nicht ändern. Durch diesen Versuch haben Sie sich entehrt.« Der Admiral griff nach dem roten Hörer, schob Helm und

Maske hoch und sprach ins Telefon: »Kommandozentrale, hier Admiral Yin.«

»Zentrale. Countdown für Roter Mond ist angehalten.«

»Ausführungsbefehl lautet Drachenschwert. Drachenschwert.« Yin legte den Hörer auf und zog Helm und Maske wieder herunter. Während er die Klettverschlüsse des Ponchos und seiner Schutzhandschuhe andrückte, befahl er über die Bordsprechanlage: »Brücke klar zum Gefecht! Antennen und Empfänger ausschalten und ...«

In diesem Augenblick hörte Yin die Trefferwarnung aus dem Brückenlautsprecher und das laute, wütende Hämmern des Phalanx-Systems zur Nahbekämpfung von Lenkflugkörpern. Die radargeführte Gatling-Maschinenkanone erfaßte anfliegende Ziele automatisch und eröffnete das Feuer mit einem mörderischen Hagel aus 20-mm-Geschossen, sobald eines in Schußweite kam. Der Admiral wußte jedoch, daß die Wahrscheinlichkeit für eine Vernichtung der anfliegenden Lenkwaffe in letzter Sekunde gering war

Als Yin gerade ein weiteres Warnsignal hörte, das den Abschuß der Fei Lung-9 in zehn Sekunden ankündigte, ließ eine gewaltige Detonation an Backbord die *Hong Lung* erzittern. Die anfliegende Lenkwaffe Harpoon war von der Phalanx-MK bei ihrem letzten Hochgehen vor dem Aufschlag getroffen worden und in geringer Entfernung detoniert. Dabei entstand in Yins Ohren ein gewaltiger Überdruck, der die großen Brückenfenster nach innen drückte, bis der jäh folgende Unterdruck sie nach außen wölbte und wie einen Kinderballon platzen ließ. Dieser Unterdruck schien Yin die Luft aus der Lunge zu saugen, und er hatte das Gefühl, die Luft, die er atmete, stehe in Flammen ...

Oberst Tamalko sichtete das Vorpostenboot aus gut fünf Kilometern Entfernung und begann zu schießen, sobald er auf weniger als einen Kilometer herangekommen war. Das sofort einsetzende Abwehrfeuer des chinesischen Kriegsschiffs war so heftig, daß er den Eindruck hatte, gegen eine Mauer aus Leuchtspurgeschossen anzufliegen, und schon fürchtete, seinen Angriff abbrechen und aus anderer Richtung erneut anfliegen zu müssen. Aber im nächsten Augenblick – nur Sekunden später – hörte das feindliche Feuer plötzlich auf.

Als die kurzen Feuerstöße aus seiner 20-mm-Maschinenkanone M61A1, die viertausend Schuß in der Minute hinausjagte, das Heck des Schiffs erreichten, legte Tamalko die F-4E in eine steile Linkskurve, hielt sie mit den Ruderpedalen stabil und schaffte es, eine Geschoßspur exakt über die Mittellinie des Vorpostenboots zu legen. Er sah mehrere Sekundärexplosionen und beobachtete sogar, daß das Schiff Schlagseite hatte, die allerdings kaum von einem einzigen Tiefangriff herrühren konnte.

»Radarkontakt mit einem weiteren Schiff, jetzt eine Uhr, drei Meilen«, meldete Pilas. »Als Ziel erfaßt, Kurs ist gut.«

»Verstanden«, sagte Tamalko.

Als er sich im Anflug auf das zweite chinesische Kriegsschiff befand, sah er vor der Radarmarkierung seines Blickfelddarstellungsgeräts eine Feuerwolke aufsteigen und rasch wieder in sich zusammenfallen. Sie erhellte das Schiff sekundenlang, und Tamalko wollte seinen Augen kaum trauen, als er sah, wie *riesig* es war – groß wie ein Flugzeugträger, dachte er, oder ein Wolkenkratzer. Bestimmt das größte Kriegsschiff, das er jemals vor Palawan gesehen hatte. Seltsamerweise zeigte sein Radarwarner kein Zielerfassungsradar an, als habe das feindliche Schiff ihn noch gar nicht geortet.

Oder etwa doch?

Während Tamalko sich darüber wunderte, daß das Dickschiff

ihn nicht schon längst erfaßt hatte, sah er vom Schiffsheck einen Feuerschweif in den Nachthimmel aufsteigen. Die Lenkwaffe, deren Abgasstrahl Dutzende von Kilometern weit zu sehen war, flog anfangs ziemlich langsam und beschleunigte erst einige Sekunden nach dem Start.

Der große Lenkflugkörper flog weiter nach Süden, statt wie erwartet nach Osten in Richtung auf die anfliegende F-4E einzudrehen. Merkwürdig! dachte Tamalko.

»Wir sind fast bei drei Kilometer«, meldete Pilas. »Drei Kilometer ... jetzt.« In Tamalkos Blickfeld begann der Farbsektor des Feuersignals seinen Umlauf im Uhrzeigersinn: Sobald es die Dreiuhrposition erreichte, konnte der Pilot das Feuer eröffnen. Ein rascher Blick zeigte ihm, daß die Maschinenkanone auch nach dreihundertvierzig Schuß noch keine Ladehemmung hatte, was für die M61A1 überdurchschnittlich gut war, und als er wieder nach draußen sah, betrug die Entfernung nur noch zweieinhalb Kilometer. Markierung in der Mitte der Zielraute, gutes ARM-260-Signal ... Tamalko jagte kurze Feuerstöße hinaus, spürte das beruhigende Vibrieren der hämmernden Waffe und hielt die Markierung mitten in der Zielraute. Das Abwehrfeuer des chinesischen Kriegsschiffs blieb wider Erwarten aus.

Seine Maschinenkanone hatte Ladehemmung, als noch dreißig Schuß im Magazin waren, aber alle anderen hatten genau mittschiffs getroffen. Tamalko sicherte die MK und stellte seine F-4E auf die linke Tragfläche, um ein möglichst kleines Ziel zu bieten, während er das Schiff überflog. Als er mit Mach 1 darüber hinwegröhrte, sah er an Deck Lichter aufblitzen, ohne beurteilen zu können, ob das Sekundärexplosionen oder nur Lichtreflexe waren. Tamalko blieb in einer Linkskurve, drehte nach Süden ab und ließ die Nachbrenner ausgeschaltet, um Fla-Raketen mit Infrarotsuchkopf oder optisch gesteuerten Geschützen kein lohnendes Ziel zu bieten. Das Suchradar des großen Zerstörers arbeitete nicht mehr. Hatte er vielleicht doch etwas Wichtiges getroffen?

Und dann passierte es.

Eine Millisekunde registrierten Tamalkos Augen knapp über dem Horizont und fast genau vor ihm den hellsten Lichtblitz, den er jemals gesehen hatte. Und das Licht hüllte ihn ebenso schnell ein und blendete ihn. Seine Augen schienen zu rotglühenden Kugeln unerträglichen Schmerzes zu werden, als seien sie von flüssiger Lava verbrannt.

Tamalko hörte Pilas Schrei und merkte dann, daß auch er schrie.

Das Röhren der großen Triebwerke ihrer F-4E war verstummt, was bedeutete, daß sie von etwas getroffen worden waren, das diesen doppelten Triebwerksausfall bewirkt hatte. Eine große Rakete mußte dicht vor ihnen detoniert sein und sie geblendet und beide Triebwerke ausgeblasen haben. Der Steuerknüppel ließ sich schwerer bewegen, weil der Hydraulikdruck nachließ, und würde bald ganz unbeweglich sein.

Tamalko zog den Steuerknüppel zurück, um im Steigen Fahrt wegzunehmen und ihre Geschwindigkeit zumindest teilweise in Höhe umzusetzen – wenn sie bei Mach 1 ausstiegen, würde der Fahrtwind sie in Stücke reißen. Er konnte nicht beurteilen, ob sie stiegen... er hatte keine Zeit, einen klaren Gedanken zu fassen. »Aussteigen! Aussteigen!« brüllte er, kreuzte die Handgelenke vor seinem Körper, packte den Abzuggriff zwischen seinen Beinen und riß ihn hoch.

Der Fahrtwind riß die Cockpithaube weg, bevor ihre Köpfe sie durchstießen; dann wurden Pilas und er aus der abstürzenden Maschine geschossen.

In diesem Augenblick hatte Tamalkos Körper eine Vorwärtsgeschwindigkeit von über zweihundert Metern in der Sekunde.

Der Wall aus komprimierter, überhitzter Luft, der ihm nach der Detonation des nuklearen Sprengkopfs RK-55 des Lenkflugkörpers Fei Lung-9 entgegenstürmte, hatte eine Geschwindigkeit von sechshundert Metersekunden. Als die beiden aufeinanderprallten, wurden Tamalko, Pilas und der abstürzende Jäger F-4E Phantom II unbarmherzig pulverisiert und verglühten dann in der fünftausend Grad heißen Außenzone des Feuerballs, der schon die philippinische Korvette *Quezon* und ihre drei Hubschrauber vernichtet hatte.

US Air Force Space Command
Command and Control
Operations Center
Cheyenne Mountain AFB, Colorado
zur selben Zeit

Staff Sergeant Amy Hector, eine junge Soldatin der US Air Force, saß im Weltraum-Befehls- und Kontrollzentrum der Luftwaffe tief im Inneren des MORAD-Komplexes im Cheyenne Mountain an der Konsole FOREST GREEN, als die Anzeigen plötzlich verrückt spielten.

»Red Collar, Red Collar«, rief Staff Sergeant Hector über die Lautsprecheranlage des Zentrums und hielt dabei den Rufknopf ihrer Konsole gedrückt, so daß die Warnung Vorrang vor allen sonstigen Durchsagen hatte. Die Ankündigung »Red Collar« sicherte ihr die sofortige Aufmerksamkeit aller – diese einfachen Codewörter hatten dieselbe Wirkung, als wenn sie geschrien hätte, so laut sie konnte.

»Achtung, alle Stationen, hier FOREST GREEN mit einer Ereigniswarnung ...« Hector wartete noch einige Sekunden und las dann rasch die Anzeigen ihrer Instrumente vor. Sie wußte, daß der Wachleiter und die einzelnen Abteilungsleiter jetzt auf ihre Plätze hasteten, um ihre eigenen Anzeigen zu kontrollieren. »FOREST GREEN zeigt drei Impulse, die über dem Schwellenwert liegen. System bestätigt Richtigkeit der Anzeige, wiederhole, System bestätigt Richtigkeit, Ereigniswahrscheinlichkeit ist hoch.« Die Techniker im Cheyenne Mountain sprachen kaum jemals von einer »Atomexplosion«, sondern benützten Umschreibungen wie »Ereignis« oder »Anzeige«, als sei es irgendwie möglich, die grausigen Schrecken, die sich dahinter verbargen, durch eine harmlos klingende Benennung abzublocken.

Der Alarm an diesem Mittwochnachmittag kam von einem verhältnismäßig einfachen Gerät, das seit Jahren praktisch ungenutzt geblieben war. Um die Zahl der Sensoren zu erhöhen, die vom Weltraum aus Atomexplosionen entdecken konnten, ohne neue Satelliten in eine Umlaufbahn bringen zu müssen, war Ende der siebziger und Anfang der achtziger Jahre das Geheimprogramm FOREST GREEN verwirklicht worden. Die NAVSTAR-Satelliten des Global Positioning Systems erhielten Sensoren für elektromagnetische Impulse und nach ihrem Erfinder benannte »Bhangmeter«; hochempfindliche optische Sensoren, mit denen sich die Stärke einer Atomexplosion durch Messung der Helligkeit ihres Blitzes bestimmen ließ. FOREST GREEN konnte die gesamte Erdoberfläche überwachen, weil über jedem Gebiet ständig mindestens drei der achtzehn GPS-Satelliten standen.

Charakteristisch für eine Nukleardetonation sind zwei Impulse, von denen der erste schwächer als der zweite ist. Erzeugt werden sie durch die Zündung des Sprengsatzes und – genau eine Drittelsekunde später – die Hauptdetonation; deshalb wurden jeweils zwei Bhangmeter mit unterschiedlicher Empfindlichkeit paarweise angeordnet. Außerdem registrierten die Satellitensensoren zur Messung elektromagnetischer Impulse Störungen der Ionosphäre, bevor die Verbindungen zwischen ihnen und ihren Bodenstationen jäh abrissen.

Der Wachleiter im Operations Center, ein Luftwaffenoberst namens Randolph, übernahm die Anzeige von Hectors Bildschirm sofort aufs »Big Board« – einem aus sechs Großbildschirmen bestehenden Rechteck an der Stirnwand des Zentrums. Vorerst war die Anzeige noch wenig aussagekräftig: Drei der achtzehn Zeilen auf dem Bildschirm machten blinkend auf eine Gegenüberstellung der Meßwerte und der einprogrammierten Schwellenwerte aufmerksam.

»Alle Stationen, hier Randolph, ich bestätige eine Ereignismeldung und Klassifizierung durch FOREST GREEN und brauche in dreißig Sekunden eine Bereitschaftsmeldung aller Stationen.«

Die FOREST-GREEN-Sensoren hatten den Nachteil, eine Atomexplosion zwar präzise aufzeichnen, aber nicht genau lokalisieren zu können. Schon kurze Zeit später hatte Amy Hector die kryptischen Datenzeilen durch eine graphische Darstellung dieser Informationen ersetzt: eine Karte des Gebiets, das im Erfassungsbereich der drei plötzlich ausgefallenen NAVSTAR-Satelliten lag. An irgendeinem Punkt innerhalb dieser drei einander überlappenden Farbkreise hatte sich die erste oberirdische Nuklearexplosion seit dreißig Jahren ereignet.

Leider zeigte die Darstellung nur, daß die Explosion irgendwo zwischen Hawaii und Thailand sowie zwischen Japan und Australien stattgefunden haben konnte. »Ich brauche bessere Informationen«, sagte Oberst Randolph. »Lassen Sie feststellen, warum kein Alarm vom DSP-System gekommen ist.«

Die Sensoren der Satelliten des DSP-Systems waren so empfindlich, daß sie Gebäudebrände, Buschfeuer und sogar eingeschaltete Nachbrenner von Hochleistungsflugzeugen entdecken konnten – und das alles aus fünfunddreißigtausend Kilometern Höhe.

»Sir, hier Staff Sergeant Hector von FOREST GREEN«, meldete Hector sich. »Ich könnte eine erste grobe Triangulation versuchen, glaube ich.«

»Ich höre, Sergeant.«

»Ich habe die genauen Zeiten, wann die drei NAVSTAR-Satelliten ausgefallen sind«, erläuterte Hector. »Ich habe sie auf Hundertstelsekunden genau. Daraus kann ich ...«

Randolph sah zu ihr hinüber. »Ich verstehe, Sergeant Hector. Geschwindigkeit der Gammateilchen im Vergleich zur Zeitdifferenz. Sind die Ausfallzeiten so unterschiedlich?«

»Augenblick, Sir.« Nach kurzer Pause sagte Hector: »Zwei der Zeiten sind gleich, die dritte ist kürzer. Ich kann die Ansprechzeiten der Sensoren abfragen, um noch genauere Zeiten zu bekommen; außerdem könnte ich die Bahngeschwindigkeit aller drei Satelliten mit Laser messen, um festzustellen, ob das Ereignis ihre Bahnen verändert hat ...«

»Tun Sie's einfach, Amy.« Obwohl Randolph sich nicht daran erinnern konnte, Hector jemals mit dem Vornamen angesprochen zu haben, erschien ihm das jetzt als der Situation entsprechend. »Aber zuerst brauche ich eine Bestätigung eines mutmaßlichen FOREST-GREEN-Ereignisses von unserem Oberkommando – und sofort eine Konferenzschaltung mit dem SAC und den Vereinten Stabschefs.«

»Ja, Sir.«

»NORAD hat noch keinen Alarm gegeben«, murmelte Randolph halblaut. »Verdammt, warum ist von dort nichts gekommen? Was groß genug ist, um drei Satelliten auf einmal außer Gefecht zu setzen, bedeutet nichts Gutes ...«

An Bord der Sky Masters' DC-10 über Kalifornien
zur selben Zeit

Jon Masters hatte die Füße hochgelegt, war bei seiner dritten Plastikflasche Pepsi und biß gerade in ein Salami-Käse-Sandwich, als die tonlose, emotionslose Stimme des Luftwaffenoffiziers in der Bodenstelle über Funk meldete: »Masters One, College, Verbindung zu Jackson One abgerissen.«

Masters setzte sich auf, stellte die Flasche ab und kontrollierte rasch seine Anzeigen. »College, hier Masters One, ich ...« Dann schluckte er trocken. Bis vor wenigen Sekunden hatte der NIRTSat aus dem Orbit einen Strom von Geschwindigkeits- und Positionsangaben gesendet.

Jetzt standen die Anzeigen auf Null.

Jon Masters seufzte. »Von hier aus bestätigt. Bitte warten. Ich versuche, die Verbindung wiederherzustellen.« Über die Bordsprechanlage wies er die Piloten an: »Nach Westen abdrehen und auf Maximalhöhe gehen. Wir haben ein Problem mit dem Satelliten.«

Helen Kaddiri kam zu ihm. »Was gibt's, Jon?«

»Die Verbindung zu Jackson One ist abgerissen.«

Sie sah ihn an, als wollte sie sagen: Da hast du's! Aber statt dessen fragte sie: »Dasselbe Problem wie vor dem Start?«

»Da ist ein Stecker locker gewesen, aber das hier…« Er kratzte sich untypisch ratlos hinter dem Ohr. »… das hier muß was anderes sein. Aber ich weiß nicht, was.«

An Bord von Whisper One-Seven
Übungsgebiet Powder River, Montana
zur selben Zeit

Patrick McLanahan programmierte die letzte Abwurfsequenz auf seinem SMFD, damit sie die restlichen der von General Jarrel vorgegebenen Ziele angreifen und dann heimfliegen konnten.

Das Bild vor ihm verschwamm und wechselte im nächsten Augenblick abrupt.

»Verdammt, was…«, murmelte McLanahan.

Statt der sanft gewellten Hügel und trockenen Täler Südmontanas zeigte der Bildschirm jetzt eine verwirrende Anordnung von hellen Flecken auf dunklem, formlosem Hintergrund. Allerdings gab es dort eine sehr auffällige Bodenformation: ein fast sechstausend Meter hohes, hundert Kilometer breites Bergmassiv – als sei der Kilimandscharo mitten in die Great Plains versetzt worden.

»Ich kann's nicht glauben…«, sagte McLanahan, während er weiter das SMFD anstarrte.

»Was ist das?« fragte General Ormack. »Sieht nicht wie unser Zielgebiet aus.«

»Der Computer scheint das Signal falsch zu entschlüsseln«, vermutete McLanahan.

Erstaunlicherweise legte der Computer einen empfohlenen Kurs durch diese falsche Darstellung fest – mit scharfen Kursänderungen um die großen, beweglichen Flecken herum, aber verhältnismäßig nahe an den kleinen, unbeweglichen vorbei. Der Computer wählte sogar die einzusetzenden Waffen aus, was bei nur noch zwei vorhandenen allerdings relativ einfach war: den großen Lenkflugkörper SLAM für die beweglichen Flecken, die umflogen werden sollten, und die Gleitbombe STRIKER für die stationären.

Als der Angriffscomputer seinen Countdown für den Angriff auf diese »Ziele« begann, hatte McLanahan endgültig die Nase voll. »Da liegt irgendein Computerfehler vor, der sich hartnäckig hält. Ich starte das Programm neu und arbeite manuell weiter, bis das Display wieder brauchbar ist.« Aber bevor er das Programm neu startete, speicherte er die letzten Sekunden dieser Scheindarstellung.

»Worauf führen Sie das Problem zurück?« fragte Ormack.

»Keine Ahnung«, gab McLanahan zu. »Die Schalterstellungen habe ich schon geprüft – außerdem hätte das System sie automatisch gemeldet. Wer weiß, vielleicht hat der Satellit 'nen Aussetzer gehabt?« Er beugte sich etwas nach vorn, um Radarzielpunkte für ihren Angriff zu identifizieren. »Wahrscheinlich irgendeine Bagatelle ...«

Aber das neue Satellitenbild, das dem letzten glich, war keine »Bagatelle«. Dahinter steckte mehr als nur ein technischer Defekt. Ihr Bordcomputer verarbeitete die NIRTSat-Daten, als seien sie echte, unverfälschte Daten – und McLanahan kannte das System der B-2 gut genug, um zu wissen, daß es falsche Daten zurückgewiesen hätte.

Nein, was immer dieser »Sechstausender« sein mag, dachte McLanahan, er existiert wirklich. Irgendwo auf der Welt hatte sich eben etwas sehr Ernstes ereignet.

»*Verdammt,* was ist das?« rief Oberst Andrew Wyatt aus. Alle starrten verblüfft den HDTV-Monitor an, auf dem der Computer ihnen eine Monstrosität zeigte: einen Tausende von Metern hohen und Dutzende von Kilometern breiten Berg, der sich stetig weiter ausdehnte und dabei auf seiner Bahn liegende Schiffe mit vernichtender Gewalt unter sich begrub.

»Das muß ein Sensorfehler sein – durch eine Sonneneruption oder eine Stromspitze ausgelöst«, vermutete Major Kelvin Carter. Er sprach mit den Technikern, die sich dieses Bild jedoch auch nicht erklären konnten. »Jedenfalls hat es unserem Satelliten den Rest gegeben«, stellte Carter fest. »Dies ist das letzte Bild, das wir empfangen haben; der NIRTSat sendet nicht mehr.«

»Schade«, sagte Wyatt. »Dabei hat McLanahans Angriff wirklich gut ausgesehen.«

Hauptmann Ken James begutachtete erneut das zur Unbeweglichkeit erstarrte Bild. »Ein verrücktes Bild, aber der Computer macht brauchbare Angaben dazu«, meinte er nachdenklich. »Sehen Sie nur: Höhe, Breite, Dichte, Geschwindigkeit, Kurs – das Ding bewegt sich und wird dabei ständig größer.«

»Aber er zeigt es uns als Geländeformation, Ken«, wandte Carter ein. »Das kann nicht stimmen. Wir haben uns erst die philippinische Flotte und dann ein Übungsgelände in Montana angesehen. An beiden Orten gibt's keine Berge.«

Wyatt klappte sein Notebook zu. »Gewiß eine sehenswerte Vorführung, Gents«, sagte er dabei, »aber ich ...«

»Sir, ein Anruf für Sie«, unterbrach ihn einer der Techniker. »Dringend – aus dem NMCC.«

Während der Oberst ans Telefon hastete, sah James zu Carter hinüber und fragte: »NMCC – was ist das?«

»National Military Command Center«, antwortete der Major. »Der Lageraum im Pentagon.«

James nickte, ohne sich zu dieser Erklärung zu äußern.

5

Strategic Air Command Headquarters
Offutt Air Force Base bei Omaha, Nebraska
Mittwoch, 21. September 1994, 14.25 Ortszeit

General Larry Tyler, der Oberbefehlshaber des Strategic Air Command, hatte beim Tennisdoppel mit Stabsoffizieren den ersten Aufschlag, als sein Handfunkgerät piepste. Da er schon ausgeholt hatte, konnte er den Aufschlag nicht mehr abbrechen und traf Colonel Hartmann, seinen Berater für Reserveeinheiten, am linken Bein. Hartmann war abgelenkt gewesen und hatte nicht damit gerechnet, daß sein Boß tatsächlich noch aufschlagen würde.

»Ein billiger Treffer, General!« rief Hartmann.

Tyler hob den Schläger, um sich bei Hartmann zu entschuldigen, der höflich abwinkte, und trabte zur Bank hinüber, auf der sein Handfunkgerät lag. Auch der Fahrer des Generals, der junge Sergeant Meers, hatte das Piepsen gehört und ließ sofort den Motor seines ganz in der Nähe geparkten Dienstwagens an. Dicht hinter Tyler kam sein Doppelpartner: Generalmajor Richard »Rat« Stone, der letzte Kommandeur der auf den Philippinen stationierten Thirteenth Air Force, der in Kürze Tylers Stellvertretender Stabschef für Einsätze im Pazifikraum werden sollte.

Sachkenner behaupteten, der CINCSAC – der Oberbefehlshaber des Strategic Air Command – sei ein Gefangener seines Jobs, und in gewisser Weise stimmte das auch: Funkgerät, Dienstwagen und uniformierter Fahrer waren seine ständigen Begleiter. Aber der sechsundfünfzigjährige Tyler, ein ehemaliger Quarterback des Notre-Dame-Footballteams, war entschlossen, sich sein Leben nicht durch seine schwere Verantwortung ruinieren zu lassen.

General Tyler trug die Verantwortung für die verkleinerte, aber weiterhin schlagkräftige Atomstreitmacht der Vereinigten Staaten: neunzig Bomber B-1B Excalibur, zweihundert Bomber B-52G Stratofortress, zehn Stealth-Bomber B-2A Black Knight, sechshundert Interkontinentalraketen Minuteman III, hundert Interkontinentalraketen Peacekeeper auf Eisenbahnwagen, fünfzig Interkontinentalraketen MGM-134A Mustang auf LKW-Tiefladern, achthundert Marschflugkörper AGM-129A und tausend Kurzstreckenraketen AGM-131A.

Außerdem befehligte Tyler mehrere hundert Tankflugzeuge, strategische Aufklärer, fliegende Gefechtsstände, Stabsreiseflugzeuge und insgesamt rund achtzigtausend Männer und Frauen – Soldaten und Zivilisten – in aller Welt. Zu seinem Job gehörte es auch, Tag und Nacht Verbindung mit jeder einzelnen seiner sechzig aktiven oder zur Reserve gehörenden Einheiten zu halten.

Auf dem Weg zu seinem Funkgerät sah Tyler, daß die orangeroten Blinkleuchten an der nächsten Straßenkreuzung eingeschaltet waren. Das SAC-Kommandozentrum hatte ihre Alarmbesatzungen verständigt, und die Blinkleuchten warnten andere Verkehrsteilnehmer vor ihren zum Stützpunkt rasenden Fahrzeugen. Im Alarmfall wurden auf der Offutt Air Force Base auch vier Tanker KC-135 startklar gemacht, um die dort stationierten fliegenden Gefechtsstände sowie Aufklärer und Einsatzmaschinen in der Luft betanken zu können.

Ihre Besatzungen wurde in unregelmäßigen Abständen alarmiert, damit sichergestellt war, daß ihre Reaktionszeit stets innerhalb bestimmter Höchstgrenzen blieb. Aber Tyler kannte alle Alarmpläne, vor allem die für E-4- und EC-135-Besatzungen – bei einem feindlichen Angriff wäre er selbst mit einem fliegenden Gefechtsstand EC-135 gestartet –, und wußte, daß dies keine planmäßige Übung war. Sein Herz jagte, als er nach dem Funkgerät griff; seine Tennispartner spürten seine plötzliche Besorgnis, sahen die orangeroten Blinklichter und machten sich sofort auf den Weg zu ihren eigenen Dienstwagen.

Während Stone diskret Abstand hielt – er durfte streng geheime Vorgänge erfahren, hatte aber nach seiner Rückkehr von den Philippinen noch keine Einweisung in den Strategischen Integrierten Operationsplan (SIOP) erhalten –, drückte Tyler auf die Sprechtaste, um den Rufton auszuschalten, und sagte: »Alpha, was gibt's?«

»Oberst Dunigan, Kommandozentrale, Sir«, meldete sich die Wachleiterin. Oberst Audrey Dunigan, die beim SAC als Pilotin eines Tankers KC-135 angefangen hatte, war als erste Frau in diese verantwortungsvolle Position aufgestiegen. Jetzt leitete sie in der Kommandozentrale die Schicht, die am meisten Arbeit hatte, stand mit dem Pentagon und sämtlichen SAC-Einheiten in aller Welt in direkter Verbindung und schien ihren Laden im Griff zu haben wie noch keiner vor ihr. »Zero-Tango in zehn Minuten, Ende.«

»Alpha verstanden, Ende«, antwortete Tyler. Er drehte sich um und nickte Stone zu. »Sie können gleich mitkommen, Rat«, sagte er. »In meinem Wagen. Wir wollen diese Gelegenheit für eine praktische Einweisung nützen.« Sergeant Meers hatte die Autotüren bereits geöffnet und fuhr an, sobald die beiden Generale eingestiegen waren.

»Wir haben eine Zero-Tango-Aufforderung bekommen«, sagte Tyler unterwegs zu Stone. »Du weißt ja, was das heißt: eine direkte Benachrichtigung von National Command Authority oder Space Command, dann eine Telefonkonferenz mit dem Präsidenten oder dem Verteidigungsminister, den Vereinten Stabschefs, den Oberbefehlshabern der Teilstreitkräfte, namentlich benannten Kommandeuren und so weiter.«

»Ich hab' erst eine erlebt«, antwortete Stone, »und damals hab' ich sie einberufen. Letztes Jahr sind in Manila kurz vor den Wahlen solche Unruhen ausgebrochen, daß ich dachte, Clark würde überrannt werden. Ich mußte General Collier von den Pacific Air Forces in den Hintern treten, damit er was unternimmt. Ich hab' solchen Krach geschlagen, daß sogar der Oberbefehlshaber Pazifik davon gehört hat, aber er hat endlich angerufen, und wir haben die Unterstützung bekommen, die wir brauchten.«

»Ja, ich erinnere mich gut«, sagte Tyler. »Für mich steht fest, Rat, daß Clark wie unsere Botschaft in Teheran im Jahre 1979 hätte aussehen können. Die Entsendung von Einheiten des Marinekorps nach Luzon ist zwar im Pentagon und in der Presse als Overkill kritisiert worden, aber sie hat bestimmt Schlimmeres verhütet.«

»Klar doch.« Stone zuckte mit den Schultern. »Und ich bin dafür gerüffelt worden.«

»Was Besseres als die Versetzung aus den Pacific Air Forces zum SAC hätte Ihnen gar nicht passieren können, Rat«, behauptete Tyler. »Sie wissen genau, daß jeder sich daran erinnern wird, daß Sie der letzte Kommandeur der Clark Air Force Base gewesen sind. In den PACAF wäre Ihnen dieses Stigma geblieben und hätte Ihre Beförderungschancen verringert. Hier im SAC bekomme ich einen Fachmann für den Pazifikraum – und Sie kriegen 'ne faire Chance, sich den dritten Stern zu verdienen.«

Über Funk wurde eine verschlüsselte Mitteilung verlesen, aber Tyler stellte das Gerät leiser. »Sie hören die Meldungen nicht mit?« fragte Stone.

»Die sind für meine Besatzungen, nicht für mich«, antwortete Tyler. »Daraus Schlüsse ziehen zu wollen, bringt einem bloß Magengeschwüre ein. Ich versuche jetzt, locker zu bleiben, denke daran, was ich zu tun habe, und überlege mir, was ich hören werde, wenn der Gefechtsstab zusammentritt.«

»Und dazu wird der gesamte Stab zusammengeholt?«

»Richtig«, bestätigte Tyler und hielt sich fest, als Meers scharf um eine Ecke bog und dann die Sirene einschaltete, um rascher voranzukommen. »Um diese Tageszeit ist das kein Problem. Aber um ein, zwei Uhr morgens kann's ganz schön schwierig sein.«

»Wie oft kommen solche Benachrichtigungen?«

»In letzter Zeit seltener«, gab Tyler zu. »Früher sind die meisten schon im Vorfeld abzusehen gewesen. Man brauchte nur Zeitung zu lesen, um zu wissen, wann wieder mal ein Zero-Tango fällig war. Aber heutzutage gibt's Gott sei Dank immer weniger Krisen.«

Sie näherten sich dem SAC-Hauptquartier – einem unauffälligen Gebäude zwischen anderen niedrigen Bauten. Deshalb unauffällig, weil es nur drei oberirdische Geschosse aufwies – und dafür fünf unter der Erde. Vor dem Gebäude stand eine Minuteman I zur Erinnerung an die vielen tausend SAC-Angehörigen, die bis zu einem Drittel ihrer Dienstzeit in ständiger Alarmbereitschaft zubrachten und sich bei ihren Flugzeugen, in unterirdischen Raketenkomplexen oder fensterlosen Befehlsbunkern für den Fall bereithielten, daß die Abschreckung versagte... für den Fall bereithielten, daß sie den Dritten Weltkrieg führen mußten.

Stone sah auch die Trauerweide auf dem Rasen vor dem SAC-Hauptquartier, und ihr Anblick erschien ihm wie eine Ironie des Schicksals. Fünfzehn Meter unter dieser einsamen Trauerweide waren Männer und Frauen bereit, auf Befehl des Präsidenten, des Verteidigungsministers und des Mannes, der hier neben ihm im Auto saß, Tausende von Megatonnen mit unheimlicher Präzision über Zielen in aller Welt detonieren zu lassen. Der Standort der Trauerweide war sogar ein bißchen absurd, denn vermutlich hatten mehrere Staaten ihre Atomwaffen auf eben diesen Punkt gerichtet, um im Kriegsfall zwei Drittel des von dort aus kontrollierten Atomwaffenarsenals ausschalten zu können.

Kein Wunder, daß Tyler vorhin sein Funkgerät ausgeschaltet hat, dachte Stone. Selbst in diesen relativ friedlichen Zeiten konnte die Vorstellung, das Ziel des ersten anfliegenden Gefechtskopfes zu sein, einen Mann zum Wahnsinn treiben.

»Zehn, Sergeant Meers«, sagte Tyler zu seinem Fahrer.

»Verstanden, Sir.«

»Tragen Sie den Ausweis deutlich sichtbar und bleiben Sie hinter mir, Rat«, forderte Tyler Stone auf. »Wahrscheinlich müssen wir Sie in die ›Presseloge‹ stecken, aber Sie dürfen selbstverständlich mit in die Kommandozentrale. Sie wird Ihnen imponieren – was immer uns dort erwartet.«

Stone blinzelte den Viersternegeneral erstaunt an. »General, soll das heißen, daß Sie nicht wissen, was vorgefallen ist?«

Tylers grimmiger Gesichtsausdruck war Antwort genug.

Der Wachposten am äußeren Tor des Sicherheitszauns hielt sein M-16 in der rechten Hand und reckte vier Finger der linken Hand hoch. Nachdem Meers ihm fünf Finger und noch einen sechsten gezeigt hatte, ließ der Posten sie passieren. Hätte Meers ihm nicht sechs Finger gezeigt, die mit denen des Postens zehn ergeben, was der Geheimzahl entsprach, die Dunigan Tyler vorhin über Funk durchgegeben hatte, wären ihre Reifen von den gut ausgebildeten Wachposten zerschossen worden – und sie selbst hätten sich sehr schnell mit der Nase auf dem Asphalt liegend wiedergefunden. Bevor sie das Gebäude erreichten, mußten sie das zweite Tor passieren, aber diesmal zeigte der Posten Meers freundlicherweise acht Finger, so daß der Sergeant nur zwei zu heben brauchte.

Meers hielt vor einem Nebeneingang, der von einem einzelnen Sicherheitsbeamten bewacht wurde. Tyler und Stone liefen an ihm vorbei, ohne sich die Zeit zu nehmen, seinen Gruß zu erwidern, und Tyler blieb vor dem elektronischen Schloß der Stahltür stehen, um seinen persönlichen Code einzugeben. Als ein Summer ertönte, zog er die schwere Stahltür auf, zeigte dem in einer Pförtnerloge hinter Panzerglas sitzenden Wachposten seinen Sicherheitsausweis und trabte mit Stone zu dem Lift, der sie vier Stockwerke tiefer in die Kommandozentrale bringen würde. Wieder ein Posten hinter Panzerglas, der ihre Ausweise kontrollierte, durch einen Metalldetektor, an einem weiteren Posten vorbei, durch zwei massive Stahltüren und an der Wetterstation der Kommandozentrale vorbei, dann waren sie in der SAC-Kommandozentrale.

Die unterirdische Kommandozentrale bestand aus drei durch schalldichte Glaswände mit ferngesteuerten Jalousien getrennten Bereichen. Tylers Gefechtsstab saß vorn im Saal, das Einsatzkommando hatte seine Plätze im rückwärtigen Teil, und der Unterstützungsstab war auf dem Balkon über dem Saal untergebracht. Die drei Bereiche konnten das »Big Board« – achteinhalb mal zwei Meter große Bildschirme an der Stirnwand der Kommandozentrale – sehen, aber je nachdem, wie geheim ein zu besprechendes Thema war, konnte der Wachleiter jeden Teilbereich optisch und akustisch isolieren.

Tyler warf einen Blick auf die Anzeigetafel gegenüber dem Eingang, auf der rote Blinkleuchten zeigten, daß in den Bereichen »Gefechtsstab« und »Einsatzkommando« streng geheime Besprechungen stattfanden. Er deutete auf die Tür rechts neben ihnen. »Sie gehen rauf zum Unterstützungsstab, Rat«, sagte er. »Dort bekommen Sie einen Platz angewiesen.« Stone nickte wortlos und ging durch die Tür, die automatisch hinter ihm verriegelt wurde. Über die Treppe gelangte er in den verglasten Bereich über dem Gefechtsstab, wo ein Techniker ihm einen Beobachterplatz anwies und einen Kopfhörer gab. Die Jalousien blieben geöffnet, so daß er zwar die Großbildwand sehen, aber nicht hören konnte, was unten gesprochen wurde.

Der Bereich des Gefechtsstabs unter ihm glich einem kleinen Theater mit vierzig Sitzen in drei übereinander angeordneten halbkreisförmigen Reihen vor der Großbildwand an der Stirnseite der Kommandozentrale. Tyler nahm seinen Platz in der Mitte der ersten Reihe hinter einer Computerkonsole mit zwei Telefonen, einer Tastatur und vier Farbbildschirmen ein. Neben ihm saß bereits Generalleutnant Michael Stanczek, der stellvertretende SAC-Oberbefehlshaber. Um sie herum waren die schon vor General Tylers Rückkehr vom Tennisplatz eingetroffenen stellvertretenden Chefs der einzelnen Stäbe gruppiert. Zur Ausstattung jedes Arbeitsplatzes gehörten zwei Farbbildschirme, ein Telefon, eine Tastatur und ein Mikrofon.

Sobald Tyler seinen Platz eingenommen hatte, warf er einen Blick auf die Digitaluhren über den Bildschirmen. Die in der oberen Reihe zeigten, wie spät es in Washington, Omaha, Honolulu, Guam, Tokio, Moskau und London war. Die Londoner Uhr war mit »Zulu« markiert und zeigte die für sämtliche SAC-Aktivitäten gültige Greenwich-Zeit. Darunter waren drei elektronische Stoppuhren angeordnet, von denen eine bereits aktiviert war – sie zeigte 00:15:23 an. Die Countdown-Uhren der dritten Reihe standen zum Glück noch auf Null: Sie hätten angezeigt, wann amerikanische Atomwaffen eingesetzt werden würden. Zwei dieser Uhren – für die L-Zeit und die A-Zeit – hätte Tyler selbst gestellt, aber die dritte mit der Zeitspanne bis zur Auslösung des Atomschlags wäre von der National Command Authority gestellt worden, sobald der Präsident ihn befohlen hatte.

Tyler drückte auf seine Sprechtaste. »Alpha in Position. Tragen Sie mich bitte ein, damit wir anfangen können.«

Sofort kam eine Stimme aus den Deckenlautsprechern: »Major Hallerton mit dem Lagebericht über ein Ereignis eins.« Hallerton war der Nachrichtenoffizier dieser Schicht. »Vor nicht ganz sechzehn Minuten ist das Space Command durch die FOREST-GREEN-Sensoren dreier NAVSTAR-Satelliten vor einer Atomexplosion gewarnt worden. NORAD und DIA haben die Ereignisse minutenlang unklassifiziert gelassen, bis es durchs DSP-System verifiziert werden konnte, und sind noch zu keiner konkreten Bewertung gelangt. Aber SPACECOM hat daraufhin eine Ereignis-eins-Warnung an die Vereinten Stabschefs und uns herausgegeben und diese Zero-Tango-Konferenz einberufen. SPACECOM geht jetzt mit hoher Wahrscheinlichkeit von einer kleineren Atomwaffendetonation im Südchinesischen Meer in der Nähe der Philippinen aus.«

Tyler hatte mit offenem Mund zugehört. »Verdammter *Mist!*« Stanczek saß mit ausdrucksloser Miene neben ihm. »Nur eine Detonation?« erkundigte Tyler sich.

»Ja, Sir«, antwortete Hallerton. »Keine weiteren größeren Detonationen, die auf Gegenangriffe schließen lassen. SPACECOM hat jedoch mitgeteilt, daß seine drei NAVSTAR-Satelliten ausgefallen sind und eine weitere Bestätigung durch das DSP-System vorerst nicht möglich ist.«

»Wie groß ist die Sprengkraft schätzungsweise gewesen?«

»Offizielle Zahlen liegen noch nicht vor, Sir.«

»Aber wie wär's mit 'ner *Schätzung*?« knurrte Tyler. Eine Atomwaffendetonation war schlimm genug, aber diese Ungewißheit in bezug auf kleinste Details machte alles noch schlimmer. »Gibt's nicht wenigstens eine *Vermutung*?«

»Sir, den einzigen weiteren Hinweis liefert die Tatsache, daß weder COBRA DANE noch das BMEWS irgendwelche Flugbahnen land- oder seegestützter Interkontinentalraketen entdeckt haben.« Die über den Horizont blickenden Radargeräte des Frühwarnsystems hätten ICBM-Flugbahnen längst entdeckt. »Alle übrigen Stationen schweigen, und die Nachrichtendienste melden keine Verstärkung strategischer Kräfte, keine Mobilmachung. Dieser Vorfall kann nicht Bestandteil eines massiven Angriffs auf die kontinentalen Vereinigten Staaten sein.«

Tyler wollte seinen Ohren nicht trauen. Eine wahrhaftige Nukleardetonation. Aber kein Vorspiel zum Dritten Weltkrieg – oder etwa doch?

»Wann ist das Pentagon benachrichtigt worden? Und was hat es gesagt?«

»Die National Command Authority ist vor fünf Minuten vom Space Command benachrichtigt worden, Sir«, antwortete Hallerton. »Sie hat eine Überprüfung aller Daten von Überwachungssatelliten auf Flugbahnen anfliegender Raketen verlangt und eine negative Antwort bekommen. Jetzt ruft sie die Teilnehmer der Telefonkonferenz zusammen.«

Tyler wirkte überrascht. »Das wär's also? Bloß eine Telefonkonferenz?« Er wandte sich an Stanczek. »Wie sieht *unser* Status aus?«

»Mit der Benachrichtigung vom Space Command ist kein Alarm gegeben und kein bestimmter Bereitschaftsgrad angeordnet worden«, sagte Stanczek. »Da scheint's irgendeine Panne gegeben zu haben ... Aber bei dem Wort ›Nukleardetonation‹ habe ich mir gedacht, daß unsere Besatzungen auf dem Weg zu ihren Maschinen sein sollten.«

General Tyler nickte zustimmend. Die meisten SAC-Einheiten unterstanden der NCA entweder direkt oder über die Vereinten Stabschefs, die als Militärberater des Weißen Hauses fungierten. Aber falls die Nachrichtenverbindungen abrissen oder der Präsident außerstande war, über derartige Einsätze zu entscheiden, hatte Tyler dafür zu sorgen, daß seine Männer und Maschinen kampfbereit waren. Das tat er, indem er für die SAC-Alarmkräfte Bereitschaftsstufen festlegte.

»Eine richtige Entscheidung«, erklärte er Stanczek. »Worauf, zum Teufel, wartet das Pentagon eigentlich noch?« Anscheinend unternimmt keiner was, dachte Tyler. Da keine anfliegenden Raketen entdeckt worden sind, zögern alle und warten darauf, daß irgend jemand was unternimmt. Schön, jetzt ist's soweit!

»Oberst Dunigan, erklären Sie offiziell Bereitschaftsstufe vier für unsere Einheiten«, befahl der General. »Dann rufen Sie das Pentagon an, melden meine Entscheidung, das SAC in erhöhte Bereitschaft zu versetzen, und teilen gleichzeitig mit, daß ich das für alle Teilstreitkräfte empfehle.«

»Ja, Sir«, antwortete Dunigan. Zu den schweren Lasten auf den Schultern des SAC-Oberbefehlshabers gehörte die Befehlsgewalt über seine Atomwaffenträger. Er war dafür verantwortlich, daß die Bomber und landgestützten Interkontinentalraketen sicher und einsatzbereit blieben. Tyler konnte zwischen vielen Optionen wählen, die alle den Zweck hatten, alle SAC-Atomwaffenträger in bestmögliche Position zu bringen, damit sie einen Nuklearangriff auf die Vereinigten Staaten überstehen konnten, ohne daß unnötig viele Atomwaffen verlagert werden mußten oder der potentielle Gegner oder die eigene Bevölkerung mehr als unvermeidlich beunruhigt wurde.

Ein Start der Bomber, um sie auf andere Flugplätze zu verlegen oder in ihren festgelegten Warteräumen in der Luft einsatzbereit zu halten, war vermutlich noch nicht gerechtfertigt. Aber es war bestimmt richtig, die allgemeine Einsatzbereitschaft etwas zu steigern, bis das Weiße Haus und das Pentagon herausbekamen, was eigentlich passiert war. Das hätte automatisch erfolgen sollen, sobald bekannt wurde, daß tatsächlich eine Atomexplosion vorlag, aber nun wurde es auf Tylers Veranlassung nachgeholt.

In der Abteilung Einsatzkommando erstellten zwei Offiziere mit Hilfe eines Computers rasch einen aus vierzig Zeichen bestehenden Funkbefehl für die SAC-Alarmbesatzungen. Nachdem sie den Text dreimal auf Fehlerfreiheit kontrolliert hatten, wozu sie das an Bord der Maschinen mitgeführte Schlüsselverzeichnis benützten, übermittelten sie ihn über Funk, Telefon und Satellitenverbindungen an alle SAC-Einheiten in den Vereinigten Staaten, Großbritannien, Deutschland und Japan. Alle SAC-Einheiten wurden angewiesen, sich für die Ausführung eventueller Einsatzbefehle bereitzuhalten. Dadurch wurde der Bereitschaftsgrad von zweihundert Bombern B-52, neunzig Bombern B-1 und dreißig Kontrollzentren für Interkontinentalraketen Minuteman III weiter erhöht und ihre Reaktionszeit auf mögliche Einsatzbefehle erheblich verkürzt.

Zusätzlich bewirkte dieser Befehl, daß zweiundzwanzig Züge mit Interkontinentalraketen Peacekeeper aus ihren Bunkern aufs amerikanische Gleisnetz rollten und zwanzig Trailerkolonnen mit Interkontinentalraketen MGM134A Mustang in volle Alarmbereitschaft versetzt wurden.

Nach Empfang dieser Nachricht entschlüsselte und verifizierte jede SAC-Einheit den Text, leitete ihn an ihre untergeordneten Stellen weiter und meldete dem SAC-Hauptquartier verschlüsselt Vollzug. Dieser ganze Vorgang dauerte ungefähr zwei Minuten. Auf einem der großen Bildschirme vor Tyler erschien eine Liste sämtlicher SAC-Einheiten; ein roter Punkt zeigte, daß die Verbindung hergestellt war, und verschwand, sobald die Nachricht bestätigt worden war.

»Alle Einheiten haben bestätigt, Sir«, meldete Oberst Dunigan. »Den Statusbericht unseres Platzes erwarte ich in ungefähr fünf Minuten.«

»Wie sieht's mit dem Status der Einheiten aus?« erkundigte Tyler sich.

Dunigan rief eine Computerliste mit den neuesten Statusberichten sämtlicher SAC-Stützpunkte in aller Welt auf und las vor, wie schnell – oder weniger schnell – die jeweiligen Einheiten einsatzbereit sein konnten.

»Und der Status der Air Battle Force?«

»Der gegenwärtig laufende Lehrgang meldet neunzig Prozent der Soll-Stärke, weil einige Elemente vor Lehrgangsende von ihren Stammeinheiten zurückgerufen worden sind«, antwortete Dunigan. »Der neue Lehrgang, der letzten Monat mit der Ausbildung begonnen hat, enthält erstmals B-2-Elemente...« Sie machte eine Pause und sah erneut auf ihren Bildschirm, bevor sie hinzufügte: »...und einige GENESIS-Elemente.«

»GENESIS?« rief Tyler aus. *Daran* hatte er überhaupt nicht mehr gedacht – aber es war leicht, Generalleutnant Brad Elliotts in den Westen Nevadas versteckte Forschungsgruppe zu vergessen. Tyler erinnerte sich daran, die Teilnahme von Elliotts verrückten Hybridflugzeugen genehmigt zu haben, aber er hatte sich nicht die Mühe gemacht, sich über ihren Status während des Lehrgangs zu informieren. »Jesus, die hätte ich beinahe vergessen. Helfen Sie meinem Gedächtnis nach, Oberst – was hat er dort draußen in Ellsworth?«

»Vier modifizierte Bomber B-52, sechs Bomber F-111G in der gestreckten Ausführung und einen Bomber B-2, der mit der Air Battle Force übt«, berichtete Dunigan. »Die F-111 und die B-2 sind gegenwärtig in Ellsworth stationiert; die B-52 – richtiger EB-52C – nehmen vom HAWC aus an den Übungen der Air Battle Force teil.« Sie machte eine Pause. »Ich kann Sie mit General Elliott und General Jarrel verbinden und ...«

»Keine Zeit«, wehrte Tyler ab. »Wir warten einfach auf die Statusmeldung der Air Battle Force. Bitte weiter!«

Oben im Bereich des Nachschubstabs bekam General Stone die Gespräche zwischen Tyler und seinem Stab nur teilweise mit – aber er kannte die Darstellungen auf der Großbildwand gut genug, um zu wissen, daß es um ernste Dinge ging.

Auf dem Big Board sah er Listen sämtlicher SAC-Stützpunkte, den Wechsel der Statusindikatoren, nachdem Tyler erhöhte Bereitschaft befohlen sowie Land- und Seekarten, Wetterkarten und Klarlisten angefordert hatte, damit der Gefechtsstab immer wußte, wo er mit seiner Reaktion auf die Zero-Tango-Anforderung stand. Noch interessanter waren jedoch die am linken Rand gezeigten Satellitenaufnahmen.

Stone wandte sich an einen neben ihm sitzenden Techniker. »Sind das Echtzeit-Bilder?«

»Nicht ganz, aber verhältnismäßig neue, Sir«, antwortete der Techniker. Nach einem Blick auf seinen Monitor fügte er hinzu: »Die hier sind zwischen zehn und dreißig Minuten alt. Das DSP-Kontrollzentrum übermittelt uns automatisch die jeweils neueste Aufnahme des betreffenden Gebiets. Ich weiß allerdings nicht, wo diese Bilder herkommen – jedenfalls nicht aus Colorado Springs ...«

»Wann, meinen Sie, kommen erste Echtzeit-Bilder rein?«

»Ich bin sicher, daß sie bereits angefordert worden sind, Sir«, sagte der Techniker, »vermutlich von der für die gegenwärtige Krise zuständigen Stelle oder direkt von den Vereinten Stabschefs oder dem National Security Council.«

Stone horchte auf, als er die Worte »gegenwärtige Krise« hörte, aber er nahm sich nicht die Zeit, danach zu fragen – er war zu sehr damit beschäftigt, die wechselnden Satellitenbilder auf dem Big Board zu studieren.

»Das ist die Ulugan-Bucht«, murmelte Stone vor sich hin. »Den Hafen kenne ich! Das ist die Ulugan-Bucht auf der Philippineninsel Palawan. Aber dieses große Schiff . . ., das erkenne ich nicht. Was geht dort vor?« Der Techniker neben ihm schien diese Frage zu ignorieren, aber er drückte auf seine Sprechtaste und sprach halblaut mit jemandem vom Gefechtsstab unter ihnen.

Als das Satellitenbild das Kriegsschiff dann größer, aber noch immer erstaunlich scharf zeigte, erkannte Stone, daß er kein philippinisches Schiff vor sich hatte. »Das ist die *Hong Lung*!« rief er aus. »Der chinesische Zerstörer *Hong Lung*. Was tut er so dicht vor der Ulugan-Bucht?«

In diesem Augenblick klickte es in seinem Kopfhörer. »Rat, hier Tyler«, meldete sich der SAC-Oberbefehlshaber. »Sergeant Rowe sagt, daß Sie den Hafen und dieses Schiff erkannt haben. Stimmt das?«

Der Techniker deutete auf die Sprechtaste des Mikrofons, und Stone drückte sie, während er antwortete: »Ja, Sir, das ist die Ulugan-Bucht auf der Philippineninsel Palawan, einer großen Insel etwa dreihundert Kilometer südwestlich von Manila. Das Schiff sieht wie der Zerstörer *Hong Lung* aus – einer von zwei Zerstörern der EF5-Klasse der chinesischen Kriegsmarine. Er ist ihr Flaggschiff bei den Spratly-Inseln.«

Danach folgte eine längere Pause, bis Tyler sagte: »Okay, was die Philippinen betrifft, haben Sie recht. Aber wo liegen die Spratly-Inseln? Von denen hab' ich noch nie gehört.«

»Die Spratlys sind eine kleine Inselkette im Südchinesischen Meer zwischen Palawan und Vietnam«, antwortete Stone. »China beansprucht sie für sich, hält aber nur das südliche Drittel besetzt; das mittlere Drittel ist eine neutrale Zone; Indonesien, Malaysia, die Philippinen und Vietnam halten das nördliche Drittel besetzt. Diese fünf Staaten streiten sich seit Jahrzehnten um die Inseln.«

»Ihre Auseinandersetzung hat jetzt neue Dimensionen angenommen, Rat«, stellte Tyler nüchtern fest, »denn vor wenigen Minuten hat jemand dicht vor den Philippinen eine Kernwaffe eingesetzt.«

Stone war so verblüfft, daß er vergaß, auf die Sprechtaste zu drücken. »Eine *Kernwaffe*?« Er machte eine Pause, fand die Taste und sprach weiter. »Jemand hat eine Kernwaffe eingesetzt ...? General Tyler, der chinesische Zerstörer ... die *Hong Lung* hat Lenkwaffen mit Atomsprengköpfen an Bord!«

Tyler und ein halbes Dutzend Stabsoffiziere sahen zu Stone auf. Das fast in Echtzeit übermittelte Bild des chinesischen Kriegsschiffs wechselte einige Male, bis Tyler hörbar schockiert fragte: »Dieses chinesische Kriegsschiff hat Atomwaffen an Bord? Das hab' ich nicht gewußt, Rat.« Er starrte die Seekarten an und schüttelte den Kopf. »Verdammt noch mal, was hat ein chinesisches Kriegsschiff mit Atomwaffen an Bord so dicht vor den Philippinen zu suchen?« Er sah nochmals zu Stone auf. »Können Sie das bestätigen, Rat? Was für Atomwaffen? Wie viele ...?«

»Soviel ich weiß, ist das nie bestätigt worden, Sir«, erwiderte Stone, »wie auch wir nie bestätigen, daß amerikanische Kriegsschiffe Atomwaffen mitführen. Trotzdem ist allgemein bekannt, daß zur Bewaffnung von Zerstörern der EF5-Klasse mindestens zwei Marschflugkörper Fei Lung-9 mit Gefechtsköpfen RK-55 gehören, deren Sprengkraft bei zwanzig Kilotonnen liegt. Ich hätte allerdings nie geglaubt, daß die Chinesen tatsächlich eine Kernwaffe einsetzen würden.«

»Haben die Filipinos Atomwaffen?« fragte Stanczek.

»Meines Wissens nicht, Sir«, sagte Stone. »Auf der Clark Air Base sind jahrelang Atomwaffen gelagert gewesen, aber die sind schon vor Jahren abtransportiert worden.«

»Könnten sie selbst Atomwaffen entwickelt haben? Sind sie technisch dazu imstande?«

»Mich wundert's, daß dort draußen ein philippinischer Verband gestanden hat, der von einer Kernwaffe vernichtet werden konnte«, antwortete Stone. »Was die Filipinos haben, ist mindestens zwanzig bis dreißig Jahre alt, und ihre Schiffe stammen alle noch aus dem Zweiten Weltkrieg. Bewaffnet sind sie bestenfalls mit Lenkwaffen Harpoon und Sea Lance. Nein, für den Bau eigener Atomwaffen fehlen ihnen sämtliche Voraussetzungen.«

Stone sah, wie General Tyler verwundert den Kopf schüttelte, und bekam allmählich ein Gefühl für den Druck, unter dem Tyler und sein Stab jetzt standen. In einigen Minuten würde der Präsident der Vereinigten Staaten anrufen, um ihn zu fragen, wie er auf diesen Vorfall reagieren sollte.

Der Anruf kam einige Augenblicke später – aber nicht vom Präsidenten.

Nach einem zehn Sekunden langen Warnsignal aus dem Mikrowellentelefon begann eine Stimme: »Alle Stationen, alle Stationen, hier RENEGADE mit einer Zero-Tango-Telefonkonferenz. Alle Stationen werden nacheinander aufgerufen und melden ihre Gesprächsbereitschaft. National Command Authority, Weißes Haus ...«

Während des Aufrufs, der einige Zeit dauern würde, sprach Tyler wieder mit Stone. »Erzählen Sie mir mehr über die Chinesen, Rat. Stellen sie eine Gefahr für die Philippinen dar, oder interessieren sie sich nur für die Spratly-Inseln? Ich meine, könnten sie sozusagen das Opfer einer nicht von ihnen verschuldeten Explosion geworden sein?«

»Schwer zu sagen, Sir«, antwortete Stone. »Die kommunistische Bewegung der Philippinen arbeitet sehr eng mit der chinesischen zusammen, aber meines Wissens existieren lediglich ideologische Bande. Bevor das jetzige Regime an die Macht gekommen ist, hat es keine direkten Kontakte zwischen philippinischen und chinesischen Kommunisten gegeben. Aber ich habe noch nie gehört, daß chinesische Schiffe so dicht vor Palawan operiert haben – vor allem kein Zerstörer der EF5-Klasse. Das ist ihr neuester, modernster und kampfstärkster Typ. Und sie riskieren viel, wenn sie ihr Dickschiff in die seichten Gewässer vor Palawan entsenden.«

»Wen meinen Sie, wenn Sie von dem ›jetzigen Regime‹ sprechen?«

»Daniel Teguina, den Ersten Vizepräsidenten«, sagte Stone.

»Er führt die prokommunistische Nationale Demokratische Front, und manche Leute behaupten, er stehe an der Spitze der Neuen Volksarmee, einer kommunistischen Guerillastreitmacht, die in den letzten Jahren in den Randprovinzen operiert. Teguina setzt sich seit Jahren für den Ausbau von Kultur- und Wirtschaftsbeziehungen zu China ein, das ein wichtiger Handelspartner der Philippinen und der Vereinigten Staaten geworden ist. Seine Gegner behaupten, Teguina wolle zusätzlich die militärischen und politischen Beziehungen zu China ausbauen.«

»China und die Philippinen?« fragte Tyler. »Ist das wirklich denkbar?«

»Durchaus, Sir«, bestätigte Stone. »Viele Filipinos sind chinesischer Abstammung, und auf dem Festland lebende Chinesen besitzen auf den Philippinen etliche Banken und Großfirmen. Noch wichtiger ist aber, daß sich China seit dem Zerfall der Sowjetunion als Beschützer des Weltkommunismus sieht. China ist heute der letzte und vielleicht größte Kommunismusexporteur der Welt, und ich glaube, daß seine Bemühungen auf den Philippinen auf sehr fruchtbaren Boden fallen.«

Nach kurzer Pause fuhr Stone fort: »Ich glaube nicht, daß Teguina etwas mit dem Aufkreuzen eines chinesischen Flottenverbands vor Palawan oder dieser Atomexplosion zu tun gehabt hat, aber weil er der philippinischen Regierung angehört und engste Beziehungen zur Volksrepublik China unterhält, könnte diese Sache weit komplizierter werden, als sie im Augenblick aussieht.«

»Wie meinen Sie das?«

»Ich vermute, daß wir keine hundertprozentige Verurteilung des chinesischen Angriffs durch die philippinische Regierung erleben werden«, sagte Stone. »Der genaue Hergang ist natürlich noch ungeklärt, aber wenn es dann um Schuldzuweisungen geht, werden nicht nur die Chinesen, sondern auch Präsident Mikaso auf der Anklagebank sitzen.«

»Mikaso? Warum?«

»Mikaso ist beliebt, aber er gilt als schwach«, antwortete Stone. »Teguina hat es dagegen verstanden, sich das Image des starken Mannes zu geben. Außerdem wird Mikaso vorgeworfen, ein Freund der Vereinigten Staaten zu sein. Obwohl Mikaso viel nationalistischer denkt als Teguina, ist seine Forderung, die amerikanische Militärpräsenz auf den Philippinen schnellstens zu beenden, bei seinen Landsleuten sehr populär gewesen.« Stone verzichtete darauf, seine eigenen Vorbehalte gegen Teguina in die Diskussion einzubringen, aber er erinnerte sich noch recht gut an Teguinas Blick am Tag der Übergabe der Clark Air Base.

»Das verstehe ich noch immer nicht«, stellte Tyler irritiert fest. »Wie kann es Mikaso schaden, wenn die Chinesen vor Palawan eine Kernwaffe einsetzen?«

Bevor Stone antworten konnte, wurde der Stationsaufruf abgeschlossen und ein erster Lagebericht gegeben. Fünf Minuten später endete dieser Bericht, ohne daß der chinesische Zerstörer oder seine Bewaffnung erwähnt worden wären. Space Command und Defense Intelligence Agency wollten zu diesem Zeitpunkt noch keine Vermutungen über die Ursache der Atomexplosion anstellen.

Tyler beschloß, die Initiative zu ergreifen. »General ... hier Tyler vom SAC«, unterbrach er den Offizier, der den Lagebericht erstattete. »Ein Experte in meinem Stab kennt möglicherweise die Ursache dieser Atomexplosion.«

Nach kurzer Pause folgte die Aufforderung: »Bitte weiter, SAC.«

»China. Die Satellitenaufnahmen zeigen, daß im fraglichen Seegebiet ein chinesischer Flottenverband steht, und mein Experte berichtet, daß eines der gezeigten Kriegsschiffe Atomwaffen an Bord hat ...«

»Hier DIA«, meldete sich eine neue Stimme. »Nach unseren Erkenntnissen gibt es im Südchinesischen Meer kein einziges atomar bewaffnetes chinesisches Kriegsschiff. Diese Vorstellung ist geradezu absurd!«

Tyler schaltete sein Mikrofon ein, um mit Stone zu sprechen. »Sind Sie sich Ihrer Sache sicher, Rat?«

»Positiv, General«, antwortete Stone. »Meine Informationen sind ein paar Wochen alt, aber unbedingt zuverlässig.«

Das Mikrofon wurde ausgeschaltet, aber Stone konnte jetzt die gesamte Diskussion verfolgen. »Mein Experte beharrt darauf, daß das vorhin in den Satellitenaufnahmen gezeigte chinesische Kriegsschiff Marschflugkörper mit Nukleargefechtsköpfen an Bord hat. Das chinesische Schiff ist der Zerstörer *Hong Lung*, das Flaggschiff einer im Gebiet der Spratly-Inseln operierenden Flottille.«

»Vereinte Stabschefs verstanden, SAC«, lautete die Bestätigung, die diesmal von General Curtis selbst kam. Der Vorsitzende der Vereinten Stabschefs nahm Tylers Mitteilung erstaunlich gelassen auf. »Wie ist der augenblickliche Bereitschaftsstand Ihrer Einheiten, General?«

»Sir, das SAC ist hundertprozentig einsatzbereit«, sagte Tyler mit einem Blick auf den Bildschirm mit den Rückmeldungen seiner Einheiten. »Ich habe Bereitschaftsstufe vier angeordnet. Berücksichtigen Sie jedoch bitte, daß der gültige Einsatzplan keine Operationen gegen China oder im ostasiatischen Raum vorsieht. Fürs SAC sind keine chinesischen Ziele festgelegt.«

»Verstanden«, antwortete Curtis. »Für die Festsetzung einer Stunde A ist's noch zu früh. Die Entscheidung überlassen wir der NCA, wenn sie die Charlie-Konferenz einberuft.«

»Der Einsatz von Atomwaffen sollte automatisch die Verteidigungsstufe drei auslösen«, stellte Tyler fest. »Ich empfehle, bei dieser Stufe zu bleiben. Auch Rußland und China werden zweifellos ihren Bereitschaftsgrad erhöhen; wir sollten diesen ersten Schritt tun und die Lage anschließend neu beurteilen.«

»Diese Diskussion hat noch Zeit bis später«, wehrte General Curtis ab. »Jetzt brauche ich Ihre Empfehlungen für die NCA zum Status unserer Abschreckungskräfte.«

»SAC empfiehlt Verteidigungsstufe drei, Bereitschaftsstufe vier«, sagte Tyler.

»Forces stimmt zu«, bestätigte General Jackson vom Armed Forces Command. Als größte Teilstreitkraft brauchte das Heer verständlicherweise die längste Anlaufzeit und entschied deshalb gleichberechtigt mit, ob ein höherer Bereitschaftsgrad erklärt werden sollte.

»U-Boot-Flotte stimmt zu«, sagte auch Admiral Towland, der Oberbefehlshaber der strategischen Atom-U-Boote.

Danach folgte eine längere Pause, bis General Curtis sich wieder meldete. Tyler merkte, daß er feuchte Hände hatte. Er rieb sie an den Hosenbeinen seines Aufwärmanzugs trocken.

»Alle Einheiten, hier RENEGADE«, sagte der Vorsitzende der Vereinten Stabschefs schließlich. »Verteidigungsstufe drei in Kraft. Bereitschaftsstufe wird gesondert befohlen. Der Befehl geht jetzt hinaus.«

Sekunden später war in Tylers Kopfhörer und den Lautsprechern der SAC-Kommandozentrale ein Trillern zu hören. Die Anzeige der Verteidigungsstufe über der Großbildwand wechselte von 4 auf 3, und die Statusleuchten brannten rot, weil jetzt alles, was hier unten vorging, streng geheim war. Die Nachrichtenzentrale der Vereinten Stabschefs übermittelte allen wichtigen Kommandostellen einen verschlüsselten Befehl, der hier vom Einsatzkommando entschlüsselt, geprüft und weitergeleitet wurde. »Was haben wir, Aubrey?« erkundigte sich Tyler.

»Verteidigungsstufe drei, Bereitschaftsstufe drei«, meldete die Wachleiterin. »Noch keine Stunde A festgelegt. Uhr läuft ab fünf ... vier ... drei ... zwo ... eins ... jetzt.«

In dieser Sekunde begann die zweite Stoppuhr über der Großbildwand zu laufen. »Befehlseingang bestätigt. Befehl überprüft und verifiziert, kann weitergeleitet werden.«

»Weiterleiten«, entschied Tyler. Damit konnte der Befehl, der erhöhte Bereitschaft anordnete, an alle SAC-Alarmeinheiten in den Vereinigten Staaten weitergeleitet werden. Diese Änderung der Verteidigungsstufe betraf auch atomar bewaffnete Einheiten, die dem Tactical Air Command in Asien und

Europa unterstanden, sämtliche Raketen-U-Boote der Navy und die Sechste und Achte Armee in Europa und Korea, die zu den wenigen Heereseinheiten gehörten, die Atomwaffen besaßen.

Nachdem alle wichtigen Kommandostellen den Befehl der Vereinten Stabschefs bestätigt hatten, sagte General Curtis zu den Teilnehmern der ersten Besprechung: »Ich berufe in Kürze eine Charlie-Konferenz ein. Halten Sie für diesen Fall eine Aufstellung Ihrer schon festgelegten Optionen sowie möglicher Empfehlungen bereit. RENEGADE Ende.«

Die Verbindung wurde unterbrochen.

»Was tun wir jetzt?« fragte Stone.

»Wir halten uns an die Checkliste«, antwortete Tyler. »Das ist wie beim Fliegen – wer sich an seine Checkliste hält, bekommt im allgemeinen keine Schwierigkeiten.«

Über dem Tastenfeld von Tylers zweitem Telefon blinkte ein gelbes Licht. »Okay, jetzt geht's los«, meinte er seufzend. »Das wird 'ne Weile dauern«, sagte er voraus. »Wir arbeiten ein bißchen umständlich, aber zuletzt klappt's doch.

Curtis beruft die Charlie-Konferenz ein, in der alle Teilstreitkräfte ihre vorbereiteten Operationspläne unterbreiten, und die Vereinten Stabschefs entscheiden, welchen Gesamtplan sie aktivieren wollen. Damit geht Curtis zum Präsidenten und zum Verteidigungsminister, um ihn sich genehmigen zu lassen. Im allgemeinen stimmt der Präsident seinem Vorschlag zu, damit der Ball ins Rollen kommt. Erst später, wenn sein Kabinett, der Kongreß und die Medien davon erfahren, gibt's 'nen großen Aufschrei. Aber der geht uns nichts an.«

»Wo brauchen Sie mich?« fragte Stone.

»Hier in der Zentrale, Rat«, antwortete Tyler. »Sie sind mein Experte für die Philippinen. Nach der Übergabe der Clark Air Base haben wir einen neuen Notfallplan für die Philippinen aufgestellt, aber ich möchte, daß Sie ihn durcharbeiten und mir sagen, ob er angesichts dieser chinesischen Bedrohung noch brauchbar ist.«

»Wird gemacht«, sagte Stone. »Aber kann ich mich erst umziehen? Ich weiß nicht, ob der Stab eng mit mir zusammenarbeiten kann, wenn ich meine verschwitzten Sachen anbehalte.«

»Machen Sie sich deswegen keine Sorgen«, wehrte Tyler mit grimmigem Lächeln ab. »Es dauert nicht mehr lange, dann sind hier alle so nervös und verschwitzt wie Sie – aber nicht wegen körperlicher Anstrengung, sondern einfach vor Angst.«

Präsidentenpalast Malacanang, Manila
zur selben Zeit

Erster Vizepräsident Daniel Teguina ging ruhelos auf und ab, während er im Konferenzraum des Präsidenten mit José Trujillo Samar, dem Zweiten Vizepräsidenten, und dem Kabinett auf Präsident Arturo Mikaso wartete. Alle waren nervös und sorgenvoll. Einige wirkten ängstlich. Nach der Meldung über die Katastrophe vor Palawan waren alle sofort in den Präsidentenpalast gefahren.

Schließlich betrat Präsident Mikaso den Konferenzraum. Im Gegensatz zu den anderen, die Freizeitkleidung trugen, erschien Mikaso in einem dunkelgrauen Zweireiher mit blütenweißem Hemd, Krawatte und frischgeputzten Schuhen. Er wirkte so adrett, daß einige sich insgeheim fragten, ob er sich gerade erst angekleidet hatte.

»*Señores ...*«, sagte Mikaso, während er so rasch, wie seine alten Beine ihn trugen, auf den Konferenztisch zusteuerte. »Bitte, nehmen Sie Platz.« Er setzte sich steif ans Kopfende des rechteckigen Tischs, und die Kabinettsmitglieder nahmen rasch Platz.

»Wie Sie alle wissen, hat sich ein tragischer Vorfall ereignet«, begann Mikaso. »Vor weniger als einer halben Stunde sind Einheiten unserer Marine vor Palawan von einem größeren chinesischen Flottenverband angegriffen worden.«

Die Kabinettsmitglieder starrten sich entsetzt und schockiert an. Sie hatten von einer großen Schiffskatastrophe gehört, ohne jedoch nähere Einzelheiten erfahren zu haben. Die meisten wirkten wie vor den Kopf geschlagen.

Teguina riß sofort das Wort an sich. »Von einem chinesischen Flottenverband? Wie ich den Zustand unserer Marine kenne, haben wir bestimmt schwere Verluste erlitten?«

Mikaso nickte trübselig. »Allerdings. Wir haben hohe Verluste hinnehmen müssen und ...«

»Natürlich«, unterbrach Teguina ihn. »Was für Kriegsmaterial hat unsere Marine denn? Veraltetes, überteuertes, wertloses amerikanisches Material, das wir uns haben aufschwatzen lassen!«

Mikaso funkelte ihn an. »Daniel, bitte spielen Sie nicht schon wieder den Volkstribun. Dafür ist dieser Vorfall viel zu ernst.« Der Präsident sah von einem zum anderen und fuhr fort: »*Señores*, das Schlimmste an diesem Vorfall, in den auch zwei unserer Jäger F-4E verwickelt gewesen sind, ist die Tatsache, daß die Chinesen einen Lenkflugkörper mit Atomsprengkopf gegen unseren Verband eingesetzt haben.«

Hatte zuvor betroffenes Schweigen geherrscht, äußerte die allgemeine Empörung sich diesmal in lauten Aufschreien, die von den Wänden des Konferenzraums widerhallten. Alle redeten gleichzeitig durcheinander, bis der Präsident energisch mit den Fingerknöcheln auf den Tisch klopfte. »Von unserer Seite liegt dafür noch keine Bestätigung vor«, stellte Mikaso fest, »aber die Detonation ist von amerikanischen und japanischen Überwachungsstationen entdeckt worden.«

Wieder schrien alle durcheinander, und die allgemeine Aufregung steigerte sich zu einem Crescendo aus besorgten Fragen: Wie gefährlich war der radioaktive Niederschlag? Waren Lebensmittel und Wasservorräte kontaminiert? Wie konnten die Chinesen den Einsatz einer Rakete mit Atomsprengkopf rechtfertigen? War das der Auftakt zu einer Invasion der Philippinen gewesen? Die Fragen überschlugen sich förmlich.

Mikaso bemühte sich, die Wogen der Erregung zu glätten. »Uns liegen keine Berichte über eine allgemeine Invasion vor«, sagte er beruhigend, »obwohl die chinesischen Kriegsschiffe jetzt auf Palawan in der Ulugan-Bucht liegen, wo sie von Einheiten unseres Heeres bewacht werden.«

»Aber wie konnte das passieren?« fragte Zweiter Vizepräsident José Samar scharf. »Zivilisierte Staaten setzen nicht einfach Kernwaffen ein!«

Mikaso nickte zustimmend. »Selbstverständlich nicht. Aber davor hat's ein Seegefecht zwischen ihren und unseren Einheiten gegeben. Als sie in die neutrale Zone der Spratly-Inseln vorgestoßen sind, um eine philippinische Bohrinsel anzugreifen, haben wir das Feuer eröffnet.«

»Was hat eine Bohrinsel überhaupt dort draußen zu suchen gehabt?« erkundigte Teguina sich, obwohl er das genau wußte. »Auf den Spratly-Inseln ist weder Exploration noch Ölförderung möglich. Auch wenn wir diesen Anspruch bestreiten, betrachten die Chinesen sie seit langem als ihr Eigentum. Warum haben wir sie also provoziert?«

»Das haben wir nicht getan, Daniel«, widersprach Mikaso. »Exploration ist in einem zehn Seemeilen breiten Streifen der neutralen Zone gestattet. Sie sollten das Abkommen über die Spratly-Inseln einmal genau lesen, Daniel. Dann wüßten Sie, daß es nicht nur Exploration gestattet, sondern den Einsatz bewaffneter Verbände in der neutralen Zone untersagt. Kriegsschiffe müssen auf der jeweils eigenen Seite bleiben. Wir haben erlebt, wie die Chinesen in der Vergangenheit dagegen verstoßen haben: Der letzte Vorfall dieser Art liegt erst wenige Monate zurück. Ich habe unsere Marine ermächtigt, sich vor neuen chinesischen Angriffen zu schützen – und genau das hat sie getan.«

Teguina schüttelte den Kopf. »Warum geben Sie nicht offen zu, wen wir in Wirklichkeit schützen? Wenn ich mich nicht irre, wird diese Exploration von einer *amerikanisch* finanzierten Firma betrieben.« Er warf Mikaso einen herausfordernden

Blick zu. »Von einer Firma, an deren Spitze ausgerechnet ein Verwandter von Ihnen steht, nicht wahr?«

Die Konferenzteilnehmer quittierten diese Mitteilung mit aufgebrachtem Murmeln.

»Das tut nichts zur Sache. Es handelt sich um eine *philippinische* Firma, die das Recht hat, im Grenzstreifen der neutralen Zone nach Öl zu suchen.«

Die beiden Männer starrten sich an.

»Was ist mit dem Fallout?« warf ein anderes Kabinettsmitglied ein, um das Thema zu wechseln.

Der Präsident nickte. »Darum müssen wir uns als allererstes kümmern. Daniel, Sie schicken sofort Truppen der Nationalgarde nach Palawan, damit sie bei der Schadensbegrenzung helfen können. Ich denke, daß die dortige Bevölkerung es begrüßen würde, wenn Sie diese Arbeiten selbst beaufsichtigen würden. Sorgen Sie dafür, daß ...«

Teguina schob seinen Stuhl zurück und stand auf – ein sicheres Zeichen dafür, daß er irgend etwas stark betonen wollte. Er beugte sich über den Tisch und musterte einen der Sitzenden nach dem anderen. »Es wird mir eine Ehre sein, unseren Landsleuten auf Palawan beizustehen, aber es gibt noch einen Punkt, den wir allzu schnell übergangen haben: Wer hat diese Lenkwaffe wirklich abgeschossen?«

Die anderen murmelten unwillig, und Mikaso deutete anklagend auf Teguina. »Daniel, ich weiß nicht, worauf Sie hinauswollen, aber ich garantiere Ihnen, daß Sie damit nicht durchkommen. Ich verwahre mich nachdrücklich gegen diesen Versuch, Zwietracht zu säen, während wir mitten in der Krise stecken. Das ist eine ...«

»Ja, setzen Sie sich!« verlangte Vizepräsident Samar.

Teguina ignorierte die beiden. »Sie behaupten, die Schuld liege bei den Chinesen, aber in Wirklichkeit heißt das, daß wir nicht wissen, wer an dem Angriff schuld ist. Diese Atomexplosion kann ebensogut von einem amerikanischen Gefechtskopf herrühren, den die Amerikaner heimlich ins Krisengebiet geschossen haben. Oder er ist von Piloten unserer Luftwaffe auf Befehl des amerikanischen Militärs oder der Central Intelligence Agency ...«

»Was soll der Unsinn, Teguina?« unterbrach Mikaso, dessen Lippen und Hände vor Wut und Erschöpfung zitterten, ihn aufgebracht. »Leiden Sie an Verfolgungswahn? Auf den Philippinen gibt es *keine* Atomwaffen, keine amerikanischen Soldaten mehr, und wir haben bestimmt nicht mit Atomwaffen angegriffen. Schließlich ist eines *unserer* Schiffe vernichtet worden, verdammt noch mal!«

»Sie leugnen also, daß hier auf den Philippinen nach wie vor CIA-Agenten im Einsatz sind?« fragte Teguina mit lauerndem Blick.

Mikaso zögerte – nur eine Sekunde lang, aber sein Zögern war Antwort genug.

Die anderen Kabinettsmitglieder waren wie vor den Kopf geschlagen. »Das stimmt also?« ächzte einer von ihnen.

»Das amerikanische Konsulat ist weiterhin geöffnet«, antwortete Mikaso, der ihre vorwurfsvollen Blicke zu ignorieren versuchte, »und ich habe den Amerikanern erlaubt, dort mehrere CIA-Agenten zu stationieren.«

»Nein, so geht's nicht!«

»Ungeheuerlich!«

»Das ist empörend!« stellte Samar fest.

Teguina frohlockte innerlich. Durch Zufall war er auf etwas gestoßen, das im Augenblick sogar die Atomexplosion vor Palawan in den Schatten stellte. Der amerikanischen CIA war seit Jahren vorgeworfen worden, für die inneren Unruhen auf den Philippinen verantwortlich zu sein, und das Eingeständnis Mikasos konnte letztlich zum Sturz seiner Regierung führen. In Manila herrschte die Befürchtung, die Amerikaner könnten bei ihrem Abzug »Maulwürfe« zurückgelassen haben, die von Washington aus gesteuert wurden, bis sie eines Tages durch einen Staatsstreich an die Macht kamen und die Philippinen wieder auf stramm amerikatreuen Kurs brachten. Die *Yanguis* hatten bereitwillig nachgegeben, als sie zum Abzug aufgefordert worden waren – allzu bereitwillig, dachten viele ...

»Das haben Sie unter offener Mißachtung der Gesetze getan, ohne Ihr Kabinett oder die Nationalversammlung zu konsultieren?« fragte der Innenminister ungläubig.

»Warum haben wir davon nichts erfahren?« erkundigte sich ein anderer Minister wütend.

Während der Chor der protestierenden Stimmen immer lauter wurde, nahm Daniel Teguina wieder Platz, hörte schweigend zu und grinste dabei innerlich. So konnte selbst eine Krise noch ihr Gutes haben ...

Ellsworth Air Force Base, South Dakota
zur selben Zeit

Die Generale Calvin Jarrel und Brad Elliott warteten auf dem Vorfeld auf die Landung der F-23-Piloten nach ihrem Einsatz im Übungsgebiet Powder River. Vor allem Elliott freute sich darauf, die Piloten nach ihren Erfahrungen mit der EB-52 Megafortress zu fragen, die Jarrel auf seine Bitte hin hatte starten lassen. Elliott war sich sicher, daß McLanahan es genossen hatte, die F-23 abdrehen und flüchten zu sehen.

Dann hielt ganz in ihrer Nähe ein dunkelblauer Dienstwagen, aus dem Major Harold Briggs, General Elliotts Adjutant, stieg. Er steckte sich beide Zeigefinger in die Ohren, während er mit einem Blatt Papier in der Hand näher kam. Dieses Blatt übergab er Elliott.

Der General las den Text, und Briggs beobachtete, wie der Gesichtsausdruck seines Chefs sich veränderte. »Ich kann Sie gleich mitnehmen, General«, sagte Briggs laut, um den Düsenlärm auf dem Vorfeld zu übertönen.

»Problem?« fragte Jarrel. Elliott zeigte ihm die Mitteilung, ohne das Blatt aus der Hand zu geben – es war oben und unten mit *Streng geheim!* gestempelt.

»Mein Gott!« brachte Jarrel nur heraus.

»Ich nehme Sie zu Ihrer Dienststelle mit«, schlug Elliott ihm vor. Briggs saß wieder am Steuer, und die beiden Generale stiegen hastig hinten ein.

Im Wagen übergab Briggs jedem von ihnen einen roten Plastikordner. »Der vollständige Text der geheimen Blitzmeldung für Sie, Sir«, erklärte er Jarrel. »Eine Meldung von Oberstleutnant McLanahan an Bord der B-2.« Elliott betrachtete seinen Ordner stirnrunzelnd und wollte ihn ungeöffnet auf seinem Schoß liegen lassen, aber Briggs fuhr fort: »Sie sollten die Nachricht lieber lesen, Sir. Ich glaube, daß sie mit der der Verteidigungsstufe drei zusammenhängt.«

Die beiden Generale lasen, bis sie wie auf eine stillschweigende Vereinbarung hin plötzlich die roten Ordner tauschten.

»Schöner Mist«, meinte Jarrel schließlich. »Die Sache mit dem NIRTSat. Ihr Projektoffizier glaubt also tatsächlich, daß dieser Satellit Aufnahmen von einem chinesischen Kernwaffenangriff auf einen philippinischen Flottenverband gesendet hat?«

»Durchaus möglich«, bestätigte Elliott. »Falls der NIRTSat zu diesem Zeitpunkt die Philippinen überflogen hat, ist's sogar sehr wahrscheinlich. Das würde auch erklären, warum McLanahan plötzlich keine Bilder mehr empfangen hat. Aber der Satellit ist nicht völlig ausgefallen, sondern hat noch letzte Aufnahmen gesendet, die McLanahan in der B-2 während seines Angriffs empfangen hat.«

»Aber McLanahan erwähnt, daß sie nicht ans Space Command gegangen sind ...«

»Das Space Command hat nicht zu den Nutzern gehört«, sagte Elliott. »Es ist für Start und Bahnverfolgung des NIRTSats zuständig gewesen, ohne selbst Bildmaterial empfangen zu können.« Elliott machte eine Pause. »Wissen Sie, Cal, wenn jetzt für uns alle Verteidigungsstufe drei gilt ...«

»Yeah?«

Elliott wußte, daß Jarrel für den Fall einer Angriffsplanung mit konventionellen Waffen zuerst seine Air Battle Force einsetzen würde. »Nun, ich glaube, daß wir Ihnen das Optimum an Einsatzplanung zur Verfügung stellen können, wenn Sie wollen. Wir brauchen Sie nur mit Jon Masters und seinen NIRTSats in Verbindung zu bringen, damit Sie so detaillierte Einsatzpläne ausarbeiten können, als hätte jemand den betreffenden Einsatz schon geflogen.«

»Vielleicht auch nicht«, sagte Jarrel. Er deutete auf McLanahans Bericht. »Ihr Projektoffizier meldet, das Space Command habe vorgehabt, den NIRTSat zurückzuholen. Allerdings hat es nichts von dieser Atomexplosion gewußt, sondern den Satelliten für defekt gehalten.«

»Geben Sie Gas, Hal«, forderte Elliott den Major auf. »Wir hätten schon vor fünf Minuten zurück sein sollen.«

»Dafür ist vorgesorgt, Sir«, sagte Briggs. Er warf ein Mobiltelefon auf den Rücksitz. »Die Nachricht für General Jarrel durfte ich nicht lesen – aber die für Sie bestimmte habe ich überflogen. Als ich zu der Sache mit dem Space Command gekommen bin, habe ich sofort ein Scrambler-Gespräch mit General Talbot auf der Falcon Air Force Base angemeldet. Er müßte jeden Augenblick zurückrufen.«

Tatsächlich klingelte das Telefon, als Briggs vor dem Stabsgebäude hielt, so daß Elliott im Dienstwagen blieb, um das Gespräch von dort aus zu führen. Eine barsche, ungeduldige Stimme knurrte: »NORAD, General Talbot. Bitte schnell, ich hab' nicht viel Zeit.«

»Mike, hier ist Brad Elliott in Ellsworth. Wie, zum Teufel, geht's dir?«

»Gut, Brad, sehr gut. Hör zu, Brad, hat dein Anruf nicht Zeit bis später? Ich hab' gerade verdammt viel zu tun.«

Brad Elliott wußte, daß das die Untertreibung des Jahres war. Luftwaffengeneral Michael Talbot war Kommandeur von drei wichtigen Organisationen und hatte damit einen der ungewöhnlichsten militärischen Jobs der Welt. Er befehligte das Air Force Space Command, das neugeschaffene United States

Space Command, das die Raumfahrtaktivitäten aller drei Teilstreitkräfte koordinierte, und das North American Aerospace Defense Command (NORAD), eine amerikanisch-kanadische Organisation, der sämtliche Radarketten und Jägerstützpunkte für die Verteidigung Nordamerikas unterstanden.

Mit dieser Dreierfunktion war Talbot normalerweise reichlich ausgelastet – und sobald das NORAD sich im Alarmzustand befand, erreichte sein Arbeitspensum die Grenzen menschlicher Belastbarkeit. Obwohl das Scrambler-Telefon wie immer zischte und knackte, glaubte Elliott, den Streß in Talbots Stimme zu hören. »Ich weiß, daß du beschäftigt bist, Mike, aber diese Sache ist sehr wichtig. Ich muß mit dir über Jon Masters reden ...«

»Dein junger Himmelsstürmer sitzt hier vor meinem Schreibtisch, Brad«, sagte Talbot unverkennbar geringschätzig. Sein Kommandeur des für alle Satelliten des Verteidigungsministeriums zuständigen Second Space Wing hatte sofort nach dem Satellitenausfall mit Masters' DC-10 telefoniert. Da der NIRTSat einundsiebzig Sekunden außerhalb des festgelegten Startfensters und trotz Einspruchs der Air Force gestartet worden war, hatte der Kommandeur eine speziell umgebaute C-130 losgeschickt, um ihn bergen zu lassen. Jon Masters mußte damit einverstanden sein – oder man hätte ihm auf der Falcon AFB Handschellen angelegt.

»Jetzt wollte er gestatten, daß meine zur Firma Sky Masters abkommandierten Fachleute sich seine Unterlagen ansehen ... nicht wahr, Dr. Masters?«

»Dafür ist jetzt keine Zeit«, sagte Elliott rasch. »Sein Satellit ist ausgefallen, und ich brauche ihn sofort hier draußen in GENESIS. Das hängt alles zusammen ...«

Am anderen Ende entstand eine kurze Pause. »Oh ...«

Männer wie Talbot waren nicht leicht zu verblüffen – aber GENESIS, Elliotts geheimes Rufzeichen für Dreamland, konnte sie sekundenlang sprachlos machen. Allein dieses Wort zeigte, daß das Pentagon auf höchster Ebene beteiligt war. Wieder mal typisch Elliott! dachte der General. Weiß der Teufel, wozu er Masters braucht. Aber die Tatsache, daß Elliott bereits von einem geheimen Satellitenstart wußte, der erst vor knapp zwanzig Minuten fehlgeschlagen war, zeigte Talbot, daß er Verbindungen zu höchsten Stellen hatte.

»Okay, du hast ihn, Brad. Und wo willst du ihn hin haben?«

»Ich brauche ihn schnellstens in seinem Labor in Arkansas. Wann bist du mit ihm fertig?«

»Schon passiert. Ich hab' wirklich keine Zeit für diesen Scheiß«, sagte Talbot halblaut. »Seine Maschine ist schon betankt. Er ist in einer Viertelstunde in der Luft und in drei Stunden in Arkansas. Hat das was mit ... mit den Ereignissen von heute nachmittag zu tun?«

»Es könnte *alles* damit zu tun haben.«

»Das hab' ich schon befürchtet. Der kleine Arsch ist einfach nicht unterzukriegen. Seinen Satelliten brauchst du vermutlich auch?«

»Habt ihr ihn schon zurückgeholt?«

»Noch nicht, aber in ungefähr einer Stunde ist's soweit.«

»Dann laßt ihn lieber oben. Die Spitze weiß noch nicht, was sie will.«

Talbot wußte, daß die »Spitze« im allgemeinen aus Männern bestand, von denen jeder über fünfzig Millionen Wählerstimmen auf sich vereinigt hatte.

»Wie du meinst, Brad. Ich bin froh, dieses kleine Arschloch loszuwerden. Er geht mir verdammt auf die Nerven.«

»Du ihm vermutlich auch, Mike.«

»Ja, schon möglich. Aber der Affe grinst auch ständig. Ist dir das schon aufgefallen? Immer dieses verfluchte Grinsen auf seinem Gesicht. Ich traue keinem, der ständig grinst ... das bedeutet meistens, daß er jemanden gefunden hat, dem er alle Schuld aufhalsen kann.«

»Hat er sich nicht an deine Vorschriften gehalten, muß er dafür büßen. Sobald GENESIS ihn nicht mehr braucht, kriegst du ihn zurück, Mike. Wie findest du das?«

»Ich bin froh, wenn er mir nicht wieder unter die Augen kommt. Zahlt's den Kerlen heim, die meine NAVSTAR-Satelliten gegrillt haben, dann sind wir quitt.«

»Abgemacht, Kumpel. GENESIS Ende.«

Lageraum des Weißen Hauses, Washington, D.C.

Der Präsident ließ sich im Roosevelt Room über die Vorbereitungen für die nächste Weltwirtschaftskonferenz informieren, als die Meldung eintraf.

Lloyd Emerson Taylor, der dreiundvierzigste Präsident der Vereinigten Staaten und ein Nachkomme des zwölften Präsidenten, merkte sich bewußt, was er in diesem Augenblick tat. Immerhin war das für seine Memoiren wichtig, die er schreiben würde, wenn er dieses Amt eines Tages nicht mehr bekleidete. Und diese Sache, das ahnte Lloyd Emerson Taylor schon jetzt, würde ein verdammt wichtiges Kapitel seiner Erinnerungen werden.

Nachdem sein Militäradjutant ihm die nur für ihn bestimmte Meldung übergeben hatte, verließ Taylor sofort die Besprechung des Planungsstabs und ging ins Oval Office zurück. Von dort aus telefonierte er über die abhörsichere Hotline, um die Situation in den Griff zu bekommen, und erfuhr, daß Verteidigungsministerium, Vereinte Stabschefs und CIA die Chinesen zwar verdächtigten, die Kernwaffe eingesetzt zu haben, aber bisher keine handfesten Beweise dafür vorlegen konnten. Sehr bedauerlich war auch, daß niemand wußte, wie es Präsident Mikaso ging oder wie die Lage in Manila war, weil sämtliche Telefonleitungen blockiert und alle Satelliten- und HF-Verbindungen ausgefallen waren.

Der Präsident erfuhr auch, daß amerikanische Stellen zwar die seit dem Vorfall bei den Spratly-Inseln gespannte Lage im Südchinesischen Meer überwacht hatten, aber jetzt nicht wollten, daß China oder die Philippinen erfuhren, daß sie Aufnahmen der Atomexplosion besaßen. Diese Bilder stammten offenbar nicht von einem der bekannten Satelliten, sondern von PACER SKY, einem streng geheimen System, das sich noch im Versuchsstadium befand und Echtzeit-Zieldaten für strategische Bomber liefern sollte. Taylor wußte nicht, was, zum Teufel, PACER SKY war, aber er ahnte, daß dieser Satellit aus Zufall eine der sensationellsten Aufnahmen der letzten dreißig Jahre gemacht haben mußte.

Eine halbe Stunde später fand schließlich eine förmlichere, wenn auch hastig einberufene Besprechung im Lageraum des Weißen Hauses statt. Erst als Taylor, sein Militäradjutant, sein offizieller Fotograf, sein Leibwächter vom Secret Service und ein Kapitän zur See in Zivil mit seinem »Football«, einem abhörsicheren UHF-Funkgerät, mit dem der Präsident den Einsatz amerikanischer Atomwaffen befehlen konnte, zum Lageraum im Keller hinunterfuhren, wurde ihm der ganze Ernst der Lage klar.

Wie sein berühmter Ur-Ur-Ur-Urgroßvater war der Präsident ein energischer, aber nicht verknöcherter Bürokrat, der seine Erfolge einer fleißigen, unauffälligen, geradlinigen Amtsführung verdankte. Und wie sein Vorfahr war Taylor ein ehemaliger Heeresgeneral und Militärrichter, der mit einundfünfzig Jahren in die Politik gegangen war, kurz nachdem er seinen ersten Stern erhalten hatte. Taylor besaß vor allem ein ausgeprägtes Geschichtsbewußtsein – auch in bezug auf seine eigene Rolle.

Als er jetzt den Lageraum betrat, in dem alle aufstanden, war er sich bewußt, daß er der erste amerikanische Präsident seit John F. Kennedy war, der eine Atomwaffenkrise zu bewältigen hatte. Und er war entschlossen, sie besser zu bewältigen als Kennedy.

Präsident Taylor war noch keine fünf Minuten im Lageraum, als die Anwesenden bereits ins Schwitzen gerieten – und das nicht nur wegen der im Hintergrund ständig klingelnden Telefone. Taylor musterte jeden einzelnen seiner mit ihm am Tisch sitzenden Berater scharf: Tom Preston, den Verteidigungsminister; General Wilbur Curtis, den Vorsitzenden der Vereinten Stabschefs; Kenneth Wayne, den CIA-Direktor; und Frank Kellogg, seinen Nationalen Sicherheitsberater.

Danach fixierte er General Wilbur Curtis, den ranghöchsten amerikanischen General und Vorsitzenden der Vereinten Stabschefs. Diesen wichtigsten Berater des Präsidenten in Militärfragen hatte noch Taylors Vorgänger ernannt. Leider war Curtis in Kongreß und Pentagon so angesehen, daß der Präsident ihn nicht hätte loswerden können, selbst wenn er es gewollt hätte.

»General Curtis, obwohl Sie uns in die Verteidigungsstufe drei hineinmanövriert haben – und ich wollte, ich wäre vom Start weg an dieser Entscheidung beteiligt gewesen, anstatt erst nachträglich zu erfahren, daß Ihre Kommandeure sie verhängt haben –, ist die auf einem ›Blitz aus heiterem Himmel‹ basierende Theorie der strategischen Kriegführung seit fast einem Jahrzehnt überholt.«

Curtis ahnte, daß dies eine schwierige Besprechung werden würde. »Sir, wir haben uns an den von Ihnen für einen Krisenfall dieser Größenordnung aufgestellten und genehmigten Operationsplan gehalten. Die Verteidigungsstufe drei ist im Augenblick ein sehr sicherer, stabiler Zustand. Wir ...«

»Da offenbar kein Angriff im Gange gewesen ist, wäre Zeit gewesen, mich zu benachrichtigen und die Entscheidung mir zu überlassen«, unterbrach ihn der Präsident. »Für zukünftige Fälle muß der Operationsplan geändert werden, damit das nicht wieder vorkommt.«

»Ja, Sir«, stimmte Curtis zu.

»Was haben Sie sonst noch für mich, General?«

Curtis räusperte sich. »Unsere strategischen Streitkräfte sind hundertprozentig einsatzbereit, so daß wir abwehrbereit sind, falls dies der Auftakt zu einem Angriff auf die Vereinigten Staaten gewesen sein sollte, Sir.« Curtis sah zu dem Kapitän hinüber, der mit dem »Football« in der Nähe des Eingangs saß.

Der Präsident hatte den Football nicht gern in seiner Nähe – der Presse hatte er einmal erzählt, das Ding komme ihm wie der Schnitter Tod vor, der ihm mit der Sense in der Hand überallhin folge –, aber unter diesen Umständen blieb ihm gar keine andere Wahl.

»Na ja«, knurrte Taylor, »ob dies ein Auftakt gewesen ist oder nicht, läßt sich erst beantworten, wenn wir mehr Informationen haben, nicht wahr, General? Dieser PACER-SKY-Satellit hat gesehen, wer die Lenkwaffe gestartet hat, stimmt's?«

»Nicht genau, Sir«, antwortete Curtis. »Der NIRTSat – ein Bestandteil des PACER-SKY-Systems – hat die Atomexplosion gesehen, aber wir versuchen, das vorläufig geheimzuhalten. Wie Sie wissen, haben wir die Lage zwischen China und den Philippinen seit dem Vorfall vor einigen Monaten aufmerksam beobachtet. Aber wegen unserer früheren Bindungen zu den Philippinen wollten wir nicht den Eindruck erwecken, als überwachten wir jemanden – oder stellten jemandem unsere Aufklärungsergebnisse zur Verfügung. Trotzdem wissen wir dank PACER SKY genau, welche Schiffe im dortigen Seegebiet gestanden haben. SAC-Analytiker sind zu dem Schluß gekommen, nur die Chinesen könnten diese Kernwaffe eingesetzt haben.«

»Gut, damit wären wir bei den möglichen Folgen«, stellte der Präsident fest. »Ich habe mich seit einiger Zeit über die Entwicklung auf den Philippinen auf dem laufenden halten lassen. Ihre Leute haben mir erzählt, daß die Kommunisten in den Randprovinzen immer stärker werden – und daß unsere Position auf den Philippinen unhaltbar werden könnte, falls Mikaso umgelegt oder entmachtet wird. Das könnte uns die Anlege- und Versorgungsrechte für unsere Kriegsschiffe, unsere Radarstellungen, unsere Horchposten und unsere Bombenabwurfgebiete kosten ...

Informiert worden bin ich auch über diesen einige Monate zurückliegenden sogenannten ›Zwischenfall‹, der aber als belangloser Streit zwischen China und den Philippinen heruntergespielt worden ist. Wenn eine gottverdammte Atombombe hochgeht, Gentlemen, ist das kein kleiner Streit mehr! Okay, was zum Teufel ist dort vorgefallen? Der Beginn eines regelrechten Krieges, ein illegaler Atomwaffentest irgendeines Staats oder ein Unfall?«

CIA-Direktor Kenneth Wayne ergriff das Wort. »Ein Unfall, Sir, scheint die einzig plausible Erklärung zu sein. Die chinesische Kriegsmarine könnte die philippinische leicht vernichten, ohne Kernwaffen einsetzen zu müssen. Außerdem haben wir nur eine Detonation festgestellt, was beweist, daß kein nuklearer Schlagabtausch stattgefunden hat. Natürlich«, sagte der CIA-Direktor und zündete sich seine Pfeife an, »könnte es sich um eine militärische Reaktion der Chinesen, oder um die Reaktion eines ... sagen wir, Einzelgängers, aber nicht unbedingt der chinesischen Staatsführung handeln.«

»Einzelgänger?« wiederholte der Präsident. »Ein Verrückter als Kommandant eines Kriegsschiffs?«

Der CIA-Direktor zuckte mit den Schultern. »Durchaus möglich. Nicht unbedingt ein Verrückter, sondern nur ein Kommandant, der die Nerven verloren hat. Aber ich glaube eher, daß das Ganze nur ein Unfall gewesen ist.«

»Mit dieser Einschätzung der Nachrichtendienste sind die Vereinten Stabschefs nicht einverstanden, Sir«, stellte Curtis fest. Die Blicke Waynes und des Präsidenten hätten einen Eisbären frösteln lassen. »Obwohl die angesprochene Möglichkeit nicht ganz auszuschließen ist, liegen uns andere Hinweise vor, auf die wir meiner Ansicht nach eher reagieren sollten.« Der Präsident, den sein Einwand sichtlich irritierte, nickte ihm ungeduldig zu, er solle fortfahren. »Mein Stab ist der Auffassung«, sagte Curtis, »daß dies der Auftakt zu einer Eroberung der Philippinen durch China sein könnte ...«

Die Anwesenden setzten sich auf. Gleichzeitig wurden Proteste laut, die teils an Curtis, teils an den Präsidenten gerichtet waren.

»Lächerlich ...«

»Völlig verfehlte Einschätzung ...«

»Das würden sie nie riskieren ...«

Curtis ließ sich nicht einschüchtern. »Das sind natürlich nur Spekulationen, Sir, aber wir dürfen nicht vergessen, daß China aus historischen Gründen viele Philippineninseln beansprucht und ein großer Teil der dortigen Bevölkerung chinesischer Abstammung ist. Kombiniert man das mit einem machtbesessenen Mann wie Daniel Teguina, der stark kommunistisch beeinflußt ist, hat man alle Voraussetzungen für eine großangelegte Annektion.«

Widerspruch äußerten der CIA-Direktor, der Verteidigungsminister und der Nationale Sicherheitsberater. Dann räusperte der Präsident sich betont laut. Alle verstummten und sahen ihn an. »Gentlemen, wir können Überlegungen anstellen, so viel wir wollen, aber bloße Vermutungen ohne Informationen sind wertlos.« Er wandte sich an den CIA-Direktor. »Noch keine Nachrichten aus Manila? Oder von Mikaso?«

»Alle Verbindungen dorthin sind nach wie vor gestört, Sir. Auch die Satelliten- und HF-Netze sind ausgefallen.«

Taylor grunzte unwillig. »Und was ist mit China? Haben wir schon gehört, was die Chinesen zu diesem Vorfall sagen?«

»Wir haben Gespräche mit allen möglichen Stellen angemeldet, Sir, auch mit Ministerpräsident Cheung«, antwortete sein Sicherheitsberater.

Der Präsident wandte sich an Tom Preston, seinen Verteidigungsminister. »Thomas, was halten Sie davon?«

»Dies ist ein sehr empfindliches Gebiet, Sir. Und wir haben dort seit unserem Abzug von den Philippinen gewaltig an Einfluß verloren. Deshalb bin ich dafür, daß wir es zumindest militärisch inspizieren sollten. Eine aus Japan oder Hawaii entsandte Kampfgruppe müßte genügen – und würde eine Invasion verhindern, falls eine geplant sein sollte.«

»Hmm.« Der Präsident nickte. »Wir haben ständig Schiffe dort, stimmt's? Also schicken wir ein paar hin, damit sie das

Gebiet inspizieren, lassen sie einige Zeit dort stationiert und setzen die CIA auf diesen Fall an. Und in der Zwischenzeit tue ich mein Bestes, um die Sache – zumindest vorläufig – als Unfall hinzustellen.«

»Entschuldigung, Sir«, warf Curtis ein, »aber unser Operationsplan sieht mehrere Maßnahmen vor, die ausgeführt werden sollten, und die Vereinten Stabschefs haben dazu weitere Vorschläge erarbeitet.«

»Sie glauben also nicht, daß ein paar Schiffe – zum Beispiel eine Trägerkampfgruppe – genügen?« fragte Taylor. »Warum überrascht mich das nicht?«

»Sir, allein diese Atomexplosion gibt Anlaß zu großer Sorge«, antwortete der Vorsitzende der Vereinten Stabschefs ruhig. »Aber ein einziger Gefechtskopf mit zwanzig Kilotonnen Sprengkraft, der mitten in einer Trägerkampfgruppe detoniert, würde genügen, um sie von der Bildfläche verschwinden zu lassen – mitsamt dem Flugzeugträger.

Deshalb sieht unser Operationsplan die Entsendung von mindestens drei Trägerkampfgruppen in dieses Seegebiet vor. Dazu kämen Expeditionsstreitkräfte des Marine Corps, die fünfundzwanzigste Infanteriedivision des Heereskommandos West und das erste Geschwader der Air Battle Force der Luftwaffe. Eingesetzt würden diese Kräfte von Schiffen, von Okinawa und von der Andersen Air Force Base auf Guam aus. Auch wenn wir zunächst keine drei Trägerkampfgruppen einsetzen wollen, wären mindestens zwei erforderlich.

Verfügbar sind zur Zeit nur die beiden Flugzeugträger *Ranger* und *Independence* mit herkömmlichem Antrieb. Da die *Ranger* beschleunigt außer Dienst gestellt werden soll, hat sie noch keine Jagdbomber Hornet an Bord, aber die *Independence* ist voll einsatzbereit. Die beiden atomgetriebenen Träger *Nimitz* und *Abraham Lincoln* stehen im Indischen Ozean, aber ihre Zurückverlegung ins Südchinesische Meer würde mehrere Tage dauern.

Außerdem empfehlen wir, diese Kampfgruppen durch den

Landungs-Unterstützungsträger *Belleau Wood* des Marine Corps und seine Versorgungsschiffe zu verstärken. Sie können rund zweitausend Marines und dreißig Hubschrauber transportieren und je nach Bedarf eine oder beide Kampfgruppen unterstützen. Da die Trägerkampfgruppen weniger Jagdbomber als sonst an Bord haben, empfehlen wir, zu ihrer Verstärkung das erste Geschwader der Air Battle Force auf der Andersen Air Force Base auf Guam zu stationieren, um ...«

»Air Battle Force?« wiederholte Taylor irritiert. »Was, zum Teufel, ist das für ein Geschwader?«

»Das erste Geschwader der neuen Air Battle Force ist die schnelle Eingreiftruppe der Luftwaffe, Sir«, erklärte ihm Curtis. »Es wird laut Operationsplan nach Erklärung der Verteidigungsstufe drei auf einem der folgenden Stützpunkte aufgestellt: Loring AFB in Maine, Diego Garcia im Indischen Ozean oder Andersen AFB auf Guam. Von diesen drei Stützpunkten aus kann die Air Battle Force jeden Punkt der Erde binnen zwölf Stunden angreifen.«

»Was für Maschinen hat dieses Geschwader?«

»Hauptsächlich Bomber und Jagdbomber – B-52, B-1B, F-111G und F-15E – sowie Tanker, Jäger und Transporter«, antwortete Curtis. »Da die Air Battle Force eigene Begleitjäger, eigene Aufklärer und eigene ECM-Flugzeuge hat, ist sie völlig selbständig und kann binnen kürzester Zeit von abgelegenen Stützpunkten aus zu strategischen Einsätzen starten. Sie ...«

»Augenblick mal!« unterbrach ihn der Präsident. »Sie wollen zwei Trägerkampfgruppen – wenn ich mich nicht irre, sind das über zwölftausend Mann –, zweitausend Marines *und* die B-52 und weitere Bomber entsenden?« Taylor zog die Augenbrauen hoch. »Wissen Sie etwas mehr über diesen Vorfall als ich?«

»Sir, die Vereinten Stabschefs halten es für dringend erforderlich, rasch und entschlossen zu handeln, um sehr schnell mit starken Kräften präsent zu sein. Die Flugzeugträger brauchen mehrere Tage, um ...«

»Genug!« sagte der Präsident. »Ich habe *nicht* die Absicht, solch starke Kräfte in dieses Gebiet zu schicken, ohne überhaupt zu wissen, worauf ich mich dort einlasse. Das begreifen Sie doch wohl auch?« Er sprach weiter, bevor Curtis antworten konnte. »Es würde also einige Tage dauern, Seestreitkräfte ins dortige Gebiet zu verlegen? Gut, damit müssen wir uns abfinden.

Ich genehmige, daß *zwei* – nicht drei – Trägerkampfgruppen zu diesem Gebiet, in dem die Atomexplosion stattgefunden hat, in Marsch gesetzt werden. Kampfhandlungen sind nur auf meinen ausdrücklichen Befehl gestattet, aber die Schiffe dürfen sich natürlich verteidigen, falls sie angegriffen werden. Außerdem genehmige ich den Einsatz von Radarflugzeugen im erforderlichen Umfang. Aber ich will nicht, daß vor der philippinischen Küste eine riesige Armada aufkreuzt – sonst glaubt die Weltöffentlichkeit noch an eine Invasion.

Daß die Air Battle Force eingesetzt wird, kommt nicht in Frage«, fuhr Taylor fort. »Ich weiß, daß die Luftwaffe sich bemüht, die Rolle der B-52 als Atomwaffenträger herunterzuspielen, um der Öffentlichkeit zu beweisen, daß ihr Einsatz nicht gleich das Ende der Welt bedeuten muß, aber wir werden nichts tun, was die verdammten Chinesen zu einem regelrechten Krieg provozieren könnte. Habe ich mich klar genug ausgedrückt?«

»Ja, Sir, ich verstehe«, antwortete Curtis.

»Und noch was«, fügte der Präsident hinzu. »Ich genehmige den Einsatz der beiden Kampfgruppen eigentlich wider besseres Wissen. Mir persönlich wäre *eine* Trägerkampfgruppe lieber.«

»Eine letzte Bitte, Sir«, sagte Curtis rasch.

»Ja?« fragte Taylor seufzend.

»Ich weiß jetzt, daß die Air Battle Force vorläufig nicht eingesetzt werden soll, aber ich möchte Ihre Genehmigung zum Einsatz der STRATFOR …«

»Der was?«

Curtis wußte, daß der Präsident genau wußte, wovon er redete. »Der Strategic Force – sozusagen als Vorauskommando der Battle Air Force. Ich möchte sie zu Aufklärungsflügen in diesem Gebiet einsetzen.«

»Und was täten Sie mit der STRATFOR, wenn ihr Einsatz genehmigt würde?«

»Wir würden von Guam aus Ferneinsätze mit AWACS-Maschinen E-3C, Elektronikaufklärern RC-135 und Fliegenden Leitständen EC-135 fliegen. General Tyler vom SAC hat schon ein Team zusammengestellt, das startbereit ist. Die STRATFOR nimmt auch Offiziere und Techniker der Air Battle Force mit, die spätere Einsätze vorbereiten, was für Flugzeuge wie den Bomber B-2 besonders wichtig ist.«

Der Präsident dachte darüber nach. »Okay – und dann? Was käme als nächstes?«

»Sollten Sie später den Einsatz der Air Battle Force doch für nötig halten, wären schon alle Vorbereitungen getroffen«, antwortete Curtis rasch. »Als integrierter Verband mit Bombern, Jägern und Aufklärern könnte sie unsere Flottenverbände schützen und den Weg für weitere Unternehmen bahnen.«

Der Präsident wirkte gereizt. Er wandte sich an Verteidigungsminister Tom Preston. »Was wollen Sie eigentlich genau, Thomas?«

»Was General Curtis eben empfohlen hat: die STRATFOR nach Guam entsenden. Das SAC kann sie dort mit seinen im Pazifikraum stationierten Tankern unterstützen.«

»Ja, ich verstehe.« Taylor nickte zweifelnd, schien aber eher zustimmen zu wollen.

»Noch etwas, Mr. President«, sagte Curtis. »Der SAC-Oberbefehlshaber schlägt vor – und ich stimme dem zu –, Generalmajor Richard Stone zum STRATFOR-Kommandeur zu ernennen. Er ist Divisionskommandeur im SAC gewesen, hat zuletzt die Clark Air Base befehligt und kennt die Philippinen wie seine Hosentasche. Er würde Pacific Air Force und Pacific Command in bezug auf die zu treffenden Maßnahmen beraten. Sollten Sie später auf Empfehlung dieser Stellen den Einsatz der Air Battle Force genehmigen, würde sie aus General Stones STRATFOR hervorgehen.«

Lloyd Taylor zögerte noch einen Augenblick, bevor er zustimmend nickte. »Okay, General – ich habe nach wie vor meine Zweifel, aber wir wollen's so machen. Sie entsenden lediglich *zwei* Trägerkampfgruppen, halten die Marines in Bereitschaft und verlegen die STRATFOR nach Guam, um sie von dort aus Aufklärungsflüge durchführen zu lassen. Mit der Entscheidung, ob die Air Battle Force eingesetzt werden soll, warten wir noch, bis wir wissen, was, zum Teufel, die Chinesen vorhaben. Haben Sie das alles?«

»Ja, Sir, ich verstehe«, bestätigte Curtis, um dann rasch hinzuzufügen: »Noch ein paar Punkte ...«

Der Präsident hatte inzwischen genug, aber er sagte: »Ja, General, bitte schnell ...«

»Admiral Stoval, der Oberbefehlshaber der Pacific Forces, beantragt eine Vergrößerung der ›Sicherheitszone‹ für seine Schiffe bei Einsätzen im Südchinesischen Meer. Er bittet um Erlaubnis, nicht identifizierte oder feindliche Schiffe und Flugzeuge im Umkreis von zweihundert Seemeilen statt der üblichen hundert Seemeilen angreifen zu dürfen.«

»Wozu ist das nötig«, knurrte Präsident Taylor.

»Sir, falls das chinesische Kriegsschiff eine Fei Lung-9 abgeschossen hat, handelt es sich um eine überschallschnelle Lenkwaffe mit einer Reichweite von über hundert Meilen, die sehr schwer abzuschießen ist. Mit einem Nukleargefechtskopf ist ihr Einsatzradius noch größer. Unsere Trägerpiloten müssen nicht identifizierte Schiffe und Flugzeuge möglichst von ihren Kampfgruppen fernhalten und zugleich den Begleitschutz für unsere Aufklärer übernehmen. Sie sind angewiesen, nicht näher als ...«

»Begleitschutz?« wiederholte der Präsident. »Davon haben Sie bisher kein Wort gesagt!«

»Die STRATFOR kann nicht ohne Begleitschutz fliegen,

Sir«, antwortete Curtis geduldig. »Ihre Maschinen – AWACS-Flugzeuge, EC-135 und RC-135 – sind unbewaffnete Aufklärer. Sollen sie in der Nähe chinesischer Flottenverbände operieren, müssen wir sie von Jägern begleiten lassen.«

»Ich dachte, Sie hätten gesagt, dies sei ein *einfaches* Unternehmen, General?«

»Sir, aus Sicherheitsgründen sollte jede STRATFOR-Maschine ständig von mindestens acht Jägern begleitet werden.«

»Von acht Jägern!« explodierte der Präsident. »Und wie viele Aufklärer sollen jeweils eingesetzt werden?«

»Vier, Sir«, antwortete Curtis.

»Sie wollen dieses ›einfache‹ Aufklärungsunternehmen von *sechsunddreißig* Maschinen durchführen lassen? Kommt nicht in Frage! Ich weiß genau, wie nervös *mich* so viele Flugzeuge in der Nähe meiner Schiffe machen würden. Mein Gott, Mann, begreifen Sie denn nicht, worum's hier geht? Ich versuche, einen gottverdammten Krieg zu *vermeiden*! Wir können nicht drei Dutzend Flugzeuge losschicken, ohne überhaupt zu wissen, was dort los ist!«

»Unsere Aufklärer brauchen wirksamen Begleitschutz ...«

»Sie müssen mit *weniger* auskommen«, entschied der Präsident. »Können unsere Aufklärer nicht von jeweils *zwei* Jägern wirkungsvoll geschützt werden, müssen sie eben am Boden bleiben, und wir verlassen uns statt dessen ganz auf unsere Aufklärungssatelliten.«

Curtis nickte zögernd. »Darüber muß ich mit General Falmouth sprechen ...«

»Ja, ja, schon gut.« Präsident Taylor winkte gereizt ab. »Tun Sie, was Sie für richtig halten, aber sorgen Sie dafür, daß pro Aufklärer nur *zwei* Begleitjäger mitgeschickt werden. Wie Sie das anstellen, ist mir egal.«

»Wird gemacht, Sir.«

»Noch etwas, Curtis.« Taylor deutete mit seinem Zeigefinger auf den General. »Sollte diese Sache schiefgehen ... Raten Sie mal, was passiert, falls sie schiefgeht und mich um die

Chance bringt, wiedergewählt zu werden? Dann sind *Sie* Ihren Posten los, darauf können Sie Gift nehmen!«

Damit war Curtis für diesmal entlassen. Bevor er den Ausgang erreicht hatte, wurden schon andere Mitarbeiter und Berater des Präsidenten in den Lageraum beordert. Oberst Andrew Wyatt, Curtis' Adjutant, erwartete den Vorsitzenden der Vereinten Stabschefs draußen im Korridor. Er ging neben Curtis her zum Aufzug.

»Na, wie ist's gelaufen?«

»Fragen Sie lieber nicht«, wehrte Curtis ab, während sein Adjutant auf den Rufknopf drückte.

»So schlecht?« fragte Wyatt.

General Curtis gab keine Antwort. Er war zu sehr damit beschäftigt, über die Ereignisse im Südchinesischen Meer nachzudenken...

Krankenhaus Buenavista, Ulugan-Bucht, Provinz Palawan
Montag, 26. September 1994, 21.09 Uhr Ortszeit

Admiral Yin Po L'un erwachte in einem sehr weichen Bett unter einem blütenweißen Bettbezug. Als er seine Umgebung wahrzunehmen begann, sah er mehrere Krankenschwestern – Filipinas, wie er feststellte – um sein Bett stehen. Als sie merkten, daß er wach war, lief eine von ihnen aus dem Zimmer.

»Wer... wer sind Sie?« murmelte Yin auf Chinesisch. Die Krankenschwestern starrten ihn an, schüttelten die Köpfe und sagten etwas auf Englisch, das offenbar hieß, daß sie nichts verstanden hatten. Aber eine Schwester beugte sich über Yin, um ihm den Schweiß von der Stirn zu tupfen. Als sie sich wieder aufrichtete, sah er...

... mehrere mit Sturmgewehren M-16 bewaffnete philippinische Soldaten, die hereinmarschiert kamen und sich an der Tür aufbauten. Folglich war Yin ein Gefangener der erbärmlichen philippinischen Armee oder – noch schlimmer! – der verdammten Amerikaner. Obwohl er keine amerikanisch aussehenden Gesichter entdeckte, konnte er sich denken, daß er bald an sie ausgeliefert werden würde.

Dann betrat ein Arzt in weißem Kittel das Krankenzimmer – und hinter ihm erschien zu Yins Überraschung der Schiffsarzt der *Hong Lung*: Korvettenkapitän Tran Phu Ko, ein vietnamesischer Einwanderer. Zuletzt trat ein Mann, der ein Offizier zu sein schien, ans Fußende seines Betts und nickte leicht, als er Yins Blick auf sich gerichtet sah.

Korvettenkapitän Tran verbeugte sich vor Yin. »Freut mich zu sehen, daß es Ihnen gut geht, Genosse Admiral.«

Yin versuchte sich aufzusetzen, und Tran half ihm dabei. »Ich erwarte Meldung, Doktor. Wer sind diese Männer? Was ist mit dem Schiff? Was ist mit der Besatzung?«

»Den Männern geht's gut, Genosse Admiral«, sagte Tran beruhigend. »Unsere Verluste sind hoch gewesen – aber darüber können wir später reden. Das Schiff ist beschädigt, aber in Sicherheit. Es liegt nicht weit von hier in der Ulugan-Bucht. Auch mehrere andere Einheiten der Flottille liegen jetzt dort.«

Ulugan-Bucht, Provinz Palawan, Philippinen. Sie waren also tatsächlich Gefangene ...

Tran deutete auf den am Fußende des Betts stehenden Offizier. »Das ist General Roberto Munoz de Silva, der Kommandeur der Provinzstreitkräfte«, sagte er. »Er ist unser ... Gastgeber. Er spricht kein Chinesisch, aber ich spreche Englisch, Genosse Admiral, und kann für Sie dolmetschen.«

»Fragen Sie ihn, ob wir seine Gefangenen sind«, verlangte Yin, »und welche Behandlung meine Männer und ich hier zu erwarten haben.«

Tran wirkte erst verwirrt, dann erleichtert. »Nein, Genosse Admiral, Sie täuschen sich, wenn Sie ...«

»Sie sollen ihn fragen!« unterbrach Yin ihn scharf.

Tran wollte noch etwas sagen, aber als sein Vorgesetzter ihn anfunkelte, verbeugte er sich und wiederholte Yins Frage in gebrochenem Englisch. Der bullige General de Silva schien ihn jedenfalls zu verstehen, denn der Schweinehund warf seinen Kopf laut lachend in den Nacken – lachte Admiral Yin ins Gesicht!

Dann trat der philippinische General zu Yins völliger Verblüffung an sein Bett und küßte ihn auf beide Wangen! Während Yin den Mann sprachlos anstarrte, brabbelte General de Silva begeistert etwas Unverständliches.

Yin schüttelte mißtrauisch den Kopf. Sie mußten ihm Morphium gespritzt haben. Oder eine bewußtseinsverändernde Droge. Irgendwas stimmte hier nicht.

Korvettenkapitän Tran erriet, was er dachte. »Die Sachlage ist anders, als Sie denken, Genosse Admiral. Wir sind keine Gefangenen dieser Leute – wir sind ihre Befreier und Verbündeten.«

»Was?« fragte der Admiral und setzte sich höher auf. »Was soll das heißen? Ihre Befreier? Aber ...«

»Nach General de Silvas Aussage betrachtet er seine Truppe nicht länger als Teil des philippinischen Militärs«, antwortete Tran. »Er und seine Männer stehen seit vielen Jahren in heimlicher Opposition zu der kapitalistischen und amerikahörigen Regierung in Manila. Sie haben auf eine Gelegenheit dieser Art gewartet, um einen Schlag gegen diese Marionetten der Amerikaner führen zu können. Der General bittet um Ihre Unterstützung, damit er und seine kommunistischen Mitstreiter sich von den restlichen Philippinen lösen und hier auf Palawan einen prokommunistischen Staat ausrufen können.«

Dann beobachteten alle Anwesenden erstaunt, wie de Silva sich die blau-goldenen Schulterstücke der philippinischen Nationalpolizei von der Uniform riß und achtlos zu Boden warf. Einige der Ärzte und Krankenschwestern, die inzwischen hereingekommen waren, wurden bei dieser Demonstration blaß, aber die meisten lächelten zufrieden, und manche applaudierten sogar.

Aber Admiral Yin wollte seinen Augen nicht trauen. Obwohl er wußte, daß ein potentieller Gegner nichts unversucht lassen würde, um Gefangene zu täuschen, damit sie Informationen preisgaben, wirkte dieser General de Silva aufrichtig. Oder war alles nur ein gigantisches Täuschungsmanöver? Yin wandte sich an seinen Schiffsarzt. »Doktor, fragen Sie ihn, was hier vorgeht. Fragen Sie ihn, ob wir unter Drogen gesetzt worden sind. Sagen Sie ihm, daß ich sofort entlassen und zu meiner Besatzung gebracht werden möchte.«

Korvettenkapitän Tran hatte Mühe, sich Gehör zu verschaffen, aber dann gelang es ihm doch, Antworten auf Yins Fragen zu erhalten.

»Genosse Admiral, er sagt, daß er uns und unseren Schiffen freien Abzug zusichert, falls wir dies wünschen«, übersetzte Tran. »Und er sagt, daß die Revolution begonnen hat – und daß Sie der Katalysator für konstruktive Veränderungen hier auf Palawan und vielleicht den gesamten Philippinen sein könnten. Er bietet uns seinen Schutz an, bis wir wieder einsatzbereit sind, und verspricht, daß seine loyalen Streitkräfte gemeinsam mit uns kämpfen werden, um Palawan zu befreien und einen starken, angesehenen kommunistischen Staat zu errichten.«

De Silva fügte etwas hinzu, das Tran ebenfalls übersetzte: »General de Silva unterstellt Ihnen seine Verteidigungskräfte, Genosse Admiral. Sie können frei über ihn und seine Männer verfügen. Aber er bittet Sie, diese Herausforderung anzunehmen, sonst wären Sie persönlich und die Volksrepublik China entehrt ...«

Admiral Yin Po L'un wußte nicht mehr, was er denken sollte. Alles klang irgendwie ... verrückt. Das Ganze mußte ein raffinierter Trick sein. Aber wozu? Der Kommandeur einer ausländischen Miliz legte vor einem Gefangenen die Waffen nieder und forderte ihn dann auf, den Oberbefehl zu übernehmen? Das war absurd.

Yin lehnte sich in die Kissen zurück und versuchte ruhig nachzudenken. Vielleicht wollten sie bloß nicht zugeben, daß sie ihm Drogen verabreicht hatten. Aber was konnte diese ... Schauspielerei bezwecken?

Einige Sekunden lang starrten alle Anwesenden ihn nur an. Als warteten sie auf seine Antwort ...

Er hätte am liebsten den Kopf geschüttelt, um klarer denken zu können. Aber er dachte bereits klar. Und dieser Vorschlag war bizarr. Yin holte tief Luft. Er hatte Kopfschmerzen, aber sonst schien ihm nicht viel zu fehlen. Vielleicht ein paar Prellungen, aber keine Knochenbrüche oder sonstige schweren Verletzungen.

Wenn ihm nichts Wesentliches fehlte ...

War dieser Vorschlag real?

Was dann?

Dieser de Silva schien nicht verrückt zu sein – vielleicht war er wirklich der General, für den er sich ausgab, und meinte seinen Vorschlag ernst. Falls das stimmte ... was für eine Gelegenheit! Die Besetzung einer strategisch wichtigen philippinischen Provinz, ohne einen Schuß abgeben zu müssen – von den schrecklichen Auswirkungen der Atomdetonation einmal abgesehen –, gehörte seit Jahrzehnten zu den Zielen der Volksrepublik China. Damit wäre die Vorherrschaft der Vereinigten Staaten im Pazifik endgültig gebrochen, und China würde das gesamte Südchinesische Meer und den größten Teil des Ostpazifiks kontrollieren ...

Und Admiral Yin Po L'un würde ein Held sein.

Aber das war verrückt. Völlig verrückt! Dieser Clown, der sich als General ausgab, tickte bestimmt nicht ganz richtig. Waren die Philippinen nicht voller sogenannter Revolutionäre, die sich der Revolution nur lange genug verschrieben, bis sie ein paar Dollar ergaunert hatten, bevor sie wieder im Dschungel untertauchten? Es wäre eine Schande gewesen, mit diesem Wirrkopf gemeinsame Sache zu machen.

»Sagen Sie ihm, ich wünsche, daß meine Offiziere sofort an Bord der *Hong Lung* gebracht werden«, wies Yin seinen Schiffsarzt an. »Außerdem sollen meine Besatzungen schnellstens wieder an Bord der Schiffe gehen dürfen. Erklären Sie ihm, daß ich seine Revolution voll und ganz unterstütze, aber mich zuerst um meine Schiffsbesatzungen kümmern muß. Erzählen Sie ihm meinetwegen alles, was er hören will – solange wir nur freikommen und wieder an Bord gehen dürfen.«

Tran nickte und begann, mit de Silva zu sprechen – zuerst langsam und stockend, dann allmählich flüssiger. Dabei schien er alle Register zu ziehen, und der General hing buchstäblich an seinen Lippen. Schließlich verbeugten sich Tran und de Silva, der etwas enttäuscht, aber trotzdem entschlossen wirkte, lächelnd.

»General de Silva sagt, daß er Ihr Pflichtbewußtsein bewundert«, berichtete Tran hörbar erleichtert. »Er ist bereit, uns an Bord bringen und die überlebenden Offiziere zusammenholen zu lassen.«

Yin rang sich ein Lächeln ab und streckte seine Hand aus, die der General ergriff, als habe Yin ihm soeben die Kronjuwelen angeboten. »Sagen Sie ihm, daß er als leuchtendes Beispiel eines großen kommunistischen Führers in die Geschichte eingehen wird«, forderte er Tran ungeduldig auf. »Und danach bitten Sie ihn, meine Kommandanten herbringen zu lassen, damit ich mit ihnen ...«

Plötzlich wurden im Korridor Stimmen laut, und eine neue Gruppe von Männern drängte sich in Yins Krankenzimmer. Einige von ihnen trugen Pistolen am Gürtel und hielten Handfunkgeräte sprechbereit – Leibwächter oder Geheimdienstagenten, dachte der chinesische Admiral. Nun, er hatte also recht gehabt: Dieser Raum wurde abgehört, und da der philippinische Geheimdienst erkannt hatte, daß er nicht mitmachen und versuchen würde, mit de Silvas Hilfe zu flüchten oder seine Revolte zu unterstützen, sollte er jetzt als Staatsfeind verhaftet und ins Gefängnis gekarrt werden ...

Dann teilte sich die Mauer aus Gaffern und Geheimdienstagenten plötzlich und gab Yin den Blick auf einen großen, jungen, gutaussehenden Mann mit hellem Teint, Menjoubärtchen und sorgfältig gestylten dunklen Locken frei. Die Ärzte und Krankenschwestern, die jetzt von den Bewaffneten zurückgedrängt wurden, starrten ihn an, als sei er eine auf die Erde herabgestiegene Gottheit. General de Silva sprach längere Zeit mit dem Mann, der sehr gut mit ihm befreundet zu sein schien.

Schließlich trat der Mann mit verschränkten Armen an Yins Bett, nickte Korvettenkapitän Tran lächelnd zu und sagte in recht gutem Chinesisch: »Willkommen, Admiral.«

Yin war wider Willen beeindruckt. »Danke, aber mit wem habe ich das Vergnügen?«

»Ich bin Daniel Francisco Teguina, der Erste Vizepräsident der philippinischen Republik. Admiral Yin Po L'un, ich heiße Sie in Palawan willkommen.«

Der Erste Vizepräsident! sagte sich Yin. Nun, diese Sache wird allmählich höchst interessant – falls der Mann wirklich das ist, wofür er sich ausgibt. »Bin ich Ihr Gefangener, Genosse Vizepräsident?«

»Nein«, antwortete Teguina. »Sie sind mein Gast und werden willkommen geheißen.«

»Als siegreicher Held?«

Teguina sah sich rasch nach den Ärzten und Krankenschwestern um, die von seinen Leuten aus dem Zimmer gedrängt wurden, wechselte einen Blick mit de Silva und wandte sich wieder an Yin. »Wenn Sie sich stark genug fühlen, Admiral, sollten wir darüber reden«, antwortete er.

»Ich rede über nichts, bevor ich nicht wieder mit meinen Offizieren zusammen bin und mir von ihnen Bericht über meine Schiffe und Besatzungen erstatten lassen kann«, sagte Yin abwehrend. Dieser Satz war offenbar zu kompliziert für Teguina, der den Kopf schüttelte, so daß Yin Korvettenkapitän Tran ein Zeichen machte, er solle das Gesagte übersetzen.

»Sie bekommen alles, was Sie wünschen, Admiral Yin«, versprach Teguina ihm. Seine Zähne blitzten weiß, als er lächelte. »Danach reden wir über die Zukunft der Philippinen – und *unsere* Zukunft.«

6

Konferenzraum der Vereinten Stabschefs im Pentagon
Mittwoch, 28. September 1994, 07.30 Uhr Ortszeit

General Wilbur Curtis und die übrigen Mitglieder der Vereinten Stabschefs saßen im Pentagon an ihrem dreieckigen Konferenztisch und hörten zu, während Kapitän zur See Rebecca Rodgers den morgendlichen Lagebericht erstattete.

Seit der Detonation einer Atomwaffe war die Lage unübersichtlich geblieben. Abgesehen von der Tatsache, daß wenigstens keine *weiteren* Atomwaffen eingesetzt worden waren, hatte sie sich eher noch verschlechtert.

»Die chinesische Regierung bestreitet nach wie vor, Kenntnis von der Atomexplosion zu haben, und lehnt jegliche Verantwortung dafür ab«, berichtete Rodgers. »Nach offizieller Darstellung aus Peking sind chinesische Kriegsschiffe grundlos von philippinischen Schiffen und Flugzeugen angegriffen worden, wobei eine F-4E das chinesische Flaggschiff vor der Detonation in der Nähe des Nullpunkts angegriffen hat. Ministerpräsident Cheung bestreitet, daß chinesische Kriegsschiffe Nuklearwaffen an Bord haben, und macht darauf aufmerksam, daß auf mehreren damals amerikanischen Stützpunkten auf den Philippinen Atomwaffen gelagert sind ...«

»Unsinn!« sagte Luftwaffengeneral Falmouth laut. »Die haben wir schon vor Jahren abtransportiert.«

»Ich weiß, Bill, ich weiß«, bestätigte Curtis. »Das können wir durch Inspektionsberichte der Vereinten Nationen und eines START-Teams der Russen belegen, und der Präsident wird die Berichte bald zur Veröffentlichung freigeben. Lassen Sie Kapitän Rodgers ausreden.«

Rebecca Rodgers fuhr fort. »Die ASEAN, die Association of South East Asian Nations, mit den Philippinen, Brunei,

Thailand, Indonesien, Singapur, Malaysia und seit neuestem auch Vietnam – in Wirklichkeit ein ökonomisch-militärisches Bündnis gegen China –, hat sich noch nicht zu der Katastrophe geäußert. Aber für morgen ist eine Dringlichkeitssitzung nach Singapur einberufen worden, auf der diese Frage erörtert werden soll.«

Die Vereinten Stabschefs waren nicht überrascht, daß China rundweg bestritt, eine Atomwaffe eingesetzt zu haben, aber sie staunten darüber, wie bereitwillig andere – in erster Linie der Präsident und seine Berater – sich vorerst damit abzufinden schienen.

Kapitän Rodgers berichtete weiter. Sie teilte den Vereinten Stabschefs mit, daß die GUS im Rahmen des 1991 geschlossenen START-Vertrags als Reaktion auf die Ausrufung der Verteidigungsstufe drei in den Vereinigten Staaten in Zentralasien sechs mobile ICBM-Bataillone aktiviert hatte. Außerdem hatte die GUS an den Grenzen zu China und zur Mongolei vier Raketenbataillone mit insgesamt vierzig Raketen mobilisiert und drei Atombomberstützpunkte in Alarmbereitschaft versetzt. Trotzdem deutete nichts darauf hin, daß die GUS eine großangelegte Gegenoffensive vorbereitete – zumindest nicht mit Interkontinentalraketen.

Rodgers schaltete auf eine große Chinakarte um. »Die seit achtundvierzig Stunden anhaltenden Spannungen entstehen weiterhin durch die Verstärkung der chinesischen Truppen an den Grenzen zur Mongolei und zu Rußland«, berichtete sie. »Nach chinesischer Darstellung reagiert Peking damit lediglich auf den russischen Aufmarsch.«

General Curtis und die anderen hörten zu, als Kapitän Rodgers die chinesischen Verstärkungen aufzählte: neunzehn aktive Divisionen, vier Reservedivisionen, vierhunderttausend Mann in einem dreitausend Kilometer langen Grenzabschnitt in den nördlichen Provinzen. Dort stationiert waren nun einundzwanzig Infanteriedivisionen, sieben Panzerdivisionen, eine Lenkwaffendivision, vier Luftabwehrdivisionen ...

Den Vereinten Stabschefs war bei diesen Zahlen sichtlich unbehaglich zumute. Kapitän Rodgers sprach von Heeresverbänden, die fast so stark waren wie die amerikanischen und russischen gemeinsam.

General Curtis schüttelte den Kopf. Dreiunddreißig Divisionen – über die Hälfte des chinesischen Heeres, ein Drittel der gesamten chinesischen Streitkräfte –, und was hatte der Präsident der Vereinigten Staaten ihm gegeben?

Zwei Trägerkampfgruppen und die STRATFOR.

Noch schlimmer war, daß der Präsident später ihn und die Vereinten Stabschefs isoliert hatte, indem er darauf bestanden hatte, daß Admiral Stoval, der für den Einsatz im Südchinesischen Meer zuständige Oberbefehlshaber des Pacific Command, dem National Security Council und damit Verteidigungsminister Preston direkt unterstellt wurde.

Rodgers schaltete auf eine Karte des Südchinesischen Meeres um und holte die Spratly-Inseln näher heran.

»Die Chinesen verlegen ihre halbe Flotte in dieses Seegebiet«, stellte Curtis ziemlich besorgt fest. Die anderen murmelten zustimmend. »Kapitän, ich möchte wissen, welche Einheiten sie dorthin verlegen und warum. Und das Außenministerium soll uns schriftlich erläutern, was die philippinische Regierung der chinesischen Kriegsmarine alles gestattet hat. Dieser Aufmarsch wird mir allmählich unbehaglich.«

»Kein Wunder«, knurrte Randolph Cunningham, der Chief of Naval Operations. »Wir haben dort drüben nichts stehen – und das wissen die verdammten Chinesen ganz genau. Sie zünden einen Atomsprengkörper und rücken dann vor, um eine angebliche Bedrohung ihrer Souveränität abzuwehren. Und während sie das Südchinesische Meer unter ihre Kontrolle bringen, sitzen wir hier untätig herum. Das kann nicht gutgehen!«

Er hatte natürlich recht – aber was konnte Curtis dagegen tun?

Die Antwort auf diese Frage erhielt er, als er eine halbe Stunde später wieder in seinem Dienstzimmer saß. Oberst

Andrew Wyatt, sein Adjutant, kam herein und meldete: »Sir, ein Anruf für Sie von General Tyler, dem SAC-Oberbefehlshaber – eine Konferenzschaltung.«

»Konferenz? Mit wem?«

»General Elliott und einem Dr. Jon Masters ...«

Elliott? Curtis mußte unwillkürlich lächeln. Er hatte Elliott schon seit Monaten nicht mehr gesehen, obwohl der General zu seinen Favoriten gehörte. Elliott hatte eine recht bewegte Karriere hinter sich: Stellvertreter des SAC-Oberbefehlshabers, dann HAWC-Direktor, danach Chef der staatlichen Grenzschutztruppe Border Security und seit seinem Rausschmiß wieder HAWC-Direktor.

Und Masters? ... Von der Firma Sky Masters, Inc.? Die mit den NIRTSats?

Curtis ließ sich verbinden. Nach kurzer Begrüßung kam Tyler gleich zur Sache: »General Curtis, wir möchten Ihr Einverständnis zu etwas einholen, das wir voraussichtlich im Südchinesischen Meer brauchen werden.«

General Curtis horchte auf. »Bitte weiter ...«

»Wir möchten das von Dr. Masters entwickelte NIRTSat-Aufklärungssystem in einige meiner Begleitbomber EB-52 Megafortress einbauen, die im Augenblick im Strategic Warfare Center üben. Und wir möchten einige RC-135 der STRATFOR damit ausrüsten. Aber dafür brauchen wir Ihre Genehmigung.«

Curtis dachte an die Besprechung, aus der er gerade kam. Zwei Flugzeugträger zur Abwehr einer möglichen chinesischen Invasion ... Der Präsident hatte der Entsendung der STRATFOR nach Guam zugestimmt. Aber sie mußte die bestmögliche Ausrüstung mitbekommen. »Dr. Masters«, fragte Curtis, »können Sie dieses Aufklärungssystem wirklich in taktische Flugzeuge einbauen?«

»Kein Problem, General«, versicherte Masters ihm selbstbewußt. »Wir können die Megafortress zur tollsten High-Tech-Flugmaschine diesseits von *Krieg der Sterne* machen.«

»Außerdem habe ich einen Bomber B-2 Black Knight, der auch so, aber mit noch mehr Überraschungen ausgerüstet ist«, sagte Elliott. »Bei Übungen in Jarrels SWC haben sie mit der Air Battle Force mehrmals Katz und Maus gespielt, und falls wir auf den Philippinen gegen die Chinesen antreten müssen, können Sie sie bestimmt brauchen.«

Curtis grinste. »Einverstanden, altes Schlachtroß. Damit ist für mich der Tag gerettet.«

Präsidentenpalast, Manila
Donnerstag, 29. September 1994, 22.12 Uhr Ortszeit

Daniel Teguina wurde von einem Offizier der Präsidentengarde bis vor die Tür von Mikasos Amtszimmer begleitet. Dort rückte Teguina seine Krawatte zurecht, nahm die Schultern zurück, räusperte sich halblaut und klopfte an. Auf ein knappes »Herein!« betrat er den Raum.

Teguina baute sich vor dem Schreibtisch in der Raummitte auf und wartete ungeduldig, während Mikaso weiterarbeitete. Alles in dem luftigen, fast saalgroßen Raum war bäurisch schlicht – der Präsident begnügte sich mit handgewebten Wandteppichen, einfachen Holzmöbeln und Wandregalen für seine riesige Bibliothek. In dieser schlichten Umgebung konnte er am besten arbeiten. Seht ihn euch bloß an! dachte Teguina. Ein alter Mann, der so tut, als halte er die Zügel in der Hand. Darüber hätte Teguina am liebsten laut gelacht. Nach der Atomexplosion in der Palawan-Straße war eine Panikwelle über die Inseln hinweggebrandet. Hier in Manila waren Unruhen ausgebrochen, die das Militär kaum unterdrücken konnte, und der Präsidentenpalast war von Tausenden von Bürgern und rebellierenden Truppenteilen, die Teguina treu ergeben waren, belagert worden. Nein, der alte Mann hielt die Zügel längst nicht mehr in der Hand, und Daniel Teguina war entschlossen, das schon ausgebrochene Chaos noch zu vergrößern.

»Was haben Sie zu berichten, Daniel?« fragte der Präsident schließlich. Teguina musterte den Alten mit zusammengekniffenen Augen und fühlte Wut und Neid in sich aufsteigen. Am Revers seiner braunen Anzugjacke trug Mikaso die kleine Ausführung des philippinischen Ehrenzeichens. Teguina wußte, daß viele seiner Landsleute beeindruckt waren, wenn sie im Fernsehen diesen Orden – die höchste militärische Auszeichnung für einen Zivilisten – an seinem Revers erkannten. Er selbst war bisher nicht einmal dafür vorgeschlagen worden. »Ich habe nichts zu berichten«, antwortete er verlegen.

»Sie sind zwei Tage in Palawan gewesen und haben sich in dieser Zeit so gut wie nie mit meinem Stab in Verbindung gesetzt«, stellte Mikaso fest. »Trotzdem sehe ich Leitartikel und Zeitungsmeldungen, in denen die Vereinigten Staaten und das Militär für die Atomexplosion verantwortlich gemacht werden und die chinesische Kriegsmarine für ihre Rettungsmaßnahmen gelobt wird. Offiziell habe ich davon noch nichts erfahren – die Nachrichtenverbindungen nach Palawan sind weiterhin unterbrochen. Was haben Sie mir also zu berichten?«

»Ich habe nicht gewußt, daß ich ...«

»Ich habe erfahren, daß Sie dem Militärpersonal in Puerta Princesa befohlen haben, sich der Provinzpolizei zu ergeben, und die Schließung der Flugplätze Puerta Princesa und Buenavista angeordnet haben«, unterbrach Mikaso ihn. »Mir lagen Berichte vor, daß chinesische Vorpostenboote in Puerta Princesa, Buenavista, Teneguiban und Araceli gesehen worden sind und chinesische Kriegsschiffe die Cuyo-West-Passage und sogar die Mindoro-Straße kontrollieren. Ich höre den Pöbel auf der Straße rufen, daß Sie mir vorwerfen, unser Land verraten zu haben. Stimmt das alles?«

»Unsere Kriegsmarine ist schwer dezimiert«, sagte Teguina mit ernster Miene. »Die chinesischen Vorpostenboote sind der Provinzpolizei freundlicherweise zur Verfügung gestellt worden, damit in Palawan Ruhe und Ordnung wiederhergestellt werden können ...«

»Wird die Provinzpolizei dabei von unseren Streitkräften unterstützt?«

»Im Augenblick nicht«, gab Teguina zu. »Wie meine Recherchen mit Hilfe von Fachleuten ergeben haben, ist vor Palawan eine amerikanische Atombombe B-43 detoniert«, behauptete er. »Die chinesischen Schiffe sind von einem Jagdbomber F-4E unserer Luftwaffe überraschend mit dieser amerikanischen Bombe angegriffen worden. Die im Sold der amerikanischen CIA stehende Jabo-Besatzung hat mit dem heimtückischen Überfall ein chinesisches und mehrere eigene Kriegsschiffe vernichtet.

Da noch nicht genau feststeht, wer für diesen Angriff auf eine chinesische Flottille verantwortlich ist, habe ich's für besser gehalten, sämtliche Polizei- und Militäraufgaben der Provinzpolizei zu übertragen und alle militärischen Operationen einstellen zu lassen, bis die Ermittlungen in dieser Sache abgeschlossen sind.«

»General de Silva befehligt jetzt alle bewaffneten Kräfte auf Palawan?« fragte Mikaso erstaunt. Er lehnte sich zurück und musterte Teguina. »Ich verstehe«, sagte er dann. »Hat's Widerstand gegeben, als der Luftwaffenstützpunkt von Provinzpolizei und chinesischen Truppen besetzt werden sollte?«

Teguina bekam große Augen, als Mikaso den Einsatz chinesischer Truppen bei diesem Unternehmen ansprach; dann wurde ihm klar, daß es ein Fehler gewesen war, sich seine Überraschung anmerken zu lassen. Ob Mikaso darüber aus erster Hand informiert gewesen war oder diese Tatsache nur vermutet hatte, spielte keine Rolle mehr – jetzt wußte er's jedenfalls.

»Die Verräter haben kurz Widerstand geleistet, sind dann aber geflüchtet, wie es Feiglinge immer tun, wenn ihnen legitime Kräfte gegenüberstehen«, antwortete Teguina. »Die Chinesen haben lediglich den Truppentransport nach Puerta Princesa durchgeführt. Dabei haben sie sich verteidigen müssen, wobei sie dankenswerterweise auch den Schutz von

Einheiten der Provinzpolizei übernommen haben. Wir sind dem Himmel dankbar gewesen, daß die Rebellen keine zweite Atombombe auf uns abgeworfen haben.«

»Ich möchte dem Ersten Vizepräsidenten eine einfache Frage stellen«, sagte Mikaso. Um seine Mundwinkel spielte die Andeutung eines Lächelns. »Erwarten Sie wirklich, daß unsere Landsleute Ihnen dieses Märchen abnehmen? Die Chinesen sollen unschuldige Opfer einer philippinischen Aggression gewesen sein ... sie sollen dankenswerterweise ihre Kriegsschiffe zur Verfügung gestellt haben ... sie sollen sich nur verteidigt haben, als sie Puerta Princesa eingenommen haben? Erwarten Sie wirklich, daß die Öffentlichkeit Ihnen glaubt, die Chinesen seien plötzlich unsere zuverlässigen Verbündeten geworden, nur um die bösen, korrupten Regierungstruppen abzuwehren und Ihre eigene kommunistische Marionette an die Macht zu bringen?«

»Sie wird's glauben, Mikaso«, antwortete Teguina langsam, »weil ... Sie's ihr erzählen werden.«

»Ich?« fragte der Präsident mit verächtlichem Lachen. »Ich soll meine Heimat nur wegen Ihrer Drohungen und eines an meinen Kopf gesetzten chinesischen Gewehrs verraten? Das glauben Sie doch selbst nicht!«

»Mit dem amerikanischen Marionettenregime auf den Philippinen ist's vorbei, Mikaso ...«

»Nein, da irren Sie sich. Ich kenne Sie, Daniel. Ich bin nicht der gebrechliche alte Trottel, die weißhaarige, senile Repräsentationsfigur, für die Sie mich immer gehalten haben. Ich habe Sie zum Vizepräsidenten ernannt, weil Ihre feurigen Reden, Ihre sozialistischen Utopien das politische Bewußtsein vieler Menschen geweckt haben, die sich früher nie sonderlich für Innenpolitik interessiert haben.«

»Ohne meine Unterstützung wären Sie nie Präsident geworden!« knurrte Teguina.

»Ganz recht, Daniel, völlig richtig«, gab Mikaso zu. »Und Sie kommen ohne *mich* nicht zum Erfolg. Ich weiß, wie wichtig eine Koalitionsregierung ist, und ich weiß, daß es hierzulande starke Kräfte gibt, die politische Veränderungen wollen. Ich bin bereit gewesen, die Opposition an der Regierungsverantwortung teilhaben zu lassen, um unser Land nach dem Abzug der Amerikaner gemeinsam in eine neue Zukunft zu führen.

Dieser Weg steht natürlich auch Ihnen offen, Daniel. Wollen Sie Veränderungen durchsetzen, muß Ihre Nationale Demokratische Front eine eigene Koalition bilden und die nächste Wahl gewinnen. Wenn Sie das wollen, kann Ihre Partei danach den Verteidigungsetat zugunsten sozialer Leistungen kürzen. Sie sind unser Erster Vizepräsident. In dieser Position besitzen Sie beträchtliche politische Macht – vielleicht mehr, als Ihr von wirren Ideen blockierter Verstand im Augenblick erkennt.

Aber ... wenn Sie mit fremder Hilfe eine demokratisch gewählte Regierung stürzen und die Nationalversammlung auflösen, werden Sie von der ganzen Welt gefürchtet und von unserer eigenen Bevölkerung verurteilt. Und wenn Sie danach das Staatsvermögen plündern, im Präsidentenpalast ein Luxusleben führen und unser Land in einen Bürgerkrieg stürzen, erleiden Sie eines Tages Ihre endgültige Niederlage. Hinter irgendeiner Ecke lauert immer jemand mit einer größeren Waffe und einer größeren Armee ...«

Teguina beugte sich über den Schreibtisch, packte Mikaso an den Aufschlägen seiner Jacke und fauchte: »Ihre korrupte Regierung hat ausgedient, Alter!« Dann stieß er den Präsidenten in seinen Sessel zurück und rief laut: »Admiral! Sie können reinkommen!«

Mikaso saß wie vor den Kopf geschlagen da, als plötzlich etwa fünfzig chinesische Soldaten in sein Amtszimmer stürmten. Sie brachten mehrere Soldaten der Palastgarde mit, die gezwungen worden waren, die Leichen zweier erschossener Kameraden mitzuschleppen. Ihnen folgte ein etwa sechzigjähriger chinesischer Seeoffizier, der zu seiner weißen Uniform eine blaue kugelsichere Weste, einen Stahlhelm und eine Pistole trug. Begleitet wurde er zu Mikasos völliger Überraschung von Dong Den Kim, dem Botschafter der Volksrepublik China, der verlegen wegsah und Mikasos Blick nicht erwidern wollte. Hinter den beiden tauchten mehrere Minister auf, die fast alle der Nationalen Demokratischen Front angehörten – aber auch Eduardo Friscino, der Innenminister.

»Dies ist der neue Gouverneur der Volksrepublik Sulu-Inseln«, erklärte Teguina Mikaso, wobei er auf Friscino deutete. »Er hat Ihre vergeblichen Bemühungen verfolgt, die Philippinen wieder unter amerikanische Diktatur zu bringen, und sich mit mir zusammengeschlossen, um einen besseren Staat zu errichten – mit gleichberechtigten, weitgehend selbständigen Provinzen, die zum Wohle aller einen Staatenbund bilden.«

Mikaso starrte Friscino ungläubig an. »Eduardo ...«

Friscino sah aus wie ein geprügelter Hund. Obwohl die Soldaten ihm den Rücken hätten stärken sollen, hatte er von Anfang an den Kopf hängen lassen; unter Mikasos vorwurfsvollem Blick wäre er offenbar am liebsten im Boden versunken. Aber er schwieg hartnäckig.

»Wegen der politischen und kulturellen Unterschiede zwischen der Nordinsel und den südlichen Inseln«, fuhr Teguina fort, »habe ich mich für eine Föderation aus Provinzen entschieden, die selbständig, aber sehr eng mit dem Norden verbündet sein werden. Unter meiner Führung bilden Luzon und die Sibuyan-Inseln die Demokratische Föderation Aguinaldo, deren Schutz loyale Truppen und in die Miliz übernommene Einheiten der Neuen Volksarmee sicherstellen werden. Palawan, Mindanao und der Sulu-Archipel werden als Volksrepublik Sulu-Inseln vereinigt. Ist der geplante Zusammenschluß später vollzogen, erhält der neue Staatenbund den Namen Demokratische Republik Aguinaldo.«

»Daniel, das schaffen Sie nicht!« sagte Mikaso eindringlich. »Samar und die Provinz Mindanao machen bei Ihrer Revolution nicht mit – sie setzen sich gegen diese Annexion zur Wehr, kämpfen um ihre Selbständigkeit und sagen sich von den Philippinen los, bevor sie ...«

»Ja, Vizepräsident Samar macht Schwierigkeiten«, gab Teguina zu. »Aber sobald die Stadt Davao gefallen ist, gehört auch Mindanao uns.«

Mikaso lehnte sich in seinen Sessel zurück und versuchte zu begreifen, was Teguina ausgeführt hatte. Ein aberwitziges Vorhaben! Teguina wollte die Atomexplosion zu einem Staatsstreich nutzen. Mikasos Heimat – die Nation, die er liebte, der er diente – zerfiel vor seinen Augen. Sogar ihre Staatsform würde abgeschafft werden. Dagegen mußte er kämpfen, mußte auf Zeitgewinn spielen...

... mußte Teguina stoppen.

Aber dazu brauchte er vor allem Zeit.

»Daniel«, fragte Mikaso, »was ist mit diesen chinesischen Soldaten hier? Welche Rolle spielen sie in Ihrem Plan?«

»Freut mich, daß Sie das fragen, Mikaso«, antwortete Teguina selbstbewußt. Er zeigte auf den Offizier mit Stahlhelm und kugelsicherer Weste. »Das ist Admiral Yin Po L'un, der Befehlshaber der Flottille, die Ihre verräterischen Soldaten vor drei Nächten mit Bomben und Bordwaffen überfallen haben. Aus kommunistischer Solidarität ist er bereit – mit voller Rückendeckung der chinesischen Führung, die uns Botschafter Dong aus Peking übermittelt hat –, mich beim Aufbau der neuen Föderation zu unterstützen.

Dafür habe ich der Volksrepublik China gegenüber auf unsere illegalen Ansprüche auf die Spratly-Inseln verzichtet. Außerdem habe ich ihren Streitkräften die Benutzung unserer Häfen auf Palawan und – sobald die Rebellen eliminiert sind – des Marinestützpunkts Zamboanga sowie der Flugplätze Cebu und Davao gestattet. Darüber hinaus erhalten sie Zugang zu den ehemaligen amerikanischen Militärstützpunkten Subic Bay und Angeles...«

»Sie überlassen den Chinesen *vier* Stützpunkte?« ächzte Mikaso ungläubig. »Sie sind verrückt, Teguina! Das läßt unser Volk nicht zu... gegen solche Vorherrschaft steht die ganze *Welt* auf!«

»Die Vorbereitungen zur Übergabe laufen bereits, Mikaso«, erklärte ihm Teguina.

»Nicht mit mir!« sagte Mikaso und griff nach der Pistole, die seit Jahren in einer Schublade seines Schreibtischs lag.

Aber sein Entschluß kam zu spät.

Ein halbes Dutzend Schnellfeuergewehre des Typs 56, eines Nachbaus des sowjetischen Sturmgewehrs AK-47, richteten sich auf ihn. Dann drückte einer der Soldaten ab. Sein Feuerstoß traf Mikaso, der über dem Schreibtisch zusammensackte, bevor er langsam zu Boden rutschte.

Teguina stand wie vor den Kopf geschlagen da und starrte den ermordeten Präsidenten an. Er hatte Mikaso nie liquidieren, sondern nur verhaften und festsetzen wollen. Während er weiter den Toten anstarrte, merkte er, daß er keuchend atmete. Dann fühlte er eine Hand auf seiner Schulter.

»Genosse Präsident …«, sagte Admiral Yin mit schwachem Lächeln.

Diese Anrede hatte Teguina noch nie gehört. Erst allmählich wurde ihm klar, daß Yin recht hatte. Binnen weniger Sekunden war er der neue Präsident der Republik der Philippinen geworden … nein, der Präsident der Demokratischen Republik Aguinaldo. Dieser Titel gefiel ihm: Präsident der Demokratischen Republik Aguinaldo. Der Name erinnerte an die glorreichen Zeiten des Revolutionärs Emilio Aguinaldo, der im philippinischen Freiheitskampf den Großmächten Spanien und Amerika getrotzt hatte. Demokratische Republik Aguinaldo – ein zündender Name, ein Schlachtruf für eine neue Nation!

Der Tote in dem braunen Anzug war hastig mit einem Tischtuch bedeckt worden und wurde von chinesischen Soldaten hinausgetragen. »Halt!« rief Teguina. »Ich will den Orden!« Er faßte an sein Revers und zeigte dann auf den Toten. Ein chinesischer Offizier ging hinaus und kam Sekunden später mit dem philippinischen Ehrenzeichen zurück. Teguina sah dunkle Flecken an den Fingern des Offiziers, aber er ignorierte sie, während er sich den Orden ansteckte. Die Tür des

Amtszimmers des Präsidenten wurde von chinesischen Soldaten geschlossen, und Daniel Francisco Teguina machte sich daran, die wichtigen nächsten Schritte zur Konsolidierung der neugewonnenen Macht zu planen.

Oval Office, Weißes Haus, Washington, D.C.
Mittwoch, 28. September 1994, 10.35 Uhr Ortszeit

Als die Besucher hereingeführt wurden, saß der Präsident an seinem Schreibtisch und starrte durch die Panzerglasscheibe eines der Fenster in den Rosengarten hinaus. Er drehte sich nicht einmal nach ihnen um. Seine Gedanken kreisten um persönlichere Dinge als das Thema, das diese Gentlemen mit ihm zu besprechen hatten. Außenminister Dennis Danahall und Paul Cesare, der Stabschef des Weißen Hauses, standen neben seinem Schreibtisch.

Die Sekretärin des Präsidenten führte General Curtis herein. Curtis war zu einer Besprechung mit dem Präsidenten und dem National Security Council herbestellt worden.

»Sir ...«, sagte Curtis, als die Sekretärin die Tür hinter ihm geschlossen hatte, damit der Präsident wußte, daß er anwesend war.

Der Präsident schwieg zunächst; dann drehte er sich endlich um und holte tief Luft. »Arturo Mikaso ist wahrscheinlich tot«, sagte er.

Curtis starrte ihn an. »Was? Mikaso tot?«

»Eine Bestätigung liegt noch nicht vor«, stellte Danahall fest, »aber wir haben vor einigen Minuten eine Mitteilung des britischen Geheimdiensts bekommen, der eine Quelle im Präsidentenpalast hat. Mikaso soll vor etwa einer Stunde erschossen worden sein, als chinesische Truppen den Palast besetzt haben. Auch einige Minister, fast der ganze Stab Mikasos und die meisten Soldaten seiner Leibwache sollen erschossen worden sein.«

»Mikaso könnte noch am Leben sein.« Der Präsident seufzte. »Aber ich glaub's nicht.«

»Was ist mit den Chinesen?« fragte Curtis. »Unterstützen sie den Staatsstreich?«

»Die Chinesen haben nicht nur Militärstützpunkte auf Palawan, sondern die ganze Insel besetzt und von Teguina die Erlaubnis erhalten, vier weitere Einrichtungen im Süden zu nutzen«, sagte Verteidigungsminister Preston. »In der Hauptstadt stehen bereits chinesische Infanterie- und Panzerverbände, um die Aufständischen zu unterstützen.«

Curtis, der den Präsidenten beobachtete, konnte sich vorstellen, was in ihm vorging. Präsident Taylor und Mikaso waren trotz des erzwungenen Abzugs der Amerikaner Freunde geblieben, und der Präsident hatte sich wiederholt verpflichtet, weiter seine schützende Hand über Mikaso und seinen Inselstaat zu halten. Für Taylor mußte die Meldung von seiner Ermordung ein schwerer Schlag gewesen sein. »Mr. President, ich kann nur sagen, daß ich ...«

»Den restlichen NSC oder das Kabinett habe ich noch nicht informiert«, sagte der Präsident leise. »Verdammt, das hätte ich ahnen müssen! Ich hätte erkennen müssen, daß Arturo von Anfang an gefährdet gewesen ist ...« Er drehte sich nach seinen Beratern um. »Okay, was, zum Teufel, machen wir jetzt?«

»Die Chinesen haben den Flughafen abgeriegelt«, berichtete Danahall. »Also können wir keine Amerikaner mehr aus Manila evakuieren. Wir sollten fordern, daß alle Abreisewilligen ungehindert das Land verlassen dürfen.«

»Ja, unbedingt ... kümmern Sie sich sofort darum«, stimmte der Präsident zu. Er runzelte die Stirn. »Was ist mit unseren Flugzeugträgern? Sind sie jetzt durch die Chinesen gefährdet?«

»Ich denke, daß sie sich gegen alle Angriffe von Schiffen und U-Booten verteidigen können«, antwortete General Curtis. »Die Hauptgefahr dürfte von landgestützten Fernbombern oder Marschflugkörpern ausgehen, und wir müssen den Umfang dieser Bedrohung ermitteln, bevor wir Schiffe ins dortige

Seegebiet entsenden. Aber wenn Sie ein offenes Wort gestatten, Sir ... die Hauptfrage ist jetzt, was *Sie* wegen der Chinesen auf den Philippinen unternehmen wollen.«

»Ich will, daß die Chinesen wieder verschwinden«, antwortete der Präsident gereizt. »Ich will, daß in Manila wieder demokratisch regiert wird. Selbstverständlich nehmen wir sofort Verhandlungen mit Ministerpräsident Cheung auf, aber ich will sie dort raushaben – ohne Wenn und Aber.«

»Aber wenn sie von der philippinischen Regierung zum Bleiben aufgefordert werden?« fragte Verteidigungsminister Preston. »Haben wir das Recht, sie dann mit Waffengewalt zu vertreiben? Warum wollen wir sie zum Abzug von den Philippinen zwingen, wenn sie keine direkte Bedrohung für Handel und Verkehr im Südpazifik oder Südostasien darstellen?«

»Was soll das heißen? Natürlich haben wir das *Recht*, sie zum Abzug zu zwingen!« sagte Präsident Taylor. »Sie sind eine destabilisierende Kraft, eine politische und militärische Gefahr für die Demokraten in diesem Gebiet. Ich dachte, darüber seien wir uns einig?«

»Das steht außer Frage«, stimmte Danahall zu. »Ein Kräftegleichgewicht zwischen uns, den Russen und den Chinesen ist die beste Garantie für Stabilität. Stünden wir China allein gegenüber, könnte der kalte Krieg erneut aufflammen.«

»Trotzdem hat Minister Preston recht, Sir«, wandte Curtis ein. »Wir können erst versuchen, die Chinesen wieder zu vertreiben, wenn wir nachweisen, daß ihre Invasion lebenswichtige amerikanische Interessen verletzt – oder daß wir auf Bitten der philippinischen Regierung intervenieren.«

»Wir können den Chinesen durchaus ein Ultimatum stellen«, behauptete Cesare. »Kein Staat darf einfach ein anderes Land besetzen.«

»Richtig, Paul!« sagte der Präsident. »Arturo Mikaso ist unser Freund und Verbündeter gewesen. Er hat sein Leben bestimmt nicht dafür geopfert, daß die Chinesen in seine Hauptstadt marschieren und sein Land besetzen dürfen.«

»Curtis und Preston haben trotzdem recht, Mr. President«, stellte Danahall fest. »Sollte die jetzige Regierung – sogar Teguina – behaupten, sie habe China gebeten, ihr zu helfen, eine Art Aufstand niederzuschlagen, geraten wir in die Defensive. Dann müssen wir der Weltöffentlichkeit erklären, warum wir Truppen entsenden wollen.«

»Wir müssen uns *immer* für alles rechtfertigen«, behauptete Taylor aufgebracht. »Das ist wirklich nichts Neues!«

»Richtig, Mr. President«, sagte Danahall. »Aber wir müssen versuchen, gemeinsam mit anderen Staaten vorzugehen, weil jeder Alleingang als Imperialismus und Neokolonialismus ausgelegt werden könnte. Wir sollten andere interessierte Staaten beteiligen und sie dazu veranlassen, uns um Hilfe zu bitten.«

»Welche denn?«

»Vor allem die ASEAN-Staaten«, antwortete der Außenminister. »Die meisten von ihnen liegen wegen irgendwelcher Gebietsansprüche im Streit mit China – immerhin ist die ASEAN hauptsächlich zur Abwehr chinesischer Expansionsgelüste gegründet worden. Darüber hinaus können wir noch einiges tun, um unsere militärische Position zu stärken, ohne die Chinesen unnötig zu provozieren oder die ASEAN-Staaten gegen uns einzunehmen ...«

»Die Entsendung einer zweiten Trägerkampfgruppe und eines Expeditionskorps der Marine-Infanterie erscheint mir reichlich provokativ«, warf Cesare ein.

»Ich halte diese Maßnahme für gerechtfertigt, nachdem ein nuklear bewaffneter chinesischer Flottenverband im Südchinesischen Meer aufgekreuzt ist«, stellte Curtis fest. »Schließlich ist das eine Bedrohung für alle ASEAN-Staaten. Ebenfalls angemessen wäre die Entsendung der Air Battle Force, um ...«

»Ich will aber keine verdammten B-52 losschicken«, knurrte der Präsident. »Ihr Einsatz würde praktisch signalisieren, daß wir einen nuklearen Schlagabtausch wollen. Warum wollen Sie das nicht begreifen, Curtis?«

»Sir, die größte Gefahr für unsere Trägerkampfgruppen im

Südchinesischen Meer geht von landgestützten Waffensystemen aus«, sagte der General. »Schwere Bomber und Marschflugkörper könnten sie entscheidend dezimieren ...«

»Das haben Sie schon gesagt.«

»Aber das gilt auch für die Chinesen, Sir. Eine B-52-Staffel mit Lenkflugkörpern Harpoon könnte eine halbe chinesische Flotte vernichten – jeder Bomber könnte bei minimalem eigenen Risiko zwei bis vier Schiffe versenken.«

Der Präsident nickte widerstrebend. »Was könnte die Luftwaffe also tun?« fragte er nach kurzer Pause. »Wir haben keine Stützpunkte auf den Philippinen ...«

»Wir würden wie die STRATFOR von Guam aus operieren, Sir«, antwortete Curtis. »Wir würden das erste Geschwader der Air Battle Force entsenden und wären damit für die Verteidigung unserer Verbände und Angriffe auf See- und Bodenziele gerüstet. General Elliott vom HAWC hat mehrere seiner Flugzeuge – einige umgebaute B-52 und eine B-2 Black Knight – mit einem Satelliten-Informationssystem ausgerüstet, das im Ernstfall äußerst wertvoll wäre. Ich bitte um Ihre Erlaubnis, Sir, Elliott und den Stealth-Bomber B-2 unter strikter Geheimhaltung nach Guam zu entsenden, damit das System im Einsatz erprobt werden kann.«

»Elliott?« fragte der Präsident und verdrehte die Augen. »Brad Elliott? Hat er *schon wieder* seine Finger drin?«

Curtis sprach betont ruhig, um ihn nicht noch mehr zu reizen. »Das von seinem Center entwickelte Satellitensystem PACER SKY hat die Aufnahmen des chinesischen Kriegsschiffs gemacht, das den Lenkflugkörper mit Nukleargefechtskopf abgeschossen hat. Dieses Aufklärungssystem soll in alle Flugzeuge der Air Force eingebaut werden ...«

»Aber wozu wollen Sie eine B-2 einsetzen?« fragte der Präsident.

»Die B-2 gehört jetzt zur Air Battle Force, Sir«, erklärte General Curtis ihm. »Außerdem ist diese Maschine der vom HAWC entwickelte Prototyp mit dem erstmals eingebauten

Satellitensystem PACER SKY. Ihre erheblich gesteigerte Leistungsfähigkeit als Aufklärungs- und Überwachungsflugzeug brauchen wir, sobald die Air Battle Force aktiviert wird.«

Der Präsident dachte kurz über diesen Vorschlag nach und schüttelte dann irritiert seufzend den Kopf. »Hören Sie, Wilbur, diese Entscheidung kann ich noch nicht treffen. Sie führen meine bisherigen Weisungen aus und halten mich weiter auf dem laufenden. Über diese Sache muß ich erst nachdenken.«

»Sir, wenn ich noch einen Vorschlag machen dürfte...«

»Nicht *jetzt,* Wilbur. Ich danke Ihnen.«

Die Besprechung war definitiv zu Ende.

Amtssitz des Ministerpräsidenten, Baiyunguan-Terrasse
Peking, Volksrepublik China
Donnerstag, 29. September 1994, 06.02 Uhr Ortszeit

Die Straßen waren noch verhältnismäßig menschenleer, als die schwarze Limousine in hohem Tempo die Shilibao-Avenue hinunter nach Westen fuhr, am Tien'anmen-Platz nach Norden abbog und dann die Baiyunguan-Terrasse erreichte. Der Amtssitz des Ministerpräsidenten lag in einem speziell für die chinesische Staatsführung errichteten Wohnkomplex mit sanft gewellten Hügeln, Parks und Tempeln. Am Tor stand ein unbewaffneter Uniformierter, der Touristen bereitwillig den gesamten Komplex erklärte und ihnen sogar anbot, sie davor zu fotografieren. Bewacht wurde das etwa fünfzehn Hektar große Gelände hinter der engen Durchfahrt jedoch von dreitausend schwerbewaffneten Soldaten, die Ministerpräsident Cheung Yat Sing persönlich ausgesucht hatte.

Nach der Kontrolle am Tor fuhr die schwarze Limousine auf einer zwischen malerischen Trauerweiden und makellos sauberen Gehwegen ansteigenden Straße zu einem zentralen Gebäudekomplex mit der Residenz von Ministerpräsident Cheung hinauf. Sie hielt unter einem langen Vordach, und ihre beiden Insassen hasteten in die Eingangshalle. Hätten sie sich Zeit für einen Rundblick genommen, hätten sie eine der schönsten Aussichten auf Peking bewundern können. Aber sie wurden rasch hineinbegleitet, weil Ministerpräsident Cheung sie in seinem Arbeitszimmer erwartete.

Leing Yee Tag, der vietnamesische Botschafter in Peking, hatte kaum Zeit, seine Schuhe abzustreifen, als schon Ministerpräsident Cheung in Begleitung einiger Kabinettsmitglieder eintrat. Das war höchst ungewöhnlich, denn im allgemeinen empfing Cheung niemals gewöhnliche Botschafter, sondern nur Staatsoberhäupter und einzelne wichtige Minister, Leing wartete, bis er seinen Platz in der Mitte des langen Tischs mit Granitplatte eingenommen hatte, verbeugte sich dann tief und trat näher. Cheung forderte ihn mit einer knappen Handbewegung auf, Platz zu nehmen, und Leing setzte sich. Sein Dolmetscher blieb neben ihm stehen.

Selbst für einen chinesischen Politiker war Cheung uralt, unglaublich alt. Der einundneunzigjährige Mann an der Spitze des volkreichsten Staats der Welt konnte noch recht gut gehen, obwohl zwei bullige Marine-Infanteristen bereitstanden, um ihm beim Hinsetzen und Aufstehen zu helfen. Sein schwarzes Haar war offensichtlich auf Drängen seiner Berater oder aus persönlicher Eitelkeit gefärbt, aber das von tiefen Runzeln durchzogene Gesicht und die arthritisch verkrümmten Hände verrieten sein wahres Alter. Nur seine Augen waren nicht die eines Greises – Cheungs Blick war noch immer klar, noch immer beweglich, noch immer hellwach.

Trotz anderslautender Gerüchte schien der Alte das Steuer des Staatsschiffs weiter fest in den Händen zu halten ...

Andererseits weckte ein rascher Blick in die Runde gewisse Zweifel in Leing. Die Minister für Äußeres, Justiz und Außenhandel waren anwesend, aber statt der Minister für Inneres, Finanzen, Verteidigung und Industrie waren ihre militärischen Vertreter erschienen. Hier war keine Zivilregierung, sondern ein Militärtribunal versammelt.

Und Leing kannte natürlich den Oberbefehlshaber der Volksbefreiungsarmee, Generaloberst Chin Po Zihong. Für einen chinesischen Spitzenfunktionär war Chin jung – siebenundsechzig, wenn Leing sich recht erinnerte –, aber er wirkte mindestens zehn Jahre jünger. Er war ein kleiner, stämmiger, schwarzhaariger Mongole, bei dem einem sofort die Mongolenhorden einfielen, die vor Jahrhunderten in Asien und Europa Angst und Schrecken verbreitet hatten. Im Gegensatz zu den meisten hohen Offizieren trug Chin keine Auszeichnungen an seiner schlichten grauen Uniform. Er brauchte keine Ordensbänder, um anderen seine Macht und Autorität zu beweisen.

Cheung sprach, und der Dolmetscher übersetzte: »Der Ministerpräsident entbietet dem Genossen Leing die Grüße seiner Regierung. Der Ministerpräsident erkundigt sich, ob er etwas tun kann, um das Wohlbefinden des Botschafters der Republik Vietnam zu steigern.« »Nichts, Genosse Ministerpräsident«, antwortete Leing lächelnd. »Ich danke Ihnen für Ihr freundliches Angebot. Auch ich darf die Grüße der Republik Vietnam überbringen.« Cheung verbeugte sich leicht, und die zivilen Minister folgten seinem Beispiel, während die Militärs auf diese höfliche Geste verzichteten. Vor allem Chin wirkte wie aus Stein gehauen – unbeweglich und unergründlich.

»Der Ministerpräsident möchte den Botschafter aus Vietnam einladen, an einer Besprechung über die Lage auf den Philippinen und im Südchinesischen Meer teilzunehmen«, übersetzte Leings Dolmetscher. »Generaloberst Chin wird einen ausführlichen Lagebericht geben. Er wird die Ereignisse darstellen, die zum Einsatz chinesischer Streitkräfte im dortigen Gebiet geführt haben, und die weiteren Absichten und Ziele der chinesischen Militärführung erläutern.«

Leing konnte seine Überraschung nur mühsam verbergen. Der Oberbefehlshaber der Volksbefreiungsarmee wollte dem *vietnamesischen* Botschafter den Einsatz seiner Streitkräfte erläutern? Ein erstaunliches Angebot!

In den letzten fünfzig Jahren waren die Beziehungen zwischen China und Vietnam durch ein ständiges Auf und Ab gekennzeichnet gewesen. Beide Staaten waren kommunistische Republiken; die vietnamesische Führungsstruktur war eine verkleinerte Kopie der chinesischen. Beide waren Militärmächte im Pazifik: Vietnam besaß das viertgrößte Heer und die achtgrößte aus kleinen Schiffen bestehende Kriegsmarine der Welt. Aber die von kurzfristigem Vorteilsdenken geprägten politischen Beziehungen zwischen den beiden Staaten waren im allgemeinen bestenfalls stürmisch und schlimmstenfalls kriegerisch gewesen.

Im Augenblick herrschte eine latent feindselige, aber unkriegerische Phase. Die von beiden Staaten erhobenen Besitzansprüche auf die Spratly-Inseln lagen vorerst auf Eis, obwohl sich China in eindeutig besserer Position befand. Im Gegenzug hatte Vietnam sich den ASEAN-Staaten angeschlossen und seine Beziehungen zu Rußland, den Vereinigten Staaten und vielen anderen Staaten verbessert. Der Ende der achtziger Jahre geführte kurze, aber erbitterte Krieg um die Spratly-Inseln war praktisch vergessen, Grenzkonflikte waren seltener geworden, und das Verhältnis zwischen den beiden Staaten war seit einigen Jahren gespannt, aber unblutig. Weshalb hatte China plötzlich das Bedürfnis, Vietnam über sein Eingreifen auf den Philippinen zu informieren?

»Im Namen meiner Regierung nehme ich Ihr großzügiges Angebot dankend an, Genosse Ministerpräsident«, antwortete Leing vorsichtig. »Die jüngsten Vorfälle auf den Philippinen haben in meinem Land große Besorgnis ausgelöst.«

»Ich darf Ihnen versichern, Genosse Botschafter«, lautete die übersetzte Antwort, »daß die Volksrepublik China der Republik Vietnam gegenüber nur freundschaftliche Gefühle hegt. Unsere Streitkräfte werden im fraglichen Gebiet keine vietnamesischen Schiffe oder Einrichtungen gefährden. In dieser Beziehung gebe ich Ihnen mein Wort als Ministerpräsident.«

»Ich danke Ihnen für Ihre Versicherung, Genosse Ministerpräsident«, antwortete Leing mit einem raschen Blick zu Chin hinüber, um zu sehen, ob der General sich ihr anschloß. Das war leider nicht der Fall. »Sie ist wichtig, weil chinesische Kriegsschiffe, die im gesamten Spratly-Archipel patrouillieren, auf Schußweite an vietnamesisch besiedelte Inseln herankommen. Meine Regierung wird erleichtert zur Kenntnis nehmen, daß diese Schiffe keine Bedrohung darstellen.«

Nun ergriff General Chin das Wort, ohne den Ministerpräsidenten um Erlaubnis zu bitten. »Ich versichere Ihnen, daß sich kein chinesisches Schiff den Inseln nähert, die von Vietnam beansprucht werden, oder Schiffe Ihrer Kriegsmarine in irgendeiner Weise stört«, sagte er durch den Dolmetscher. Botschafter Leing nickte knapp. Aber er wußte natürlich, daß diesen beiden Männern nicht zu trauen war, was sie auch sagten. Taten sprachen lauter als Worte, und bisher zeichnete sich ab, daß die chinesische Kriegsmarine auf den Spratlys zu bleiben gedachte.

»Vermute ich also richtig, Genosse General, daß chinesische Kriegsschiffe unter Bruch internationaler Abkommen weiterhin nördlich der neutralen Zone patrouillieren werden?«

»Wir sind von der philippinischen Regierung gebeten worden, ihr bei Fragen nationaler Selbstverteidigung behilflich zu sein«, sagte Chin. »Dazu gehört auch, daß wir ihre Inseln auf Anzeichen für militärische Aktivitäten der Rebellen kontrollieren. Damit wahren wir auch *Ihre* Interessen, weil diese Aktivitäten sich als für alle Staaten gefährlich erwiesen haben.«

Lügen! dachte Leing, während er sich bemühte, weiter ein ausdrucksloses Gesicht zu machen. Alle Welt weiß, daß in der Palawan-Straße eine *chinesische* Atomwaffe detoniert ist. Ob sie wirklich glauben, daß ich ihnen dieses Märchen abnehme?

»Meine Regierung erkennt natürlich an, daß Ihre Ausführungen richtig sind, Genosse General«, antwortete Leing, »aber sie würde es vorziehen, wenn internationale Abkommen strikt eingehalten werden.«

»Die Vertragsbestimmungen sind durch die neueste Entwicklung überholt«, stellte Außenminister Zhou Ti Yanbing fest. »Nach der Atomexplosion waren wir der Ansicht, unsere Seestreitkräfte im Südchinesischen Meer seien erheblich gefährdet und müßten daher verstärkt werden. Gleichzeitig sind wir von der philippinischen Regierung gebeten worden, sie bei der Niederschlagung eines vermuteten Staatsstreichs und der Abwehr von Angriffen rebellierender Truppen zu unterstützen. Das sind die Tatsachen, das ist die Wahrheit.«

Aber nicht die *ganze* Wahrheit, sagte sich Leing. Schließlich hatten die Chinesen die Atomwaffe eingesetzt und stellten dadurch die größte Gefahr für alle benachbarten Staaten dar. Die Entwicklung auf den Philippinen hatte ihnen nur die Chance gegeben, ihre lange gehegten Expansionsträume zu verwirklichen ...

»Inzwischen ist die Situation für uns und die von diesem Vorfall betroffenen Staaten noch labiler geworden«, fuhr Zhou fort. »Wir sind uns darüber im klaren, daß dies neue Prioritäten und neue Bindungen zwischen den beteiligten Staaten erfordert – vor allem zwischen China und Vietnam.«

»An was für Bindungen denken Sie dabei, Genosse Außenminister?«

Zunächst entstand eine Pause, in der Leing die gespannte Atmosphäre zwischen General Chin und Ministerpräsident Cheung wahrnahm. Dann sprach Cheung, und der Dolmetscher übersetzte: »Wir sind bereit, mit der Republik Vietnam einen unwiderruflichen Vertrag zu schließen, der ihr für neunundneunzig Jahre das Recht einräumt, alle Nansha-Inseln zu besetzen und zu verwalten.«

Leing war im ersten Augenblick sprachlos. »Ich ... Genosse Ministerpräsident, wenn Sie Ihren Vorschlag bitte wiederholen würden ...«

General Chin brauste auf, und Cheung fertigte ihn ab, ohne zu ihm hinüberzusehen. »Der General hat Protest angemeldet, aber der Ministerpräsident hat ihm das Wort entzogen«, flüsterte Leings Dolmetscher ihm ins Ohr.

»Sie haben bestimmt richtig gehört, Genosse Botschafter«,

antwortete Außenminister Zhou durch seinen Dolmetscher. »Wir wollen Vietnam die uneingeschränkte Kontrolle über die Nansha-Inseln überlassen. Die Regelung soll zunächst für neunundneunzig Jahre gelten; nach Ablauf dieser Frist ist China bereit, über eine Verlängerung des Vertrags oder die endgültige Überlassung der Inseln an Vietnam zu verhandeln.«

Leing war wie vor den Kopf geschlagen. China betrachtete die Nansha-Inseln, wie die Spratly-Inseln auf Chinesisch hießen, als chinesisches Territorium und hatte seine Besitzansprüche sogar mit Atomwaffen verteidigt. Und jetzt wollte es sie einfach abtreten? Noch dazu an Vietnam, das im Augenblick kein Verbündeter war, sondern eindeutig im Lager der Gegner Chinas stand ...

»Das ist eine höchst unerwartete Entwicklung, Genosse Ministerpräsident«, murmelte Leing schließlich. »Und ein höchst attraktives Angebot. Vermute ich richtig, daß diese Überlassung an Bedingungen geknüpft ist?«

»Ganz recht, Genosse Botschafter«, bestätigte Zhou durch seinen Dolmetscher. »Wir erwarten eine Abstimmung, wenn die Association of South East Asian Nations auf ihrer Konferenz in Singapur über unser Engagement auf den Philippinen diskutiert. Obwohl wir uns bemüht haben, allen beteiligten Staaten zu erläutern, daß wir uns dabei strikt ans Völkerrecht halten, sind wir uns darüber im klaren, daß fremde Mächte versuchen werden, unsere Bemühungen um Wiederherstellung des Friedens in diesem Gebiet zu torpedieren.

China wird keine Gelegenheit erhalten, den Stand der Dinge aus seiner Sicht zu schildern, was eine faire und angemessene Lösung des Konflikts ausschließt. Deshalb ersuchen wir Vietnam, gegen ein Eingreifen der ASEAN auf den Philippinen zu stimmen und auch andere ASEAN-Staaten in diesem Sinne zu beeinflussen. Da ein militärisches Eingreifen oder die Verhängung eines Handelsembargos nur einstimmig beschlossen werden kann, würden durch dieses Abstimmungsverhalten Vietnams schwerwiegende Konsequenzen verhindert.

Sollte Vietnam außerdem bereit sein, uns bei der Verteidigung unseres Rechts, auf den Philippinen zu bleiben, militärisch zu unterstützen, bietet China der Republik Vietnam einen ähnlich langfristigen Vertrag für die westliche Inselgruppe des Xinsha-Archipels an.«

Ein erstaunliches Angebot! China war bereit, Vietnam eine beherrschende Stellung im Südchinesischen Meer einzuräumen, um sich seine Duldung der chinesischen Invasion auf den Philippinen zu erkaufen. Natürlich war das ein ungleicher Handel – die Philippinen waren weit wertvoller als die Spratly- und Paracel-Inseln zusammen –, aber mit Stützpunkten auf den Inseln konnte Vietnam seine Kriegsmarine aufrüsten und damit ganz Südostasien seinen Willen aufzwingen.

»Ich sehe voraus, daß eine Übereinkunft dieser Art Vorwürfe wegen arglistiger Komplizenschaft nach sich ziehen wird«, sagte der Botschafter. Ministerpräsident Cheung verzog keine Miene, aber Leing beobachtete ohnehin General Chin, der sich von einem Vietnamesen bestimmt keine Frechheiten bieten lassen würde. »Aber meine Regierung würde die Rückgabe unserer Inseln Quan Mueng Bang und Phran-Binh mit großer Freude und Dankbarkeit begrüßen.«

Seine List wirkte. Statt die umstrittenen Inseln auf Chinesisch zu benennen, hatte Leing die traditionellen vietnamesischen Namen der Spratly- und Paracel-Inseln benützt. Das brachte General Chin so auf, daß er zu einer wütenden Tirade ansetzte, die sich erst gegen Leing, dann gegen Ministerpräsident Cheung richtete.

»Er sagt, daß das eine verrückte Idee ist, der er nie zustimmen wird, weil Vietnam keinen Anspruch auf diese Inseln hat ...«, flüsterte sein Dolmetscher hastig. »Jetzt sagt er, daß ich den Mund halten soll, sonst ... schneidet er mir ... General Chin ist sehr aufgebracht, Genosse Botschafter. Vielleicht sollten wir lieber gehen ...«

»Nein«, antwortete Leing ebenso leise auf Vietnamesisch. »Hier findet offenbar ein Machtkampf statt. Wir müssen seinen Ausgang beobachten, bevor wir Hanoi von diesem Vorschlag unterrichten können.«

»Das können wir nicht, wenn wir *tot* sind!«

»Sparen Sie sich den Kommentar, und sagen Sie mir, was gesprochen wird«, fauchte Leing.

»Der Ministerpräsident fordert Chin auf, den Mund zu halten ... Chin erklärt dem Außenminister, daß er nicht zulassen wird, daß Vietnam die Spratlys bekommt ... der Ministerpräsident befiehlt erneut Ruhe.« Diesmal schien der Befehl zu wirken, denn Chin hielt den Mund und begnügte sich damit, Leing zornig anzustarren.

Ministerpräsident Cheung ergriff das Wort. »Bitte übermitteln Sie unseren Vorschlag schnellstens und streng vertraulich an Ihre Regierung. Wir erwarten Ihre Antwort.«

7

Andersen Air Force Base, Guam
Donnerstag, 29. September 1994, 13.34 Uhr Ortszeit

»Mann, in Arkansas weiß man eigentlich, was hohe Luftfeuchtigkeit ist«, sagte Jon Masters. »Aber Guam schlägt Blytheville sechs zu null!« Das waren Masters' erste Worte, als er auf der Andersen Air Force Base aus seiner umgebauten DC-10 stieg. Alles um ihn herum wirkte feucht: die Fahrtreppe, der Asphalt des Vorfelds, alles. Jeder Atemzug erforderte bewußte Anstrengung, und Kleidungsstücke wie Unterhemden und lange Hosen erwiesen sich als persönliche Hypothek.

Dem konnte General Brad Elliott nur zustimmen. Obwohl er im Vietnamkrieg als B-52-Pilot einige Monate auf dieser winzigen Tropeninsel stationiert gewesen war, hatte er sich nie an die extrem hohe Luftfeuchtigkeit gewöhnen können, die Tag und Nacht hundert Prozent zu betragen schien. Und die täglichen Gewitter gegen fünfzehn Uhr machten die Sache keineswegs besser – man kam sich im Gegenteil vor, als ertrinke man in unsichtbaren Fluten.

Guam war seit dem Spanisch-Amerikanischen Krieg des Jahres 1898 ein Dreh- und Angelpunkt amerikanischer Militärpräsenz im Pazifik gewesen. Die Japaner hatten Guam am 7. Dezember 1941 gleichzeitig mit dem Überfall auf Pearl Harbor besetzt; sie wurden 1944 nach tagelangen amerikanischen Bombenangriffen vertrieben, und die Militarisierung der Insel begann.

Von den drei 1944 bis 1950 auf Guam angelegten Stützpunkten für Bomber B-29, B36 und B-47 war nur noch die Andersen AFB mit ihren beiden gut dreitausend Meter langen Landebahnen in Betrieb. Auf dem Höhepunkt des Vietnamkriegs waren dort 1972 für das Unternehmen Bullet Shot über hundertfünfzig B-52 stationiert gewesen. Bis 1990 hatte die amerikanische Luftwaffe alle Bomber B-52 und Tanker KC-135 abgezogen, so daß jetzt auf der Andersen AFB nur noch ein Geschwader stationiert war: die 633rd Air Base Wing der Pacific Air Forces.

Aber Elliott und Masters wußten, daß sie bald wieder ein wichtiger Stützpunkt werden würde.

Zuvor hatte Masters noch über den Vereinigten Staaten zwei ALARM-Trägerraketen gestartet. Der junge Ingenieur und Wissenschaftler konnte kaum glauben, daß seine NIRT-Sats für ein Unternehmen eingesetzt wurden, das zu Amerikas Reaktion auf eine bedrohliche Atomexplosion gehörte. Gab es eine bessere Werbung für Sky Masters, Inc., als von der amerikanischen Regierung in einer Krisensituation um Hilfe gebeten zu werden?

Leider waren seine Kollegen im Verwaltungsrat davon weniger begeistert gewesen. Auf Veranlassung von General Curtis hatte die Firma den Auftrag erhalten, schnellstens zwei Trägerraketen und sechs Satelliten im Gesamtwert von dreihundert Millionen Dollar zu liefern. Masters hatte viel Überzeugungsarbeit leisten müssen, denn vor allem Helen Kaddiri war dagegen gewesen, für andere Kunden bestimmte Satelliten an den Staat zu verkaufen. Aber zuletzt hatte der Verwaltungsrat – selbst Kaddiri – doch zugestimmt.

Trotzdem wurde das ALARM-Programm damit auf eine harte Bewährungsprobe gestellt, aber dafür hatte Jon Masters das System ursprünglich entworfen: Zwölf Stunden nach der Auftragsvergabe starteten zwei Trägerraketen, die zwei völlig unterschiedliche Satellitenkonstellationen in niedrige Umlaufbahnen brachten – nicht etwa einzelne Satelliten, sondern ganze Ketten von miteinander in Verbindung stehenden kleinen High-Tech-Satelliten.

Zum Glück klappten beide Starts einwandfrei. Bis Masters mit seiner DC-10 wieder in Arizona gelandet war, die Maschine mit der Ausrüstung beladen hatte, die er für das STRATFOR-Team brauchte, und anschließend nach Guam geflogen war, befanden seine NIRTSats sich in den richtigen Umlaufbahnen und waren hundertprozentig funktionsfähig. Die Aufklärungssatelliten umkreisten die Erde in fast siebenhundert Kilometer Höhe auf Äquatorialbahnen, während die Fernmeldesatelliten in dreihundert Kilometer Höhe um vierzig Grad versetzt waren, um ihre Daten direkt an Bodenstationen in den Vereinigten Staaten und auf Guam übermitteln zu können. Masters setzte bei diesem Unternehmen alles auf eine Karte – und wäre zugleich jede Wette eingegangen, daß Helen Kaddiri während seiner Abwesenheit einen Staatsstreich innerhalb der Firma versuchen würde. Den erwartete er schon seit einiger Zeit. Aber er wußte, daß er sich damit erst später befassen konnte.

Empfangen wurden Jon Masters und General Brad Elliott, der in der DC-10 mitgeflogen war, von Generalmajor Rat Stone, dem neuen STRATFOR-Kommandeur, Oberst Michael Krieg, seinem Adjutanten, und Oberst Anthony Fusco, dem Kommandeur des 633rd Air Base Wing. Elliott war hier, um selbst zu sehen, wie Masters' Hardware funktionierte, bevor er ihren Einsatz im HAWC genehmigte.

Nachdem alle sich die Hände geschüttelt und über die hohe Luftfeuchtigkeit geklagt hatten, brachte ein Kleinbus sie – während plötzlich ein Schauer niederging – zum MAC-Terminal, wo ein einheimischer Zollbeamter und ein MAC-Sicherheitsbeamter im Kampfanzug und mit einem Gewehr M-16 ihre Zollerklärungen entgegennahmen und ihr Handgepäck kontrollierten.

Danach wandte General Stone sich an Masters. »Ich möchte, daß Sie Ihre Geräte so schnell wie möglich auf- und einbauen«, sagte er. »Meine Aufklärer und eine EC-135 als Relaisstation sind startbereit, so daß ich das DSCS zur Datenübermittlung nutzen kann, aber ich möchte diese Maschinen keine großen Überwasserstrecken fliegen lassen, bevor wir ein klareres Bild von der Lage im Südchinesischen Meer haben.« Das erwähnte Defense Satellite Communications System (DSCS) hatte den Nachteil, daß es nur Verbindungen zwischen Bodenstationen herstellen konnte; eine EC-135 konnte als Pseudo-Bodenstation mitfliegen, um Aufklärungsdaten zu übermitteln – aber das bedeutete, daß eine weitere teure Maschine feindlichen Angriffen ausgesetzt war und ihrerseits durch Jäger und Tanker unterstützt werden mußte.

»Dafür bin ich hier, General«, antwortete Masters eifrig. »Über die NIRTSats können wir direkt mit ihren AWACS und den Aufklärern sprechen. Wenn mein Computersystem erst mal in Betrieb ist, können wir ihre Radarbilder empfangen – und sie bekommen unsere PACER-SKY-Aufnahmen. Dann stehen Dutzende von Flugzeugen untereinander und mit der Andersen AFB in Verbindung. Sensationell, sage ich Ihnen!«

Stone lächelte Elliott zu, der sein amüsiertes Grinsen erwiderte. Die Offiziere und der junge Wissenschaftler stiegen in den blauen Kleinbus der Air Force, der wieder auf die Perimeter Road hinausfuhr.

»Das erste Aufklärungsunternehmen soll in ein paar Stunden anlaufen, stimmt's?« erkundigte sich Masters.

General Stone nickte. »Für die RC-135 und die AWACS-

Flugzeuge beträgt die Flugzeit bis zu den Philippinen etwa vier Stunden; für die EC-135 ungefähr drei Stunden. Gegen Mitternacht sind sie über der Célebes-See auf Station, wo sie etwa vier Stunden bleiben. Dann fliegen sie zurück und landen gegen acht Uhr.«

»Meine Techniker können das Flugzeug also gegen neun Uhr haben?«

»Richtig. Sie haben gesagt, daß der Einbau des PACER-SKY-Systems weniger als fünf Stunden dauert. Das ist gut, weil der Wartungsdienst die Maschine bis spätestens sechzehn Uhr braucht. Sie haben also nicht allzuviel Luft...«

»Kein Problem«, versicherte Masters ihm.

»Wunderbar.« Stone nickte Fusco zu und sagte: »Ich schlage vor, daß wir übers südliche Vorfeld fahren, Tony, und uns den Betrieb dort ansehen.«

Auf dieser Fahrt sahen sie eine EC-3C-AWACS-Maschine mit der charakteristischen aufgesetzten Radarantenne mit zehn Metern Durchmesser, eine weitere Boeing 707 mit Tarnanstrich, die zwischen Bug- und Hauptfahrwerk zwei kanuförmige Behälter und auf der Rumpfoberseite mehrere Antennenreihen hatte, und noch eine Boeing 707 mit weiß-grauem Anstrich, einem Betankungsstutzen am Heck und einer komplizierten großen Antenne auf der Rumpfoberseite. Und sie sahen zwei zu Tankern umgebaute McDonnell-Douglas DC-10 in grün-weißem Tarnanstrich und zwei zu Tankern umgebaute Boeing 707 in weiß-grauem Standardanstrich. Die Techniker der Firma Sky Masters, Inc., waren bereits zwischen den Maschinen unterwegs und sprachen mit dem uniformierten Wartungspersonal.

»Keine schlechte Flugzeugsammlung!« rief Masters aus. »Die AWACS-Maschine und die Tanker KC-10 und KC-135 kenne ich natürlich, aber was sind die beiden anderen Boeing 707?«

»Die dunkelgraue 707 ist ein Elektronikaufklärer RC-135X«, erklärte Stone ihm. »Die andere ist eines der SAC-

Funkrelaisflugzeuge EC-135L. Wir setzen es bei den ersten Aufklärungsflügen ein, um sicherzustellen, daß die Datenübermittlung von den Aufklärern zum Boden klappt.« Er machte eine kurze Pause. »Das ist die bewährte Methode, strategische Aufklärung durchzuführen: viele Flugzeuge, viele Besatzungsmitglieder, nicht viel Schlaf. Ehrlich gesagt ... dieser anderen Methode traue ich noch nicht recht. Nichts für ungut, Dr. Masters.«

»Schon gut«, wehrte Masters lachend ab. »Ihre Besatzungen sollen das tropische Wetter genießen, denn zum Fliegen werden sie nicht viel kommen. Meine NIRTSats funktionieren einwandfrei, dafür garantiere ich.«

Der STRATFOR-Kommandeur nickte dem jungen Wissenschaftler amüsiert zu. Selbstvertrauen hat er genug, mußte Stone sich eingestehen. Er vertraut völlig auf seinen Hightech-Scheiß, obwohl sein System bisher nie unter Einsatzbedingungen getestet worden ist. Leider war übersteigertes Selbstvertrauen häufig genau das, was Unternehmen dieser Art in große Schwierigkeiten brachte.

»Wie sollen diese Aufklärungsflüge genau ablaufen?« fragte Brad Elliott.

»Ganz einfach«, antwortete Stone. »Zuerst sind die südlichen Philippinen dran, weil die Chinesen dort schwächer sind. Unsere RC-135 halten mindestens hundert Seemeilen Abstand von der Küste und vermeiden alles, was provozieren könnte ... Befehl der Vereinten Stabschefs. Eine E-3A AWACS überwacht die Küste und alle unsere Flugzeuge. Zweihundert Seemeilen östlicher kreist die EC-135. Zwischen der AWACS-Maschine und den Flugzeugträgern setzen wir eine E-2 Hawkeye der Navy zur Führung der von den Trägern kommenden Begleitjäger ein. Die Navy betankt ihre Jäger selbst; wir schicken eine KC-10 los, um alle Aufklärungsflugzeuge betanken zu lassen.«

»Wie viele Begleitjäger können Sie einsetzen?«

»Nicht genug«, sagte Stone grimmig. »Die Vereinten Stabschefs wollten acht pro Maschine; wir bekommen aber nur zwei.

Offenbar glaubt das Weiße Haus, acht Jäger pro Aufklärer sähen nach einer Invasion aus.«

»Sollte es also Schwierigkeiten geben ...«, meinte Elliott besorgt.

»Dann hauen wir sofort ab«, antwortete Stone. »Unsere Jäger decken den Rückzug; sie greifen nicht selbst an. Aber wir erwarten keine Probleme. Solange wir reichlich Abstand halten, dürften wir nicht bedrohlich wirken. An sich haben die Chinesen keinen Grund zur Aufregung.«

Auf ihrem eigenen Abstellplatz jenseits des Rollwegs zum südlichen Vorfeld stand eine imposante Maschine: eine gigantische schwarze B-52 mit haushohem Seitenleitwerk, glänzend poliertem Rumpf und Bomben an Aufhängepunkten unter den Flügeln. »Was ist das?« fragte Masters. »Eine Art Denkmal?«

»Das ist das Arc Light Memorial«, antwortete Oberst Fusco. »Zur Erinnerung an die Männer, die im Vietnamkrieg Bombenangriffe geflogen haben. Dieser Bomber – unsere ›Old 100‹, die 1955 gebaute hundertste B-52 – hat 1972 den letzten Einsatz über Nordvietnam mitgemacht. Wir halten sie hundertprozentig in Schuß, so daß sie noch heute einsatzbereit wäre. Das Denkmal ist am ersten Jahrestag der Rückkehr unserer Kriegsgefangenen aus Vietnam eingeweiht worden.«

»Raumfähren oder die B-2 kenne ich wie meine Hosentasche«, sagte Jon Masters, »aber das ist die erste B-52, die ich aus dieser Nähe sehe. Fast unheimlich, was?«

Die anderen Männer nickten. Vor ihnen stand eine Kriegsmaschine, mit der sie alle sehr persönliche Erfahrungen verbanden. Dieses schwarze Monster war eine Killermaschine, die jedem Mann, der sich mit ihr einließ, hundert Prozent abforderte. Masters starrte die B-52 an und kommentierte ihre Abmessungen, aber sie hatte sich seiner noch nicht bemächtigt – der junge Wissenschaftler und die große Maschine waren etwa gleich alt. Aber das Leben der anderen hatte sie für immer geprägt. Sie schwiegen, während Fusco wendete und zum Gebäude der 65th Strategic Squadron zurückfuhr.

Unterwegs wandte Stones Adjutant sich an General Elliott. »Sind Sie bei Arc Light mitgeflogen, Sir?« fragte Krieg.

»Zwei Jahre«, antwortete Elliott. »Mit einundsechzig Einsätzen. 1968 bin ich von einer SA-2 getroffen worden und habe über dem Südchinesischen Meer aussteigen müssen. Vermutlich habe ich auch die Old 100 ein paarmal geflogen. Aber ich weiß es nicht sicher. Ich habe nie auf den *Bomber* geachtet, wissen Sie, sondern immer nur meine Männer gesehen und mich gefragt, ob die Maschine uns auch diesmal davonkommen lassen würde ... Jesus, das ruft Erinnerungen wach!«

Aber lauter unangenehme, fügte er im stillen hinzu. Seiner Überzeugung nach wären sie imstande gewesen, den Vietnamkrieg fünf Jahre früher zu beenden. Durch massive Bombenangriffe und die Verminung der vietnamesischen Häfen hatten sie 1972 seine Beendigung erzwungen, aber da war es schon zu spät gewesen. Das amerikanische Volk hatte genug, und »Vietnamisierung«, »ehrenvoller Abzug« und zuletzt die Niederlage waren ihm erträglicher erschienen als die abendlichen Fernsehberichte über ständig höhere Verluste.

Daraus muß sich eine Lehre ziehen lassen, dachte Elliott, und nachdem er sich einige deprimierende Minuten lang an Kameraden erinnert hatte, die im Vietnamkrieg gefallen waren, war er froh, daß sie zum Arc Light Memorial gefahren waren, bevor ihr neues Unternehmen auf den Philippinen begann. Damals wie heute hatte Amerika eine weit überlegene Luftwaffe besessen – und trotzdem hatten sie den Vietnamkrieg verloren. Sie hatten ihn verloren, weil die Entscheidung, Amerikas gewaltige Luftstreitkräfte einzusetzen, ständig verzögert, hinausgeschoben und in Ausschüssen und Stäben zu Tode diskutiert worden war.

Obwohl er nicht direkt an Planung und Durchführung dieses neuen Unternehmens auf den Philippinen beteiligt war, wußte Elliott, daß er die Pflicht hatte, eine Wiederholung solcher Fehler zu verhindern. Sie waren imstande, die Eskalation zu kontrollieren und den Chinesen und allen sonstigen Beteiligten ihren Willen aufzuzwingen – sie mußten eine Initiative ergreifen. Sie mußten in dieser Krise ein klares, erreichbares Ziel definieren und alles in ihrer Macht Stehende tun, um es zu erreichen.

Und das mußte schnell geschehen.

Oval Office im Weißen Haus, Washington, D.C.
28. September 1994, 07.10 Uhr Ortszeit

Für eine Besprechung im Weißen Haus war es ungewöhnlich früh, aber Präsident Lloyd Emerson Taylor war schon vor zwei Stunden aufgestanden und hatte sich über den Stand der militärischen Operationen auf den Philippinen unterrichten lassen. Jetzt empfing er den ersten offiziellen Besucher des Tages: Hao Sun Yougao, den chinesischen Botschafter in den Vereinigten Staaten. Dieser Termin war vor zwei Jahren vereinbart worden, und der Botschafter war mehrmals mit Außenminister Dennis Danahall zusammengetroffen, aber seit der Atomexplosion war dies Haos erstes Gespräch mit dem Präsidenten der Vereinigten Staaten.

In Washingtoner Regierungskreisen war Botschafter Hao allgemein beliebt. Er war jung, sprach ausgezeichnetes Englisch und hatte ein ansteckendes Lächeln, das sofort für ihn einnahm. Aber an diesem Morgen wirkte das Lächeln blaß, und seine nervöse Anspannung war beinahe mit Händen zu greifen, als Paul Cesare ihm einen Sessel anbot und der Präsident wieder Platz nahm. Ebenfalls anwesend waren Danahall, Verteidigungsminister Tom Preston und Justizminister Richard Benson, der Schwager des Präsidenten. Hao wurde von einer jungen Frau begleitet, die er als seine Sekretärin und Dolmetscherin vorstellte, ohne ihren Namen zu nennen.

Nachdem Tee eingeschenkt worden war, eröffnete der Präsident das Gespräch. »Botschafter Hao, das Schweigen aus Peking macht uns alle besorgt«, sagte er. »Ministerpräsident

Cheung hat sich nicht direkt an mich gewandt und ist seit der Katastrophe nicht mehr in der Öffentlichkeit gesehen worden. Die Atomexplosion vor den Philippinen, Ihre schnelle Teilmobilmachung und Ihr Eingreifen auf den Philippinen haben hierzulande große Besorgnis hervorgerufen. Haben Sie eine Mitteilung Ihrer Regierung zu überbringen oder eine Erklärung dazu abzugeben, was sie wegen dieser ökologischen Katastrophe und der politischen Umwälzungen im Pazifik unternehmen will?«

Obwohl Hao kurz über diese Frage nachzudenken schien, wußten die anwesenden Amerikaner, daß er ein Profi war und wahrscheinlich in den letzten Tagen alle nur denkbaren Fragen und Antworten einstudiert hatte, um auf dieses Gespräch vorbereitet zu sein. »Ja, Mr. President«, antwortete Hao dann, »Genosse Cheung läßt Ihnen herzliche Grüße überbringen. Die erwähnte Katastrophe bedrückt und bekümmert ihn. Er möchte seinem aufrichtigen Wunsch Ausdruck verleihen, daß der Frieden um jeden Preis gewahrt wird.«

»Sehr edle Empfindungen, Mr. Ambassador«, sagte der Präsident unbeeindruckt, »die wir natürlich alle teilen. Aber ... Sie haben beträchtliche Seestreitkräfte auf den Philippinen, mobilisieren in ganz Asien strategische Luftstreitkräfte und scheinen im Gegensatz zum Rest der Welt kriegsbereit zu sein. Entschuldigen Sie meine Ausdrucksweise, Mr. Ambassador, aber *was, zum Teufel,* geht hier vor?«

»Mr. President, ich bin sicher, daß Sie die komplizierte, verwirrende Lage verstehen, in der wir uns befinden«, antwortete Botschafter Hao. »Meine Regierung hat vor einem zweifachen Problem gestanden: Einerseits hatte sich eine Katastrophe ereignet, die unsere Sicherheit bedrohte, andererseits sind wir als Folge dieser Katastrophe um Hilfe ersucht worden. Meine Regierung mußte in der Hoffnung handeln, daß unsere Anwesenheit dazu beitragen würde, im fraglichen Gebiet für Stabilität zu sorgen und eine destruktive politische Lage zu entschärfen.«

»Soll das heißen, daß Sie nicht die Absicht haben, Teile der

Philippinen zu besetzen?« fragte Thomas Preston den chinesischen Diplomaten. »Sie ziehen Ihre Streitkräfte von den Philippinen ab, sobald wieder Ruhe und Ordnung herrschen?«

»Ich kann nicht vorhersagen, wie unsere Streitkräfte jetzt oder in Zukunft eingesetzt werden, Mr. Secretary«, antwortete Hao ernsthaft, »denn darüber besitze ich leider keine Informationen.«

»Mr. Ambassador, meiner Ansicht nach ist die chinesische Militärpräsenz auf den Philippinen unnötig und destabilisierend«, sagte der Präsident. »Handel, Tourismus, Flugverkehr, Schiffahrt, Nachrichtenverbindungen und politische Stabilität sind vor der Intervention Ihres Landes gesichert gewesen. Warum hält Ihre Regierung es jetzt für nötig, Teile der Philippinen zu besetzen?«

»Ich versichere Ihnen, Mr. President, daß China nicht einen Quadratmeter der Philippinen besetzt hält ...«

»Meinen Informationen nach haben chinesische Truppen mehrere Stützpunkte in und um Manila sowie auf den Inseln Palawan und Cebu besetzt. Sind diese Informationen falsch?«

»Mr. President, die philippinische Regierung hat uns gebeten, sie bei der Niederschlagung eines Aufstands stark bewaffneter, fanatischer Rebellen zu unterstützen«, erwiderte Hao. »Alle unsere Maßnahmen haben wir auf *ausdrückliches Ersuchen* der philippinischen Regierung und in enger Zusammenarbeit mit ihr getroffen, so daß ...«

»Mit Zustimmung von Präsident Mikaso?« unterbrach ihn Taylor.

Hao machte eine Pause; diese Frage schien ihn überrascht zu haben. »Wie ich erfahren habe, ist Präsident Mikaso nicht mehr an der Macht. Nähere Einzelheiten sind mir leider nicht bekannt. Tut mir leid, aber ich hatte angenommen, daß Sie das ebenfalls wissen würden ...«

»Meinen Informationen nach ist Mikaso *tot*.«

Hao bekam große Augen und schluckte trocken, bevor er zugab: »Davon weiß ich nichts, Mr. President. Ist das wahr?«

»Ich weiß zuverlässig, daß Präsident Mikaso von chinesischen Soldaten erschossen worden ist, Mr. Ambassador. Wollen Sie das leugnen?«

Der Botschafter wirkte ehrlich überrascht, obwohl er sich bemühte, eine undurchdringliche Miene aufzusetzen. »Das kann ich weder bestätigen noch dementieren, Mr. President. Selbstverständlich will ich Ihr Wort nicht anzweifeln, aber ich muß mir erst Gewißheit verschaffen.«

»*Mir* genügt, was ich aus sicherer Quelle weiß, Botschafter Hao«, sagte Präsident Taylor. »Ich fürchte sehr, daß Ihre Regierung und Ihr Militär dabei sind, die Philippinen für immer zu besetzen. Widersprechen Sie mir bitte, wenn ich mich täusche, Mr. Ambassador.«

»Ich kann Ihnen versichern, Mr. President«, antwortete Hao sofort, »daß die Volksrepublik China die Vereinigten Staaten nicht bedroht und daß wir keine Konfrontationen suchen. Wir sind auf den Philippinen, um auf Ersuchen der dortigen Regierung Hilfe zu leisten, und haben das Recht, diese Unterstützung in jeder Form zu gewähren, die unseren nationalen Interessen entspricht. Wie Sie alle wissen, sind amerikanische Truppen fast hundert Jahre auf den Philippinen stationiert gewesen, ohne daß jemand gewagt hätte, ihr Aufenthaltsrecht anzuzweifeln.«

»Aber nur deshalb, weil keine ausländische Macht unsere Anwesenheit als bedrohlich empfunden hat«, wandte Taylor ein. »Wir haben für regionale Stabilität gesorgt ...«

»Gegen die Aggression und das Vormachtstreben der Sowjetunion«, stimmte Hao zu. »Aber dadurch haben Sie zugleich den Außenhandel und die Sicherheitsinteressen Chinas beeinträchtigt und uns daran gehindert, zu wachsen und den uns zustehenden Platz in der Weltwirtschaft einzunehmen.«

»Ich habe nicht die Absicht, mit Ihnen über die Entwicklung Chinas zu diskutieren, Mr. Ambassador«, sagte der Präsident. »Ich möchte nur feststellen, daß das amerikanische Volk wegen der Maßnahmen, die Ihre Regierung auf den Philippinen trifft, sehr besorgt ist. Und es will – wie übrigens auch der Kongreß – demnächst Taten sehen.« Taylor machte eine Pause, um die Bedeutung seiner Worte zu unterstreichen. »Ich glaube nicht, daß ich länger als dreißig Tage warten kann, bevor ich gegen China vorgehen muß, Mr. Ambassador.«

»Sie haben bereits zwei Trägerkampfgruppen im philippinischen Meer«, stellte der Botschafter fest, »und eine weitere nähert sich der Célebes-See. Die Philippinen sind von amerikanischen Kriegsschiffen eingekreist. Haben Sie nicht schon umfangreiche Maßnahmen ergriffen?«

»Die Amerikaner möchten wissen, wann die Chinesen von den Philippinen abziehen, Mr. Ambassador«, unterstrich der Präsident. »Genau das interessiert mich auch. Können Sie diese Frage beantworten?«

»Meine Regierung hat Sie nicht gefragt, wann Sie aus Grenada, Panama oder Saudi-Arabien abziehen würden...«

»Hören Sie mir mal gut zu, Mr. Ambassador«, forderte der Präsident ihn mit wachsender Ungeduld auf. »Ich will wissen, was Ihre Regierung auf den Philippinen vorhat – aber bisher habe ich noch keine ehrliche Antwort von Ihnen bekommen. Die Handlungsweise Ihrer Regierung läßt sich nur als feindselig charakterisieren, und das gefällt mir ganz und gar nicht! In den letzten zwanzig Jahren sind die Beziehungen unserer beiden Staaten von Offenheit und Vertrauen geprägt gewesen. Wir haben einander in wichtigen Fragen konsultiert. Aber seit dem Massaker auf den Tien'anmen-Platz hat Ihre Regierung sich zusehends abgekapselt. Das erzeugt Mißtrauen und mahnt zur Vorsicht.«

»Mr. President, ich darf Ihnen versichern, daß meine Regierung keineswegs beabsichtigt, irgendwelche Verbindungen zu Ihrem Land zu kappen...«

»Reden Sie nicht, beweisen Sie's mir! Welche Absichten Ihr Land verfolgt, muß die Praxis zeigen. Aber ich will Ihnen sagen, was *ich* vorhabe:

Sobald wir mit allen uns zur Verfügung stehenden Aufklärungsmitteln festgestellt haben, wie viele Soldaten Sie auf den Philippinen stationiert haben, läuft ein Programm mit dem Ziel an, diese Zahl zu erreichen und zu *übertreffen*. Das gelingt uns vielleicht nicht ganz, aber mit Unterstützung der ASEAN und anderer Staaten müßten wir's beinahe schaffen. Außerdem schicken wir mindestens so viele Kriegsschiffe wie China in die internationalen Gewässer um die Philippinen. Wir erwarten keine Behinderungen, aber ich versichere Ihnen schon jetzt, daß unsere Schiffe sich mit *allen* Mitteln verteidigen dürfen, falls sie irgendwie bedroht werden.

Ich verlange, daß die chinesische Regierung ihre Ziele und weiteren Absichten auf den Philippinen eindeutig und öffentlich erläutert; unabhängig davon bestehe ich darauf, daß die chinesischen Truppen auf den Philippinen binnen dreißig Tagen um die Hälfte verringert werden. Außerdem verlange ich, daß Arturo Mikaso freigelassen oder seine Leiche den Angehörigen übergeben wird, die wie seine engsten Berater freigelassen werden müssen. Sollte sich herausstellen, daß Mikaso tatsächlich von chinesischen Soldaten erschossen worden ist, müssen die Verantwortlichen vor Gericht gestellt werden.

China operiert nicht in einem luftleeren Raum, Mr. Ambassador, sondern trägt die volle Verantwortung für alles, was es tut oder unterläßt. Sie können keine Rechtfertigungen für nackte Aggression erfinden und danach erwarten, daß der Rest der Welt mitspielt.«

Dieses Schnellfeuer seiner Forderungen drängte Hao in die Defensive. Er sah kurz zu seiner Sekretärin hinüber, um sich zu vergewissern, daß sie alles mitschrieb. Dann sagte er ausdruckslos: »Meine Regierung ist bereit, die gewünschte Erklärung ...«

»Außerdem bedeutet die Teilmobilisierung offensiver strategischer Kräfte in China aus unserer Sicht eine ernste Gefahr für den Weltfrieden; wir halten sie für einen unangemessenen kriegerischen Akt, der jede vernünftige Reaktion auf militärischen Druck von außen bei weitem übersteigt«, unterbrach ihn der Präsident. »Ich verlange, daß China seine einsatzbereiten strategischen Kräfte deutlich verringert und zu einer niedrigeren Bereitschaftsstufe zurückkehrt. Andernfalls müßten die Vereinigten Staaten und ihre Verbündeten ihre eigenen strategischen Kräfte in erhöhte Alarmbereitschaft versetzen. Dann wäre China für eine militärische Eskalation verantwortlich, die zu einer Katastrophe führen könnte.

Ich möchte nicht den geringsten Zweifel daran lassen, daß wir diesen chinesischen Aufmarsch auf den Philippinen als Gefahr für amerikanische Sicherheitsinteressen betrachten, auf die wir entsprechend reagieren werden. Diese Mitteilung können Sie Ihrer Regierung überbringen.« Taylor lehnte sich zurück und schwieg einige Sekunden, bevor er fragte: »Haben Sie sonst noch etwas für mich, Mr. Ambassador?«

Der chinesische Botschafter hatte sich die nachdrücklich vorgebrachten Forderungen des Präsidenten passiv und mit ausdrucksloser Miene angehört. »Ich überbringe Ihre Mitteilung sofort meiner Regierung«, antwortete Hao, »und erläutere Genosse Cheung Ihre Befürchtungen und Forderungen ... persönlich.«

»Persönlich?« wiederholte Außenminister Danahall, indem er einen raschen Blick mit dem Präsidenten und seinen Beratern wechselte. »Sie sind zurückgerufen worden?«

»Ich bedaure, Ihnen mitteilen zu müssen, daß das der Fall ist, Mr. Secretary«, sagte der Botschafter. »Die Lage erfordert offenbar sorgfältige Erwägungen und Diskussionen, die am besten direkt in Peking stattfinden können. Ihr Einverständnis vorausgesetzt, steht Ihnen jedoch unser Gesandter weiterhin zur Verfügung...«

Die Amerikaner reagierten einigermaßen erstaunt, denn dieser Schritt kam völlig unerwartet. »Warum ruft Ihre Regierung Sie zurück?« fragte der Präsident.

»Sie sind sich bestimmt darüber im klaren, wie die Medien darüber berichten werden, Mr. Ambassador«, sagte Danahall besorgt. »Sie werden sich darauf stürzen! Sie werden darin ein

Vorspiel zu einem schweren Konflikt, vielleicht sogar zu einem Krieg sehen.«

»Niemand will Krieg, Mr. Secretary«, versicherte Hao ihm. »Wir streben nur nach Frieden, Sicherheit und Stabilität für alle Nationen. Aber China ist um Unterstützung gebeten worden, und in einem Gebiet, das für uns so wichtig ist – wichtiger als für Sie, glaube ich –, *müssen* wir einfach reagieren. Meine Regierung hält es für wichtig, Einmischungsversuche Dritter zurückzuweisen, bis das Ausmaß der Krise auf den Philippinen feststeht.«

Der Präsident funkelte ihn an. »Ich kann nur hoffen, daß Ihre Regierung unseren Standpunkt begreift und unseren Forderungen rasch nachkommt«, knurrte er. »Bis dahin wissen Sie, was wir vorhaben.«

Taylor stand auf, und Hao folgte seinem Beispiel. »Meine besten Wünsche für Sie und Ihre Familie, Mr. President«, sagte er. Die beiden Männer gaben sich die Hand, wobei sich der Botschafter tief verbeugte. Danach verabschiedete er sich von den übrigen Anwesenden und wurde von Paul Cesare hinausbegleitet.

Sobald Hao gegangen war, wandte Danahall sich an den Präsidenten. »Ich kann sofort eine Telefonkonferenz mit meinem britischen Amtskollegen arrangieren, Sir ...«

»Tun Sie das«, stimmte Taylor zu. »Und versuchen Sie, die Führungsspitze des Kongresses für heute zum Lunch zusammenzuholen; wenn das nicht klappt, müssen wir für heute nachmittag mehrere Besprechungen einplanen.« Außenminister Danahall ging, so daß der Präsident mit seinem Schwager und Verteidigungsminister Preston zurückblieb.

»Was denken Sie, Thomas?« fragte der Präsident. »Was hat Cheung diesmal vor?«

»Für mich steht fest, Mr. President, daß er den Zwischenfall nutzen will, um Chinas Stellung auf den Philippinen zu festigen und das durch unseren Abzug entstandene Machtvakuum auszufüllen«, antwortete Preston. »Er hat die Nachschubwege zwischen China und den Philippinen gut gesichert und es verstanden, sich von der dortigen Regierung Stützpunkte und militärische Unterstützung anbieten zu lassen. Gelingt es ihm, seine Gewinne zu konsolidieren, dürfte er nur sehr schwer zu vertreiben sein.«

»Wir haben also keine militärischen Optionen?«

»Wir haben viele militärische Optionen, Sir«, versicherte Preston ihm, »aber sie alle setzen eine Steigerung unserer Einsatzbereitschaft voraus. Cheung verfügt über starke Streitkräfte und einen Anschein von Legitimität – eine unschlagbare Kombination. Wenn wir dagegen versuchen, seinen Vorteil wettzumachen, riskieren wir, die Welt an den Rand eines Krieges zwischen zwei Supermächten zu bringen.«

»Wir hören uns erst mal an, was die ASEAN dazu sagt«, entschied der Präsident. »Verurteilt sie die Chinesen, dann ist auch die Weltöffentlichkeit gegen sie, und wir können zu beweisen versuchen, daß dort ein chinesischer Lenkflugkörper detoniert ist – falls jemand imstande ist, unsere Satellitenaufnahmen zu verifizieren. Dann bleibt Cheung nichts anderes übrig, als den Rückzug anzutreten.« Taylor runzelte die Stirn. »Aber was ist, wenn die Chinesen nicht weichen wollen, Thomas – welche Optionen bleiben uns dann?«

»Mr. President, das dürfte eher eine politische Entscheidung sein, die Sie mit Dennis Danahall und der Führungsspitze des Kongresses treffen sollten, aber die Chinesen stellen meiner Ansicht nach eine ernste militärische Gefahr für unsere Interessen in diesem Gebiet dar«, antwortete Preston. »Gelingt es ihnen, die Philippinen besetzt zu halten, können sie sämtliche Anrainerstaaten wirtschaftlich und militärisch unter Druck setzen. Uns bleibt nichts anderes übrig, als unsere Streitkräfte in diesem Gebiet ebenfalls zu verstärken. Wir *müssen* handeln.«

»Was schlagen Sie vor?« fragte der Präsident. »Wollen Sie Marineinfanterie oder die Air Battle Force entsenden?«

Preston überlegte kurz. »Ja, Sir – in begrenzter Zahl und unter strikter Geheimhaltung. General Curtis hat neue Geräte erwähnt, mit denen Brad Elliott seine Flugzeuge ausgerüstet hat. Damit wäre ein guter Anfang gemacht. Die Entsendung der gesamten Air Battle Force ließe sich nicht geheimhalten, aber bei nur drei bis vier Maschinen wäre die Sache einfacher. Ich plädiere dafür, die STRATFOR zu ermächtigen, schnellstmöglich mit PACER SKY ausgerüstete Flugzeuge einzusetzen.«

Der Präsident sah zu seinem Schwager hinüber. Justizminister Richard Benson nickte nachdrücklich.

»Genehmigt, Thomas«, entschied der Präsident. »Aber unter strikter Geheimhaltung. Ich will nicht, daß diese Flugzeuge gesehen werden, bevor ich ihre Verlegung offiziell bekanntgebe.« Er machte eine Pause, rieb sich müde die Augen und fügte hinzu: »Ich hoffe wirklich, daß bald gute Nachrichten von Botschafterin O'Day in Singapur kommen.«

ASEAN-Konferenzzentrum, Singapur
Freitag, 30. September 1994, 08.20 Uhr Ortszeit

Die Krisensitzung der Association of South East Asian Nations begann kurz nach dem ersten der fünf Gebete, die ihre moslemischen Mitglieder täglich zu verrichten hatten. Der Ruf des Muezzins hallte aus den Lautsprechern des Konferenzsaals, in dem ein funkelnder Kerzenleuchter aus Kristall und Silber an der rechten Seitenwand anzeigte, wo Mekka lag. Deborah O'Day, die UNO-Botschafterin der Vereinigten Staaten, war aufgefordert worden, während des Morgengebets auf der Damentoilette zu bleiben, weil Frauen – erst recht ungläubige Ausländerinnen – in der Nähe der Betenden unerwünscht waren.

O'Day waren die meisten Aspekte des moslemischen Alltags vertraut; sie kannte vor allem diesen feudalistischen Umgang mit Frauen. In vieler Hinsicht war die ASEAN, von deren sieben Mitgliedsstaaten vier überwiegend islamisch waren, kaum mehr als ein exklusiver Country Club ausschließlich für Männer, die ihr Spiel nur gelegentlich für kurze Zeit unterbrachen, um mehr oder weniger ernsthaft zu arbeiten und zu debattieren. Frauen waren nur als Sekretärinnen und dergleichen zugelassen – natürlich abgesehen von den stark geschminkten »Damen«, die man in der Halle des benachbarten Hotels sah, in dem die Außenminister und meisten Delegierten wohnten.

Entscheidend war, daß die Delegierten sie nicht als Frau, sondern als Vertreterin der Regierung der Vereinigten Staaten sahen. Um das zu erreichen, trug O'Day ein ausgesprochen männlich geschnittenes Kostüm mit zweireihiger Jacke und langem Rock, der an eine moslemische Robe erinnerte, und hatte sich eigens für diese Konferenz einen Kurzhaarschnitt machen lassen. Nur nicht auffallen! war ihre Devise.

Die Konferenz begann mit einer Reihe kurzer Statements zu der chinesischen Militärpräsenz auf den Philippinen, und ein Delegierter nach dem anderen beklagte die Tatsache, daß China so viele Soldaten und so viele Kriegsschiffe auf diese Inseln entsandt hatte.

Die philippinische Delegation plädierte wie erwartet für Geduld, Verständnis und Zurückhaltung in diesen kritischen Zeiten. Deborah O'Day kannte den neuen Botschafter der Philippinen nicht, wußte nichts über ihn und hatte noch kein Gespräch mit ihm führen können. Der ASEAN-Exekutivrat hatte ihn jedoch sofort akkreditiert, so daß er jetzt volles Rede- und Stimmrecht besaß.

»Die Philippinen sind dabei, die erste bedeutsame, produktive Veränderung in der Geschichte unseres Landes zu bewirken«, sagte der Botschafter. »Unser Staat ist praktisch seit seiner Gründung von Ausländern beherrscht worden ...«

O'Day zog eine Augenbraue hoch. Ihr war klar, was da gespielt wurde: Der Botschafter wiederholte offenbar nur, was andere ihm eingesagt hatten. Aber *sie* konnte er damit nicht täuschen. »Mr. Ambassador, wollen wir nicht zur Sache kommen? Wo ist Präsident Mikaso? Ist er ermordet oder verhaftet worden?«

»Schweigen Sie, Botschafterin O'Day«, sagte der indonesische Botschafter als Vorsitzender des Exekutivrats. »Sie haben hier kein Rederecht.«

Sie ignorierte ihn. »Ich möchte einen Beweis für Ihre Behauptung, vor Palawan sei eine amerikanische Atomwaffe detoniert. Dieser Versammlung sind im Gegenteil schlüssige Hinweise darauf vorgelegt worden, daß es sich um einen *chinesischen* Gefechtskopf gehandelt hat, der...«

»Lügen!« fauchte Botschafter Perez. »Ich bestehe darauf, daß diese Frau aus dem Saal gewiesen wird und daß sich ihre Regierung für ihr unerhörtes Benehmen entschuldigt!«

»Nehmen Sie's wie ein Mann, Mr. Ambassador«, riet sie ihm gleichmütig. »Schließlich bin ich *nur* eine Frau.«

Das war zuviel für die ASEAN-Delegierten; sogar der Kronprinz von Brunei, der O'Day bewundernd angestarrt und bei ihren ersten Worten zustimmend genickt hatte, schüttelte jetzt den Kopf. »Botschafterin O'Day, Sie sind nur als Beobachterin zugelassen«, stellte der Vorsitzende fest. »Sie haben kein Rederecht. Dies ist die letzte Verwarnung. Botschafter Perez, fahren Sie bitte fort.«

»Danke. Die verfehlte Wirtschaftspolitik des früheren Regimes und der amerikanische Imperialismus haben mein Land an den Rand des Ruins gebracht. Auch die Chinesen sind von Rebellen angegriffen worden. Als sie nach dem Atomüberfall humanitäre Hilfe angeboten haben – eine Geste, zu der sich viele andere Staaten – auch einige der hier vertretenen – erst nach Tagen entschließen konnten, haben wir sie auch um Unterstützung im Kampf gegen die stark bewaffneten Rebellen gebeten, die...«

»Sie sollten Techno-Thriller schreiben, Mr. Perez«, sagte der Kronprinz von Brunei lachend. »Die sind in meiner Heimat sehr beliebt. Von Ihren Lügen kann man das leider nicht behaupten.«

Perez sprach unbeirrt weiter: »Ich ersuche meine Mitdelegierten, Sanktionen gegen mein Land abzulehnen und die fortgesetzten Unterstützungs- und Befriedungsmaßnahmen der chinesischen Regierung wie bisher aufmerksam zu beobachten. Mein Volk bittet um Ihre Hilfe und Ihr Verständnis. Ich danke Ihnen.« Der Botschafter drehte sich um, starrte O'Day feindselig an und sah dann wieder nach vorn, um auf das Abstimmungsergebnis zu warten.

»Der hier eingebrachte Entschließungsantrag sieht umfassende Wirtschaftssanktionen gegen die Volksrepublik China und die Republik Philippinen vor«, faßte der Vorsitzende zusammen. »Danach würden Handel und Verkehr mit China stark eingeschränkt, und die ASEAN würde ermächtigt, alle für erforderlich gehaltenen Maßnahmen zu treffen, um China zu veranlassen, seine Land- und Seestreitkräfte aus allen Mitgliedsländern beziehungsweise deren Hoheitsgewässern abzuziehen. Darüber wird in offener Abstimmung entschieden. Der vorliegende Antrag ist angenommen, wenn er mindestens fünf Ja-Stimmen erhält. Ich bitte jetzt um Abstimmung.«

Ein Mitgliedsstaat nach dem anderen gab seine Stimme ab.

Indonesien.

Malaysia.

Singapur.

Das Sultanat Brunei.

Alle sprachen sich für den Antrag aus.

Die Philippinen stimmten dagegen.

Ebenso Thailand, das wie Vietnam darauf verzichtet hatte, sich abschließend zu dem eingebrachten Antrag zu äußern. Das machte O'Day Sorgen. Sie hatte versucht, schon im Vorfeld der Konferenz mit den beiden Delegierten zu sprechen, aber es war ihr nicht gelungen. Wie die Abstimmung ausging, hing von diesen beiden Staaten ab; beide lagen im Einflußbereich Chinas, und der übermächtige Nachbar spielte bei ihren politischen und militärischen Entscheidungen stets eine große Rolle.

Beide Staaten waren jedoch der ASEAN beigetreten, um

Chinas Einfluß zu begrenzen, und diese Rechnung war bisher aufgegangen. Erst ihre Mitgliedschaft versetzte sie in die Lage, dem Druck der benachbarten Großmacht zu widerstehen.

»Das Königreich Thailand«, sagte sein Botschafter, »hegt die Befürchtung, daß eine überhastet und ohne gründliche Untersuchung und Diskussion verabschiedete Entschließung dieser Art letztlich kontraproduktiv wäre. Obwohl auch Thailand sich ein Ende von Angst und Gewalt wünscht, können wir keiner derartigen Entschließung zustimmen, ohne daß weitere Untersuchungen stattgefunden haben. Thailand enthält sich der Stimme.«

O'Day glaubte, nicht richtig gehört zu haben. Ausgerechnet Thailand, das am meisten zu verlieren hatte, wenn zugelassen wurde, daß China seinen Einfluß in Südostasien weiter vergrößerte! Daß Thailand sich enthalten würde, hätte sie nie erwartet...

Damit besaß Vietnam die entscheidende Stimme. Die Vietnamesen *müssen* zustimmen, dachte O'Day. Schließlich waren China und Vietnam praktisch verfeindet. Gewiß, Vietnam war der einzige kommunistische ASEAN-Staat und ein ehemaliger Verbündeter Chinas, aber...

»Republik Vietnam.«

»Vietnam enthält sich der Stimme.«

Deborah O'Day sprang wie elektrisiert auf. »*Was?*« rief sie empört. »Sie enthalten sich? Warum?«

Der Vorsitzende hatte große Mühe, sich gegen das aufgeregte Stimmengewirr durchzusetzen. »Botschafterin O'Day, ich bin nicht bereit, Ihre Ausbrüche noch länger hinzunehmen. Ich muß Sie leider ersuchen, den Saal zu verlassen. Ich bitte um Ruhe im Saal...«

»Ich verlange eine Erklärung!« rief O'Day, während Sicherheitsbeamte auf sie zukamen. »Ist Ihnen nicht klar, was das bedeutet? Sie laden die Chinesen zu weiteren Annexionen ein, wenn Sie ihrem Expansionsdrang jetzt keinen Riegel vorschieben! Nur gemeinsam...«

O'Day verstummte erst, als sie von Sicherheitsbeamten halb geführt, halb getragen aus dem Saal befördert worden war. Unmittelbar danach schleppte ein weiterer Trupp auch ihren Assistenten heraus.

»Unglaublich!« fauchte O'Day auf dem Weg zu ihrer Limousine. »Was, zum Teufel, geht hier vor? Vor allem Vietnam hätte gegen jegliche Form chinesischer Aggression stimmen müssen ... Da ist irgendwas faul!«

»Das muß Washington sofort erfahren«, sagte ihr Assistent, als sie das Konferenzgebäude verließen. »Wir müssen dem Präsidenten sofort Bericht erstatten ...«

Der Fahrer ihres Botschaftswagens – ein Marineinfanterist in blauer Uniform, mit blitzblanken Stiefeln, fleckenlos weißen Handschuhen, weißem Koppel mit Dienstwaffe, tief in die Stirn gedrückter weißer Mütze und Pilotenbrille – kam rasch um die Limousine herum, öffnete die hintere Tür und stand danach stramm, während O'Day und ihr Assistent einstiegen.

»Wie ist der Verkehr auf der Bukit Timah Road, Korporal?« fragte sie ihren Fahrer geistesabwesend.

»Dicht, Ma'am«, antwortete er knapp und schloß die Tür.

»Gut, dann nehmen Sie am besten die Central Avenue«, sagte O'Day, als der Fahrer einstieg. »Und rufen Sie im Government House an, damit wir eine Leitung nach Washington bekommen.« Ihr Fahrer ordnete sich in den Verkehr ein und rauschte in dem für Marines typischen Fahrstil die breite Avenue in Richtung Embassy Row entlang.

»Eben hat China grünes Licht dafür bekommen, die Philippinen zu besetzen und den restlichen Pazifikraum an sich zu reißen«, meinte der Assistent der Botschafterin. »Dem Präsidenten bleibt wahrscheinlich nichts anderes übrig, als militärisch zu reagieren.«

»Aber das gefällt ihm bestimmt nicht«, sagte O'Day voraus. »Bevor er Truppen einsetzt, sollen die Anrainerstaaten – oder wenigstens die meisten – ihr Einverständnis erklären. Gott, wird er sauer sein!«

»Das ist ein Telefongespräch, um das ich Sie nicht beneide«, stimmte ihr Assistent zu. Er wandte sich an den Fahrer. »Korporal, Sie haben das Gespräch für die Botschafterin noch nicht angemeldet. Tun Sie's bitte jetzt.«

Statt einer Antwort hörten sie das Klicken der elektrisch betätigten Türschlösser.

O'Day sah nach draußen, um festzustellen, ob sie verfolgt oder sonstwie bedroht wurden. Aber sie konnte nichts erkennen. Ihr Assistent griff sofort nach dem Geheimfach unter dem Rücksitz, in dem eine Uzi-Maschinenpistole lag. »Warum haben Sie die Türen verriegelt, Korporal?« fragte O'Day. »Was geht hier vor?«

»Die Uzi ist weg«, sagte ihr Assistent. Er versuchte, die Tasten für Türen und Fenster zu betätigen, aber sie funktionierten nicht. Als er den Hörer des in die Armlehne eingebauten Mobiltelefons abnahm, mußte er feststellen, daß die Bereitschaftsanzeige nicht aufleuchtete – auch das Telefon war stromlos.

In der Hand des Fahrers erschien eine Colt-Pistole Kaliber 45; er hielt sie kurz hoch, damit O'Day und ihr Assistent sie sehen konnten, und ließ die Hand dann sofort wieder sinken. »Bleiben Sie bitte ruhig sitzen, ohne Dummheiten zu machen«, forderte er sie auf. »Ihnen passiert nichts – außer Sie leisten Widerstand.«

Erst als O'Day den Mann im Rückspiegel beobachtete, fiel ihr auf, daß er eine Sonnenbrille trug. So früh am Morgen und wenn der Himmel bedeckt war, hatte ihr richtiger Fahrer keine getragen. »Wo ist unser Fahrer?«

»Betäubt im Kofferraum, Botschafterin O'Day«, antwortete der Mann. »Er hat sich erbittert gewehrt, bevor wir ihn überwältigen konnten. In ein paar Minuten wacht er wieder auf.« Der Unbekannte bog auf den Parkplatz eines Hotels ab, wo die Limousine nicht gleich auffallen würde. Nachdem er den Wagen geparkt hatte, fing er sofort an, die Uniform auszuziehen.

»Was haben Sie mit uns vor?«

»Nichts«, behauptete der Fahrer. Unter der blauen Uniform

trug er ein mit Palmen bedrucktes T-Shirt, Khaki-Shorts und Tennissocken; nachdem er die Stiefel mit Tennisschuhen vertauscht hatte, sah er ganz wie irgendein Tourist aus. Er behielt die Pistole in der Hand, warf einen nervösen Blick auf seine Uhr und beugte sich über die herabgelassene Trennwand nach hinten. »Da ich weiß, daß Ihre Botschaft ihre Dienstwagen durch Mikrowellenpeiler überwacht, kann ich nicht lange bleiben. Ich habe Ihnen eine Nachricht von Vizepräsident Samar zu überbringen...«

»General Samar?« rief O'Day aus. »Lebt er noch? Ist er untergetaucht...?« Samar war seit dem Tag verschwunden, an dem Präsident Mikaso ermordet worden war, und wurde allgemein für tot gehalten.

»Still!« verlangte der Mann. Aber er schien seine Unhöflichkeit sofort zu bedauern, weil er rasch hinzufügte: »Bitte... General Samar bittet Ihre Regierung um Unterstützung im Kampf um die Stadt Davao auf Mindanao. Er kämpft gegen die chinesischen Eindringlinge, aber er kann sich nicht mehr lange halten – Puerta Princesa und Zamboanga sind schon gefallen; Cotabato und Davao sind stark gefährdet...«

»Wenn Samar Hilfe will«, erklärte O'Day ihm, »muß er aufhören, Verstecken zu spielen, und die Regierung übernehmen. Die Nichtkommunisten unter seinen Landsleuten würden sich um ihn scharen, aber solange ihn alle für tot halten...«

»Ohne Ihre Hilfe ist er vermutlich bald tot«, sagte sein Abgesandter.

»Hören Sie, wir brauchen mehr als nur...«

»Still! Ich darf nicht länger bleiben. Hören Sie mir bitte gut zu. General Samar sagt, daß chinesische Flugzeuge aus Zamboanga die Trägerkampfgruppe um die *Ranger* angreifen werden, falls sie in die Célebes-See einzulaufen versucht.«

»*Was?* Woher, zum Teufel, wissen Sie das...«

»General Samar ist auf Mindanao, um dort die Widerstandsbewegung zu organisieren. Aus Truppenbewegungen und abgehörten Funksprüchen schließt er, daß Admiral Yins Streitkräfte am ersten Oktober – am Revolutionstag – jeden etwa vor Mindanao stehenden feindlichen Verband angreifen werden.«

»Aber das ist doch verrückt!« rief O'Day aus. »Die Chinesen würden bestimmt keinen amerikanischen Flugzeugträger angreifen ...«

»Das kann ich nicht beurteilen. Der General hat sein Leben riskiert, um Ihnen diese Nachricht zukommen zu lassen – nun ersucht er die Vereinigten Staaten offiziell um humanitäre Hilfe und militärische Unterstützung. Bitte helfen Sie uns!« Er legte O'Day einen kleinen Zettel aufs Knie. »Rufen Sie ihn sofort unter dieser Nummer an. Aber telefonieren Sie nicht aus dem Wagen mit Ihrer Botschaft – hier wimmelt's von Spionen.« Der Mann zog an dem Knopf, der den Kofferraum entriegelte. »Ihr Fahrer wacht in fünf bis zehn Minuten auf; er befreit Sie dann. Versuchen Sie nicht, mir zu folgen. Bitte helfen Sie uns!«

Der Unbekannte fuhr die elektrisch betätigte Trennscheibe hoch, stieg aus und lief über den Parkplatz davon; sie sahen noch, wie er die Pistole in einen Wassergraben warf, bevor er außer Sicht geriet.

8

Andersen Air Force Base, Guam
30. September 1994, 23.31 Uhr Ortszeit

Ihre Landescheinwerfer hatten sie erst Sekunden vor dem Aufsetzen eingeschaltet. Die einzigen Lichter auf der völlig abgedunkelten Andersen AFB waren die grüne Schwellenbefeuerung der Landebahn und die blauen Rollbahnrandfeuer. Vom Cockpit aus wirkte der gesamte Nordteil der Insel Guam so dunkel und verlassen wie der nächtliche Pazifik, den sie soeben überflogen hatten.

Das Flugzeug – schwarz wie die Tropennacht, aus der es angeschwebt war – setzte erst im zweiten Viertel der über drei Kilometer langen Landebahn des Stützpunkts auf, um die Rollstrecke möglichst kurz zu halten. Es folgte dem Rollweg Nord, steuerte eine Reihe großer Flugzeughallen an und verschwand gleich in der ersten. Sekunden später schlossen sich die Hallentore, während die Triebwerke abgestellt wurden. Wachpersonal mit Hunden und Nachtsichtgeräten suchte die Umgebung sofort nach unbefugten Beobachtern ab.

Im Licht der Innenbeleuchtung des riesigen Hangars zeigte sich, daß die eben gelandete Maschine ein Stealth-Bomber B-2 Black Night war. Wartungstechniker begannen sofort mit einer gründlichen Überprüfung des Flugzeugs. Kurze Zeit später wurde die Rumpfluke geöffnet, und drei Männer kletterten die kurze Leiter hinunter.

Als Major Henry Cobb, Oberstleutnant Patrick McLanahan und Brigadegeneral John Ormack aus dem riesigen schwarzen Bomber stiegen, wurden sie von General Elliott, General Stone, Jon Masters und Oberst Fusco begrüßt. »Freut mich, euch zu sehen, Jungs«, sagte Elliott, schüttelte ihnen die Hand und gab jedem ein Bier.

»Ein Glück, daß wir's endlich geschafft haben«, antwortete Cobb. »Meine Beine spür' ich schon lange nicht mehr.« Die drei Offiziere waren sichtlich erschöpft, aber sie lächelten freundlich, als Elliott alle miteinander bekannt machte.

General Elliott und die anderen warteten geduldig, während Cobb und McLanahan den vorgeschriebenen Rundgang um die Maschine machten und mit den Technikern einige kleine Probleme besprachen, die unterwegs aufgetreten waren. Dann wurde die Besatzung ins Stabsgebäude gefahren, wo Sandwiches, noch mehr Bier und einige Offiziere aus Stones Stab auf sie warteten.

»Eine großartige Leistung«, sagte Stone anerkennend, als die drei Offiziere in bequemen Sesseln Platz genommen hatten. »Eine B-2 mit nur drei Stunden Vorwarnzeit aus South

Dakota nach Guam zu überführen – und das alles im Nonstopflug. Wie hält man's siebzehn Stunden im Cockpit eines Stealth-Bombers aus?«

»Die ersten zehn sind nicht allzu schlimm, Sir«, antwortete Ormack müde grinsend. »Henry hat den Start und die beiden ersten Luftbetankungen übernommen, aber ich bin zu überdreht gewesen, um schlafen zu können. Kurz hinter Hawaii haben wir getauscht. Danach hat der Kampf gegen den Schlaf angefangen, bis wir bei Wake Island wieder betankt worden sind. Die letzten vier Stunden sind die schlimmsten gewesen: zu überdreht, um schlafen zu können, zu müde, um sich konzentrieren zu können – und dann Warteschleifen fliegen zu müssen, um nicht zu früh zu landen und von chinesischen Spionagesatelliten fotografiert zu werden. Für Langstreckenflüge bin ich allmählich zu alt, fürchte ich.«

»Aber Sie haben's hingekriegt«, sagte Elliott. »Sie sind pünktlich gelandet – der chinesische Satellit müßte ungefähr jetzt vorbeikommen. Falls dort draußen nicht noch ein bisher nicht aufgespürtes U-Boot lauert, haben wir's geschafft, einen Stealth-Bomber unter völliger Geheimhaltung über elftausend Kilometer weit zu verlegen. Wie sieht's mit der Maschine aus?«

»Alles im grünen Bereich«, antwortete McLanahan. »Wir haben die wichtigsten Ersatzteile und die kompletten Zeichnungen für den PACER-SKY-Einbau mitgebracht.« Er nickte Jon Masters zu. »Ihr System hat hervorragend funktioniert, Doktor. Wir haben einige Schiffe der *Ranger*-Trägerkampfgruppe wie bei Tageslicht gesehen. In der Célebes-See haben uns die NIRTSats mehrere chinesische Kriegsschiffe gezeigt, aber solange wir ihnen nicht zu nahe kommen, dürfte es keine Probleme geben.«

»Genau das haben wir vor«, sagte Stone. »Vom Außenministerium ist eine geheimnisvolle, aber dringende Warnung eingegangen, daß die Chinesen angreifen könnten, falls wir in die Célebes-See vorstoßen. Deshalb werden wir uns auf einen Überflug mit der RC-135 beschränken – und auch die soll reichlich Abstand zu allen chinesischen Schiffen halten.«

»Nun, die RC-135 ist noch einige Stunden vom Einsatzgebiet entfernt gewesen, aber sie müßte die Position dieser Schiffe von den NIRTSats bekommen haben und ihnen mühelos ausweichen können. Ich habe die Satellitendaten gespeichert, so daß wir sie sofort aus dem Bordcomputer übernehmen können.« McLanahan unterdrückte ein Gähnen, trank sein Bier aus und fügte hinzu: »Oder *Sie* können sie übernehmen. Ich muß erst mal richtig ausschlafen.«

An Bord des Elektronikaufklärers RC-135X
über der Célebes-See, Südphilippinen
Samstag, 1. Oktober 1994, 01.29 Uhr Ortszeit

Aus dreißigtausend Fuß Höhe konnte das Radar des Elektronikaufklärers RC-135X sämtliche Inseln, Atolle und Korallenriffe des Sulu-Archipels erfassen. Aber die zehn Radarspezialisten an Bord konzentrierten sich vor allem auf das Seegebiet vor der Zamboanga-Halbinsel.

In der Kabinenmitte der umgebauten Boeing 707 befand sich der Kommandostand, wo Oberst Rachel Blanchard und ihr Stellvertreter, Hauptmann Samuel Fruntz, in einem Stapel vielfarbiger Karten blätterten. »Sehen Sie sich das an«, sagte Fruntz und deutete auf die Spitze der Zamboanga-Halbinsel. »Nicht gerade subtil, was? Eine ganze Schiffskette von der Nördlichen Balabac-Straße bis nach Zamboanga.« Er verglich die Darstellung mit einer anderen Karte. »Stimmt genau mit dem NIRTSat-Ausdruck überein, den Andersen uns übermittelt hat. Dieser PACER-SKY-Satellit ist wirklich 'ne Wucht!«

Blanchard sah zu dem jungen Offizier hinüber und verdrehte die Augen. Als echter Technikfreak glaubte Fruntz, die jeweils neueste Technologie müsse unbedingt besser sein als die »ältere« – auch wenn diese erst einige Jahre alt war.

Blanchard, die im Strategic Air Command zwölf Jahre lang EC-135 und RC-135 geflogen hatte und erst seit zwei Jahren eine Aufklärungsabteilung befehligte, hielt nicht viel von im Weltraum stationierten Aufklärungssystemen, die seit einigen Jahren in Mode gekommen waren. Selbst die neuesten High-Tech-Satelliten wiesen Schwächen auf, die nur von gutausgerüsteten Flugzeugen wie der RC-135 oder der neueren EC-18 ausgeglichen werden konnten.

Oberst Blanchard hatte die meisten der sechzig verschiedenen Muster des Aufklärungs- und Überwachungsflugzeugs C-135 irgendwann selbst geflogen. Die RC135X war die modernste und beste Ausführung der älteren RC-Baureihe – aber die neuesten Aufklärer mit der Bezeichnung EC-18 waren noch erheblich leistungsfähiger. Heute war ihre RC-135X mit dem Auftrag unterwegs, chinesische Luftabwehrstellungen entlang der Küste zu erkunden und Zieldaten für von Langstreckenbombern mitgeführte SRAM-Lenkflugwaffen oder Marschflugkörper zu sammeln. Indem die RC-135X die Meßwerte hochempfindlicher Sensoren mit Radar- und Infrarotbildern kombinierte, konnte sie bei einem einzigen Flug bis zu fünftausend Kilometer Küstenlänge überwachen.

»Hey, Sam«, fragte Blanchard ihren jungen Partner, »kann dieses Wunderding Ihnen sagen, um welche *Art* von Schiffen es sich handelt?«

»Nein, aber der Satellit...«

»Das hab' ich mir gedacht. Unser Radar kann diese Schiffe *identifizieren*, während der PACER-SKY-Ausdruck nur Standort, Kurs und Fahrt angibt«, sagte Blanchard. »Ohne Identifizierung könnten wir den Verband nur als *möglicherweise* feindlich melden – und auch das bloß wegen seiner Formation.« Sie deutete auf einen vor Fruntz liegenden Computerausdruck. »Da haben Sie's: Das größte Schiff des Verbands ist wahrscheinlich ein Raketenschnellboot der *Hegu*-Klasse. Was nutzt Satellitenaufklärung, wenn sie einem nur die halbe Story liefert?«

»Immerhin bräuchten wir dann nicht fünftausend Kilometer weit zu fliegen, nur um festzustellen, daß ein großer chinesischer Konvoi nach Zamboanga unterwegs ist«, sagte Fruntz.

Blanchard zuckte mit den Schultern.

»Den eigentlichen Vorteil sehe ich woanders«, erklärte der junge Offizier ihr. »PACER SKY meldet uns beispielsweise, daß an den Ostküsten von Jolo Island und Pata Island, also mitten im Sulu-Archipel, Luftabwehrstellungen errichtet worden sind. Hier, sehen Sie, was ich meine? *Solche* Informationen brauchen wir, bevor wir in dieses Gebiet einfliegen.«

»Der Unterschied ist nicht allzu groß, weil wir *trotzdem* reinfliegen müssen«, stellte Blanchard fest. »Sollte es auf diesen Inseln tatsächlich SAM-Stellungen geben, schalten sie ihr Radar erst ein, wenn wir näher rangehen.«

»Jedenfalls ist's besser, bereits vorgewarnt zu sein, als überrascht zu werden«, sagte Fruntz nachdrücklich. »Ich weiß lieber schon vorher, wo ein Radar steht, anstatt mich unangenehm überraschen zu lassen.«

»Ich liebe Überraschungen«, behauptete Blanchard und fügte dann schnell hinzu: »Sam, bei diesen Einsätzen müssen Sie ständig mit dem Schlimmsten rechnen. Allzu viele Informationen erzeugen ein falsches Sicherheitsgefühl. Sie müssen auf *alles* gefaßt sein. Erwarten Sie das Unerwartete ...«

»Radar vier meldet Schiffsziel!« rief einer der Radartechniker plötzlich. »In langsamer Fahrt ... läuft mit zehn Knoten nach Westen.«

»Das ist etwas, das Ihr NIRTSat nicht gefunden hat«, sagte Blanchard spöttisch. »Auch wenn er noch so leistungsfähig ist, bleiben dreißig Minuten alte Informationen eben dreißig Minuten alte Informationen – und sind für uns wertlos.« Sie nickte dem Radartechniker zu. »Ich brauche eine Identifizierung dieses Ziels, Radar. Schnellstens!«

»Signal zwo hat Suchradar auf diesem Schiffsziel erfaßt«, meldete ein anderer Techniker, »C-Band ... drei-sieben-null PRF ... Luftraumüberwachungsradar ...«

»Radar vier hat das Schiffsziel identifiziert: Vermutlich ein Zerstörer der EF4-Klasse... jetzt auch Begleitschiffe – bis zu vier Einheiten in zehn Seemeilen Umkreis.« Das in den beiden Außenbehältern untergebrachte Radar der RC-135X konnte ein fast dreidimensionales Bild eines Schiffsziels erzeugen, das mit Tausenden solcher Radarbilder in einem Computerspeicher verglichen wurde und im allgemeinen eine Identifizierung ermöglichte. Je größer das Schiff, desto genauer die Übereinstimmung – und ein Zerstörer stellte ein sehr großes Radarziel dar.

»Mann, das ist ein richtig schwerer Brocken«, sagte Blanchard. »Ein Zerstörer so weit im Süden...« Sie drückte auf ihre Sprechtaste. »Comm, übermitteln Sie die Position dieses Schiffsziels sofort verschlüsselt an Andersen und Offutt. Das ist die größte Einheit, die unsere chinesischen Freunde hier im Süden haben – ich will sicherstellen, daß alle davon wissen.« Den Radartechniker fragte sie: »Entfernung zu dem Zerstörer?«

»Siebenundvierzig Seemeilen«, meldete er.

»Gut, das reicht«, entschied Blanchard. Sie sah zu Fruntz hinüber, der in ihrem Typenbuch die Angaben über chinesische Zerstörer der EF4-Klasse nachschlug. »Na, was steht in unserem schlauen Buch?«

»Lenkwaffenzerstörer zur Schiffs- und U-Boot-Bekämpfung«, las Fruntz vor. »Ungefähr zehn in Dienst gestellt, vermutlich weitere fünf in der Bereitschaftsreserve und fünf in ausländischen Häfen... Hubschrauberplattform, Abschußvorrichtungen für Lenkwaffen... und reichlich Artillerie: vier 13-cm-Mehrzweckgeschütze, acht 3,7- oder 5,7-cm-Flak und vier 2,5-cm-Flak. Dreidimensionales Luftraumüberwachungsradar vom Typ Rice Screen, außerdem Feuerleitradar Rice Lamp für die Geschütze. Einige EF4 sind zusätzlich mit dem Phalanx-System und Q-Band-Radar ausgerüstet.«

»Steht auch was über Fla-Lenkwaffen drin?«

»Ja... einige Schiffe haben keine Hubschrauberplattform

mehr, aber dafür verschiedene Abschußvorrichtungen am Heck«, antwortete Fruntz. »Manche haben vermutlich HQ-61 an Bord ... Zwillingslafette, Feuerleitradar vom Typ Fog Lamp, H- oder I-Band, maximale Reichweite sechs Seemeilen – eine recht kleine Lenkwaffe. Andere können mit der französischen Crotale bewaffnet sein ... maximale Reichweite acht Seemeilen, X-Band-Radar. Oder mit der ebenfalls französischen HQ-91 Masurca auf Zweierlafette ... Scheiße, maximale Reichweite dreißig Seemeilen, S-Band-Dopplerradar.«

»Okay, dann nehmen wir sicherheitshalber den schlimmsten Fall an«, entschied Blanchard. »Vierzig Seemeilen Abstand zu dem Zerstörer dürften genügen.« Sie machte eine nachdenkliche Pause. »Aber dieses Radar vom Typ Rice Screen macht mir Sorgen. Das ist ein hochmodernes, sehr leistungsfähiges Frühwarn- und Jägerleitradar. Wenn die Chinesen hier draußen ein Schiff mit solchem Radar stationieren, müßten sie ...«

»Flashlight, Flashlight, Flashlight, hier Basket«, sagte eine Lautsprecherstimme. Basket war das Rufzeichen der E-3C Sentry, die ihre RC-135 bei diesem Einsatz begleitete. Diese AWACS-Maschine konnte den Luftraum nach allen Seiten Hunderte von Kilometern weit überwachen, Flugzeuge in allen Höhen orten und einige Jäger auf Abfangkursen heranführen. Notmeldungen von AWACS-Controllern begannen stets mit dem dreimaligen Rufzeichen der Einsatzmaschine – die RC-135 wurde angegriffen. »Banditen bei zwölf Uhr. Blau plus fünf-fünf, Flugfläche null-neun-null, Geschwindigkeit fünf-null-null.«

Für den Fall, daß die feindlichen Jäger den verschlüsselten Funkverkehr mithören konnten, wurden Entfernungen immer durch Farbcodes bezeichnet. Blau bedeutete fünfzig Seemeilen, Gelb zwanzig und Rot null; Grün bedeutete, daß zwanzig Seemeilen abgezogen werden mußten. Kam es jedoch zum Luftkampf, verzichtete der Controller auf alle Farben und bemühte sich, seine Warnungen möglichst schnell durchzugeben. Im Einsatzgebiet waren alle Radarziele »Banditen«, und jede über fünfhundert Knoten schnelle Maschine galt bis zum Beweis des Gegenteils automatisch als feindlicher Jäger.

»Jetzt vier Ziele, Blau plus vierzig, Geschwindigkeit über fünf-null-null. Bullet Flight, in Abfangposition auf weitere Anweisungen warten.«

Die EC-3 Sentry warnte nicht nur Flashlight, den Aufklärer RC-135X, sondern auch Shamu Three-One, den Tanker KC-10, der bei diesem Einsatz die Maschinen von Navy und Air Force unterstützte, zwei Tanker KA-6 der Navy, die für Notfälle in Reserve gehalten wurden, und vier Jäger F-14A Tomcat der VF-2 Bullets von der USS *Ranger*, die knapp außerhalb der indonesischen Hoheitsgewässer etwa hundert Seemeilen östlich der Insel Talaud stand. Bewaffnet waren die Tomcats als Begleitjäger mit jeweils vier radargesteuerten Jagdraketen Sparrow für mittlere Entfernungen und vier Jagdraketen Sidewinder mit Infrarotsuchkopf und kürzerer Reichweite.

Zwei der F-14, Bullet Four und Five, begleiteten die RC-135, während Bullet Tow und Three von der KC-10 betankt wurden. Vier weitere Jäger F-14 standen startbereit und waren zusätzlich mit Jagdraketen AIM-54 Phoenix mit größerer Reichweite bewaffnet, um notfalls den Maschinen der Air Force beistehen und die Trägerkampfgruppe verteidigen zu können ...

Und jetzt schien der Notfall eingetreten zu sein. Wo unbekannte Maschinen sich im Anflug befanden, hatte eines der modernsten amerikanischen Spionageflugzeuge nichts mehr verloren. Die Informationen waren wichtig – aber nicht wichtig genug, um dafür Menschen und Material aufs Spiel zu setzen. »Wird Zeit, daß wir verschwinden, Grashopper«, sagte Rachel Blanchard. »Wir machen Schluß für heute!« Gespielte Lockerheit angesichts eines möglicherweise bevorstehenden Angriffs war sonst nicht ihre Art, aber sie wußte aus Erfahrung, daß Besatzungsmitglieder in der ersten Aufregung über den gemeldeten Angriff oft kostspielige Fehler machten. Gelang es ihr, ihnen über diese Anfangsphase hinwegzuhelfen, funktionierten sie danach um so besser.

»Pilot, hier Recce One, auf Gegenkurs gehen«, fuhr Blanchard fort. »Besatzung, hier Recce One, Aufklärung beenden, Stationen abschalten, Daten zur Weitergabe übermitteln, Ausführung melden.« Dann verfolgte sie, wie auf ihrem Kontrollpult die Anzeigen für verschlüsselte Datenpakete aufleuchteten. Sie würde mit Fruntz die wichtigsten Informationen auswählen und sofort übermitteln. Oder sie sendeten das gesamte Material in komprimierter Form oder prüften die Datenpakete einzeln und übermittelten sie danach. Letztere Methode wurde bevorzugt angewandt, bis die Banditen bedrohlich näherkamen; ab dann wurde ein beschleunigtes Verfahren mit einer Übertragungsgeschwindigkeit von 57 000 000 Bit pro Sekunde eingesetzt, das Daten so schnell hinausschaufelte, wie die Computer der RC-135 sie bewältigen konnten.

»Flashlight, Linkskurve, Kurs eins-vier-null«, sagte der AWACS-Controller. »Flugplatz Manado ist dann bei zwölf Uhr, zwo-fünf-null Seemeilen.« Manado, eine größere Stadt auf der Halbinsel Minahasa im Norden Indonesiens, war der erste Ausweichflugplatz. Auf Südostkurs flogen sie von den Philippinen weg und zugleich auf ihren Tanker und die USS *Ranger* zu, die fünfhundert Meilen weiter östlich in der nördlichen Molukken-See stand.

»Flashlight, verstanden«, antwortete Blanchards Pilot. Er schob die Leistungshebel unbewußt bis fast auf militärische Notleistung nach vorn, um den Abstand zwischen ihnen und den Unbekannten möglichst nicht kleiner werden zu lassen.

Fruntz und Blanchard brauchten nur wenige Augenblicke, um ihre wichtigste Arbeit zu erledigen – die sichere Übermittlung der auf ihrem kurzen Flug gesammelten Radar- und Sensordaten. Sobald alles Material nach Guam übermittelt war, wurde jede einzelne Datenzeile mit der Bodenstation abgeglichen; stimmten Ein- und Ausgabe überein, konnte Blanchard die verifizierte Zeile löschen und diesen Vorgang mit der nächsten wiederholen. Dieses Prüfverfahren war sehr zeitraubend, aber nur so ließ sich sicherstellen, daß die Informationen fehlerfrei angekommen waren, bevor sie gelöscht werden durften ...

Auf jeden Fall gelöscht wurden die Aufklärungsergebnisse, bevor die feindlichen Jäger auf Angriffsentfernung herankamen.

An Bord des Jägers F-14A Bullet Four

Dieser ganze Scheiß passiert einfach zu schnell, dachte Oberleutnant Greg »Hitman« Povik.

Nachtstarts von Flugzeugträgern waren das Schlimmste, was man erleben konnte. Kampfeinsätze waren schlimm genug, aber ein Katapultstart bei Nacht war der absolute Horror. Man ist in seiner dreißig Tonnen schweren Maschine angeschnallt und wird ins Dunkel hinausgeschossen: in zwei Sekunden von null auf hundertfünfzig Knoten. Brutal genug, daß der Verstand einem sagt, man befinde sich in steilem Steigflug, so daß man am liebsten nachdrücken würde – was binnen einer Sekunde den sicheren Tod bedeuten würde. Draußen ist nichts zu erkennen. Man weiß nicht mehr, wo oben, unten oder seitlich ist; dafür gibt es keine natürlichen Hinweise.

Also läßt man den Nachbrenner eingeschaltet und den Knüppel gezogen, bis man das Flugdeck verlassen hat und sich eindeutig im Steigflug befindet. Man glaubt seinen Instrumenten, denn der Verstand würde einen umbringen, wenn man ihn ließe. Steigen, Höhengewinn ... Fahrwerk ein. Hundertachtzig Knoten, Vorflügel und Klappen hoch. Zweihundertfünfzig Knoten, Flügel auf maximale Peilung, einkurven und auf den Rottenflieger warten.

Draußen ist's stockfinster, also konzentriert man sich auf seine Instrumente. Im Funk sind viele andere Menschen zu hören, die teils Hunderte von Seemeilen, teils nur einige Seemeilen entfernt sind. Allmählich hört man die wichtigen

Meldungen heraus: Der Rottenflieger ist gestartet und hat einen im Radar, so daß er allein aufschließen kann, ohne vom Träger oder der E-2 Hawkeye geführt werden zu müssen. Dann der Kurs zum Tanker – jeder F-14-Start kostet Unmengen von Sprit. Die eigenen Maschinen sind noch dreihundert Seemeilen und einen Vierteltank weit entfernt. Cockpit kontrollieren, Klarmeldung von Leutnant Bob »Bear« Blevin, dem Radar Intercept Officer (RIO), Sauerstoff und Innendruck kontrollieren, Waffen kontrollieren, alles kontrollieren.

Allmählich entsteht ein klares Bild der Lage. Ein amerikanisches Aufklärungsflugzeug ist weniger als hundert Seemeilen von den Philippinen entfernt und ganz in der Nähe chinesischer Kriegsschiffe. Nach vorerst noch unbestätigten Meldungen könnten chinesische Patrouillenflugzeuge mit Begleitjägern in der Luft sein – und die chinesischen Kriegsschiffe könnten ihre Geschütze und Fla-Lenkwaffen einsetzen. Großartig. Man ist von nachtschwarzem Dunkel umgeben und fühlt sich einsamer als je zuvor. Und man weiß, daß verdammt viel offenes Meer zwischen einem und trockenem Land oder einem Flugdeck liegt.

Alles passiert zu schnell, obwohl der Aufklärer noch Hunderte von Seemeilen entfernt ist. Blevin nimmt Funkverbindung mit dem Tanker auf, und man steuert ihn an. Die kleine KA-6 kann nur ein paar tausend Liter Treibstoff abgeben, aber es ist besser, über dem Meer für Notfälle möglichst volle Tanks zu haben.

Die Luftbetankung bei Nacht ist kaum weniger aufregend als ein nächtlicher Katapultstart. Povik muß sich hinter den Tanker KA-6 setzen, einen winzigen beleuchteten Trichter mit nur gut einem Meter Durchmesser finden und die Tanksonde hineinstecken, indem er mit seiner ganzen dreißig Tonnen schweren Maschine zielt. Um sich nicht zu weit von der *Ranger* zu entfernen, fliegt die KA-6 dabei ein großes Oval, was dieses Manöver noch schwieriger macht. Mit Unterstützung durch Blevin schaffte Povik es im zweiten Anlauf und übernahm seinen ganzen Treibstoff auf einmal. Nachdem sein Rottenflieger ebenfalls betankt worden war, ließen sie sich von der E-2C Hawkeye den Kurs zum Einsatzgebiet geben.

Wenig später übernahm ein Controller an der AWACS-Maschine der Air Force ihre Führung. Die Marinepiloten hatten schon mehrmals mit der E-3C Sentry geübt, aber ihre Controller arbeiteten anders als die der Navy: Sie redeten dauernd, schienen den Ehrgeiz zu haben, einem alle Zahlen von ihren Radarschirmen vorzulesen und überließen die Navigation weitgehend den Jägerbesatzungen. Aber Povik und sein Rottenflieger Bullet Five bekamen schließlich einen Steuerkurs, der sie auf Sichtweite an die RC-135 der Luftwaffe heranbrachte. Sie sah wie ein Tanker KC-135 aus – ohne Betankungsvorrichtung, aber dafür mit vielen Ausbuchtungen und Zusatzantennen.

Seit dem Katapultstart war weniger als eine Stunde vergangen. Jetzt befanden sich unbekannte Maschinen im Anflug. Povik hatte keine Zeit, sich bequem einzurichten, sein Blickfelddarstellungsgerät genau richtig einzustellen oder seine Gurte straffzuziehen. Der Luftkampf begann *sofort*.

»Bullet Five, Abstand halten und Lichter kontrollieren«, wies Povik seinen Rottenflieger über Funk an. Er überzeugte sich mit einem raschen Blick davon, daß bei der anderen F-14A alles in Ordnung zu sein schien, bevor sie in der Dunkelheit verschwand. Jetzt mußten sie sich darauf verlassen, daß der Controller in der AWACS-Maschine für Staffelung sorgte, während sie in Teamarbeit die Banditen abwehrten.

»Bullet Flight, hier Basket. Vier Banditen bei zwölf Uhr. Blau plus zwanzig, Höhe dreißigtausend Fuß. Vermutlich zwei weitere Banditen, Höhe fünfundzwanzigtausend. Abfangkurs zehn Grad rechts.«

»Bullet Flight, verstanden.« Poviks Hintermann hätte die anfliegenden chinesischen Jäger mühelos mit seinem Zielsuchradar AWC-9 erfassen können, aber die Abstrahlung von Radargeräten war auf unglaubliche Entfernungen feststellbar, und je später er sein Radar einschaltete, desto mehr hatten sie das Überraschungsmoment auf ihrer Seite.

Dann hörten sie auf der internationalen Wachfrequenz eine Stimme: »Nicht identifiziertes Flugzeug in zehntausend Meter Höhe, hier Jägergruppe sieben.« Der Anrufer sprach Englisch mit starkem Akzent – mit chinesischem Akzent. »Sie haben ein Luftsperrgebiet verletzt. Sie gehen sofort auf Gegenkurs und fahren Ihr Fahrwerk aus.«

»Bullet Flight, weitere Banditen aus dem Raum Zamboanga im Anflug«, meldete der AWACS-Controller über Funk. »Genaue Anzahl noch nicht feststellbar.«

»Entfernung der Banditen zu Flashlight?« fragte Povik.

»Entfernung Blau plus null«, antwortete der Controller.

Fünfzig Seemeilen. Der Luftkampf würde innerhalb der nächsten Minuten beginnen. Die chinesischen Jäger wollten sich offenbar nicht damit begnügen, die amerikanischen Flugzeuge zu vertreiben – sie wollten sie diesmal abfangen und zur Landung zwingen.

»Nicht identifiziertes Flugzeug, Sie haben ein Luftsperrgebiet verletzt«, wiederholte die chinesische Stimme drängender. »Sie haben meine Anweisungen nicht befolgt. Setzen Sie Ihre Geschwindigkeit herab, fahren Sie das Fahrwerk aus und folgen Sie uns, sonst werden Sie angegriffen. Dies ist meine letzte Warnung!«

Povik überlegte, ob er die Wachfrequenz abschalten sollte, aber vielleicht würde er sie später brauchen. Dieser Kerl ging ihm allmählich auf die Nerven. Zum Glück würde er bald die Klappe halten, wenn die Schießerei losging. »Wo ist Bullet Flight Two?« fragte Povik ihren AWACS-Controller.

»Im Abflug von Shamu, Entfernung zu Ihnen Blau plus zehn.« Sechzig Seemeilen. Das bedeutete, daß die beiden F-14 Bullet Two und Three nicht rechtzeitig ankommen würden, um in den Kampf eingreifen zu können – sie würden erst dazukommen, wenn die chinesischen Jäger die RC-135 einholten. Das war viel zu spät.

Povik mußte jetzt einen Entschluß treffen, der aber schon vorgegeben war. Sie hatten den Auftrag, die beiden Maschinen der Air Force zu schützen. Dazu verfügten sie über reichlich Feuerkraft – nur die Zeit wurde gefährlich knapp. Sie mußten diese chinesischen Jäger von den langsamen eigenen Aufklärern abdrängen.

»Bullet Four dreht fünfundvierzig links«, kündigte Povik an. »Five, dranbleiben.«

»Zwo«, bestätigte der andere Pilot.

»Sieh zu, daß du sie ins Radar kriegst, Bear«, sagte Povik als nächstes. Da sie wollten, daß die chinesischen Jäger ihnen folgten, konnten sie jetzt ihr Radar einschalten. Povik drehte nach Westen ab und schob seine Leistungshebel ganz nach vorn. »Macht!« forderte er die chinesischen Piloten in Gedanken auf. »Los, los, kommt schon!«

»Bullet Flight, vier Banditen sind auf Abfangkurs, jetzt bei zwei Uhr, vierzig Meilen. Zwei weitere Banditen in fünfundzwanzigtausend bestätigt, weiter auf Kurs eins-vier-null.« Seine Taktik funktionierte also – einigermaßen. Jedes Grad Kursänderung der chinesischen Jäger, jede fünf Sekunden Unterbrechung ihrer Aufholjagd bedeuteten zwei Seemeilen mehr Sicherheit für den Aufklärer RC-135. Die Chinesen waren offenbar hinter dem lohnenderen Ziel her: Die RC-135 war kein echter Gegner, aber einen feindlichen Jäger abzuschießen... Aber die beiden nachfolgenden Banditen ließen sich nicht beirren, sondern blieben im Anflug auf die RC-135.

»Bullet Flight, zwei Banditen brechen die Verfolgung ab; sie sind wieder auf Kurs eins-fünf-null, um Flashlight abzufangen.«

»Scheiße!« sagte Povik, ohne die Sprechtaste zu drücken. Nach einigen Sekunden Verwirrung hatte die Jägergruppe beschlossen, sich zu teilen und beide Ziele anzugreifen. Wenigstens verbesserten sich dadurch die Chancen der Verteidiger; zwei gegen zwei auf dem von den Aufklärern wegführenden

Kurs, zwei gegen vier weitere im Anflug auf die RC-135. Und je weiter die chinesischen Piloten sich von ihrem Radarschiff entfernten, desto schwieriger wurde ihre Aufgabe. »Bullet Two Flight, könnt ihr die vier anfliegenden Banditen übernehmen?«

»Klar doch, Hitman«, antwortete der Pilot von Bullet Two. »Bullet Two Flight hat Kontakt mit den vier Banditen auf Südostkurs.«

»Bullet Flights, Bullet Six Flight ist mit zwei Maschinen gestartet, voraussichtliche Ankunftszeit zehn Minuten«, meldete der AWACS-Controller. Zwei weitere Tomcats waren hierher unterwegs. Okay, dachte Povik grimmig, dann sind wir drei Paare, und der Tanz kann beginnen.

»Sieh mal auf die Treibstoffanzeige, Hitman«, sagte Poviks RID. »Wir haben noch ungefähr zehn Minuten, bis wir zurückfliegen müssen.«

»Danke, Bear«, antwortete Povik. »Höchstens zehn Minuten, dann hauen wir ab.«

»Bullet Two Flight, wechseln Sie auf Eagle zu Ihrem neuen Controller.« Povik ging auf die vereinbarte neue Frequenz – aus Sicherheitsgründen wurden bei Frequenzwechseln keine Zahlen genannt –, überzeugte sich davon, daß sein Rottenflieger den Wechsel mitgemacht hatte und meldete sich bei ihrem neuen AWACS-Controller, der jetzt nicht mehr »Bullet Two Flight« sagen mußte, um sie von den beiden anderen Tomcats zu unterscheiden. »Bullet, zwei Banditen bei drei Uhr, dreißig Minuten. Wie lange können Sie noch?«

»Für Bullet Two ist in acht Mike Schluß«, antwortete Povik. Sein Rottenflieger meldete ebenfalls acht Minuten – das tat er automatisch, wenn sein Treibstoffvorrat nicht geringer war. Der Anzeige nach wären es noch zehn Minuten gewesen, aber man zog immer zwei Minuten für Frau und Kinder ab. Wenn der AWACS-Controller ein anständiger Kerl war, zog er seinerseits zwei Minuten ab und schickte die Tomcats in sechs oder sieben Minuten zur USS *Ranger* zurück.

Aller Erfahrung nach würde dieser Luftkampf in weniger als zwei Minuten zu Ende sein ... so oder so.

STRATFOR-Kommandozentrale, Andersen AFB, Guam

»Funkspruch von Basket, Sir!« meldete der Funker aufgeregt. »Dreihundert Seemeilen nordwestlich von Manado greifen sechs feindliche Jäger, vermutlich chinesische Maschinen, die F-14-Begleitjäger an. Flashlight verläßt das Gebiet auf Südostkurs.«

General Stone sprang auf und war mit zwei, drei Schritten neben dem Funker; Elliott stand sofort hinter ihm und hörte aufmerksam zu. »Weisen Sie Flashlight an, alle Daten zu übermitteln und schnellstens zu verschwinden. Shamu soll bleiben, um notfalls Treibstoff abgeben zu können, und Basket bleibt, um unsere Jäger zu führen – alles möglichst weit von den Philippinen entfernt.«

»Basket und Flashlight fliegen mit Höchstgeschwindigkeit ab ... Basket meldet weitere in Zamboanga gestartete Jäger. Bisher kein Sichtkontakt, aber einer der feindlichen Piloten, der Flashlight auf Englisch aufgefordert hat, ihnen zu folgen, hat mit chinesischem Akzent gesprochen.« Der Funker betätigte einen Schalter, sprach kurz in sein Lippenmikrofon und berichtete dann: »Der Nachrichtenraum meldet gute Datenübertragung über DSCS von Basket und Flashlight.« Stone nickte erleichtert. Das Leben seiner Besatzungen war am wichtigsten; aber es war auch wichtig, die bis dahin gesammelten Informationen zu sichern.

»Die *Ranger* hat zwei weitere Jäger gestartet«, meldete der Funker. »Aus dem Raum Zamboanga werden weitere Starts von Jägern gemeldet. Die *Ranger* hat den Luftverteidigungsfall mit zweihundert Meilen Sperrzone erklärt.«

»Lassen Sie festhalten, daß alle unsere Flugzeuge sich im internationalen Luftraum befinden«, forderte Elliott General

Stone auf. »Sollte eines von ihnen angegriffen werden, haben wir das moralische Recht zu Vergeltungsschlägen.«

Stone nickte zustimmend. »Basket soll uns eine Radarkarte dieses Gebiets übermitteln«, wies er den Funker an, »und die eigene Position nach GPS und Trägheitsnavigationssystem melden und diesen Vorgang jede Minute wiederholen, bis die Angreifer abgedreht haben.« Während der Funker den Befehl weitergab, sagte Stone zu Elliott: »Die Chinesen haben Zamboanga anscheinend nicht nur besetzt, sondern auch befestigt und abgeschirmt. Das ist früher ein wichtiger Stützpunkt gewesen.«

Elliott sah auf die in der Kommandozentrale hängende große Wandkarte. »Von dort aus kontrollieren sie die Zugänge zu den südlichen Philippinen.«

Ein als Verbindungsoffizier zur STRATFOR entsandter Kapitän zur See warf ein: »Der Zerstörer der EF4-Klasse ist eindeutig der Schlüssel, Sir. Flashlight hat ein Radarsystem Rice Screen in Betrieb gemeldet – das modernste Radar der chinesischen Kriegsmarine. Von dieser einen Plattform aus läßt sich fast die ganze Célebes-See kontrollieren. Beim Einsatz landgestützter Flugzeuge kann der Zerstörer Luft- und Seeziele im Umkreis von einigen hundert Seemeilen bekämpfen.«

»Was wir brauchen«, murmelte Stone vor sich hin, als wage er nicht recht, diese Forderung laut auszusprechen, »ist die Genehmigung für einen Angriff der *Ranger* auf diesen EF4-Zerstörer.«

»Daß wir die bekommen, ist leider ziemlich unwahrscheinlich«, stellte Elliott fest. »Wir können von Glück sagen, daß Washington diesen Einsatz genehmigt hat – und ich sehe keine Möglichkeit, einen Präventivschlag gegen ein chinesisches Kriegsschiff genehmigt zu bekommen.« Nach einer Pause fügte er grimmig hinzu: »Es sei denn, einer unserer Aufklärer würde abgeschossen ...«

Die wichtigste Fähigkeit, die jeder Pilot besitzen muß, ist die Gabe, sich ein klares räumliches Bild von seiner jeweiligen Situation zu machen: die Fähigkeit, sich seine Umgebung jederzeit auch ohne Unterstützung durch Radarflugzeuge, Farbbildschirme oder sogar RIOs plastisch vorzustellen. Zum Glück besaß Povik diese Gabe, die er in zwölf auf Flugzeugträgern verbrachten Dienstjahren systematisch verfeinert hatte.

Bullet Two und Three sowie die vor kurzem von der *Ranger* gestarteten zusätzlichen Tomcats würden sich die vier chinesischen Jäger vornehmen müssen, die hinter dem Aufklärer her waren. Also blieben Bullet Four und Five für die beiden Kerle übrig, die sich abgesondert hatten, um sie zu verfolgen. Bullet Five hatte wieder zu Povik aufgeschlossen, ohne aber an seiner Flügelspitze zu kleben. Er hielt etwas Abstand, damit die beiden Maschinen sich gegenseitig unterstützen konnten, falls sie angegriffen wurden. Das war eine reine Defensivposition, aus der sie jedoch rasch auf Angriff umschalten konnten. Bedauerlicherweise war ihnen eine vorteilhaftere Offensivposition nicht gestattet. Ihr Einsatzbefehl, der jedem Piloten eingehend erläutert worden war, bestimmte klar und deutlich, daß die Tomcats nur schießen durften, wenn sie selbst angegriffen wurden oder ein feindliches Flugzeug auf weniger als hundert Seemeilen an die *Ranger* herankam. Auch dann durften sie ihre Waffen nur einsetzen, um Luftkämpfe zu beenden, damit alle eigenen Jäger sich zurückziehen konnten. Aber es gab bestimmt keinen Staffelchef, der damit rechnete, daß seine Piloten absichtlich danebenschießen oder einen Luftkampf vermeiden würden.

»Unser Treibstoff reicht noch fünf Minuten«, sagte Poviks RIO. »Wird Zeit, daß wir abhauen.« Povik flog weiter nach Westen, um die beiden chinesischen Jäger möglichst weit von der RC-135 wegzulocken, bis die zuletzt gestarteten eigenen Jäger heran waren.

»Noch ein paar Kurven, dann hauen wir ab«, bestätigte Povik. »Ich will bloß sicherstellen, daß die Kerle sich nicht wieder den Aufklärer vornehmen können.«

Die chinesischen Jäger schienen nicht wirklich angreifen zu wollen: Sie blieben etwa neun Seemeilen hinter ihnen, kamen nur näher, wenn Povik eine weite Kurve flog, und stellten im Geradeausflug sofort wieder den alten Abstand her. Der Radarwarner der F-14 zeigte ihre Position durch ein S in einer Raute. Das bedeutete, daß die feindlichen Maschinen nur ein einfaches Zielsuchradar hatten und somit erst angreifen konnten, wenn sie auf fünf bis sechs Meilen herangekommen waren. Nach ersten Aufklärungsergebnissen waren hier vermutlich Jäger J-7 im Einsatz – chinesische Nachbauten der sowjetischen MiG-21.

»Bullet, Bullet Two Flight drängt die beiden anderen Banditen ab«, berichtete der AWACS-Controller. »Nach meiner Uhr reicht ihr Treibstoff nur noch für zwei Minuten. Aus Nordwesten fliegen zwei, möglicherweise vier weitere Banditen an, Entfernung Blau plus vierzig, Geschwindigkeit sechshundert.«

Das genügte Povik. »Verstanden, Basket. Ich empfange keine Radarwarnsignale von diesen Kerlen – vielleicht wollen sie uns auch nur abdrängen.« Poviks älterer Radarwarner war wenig leistungsfähig, wenn es darum ging, Art und Richtung drohender Gefahren genau zu bestimmen. »Wir hauen ab. Bullet Five, ich drehe als erster nach links ab. Ich halte dir den Rücken frei.«

»Zwo«, antwortete sein Rottenflieger lakonisch.

Povik hatte seine F-14 eben in eine steile Linkskurve gelegt, als er den anderen Piloten kreischen hörte: »Raketenstart! Hitman, sie kommt auf dich zu!«

»Scheiße!« sagte Povik laut. Aber kein Ton aus dem Radarwarner ... »Düppel und Fackeln, Bear! Und sieh zu, daß du die Rakete findest!«

»Ich seh' sie nicht!« rief Blevin. Während Povik jetzt eine noch engere Linkskurve flog, wurde seine Sauerstoffmaske an die rechte Seite der Cockpithaube gedrückt. »Ich kann sie nicht sehen!« Dabei drückte er wiederholt auf die Tasten, mit denen Düppel und Leuchtkörper ausgestoßen wurden. Die weißen Phosphorfackeln waren deutlich zu sehen, aber die feindliche Jagdrakete blieb unsichtbar.

»Hitman!« brüllte sein Rottenflieger. »Links von dir! Rakete dreht ein! Volle Nachbrenner!« Blevin kämpfte gegen die Fliehkraft an und starrte nach links hinaus. Dort sah er die Rakete sofort: ein winziger gelber Lichtpunkt, der sich rasch vergrößerte, als die Jagdrakete in engen Spiralen herangerast kam.

Povik zögerte keine Sekunde lang. Er schob die Leistungshebel nach vorn in die volle Nachbrennerstufe und spürte den befriedigenden Ruck, als pro Sekunde dreißig Liter Treibstoff eingespritzt wurden und hinter der Tomcat eine über dreißig Meter lange Flamme erzeugten. Das war ein letzter verzweifelter Versuch, eine Jagdrakete mit Infrarotsuchkopf irrezuführen: Man schaltete den Nachbrenner ein und hoffte, die lange Flamme werde die Rakete ablenken ...

»Jesus ...«, ächzte Blevin. Aber als er die Detonation erwartete, sah er die Rakete plötzlich nach rechts abbiegen und hinter ihnen vorbeifliegen. »Sie dreht ab! Nachbrenner aus, steile Linkskurve!« Er wurde nach vorn gegen seine Gurte geworfen, als Povik die Leistungshebel auf achtzig Prozent zurückriß, und stieß weiter Düppel aus, bis die chinesische Rakete außer Sicht kam. Zum Glück detonierte sie nicht automatisch, nachdem sie ihr Ziel verfehlt hatte – sie war so nahe gewesen, daß ihr Gefechtskopf die F-14 schwer hätte beschädigen können. »*Verdammt!* Sie ist an uns vorbei ... nicht mehr zu sehen.« Er suchte den Nachthimmel nach beiden Seiten ab, um sicherzugehen, daß die Rakete nicht etwa zu einem zweiten Angriff zurückkam.

»Das Scheißding hat *uns* angesteuert, nicht nur die Triebwerksauslässe«, sagte Povik und merkte dabei, daß er wie nach einem Hundertmetersprint keuchte. *So* fühlte man also in einem richtigen Luftkampf ... Er dachte an die Einsatzbesprechung, in der es geheißen hatte, die Chinesen hätten noch keine Jagdraketen, deren Infrarotsuchkopf einen Flugzeugrumpf ansteuern könne. Die AIM-9R Sidewinder der Tomcats waren modern genug, um die heißen Flügelvorderkanten feindlicher Maschinen anzusteuern, aber die chinesischen Jagdraketen PL-2 und PL-7 waren dazu angeblich nicht imstande. Blödsinn! »Unsere Aufklärung muß *viel* besser werden, glaub' ich.«

»Bullet Four, Banditen drehen nach rechts ab, Entfernung elf Meilen«, berichtete der AWACS-Controller. »Bullet Five, ein Bandit quer vor Ihnen, Entfernung sechs Meilen ... Four ist sicher bei fünf Uhr und niedriger.«

»Bullet Five, Fox zwo!« rief Poviks Rottenflieger. Als er aufblickte, sah er gerade noch einen unheimlichen Feuerstrahl ins Dunkel davonrasen. Im nächsten Augenblick folgte ein weiterer. Die Jagdraketen AIM-9R Sidewinder mit Infrarotsuchkopf drehten im Sinkflug nach rechts ab, um die Jäger zu verfolgen. Sekunden später ereigneten sich zwei Detonationen, von denen die zweite viel spektakulärer war, und der beschädigte chinesische Jäger stürzte trudelnd ab. Sie hatten den chinesischen Jäger in einer perfekten Zangenbewegung erwischt: Er hatte sich so sehr auf den Abschuß der Maschine vor ihm konzentriert, daß er die von oben kommende zweite F-14 ganz vergessen hatte.

»Bullet Five, ein Abschuß«, berichtete der AWACS-Controller. »Bandit Nummer zwei bei zwei Uhr hoch, Abfangkurs null-zwo-fünf. Weitere Banditen bei elf Uhr hoch, Blau plus dreißig. Bandit Nummer zwei fliegt nach Nordwesten, sinkt steil und wird langsamer. Sieht so aus, als wollte er über der Abschußstelle kreisen.« Der zweite chinesische Jäger beteiligt sich offenbar an der Rettungsaktion für seinen Kameraden. »Bullet Flight, wie lange könnt ihr noch?«

Das erinnerte Povik daran, ihren Treibstoffvorrat zu überprüfen, der geringer war, als er befürchtet hatte. Schon die wenigen Sekunden mit eingeschaltetem Nachbrenner hatten verdammt viel kostbaren Treibstoff gekostet. In ein paar Minuten würde er auf Reserve umschalten müssen. »Für Bullet Four ist Schluß. Geben Sie mir den Kurs zu Home Plate.«

»Bullet Five hat noch drei Minuten«, meldete Poviks Rottenflieger. »Geben Sie mir einen Kurs zu Bullet Two Flight, falls ich dort aushelfen kann.«

»Das wird nicht nötig sein, Bullet Five«, antwortete der AWACS-Controller. »Bullet Two Flight ist im Einsatz, Bullet Six Flight ist gestartet, Bullet Eight Flight meldet Startbereitschaft. Home Plate ruft Sie zurück. Kurs eins-drei-Zwo, übergebe an Anflugkontrolle.«

»Basket, verstanden«, bestätigte Povik. Das konnte ihnen nur recht sein. Man mußte wissen, wann man einen Kampf abzubrechen hatte – und ein Abbruch zum jetzigen Zeitpunkt hatte nichts Feiges an sich.

An Bord von Bullet Two

»Schieß endlich, Banger!« rief Kapitänleutnant Carl Roberts. »Verdammt noch mal, schieß endlich!«

Aus dem Abfangen der vier chinesischen Jäger – wobei sie noch immer nicht wußten, um was für Maschinen es sich handelte – wurde rasch tödlicher Ernst. Ohne sich mit Ausweichbewegungen oder Kursänderungen aufzuhalten, steuerten die Chinesen unbeirrbar weiter die RC-135X an. Obwohl ihre vier Maschinen jetzt mit dreitausend Fuß Höhenunterschied zwei Rotten bildeten, hielten sie stur auf die vier F-14 Tomcats zu – die höhere Rotte mit fast fünfhundertfünfzig, die untere mit gut fünfhundert Knoten.

Carl Roberts, der RIO von Bullet Two, sah die drohende Gefahr deutlich. Er hatte die Banditen mit seinem Zielsuchradar erfaßt, weil er hoffte, daß das Pfeifen des AWG-9 im Radarwarner die chinesischen Jäger zum Abdrehen veranlassen würde. Aber das war nicht der Fall. Die chinesischen Jäger blieben auf Kurs. »Du mußt jetzt schießen, Banger«, drängte Roberts seinen Piloten, Oberleutnant James Douglas.

Für Douglas, der zuvor jahrelang Bomber A-6E und Jagdbomber A-7 geflogen hatte, war dies erst der zweite Törn als F-14-Pilot. Bomberpiloten, überlegte Roberts, waren einfach anders veranlagt als Jagdflieger. Bombenangriffe erforderten Disziplin, genaue Zeitplanung und striktes Einhalten des Plans: alles Dinge, die einen Jagdflieger eher behinderten. In einen Luftkampf konnte man nicht mit einem genau ausgearbeiteten Plan gehen – aber genau das tat Douglas leider ständig. »Im Einsatzbefehl steht, daß wir ...«

»Zum Teufel mit dem Einsatzbefehl, Banger«, unterbrach Roberts ihn. »Du mußt angreifen! Die *Ranger* hat den Luftverteidigungsfall erklärt und die Sperrzone auf zweihundert Meilen vergrößert. Diese Kerle sind schon viel zu nahe. Du mußt endlich schießen!«

»Bullet Two, Bandit bei zwölf Uhr, zwanzig Meilen«, sagte ihr AWACS-Controller. »Entfernung zu Flashlight: vierzig Seemeilen. Entfernung zu Home Plate: Blau plus siebzig ...« Der Controller rasselte weitere Zahlenangaben herunter, die Douglas jedoch bewußt ausblendete. Sie hatten ihren Auftrag; alles weitere brauchte sie vorerst nicht zu kümmern ...

»Ein Schuß von vorn trifft fast nie«, wandte Douglas ein. »Die Trefferchancen sind viel zu gering.«

»Und wenn schon! Weicht er der Sparrow aus, erwischen wir ihn von der Seite. Los, schieß endlich!«

»Nur ein paar Sekunden, bis sie nicht mehr genau von vorn kommen ...«

»Du darfst nicht länger warten, Banger! Die Kerle dürfen unseren Aufklärer nicht erreichen. Du *mußt* schießen, verdammt noch mal!«

»Eine Sparrow von vorn bringt nichts«, stellte der Pilot fest. »Wir müssen was anderes versuchen.« Auf der Jägerfrequenz sagte er: »Eins steigt jetzt kurz. Abstand halten und nach hinten sichern.«

»Zwo«, bestätigte sein Rottenflieger.

»Jetzt geht's los«, sagte er zu Roberts. »Ich steige mal kurz; vielleicht schert dann einer der Kerle aus, um uns anzugreifen.« Sein RIO wollte widersprechen, aber Douglas hörte nicht zu. Er zog die Tomcat in einem Winkel von fünfundvierzig Grad hoch, was steil, aber noch zwanzig Grad unterhalb des maximalen Neigungswinkels ihres Zielsuchradars AWG-9 war – die chinesischen Jäger jetzt zu verlieren, wäre eine Katastrophe gewesen –, wartete einige Sekunden, bis ihre Fahrt um gut hundert Knoten abgenommen hatte, und ging dann wieder in den Geradeausflug über. Das Radar zeigte, daß sich die Entfernung auf fünfzehn Seemeilen verringert hatte.

»Scheiße. Keine Reaktion ...«

»Du *mußt* schießen, Banger. Anders sind die nicht zu stoppen!«

»Eins, hier Zwo. Fehlanzeige. Die Chinks tun nichts. Ich bin in sicherer Entfernung.« Auch ihr Rottenflieger drängte Douglas, eine Jagdrakete abzuschießen.

Im nächsten Augenblick meldete sich der AWACS-Controller: »Bullet Flight, Home Plate übermittelt Code Zulu-Rot-Sieben, wiederhole, Code Zulu-Rot-Sieben, Ausführung sofort. Bestätigen Sie.«

»Jesus, Banger, schieß den Hundesohn ab!« Roberts wußte, daß sie ihre Chance verpaßt hatten. Während Douglas noch zögerte, waren die chinesischen Jäger dabei, in die engere Sicherheitszone mit hundert Seemeilen Radius um die *Ranger* und ihre Begleitschiffe einzudringen. Jetzt bedrohten sie nicht nur die Aufklärer, sondern auch den Flugzeugträger, und die Tomcats hatten nun vor allem die fünftausend Mann der Trägerkampfgruppe zu schützen. Die *Ranger* befahl ihren Jägern, anzugreifen und mit allen zur Verfügung stehenden Mitteln die Schiffe zu verteidigen. Die EC-3 und RC-135 mußten unter Umständen geopfert werden ...

»Bullet Six hat ein Ziel erfaßt«, meldete die dritte Tomcat-Rotte. »Klar für Poppa.« Die dritte und vermutlich auch die vierte F-14-Rotte war mit Jagdraketen AIM-54 Phoenix bewaffnet, deren Reichweite über hundert Seemeilen betrug.

Sobald der RIO ein Ziel erfaßt hatte, konnte die AIM-54 es auch treffen. Aber die Phoenix wurde nur in die ungefähre Richtung des Gegners geschossen und dann mit Radar ins Ziel gelenkt, was für in der Nähe befindliche eigene Jäger sehr gefährlich sein konnte. Solange Bullet Two in der Nähe war, konnte Bullet Six nicht angreifen.

»Bullet Two greift an!« meldete Douglas auf der Jägerfrequenz. Er ließ die F-14 über den linken Flügel abkippen und zog dann den Steuerknüppel zurück, um die chinesischen Jäger im Radar zu behalten. »Bullet Three, Abstand halten, rechts ausweichen, Feuer frei.«

»Bullet Three weicht rechts aus.« Douglas' Rottenflieger stieg steil nach rechts weg, um die Gefahrenzone zu verlassen und beschleunigt zur *Ranger* zurückzufliegen. Falls Douglas vorbeischoß und die AIM-54 von Bullet Six und Seven ihre Ziele verfehlten, konnte Bullet Three noch seine Jagdraketen Sparrow auf die Banditen abschießen. Danach mußte die *Ranger* von ihren für Alarmstarts bereitstehenden Jägern verteidigt werden.

Roberts gab seinem Piloten Anweisungen, als sie sich mit leichter Überhöhung hinter die chinesischen Angreifer setzten. »Entfernung zwanzig Meilen ... siebzehn Meilen ... Stabil bei siebzehn ... guter Signalton, Feuer frei ...«

»Fox eins«, kündigte Douglas über Funk an, während er auf den Feuerknopf drückte, um eine Sparrow abzuschießen.

Er war dabei, die nächste Jagdrakete scharfzumachen, als er vor sich ein zweimaliges Aufblitzen sah, dann rasten lange Feuerschweife durch die Nacht davon. Sogar aus ihrer extremen Entfernung war unverkennbar, daß die chinesischen Jäger riesige Abwurflenkwaffen mit gigantischen Feuerschweifen starteten. »Raketenstart! Banditen starten Raketen ... sechs ... sieben ... acht große Lenkwaffen!«

Die hellen Feuerschweife senkten sich nach unten, als die Abwurflenkwaffen in den Nachthimmel stiegen. Douglas bildete sich ein, das Grollen ihrer gewaltigen Triebwerke zu hören, während sie im Steigflug beinahe außer Sicht kamen. »Hast du die im Radar, Zippo?« rief Douglas aufgeregt. »Kannst du die Scheißraketen sehen?«

»Ich versuch's ja! Scheiße! Steigflug, Banger! Vielleicht krieg' ich sie ins Radar«, antwortete Roberts. Der Pilot zog den Steuerknüppel zurück und schaltete die Nachbrenner ein, während sein RIO die großen, schnellen Abwurflenkwaffen suchte. »Kontakt! Ich hab' sie! Ich hab' eine in dreißig Meilen! Feuer frei!«

»Fox eins, Bullet Two«, meldete Douglas auf der Jägerfrequenz. Die große Sparrow glitt von den Führungsschienen und begann sofort steil zu steigen, um mit dem leistungsfähigen Triebwerk der ersten Stufe ihre Höchsthöhe zu erreichen.

»Sie schafft's nicht«, sagte Roberts resigniert. Die fast an der Grenze ihrer Reichweite abgeschossene Jagdrakete war zu schnell, zu hoch gestiegen, und er sah, daß ihr Triebwerk bereits ausgebrannt war. Sein Radar AWG-9 zeigte ihm, daß die chinesischen Abwurflenkwaffen bereits auf sechshundert Knoten beschleunigt hatten, während die Sparrow mit nur achthundert Knoten zu ihnen aufschloß, weil sie so hoch hatte steigen müssen, um ihren antriebslosen Gleitflug durchhalten zu können. »Scheiße, sie schafft's nicht ...«

»Bullet Six hat die Raketen!« meldete ein anderer Tomcat-Pilot plötzlich. »Ziele erfaßt! Ich schieße gleich!«

»Bullet Two weicht aus«, informierte Douglas die Piloten der anfliegenden F-14. Er zog seine Maschine in einer steilen Linkskurve hoch und von den feindlichen Jagdbombern weg. »Bullet Six... Feuer frei!« Die Tomcat-Piloten schossen sofort eine Salve von vier Jagdraketen Phoenix ab – teils auf die chinesischen Jagdbomber, teils auf die Abwurflenkwaffen, die jetzt die *Ranger* und ihre Begleitschiffe ansteuerten.

Sofort nach dem Abwurf ihrer schweren Lenkwaffen beschleunigten die Jagdbomber jedoch erheblich. Die EC-3 meldete, daß die Chinesen fast mit Schallgeschwindigkeit in einer weiten Linkskurve nach Nordosten flogen. »Bullet Flight,

Basket hat Musik«, sagte der AWACS-Controller, um vor Störsignalen der feindlichen Jagdbomber zu warnen. »Bullet Two, Banditen sechs Uhr, zehn Meilen ... Bullet Three, Banditen zehn Uhr, zwanzig Meilen ... Bullet Three, Banditen sechs Uhr, zehn Meilen.« Am Nachthimmel vor Douglas flammte plötzlich eine riesige Detonation auf, aus der gelbe und orangerote Flammenzungen waberten, als eine Jagdrakete Phoenix ihr Ziel fand.

»Ein Bandit abgeschossen, einer abgeschossen! Bullet Two nimmt sich den anderen vor«, meldete Roberts. Bei seinem Abdrehen nach dem Angriff war der letzte chinesische Jäger ihm direkt in die Schußlinie geraten. Das gleichmäßige Trillern in Douglas' Kopfhörer wurde zu einem hohen Pfeifen, als sein Radar AWG-9 vom Suchmodus auf Einzelzielerfassung umschaltete. Douglas drückte auf den Feuerknopf und schoß seine dritte Sparrow ab.

Aber die Störsignale der chinesischen Angreifer waren zu stark: Die Jagdrakete blieb nur einige Sekunden auf Kurs, bevor sie nach rechts abbog und trudelnd ins dunkle Meer abzustürzen begann. Das bedeutete, daß dort draußen ein feindlicher Jäger zurückblieb.

Douglas wußte nicht, was er jetzt tun sollte. Er hatte nur noch eine Sparrow – seine Jagdraketen Sidewinder waren gegen ein so weit entferntes Ziel wirkungslos – und nicht mehr genug Treibstoff, um die Verfolgung aufzunehmen. Wenn er seine Nachbrenner einschalten würde, um den letzten Angreifer zu stellen, wären seine Tanks leer, lange bevor er die *Ranger* erreichte.

Sekunden später wurde ihm diese Entscheidung abgenommen. »Bullet Two, Einsatz abbrechen«, wies sein AWACS-Controller ihn an. »Bullet Six Flight ist bei sechs Uhr, dreißig Meilen. Nach rechts steigen und zu Home Plate zurückfliegen; soviel ich sehe, ist Ihre Einsatzdauer um vier Minuten überschritten.«

Douglas kontrollierte seine Treibstoffanzeige und stellte

fest, daß die Lage noch ernster war. In wenigen Minuten hatten sie nur mehr ihren Notvorrat; sie brauchten *sofort* einen Tanker KA-6. Douglas und Roberts konnten nur zur *Ranger* zurückfliegen und hoffen, daß sie noch ein Flugdeck vorfinden würden, auf dem sie landen konnten, während sie die weitere Jagd im Funk verfolgten ...

An Bord von Bullet Three

»Bullet Three, sofort Home Plate rufen«, wies der AWACS-Controller sie an. Korvettenkapitän John »Horn« Kelly stellte die neue Frequenz so schnell ein, wie seine zitternden Finger es zuließen.

»Bullet Three hört.«

»Bullet Three, noch ein Schuß, dann abdrehen«, sagte der Controller an Bord der *Ranger*. »Five-Two eröffnet in sechzig Sekunden das Feuer.« Five-Two war CG-52, die USS *Bunker Hill*, ein Lenkwaffenkreuzer der *Aegis*-Klasse, der Luftziele auf Entfernungen bis zu dreihundert Kilometern orten und dicht über dem Wasser anfliegende Marschflugkörper aus Entfernungen bis zu fünfundsechzig Kilometern mit senkrechtstartenden Fla-Raketen SM-2 Aegis bekämpfen konnte. Über ein Datenverbundnetz konnte die *Bunker Hill* gleichzeitig die Fla-Raketen SM2 des Kreuzers *Sterett* und die Lenkwaffen Sea Sparrow der Zerstörer *Hewitt* und *Fife* einsetzen.

Im nächsten Augenblick meldete Kellys RIO, Leutnant Wilbur »Faker« Markey: »Ich hab' die Lenkwaffen, Horn ... Ziele erfaßt, Feuer frei!«

»Gut gemacht, Faker.« Auf der taktischen Frequenz der *Ranger* funkte Kelly: »Bullet Three, verstanden, Fox ...«

Plötzlich hörten sie auf der Wachfrequenz eine aufgeregte Stimme: »Raketen! Banditen schießen Raketen ab! Horn, sechs Uhr ...!«

Nun begann auch der Infrarotwarner AAR-47 zu piepsen,

und mehrere Leuchtkörper flogen in die Nacht davon, als Markeys linker Zeigefinger in verzweifelter Hast die Auswurftaste betätigte. Der empfindliche Sensor ihres Infrarotwarners hatte die Zündung eines Raketentriebwerks weniger als acht Seemeilen hinter ihnen wahrgenommen. Kelly zog die Leistungshebel bis fast in Leerlaufstellung zurück, legte die F-14 auf den Rücken und ging in einen steilen Sturzflug über, um die heißen Düsen senkrecht zu stellen und vor dem Infrarotsuchkopf der Jagdrakete zu verstecken. »Du mußt die verdammte Rakete finden!« rief er dabei.

Markeys Antwort kam sofort: »Ich seh' sie! Ich seh' sie! Hoch über uns ... sie fliegt über uns weg ...«

Dann wurde Kelly auf einen Lichtblitz aufmerksam. Zu seinem Entsetzen mußte er feststellen, daß die Helligkeit von einem ihrer als Köder ausgestoßenen Leuchtkörper kam. Dieser brennende Phosphorklumpen schien nur wenige Meter von der F-14 entfernt zu schweben. Er war hell genug, um die feindliche Rakete anzulocken. »Keine Fackeln mehr!« kreischte Kelly. »Sonst folgt sie uns nach unten ...!«

Aber seine Warnung kam zu spät.

In panischer Angst stieß Markey weiter Leuchtkörper aus, während die Tomcat ihr Ausweichmanöver fortsetzte, und diese heiße Spur brachte die chinesische Jagdrakete Pen Lung-9 mit Infrarotsuchkopf dazu, im Kielwasser der F-14 tieferzugehen, wo sie wieder die heißen Triebwerksauslässe aufspürte und ihren tödlichen Flug beendete. Der zehn Kilogramm schwere Gefechtskopf der PL-9 detonierte beim Aufschlag, zerstörte sofort beide Triebwerke und vernichtete den Jäger, bevor seine Besatzung aussteigen konnte.

An Bord des Lenkwaffenkreuzers USS »Bunker Hill«

Das Combat Information Center (CIC) eines Lenkwaffenkreuzers der *Aegis*-Klasse hatte entfernte Ähnlichkeit mit einer

Spielhalle mit riesigen Farbbildschirmen. Vier Offiziere – der an Bord abgeordnete stellvertretende Gruppenkommandeur der Trägerkampfgruppe um die USS *Ranger*, sein Assistent, der Tactical Action Officer (TAO) und sein Assistent – saßen vor jeweils zwei Großbildschirmen. Computererzeugte Darstellungen zeigten das gesamte Gefechtsfeld mit hervorgehobenen eigenen und feindlichen Schiffen und Flugzeugen sowie eingeblendeten Küstenlinien und politischen Grenzen.

Das phantastische Aegis-Waffensystem MK-7 konnte über hundert verschiedene Ziele auf über achthundert Kilometer Entfernung orten und verfolgen, indem es Informationen anderer Radargeräte an Land, auf Schiffen oder in Flugzeugen verarbeitete. Das eigene phasengekoppelte Radar SPY-1 der *Bunker Hill* hatte über dreihundert Kilometer Reichweite und konnte tief anfliegende Marschflugkörper in über fünfundsechzig Kilometern Entfernung orten. Da das Aegis-Waffensystem die gesamte Trägerkampfgruppe gegen See- und Luftangriffe verteidigen sollte, konnten die Computer der *Bunker Hill* im Ernstfall die zusammengefaßte Feuerleitung aller Abwehrwaffen aller Schiffe übernehmen. Das klang kompliziert, sehr high-tech und vor allem narrensicher – aber in diesem Augenblick, in dem tatsächlich ein Angriff bevorstand, wirkte das System nicht gerade narrensicher. Das Aegis-Luftverteidigungssystem sah vor, daß der Kommandeur einer Kampfgruppe und der Kommandant seines Flaggschiffs die Luftabwehr des Flottenverbands vom Tactical Command Center (TCC) ihres Schiffs aus leiteten. Da zu dieser Kampfgruppe jedoch ein Flugzeugträger gehörte, dessen Begleitschiffe dicht gestaffelt waren, war Vizeadmiral Conner Walheim, der Kommandeur der Trägerkampfgruppe, an Bord der *Ranger* geblieben und hatte als seinen Stellvertreter Kapitän zur See Richard Feinemann abgeordnet, der jetzt an der Aegis-Konsole saß. Und weil der Skipper der *Bunker Hill* es vorzog, im Einsatz auf der Brücke zu bleiben, ließ er sich durch seinen Technical Action Officer an der Aegis-Konsole vertreten.

Korvettenkapitän Paul Hart, der TAO der *Bunker Hill*, war stolz darauf, das Aegis-System virtuos zu beherrschen – während der Skipper lieber auf der Brücke blieb und den Einsatz auf seinen Bildschirmen verfolgte. Feinemann war Harts Skipper ähnlich: Er war durch und durch Seemann und hatte nicht viel für diese elektronische Glitzerwelt tief im Schiffsinneren übrig. Als ehemaliger Zerstörerkommandant und Kommandeur einer U-Boot-Jagdgruppe besaß er nur Lehrgangswissen über neuere Radar-Integrationssysteme wie das Aegis, ohne Erfahrungen damit gesammelt zu haben. Obwohl Hart der Aegis-Experte war, befehligte Feinemann die Luftabwehr der Kampfgruppe und würde sie von der *Bunker Hill* aus einsetzen.

Da Feinemann die Bildschirme mit ihren unzähligen Symbolen etwas verwirrend fand, ließ er sich von seinem Assistenten auf wichtige Veränderungen aufmerksam machen, während er den Überblick zu behalten versuchte. Als sein Assistent einen Fluch ausstieß und dann ein Ereignis meldete, suchte der Kapitän den Bildschirm verwirrt ab – weil er das Ereignis nicht finden konnte und keiner im CIC der *Bunker Hill* sonderlich aufgeregt wirkte. »Die Verbindung zu einem unserer Jäger ist abgerissen?« fragte Feinemann ungläubig.

»Ja, Sir«, antwortete Hart. »Die B-6 muß ihn erwischt haben, bevor Bullet Three schießen konnte. Noch dazu ist's ein Schnellschuß aus ungünstigem Winkel und großer Entfernung gewesen – also muß er mit Jagdraketen PL-9 bewaffnet sein.«

Feinemann starrte Hart verständnislos an und fragte sich, was, zum Teufel, der junge Offizier damit meinte.

Hart sprach weiter: »Die Marschflugkörper C601 sind an unseren Tomcats und ihren Jagdraketen Phoenix vorbeigekommen.« Er betätigte seine Sprechtaste. »Brücke, CIC, ich sehe vier anfliegende Ziele, Höhe sieben-null-null Fuß, Geschwindigkeit fünf-null-null Knoten, Peilung zwo-neun-sieben Grad, Entfernung vier-zwo Seemeilen, abnehmend. Anti-Schiffsraketen Charlie 601. Ein Bandit im Abflug, Entfernung jetzt sechs-sieben Seemeilen.«

Zu seinem Assistenten sagte Hart: »Sorgen Sie dafür, daß alle Bullet-Flugzeuge mein Schußfeld räumen. Basket soll sie nach Nordwesten schicken, damit sie tanken und die jetzt anfliegenden Banditen abfangen können – aber weisen Sie Basket an, sie aus meinem Schußfeld rauszuhalten. Sollte die *Ranger* ihre Alarmmaschinen starten, müssen sie von Hawkeye oder Basket weit nach Norden geführt werden.«

»Woher wissen Sie, daß das Marschflugkörper C601 sind, und woher wissen Sie, daß das chinesische Bomber B-6 waren, junger Mann?« fragte Kapitän Feinemann barsch. »Sie melden Ihrer Brücke feindliche Luftfahrzeuge, ohne die geringsten Informationen über sie zu haben. Außerdem schicken Sie drei möglicherweise dringend benötigte Abfangjäger weg, ohne schon alle Tatsachen zu kennen.«

»Wegen der Flugprofile, Sir«, erklärte Hart ihm geduldig. »Die Bomber haben je zwei Abwurflenkwaffen aus über hundert Seemeilen Entfernung eingesetzt – das wäre für C801 zu weit. Diese Lenkwaffen sind anfangs gestiegen, aber jetzt gehen sie auf ungefähr hundert Fuß runter und fliegen mit etwa sechshundert Knoten an – das typische Flugprofil von Marschflugkörpern C601...«

»Das ist auch das Profil einer Exocet, einer Harpoon, einer russischen AS-5 oder weiterer Anti-Schiffsraketen«, wandte Feinemann ein, wobei er Hart mit zusammengekniffenen Augen anstarrte.

»Hätten wir's mit Franzosen oder Russen zu tun, würde ich zustimmen, Sir«, antwortete Hart. »Unsere Aufklärer haben gemeldet, daß in der Célebes-See ein chinesischer EF4-Zerstörer steht, und wir wissen, daß auf Mindanao chinesische Truppen an Land gegangen sind – deshalb nehme ich an, daß es sich um chinesische Flugzeuge und Lenkwaffen handelt. Ich tippe weiterhin auf Marschflugkörper C601 und werde unsere Abwehrmaßnahmen darauf ausrichten.

Was die Trägerflugzeuge angeht, haben die beiden Maschinen nicht nur je zwei Abwurflenkwaffen, sondern auch Jagdraketen getragen *und* starke Störsender an Bord gehabt. Das wäre viel zuviel Nutzlast für Jäger oder Jagdbomber J-7, B-7 oder Q-5 – folglich müssen es Bomber B-6 Badger gewesen sein.

Und was die Tomcats betrifft, will ich sie aus dem Weg haben. Zur Abwehr tieffliegender Marschflugkörper ist das Aegis-System besser geeignet als die Tomcats, und ich mache mir im Augenblick keine Sorgen wegen feindlicher Jäger – ich mache mir Sorgen wegen dieser Lenkflugkörper. Erst in sechzig Sekunden denke ich wieder an die anfliegenden Jäger.« Als die erwartete Antwort ausblieb, fuhr Hart fort: »Sir, ich brauche eine Freigabe von Ihnen, um die Batterien einsetzen zu können, sobald die Lenkwaffen über der Kimm auftauchen.«

»Schon möglich, daß Ihr Kapitän sich von Ihrer amateurhaften Gefahrenanalyse beeindrucken läßt, Korvettenkapitän«, erwiderte Feinemann irritiert, »aber der Admiral braucht *konkrete* Informationen, bevor er ihm unterstellte Kräfte einsetzen kann. Er kann nicht aufgrund von Vermutungen handeln.«

»Dann können Sie ihm melden, *Sir*, daß vier im Unterschallbereich fliegende Ziele vor einer Minute in die Sicherheitszone der Kampfgruppe eingedrungen sind«, sagte Hart, der Mühe hatte, sich zu beherrschen. Er konnte nicht glauben, daß dieser Mann mit ihm über Zielidentifizierung *stritt*, während vier tödliche – möglicherweise nuklear bestückte – Lenkwaffen im Anflug waren. »Ich beurteile das Gefährdungspotential nach bestem Wissen, aber letztlich geht's darum, unsere Waffen so rechtzeitig einzusetzen, daß der Träger nicht getroffen wird. In dreißig Sekunden handle ich auf eigene Verantwortung; ich bitte Sie *jetzt* um Freigabe zum Einsatz unserer Batterien.«

»Die werden eingesetzt, wenn der Admiral es *befiehlt*!«

Hart hatte genug. Er drückte seine Sprechtaste. »Brücke, CIC, Notfall, bitte um Feuererlaubnis für Batterien vorn und achtern.«

Der Skipper der *Bunker Hill* hatte die Auseinandersetzung zwischen seinem TAO und dem für Luftabwehr zuständigen

Stellvertreter des Gruppenkommandeurs nicht mitbekommen und wußte natürlich, welcher Befehlsweg bei Feinemanns Anwesenheit an Bord einzuhalten war, aber angesichts dieser massiven Bedrohung zögerte er keinen Augenblick. »Brücke an CIC, Batterien vorn und achtern sind klar, Feuer frei.«

»Verstanden, Sir, Feuer frei. Batterien auf Vor- und Achterschiff klar.« Von dieser Sekunde an ignorierte Hart Kapitän Feinemann – für ihn existierten nur noch sein Radar, seine Konsole und sein Waffensystem. Sollte der Mann noch etwas zu sagen haben, mußte er damit warten, bis Hart die anfliegenden Ziele bekämpft hatte.

Die *Bunker Hill* war der erste Aegis-Kreuzer mit dem Lenkwaffensystem Mk 41, dessen Fla-Raketen aus senkrechtstehenden Einzelbehältern abgeschossen wurden. Dieses System war nicht nur weit unkomplizierter, weniger störanfällig und dazu schneller als die älteren Abschußvorrichtungen Mk 13, Mk 22 oder Mk 26, sondern kam auch mit weniger Bedienungsmannschaften aus. Die beiden VLS der *Bunker Hill* auf dem Vor- und Achterschiff enthielten je einundsechzig Lenkwaffen: Fla-Raketen SM-2, Marschflugkörper Tomahawk – einige mit Nuklearsprengköpfen – zum Einsatz gegen Land- und Seeziele sowie Raketentorpedos ASROC zur U-Boot-Jagd.

Korvettenkapitän Hart, der eine gründliche Ausbildung als Tactical Action Officer absolviert hatte, wußte genau, daß er im Augenblick nur die Fla-Raketen SM-2 einsetzen konnte und sich darauf konzentrieren mußte, die *Ranger* und ihre Begleitschiffe zu schützen. Obwohl er sich vermutlich in derselben Lage befand, in der das chinesische Kriegsschiff den winzigen philippinischen Verband vor Palawan durch seinen Marschflugkörper mit Nuklearsprengkopf vernichtet hatte, war Hart sich darüber im klaren, daß er niemals die Erlaubnis bekommen würde, eine seiner Tomahawks mit Nuklearsprengkopf einzusetzen – nicht mal als Vergeltungsschlag.

Hart überzeugte sich davon, daß das Aegis-System auf Luftabwehr eingestellt war, und klickte dann die Datenblöcke der anfliegenden Marschflugkörper an. Auf seinem Monitor erschienen sofort Kurs, Flughöhe und Geschwindigkeit der Ziele, IFF-Informationen – in diesem Fall Fehlanzeige – und ihre Klassifizierung als feindlich. Sollte es sich doch um eigene Maschinen handeln, was unwahrscheinlich, aber immerhin denkbar war, flogen sie ohne Funk, sendeten keine Freund-Feind-Kennung, hielten sich nicht an die vorgeschriebenen Anflugverfahren ... und würden abgeschossen werden. »Test Zielerfassung«, wies Hart seinen Assistenten an.

»Test Zielerfassung«, bestätigte der Techniker. Die Datenblöcke begannen sofort zu blinken, und auf einem Monitor erschienen die Lenkwaffen, die das Aegis-System einsetzen wollte. Harts Großbildschirm zeigte ihm die computerberechneten voraussichtlichen Bahnen der Fla-Raketen, die Abfangpositionen der anfliegenden Marschflugkörper und die Standorte aller Schiffe und Flugzeuge der Trägerkampfgruppe zum Zeitpunkt des Abfangens. »Aegis will zehn SM-2 einsetzen«, meldete der Techniker. »Bullet Two ist weniger als zwanzig Seemeilen vom Abfangpunkt entfernt.«

Diese Angaben waren wichtig, denn falls es sich um C601 mit Atomsprengköpfen handelte, würden die Tomcats in der Detonation verglühen. Aber wenn Hart noch lange wartete, würde die *Bunker Hill* verglühen. Wichtig waren sie auch, weil die Abschußvorrichtung Mk 41 nur sieben SM-2 in rascher Folge abfeuern konnte. »Verstanden«, bestätigte Hart. »Wir verschießen sechs von vorn und den Rest von achtern. Test Zielerfassung beenden, Besatzung alarmieren, Lenkwaffen startklar.«

»Test beenden.« Ein gedämpftes Hupsignal, und seine Lautsprecherstimme hallten durchs ganze Schiff: »Alle Mann Achtung! Raketenalarm! Raketenalarm! Lenkwaffenstart in zwanzig Sekunden!« Dann meldete der Techniker: »VLS klar und im grünen Bereich. Systemstatus in drei, zwo, eins ... jetzt.« Die Großbildschirme zeigten nun den Status der Abschußvorrichtung Mk 41 und der Fla-Raketen SM-2, die Hart für die erste Welle vorgesehen hatte. In der linken unteren

Ecke seiner Konsole, wo der TAO und sein Assistent sie leicht erreichen konnten, blinkte die Leuchttaste *Feuerpause*. Auch Feinemann hatte eine Taste dieser Art, die er jederzeit benutzen konnte.

Das Aegis-System wählte zehn Fla-Raketen SM-2 aus und begann automatisch seinen zehn Sekunden langen Aufwärmzyklus, in dem die Lenkwaffen zugleich die Zieldaten erhielten. »Raketen-Countdown läuft, zehn Raketen im grünen Bereich. Rakete eins vorn in fünf... vier... drei... zwo... eins... Start! Rakete gestartet!«

Auf dem Vorderdeck der *Bunker Hill* sprang eine der weißen Klappen der Abschußvorrichtung VLS Mk 41 auf, und eine weiße Rauchwolke hüllte das gesamte Vorschiff des Kreuzers ein. Alle zwei Sekunden startete eine Lenkwaffe SM-2 von der *Bunker Hill*, stieg in wenigen Sekunden auf zehntausend Fuß und kippte vornüber, um auf Abfangkurs zu gehen. Sobald das Aegis-Radar SPY-1 entdeckte, daß die Fla-Raketen sich den Zielen näherten, aktivierte es das als Illuminator bezeichnete Radargerät SPG-62, das die chinesischen Marschflugkörper markierte, damit die SM-2 die von ihnen abgestrahlte Radarenergie ansteuern konnten.

»Vorn sechs Raketen gestartet«, meldete Harts Assistent. »Vorn alles klar, Nachladen normal, Feuerbereitschaft normal. Countdown achtern läuft... erster Start in drei... zwo... eins... jetzt!«

Auf dem Achterdeck sprang die Klappe eines Raketenbehälters auf, und die erste SM-2 wurde abgeschossen...

Aber dann passierte etwas.

Anstatt senkrecht in den Nachthimmel davonzurasen, stieg diese SM-2 keine zehn Meter hoch; dann setzte ihr Feststofftriebwerk aus, und die Rakete fiel zurück, krachte aufs Achterdeck und explodierte.

Die Erschütterung warf die halbe Schiffsbesatzung zu Boden. Unten im CID war nur Feinemann zu einer Reaktion imstande: Er drückte sofort die Taste *Feuerpause* , um zu verhindern, daß die Abschußvorrichtung auf dem Achterdeck weitere Raketen zu starten versuchte. »Statusmeldung!« rief er laut. »Sofort eine Statusmeldung!«

Überall an Bord des Kreuzers schrillten Alarmsignale, und im CIC herrschte sekundenlang Panik, als die Lichter ausgingen. Dann schaltete sich endlich die Notbeleuchtung ein, und aus den Lüftungsöffnungen an der Decke kamen purpurrote Rauchschleier. »Statusmeldung, verdammt noch mal!«

Hart war benommen – von der Detonation, dem Durcheinander oder dem Schock über das Schwanken des normalerweise so stabilen Decks –, aber er schaffte es, sich aufzusetzen und auch seinen Assistenten hochzuziehen. Mehrere Monitore waren ausgefallen, und Feinemanns Großbildschirme waren dunkel. »Fehler im System Mark 7 ... beide Abschußvorrichtungen stillgelegt ... SPY-1 funktioniert noch«, berichtete er. Ins Mikrofon der Bordsprechanlage rief er: »Brücke, CIC, Mark 7 ausgefallen, sofort Feuerleitung abgeben!«

»CIC, Brücke, verstanden, Übergabe an *Sterett*.« Solange das SPY-1 funktionierte, konnte der Kreuzer *Sterett* die Rolle eines Aegis-Kreuzers übernehmen, wenn er im Datenverbund der koordinierten Luftverteidigung der Kampfgruppe Aegis-Daten erhielt.

Aber die Übergabe erfolgte viel zu spät.

Drei Marschflugkörper C601 – eine aus der riesigen Lenkwaffe Seidenraupe entwickelte Abwurflenkwaffe – überstanden den ersten Gegenangriff mit Fla-Raketen SM-2 der *Bunker Hill* und Sea Sparrow der *Sterett*. Ein Marschflugkörper wurde Sekunden vor dem Einschlag auf der *Bunker Hill* durch Sea Sparrow der *Sterett* und das Feuer der Maschinenkanonen ihres Phalanx-Systems vernichtet. Ein weiterer wurde nur wenige hundert Meter von der *Ranger* entfernt durch einen letzten Feuerstoß aus ihrer Phalanx-MK an Backbord vernichtet ...

Der letzte Marschflugkörper traf das Vorschiff der *Ranger* an Backbord kurz hinter dem Bug.

Die Titanspitze der Lenkwaffe durchschlug die Bordwand des

Trägers, bevor der fünfhundert Kilo schwere Gefechtskopf detonierte, so daß sichergestellt war, daß der größte Teil seiner Sprengkraft das Schiffsinnere verwüstete.

An Bord von Bullet Six

»Bullet Six Flight, Vorrat melden«, verlangte ihr Controller an Bord der AWACS-Maschine E-3C über Funk.

»Bullet Six hat noch zehn Minuten«, sagte Kapitänleutnant Jason »Razor« Penrose.

»Dito bei Bullet Seven.«

»Verstanden. Bullet Flight, der Code lautet ›glitschig‹, wiederhole, ›glitschig‹.«

Razor Penrose wollte seinen Ohren nicht trauen. Das Codewort »glitschig« bedeutete, daß die *Ranger* Schäden unbekannten Ausmaßes erlitten hatte, so daß dort keine Maschine mehr starten oder landen konnte. Verdammt! Sie hatten danebengeschossen – und das war die Quittung dafür! Weil sie weder die Flugzeuge noch die großen Lenkwaffen runtergeholt hatten, war die *Ranger* getroffen worden.

Zum Glück gab es für wirklich schwere Schäden andere Codewörter, so daß sie vielleicht keinen Ausweichflugplatz würden anfliegen müssen. Vielleicht war das Flugdeck nur durch eine beschädigte Maschine oder eine defekte Fanganlage blockiert. In erreichbarer Nähe gab es einige Ausweichflugplätze, und solange ihnen der Tanker KC-10 zur Verfügung stand, konnten sie Dutzende von anderen Flugplätzen erreichen. Der nächste war ein kleiner Feldflugplatz auf der Insel Sangihe, hundertzehn Seemeilen südöstlich. Wurden sie jedoch von der KC-10 betankt, konnten sie sogar Guam erreichen, zwölfhundert Seemeilen nordöstlich. Ihnen standen noch immer alle Möglichkeiten offen ...

Aber Penrose dachte vorerst noch nicht an eine Landung auf einem Ausweichflugplatz. Solange er Sprit und Waffen hatte, würde er in der Luft bleiben. Ihre Hauptaufgabe war jetzt der Schutz des beschädigten Flugzeugträgers.

»Drei Banditen bei zwölf Uhr, vierzig Meilen, hoch, fliegen mit hoher Geschwindigkeit nach Nordwesten ab«, sagte ihr AWACS-Controller so gelassen, als lese er den Wetterbericht vor. Diese drei der ursprünglich vier Jagdbomber der ersten Welle hatten ihren Auftrag erfüllt – die Marschflugkörper ins Ziel zu bringen – und befanden sich jetzt auf dem Rückflug. »Vier weitere Banditen bei ein Uhr, Blau plus zwanzig Meilen, Kurs Südost, scheinen auf Abfangkurs zu sein.«

»Basket, geben Sie mir einen Lagebericht«, verlangte Penrose. »Wen haben wir oben?«

»Bullet, Two, Four und Five sind auf Notvorrat und treffen sich mit Shamu«, berichtete der AWACS-Controller. »Sie haben gemeinsam noch neun AIM-7 und fünf AIM-9 und bleiben nach dem Tanken bei Shamu.« Dabei fiel Penrose auf, daß Bullet Three nicht erwähnt wurde – die verdammten Chinks hatten Kelly also erwischt. »Bullet Eight und Nine sind gestartet und haben den Auftrag, sich nicht weiter als hundert Meilen von Home Plate zu entfernen. Sie tragen die maximale Waffenlast: je zwei AIM-7, zwei AIM-9 und vier AIM-54.

Ebenfalls gestartet sind zwei KA-6, die aber erst bei Shamu tanken müssen, bevor sie Treibstoff abgeben können. Außerdem ist eine Hawkeye oben, eins-neun-null Seemeilen östlich. Flashlight ist bei drei Uhr, acht Meilen, tief, mit Höchstgeschwindigkeit nach Südosten.« Der große Aufklärer versuchte, sich im Tiefflug in den Wellenechos über dem Meer zu verstecken. »Basket ist bei fünf Uhr, eins-eins-null Seemeilen. Melden Sie Bewaffnung und Treibstoff.«

»Bullet Six Flight, zwei Maschinen, zwei AIM-7, zwei AIM-9, noch sieben Minuten.«

»Verstanden, Bullet Six Flight. Kurs zu Flashlight: eins-einsnull in achttausend.«

»Negativ. Geben Sie uns den Kurs zu den anfliegenden Banditen.« Penrose hatte keine Lust mehr, immer bloß dieses Radarflugzeug der Air Force zu begleiten; ihre Aufgabe war es, die Trägerkampfgruppe zu schützen und zu verhindern, daß die Chinks weitere Abwurflenkwaffen gegen sie einsetzten.

»Sie haben den Auftrag, die RC zu begleiten ...«

»Zum Teufel mit diesem Auftrag, Basket! Ich will den Kurs zu den anfliegenden Banditen.« Über die Bordsprechanlage sagte er zu seinem RIO, Korvettenkapitän John Watson: »Lion Tamer, wenn der Kerl uns keinen Kurs gibt, suchst du die Banditen mit unserem Radar.«

Das war nicht die beste Methode – das Überraschungsmoment war verloren, sobald Penroses RIO sein Radar einschaltete –, aber notfalls würden sie's eben allein versuchen.

Der AWACS-Controller machte eine kurze Pause, aber er hatte anscheinend keine Lust oder war nicht berechtigt, Penrose zu widersprechen. »Verstanden ... Bullet Six Flight, vier Banditen bei ein Uhr, sechzig Seemeilen, gehen Sie auf dreifünf-tausend, dann sind Sie zehntausend über ihnen.«

»Six Flight.« Penrose behielt seinen Kurs bei und begann zu steigen. »Jetzt geht's los!«

»Banditen bei ein Uhr, gleiche Höhe, fünfzig Meilen, Annäherung mit elfhundert. Achtung, Bullet Flight, Flashlight hat Marineradar, vermutlich auch Fla-Radar bei zwölf Uhr und zweihundert Meilen gemeldet. Sie könnten in den Erfassungsbereich kommen.«

»Six verstanden.« In diesem Fall waren die Chancen wieder ungefähr gleich: Die Tomcats hatten es mit vier feindlichen Jägern zu tun, die ihre Gegner aber offenbar noch nicht entdeckt hatten. Penroses RIO würde sein Radar erst so spät wie irgend möglich einschalten.

»Zwo.«

»Ein Uhr, jetzt ein Uhr dreißig, vierzig Meilen ... dreißig Meilen, zwei Uhr, tief ...«

Trotzdem waren sie auch in der Annäherungsphase nicht völlig blind, denn Penroses F-14A gehörte zu den wenigen älteren Tomcats, die mit dem Infrarotsuchsystem IRSTS ausgerüstet waren. Sein RIO aktivierte das IRSTS, das heiße Ziele aus kurzen bis mittleren Entfernungen orten und darstellen konnte. So konnten sie Jagdraketen aus großer Entfernung abschießen und ihr Radar AWG-9 erst Sekunden vor dem Aufschlag einschalten – und genau das versuchten sie jetzt.

»Zwei Uhr dreißig, dreißig Meilen ...« Penrose verbesserte seinen Kurs, damit die Banditen im nur dreißig Grad breiten Erfassungsbereich ihres IRSTS-Sensors blieben. »Cowboy, habt ihr die Kerle mit Infrarot erfaßt?«

»Wir haben sie«, antwortete Penroses Rottenflieger, Korvettenkapitän Paul »Cowboy« Bowman. »Von mir aus kann's losgehen.«

»Gleich.« Über die Bordsprechanlage fragte Penrose: »Hast du sie, Lion Tamer?«

»Augenblick ... horrido, ich hab' sie ... Ziele erfaßt ... Ich wollte, wir hätten einen Laser-Entfernungsmesser – dann wären die Kerle erledigt. Ich schalte mein Radar drei Sekunden nach dem Raketenstart ein, Razor. Ab dann sind wir nicht mehr unsichtbar ... Okay, ich bin soweit. Start frei.«

»Gut. Die übrigen programmierst du, sobald das Radar eingeschaltet ist.« Auf der Jägerfrequenz rief Penrose: »Seven, gib's ihnen! Bullet Six, Fox eins.«

»Seven, Fox eins ...«

Penrose drückte auf seinen Feuerknopf und sah die feurige Spur der in den Nachthimmel davonrasenden Jagdrakete AIM-7F. Die von seinem keine hundert Meter entfernten Rottenflieger abgeschossene Sparrow blieb auf Parallelkurs, als steuerten die beiden Lenkwaffen ihre Ziele im Formationsflug an. Beide schienen genau auf Kurs zu sein ...

Aber plötzlich schien Penroses Lenkwaffe immer schneller vom richtigen Kurs abzukommen: Die Jagdrakete seines Rottenfliegers beschrieb eine Rechtskurve ins Ziel, aber Penroses Sparrow flog steuerlos geradeaus weiter. »Lion Tamer, was ist los ...?«

»Das verdammte Radar kommt nicht!« rief Watson. »Scheiße,

es ist zu sehr abgekühlt!« Am rechten Rand seines taktischen Bildschirms erschien die Anzeige ENV STBY, die bedeutete, daß das System nichts abstrahlen würde, bis die Elektronik wieder Betriebstemperatur hatte.

»Zwo, du übernimmst die Führung! Six hat Geräteprobleme!«

»Seven übernimmt Führung.« Penrose blickte nach rechts, um seinen Rottenflieger zu suchen, aber Bullet Seven erleichterte ihm die Aufgabe: Cowboy ließ den Nachbrenner seines linken Triebwerks mit Minimalleistung arbeiten, damit er leichter zu finden war.

»Cowboy, ich hab' dich, mach' den Brenner aus«, sagte Penrose über Funk. Der Nachbrenner erlosch. Sie behielten ihre Rechtskurve bei, um sich genau hinter die vier chinesischen Jäger zu setzen.

Plötzlich erwachte Watsons Radarwarner APR-45 zum Leben. Zuerst zeigte er ein eigenes Suchradar genau vor ihnen – Bullet Seven –, aber dann erschienen rechts vier fledermausähnliche Symbole, als die vom Radar der Tomcat erfaßten chinesischen Jäger ihre Radargeräte einschalteten, um ihre Verfolger zu finden. Diese Symbole überlagerten einander, und eine Raute bezeichnete die den F-14 nächsten Maschinen.

Als Penrose aus dem Cockpit nach vorn rechts starrte und versuchte, die feindlichen Jäger auszumachen, sah er in der Ferne etwas aufblitzen – die von Bullet Seven abgeschossene Jagdrakete Sparrow war detoniert.

Prompt verschwand eines der Fledermaussymbole.

»Bullet Flight, ein Bandit abgeschossen«, bestätigte auch ihr AWACS-Controller. »Geht im Sturzflug tiefer, dreht nach rechts ab, wird langsamer. Zwei Banditen drehen nach links ab, Höhe gleichbleibend, neun Seemeilen. Ein Bandit scheint tieferzugehen, fliegt geradeaus weiter ... ist dreißig Seemeilen von Flashlight entfernt, scheint dorthin unterwegs zu sein.«

»Six, du nimmst dir den einzelnen Banditen vor. Ich übernehme diese beiden.«

»Negativ. Ich hab' Geräteausfall. Ich bleibe bei dir.«

»Mit den beiden werde ich allein fertig. Du hast dein IR und das AWACS. Sieh zu, daß du den einzelnen erwischst!«

»Verdammt noch mal, Cowboy, laß die beiden doch abhauen!« forderte Penrose ihn auf. »Bei zwei gegen eins ziehst du am Ende noch den kürzeren. Komm, wir nehmen uns den einen Banditen gemeinsam vor.«

»Wir kriegen die beiden, kein Problem. Du übernimmst den einzelnen. Bin gleich wieder da.« Cowboy Bowman unterstrich seinen Satz, indem er scharf nach links abdrehte, um die Verfolgung aufzunehmen. Penrose und Watson waren plötzlich allein zwischen zwei Feindzielen.

»Du mußt den Aufklärer schützen, Razor«, erklärte ihm Watson.

»Zum Teufel mit dem Aufklärer! Cowboy ist mir wichtiger!«

»Aber was ist, wenn dieser Bandit die RC-135 mit achtzehn Mann Besatzung abschießt?«

Lion Tamer hatte recht – ihnen blieb nichts anderes übrig. »Scheiße, wir müssen uns den Einzelgänger schnappen ... Basket, Bullet Six, Kurs zu dem einzelnen Banditen?«

»Bullet Six, Bandit bei zwölf Uhr, elf Meilen, fünftausend tiefer, sechshundertdreißig.« Penrose schob die Leistungshebel ganz nach vorn, um schneller in Schußposition zu gelangen. Aber er verzichtete darauf, die Nachbrenner einzuschalten, denn er wollte Cowboy unterstützen, sobald der einzelne Bandit erledigt war. »Lion Tamer, was ist mit dem Radar? Kriegst du's bald wieder in Gang?«

»Es schaltet sich ständig neu ein. Ich hab' schon alles durchprobiert ...« Scheißtechnik! dachte Penrose. Auf der Jägerfrequenz erkundigte er sich: »Cowboy, wie geht's?«

»Den ersten haben wir sicher«, hörten Penrose und Watson »Der andere scheint abzuhauen – der wird uns nicht mehr gefährlich. Noch dreißig Sekunden, dann kommen wir zu euch zurück.«

»Werdet nicht übermütig!« sagte Penrose warnend. »Schießt und dreht ab... Basket, auf den zweiten Banditen bei Seven achten!«

»Basket verstanden. Bullet Seven, zweiter Bandit bei zwei Uhr, elf Meilen, beschleunigt, geht tiefer. Bullet Six, Ihr Bandit bei zwölf Uhr, zehn Meilen. Entfernung zu Flashlight fünfundzwanzig Meilen, weiter abnehmend...«

Watson stellte das IRSTS manuell auf die Peilung ein, die der AWACS-Controller ihnen genannt hatte, und entdeckte den chinesischen Jäger endlich als winzigen grünen Punkt auf seinem Bildschirm. Als er auf den Zielknopf drückte, wurde der Punkt von einem großen Quadrat umgeben; eine Sekunde später verengte das Quadrat sich fast auf Punktgröße, weil das IRSTS seine Ausrichtung verbesserte und seine Kreiselplattform stabilisierte. Watson koppelte eine AIM-9 Sidewinder mit dem Infrarotvisier, und Penrose hörte das gefährliche Surren, mit dem der Suchkopf der Jagdrakete sein Ziel erfaßte. »Ich hab' den Chink im IR, Razor«, meldete Watson. »Hol' ihn mit 'ner Sidewinder 'runter.«

»Bullet Seven, der zweite Bandit ist bei zwei Uhr, durchsteigt Ihre Höhe, zwölf Meilen...«

»Bullet Six, Fox zwo.« Penrose schoß eine Sidewinder ab, überlegte, ob er seine letzte hinterherjagen sollte, und hob sie sich lieber für den Fall auf, daß Cowboy doch Unterstützung brauchte.

Der Feuerschein der davonrasenden Sidewinder überstrahlte den Zielpunkt auf dem IR-Bildschirm, aber diesmal blieb die kleine Jagdrakete auf Kurs und belohnte sie mit einem riesigen Feuerball weit vor ihnen.

»Bullet Six, zweiter Abschuß.«

»Gut gemacht, Razor!« hörte Penrose eine gepreßte Stimme keuchen. Obwohl sich Bowman anscheinend mitten in einer wilden Kurbelei befand, nahm er sich noch die Zeit, über Funk zu schwatzen. »Bullet Seven, Fox eins... so, jetzt haben wir dich!«

»Bullet Seven, Achtung! Zweiter Bandit bei vier Uhr, hoch, acht Meilen, geht hinter Ihnen tiefer ...«

»Cowboy, hau ab, verdammt noch mal!« rief Penrose. »Ausweichen, Cowboy, ausweichen!«

»Bullet Seven, ausweichen ... Bullet Seven, dreißig Grad nach rechts ausweichen, Kurs null-neun-null ... Bullet Seven, achten Sie auf Ihre Höhe ... Bullet Seven, falls Sie trudeln, Höhen- und Seitenruder loslassen ... Bullet Seven, falls Sie trudeln, Steuer loslassen und Fahrwerk ausfahren ... Bullet Seven, Bullet Seven, Höhenwarnung ... Nur Bullet Seven, nur Bullet Seven, aussteigen, aussteigen, aussteigen!«

Penrose hörte kein Wort mehr von Bowman.

»Basket, hier Sechs, Kurs zur letzten Position von Bullet Seven?«

Die Stimme ihres AWACS-Controllers klang hörbar erschüttert. »Äh ... Bullet Six, ein einzelner Bandit bei neun Uhr, vierzig Meilen, fliegt mit sechshundert Knoten nach Nordwesten ab, Höhe zehntausend, weiter abnehmend. Keine weiteren Banditen geortet. Melden Sie Ihren Treibstoffvorrat.«

»Ich will den Kurs zur letzten Position von Bullet Seven ...«

»Kein ELT, kein Notruf ... Sechs, melden Sie Ihren *Treibstoff.*«

Penrose beherrschte sich lange genug, um seinen Treibstoff zu kontrollieren: Die Mindestmenge war unterschritten, und da sein Träger beschädigt war und seine Tanker über hundert Seemeilen entfernt waren, wurde seine Lage kritisch. »Basket, Sechs fordert eine KA-6 an, weil ich mich nicht von der Stelle rühre, bis endgültig feststeht, daß kein ELT-Signal und kein Notruf empfangen worden sind. Ich schlage vor, daß Sie die *Sterett*, die *Fife* oder sonst jemand das Seegebiet absuchen lassen, denn ich bleibe hier, bis wir Cowboy gefunden haben.«

»Bullet Six ... Six, alle Schiffe sind gegenwärtig im Einsatz.« Der Controller schien auf der Suche nach einer nüchternen, amtlich klingenden Formulierung zu sein, die Penrose begreiflich machen würde, daß wohl niemand herkommen würde, um

Wrackteile oder Überlebende zu suchen. Als Penrose wieder an die *Ranger* dachte, wurde ihm klar, daß so bald kein amerikanisches Schiff mehr in dieses Seegebiet entsandt werden würde – es war zu fest in chinesischer Hand. »Basket, Flashlight und Shamu treten gemeinsam den Rückflug an. Befehl von Home Plate: Zurückkehren und befohlenen Ausweichflugplatz anfliegen. Bestätigen Sie!«

Der Kampf war zu Ende. Die Chinesen hatten vier Maschinen verloren, aber dafür einen Träger beschädigt; die Amerikaner hatten zwei Flugzeuge verloren. Penrose fühlte sich, als sei er von einer ganzen Straßenbande verprügelt worden.

Wer hatte diesmal gewonnen?

Wer, zum Teufel, hatte diesmal gewonnen?

9

National Military Command Center
Pentagon, Washington, D.C.
30. September 1994, 13.19 Uhr Ortszeit

Das National Military Command Center drei Stockwerke unter dem inneren Ring des Pentagons war eine riesige, hochmodern eingerichtete Kommandozentrale für die Vereinten Stabschefs, die National Command Authority, den National Security Council und ihre engsten Mitarbeiter. Das NMCC hatte viel Ähnlichkeit mit der unterirdischen SAC-Kommandozentrale – auch hier gab es scharfe elektronische und physische Kontrollen, mehrere Farbbildwände, lange Reihen von Telefonen, eine eigens gesicherte Nachrichtenzentrale und Unmengen von Personal –, aber hier wurden strategische Entscheidungen getroffen und weiterverbreitet, nicht empfangen und ausgeführt. Von einem Balkon aus konnten hohe Besucher die Ereignisse verfolgen; auch heute hielten sich dort einige Zuhörer auf.

Die meisten Mitarbeiter der Vereinten Stabschefs und mehrere ihrer Chefs waren schon im NMCC, als General Wilbur Curtis hereingetrabt kam und seinen Platz in der Mitte der ersten Reihe einnahm. Neben ihm auf dem Platz für den höchsten anwesenden Zivilisten – meistens Frank Kellogg, der Nationale Sicherheitsberater des Präsidenten, oder Verteidigungsministers Thomas Preston persönlich – saß diesmal Paul Cesare, der Stabschef des Präsidenten.

Curtis nickte ihm kurz zu und ignorierte ihn dann, während er sein Mikrofon einschaltete. Er konnte den Mann nicht leiden, hatte ihn noch nie leiden können. Nach der damaligen Besprechung im Lageraum des Weißen Hauses hatte er Cesare angerufen und versucht, einen Termin beim Präsidenten zu bekommen, um für mehr Begleitjäger und den Einsatz der Air Battle Force plädieren zu können. »Die Diskussion ist beendet«, hatte der Stabschef ihn eisig beschieden. Cesare war ein brutaler Machtmensch, der stets nur den Vorteil des Präsidenten im Auge hatte und jeden niedermachte, der ihm in die Quere kam. Curtis konnte ihn nicht nur nicht leiden; er konnte ihn nicht ausstehen. »Hier Curtis. Bitte den Lagebericht.«

Aus den Deckenlautsprechern kam Kapitän Rebecca Rodgers' Stimme: »Guten Tag, Sir, hier Kapitän Rodgers. Die nun folgenden Mitteilungen betreffen einen Vorfall der Prioritätsstufe zwei, sind als streng geheim klassifiziert und dürfen Ausländern nicht zugänglich gemacht werden. Das Command Center ist gesichert, der Balkon schallisoliert...« Sie machte eine Pause, um zu hören, ob Curtis andere Maßnahmen anordnen wollte. Das war nicht der Fall, und sie fuhr fort.

Verdammt, dachte Curtis, jetzt kommt's...

»Vor etwa einer Viertelstunde sind der Flugzeugträger *Ranger*, seine Begleitschiffe, mehrere Jäger der Marine und ein Aufklärer der Luftwaffe südlich der Philippinen von landgestützten chinesischen Jägern und Bombern angegriffen worden.«

Diese Meldung löste allgemeines Gemurmel aus. Mehrere

der Vereinten Stabschefs rutschten in ihren Sesseln hin und her, als machten sie sich innerlich auf weitere Hiobsbotschaften gefaßt. Paul Cesare schüttelte den Kopf, als wolle er seinen Ohren nicht trauen.

Nun, dachte Wilbur Curtis, die Krise ist also viel früher da, als wir erwartet haben. Und weil der Stabschef des Präsidenten hier saß, würde die Nachricht schneller die Runde machen, als Curtis reagieren konnte. Noch *bevor* der Präsident von dieser Krise erfuhr, brauchte er eine Liste mit Optionen, die er der National Command Authority vorlegen konnte. Ohne Aktionsplan würden die Vereinten Stabschefs wie eine Ansammlung von Idioten aussehen. Geriet die Sache jetzt außer Kontrolle, konnte Curtis von Glück sagen, wenn er diesen Tag als Vorsitzender der Vereinten Stabschefs überlebte. »Augenblick, Kapitän.« Curtis wandte sich an Cesare. »Mr. Cesare, was genau tun Sie hier?«

Curtis hatte erwartet, daß der wichtigste Mitarbeiter des Präsidenten aufbrausen würde – Cesare war ohne weiteres befugt, alles mitzuhören, was im NMCC besprochen würde –, aber zu seiner Überraschung reagierte Cesare verlegen und antwortete nur stockend.

»Äh ... ich habe erfahren, daß eine Gruppe von Senatoren um dreizehn Uhr einen Termin beim Verteidigungsminister hat«, sagte er lahm. »Wegen der Philippinenkrise und der Chinesen ... wegen unserer militärischen Optionen, irgendwas in dieser Richtung. Die Senatoren wollen verhindern, daß der Präsident Truppen nach Südostasien schickt – sie fürchten, daraus könnte ein zweiter Vietnamkrieg oder der Dritte Weltkrieg entstehen. Sie drängen Secretary Preston – und dadurch auch den Präsidenten –, alle Streitkräfte von den Philippinen abzuziehen. Preston, der eine Gratwanderung versucht, ist der Meinung gewesen, ein Treffen hier wäre ... etwas leichter vor der Öffentlichkeit und den Medien abzuschirmen ... als drüben im Kapitol oder bei ihm im Ministerium.«

Curtis glaubte, nicht richtig gehört zu haben. Das Weiße

Haus versuchte wieder einmal, das Pentagon in eine politische Schlammschlacht hineinzuziehen. Typisch für diese Politiker! Er wandte sich an Cesare. »Alles schön und gut, Mr. Cesare – aber das erklärt noch nicht, was Sie hier tun.«

»Äh ... nun, ich sammle Informationen. Damit, äh, der Präsident vernünftig argumentieren kann, wenn die Senatoren ihn bedrängen.«

Admiral Cunningham, der Chef des Admiralstabs, räusperte sich diskret. Wilbur Curtis spürte die Blicke seiner Kollegen und ihrer Mitarbeiter auf sich: Sie drängten ihn stillschweigend, sich auf die Bewältigung dieser Krise zu konzentrieren – die Sache mit Cesare mußte warten. »Sie werden später ausführlich informiert, Mr. Cesare, aber vorläufig ist Ihr Platz auf dem Balkon.«

»Danke, ich möchte lieber bleiben und ...«

»Mr. Cesare ...«

»General ...«

Curtis winkte Sergeant Major Jefferson heran. Der oberste NMCC-Sicherheitsbeamte baute sich sofort vor Cesare auf. »Jake, Sie begleiten Mr. Cesare bitte auf den Besucherbalkon und kontrollieren noch mal die Berechtigungsausweise aller dort oben Anwesenden.«

Cesare stand auf. »Der Präsident erwartet einen vollständigen Bericht ...«

»Den bekommt er auch«, versicherte Curtis ihm. Er wandte sich an seinen neben ihm sitzenden Fernmeldeoffizier. »Verbinden Sie mich mit dem Präsidenten, Prioritätsstufe zwei.« Im Sprachgebrauch des Pentagons bezeichneten Ziffern nicht nukleare und Farben nukleare Vorfälle. Eins war die höchste konventionelle Gefahrenstufe bei Militärangriffen oder Terroranschlägen auf die kontinentalen Vereinigten Staaten, ihre Territorien oder Stützpunkte. Zwei blieb für Großangriffe auf amerikanische Stützpunkte in Übersee, Konsulate und Botschaften, Kriegsschiffe oder Zivilpersonen reserviert. Die Prioritätsstufe Rot bedeutete einen Atomangriff auf die

Vereinigten Staaten; sie wurde niemals bei Übungen oder Probealarmen benützt.

Dann drehte Curtis sich mit der Andeutung eines Lächelns nach Cesare um. »Schönen Tag noch, Mr. Cesare. Sergeant Jefferson begleitet Sie hinauf.« Curtis nickte zum Ausgang hinüber. Der Sicherheitsbeamte ließ Cesare den Vortritt und begleitete ihn hinaus.

Der Vorsitzende der Vereinten Stabschefs wandte sich wieder den Großbildschirmen zu, aber was er von Cesare erfahren hatte, beschäftigte ihn noch immer. Ihre Überwachungsaktion auf den Philippinen war aufs höchste gefährdet, wenn im Kongreß der Abzug aller amerikanischen Truppen gefordert wurde. Was zum Teufel würde noch alles schiefgehen?

Sobald Cesare verschwunden war, vergewisserte sich Curtis, daß die Lautsprecher auf dem verglasten Balkon abgeschaltet waren, und sagte dann: »Bitte weiter, Kapitän Rodgers. Verlust- und Schadensmeldungen – mit der *Ranger* beginnend.«

»Der letzte Stand: siebenundvierzig Gefallene, über zweihundert Verwundete.« Zorn und Entsetzen liefen wie eine Welle durch den Raum. »Die *Ranger* ist weiter schwimmfähig; sie läuft, von den Zerstörern *Hewitt* und *Fife* und dem Kreuzer *Bunker Hill* begleitet, mit Mindestfahrt den indonesischen Hafen Manado an. Auch die Schwerverwundeten sind nach Manado geflogen worden.«

Bei der Erwähnung eines anderen Staats oder einer ausländischen Stadt erschien auf einem der Großbildschirme automatisch eine Karte des betreffenden Gebiets, damit Curtis und sein Stab sich informieren konnten. Curtis schluckte trocken und fühlte, wie sein Puls jagte. *Siebenundvierzig* Gefallene ...

»Der Aegis-Kreuzer *Bunker Hill* hat im Einsatz Schäden erlitten«, fuhr Rodgers fort, »aber an Bord hat es nur einige Leichtverwundete gegeben. Der Kreuzer ist voll einsatzfähig und begleitet die *Ranger*.«

»Einverstanden«, sagte Curtis. Verdammt, auch die *Bunker*

Hill! Zwei Großkampfschiffe beschädigt und an einem einzigen Tag mehr Gefallene als 1991 im ganzen Golfkrieg. »Augenblick, Kapitän. Ist die *Ranger* nicht von einem weiteren Schiff begleitet worden? Von einem zweiten Kreuzer?«

»Ja, Sir. Die *Sterett* befindet sich auf der Fahrt in die Célebes-See, um zu versuchen, zwei Jäger F-14 zu bergen, die in Luftkämpfen mit chinesischen Jagdbombern abgeschossen worden sind. Die Besatzungen der Tomcats gelten als vermißt.«

Zwei Jäger? Jesus, vier Marineflieger. Welche Verluste waren noch zu erwarten? »Verdammt noch mal, Kapitän, nennen Sie uns alle Verluste auf einmal. Hat's weitere gegeben?«

»Nein, Sir. Unsere eigenen Verluste beschränken sich auf die *Ranger* und die Tomcats.«

»Danke«, sagte Curtis und holte tief Luft. »Noch mal zurück zum Einsatz der *Sterett*. Kann die *Ranger* für Luftunterstützung sorgen?«

»Nicht im Augenblick, Sir«, antwortete Rodgers. »Ihr Flugdeck ist unbenutzbar. Wegen starker Aktivitäten chinesischer Abfangjäger empfiehlt Admiral Walheim dringend, größere Flugzeuge nicht näher als fünfhundert Seemeilen an Zamboanga auf Mindanao heranfliegen zu lassen. Er versucht gegenwärtig, eine Patrouille aus bordgestützten Maschinen – Jägern und Tankern – zusammenzustellen, die nicht mehr auf der *Ranger* landen konnten...«

»Wie kann er seine Jäger wieder bewaffnen, wenn sie nicht auf der *Ranger* landen können?«

»Seine Jäger haben wie die Rettungshubschrauber in Indonesien landen dürfen«, erläuterte Rodgers. »Admiral Walheim ist dabei, Nachschubtransporte mit Hubschraubern von der *Ranger* zum Flugplatz Ratulangi bei Manado zu organisieren. Aber die indonesische Regierung hat den Hubschraubern noch keine Landeerlaubnis erteilt und auch bewaffnete Einsätze von Indonesien aus nicht genehmigt. Sie besteht darauf, daß unsere Jäger in Ratulangi bleiben, bis ihr Status geklärt ist.«

Schnell reagiert, dachte Curtis anerkennend. Walheim, ein

weiterer jüngerer Offizier, der erstmalig eine Trägerkampfgruppe befehligte, suchte bereits Mittel und Wege, den Kampf auch ohne Trägerdeck fortzuführen. Ein X markierte den Punkt auf der Karte, wo die Jäger abgeschossen worden waren – dreihundert bis vierhundert Seemeilen vor Manado.

»Wie viele Maschinen der *Ranger* sind in Indonesien gestrandet, Kapitän?« fragte Admiral Cunningham.

»Sechs F-14 Tomcats, zwei Tanker KA-6 und eine E-2C Hawkeye«, antwortete Roders. »Bewaffnet sind sie mit vier Jagdraketen Phoenix, fünfzehn Jagdraketen Sparrow, zehn Jagdraketen Sidewinder und jeweils vollen Magazinen für ihre Maschinenkanonen.«

Cunningham nickte nachdenklich. »Unter der Voraussetzung, daß es dort Treibstoff gibt«, erklärte er Curtis, »kann Walheim von Ratulangi aus Luftunterstützung für die Rettungsaktion der *Sterett* fliegen – falls die indonesische Regierung mitmacht.«

»Das halte ich für unwahrscheinlich«, sagte Curtis, »aber wir müssen's feststellen.« Er wandte sich an Rodgers. »Ich möchte so bald wie möglich mit dem Außenministerium sprechen. Mit Danahall, falls er gerade da ist, sonst mit dem für den Pazifik zuständigen Staatssekretär.«

»Admiral Walheim schlägt vor, die Such- und Rettungsaktion auf jeden Fall fortzusetzen, denn ein einzelnes Schiff, das sich über Funk als Rettungsschiff zu erkennen gibt, wird möglicherweise nicht angegriffen.«

»Die STRATFOR könnte von Guam aus Luftunterstützung fliegen«, sagte General Falmouth, der Generalstabschef der Luftwaffe. »Die Pacific Air Force hat auf der Andersen AFB Jäger stationiert, die wir dafür einsetzen könnten . . .«

»Abgelehnt«, entschied Curtis. »Die *Sterett* soll die Célebes-See meiden und nicht näher als fünfhundert Seemeilen an Zamboanga herankommen, bis ich mit dem Außenministerium und Admiral Walheim gesprochen habe. Kein Schiff läuft ohne Luftunterstützung in die Célebes-See ein.« Er dachte an die abgeschossenen Tomcat-Besatzungen, aber wenn niemand Fallschirme gesehen hatte, gab es vermutlich keine Überlebenden – und erst recht keinen Grund, Hunderte von Leben auf der *Sterett* zu riskieren, um vier Männer zu retten. »Bitte weiter. Status der eingesetzten Flugzeuge der Luftwaffe?«

»Die RC-135 ist in der Luft betankt worden und danach sicher auf der Andersen AFB auf Guam gelandet«, sagte Rodgers. »Die E-3C Sentry und der Tanker KC-10 sind weiterhin auf Station über der südlichen Philippinen-See zwischen Indonesien und den Philippinen; die AWACS-Maschine überwacht den dortigen Luftraum und versucht, unsere beiden abgeschossenen Jäger zu finden. Sie haben vier der sechs Tomcats als Begleitschutz bei sich; die beiden anderen Tomcats sind mit den Rettungshubschraubern in Indonesien gelandet. Sie können schätzungsweise bis Tagesanbruch auf Station bleiben; dann müssen die Maschinen zurückfliegen, um gewartet zu werden.«

Ein Blick auf die Weltzeituhr unter dem »Big Board« im NMCC zeigte Curtis, daß es auf Guam schon fast halb drei Uhr war. »Ich will, daß die AWACS-Maschine bei Sonnenuntergang auf Guam gelandet ist«, entschied er. »Sie soll den Luftraum möglichst lange überwachen, aber ich will bei Tageslicht keine große Militärmaschine mehr in der Luft haben – mit oder ohne Begleitjäger.« Dann dachte er an Dr. Jon Masters' Satelliten – wie war er bloß auf den Namen NIRTSats gekommen? – und sagte: »Ich möchte sofort mit General Stone auf Guam sprechen.«

»Ja. Sir.«

Curtis wandte sich an Admiral Cunningham. »Wir haben dort oben ein Satellitensystem, das bei bewölktem Nachthimmel aus sechshundertfünfzig Kilometer Höhe einen Chevy auf 'nem Parkplatz voller Fords finden kann – und jetzt wird's Zeit, es zu benutzen.«

»Richtig!« stimmte Cunningham zu. »Sir, die Trägerkampfgruppe mit der *Independence* sollte von dem Zwischenfall benachrichtigt werden und ergänzende Anweisungen erhalten. Ich möchte eine Sicherheitszone mit zweihundert Seemeilen Radius einrichten, in der ohne Warnung geschossen werden kann.«

»Die Sicherheitszone ist genehmigt«, sagte Curtis, »aber außer zur Selbstverteidigung darf nur auf Flugzeuge geschossen werden, die offenbar Abwurflenkwaffen gegen Schiffe einsetzen wollen. Weitergehende Ermächtigungen könnte nur die NCA aussprechen.

Beschaffen Sie mir einen ausführlichen Bericht von Admiral Walheim auf der *Ranger*, und lassen Sie zusammenstellen, welches Material wir zur Unterstützung unserer Truppen in Indonesien nach Manado schicken müssen. Ich brauche diese Liste fürs Außenministerium. Stellen Sie fest, welche Schiffe und U-Boote als Ersatz für die *Ranger* zur Verfügung stehen. Ich möchte imstande sein, das dortige Seegebiet schnellstens zu beherrschen.«

Während der Admiral sich seiner Konsole zuwandte, um die entsprechenden Befehle zu erteilen, blinkte vor Curtis eine orangerote Signalleuchte. Er setzte eine Hör-Sprech-Garnitur auf und betätigte die Sprechtaste. »Curtis.«

»Augenblick, der Präsident möchte Sie sprechen.« Sekunden später fragte Taylor: »Ja, Wilbur, was ist los?«

»Mr. President, vor den Philippinen hat's einen Zwischenfall gegeben. Der Flugzeugträger *Ranger* ist von einem chinesischen Marschflugkörper beschädigt worden. Dabei hat's Tote und Verwundete gegeben. Auch zwei Jäger F-14 sind abgeschossen worden.«

»Verdammt ...«, murmelte der Präsident, der sich offenbar beherrschte, damit seine Umgebung nichts mitbekam. Er benützte ein Mobiltelefon mit Scrambler, aber aus den Hintergrundgeräuschen schloß Curtis, daß er zu einem Mittagessen eingeladen war und noch am Tisch saß. »Ich bin in zehn Minuten unterwegs. Ich lasse ›Laddie‹ bitten, zu mir zu kommen, sobald er kann.« Taylor legte auf.

Curtis mußte unwillkürlich über die irgendwie altmodischen Codebezeichnungen lächeln, die der Präsident in solchen Fällen benützte: »Laddie« war das diesen Monat gültige Codewort für den National Security Council, der sofort im Lageraum des Weißen Hauses zusammentreffen sollte. Zu seinem Fernmeldeoffizier sagte er: »Geben Sie ans Weiße Haus weiter, daß der NSC sich sofort im Lageraum versammeln soll.«

Dann kam schon der nächste Anruf, und Curtis ließ sich ein Glas Wasser bringen, während er zuhörte. Zwei, drei Telefongespräche, um ein besseres Bild von der Lage zu bekommen; danach mußte er auf der Fahrt ins Weiße Haus einen Aktionsplan formulieren. So war es immer: Er war an den wichtigen politischen Entscheidungen nicht beteiligt – aber wenn die Krise da war, sollte er für alles eine Lösung wissen. Nun, diesmal *würde* er sie haben, wenn der National Security Council zusammentrat.

Der nächste Anruf kam aus Guam: »General Stone, Sir.«

»Rat, was können Sie mir berichten?«

»Die *Ranger* ist von chinesischen Bombern B-6 und Jägern A-5 oder -7 angegriffen worden, Sir«, antwortete Stone. Die Müdigkeit in seiner Stimme war trotz der über Scrambler laufenden Satellitenverbindung unüberhörbar. »Wir haben sie erst in ungefähr hundertfünfzig Seemeilen Entfernung geortet. Unsere Radarflugzeuge sind abgehauen, und wir dachten, die Begleitjäger hätten sie zum Abdrehen gezwungen, aber sie hatten es nicht auf die Radarflugzeuge abgesehen, sondern sofort die Schiffe angegriffen. Nur zwei der ersten sechs Flugzeuge sind Jäger gewesen; die anderen vier haben je zwei Abwurflenkwaffen C601 und Jagdraketen mit Infrarotsuchkopf getragen...«

»Wissen Sie bestimmt, daß das C601 gewesen sind?«

»Ziemlich sicher, wenn man ihr Flugprofil und den Schaden berücksichtigt, den eine einzige angerichtet hat. Jedenfalls waren sie viel größer als C801 oder Exocets.«

»Keine Hinweise auf... spezielle Gefechtsköpfe?« Immerhin war es möglich, daß die C601 Nuklearsprengköpfe getragen hatten, die nur nicht detoniert waren.

»Nein, zum Glück nicht«, antwortete Stone mit einem Seufzer der Erleichterung.

Auch Curtis wußte recht gut, wieviel schlimmer diese Alternative gewesen wäre. Im Jahre 1946 hatte die US Navy bei geheimen Tests unter dem Decknamen OPERATION CROSSROADS feststellen wollen, wie eine Atomexplosion mit zwanzig Kilotonnen Sprengkraft sich auf einen Flugzeugträger auswirkte. Die *Saratoga* wurde ins Bikini-Atoll geschleppt und der Nuklearsprengsatz in fünfhundert Meter Entfernung gezündet. Die Detonation hob den vierzigtausend Tonnen schweren Flugzeugträger fast fünfzehn Meter aus dem Wasser, versetzte ihn einen Dreiviertelkilometer weit seitlich, drückte seine über vierzig Zentimeter starke Panzerung ein, demolierte das Flugdeck und ließ ihn nach sieben Stunden sinken. Ähnlich wäre es der *Ranger* auch ergangen.

»Wir haben Aufnahmen von den Flugzeugen, die nach dem Angriff in Zamboanga stehen – es waren tatsächlich Bomber B-6«, fuhr Stone fort. »Die Chinesen haben ihre modernsten Marinebomber eingesetzt. Jeder hat zwei Marschflugkörper C601 und zwei Jagdraketen PL-7 oder PL-9 getragen. Die Jäger sind bisher nicht einwandfrei identifiziert, aber nur die Muster B-7, F-8 oder A-5 mit Luftbetankung besitzen die Reichweite, die für den Angriff auf die *Ranger* erforderlich war. Außerdem zeigen unsere Bilder, daß dort draußen Aufklärer Y-B und U-Boot-Jäger PS-5 stationiert sind.«

Für Curtis stand nun fest, daß die Chinesen beträchtliche Seefliegerkräfte auf die südlichen Philippinen verlegt hatten. Damit konnten sie das gesamte Gebiet abriegeln und die Stellungen regierungstreuer Truppen auf Mindanao bombardieren. »Gehört ihnen die Célebes-See, Rat Killer?« fragte der Vorsitzende der Vereinten Stabschefs. »Das stimmt leider, Sir«, antwortete Stone. »Land, Luft, See, alles. Wollen wir dorthin, müssen wir uns den Zugang erkämpfen.«

Curtis wußte, was das bedeutete: keine unbewaffnete Aufklärung, keine RC-135-Flüge mehr – auch nicht mit einem Dutzend Begleitjäger. Die Entsendung der *Sterett* in die Célebes-See wäre jetzt ein großer Fehler gewesen. »Verstanden. Anscheinend sind wir vorerst ganz auf Dr. Masters' Spielsachen angewiesen.«

»Seine Spielsachen funktionieren ausgezeichnet, Sir«, erklärte Stone. »Ich habe Ihnen über Offutt ein paar Aufnahmen übermitteln lassen, die Sie bald bekommen müßten. In ein paar Stunden folgen hoffentlich Detailaufnahmen des chinesischen Aufmarsches in Zamboanga.«

»Gut. Ich treffe in einer halben Stunde mit dem Boß zusammen; er wird die Bilder sehen wollen. Was haben Sie noch für mich?«

»Seitdem Masters seine Geräte hier installiert hat, haben General Harbaugh von der Third Air Division, General Houston von der Fifteenth Air Force und ich einige Möglichkeiten für Angriffe auf die südlichen Philippinen durchgespielt«, antwortete Stone. »Wir brauchen eindeutig die Air Battle Force – und nicht nur sie –, um die neue Besatzungsmacht von dort zu vertreiben.«

»Welche Möglichkeiten haben Sie durchgespielt?« erkundigte sich Curtis. »Können Sie mir wenigstens eine Zusammenfassung schicken?«

»Die bekommen Sie mit den Aufnahmen«, versprach ihm Stone. »Eine hochinteressante Lektüre! Die Schlacht um Mindanao haben wir schon dreimal als Computersimulation durchgespielt.«

Curtis zögerte kurz, bevor er fragte: »Und wer hat gesiegt?«

»Kommt ganz darauf an, Sir«, antwortete Stone ausweichend. »Wieviel liegt uns wirklich daran, die Chinesen von den Philippinen zu vertreiben?«

»Ich möchte einen Kreuzer in die Célebes-See entsenden, um die Besatzungen unserer abgeschossenen Tomcats suchen zu lassen. Und ich möchte, daß die Navy dort wieder Flagge zeigt, damit die Chinesen wissen, daß sie uns nicht einfach aussperren können. Dazu brauche ich Luftunterstützung. Die Flugzeuge der *Ranger* sind im Augenblick nicht einsatzbereit.«

»Tut mir leid, Sir, da können wir nicht aushelfen«, sagte Stone. »Hier sind nur sieben Jäger F-15 stationiert – und für den Schutz der Rettungsaktion würden wir mindestens zwanzig brauchen. Außerdem ist keine unserer Maschinen als Jagdbomber umrüstbar.«

Curtis fluchte im stillen. Da die *Ranger* außer Gefecht war, fehlte ihnen wirklich offensive und defensive Schlagkraft. Die Entsendung einer weiteren Trägerkampfgruppe würde Zeit kosten, in der die Chinesen ihre Land- und Seestreitkräfte verstärken konnten.

Sie brauchten *wirklich* Offensiv- und Defensivkraft. Sie mußten die Air Battle Force einsetzen – und das *sofort*!

Lageraum des Weißen Hauses
eine halbe Stunde später

»Sie haben mir erklärt, die Trägerkampfgruppen könnten sich selbst verteidigen, General«, begann der Präsident, als der National Security Council im Lageraum des Weißen Hauses zusammengetreten war. »Ein einziger Treffer – und schon haben wir sechzig Gefallene und Hunderte von Verwundeten.«

»Sir, eine der Fla-Raketen SM-2 des Kreuzers *Bunker Hill* hat beim Abfeuern versagt«, antwortete Curtis ruhig. »Bis dahin ist die Situation unter Kontrolle gewesen. Admiral Walheims Beauftragter für Luftabwehr – der den Einsatz vom CIC der *Bunker Hill* aus geleitet hat – hat den Start der restlichen Raketen verhindert, die wahrscheinlich die letzten anfliegenden Marschflugkörper vernichtet hätten. Die Feuerleitung ist an den Kreuzer *Sterett* übergeben worden; das hat geklappt, aber die *Sterett* hat nicht genügend Fla-Raketen in die Luft bringen können, um alle Marschflugkörper abzuschießen.«

»Und die innere Verteidigung? Hat die *Ranger* keine Waffen gehabt, um sich selbst zu verteidigen?«

»Ihre Jäger haben eines der Trägerflugzeuge abgeschossen und die Marschflugkörper zu treffen versucht, aber F-14 Tomcats sind eigentlich nicht fürs Abfangen von Marschflugkörpern geeignet – vor allem nicht, solange feindliche Jäger in der Nähe sind. Die *Ranger* hat sich mit RAM-Fla-Raketen mit Infrarotsuchkopf und den Maschinenkanonen ihres Phalanx-Systems verteidigt und einen der Marschflugkörper abgeschossen. Aber der letzte ist leider durchgekommen ...«

»Außerdem haben wir zwei Jäger verloren. Warum?«

Curtis zwang sich dazu, geduldig zu bleiben. »Sir, unsere Jäger haben es jeweils mit mehreren Gegnern zu tun gehabt – das Verhältnis ist nie besser als einer gegen zwei gewesen. Die Jäger haben nicht nur sich und ihren Flugzeugträger, sondern auch Maschinen der Luftwaffe verteidigen müssen.«

»Aber warum war das Verhältnis so ungünstig?« erkundigte sich Vizepräsident Kevin Martindale. »Warum waren nur acht unserer Jäger in der Luft? Wir hätten sechzehn oder zwanzig haben sollen!«

Seine Frage löste spürbare Nervosität aus. Als Martindale sah, daß die meisten der Anwesenden den Präsidenten anstarrten, wandte er sich stirnrunzelnd an Taylor. »Wir haben nur zwei Begleitjäger pro Flugzeug genehmigt«, erklärte der Präsident. Alle spürten, wieviel Überwindung ihn dieses Eingeständnis kostete. »Anfangs ist davon die Rede gewesen, über dreißig Begleitjäger mitzuschicken ...«

»Sir, uns ging's von Anfang an darum, eine massive Konzentration von Dutzenden von Flugzeugen in diesem Gebiet zu vermeiden«, fügte Curtis hinzu. »Mit mehreren Wellen Begleitjägern hätte das Ganze nach einer Invasionsstreitmacht ausgesehen. Außerdem konnten wir nicht wissen, daß die Chinesen nicht nur Abfangjäger gegen unsere Aufklärer losschicken, sondern auch Abwurflenkwaffen gegen unsere Schiffe einsetzen würden.«

»Das hätte ich ahnen müssen.« Der Präsident seufzte. »Ich hätte lieber mehr als weniger tun sollen, um unsere Soldaten zu schützen.«

»Vielleicht wär's besser gewesen, gleich mehr Begleitjäger einzusetzen«, gab Curtis zu, »aber unsere Flugzeuge haben sich immer nur in internationalem Luftraum und außerhalb der bestehenden philippinischen Luftverteidigungszone befunden. Unser Aufklärer ist nicht näher als vierzig Seemeilen an ein chinesisches Kriegsschiff herangekommen, das fünfzig Seemeilen vor der Küste gestanden hat. Unsere Flugzeuge haben sich mit ihrem Erkennungszeichen bei den für Überwasserflüge zuständigen internationalen Kontrollstellen gemeldet und keine Störsender eingesetzt. Die *Ranger* ist über dreihundert Seemeilen entfernt und überhaupt nicht in der Célebes-See gewesen. Wir haben uns so wenig bedrohlich wie möglich verhalten ...«

»Offenbar haben wir die Chinesen unterschätzt«, sagte Verteidigungsminister Thomas Preston. »Das ist kein Zwischenfall, den man als Versehen erklären könnte, sondern eine überlegt geplante Militäraktion gewesen. Sie sind bereit, ihre Position auf den Philippinen mit allen verfügbaren Mitteln zu verteidigen – bis hin zu einem Angriff auf einen unserer Flugzeugträger.«

»Und das dürfen wir nicht hinnehmen«, fügte General Curtis hinzu.

»Sie spielen die Unschuldigen und greifen gleichzeitig unsere Aufklärer und Schiffe an, ohne ...«

»Augenblick, Wilbur!« unterbrach der Präsident ihn. »Ich verstehe Ihren Zorn – und teile ihn durchaus, das können Sie mir glauben. Aber bevor ich an einen Gegenschlag denke, muß ich klären, ob uns nicht andere Möglichkeiten offenstehen.« Er wandte sich an Außenminister Danahall. »Dennis, Sie wollten uns über die Sondersitzung der Association of South East Asian Nations informieren?«

»Ja, Sir«, antwortete Danahall. »Die ASEAN-Sondersitzung

in Singapore ist gestern zu Ende gegangen. Deborah O'Day hat als unsere Beobachterin daran teilgenommen.« Curtis sah rasch zu Preston hinüber, der säuerlich das Gesicht verzog. O'Day war als Staatssekretärin im Verteidigungsministerium für den Pazifik zuständig gewesen – eine der vielen Positionen, die sie unter zwei Präsidenten bekleidet hatte – und wegen ihrer öffentlich geäußerten scharfen Kritik an dem amerikanischen Rückzug von den Philippinen entlassen worden. Curtis konnte sich gut vorstellen, welchen Empfang ihr die überwiegend moslemischen und allgemein frauenfeindlichen ASEAN-Delegierten bereitet hatten.

»Miss O'Day berichtet«, fuhr Danahall fort, »daß der Antrag, Sanktionen gegen China zu verhängen, in der ASEAN-Vollversammlung gescheitert ist.«

»Was?« fragte der Präsident besorgt. »Aber das ist unmöglich! Die Chinesen besetzen die Philippinen – und die ASEAN sieht tatenlos zu?«

»Das ist noch nicht alles, Sir«, sagte Danahall. »Im Anschluß an die Sitzung ist O'Day für kurze Zeit entführt worden ...«

»*Entführt?*« Der Präsident setzte sich ruckartig auf. »Jesus, ihr fehlt doch hoffentlich nichts? Wie konnte das passieren ...?«

»Ihr fehlt nichts, Sir. Nicht mal ein Kratzer. Ihr Entführer hat behauptet, Vizepräsident Samar habe ihn geschickt, um die Vereinigten Staaten um militärische Unterstützung zu bitten – und O'Day hat berichtet, Samar habe vor einem Vorstoß in die Célebes-See gewarnt, weil der chinesische Admiral einen Angriff plane.« Er hielt ein Blatt Papier hoch. »Das ist Ihre von unserer Botschaft in Singapur übermittelte Warnung – sechzehn Stunden vor diesem Angriff.«

Der Präsident überflog den Text, ließ sich in seinen Sessel zurücksinken und starrte erst den Verteidigungsminister, dann Curtis und zuletzt wieder Preston an. »Haben Sie davon gewußt?«

»Ja, Sir«, antwortete der Minister. »Ich habe die Warnung

sofort an Admiral Walheim weitergegeben – aber wir haben sie anfangs nicht recht geglaubt.«

»Warum nicht?«

»Weil die Trägerkampfgruppe mit der *Ranger* auf Ihren Befehl nicht in die Célebes-See einlaufen sollte«, sagte Preston. »Ich habe mich dazu entschlossen, Luftaufklärung durchführen zu lassen, weil das Risiko weit geringer war und wir wissen mußten, was die Chinesen vorhatten. Ich hätte nie erwartet, daß die Chinesen unsere Aufklärer oder gar die *Ranger* und ihre Begleitschiffe angreifen würden.« Preston zuckte unbehaglich mit den Schultern, bevor er hinzufügte: »Miss O'Day steht in dem Ruf, manchmal ... leicht zu übertreiben. Ich habe ihre Warnung nicht ernst genommen, fürchte ich. Sie hat wie ein Lügenmärchen eines philippinischen Guerillakämpfers geklungen ...«

»Wir haben alles getan, um die *Ranger* zu schützen, Sir«, warf Curtis ein. »Die Warnung ist rausgegangen, Admiral Walheim und sein Stab waren informiert ...«

»Ich übernehme die volle Verantwortung, Sir«, fügte Preston unbehaglich hinzu. »Ich hätte Sie sofort über diese Warnung informieren müssen.«

Der Präsident starrte ihn an, aber dann schüttelte er den Kopf und winkte ab. »Das ist nicht Ihre Schuld, Thomas. Hätten Sie mir erzählt, die Chinesen wollten unsere Schiffe angreifen, hätte ich Ihre Warnung als Hirngespinst abgetan und Sie angewiesen, wie geplant weiterzumachen.« Er machte eine Pause. »Okay«, sagte er dann, »wir haben mehrere Dutzend toter Seeleute, einen beschädigten Flugzeugträger und offenbar einen lebenden philippinischen Vizepräsidenten, der um unsere Unterstützung bittet. Was machen wir jetzt?«

»Sir, die Vereinten Stabschefs haben ein Unternehmen ausgearbeitet, das China eine klare Botschaft übermitteln soll«, begann Curtis. »Lassen Sie mich zunächst jedoch wiederholen: Mit jedem Tag, an dem wir keine Offensivkräfte nach Guam verlegen und dort einsatzbereit machen, verschlechtert sich unsere Lage. Irgendwann ist der Punkt erreicht, an dem wir China überhaupt nicht mehr aufhalten können ...

Die Verlegung der Air Battle Force ist um so wichtiger«, fuhr Curtis fort, »weil sie jetzt außer U-Booten und Marschflugkörpern die einzige Offensivwaffe ist, die wir gegen die Chinesen auf den Philippinen einsetzen können.« Der General zeigte auf die große Wandkarte. »Wir dürfen nicht riskieren, Kriegsschiffe in die Célebes-See zu entsenden, und das Südchinesische Meer und die Seegebiete zwischen den Philippinen sind zu gefährlich oder nicht tief genug.

China beherrscht den Süden, Westen und Norden der Philippinen und das Südchinesische Meer. Nur den Osten der Philippinen beherrscht es nicht, und dort liegt seine Achillesferse. Landgestützte oder von Flugzeugträgern startende Bomber können von Osten einfliegend die chinesischen Stellungen angreifen ...

Mit Hilfe von Dr. Masters' Computersystem auf Guam sowie den Aufklärungsergebnissen der RC-135 und seiner Kleinsatelliten hat die STRATFOR mehrere Angriffsvarianten entwickelt, mit denen sich die verschiedensten Ergebnisse erzielen lassen. Dazu müßte jedoch die Air Battle Force eingesetzt werden. Ohne die *Ranger* oder eine andere Trägerkampfgruppe sind auf Guam im Augenblick nicht genug Flugzeuge stationiert. Nur die Air Battle Force läßt sich schnell genug verlegen und besitzt die erforderliche Schlagkraft.

Ich glaube, daß Masters einen brauchbaren Plan für die Bekämpfung der Chinesen auf den südlichen Philippinen entwickelt hat. Obwohl damit zu rechnen ist, daß China seine Truppen weiter verstärken wird, sehen wir ziemlich gute Erfolgschancen. Der Plan kommt in seiner recht kompakten ersten Stufe ohne den Einsatz von Trägerkampftruppen oder Expeditionskorps aus. Masters' Kriegsspielcomputer hat dem Unternehmen den Decknamen WINTERHAMMER gegeben, und wir ...«

»Winter?« warf Vizepräsident Martindale ein. »Sie wollen

bis zum Winter warten, bevor Sie was unternehmen?« Der Vizepräsident galt als nicht allzu schlau.

»Diese Bezeichnung ist nur eine zufällige Wortkombination aus dem Computer und soll lediglich intern verwendet werden. Sollte jemand Wert darauf legen, können wir für Medienzwecke einen anderen Decknamen wählen.«

»Sagen Sie einfach, was Sie rüberschicken wollen«, unterbrach ihn der Präsident gereizt. »Wieviel Material, wieviel Personal.«

»Das erste Geschwader der Air Battle Force, das als einziges sofort einsatzbereit ist«, antwortete Curtis, »besteht aus achtzehn Bombern B-52H, zehn Bombern F-111G, zwanzig Jägern F-15E und zwölf Jägern F-4. Dazu kommen drei Tanker KC-10, sechs Tanker KC-135, ein AWACS-Flugzeug E-3C, ein Elektronikaufklärer RC-135, ein Fliegender Leitstand EC-135, drei Transporter C-5 und zehn Transporter C-141. Beschäftigt sind rund zweitausend Männer und Frauen.

Verstärkt wird das Geschwader durch drei Stealth-Bomber B-2, die schon Einsätze mit der Air Battle Force geübt haben. Außerdem können wir den Kreuzer *Sterett* und die Zerstörer *Hewitt* und *Fife* einsetzen, die zur Kampfgruppe der *Ranger* gehört haben; die beiden Zerstörer sind mit Marschflugkörpern Tomahawk bewaffnet, die den Bombern vorausfliegen können, um bordgestützte Radaranlagen und größere Schiffe auszuschalten. Das zweite Geschwader der Air Battle Force wäre fast doppelt so schlagkräftig, aber seine Aufstellung dauert etwa dreißig bis vierzig Tage.

Nach unseren Erkenntnissen haben die Chinesen in Zamboanga rund zehntausend Mann stationiert, zu denen weitere fünftausend Mann als Schiffsbesatzungen in der Célebes-See kommen«, berichtete Curtis weiter. »Dort stehen drei Kampfgruppen mit vier Überwasserschiffen und einer unbekannten Anzahl von U-Booten in *jeder* Gruppe. An den Küsten der Célebes-See haben wir über zwanzig Fla-Raketenstellungen erkannt. Die Chinesen beherrschen den Luftraum über den südlichen Philippinen und kontrollieren das Seegebiet im Umkreis von tausend Seemeilen um Zamboanga.

Zusätzlich haben sie zwanzigtausend Mann, dreißig Schiffe und mindestens hundert Flugzeuge in Puerta Princesa, das keine achthundert Kilometer entfernt ist. Aber das ist nur ein Viertel des Kontingents, das sie nach Luzon entsandt haben: Auf der Clark Air Base und im Kriegshafen Subic Bay herrscht heute reger Betrieb wie auf dem Höhepunkt des Vietnamkriegs, als diese Stützpunkte ...«

»Augenblick!« unterbrach der Präsident ihn erstaunt. »Sie wollen mit nur zweitausend Mann gegen fünfzehntausend Chinesen antreten? Wie soll *das* gutgehen?«

»Sir, das Zahlenverhältnis spielt hier kaum eine Rolle«, versicherte Curtis. »Die Schlagkraft der Air Battle Force entspricht der von zwei oder gar drei Trägerkampfgruppen. Mit ihr können wir die Chinesen aus Zamboanga und vielleicht ganz aus den südlichen Philippinen vertreiben. Deshalb empfehle ich Ihnen, die Air Battle Force zu aktivieren und nach Guam zu entsenden. Sobald sie dort eingetroffen ist, können wir Ihnen einen genaueren Plan vorlegen.«

»Ich kann nicht billigen, daß General Curtis den Eindruck zu erwecken versucht, als sei unser Problem damit auf einen Schlag gelöst«, widersprach Preston. »Gewiß, das Air-Battle-Force-Konzept ist vielversprechend, aber General Curtis sieht es zu optimistisch, Sir.« Er nickte ihm zu. »Ich stehe ganz auf Ihrer Seite, Wilbur – aber wir müssen endlich anfangen, realistisch zu denken. Wir sind in diesem Konflikt schon so oft überrascht worden, daß wir weit strengere Maßstäbe anlegen müssen, um ein glaubhaftes Bild zu erhalten.« Er wandte sich an Taylor. »Wir können eine Streitmacht aufstellen, um die Philippinen zu erobern, Sir, aber wollen Sie wirklich den Preis dafür zahlen?«

»Die Air Battle Force kämpft nicht allein, Thomas«, sagte Curtis, »sondern wird von einer Kampfgruppe um die *Wisconsin* unterstützt. In Pearl Harbor liegen sechs Schiffe unter

Führung des Schlachtschiffs *Wisconsin* zum Auslaufen bereit. Diese Gruppe hat schon früher gemeinsam mit der Air Battle Force geübt; bis zum Einsatz der ABF kann sie die *Ranger* eskortieren, wenn sie Indonesien wieder verläßt, und die chinesischen Schiffe und U-Boote in der Célebes-See aus großer Entfernung überwachen. Außerdem sind die Schiffe mit Marschflugkörpern Tomahawk bewaffnet, die wichtig sein können, falls es zu Kämpfen mit den Chinesen kommt.

Zu dieser Kampfgruppe gehört auch das auf Mariana Island im Pazifik stationierte Zweite Expeditionskorps der Marineinfanterie: ein Hubschrauberträger, ein Panzerlandungsschiff, zwei Fregatten, zwei Versorgungsschiffe, dreißig Hubschrauber und dreißig Panzer. Dazu fünftausend Marines und Seeleute, von denen die Hälfte bereits auf Mariana ist, während der Rest aus Hawaii herantransportiert wird. Deshalb wird es mindestens fünf Tage dauern, bis diese Gruppe ihr Einsatzgebiet erreicht. Bis sie Luftunterstützung von Land oder einer Trägerkampfgruppe bekommen kann, lassen wir sie von U-Boot-Jägern P-3 Orion aus Japan eskortieren.«

»Eine Invasionsstreitmacht«, stellte der Präsident fest. »Sie raten mir zu einer regelrechten Invasion ...«

Eines der Telefone vor Taylor summte; Cesare nahm den Hörer ab, hörte kurz zu und legte auf. »Die Nachrichtenagenturen haben eine Presseerklärung der chinesischen Regierung erhalten«, teilte er dem Präsidenten mit. »Wir bekommen gleich ein Exemplar.«

Eine halbe Minute später betrat ein Secret-Service-Agent den Lageraum und überbrachte dem Stabschef einen Computerausdruck. Cesare blieb stehen, während er dem National Security Council den Inhalt der Presseerklärung mitteilte.

»Die Regierung der Volksrepublik China gibt bekannt, über der Célebes-See sei ein starker amerikanischer Bomberverband entdeckt und abgefangen worden. Der aus Bombern B-52 aus Guam bestehende Verband sei von Jägern eines Flugzeugträgers begleitet worden. Auf ›Ersuchen‹ der philippinischen Regierung seien Flugzeuge der Luftwaffe der chinesischen Volksbefreiungsarmee, die auf ›Wunsch‹ der Regierung Teguina auf den Südphilippinen stationiert seien, zur Verteidigung gegen die Eindringlinge eingesetzt worden.

Die Chinesen behaupten, nur einige wenige Jäger eingesetzt zu haben, denen es gelungen sei, die Bomber abzudrängen. Dabei sollen zwei amerikanische und vier chinesische Maschinen abgeschossen worden sein...« Cesare überflog den restlichen Text und fügte hinzu: »Der Angriff auf die *Ranger* wird nicht erwähnt, aber amerikanische Kriegsschiffe sollen mehrere philippinische Küstenstädte mit Artillerie und Raketen beschossen haben.

Und noch etwas: Ein natürlich unbewaffneter chinesischer Frachter, der Flüchtlinge im Westen Mindanaos mit Lebensmitteln und Medikamenten versorgen sollte, soll von einem amerikanischen Bomber angegriffen worden sein. Außerdem werfen die Chinesen uns vor, die Philippinen zurückerobern zu wollen, die Atomexplosion vor Palawan ausgelöst zu haben und die Welt in ein nukleares Chaos stürzen zu wollen.«

»Diese Schweine!« knurrte der Präsident aufgebracht. Aber dann wandte er sich an Curtis. »Wir haben nicht zufällig doch ein paar B-52 über der Célebes-See eingesetzt, General?«

»Garantiert nicht, Sir. Wir haben weder auf Diego Garcia noch in Australien oder Japan große Bomber stationiert.«

»Kann das jemand anders gewesen sein? Australien? Brunei? Vietnam? Die Australier haben Bomber F-111, stimmt's?«

»Höchst unwahrscheinlich, Sir. Unsere AWACS-Maschine hat kein anderes Flugzeug über der Célebes-See geortet.«

»Und was ist mit den Angriffen auf Küstenstädte? Das sind keine Marinekorps- oder Kommandounternehmen gewesen? Nichts dergleichen?«

»Nichts, was ich oder mein Stab genehmigt hätten«, versicherte Curtis ihm. »Sir, das Ganze ist offenbar ein Propagandamärchen. Die CIA wird feststellen, daß es keinen Bombenangriff gegeben hat – wahrscheinlich gar keinen Angriff. Die

Chinesen haben diese Story in die Welt gesetzt, um sich als erste beschweren zu können – weil die Weltöffentlichkeit dann der anderen Seite die Schuld gibt.«

Der Präsident machte ein finsteres Gesicht. »Diese Schweine!« wiederholte er. »Sie greifen unseren unbewaffneten Aufklärer und einen Flugzeugträger an und behaupten dann frech, *wir* wollten einen Krieg anfangen. Und geben wir zu, daß die *Ranger* von einem chinesischen Marschflugkörper getroffen worden ist, wird alles noch schlimmer: Wir stehen als Aggressoren da – und müssen uns andererseits vorwerfen lassen, dabei versagt zu haben!«

»Mr. President, ich kann Sie jederzeit über das Unternehmen WINTERHAMMER informieren …«

»General, ich kann *jetzt* nicht an die Entsendung weiterer Bomber und Jäger denken«, sagte der Präsident gereizt. »Ich soll mich vor unsere Landsleute hinstellen und beteuern, daß wir keine Bomber losgeschickt haben, um die Philippinen bombardieren zu lassen – und *dann* erfahren die Medien von dieser Bomberkonzentration auf Guam? Ich stehe schon jetzt verdammt schlecht da!«

»Wir können sämtliche Anschuldigungen der Chinesen widerlegen«, sagte Curtis. »Wir können beweisen, daß die angeblichen Bomber unbewaffnete Aufklärer waren – und daß die chinesischen Jäger zuerst angegriffen haben. Außerdem können wir beweisen, daß die Hunderte von Seemeilen von den Philippinen entfernte *Ranger* keine Küstenstadt, keine chinesischen Stellungen bedroht und keinen Angriff provoziert hat.« Aber der Präsident wirkte sorgenvoll, geistesabwesend, unerreichbar. »Wir brauchen dieser Erpressung nicht nachzugeben, Sir. Uns bleiben Dutzende von Möglichkeiten …«

»Ja, ja, schon gut.« Der Präsident machte eine abwehrende Handbewegung. »Ich weiß, daß ich übervorsichtig bin, Wilbur, aber ich brauche die Unterstützung weiterer südostasiatischer Staaten, bevor ich amerikanische Truppen gegen die Chinesen einsetzen kann. Der Pazifikraum ist ein Pulverfaß, das jeder

Funke zur Explosion bringen kann. Bevor ich die Chinesen auf den Philippinen von Ihren Bombern und Jägern angreifen lasse, muß ich sicher sein, daß unsere Landsleute verstehen, daß wir zuvor alle anderen Möglichkeiten ausgeschöpft haben.«

»Wir haben die Rechtfertigung, die Sie brauchen, Sir«, erklärte Curtis ihm. »Vizepräsident Samar.«

»Samar?« wiederholte Präsident Taylor. »Was hat *der* damit zu tun?«

»Samar ist der rechtmäßige Regierungschef, Sir«, antwortete Curtis. »Außerdem ist er der Gouverneur des praktisch souveränen Bundesstaats Mindanao. Er hat die Vereinigten Staaten offiziell um Unterstützung gebeten. Das ist der rechtliche Aufhänger, den wir brauchen.«

Außenminister Danahall schüttelte energisch den Kopf. »Das kommt der Wahrheit nicht mal nahe, Wilbur...«

»Es braucht nicht hundertprozentig wahr zu sein, Dennis«, sagte Curtis gelassen. »Wir wollen damit keinen Prozeß gewinnen, sondern suchen eine Rechtfertigung für unser Eingreifen – und da haben wir eine!«

»Es sei denn, Samar ist tot«, warf der Vizepräsident ein. »Dann bleibt Teguina Regierungschef und übernimmt auch den Gouverneursposten.«

»Deshalb müssen wir Samar dort rausholen«, stellte Curtis fest. »Botschafterin O'Day ist mitgeteilt worden, wie er zu erreichen ist. Wir lassen ihn von einer Sondereinheit rausholen, damit er öffentlich erklären kann, daß er gegen die chinesische Besatzungsmacht kämpft.« Er wandte sich an den Präsidenten. »Sir, Sie müssen die Air Battle Force nach Guam und die Marines ins Seegebiet südlich der Philippinen schicken. Warten wir zu lange, ist Mindanao verloren, weil Samars Miliz die Waffen strecken muß – und dann wären die Chinesen nur noch mit Atomwaffen von den Philippinen zu vertreiben.«

Präsident Taylor nickte langsam. »Okay, Wilbur, Sie haben grünes Licht für alle bisher skizzierten Maßnahmen. Trotzdem gilt weiterhin: Keine Offensive ohne meine ausdrückliche Genehmigung! Ich möchte in spätestens einer Stunde ausführlich über das Unternehmen WINTERHAMMER informiert werden ... Paul, Sie trommeln die Führerschaft zu dieser Besprechung zusammen und benachrichtigen möglichst viele unserer Verbündeten.«

»Und die zur Air Battle Force gehörenden Bomber B-2 ...?« faßte Curtis nach.

Der Präsident machte ein finsteres Gesicht, aber er antwortete: »Das müssen Sie und Ihre Leute entscheiden. Schlimm genug, daß ich strategische Bomber und Marschflugkörper hinschicke – da spielen ein paar Proteste mehr auch keine Rolle. Wenn die Besatzungen mit der Air Battle Force geübt haben und ihren Kram beherrschen, können Sie sie mitschicken.«

Halbinsel Fujada, Südost-Mindanao
Sonntag, 2. Oktober 1994, 04.30 Uhr Ortszeit

Die erste Wärme, die Korvettenkapitän Paul »Cowboy« Bowman, USN, seit zwei Tagen spürte, kam von einer brennenden kleinen Tablette Trockenspiritus. Er hatte sie mit einem Sturmstreichholz angezündet, in den handtellergroßen Taschenkocher aus seinem Survival Kit gelegt, einen aus Zeitungspapier gefalteten Becher daraufgestellt – den dazugehörigen Metallbecher hatte er auf ihrer wilden Flucht durch die Urwälder Mindanaos längst verloren – und ihn mit Brackwasser gefüllt.

Zu Vizepräsident José Trujillo Samars Überraschung brannte der Papierbecher nicht an. »Warum brennt das Papier nicht, Bowman?« fragte Samar.

»Keine Ahnung«, sagte Bowman. »Nicht warm genug, schätze ich.« Er kippte einen Beutel Fertigsuppe ins Wasser und rührte mit einem Zweig um. Eigentlich war der ganze Trip zu cool, dachte er. Ihr Einsatz als Begleitjäger für die Air Force, die Luftkämpfe mit den Chinks, ihr Abschuß über einem unbekannten Seegebiet Tausende von Meilen von der Heimat und Hunderte von Meilen von der *Ranger* entfernt – noch dazu bei Nacht! –, die Flucht vor chinesischen Infanteriepatrouillen durch diese endlosen Sümpfe und Urwälder auf den Philippinen, der Verlust seines RIOs …

Und jetzt war er ausgerechnet mit dem Zweiten Vizepräsidenten der Philippinen zusammen, der eigentlich der Präsident des Landes war, sich aber in Wirklichkeit auf der Flucht vor dem Ersten Vizepräsidenten befand.

Cowboy Bowman war von Fischern aus der Célebes-See gerettet und Samars Miliz übergeben worden. Seine Fliegerkombi war von Salz und Schlamm verkrustet, und er war hundemüde. Da er *vor* ihrem Einsatz nicht hatte schlafen können, war er jetzt fast drei Tage auf den Beinen – ganz zu schweigen davon, daß er sich wahrscheinlich den linken Ellbogen gebrochen hatte, als er sich beim Aussteigen den Arm am Cockpitrand angeschlagen hatte. Aber das war bei weitem nicht das Schlimmste an dieser Flucht, die ihm unmenschliche Anstrengungen abverlangte.

Das Schlimmste lag in einem zugenähten Segeltuchsack ganz in seiner Nähe: die Leiche von Bowmans RIO, Oberleutnant Kenny »Cookin« Miller. Sein Fallschirm hatte sich offenbar nicht ganz geöffnet, und bis Bowman ihn im dunklen, warmen Wasser gefunden hatte, war er ertrunken – oder gleich beim Aufschlag umgekommen. Er hatte Millers zerschlagenen Körper in sein Einmannschlauchboot gezogen und das grausig zersplitterte Genick und die verdrehten Gliedmaßen dabei bewußt ignoriert.

Bowman und Miller hatten drei Törns auf der *Ranger* und jede Menge gemeinsamer Erlebnisse an Land hinter sich. Sie waren mehr als eine F-14-Besatzung – sie waren Freunde. Bowman war entschlossen, seinen Freund nicht den Haien der Célebes-See zum Fraß zu überlassen. Bis seine Kräfte ihn verließen, würde er den Toten mit sich tragen, ziehen oder schieben.

Seit ihrer Rettung waren Bowman und sein grausiger Geführte ständig in Bewegung gewesen. Sie hatten zweimal das Boot gewechselt und waren an Land mehrmals anderen Guerillagruppen übergeben worden. Nachdem man ihm den Dienstausweis abgenommen hatte, war Bowman gefesselt worden, hatte eine Augenbinde bekommen und war gewarnt worden, daß er ohne das geringste Zögern oder Bedauern sofort beseitigt werde, wenn er irgendeinen Befehl verweigere oder sich irgendwie verdächtig benehme.

Zwei Tage lang waren sie – nur nachts oder bei schlechtem Wetter – bergauf marschiert; dann waren sie rasch zur Ostküste hinuntermarschiert – die Sonne würde bald hinter Samar aufgehen, wo das offene Meer lag. Unterwegs hielten sie sich in Lehmgruben, den hohlen Stämmen von Urwaldriesen oder verfallenen Strohhütten versteckt. Ihre Nahrung bestand aus unreifen Bananen oder anderen kaum genießbaren Früchten und Regenwasser.

Samar war erst letzte Nacht aufgekreuzt. Seine Milizionäre empfingen ihn wie ihren König. Er versammelte ihre Kommandeure zu einer Besprechung, bei der endlos lange auf Tagalog geflüstert wurde.

Bowman hielt General José Trujillo Samar für den geheimnisvollsten, rätselhaftesten, unergründlichsten Mann, der ihm je begegnet war. Samar war Präsident der Philippinen, Gouverneur des Bundesstaats Mindanao, ein reicher Industrieller und Plantagenbesitzer. Und was tat er? Er hielt sich in unzugänglichen Dschungelgebieten auf, trug einen verdreckten Tarnanzug und setzte sein Leben aufs Spiel, um eine Rebellengruppe sicher an chinesischen Infanterie- und Hubschrauberpatrouillen vorbeizuführen.

José Trujillo Samar war der geborene Führer – und sah auch so aus: für einen Filipino ziemlich groß, hellhäutig, breitschultrig und muskulös wie ein Bauer, der in jungen Jahren auf dem Besitz seiner Familie auf der Insel Jolo gewesen war. Als Absolvent der Militärakademie hatte er es bei den Panzeraufklärern bis zum Hauptmann gebracht, bevor er in Ferdinand Marcos'

Geheimdienst eingetreten war. Dort hatte er Karriere gemacht, war rasch zum General befördert worden und hatte zuletzt den Geheimdienst des ehemaligen Präsidenten auf Mindanao geleitet.

In seinen fünf Dienstjahren als Geheimdienstchef hatte Samar Hunderte, vermutlich Tausende von moslemischen Rebellen einkerkern und hinrichten lassen – bis er plötzlich religiös geworden war. Wie Saulus zu Paulus geworden war, verwandelte General Samar sich auf geheimnisvolle Weise vom Moslemverfolger in einen fanatischen Moslemkrieger. Bowman hatte seinen islamischen Namen schon einmal gehört, aber wieder vergessen; seine Männer nannten ihn »General« und manchmal auch »Jabal«, was »Berg« bedeutete.

Mehrere von Samar angeführte Aufstände gegen das Marcos-Regime waren blutig niedergeschlagen worden, und der Diktator hatte ein hohes Kopfgeld für ihn ausgesetzt. Samar hatte gelernt, auf dem Lande zu leben, von einer Urwaldsiedlung zur anderen zu ziehen – seinen ehemaligen Kollegen stets ein, zwei Schritte voraus. Seine Taten als Verfolgter und Guerillakämpfer gegen Marcos hatten ihn auf Mindanao zum Volkshelden werden lassen. Er verstand es, die moslemischen Gläubigen um sich zu scharen und allen Filipinos vor Augen zu führen, wie grausam das blutsaugerische Marcos-Regime sie unterdrückte.

Nach Marcos' Sturz war Samar durchaus bereit gewesen, den Kampf gegen Aquino und Mikaso von der jetzt herrschenden UNIDO weiterzuführen, aber die Zeiten hatten sich geändert. Die Republik Philippinen war praktisch bankrott, die Kommunisten drohten außer Kontrolle zu geraten, und ausländische Investoren hielten sich mehr und mehr zurück. Damit die Republik sich nicht selbst zerstörte, machte Corazon Aquino den beiden Konfliktparteien ein Friedensangebot, das Samar bereitwillig annahm.

Als Gegenleistung – und damit Mindanao sich nicht von den Philippinen lossagte – wurde José Trujillo Samar, die ehemalige

Dschungelratte aus Mindanao, Zweiter Vizepräsident der Philippinen und damit der dritte Mann im Staate. Fünf Provinzen in Zentral- und Ostmindanao – Cotabato, Davao, Bukidnon, Agusan und Surigao – bildeten einen neuen Bundesstaat mit eigener Legislative und eigener Miliz. Und José Trujillo Samar wurde sein erster Gouverneur.

Jetzt befand er sich plötzlich wieder auf der Flucht. Die chinesische Invasion hatte auch ihn völlig überrascht, und bis er seine Truppen sammeln konnte, war es zu spät, um Zamboanga und Cotabato zu verteidigen. Aber Davao mußte gerettet werden.

Das Wasser in dem Papierbecher begann zu kochen – das Papier würde brennen, wenn er es zu lange kochen ließ. Bowman kostete einen kleinen Schluck. Die Suppe war sehr salzig und hinterließ einen scharfen, schleimigen Nachgeschmack, der am Gaumen klebte. Aber mit der heißen Flüssigkeit im Bauch fühlte sich der Marineflieger sofort besser. »Möchten Sie einen Schluck probieren, General?« fragte er Samar.

Der Rebellenführer schüttelte den Kopf. »Ich kenne diese amerikanischen Notrationen – ich habe einmal monatelang davon gelebt. Das reicht einem lebenslänglich.« Obwohl er dabei lächelte, verriet sein Tonfall, daß er von einem höchst unangenehmen Erlebnis sprach.

»Was haben Sie mit mir ... mit uns vor?« erkundigte sich Bowman.

»Das weiß ich nicht«, gab Samar zu. »Aber das spielt vermutlich keine Rolle mehr. Wahrscheinlich werden wir bei Sonnenaufgang gefangengenommen. Die Chinesen sind überall.«

»Warum flüchten Sie nicht?« fragte der Pilot. »Im Dschungel sind Sie sicher. Ich weiß, daß wir an der Küste sind, und kann mich hier verstecken, bis Hilfe kommt.«

»Hilfe ist nicht zu erwarten, fürchte ich«, antwortete Samar. »Mit dem Marsch an die Küste haben wir alles riskiert – und alles verloren.« Er zeigte auf den Segeltuchsack. »Ihren Kameraden müssen Sie zurücklassen.«

»Kommt nicht in Frage!«

»Er behindert uns. Der Dschungel ist zu dicht...«

»Ich lasse ihn *nicht* zurück.«

Samar hob eine Hand, um ihn zum Schweigen zu bringen, und trat dann Bowmans Aluminiumkocher in den weichen Untergrund. Bowman hatte nichts gehört, aber nach sechs Jahren als F-14-Pilot auf Flugzeugträgern wäre es kein Wunder gewesen, wenn sein Gehör gelitten hätte. Er stand auf, ging zu Miller und wollte ihn über die Schulter nehmen, aber zwei von Samars Soldaten hielten ihn fest und legten ihm Handschellen an. »Das können Sie mit mir nicht machen...«

»Ruhe!« Samar suchte den Himmel im Osten ab. Bowman folgte seinem Blick. Nordöstlich von ihnen hoben sich dicht über der Kimm drei in enger Formation fliegende Hubschrauber vom Morgenhimmel ab.

»Chinesische Patrouillenhubschrauber. Beten Sie, daß sie uns nicht entdeckt haben...«

Die Dreiecksformation folgte der Küste mit ungefähr einer Seemeile Abstand nach Süden, aber dann schwenkten die Maschinen plötzlich nach rechts in Richtung Küste ein.

»Verdammt! Sie müssen unseren Sender angepeilt haben!«

»Sender...?«

»Ruhe! Sie bleiben hier.« Samar hastete zu seinen Vorposten davon. Nach einer halben Minute war er wieder da. »Drei Männer sind nach Norden unterwegs, um die Hubschrauber abzulenken. Die anderen wollen kämpfen. Das wollte ich Ihnen nur sagen. Ungefähr dreihundert Meter von hier liegt eine kleine Bucht; die müssen wir erreichen, bevor die Hubschrauber kommen. Rennen Sie um Ihr Leben!« Samar machte kehrt, rannte durchs Unterholz davon und achtete darauf, möglichst viele Bäume zwischen sich und den anfliegenden Hubschraubern zu behalten. Bowman lief ihm nach, wurde aber sofort von vier Soldaten überholt und verlor die Fünfergruppe bald aus den Augen. Nun blieb ihm nichts anderes übrig, als sich auf sein Gehör zu verlassen, das ihm ihre Richtung anzeigte.

Bowman hatte den Eindruck, erst wenige Sekunden unterwegs zu sein, als er von einer Serie von Detonationen hinter ihm auf den schlammigen Dschungelboden geworfen wurde. Zwei der Hubschrauber schossen mit Raketen in den Urwald; der dritte schwebte vor der Küste und suchte den Strand nach Aufständischen ab.

Bowman hörte grausige Schreie, als die chinesischen Raketen ihre Ziele fanden – die drei Soldaten, die als Köder gedient hatten.

Der Pilot rappelte sich mühsam wieder auf. Aber schon nach wenigen Schritten riß ihn eine Gestalt in einem Tarnanzug zu Boden. »Runter mit Ihnen!« schrie Samar ihn an. Er drückte Bowman ein Gerät in die Hand: den Notsender PRC-23D aus seiner Notausrüstung. »Den benützen Sie, wenn's so weit ist.«

»Halt! Was haben Sie ...«

»Verkriechen Sie sich irgendwo im Unterholz. Bleiben Sie möglichst in Deckung – sie suchen uns mit Infrarotsensoren.« Auch der dritte Hubschrauber knatterte jetzt heran und mußte den Strand schon fast erreicht haben.

Rechts von ihnen hämmerte ein Gewehr los. »Nein!« brüllte Samar auf Tagalog. »Nicht schießen!« Aber diese Warnung kam zu spät. Seine Soldaten hatten das Feuer auf den dritten Hubschrauber eröffnet – und genau darauf hatten die Piloten nur gewartet. Der Hubschrauber drehte scharf nach links ab, und seine in Waffenbehältern mitgeführten MGs erwiderten das Feuer mit vernichtender Wirkung.

»Wir können nur versuchen, wieder dichteren Wald zu erreichen«, sagte Samar auf englisch. »Sie laufen nach Westen. Kommen Rotoren näher, verstecken Sie sich in einer Schlammpfütze oder nassem Dickicht. Werden sie leiser, rennen Sie weiter. Die Hubschrauber haben sicher nicht mehr viel Treibstoff – das könnte unsere Chance sein.« Er war plötzlich auf den Beinen und zog Bowman hoch. »Los, los! Tempo!«

Bowman war erst wenige Schritte weit gekommen, als er Rotoren hörte. Er fand eine Schlammpfütze und warf sich hinein, aber sie war nicht tief genug, um ihn zu bedecken. Samar war spurlos verschwunden. Als er sich auf den Rücken wälzte, sah er einen Hubschrauber über sich hinwegfliegen und einen weiteren ganz in seiner Nähe schweben. Dieser zweite war so nahe, daß Bowman den kugelförmigen Infrarot-Scanner unter seinem Bug und die beiden torpedoförmigen Waffenbehälter an den Auslegern deutlich sehen konnte...

Er hatte ihn im Visier...

Damit war seine Flucht zu Ende...

Irgendwo links neben Bowman ertönte ein lauter Schrei, eine Art Schlachtruf, dann folgte ein langer Feuerstoß aus einem Schnellfeuergewehr. Vom Bug des Hubschraubers stoben Funken, und im nächsten Augenblick stürzte er keine fünfzig Meter entfernt fast senkrecht in den Dschungel. Das gab Bowman neuen Mut – er rappelte sich auf und hastete von dem abgeschossenen Hubschrauber weg.

Aber er kam nicht weit. Er hörte ein kurzes dumpfes Brausen, und Zehntelsekunden später detonierte etwas nur wenige Meter vor ihm im ersten Stockwerk des Regenwalds. Der halbdunkle Urwald wurde plötzlich gleißend hellgelb beleuchtet. Während Bowman von der Druckwelle zu Boden geworfen wurde, hatte er das Gefühl, sein Kopf sei explodiert.

Er öffnete die Augen. Der Hubschrauber schwebte nur einige Dutzend Meter von ihm entfernt über den Baumkronen. Seine Rotoren peitschten das Laub wie ein Wirbelsturm, aber Bowman hörte und spürte nichts davon. Der Hubschrauber senkte seinen Bug etwas, bis die dunklen Mündungen der Waffenbehälter genau auf Bowman gerichtet waren. Er versuchte, die Arme und Beine zu bewegen, aber sie gehorchten ihm nicht. Dann wurde ihm schwarz vor den Augen...

Solange das Ziel über dem Dschungel hin und her flitzte, wäre der Schuß sehr schwierig gewesen, aber als der Hubschrauber jetzt plötzlich in den Schwebeflug überging, bot er ein leichtes Ziel. Marinekorps-Hauptmann Fred Collins zog den Bug des Schwenkrotorflugzeugs MV-22A Sea Hammer etwas nach links, bis das Ringvisier seines Raketensystems Stinger das Infrarotbild des chinesischen Hubschraubers überdeckte, und wartete das vertraute »Knurren« im Kopfhörer ab, das ihm zeigte, daß eine der Raketen das Ziel erfaßt hatte. Dann klappte er den Schutzdeckel hoch, entsicherte die Stinger mit dem rechten Daumen, sah die Anzeige *Ready Shoot* vor sich und drückte mit dem rechten Zeigefinger ab. »Fox eins, Able Zero-Seven.«

Aus weniger als einem Kilometer Entfernung passierte der Abschuß schnell und spektakulär. Die Stinger mit IR-Suchkopf steuerte direkt die freiliegenden, ungeschützten Triebwerksauslässe des chinesischen Patrouillenhubschraubers Zhishengji-9 an und verwandelte beide Triebwerke und die Tanks in einen riesigen Feuerball. Er schien den Hubschrauber noch sekundenlang in der Luft zu halten, aber dann stürzte die brennende Maschine senkrecht in den Dschungel.

»Ein Chopper abgeschossen«, meldete Collins über Funk. »Wo sind die anderen beiden?«

»Verbindung zu Bandit Zwo ist abgerissen«, antwortete der Controller an Bord der E-3A Sentry von der Andersen Air Force Base. »Bandit Drei bei neun Uhr, gleiche Höhe, Entfernung sechs Seemeilen, Geschwindigkeit neun-null Knoten, dreht nach Süden ab und scheint auszuweichen.«

»Mein verfügbarer Sprit ist bald verbraucht, Basket«, sagte Collins. »Ich kann ihn verfolgen oder mit der Bergung weitermachen. Beides geht nicht. Wo ist er jetzt?«

»Bandit Drei bei zehn Uhr, Südwestkurs, Höhe dreitausend, acht Meilen, Geschwindigkeit eins-null-null. Er scheint wirklich abzuhauen.«

Collins wußte, wie schnell Hubschrauber zurückkommen und erneut angreifen konnten – aber diesen konnte er nicht mehr verfolgen. »Okay, Basket, ich bleibe. Sie warnen mich, falls er zurückkommt. Schalte auf die Wachfrequenz um.« Dem in der MV-22A rechts sitzenden Kopiloten erklärte er: »Du hast die Maschine.« Der andere ruckte am Steuerknüppel, um zu zeigen, daß er verstanden hatte, und Collins ließ seinen Knüppel los. »Suchkreise über diesem Gebiet. Mal sehen, ob ich ihn mit dem FLIR aufspüren kann.«

Der Kopilot stieg auf fünfhundert Fuß und begann, langsam einen Suchkreis zu fliegen. Collins aktivierte das AN/AAQ-16 FLIR, einen nach vorn gerichteten Infrarotsensor, der ihm ein Wärmebild des Dschungels unter ihnen lieferte. Gleichzeitig drückte er seine Sprechtaste: »Bullet, hier Able Zero-Seven auf der Wachfrequenz. Falls Sie mich hören, senden Sie einen Suchton auf Rescue One.«

Die Antwort kam schon nach wenigen Sekunden: »Able Zero-Seven, hier Bullet. Ich höre Sie fünf.« Die Peilung ergab, daß der Sender südwestlich von ihnen stehen mußte. Der Mann sprach mit merkwürdigem Akzent, etwas abgehackt und sehr präzise – fast zu präzise. Außerdem waren viele Hintergrundgeräusche zu hören. Das konnten ihre eigenen Rotoren sein... oder die Stimmen anderer Leute.

»Bullet, auf Rescue One gehen und zehn Sekunden gedrückt halten«, wies Collins ihn an. »Kommen.«

»Able Zero-Seven, das kann ich nicht. Landen Sie auf dem Küstenstreifen. Ich kann Sie sehen. Landen Sie auf dem Küstenstreifen.«

»Bullet, gehen Sie auf Rescue One. Kommen.«

»Able Zero-Seven, ich bin verwundet. Ich kann mein Funkgerät nicht bedienen. Landen Sie auf dem Küstenstreifen. Ich liege nur wenige Meter landeinwärts. Bitte, beeilen Sie sich! Kommen.«

Der Marinepilot hielt sich nicht an Collins' Anweisungen, weil er in Panik geraten war – oder weil dort kein Marinepilot sprach. Der Ausdruck »Meter« machte Collins Sorgen, aber andererseits benützten immer mehr Soldaten metrische Maße und Gewichte, so daß diese Angabe noch kein Beweis war. »Bullet, warten Sie«, sagte Collins auf der Wachfrequenz. Seinen Kopiloten wies er an: »Wir fliegen ein paar Meilen nach Westen. Mal sehen, ob wir seinen Standort genauer bestimmen können.« Die MV-22A blieb möglichst dicht über den Bäumen und flog die Küste entlang nach Westen davon.

»Able Zero-Seven, hier Bullet, kommen. Able, kommen.«

Bowman war groggy, aber wieder einigermaßen wach. Er hatte bohrende Kopfschmerzen, nahm seine Umgebung nur schemenhaft wahr, fühlte sich wie gelähmt und hatte bei jeder Bewegung das Gefühl, ein rotglühendes Eisen in den Rücken gestoßen zu bekommen. Auch der linke Arm schmerzte so heftig, als sei mehr als nur der Ellbogen gebrochen. Er trug noch immer Handschellen, und sein Notsender war verschwunden...

Nein, nicht ganz verschwunden. Bowman hörte von irgendwoher leise Stimmen. Er kämpfte gegen die Schmerzen in Arm und Rücken an und grub mit seinen gefesselten Händen in Laub und Schlamm nach den Stimmen. Als er schon fürchtete, vor Schmerzen ohnmächtig zu werden, streiften seine Finger den dicken Gummiüberzug der kurzen Wendelantenne. Dieser Hoffnungsschimmer gab ihm die Kraft, das Funkgerät zu ergreifen und an seinen Körper zu ziehen.

»Bullet, warten Sie«, hörte Bowman. »Bullet, schalten Sie Rescue One ein, wenn Sie können. Kommen.«

»Kann nicht umschalten. Bitte, kommen Sie schnell! Landen Sie auf dem Küstenstreifen. Ich bin leicht zu finden.«

Rescue One... das war die Frequenz der Rettungshubschrauber der *Ranger*. Sie hatten ihn gefunden! Aber mit wem sprach der Hubschrauber? War tatsächlich ein weiteres Bullet-Besatzungsmitglied in der Nähe? Mit wem sprach der Pilot? Miller? Lebte Cookin noch? Er konnte es kaum glauben – Miller war also durchgekommen!

Aber plötzlich wurde ihm klar, daß das nicht stimmte. Miller war tot. Die Stimme im Funk klang nicht richtig amerikanisch – sie klang zu glatt, zu eingeübt. Das mußte ein Chinese sein! Die Chinesen versuchten zu erreichen, daß der Hubschrauber landete. Das hätte ein abgeschossener Flieger niemals getan. Ein abgeschossener Flieger sorgte dafür, daß er geortet wurde, und befolgte dann die Anweisungen aus dem Rettungshubschrauber. Er durfte gar keine Anweisungen geben.

Bowmans Notsender PRC-23D war auf die Wachfrequenz eingestellt. Der Frequenzwahlschalter hatte vier Stellungen: ganz am Anschlag im Uhrzeigersinn – in Richtung Antenne – lag die Wachfrequenz; ein Klick nach links war die Stellung AUS, ein weiterer Klick ergab Rescue One, der letzte Klick ergab Rescue Two. Bowman drückte mit zitternden Fingern auf den Drehschalter und ließ die AUS-Stellung einrasten; danach klickte er mit gewaltiger Anstrengung zu Rescue One weiter und drückte auf die wasserdicht gummierte Sendetaste an der Seite des Geräts ...

Die Peilanzeige des ersten Funkgeräts bewegte sich etwas nach Süden. »Noch ein paar Meilen«, sagte Collins zu seinem Kopiloten, »dann haben wir seine Position genau ...«

Plötzlich ertönte aus dem zweiten Funkgerät der charakteristische Signalton *Piiinng! Piiinng! Piiinng!* eines Notsenders. Diesmal wies die Peilanzeige genau nach Osten. »Ein Ton auf Rescue One!« rief Collins. »Aus dem Gebiet, über dem wir vorhin gewesen sind!«

»Dieser Kerl auf der Wachfrequenz muß ein Lauscher gewesen sein«, meinte der Kopilot.

»Und ich wäre fast auf ihn reingefallen. Okay, du folgst der Anzeige für Rescue One.« Collins schaltete von der Wachfrequenz auf Rescue One um. »Bullet auf Rescue One, ich empfange Ihr Signal. Senden Sie nochmals, wenn wir in Ihrer Nähe sind.«

Nach etwa sechzig Sekunden auf dem neuen Kurs sagte Collins: »Ich glaube, daß ich dort unten was habe. PJs, fertig machen zum Absetzen.« Im Laderaum der MV-22A flogen vier Pararescue Jumpers oder PJs mit, von denen jetzt zwei in voller Ausrüstung an den inzwischen geöffneten Laderaumtüren bereitstanden.

Collins steuerte das warme Objekt vor ihnen mit dem FLIR an. Kurz bevor es sich genau unter ihnen befand, hörten sie eine weitere Folge von Signaltönen auf Rescue One. Der Kopilot flog zunächst darüber hinweg, aber Collins drückte eine Taste ihres Bordcomputers AN/AYK-14, um die genauen Koordinaten dieses Punkts zu speichern.

»Bullet, hier Able Zero-Seven, bestätigen Sie Victor-Kilo. Victor-Kilo.« Keine Antwort. »Bullet, hier Able, ich wiederhole, Victor-Kilo bestätigen. Kommen.«

»Unser Treibstoff reicht gerade für den Rückflug«, stellte der Kopilot fest, »und die Chinesen schicken bestimmt Verstärkung. Wir können nicht länger bleiben.«

»Noch ein Versuch, dann hauen wir ab«, beruhigte Collins ihn. Auf Rescue One sagte er: »Bullet, ich wiederhole ...«

»Bullet ... bestätigt ... Poppa Zero ... Poppa Zero ...«

»Das war keine vollständige Bestätigung«, sagte der Kopilot.

»Mir reicht sie«, antwortete Collins.

»Aber du weißt nicht, wer dort unten ...«

»Das riskiere ich«, entschied Collins. »Ich hab' die Maschine.« Er übernahm das Steuer, flog eine steile Linkskurve und hielt wieder auf das mit dem FLIR geortete warme Objekt zu. Dann betätigte er einen Schalter, um die Triebwerksgondeln an den Flügelspitzen der MV-22A in Senkrechtstellung zu bringen und den großen Transporter so in einen Hubschrauber zu verwandeln. Nach dem Übergang in den Schwebeflug steuerte Fred Collins die nächste Lichtung an und sagte über die Bordsprechanlage: »PJs, unser Mann liegt vor dem Bug ... ungefähr dreißig Schritte. Keine vollständige Identifizierung, aber er ist allein und scheint unbewaffnet zu sein. Also raus!«

Die PJs wurden an ihrem Gurtzeug auf beiden Seiten der Maschine zu Boden gelassen. Sie gingen mit schußbereiten Gewehren vor, während Collins ihr Vorgehen aus der Luft überwachte. Nach knapp einer Minute hatten sie Bowman gefunden.

»Able, hier PJ One, ich hab' ihn. Sieht wie einer unserer

Jungs aus.« Er tastete Bowman rasch nach versteckten Waffen ab, während der zweite PJ ihn aus einiger Entfernung sicherte. »Klar zum Aufnehmen.« Sobald Collins sich näher herangeschoben hatte, ließen die Männer im Frachtraum einen Dschungelpenetrator zu ihren Kameraden hinunter. PJ One klappte die Faltsitze des Rettungsgeräts auseinander, setzte Bowman darauf und sicherte ihn mit einem Gurt. Bowman hatte noch so viel Kraft, daß er seine Arme um die Mittelsäule schlingen und tun konnte, wozu er aufgefordert wurde.

»Samar... Samar. Vergeßt Samar nicht...«, forderte Bowman seinen Retter auf. Das Röhren der Triebwerke der MV-22A über ihnen machte eine Verständigung fast unmöglich, aber PJ One schnappte immerhin ein Wort auf.

»Er scheint von irgendeinem Sammy zu reden«, meldete der PJ ihrem Piloten über Funk. »Vielleicht ist ein zweiter Mann in der Nähe.«

»Wir können nicht weitersuchen«, wandte der Kopilot ein. »Unser Treibstoff wird immer knapper.«

Collins suchte die nähere Umgebung mit dem FLIR ab. »Ich hab' noch einen!« rief er dann plötzlich. »Vierzig Schritte rechts. Er bewegt sich nicht. Seht mal nach, wer das ist. Und holt Robby an Bord.« Der erste PJ setzte sich zu dem Geretteten auf den Dschungelpenetrator, schnallte sich an, drückte Bowmans Kopf nach unten und legte seine Arme um ihn, während der Windenmann das Seil einholte. Der zweite PJ bewegte sich inzwischen auf die zweite Fundstelle zu, bekam dabei Anweisungen von Collins und blieb in Deckung, bis er den Mann fast erreicht hatte.

Die Besatzungsmitglieder der MV-22A zogen Bowman in den Laderaum und legten ihm eine Wolldecke um die Schultern. Ein PJ leuchtete ihm mit einer Taschenlampe ins Gesicht und verglich es mit einer Zusammenstellung von Fotos der abgeschossenen Marineflieger der *Ranger*. »Positiv identifiziert!« meldete er über die Bordsprechanlage. »Er ist Bowman, der Pilot von Bullet Seven.«

Collins atmete erleichtert auf. »Verdammt, wer hätte das gedacht? Wir haben einen! Der andere könnte sein RIO sein.«

Der zweite PJ erreichte jetzt den Leblosen. »Sieht wie'n Filipino aus ... Augenblick – er trägt Generalssterne. Kein Namensschild, aber er hat zwei Sterne am Kragen.«

Collins flog langsam näher heran. »Generalssterne ... ein General? Namens Sammy? Sammy ... *Samar?* Scheiße, das ist womöglich General Samar, der gottverdammte Vizepräsident! Los, rauf mit ihm! Beeilung!«

An Bord der USS »Ranger« im Philippinischen Meer
Montag, 3. Oktober 1994, 06.00 Uhr Ortszeit

Während im Hintergrund die philippinische Nationalhymne erklang, erschien auf dem Fernsehschirm ein Text auf Englisch, Tagalog und Chinesisch, der eine wichtige Mitteilung der philippinischen Regierung ankündigte. Als er nach zwei Minuten verschwand, zeigte die Kamera das grimmige Gesicht von Vizepräsident General José Samar. Obwohl er Brandwunden hatte und sein linkes Auge zugeschwollen war, trug er keinen Verband, weil er fürchtete, seine Landsleute würden ihn nicht erkennen – und weil alle Welt sehen sollte, was die Chinesen ihm angetan hatten. Unter seinem frischgewaschenen Tarnanzug verbargen sich eine ausgerenkte bandagierte Schulter und weitere großflächige Brandwunden.

»Meine philippinischen Landsleute«, begann er ernst, »ich bin José Samar, Zweiter Vizepräsident der Republik Philippinen. Ich spreche zu Ihnen von Bord des amerikanischen Flugzeugträgers *Ranger,* der sich auf der Fahrt nach Guam befindet, nachdem er vor drei Tagen von chinesischen Militärflugzeugen angegriffen worden ist. Diese Sendung wird am dritten Oktober um sechs Uhr auf den philippinischen Fernsehkanälen zwei und drei, von der Stimme Amerikas, dem Kurzwellendienst der BBC und weiteren internationalen Rundfunk- und

Fernsehkanälen ausgestrahlt. Wie Sie sehen, bin ich verletzt, aber ich lebe. Nach einem fast tödlichen Angriff chinesischer Soldaten bin ich am zweiten Oktober auf Mindanao von amerikanischen Marineinfanteristen gerettet worden. Chinesische Patrouillen haben mehrere meiner Milizionäre erschossen, während wir – zum Glück mit Erfolg – versucht haben, einen amerikanischen Marineflieger zu retten, der einige Tage zuvor von chinesischen Jägern abgeschossen worden war.

Ich wende mich heute als Gouverneur des Bundesstaats Mindanao und Zweiter Vizepräsident der Republik Philippinen an Sie, um Ihnen mitzuteilen, daß die Volksrepublik China gegenwärtig in einer großangelegten militärischen Invasion unseres Landes begriffen ist. Lassen Sie sich bitte nicht von der angeblichen Zusammenarbeit mit der philippinischen Regierung täuschen! Die Chinesen haben vermutlich unseren Präsidenten Arturo Mikaso ermordet. Chinesische Kriegsschiffe haben auf Mindanao die Hafenstädte Puerta Princesa, Zamboanga, Cotabato und Cagayan de Oro eingenommen und bereiten einen Großangriff auf die Hauptstadt Davao vor.

Die Chinesen kommen nicht als Befreier; sie unterstützen auch keine legitim an die Macht gelangte philippinische Regierung. Sie sind *Invasoren.* Sie verlegen starke Militärverbände in unser Land, um die Philippinen für immer zu besetzen und zu annektieren. Die chinesischen Invasoren haben Filipinos angegriffen und getötet; sie haben auch unbewaffnete amerikanische Aufklärungsflugzeuge angegriffen.

Ich rufe hiermit alle Staaten auf, gegen die Volksrepublik China politische und wirtschaftliche Sanktionen zu verhängen und alles zu tun, um den vollständigen Abzug der chinesischen Truppen aus unserem Land durchzusetzen. Als Zweiter Vizepräsident und einzig legitimer Regierungschef der Philippinen erkläre ich hiermit die Besetzung der Philippinen durch die Volksrepublik China für illegal und fordere China nachdrücklich auf, sofort alle Truppen, Schiffe und Flugzeuge von unserem Staatsgebiet abzuziehen.

Die kommunistische Regierung in Manila unter Führung des Mörders Daniel Teguina will mir die Berechtigung dazu absprechen. Teguina hat mich einen Rebellen und Verräter genannt – aber in Wirklichkeit ist er der Kopf einer Verschwörung mit dem Ziel, Präsident Mikaso zu ermorden, die chinesischen Invasoren ins Land zu lassen und im Schutz ihrer Bajonette die Macht zu ergreifen. Seine Anschuldigungen sind unbegründet, aber darüber kann und soll nur der Oberste Gerichtshof unseres Landes entscheiden.

Im Bundesstaat Mindanao ist meine Autorität ungeschmälert, und ich bleibe trotz meiner Verletzungen der Oberbefehlshaber. Meine Milizen haben den Flughafen Cotabato verteidigt, wir haben die Chinesen wiederholt aus den Flußtälern um Cabayan, Davao und Pulangi vertrieben, und wir sind bestens für die Verteidigung Davaos gerüstet. Dort könnte es zu der seit dem Zweiten Weltkrieg größten Landschlacht unserer Geschichte kommen. Aber wir können die chinesischen Horden nicht allein aufhalten ...

Deshalb ersuche ich die Regierung der Vereinigten Staaten offiziell um wirtschaftliche und militärische Unterstützung, die uns in die Lage versetzen soll, die chinesischen Invasoren zu vertreiben. Hiermit räume ich der amerikanischen Regierung uneingeschränkte Überflug-, Lande- und Anlegerechte für die gesamten Philippinen ein und gestatte ihr die Durchführung militärischer Operationen im gesamten Staatsgebiet. Darüber hinaus weise ich die Miliz des Bundesstaats Mindanao an, Befehle des Präsidenten der Vereinigten Staaten und der von ihm Bevollmächtigten auszuführen, als kämen sie von mir selbst. Sollte ich im Kampf fallen, bleibt dieser Befehl in Kraft, bis wieder Frieden herrscht und alle fremden Truppen unser Land verlassen haben.

Ich hoffe, daß alle loyalen Bürger Mindanaos meine Worte hören, und habe folgende Befehle für sie: Alle Soldaten, Reservisten, Nationalgardisten, inaktiven Reservisten und ehemaligen Milizionäre unter sechzig Jahren melden sich sofort zum aktiven Militärdienst. Aber melden Sie sich *nur* bei den Milizkommandeuren der Städte oder Bezirke! Gelingt es Ihnen nicht, sich bei einer Kommandantur zu melden, versuchen Sie, Davao zu erreichen, und melden sich bei einer dortigen Milizdienststelle.

An alle übrigen Bürger Mindanaos: Gehen Sie nicht zur Arbeit. Verweigern Sie den Befehl, Ihre Waffen abzugeben; halten Sie sie versteckt. Melden Sie die Bewegungen chinesischer Truppen oder von Einheiten der Neuen Volksarmee sowie die Namen aller, die mit den Chinesen oder der NVA gemeinsame Sache machen, einem Ihnen bekannten Milizionär. Meine Soldaten werden sich bemühen, alle Einwohner von Davao, Samal, Panabo, Santo Tomas und weiterer Städte am Golf von Davao zu erreichen und ihre Frauen und Kinder in voraussichtlich sichere Gebiete zu evakuieren.

Sollte Ihr Wohnort angegriffen werden, müssen Sie versuchen, so schnell wie möglich die Küste zu erreichen. Fliehen Sie nicht nach Davao, denn das könnte Sie zwischen die Fronten bringen. Meiden Sie chinesische Truppen oder NVA-Einheiten; benutzen Sie Nebenstraßen – bevorzugt nur nachts. Helfen Sie keinen zivilen oder militärischen Dienststellen der Invasoren oder ihrer Verbündeten in Manila. Werden Sie dazu gezwungen, tun Sie nur, was unbedingt nötig ist, um Ihr Leben zu retten, und flüchten Sie bei erster Gelegenheit. Anspruch auf Hilfe und Unterstützung haben nur Ihnen persönlich bekannte Milizionäre.

Ich rufe Sie alle auf, um Mut und Kraft zu beten, die wir brauchen werden, um den chinesischen Invasoren zu widerstehen. Solange ich lebe, werde ich meine gesamte Kraft für die Befreiung unserer Heimat einsetzen. Möge Gott mir und Ihnen, meine loyalen Brüder und Schwestern, die Kraft schenken, den Kampf fortzuführen, bis unser Land wieder frei ist.

Diese Sendung wird aufgezeichnet und mehrmals täglich wiederholt. Kämpft alle weiter! *Allah akbar.* Gott ist groß. Alles Gute!« Der Ankündigungstext erschien, während wieder die Nationalhymne erklang; dann begann Samar seine Rede auf Tagalog, der philippinischen Nationalsprache.

Andersen AFB, Guam
Dienstag, 4. Oktober 1994, 02.12 Uhr Ortszeit

»Was soll das heißen – er ist ausgefallen?« fragte Brad Elliott. Er schlug seine Bettdecke zurück, setzte sich mit dem Hörer in der Hand auf und stellte beide Füße auf den Teppichboden.

»Tut mir leid, General, aber danach sieht's aus«, antwortete Masters am Telefon. »Carter-Seven hat die Sensordaten seines letzten Flugs über Mindanao nicht übermittelt. Wir überprüfen noch alles, aber ich vermute, daß der Fehler bei unserer Bodenstation liegt. Ich kann die Satelliten nicht aufrufen.«

»Ich komme sofort.«

Fünf Minuten später hasteten Generalmajor Stone und Generalleutnant Elliott in den Kontrollraum. Die Rückwände der meisten Konsolen waren abgenommen, der HDTV-Großbildmonitor war dunkel, und Techniker waren fieberhaft auf Fehlersuche. Koordiniert wurde sie von Jon Masters in abgeschnittenen Jeans und geblümtem Hawaiihemd mit der unvermeidlichen Pepsiflasche in der Hand.

»Was ist passiert, Dr. Masters?«

»Wir sind schon dabei, alles zu überprüfen, Brad«, antwortete Masters. »Kein Problem. Die NIRTSats funktionieren bald wieder.«

»Soll das heißen, daß *beide* ausgefallen sind?«

»Bloß zeitweise.«

»Können Sie einen neuen Satelliten starten?« fragte Stone. »Haben Sie einen in Reserve?«

Masters wirkte eigenartig verlegen. »Äh ... das ist nicht so einfach, Dick«, antwortete er. »Ich habe das Flugzeug hier – aber keine Trägerrakete und keinen Satelliten. Die sind alle in Arkansas geblieben.«

»Und? Dann fliegen Sie eben nach Arkansas und starten einen neuen«, knurrte Stone. »Die EB-52 vom HAWC sind in weniger als vierzehn Stunden hier, und das erste Geschwader der Air Battle Force trifft in weniger als achtzehn ein.«

»Ich hab' daheim ein kleines Problem, wissen Sie«, erklärte Masters. »Mein Verwaltungsrat hat entschieden, keine weiteren Starts mehr zu genehmigen, bevor unsere übrigen vertraglichen Verpflichtungen ...«

»Dr. Masters, Sie haben einen Vertrag mit der gottverdammten Regierung der Vereinigten Staaten!« unterbrach Stone ihn aufgebracht. »Ich will keine faulen Ausreden hören; ich will, daß Sie Ihren Hintern in Ihr Flugzeug wuchten, damit wir sofort einen neuen Satelliten bekommen. Sehen Sie zu, daß wir bald einen kriegen, sonst sind Sie dran!«

»Nur keine Aufregung, General«, wehrte Masters gelassen ab. »Ich garantiere Ihnen, daß der Satellit bald wieder funktioniert. Bisher hat noch kein NIRTSat versagt – und dieser hier wird nicht der erste, das verspreche ich Ihnen. Und jetzt lassen Sie mich bitte weiterarbeiten.« Er wartete keine Antwort ab, sondern machte kehrt und ließ die Generale stehen.

Nun stieß Brigadegeneral Thomas Harbaugh, der als Kommandeur der Third Air Division für alle SAC-Einsätze im Pazifik zuständig war, zu ihnen. Stone wandte sich an Harbaugh: »Tom, das NIRTSat-System ist ausgefallen. Masters kann nicht sagen, wann es wieder funktioniert. Ich brauche aktuelle Aufnahmen von Mindanao – und ich brauche sie *sofort*!«

»Ich kann DIA und Space Command anrufen, damit ein Satellit KH-11 oder LACROSSE über die Philippinen geschickt wird«, sagte Harbaugh. »Die Aufnahmen müßten dann vorliegen, bis Ihre Maschinen hier landen.«

»Also los!« forderte Stone ihn auf. »Aber wir müssen auch an Überflüge mit Aufklärern denken. Wenn Masters sein System nicht wieder in Gang bringt, dauert die Übermittlung von Satellitenbildern auf dem Umweg über Washington viel zu lange. Außerdem möchte ich die chinesische Luftabwehr testen. Dazu nehmen wir uns am besten die Pläne der Air Battle Force für Erkundungsflüge vor; ich denke, wir sollten mehrere Optionen zusammenstellen, die wir mit General Jarrel besprechen müssen, sobald seine Vögel gelandet sind.«

Ellsworth AFB, South Dakota
zwei Stunden später

Die Staffelchefs des ersten Geschwaders der Air Battle Force waren im Strategic Warfare Center in einem abhörsicheren Besprechungsraum mit bewachten Eingängen versammelt.

»Meine Damen und Herren«, begann General Jarrel, »auf Befehl des Präsidenten verlegt das erste Geschwader unter meinem Kommando alle seine Elemente auf die Andersen Air Force Base auf Guam und bereitet Einsätze unter dem Oberbefehl der Pacific Air Forces vor. Direkt unterstellt sind wir Generalmajor Richard Stone, der als dortiger STRATFOR-Kommandeur den Auftrag hat, eine kombinierte Kampfgruppe aus Luft- und Seestreitkräften aufzustellen. Als Befehlshaber der Kampfgruppe wird Generalmajor Stone von mir als Kommandeur seiner Luftstreitkräfte unterstützt.

Der Einsatzbefehl sieht vor, daß zu der Kampfgruppe auch Marineflieger und fliegende Einheiten des Marine Corps gehören. Vizeadmiral Conner Walheim ist als Kommandeur der Seestreitkräfte bestimmt; Kommandeur der Bodentruppen ist Brigadegeneral Joseph Towle.« Jarrel faltete das Fernschreiben zusammen und steckte es in eine Brusttasche seiner Fliegerkombi. »Der Befehl enthält keine weiteren Anweisungen, aber mehr brauchen wir auch nicht, um sofort loszulegen.

Ich habe Fotokopien der Listen mit den heute nicht fliegenden Besatzungen und Maschinen verteilen lassen. Das sind etwa die Hälfte der hier in Ellsworth stationierten Maschinen, darunter acht B-52, vier B-1, zehn KC-135, zwei KC-10, alle zwölf F-4, zehn F-15 und sechs C-141. Mehr kann die Andersen AFB ohnehin nicht auf einmal bewältigen.

Die Ruhezeit der Besatzungen dieser Flugzeuge wird hiermit aufgehoben. Sie holen ihre vorbereiteten Flugunterlagen ab, gehen zur Einsatzbesprechung und bereiten sich auf einen Start binnen sechs Stunden vor.« Das löste überraschtes Murmeln aus: Die Planung sah eine schnelle Verlegung des ganzen Geschwaders vor, aber sie war noch nie praktisch erprobt worden. »Die Bomber, Tanker KC-135 und Transporter verlegen nonstop zur Andersen AFB; die Jäger und die Tanker KC-10 legen eine Zwischenlandung auf der Hickam AFB ein.

Alle Bomber starten mit der für Überführungsflüge maximal zulässigen Beladung; dafür haben Sie Materiallisten und Ladepläne. Eine Verlegung nach Guam mit Waffen an Bord ist wegen der notwendigen großen Treibstoffreserven immer schwierig, aber wir haben mehr als genug mitfliegende Tanker. Deshalb beladen wir die Maschinen bis fast zum höchstzulässigen Startgewicht bei normalen IFR-Treibstoffreserven ...«

»Ist das wirklich nötig, Sir?« fragte einer der Staffelchefs. »In Andersen gibt's genügend Waffen – warum beladen wir unsere Bomber nicht mit Treibstoff und Ersatzteilen und nehmen die Waffen erst auf Guam an Bord?«

»Ich will, daß unsere Bomber sofort nach der Landung einsatzbereit sind«, antwortete Jarrel. »Das Geschwader befindet sich ab sofort im Alarmzustand, und je weniger Vorbereitungszeit wir nach der Ankunft auf Guam brauchen, desto flexibler sind wir. Da der Einsatzbefehl schon während des Überführungsflugs kommen kann, sollen die Besatzungen darauf vorbereitet sein, nach ein paar Stunden Pause erneut starten zu müssen. Im Extremfall landen sie, bekommen die Unterlagen, tanken, machen ihre Waffen scharf und starten sofort wieder.

Für die in Ellsworth bleibenden Maschinen gilt nach sechs Stunden dasselbe Schema: Die Bomber und Tanker fliegen nonstop nach Guam, die Jäger mit Zwischenlandung in Hickam. Unser Einsatzbefehl sieht vor, daß achtzig Prozent des Geschwaders binnen vierundzwanzig Stunden auf der Andersen AFB stehen sollen. Ich glaube, daß wir mehr leisten können: Meiner Überzeugung nach ist es möglich, binnen vierundzwanzig Stunden achtzig Prozent des Geschwaders uneingeschränkt einsatzbereit zu machen. Darauf wollen wir alle hinarbeiten.

Ich weiß, daß dies unsere erste Verlegung unter Einsatzbedingungen ist, aber da wir die notwendigen Abläufe monatelang geübt haben, müßte sie zu schaffen sein. Noch Fragen?«

Keiner meldete sich. »Die nächste Besprechung in zwei Stunden sollte unsere letzte Zusammenkunft vor dem Start der ersten Maschine sein. Ich erwarte, daß die Starts danach zügig ablaufen. Also los, meine Damen und Herren – Bewegung!«

Jarrel beobachtete, wie die Staffelchefs seines Geschwaders rasch den Besprechungsraum verließen. Er kannte die Gefahren, die vor diesen Männern und Frauen lagen, und beneidete sie nicht um ihren Auftrag.

Sein eigener Vater war 1953 im Koreakrieg gefallen, und er selbst hatte in Vietnam über fünfhundert Einsätze mit F-5 und A-7 geflogen. Er hatte viel Kampf und viele Tode erlebt.

Nein, er beneidete keinen von ihnen. Aber sie hatten einen Auftrag zu erfüllen – genau wie er. Jarrel folgte ihnen hinaus, um in sein Dienstzimmer zurückzugehen. »Gott schütze euch«, sagte er wie zu sich selbst.

10

Über dem Philippinischen Meer östlich von Mindanao
Donnerstag, 6. Oktober 1994, 03.47 Uhr Ortszeit

Ihre Identität und ihr Auftrag waren unverkennbar – weltweit gab es nur wenige Maschinen, die so flogen. »Identifizierung bestätigt, Genosse Kapitänleutnant«, meldete der Wachoffizier des chinesischen Zerstörers *Feylin.* »Amerikanischer Höhenaufklärer, Peilung null-sechs-fünf Grad, Geschwindigkeit sechshundertfünfzig Stundenkilometer, Höhe dreiundzwanzigtausend Meter, Entfernung einundneunzig Kilometer, weiter abnehmend. Vermutlich eine U-2 oder TR-1.«

Der Zerstörerkommandant schüttelte erstaunt den Kopf. »Geschwindigkeit und Höhe wiederholen«, verlangte er.

»Geschwindigkeit sechs-fünf-null, Höhe... zwo-drei-tausend.«

Dreiundzwanzigtausend Meter! Das lag weit über der Dienstgipfelhöhe aller chinesischen Jäger und entsprach fast genau der wirksamen Schußhöhe des Fla-Raketensystems Hong Qian-61 der im Philippinischen Meer stationierten chinesischen Fregatten. »Natürlich keine Reaktion auf unsere Funkwarnungen?« fragte der Zerstörerkommandant.

»Keine, Genosse Kapitänleutnant«, bestätigte der Wachoffizier. »Weiter auf Westkurs in Richtung Davao.«

»Dann machen wir unsere Drohung wahr!« sagte der Kommandant eifrig. »Sind *Zhangyhum* und *Kaifeng* in Position?«

»Ja, Genosse Kapitänleutnant. Der Zerstörer *Zunyi* auch.«

»Sehr gut! Mal sehen, ob wir ein amerikanisches Spionageflugzeug runterholen können. Entfernung?«

»Dreiundachtzig Kilometer, weiter abnehmend.«

»Klar zum Abfangen bei fünfundsiebzig Kilometern.« Während die Fregatten nur mit HQ-61 bewaffnet waren, hatten vier der fünf chinesischen Zerstörer im Philippinischen Meer und der östlichen Celebes-See Fla-Raketen Hong Qian-91 mit vierfach größerer Reichweite an Bord – und die U-2 kam jetzt in Reichweite des Systems der *Feylin.* Selbst wenn sie der ersten Rakete ausweichen konnte, war die U-2 von den Zerstörern *Zhangyhum* im Norden und *Kaifeng* im Süden eingekreist und befand sich immer in Reichweite eines Fla-Raketensystems.

Verfolgt wurde die U-2 von der *Zunyi.* Obwohl dieser Zerstörer nur Anti-Schiffslenkwaffen trug, besaß er das Radarsystem Sea Eagle, das anderen Schiffen als Feuerleitradar – jedoch ohne die verräterischen Emissionen des Zielsuchradars DRBR-51 dienen konnte. Ihr eigenes Radar mußte erst wenige Sekunden vor dem Aufschlag eingeschaltet werden, so daß die U-2 nicht mehr würde reagieren können.

Dieser Abschuß sollte alle übrigen amerikanischen Flugzeuge warnen: Bleibt von den Philippinen weg!

»Öffne die Bombenklappen ... Bombenklappen offen.«

Für Patrick McLanahan war dies erst das zweite Mal, daß er die Bombenklappen des Stealth-Bombers B-2 Black Knight öffnete, ohne ein Ziel anzugreifen. Major Henry Cobb und er waren mit ihrer B-2 schon über dreitausend Kilometer weit geflogen, nur um zwei stromlinienförmige Behälter zu transportieren, die nicht zum Abwurf bestimmt waren.

Sie waren in zweitausend Fuß über dem nachtschwarzen Philippinischen Meer zwischen chinesischen Kriegsschiffen unterwegs, die nördlich und südlich von ihnen zum Schutz der Ostküste Mindanaos zwei lange Ketten bildeten. Jetzt hatten sie zum zweiten Mal die nebeneinanderliegenden Bombenklappen der B-2 geöffnet, um die beiden Behälter an hydraulisch betätigten Armen auszufahren. Und sie wußten genau, daß sie sich dabei großen Gefahren aussetzten, die sich noch vergrößern würden, je näher sie an Mindanao herankamen.

Diese beiden Behälter waren keine Waffen, sondern Aufklärungssysteme in aerodynamischen Gehäusen, die an Zusatztanks von Jägern erinnerten. Der rechte Bombenschacht enthielt das Advanced Tactical Air Reconnaissance System (ATARS), das mit zwei elektronischen Kameras und einem IR-Scanner riesige Meeresgebiete auf einmal fotografieren konnte. An dem einen halben Meter längeren Hydraulikarm im linken Bombenschacht hing ein Behälter mit dem Radargerät UPD-9, das ihre Umgebung in fünfzig Seemeilen Umkreis in Radarbildern mit hoher Auflösung darstellte. Alle Aufnahmen wurden digitalisiert und über einen NIRTSat zur Andersen Air Force Base auf Guam übermittelt, um dort ausgewertet zu werden.

Obwohl diese Aufklärungssysteme unglaublich effektiv und verhältnismäßig klein waren, hatten sie einen entscheidenden Nachteil: Ihre Radarsignatur war einige tausendmal größer als die ihres Trägerflugzeugs B-2. Sobald sie ausgefahren waren, büßten Cobb und McLanahan den Schutz ihrer Tarnkappe ein – und es wurde wieder Zeit, sie erneut einzusetzen. »Behälter klar zum Ausfahren …«

Plötzlich erschien auf McLanahans SMFD nördlich vor ihnen eine gelbe Kuppel, die das B-2-Symbol fast berührte und damit anzeigte, daß sie sich am Rand des Erfassungsbereichs eines feindlichen Radars befanden. »Charlie-and-Radar … Überwachungsradar Sea Eagle auf einer Fregatte oder einem Zerstörer«, berichtete McLanahan. »Wir sind fast in seinem Bereich – wenn wir die Behälter ausfahren, sind wir drin.«

»Bringen wir's also hinter uns«, sagte Cobb. Das war einer der wenigen Sätze, die er auf diesem Flug bisher gesprochen hatte.

»Verstanden. Fahre Behälter aus …«

Sobald die Behälter ausgefahren waren, bewertete der Computer ihren Radarquerschnitt neu, maß nochmals die Sendeleistung des Radars Sea Eagle und vergrößerte die gelbe Kuppel, bis sie das B-2-Symbol am unteren Bildschirmrand überdeckte. Der Radarquerschnitt der beiden Behälter war so groß, daß sie nach McLanahans Schätzung mindestens fünf Minuten lang fliegen mußten, um aus dem Erfassungsbereich dieses Radars herauszukommen. »Überwachungsradar bei drei Uhr hat uns erfaßt … Entfernung vierzig Seemeilen.«

Während das USD-9 seine erste Rundumaufnahme machte, zeigten sich weitere Einzelheiten ihrer Umgebung – darunter eine sehr unerfreuliche. »Schiffsziel, neun Uhr, zehn Meilen, vorerst kein Radar, sieht wie ein Vorpostenboot aus … Scheiße, noch eines bei zwei Uhr, zwölf Meilen! Auf allen Seiten Vorpostenboote …« McLanahan fuhr die Behälter wieder ein, bevor eines der Boote die B-2 mit seinem Radar erfaßte.

»Achtung, Luftziel! Peilung eins-acht-acht Grad, Entfernung vierundsiebzig Kilometer ... Höhe und Geschwindigkeit nicht feststellbar ... Zielsuchradar aktiviert ...«

»Was? Stimmt das? Sofort den Kurs feststellen!« rief der Kommandant der *Feylin*.

»Kein Kurs feststellbar ... das Ziel ist verschwunden, Genosse Kapitänleutnant. Kein Kontakt mehr.«

Der neue Radarkontakt gab dem Zerstörerkommandanten Rätsel auf, aber dabei mußte es sich um eine Anomalie oder ein sehr kleines Ziel wie einen Vogelschwarm gehandelt haben. Ihr eigentliches Ziel kam stetig näher. »Status der U-2?«

»Entfernung fünfundsiebzig Kilometer ... jetzt.«

»Ausgezeichnet. *Kaifeng* und *Zhangyhum* sollen sich bereithalten ... vorderes HQ-91-System mit zwei Raketen klar zum Schuß ... Feuerleitradar klar zum Einschalten ... Feuer!«

Auf diesen Befehl hin wurden vom Vorschiff des Zerstörers *Feylin* aus zwei Fla-Raketen HQ-91 auf das Spionageflugzeug U-2 abgeschossen. Die großen überschallschnellen Raketen erreichten binnen kürzester Zeit ihre Höchstgeschwindigkeit von über fünfundzwanzig Kilometern pro Minute.

Der Radarwarner zeigte keine neuen Emissionen an, aber sogar aus vierzig Seemeilen Entfernung waren die Feuerschweife der beiden Raketentriebwerke deutlich zu sehen. Die chinesischen Vorpostenschiffe wollten den Höhenaufklärer U-2 abschießen. Die vierzig Jahre alte U-2 war mit der neuen Luftbildkamera CA-990 ausgerüstet, die selbst bei großen Entfernungen noch scharfe Bilder lieferte. Aber um Davao aufnehmen zu können, mußte die U-2 möglichst nahe an die Küste und gefährlich nahe an die chinesischen Kriegsschiffe heranfliegen.

McLanahan riskierte es, ihr Aufklärungssystem erneut auszufahren, um weitere Aufnahmen zu machen – und um das chinesische Schiff vielleicht von der verwundbaren U-2 abzulenken. Gleichzeitig drückte er auf die Sprechtaste seines abhörsicheren Funkgeräts: »Simons, hier Shadow, Giant Zero, Giant Zero, Ende.« *Giant Zero* war das Codewort für eine Fla-Rakete, die zunächst ohne Feuerleitradar abgeschossen worden war. McLanahan ließ ihr Radar UPD-9 zwei Umläufe machen, die nur fünfzehn Sekunden dauerten, und fuhr die Behälter rasch wieder ein...

Aber noch während er sie einfuhr, wurde die gelbe Kuppel, die ihr B-2-Symbol umgab, sekundenlang rot mit gelben Streifen. »Radar Sea Eagle schaltet auf Zielsuchmodus um... möglicherweise haben sie uns. Behälter eingefahren, Bombenklappen geschlossen.«

Plötzlich erschienen nördlich und südlich der B-2 weitere Radarkuppeln. »Überwachungsradar der Vorpostenschiffe!« rief McLanahan. Er beobachtete erschrocken, wie die südlichste Radarkuppel sie erfaßte und sich rot verfärbte. »Zielsuchradar hat uns erfaßt, Peilung eins-sechs-drei, Entfernung elf Meilen. Noch kein Feuerleitradar, aber vielleicht gibt es unsere Position an das Dickschiff dort draußen weiter. Henry, wir müssen runter auf zweihundert Fuß, bevor ein Feuerleitradar uns erfaßt...«

»Neuer Radarkontakt – Flugziel, Peilung vom Zerstörer *Zunyi* zwo-null-null Grad, Entfernung vierundsiebzig Kilometer, Geschwindigkeit neun-drei-null Stundenkilometer, Höhe sechshundert Meter.«

Verdammt! dachte der Kommandant des Zerstörers *Feylin* wütend. Irgendwie hatte es ein Flugzeug geschafft, ihre Radarkette zu durchbrechen. »Befehl an alle Vorpostenboote: Sofort mit Luftraumüberwachung beginnen.«

»Genosse Kapitänleutnant, Ziel Nummer eins dreht nach Norden ab... Höhe jetzt zwo-vier-tausend Meter, Geschwindigkeit achthundert.«

»Zielsuchradar einschalten! Die U-2 darf uns nicht entkommen!«

»Vorpostenboot 124 meldet Radarkontakt mit Flugziel.« Der Signalgast hinter der durchsichtigen Plexiglastafel auf der Brücke trug die Position ein. Das unbekannte Flugzeug befand sich in der Nähe des indonesischen Archipels Nenusa auf Nordwestkurs zwischen zwei Vorpostenbooten.

»Zerstörer *Zhangyhum* meldet Radarkontakt nördlich seiner Position – unterbrochener Kontakt, niedrige Höhe. Er vermutet ein amerikanisches Stealth-Flugzeug.«

Natürlich! Stealth-Flugzeuge, wahrscheinlich Stealth-Bomber aus Guam. Offenbar als Aufklärer unterwegs, denn mit Anti-Schiffsraketen hätten sie längst ein halbes Dutzend Treffer erzielt. Also ... eine U-2 *und* ein Stealth-Bomber ...

»An alle Schiffe: Amerikanische Stealth-Bomber – vermutlich mindestens zwei – im Anflug auf den Golf von Davao. Noch kein Waffeneinsatz, aber Angriff auf inneren Verteidigungsring wahrscheinlich. An alle Flugzeuge: Das Seegebiet nördlich und nordwestlich von Nenusa nach tieffliegenden Bombern absuchen.«

»Genosse Kapitänleutnant! Zerstörer *Zhangyhum* meldet Einsatz von HQ-91 ... die U-2 scheint getroffen zu sein. Eine Fregatte und ein Vorpostenboot sind zur vermutlichen Absturzstelle unterwegs.«

»Das war Nummer eins!« sagte der Zerstörerkommandant befriedigt. »Jetzt sind die beiden anderen dran!«

»Mayday, Mayday, Simons ist getroffen, Kurs Ost, keine ...« Dann verstummte die U-2 plötzlich.

»Scheiße«, sagte Cobb nur. »Wird Zeit, daß wir verschwinden, Patrick.«

»In zwei Minuten müßten wir alle Schiffe vor dem Golf von Davao haben«, antwortete McLanahan. Sie waren über sechshundert Kilometer weiter westlich als geplant und bis auf fünfzig Kilometer an die Golfmündung herangeflogen. Je näher sie an Mindanao herankamen, desto mehr Schiffe sahen sie: Zerstörer, Fregatten, Landungsschiffe, Vorpostenboote, Schnellboote und sogar ein Echo, das ihr Radar UPD-9 als Sehrohr eines U-Boots identifizierte.

Nach einem letzten Radarumlauf hatten sie alle Daten, die sie brauchten. Während Cobb nach Süden abdrehte, wo sie zwischen den Inseln Nenusa und Talaud kaum mehr geortet werden konnten, leuchteten auf McLanahans SMFD plötzlich lauter Radarkuppeln auf. »Jesus! Suchradar bei zwölf Uhr ... noch eines bei zwei Uhr ... Feuerleitradar bei zehn Uhr. Du mußt direkt über Talaud fliegen, Henry. Wir sind eingekreist.«

»Scheiße«, murmelte Cobb. Das schien auf diesem Flug sein Lieblingsausdruck zu sein.

»Fünfzig Meilen nach Talaud«, sagte McLanahan. Die Radarkuppel des Schiffs nordöstlich von ihnen erreichte sie nicht mehr, seit die Behälter eingefahren waren, aber er sah, daß sie sich veränderte und jetzt gelb gestreift war. »Feuerleitradar hat auf schnellen Suchmodus umgeschaltet«, berichtete McLanahan. »Vermutlich führt es einen Jäger heran.«

»Scheiße ...«

Sie schienen den Inseln nur langsam näher zu kommen. Im Westen aktivierten weitere Schiffe ihr Radar – eindeutig in indonesischen Gewässern, aber trotzdem mit chinesischen Radarsignalen. »Noch zwanzig Meilen. Nenusa liegt links vor uns, Talaud ist ...«

Plötzlich erschien auf dem SMFD genau vor dem B-2-Symbol eine gelbe Radarkuppel. Sie wurde sofort rot, und die Besatzung sah am Horizont vor sich das Mündungsfeuer eines anfliegenden Jägers. »Rechts und tiefer!« rief McLanahan, während er auf den Knopf drückte, der links Düppel ausstieß; die ECM-Störsender wurden automatisch aktiviert. Cobb legte die Maschine in eine steile Rechtskurve, ließ sie über den Flügel abrutschen und fing sie erst in hundert Fuß über dem Meeresspiegel ab. McLanahan beobachtete die über sie hinweggehenden Leuchtspurgeschosse, die der eben von ihm ausgestoßenen Düppelwolke galten. »Wo, zum Teufel, ist *der* hergekommen?«

»Scheiße...«

Als das Terrainfolgeradar den Bomber steigen ließ, damit er über die Felstürme vor ihnen hinwegkam, war die Insel mit dem FLIR zu überblicken. Karakelong, die größte Insel des Talaud-Archipels, war eine üppig grüne Insel mit sanften Hügeln, die aber von zwei Felstürmen mit zweihundertzehn und unglaublichen dreihundertsiebzig Metern überragt wurde.

Die Leuchtspurgeschosse wanderten nach Westen aus, als die Düppelwolke sich auflöste und das chinesische Vorpostenboot die B-2 wieder erfaßte. »Viel weiter nach Westen können wir nicht«, sagte McLanahan warnend. »Nur vierzig Meilen westlich dieser Insel liegt ein weiterer Schiffsverband.«

»Die warten auf jeden, der über diese Hügel zu schleichen versucht«, stellte Cobb fest. »Sie wissen, daß wir's versuchen würden, obwohl diese Inseln zu Indonesien gehören. Das bedeutet...«

»Scheiße! Das bedeutet, daß wir lieber nicht über die Inseln fliegen...« Als ob jemand auf Karakelong sie gehört hätte, zeigte der Infrarot-Scanner ihnen in diesem Augenblick einen Feuerblitz; dann stieg eine Fla-Rakete hoch, sank auf ihre Höhe herab und kam genau auf sie zu. »Ich seh' sie!« rief Cobb. »Leuchtkörper rechts, wenn ich's sage!« Da sie kaum Platz für Ausweichmanöver hatten, beschränkte er sich auf Höhenänderungen um jeweils fünfzig bis hundert Fuß. Je näher die Rakete kam, desto deutlicher war zu erkennen, daß sie alle Höhenänderungen mitmachte.

Als der Raketenmotor erlosch, rief Cobb: »*Jetzt!*« Gleichzeitig legte er die B-2 in eine steile Linkskurve. McLanahan stieß rechts Leuchtkörper aus und ließ seinen Finger auf dem Knopf.

Die Fla-Rakete flog direkt übers Cockpit hinweg und verfehlte die Black Knight nur um wenige Meter. Zum Glück detonierte sie nicht, weil ihr Zündmechanismus versagt hatte oder sie einen der Köder ansteuerte.

»Höhe!« sagte McLanahan scharf. »Ziehen!« Der Bomber hatte bei diesem Ausweichmanöver soviel Höhe verloren, daß ihr Radarhöhenmesser nichts mehr anzeigte – weil die Flughöhe weniger als fünfzig Fuß betrug. Cobb brachte die B-2 wieder in die Normalfluglage, ließ sie Fahrt aufholen und stieg anfangs nur langsam, um die Maschine nicht zu überziehen.

»Scheiße«, murmelte Cobb. Sobald sie Fahrt aufgeholt hatten, nahm er den elektronischen Steuerknüppel zurück und zog die B-2 steil hoch.

Auf McLanahans SMFD überlagerten sich die Radarkuppeln – eine lag genau vor ihnen, ein Suchradar Sea Eagle erfaßte sie von rechts, weit im Norden war ein weiteres Sea Eagle dabei, sie ebenfalls zu erfassen. »Du mußt runter, Henry, hier wimmelt's von Radargeräten ...«

»Erst müssen sie uns erwischen!« sagte Cobb grimmig.

Leuchtspurgeschosse erhellten den dunklen Himmel vor ihnen, als sie die rote Radarkuppel durchflogen. Cobb ließ den Bomber weiter mit voller Leistung steigen. Der Bug war steiler hochgereckt, als McLanahan es jemals erlebt hatte, während Cobb den gesamten Fahrtüberschuß in Höhe umsetzte. Seine Ausweichmanöver beschränkten sich dabei auf Richtungsänderungen von nicht mehr als zwanzig Grad. Um sie herum detonierten Flakgranaten – einige so nahe, daß sie die B-2 durchrüttelten. »Fahrt, Henry!« rief McLanahan besorgt. »Ja nicht überziehen!«

Aber Cobb hielt den Bug weiter hoch, blieb weiter an der Grenze zum Überziehen und stieg weiter. Sekunden später sah McLanahan die Granaten bereits weit unter ihnen detonieren. Ab zwanzigtausend Fuß nahm Cobb die Steiggeschwindigkeit etwas zurück; er blieb jedoch bei fünfundzwanzig Metern in der Sekunde, bis sie vierzigtausend Fuß durchstiegen hatten. Der Zerstörer südlich von ihnen schoß zwei Fla-Raketen ab, aber die ECM-Störsender der B-2 sorgten dafür, daß sie nicht einmal in gefährliche Nähe kamen. Während sie stiegen, schrumpfte die rote Radarkuppel zu einer winzigen Erhebung weit hinter ihnen zusammen.

McLanahan sah zu seinem Piloten hinüber. Cobb hatte wieder die für ihn typische Haltung eingenommen: Sauerstoffmaske aufgesetzt, beide Hände an Steuerknüppel und Leistungshebeln, den Blick starr nach vorn gerichtet, steinern unbeweglich. McLanahan stellte die Innenbeleuchtung etwas heller, um das Cockpit auf Beschädigungen kontrollieren zu können. Aber er fand nur ein paar herausgeflogene Sicherheitsschalter.

Erst als er seine winzige rotleuchtende Taschenlampe auf seinen Partner richtete, sah er das einzige Anzeichen dafür, daß Henry Cobb sie soeben davor gerettet hatte, als riesiger Feuerball ins Philippinische Meer zu stürzen: einen Schweißfaden, der unter seiner Sauerstoffmaske herauslief. Aber gerettet hatte er sie.

»Cockpit überprüft«, berichtete Patrick McLanahan. Und er fügte hinzu: »Danke, Henry.« Die Bestätigung bestand nur aus einem Doppelkick von Cobbs Sprechtaste.

Weißes Haus, Washington, D.C.
Büro des Nationalen Sicherheitsberaters
Freitag, 7. Oktober 1994, 10.05 Uhr Ortszeit

»Wir müssen unbedingt über eine friedliche Beilegung dieses Konflikts reden, Mr. Ambassador«, sagte Außenminister Dennis Danahall, »bevor alles außer Kontrolle gerät.«

Tang Shou Dian, Geschäftsträger der Botschaft der Volksrepublik China in Washington, faltete gelassen die Hände auf den Knien, während er die drei Amerikaner betrachtete, denen er gegenübersaß: Außenminister Danahall, Sicherheitsberater Kellogg und Stabschef Cesare mit ihren Dolmetschern und Sekretärinnen. Auch Tang hatte einen Assistenten und eine Dolmetscherin mitgebracht; da sein »Assistent« als Geheimdienstmann bekannt war, waren im Vorzimmer und draußen auf dem Flur Secret-Service-Leute postiert.

»Ich bin gern bereit, meine Regierung prompt über etwaige Bitten oder Vorschläge zu unterrichten, Mr. Danahall«, antwortete Tang ohne seine Dolmetscherin. Sie beugte sich nach vorn und flüsterte dem Assistenten etwas ins Ohr, als übersetze sie für ihn; dabei war allgemein bekannt, daß er ausgezeichnet Englisch sprach.

»Hier geht's nicht um Bitten oder Vorschläge, Mr. Ambassador«, sagte Frank Kellogg, »sondern um eine Erläuterung unserer Politik. Die Vereinigten Staaten sind entschlossen, weitere aggressive Akte auf der Insel Mindanao als feindselige Akte gegen die Vereinigten Staaten zu betrachten, und werden die entsprechenden Gegenmaßnahmen bis hin zum Einsatz militärischer Gewalt ergreifen. Das ist die Botschaft, die Sie Ihrer Regierung überbringen sollen.«

»Diese Botschaft hat Präsident Taylor in seiner gestrigen Fernsehansprache bereits sehr deutlich formuliert«, erwiderte Tang. »Wie wir in unserer Antwort dargelegt haben, hat die Regierung Teguina festgestellt, daß José Samar nicht befugt ist, außenpolitische Verpflichtungen einzugehen oder sich irgendwo auf den Philippinen – auch nicht in dem auf Mindanao errichteten Bundesstaat – militärische Befehlsgewalt anzumaßen. Deshalb sind etwaige Vereinbarungen mit Samar wertlos, und Ihre illegale Position ist völlig unhaltbar.«

»Die Verfassung der Philippinen gewährt Samars Staat das Recht auf Selbstverteidigung«, stellte Danahall fest. »Samar handelt vollständig legal, wenn er diese Verantwortung delegiert.«

»Darüber können nur die Vereinten Nationen entscheiden«, sagte Tang. »Sie sollten Gelegenheit erhalten, darüber zu beraten.«

»Ganz recht«, stimmte Danahall zu. »Aber das Überleben einer unabhängigen Regierung Samar liegt im Interesse der Vereinigten Staaten, und die Stationierung starker chinesischer

Truppenverbände auf Mindanao gefährdet ihr Überleben. Ist die chinesische Militärführung bereit, alle Kampfhandlungen einzustellen und ihre Truppen abzuziehen, bis die Frage der Souveränität Mindanaos entschieden ist?«

»Das wäre sicherlich zu erwägen«, antwortete Tang, »wenn José Samars Rebellen nicht wären. Präsident Teguina ist der Überzeugung – und meine Regierung stimmt ihm darin zu –, daß ein Waffenstillstand den Rebellen nur die Möglichkeit geben würde, ihre Position zu konsolidieren und weitere Terroranschläge auf Unbeteiligte zu verüben. Wir haben erfolglos versucht, mit Samar zu verhandeln; wir haben sogar eine Delegation nach Guam geschickt, um dort mit ihm zu sprechen. Aber er weigert sich, mit uns zu verhandeln. Dadurch sind uns die Hände gebunden ...«

»Ihre Truppen sind viel stärker als seine«, warf Kellogg ein. »Allein vor Mindanao haben Sie fast hundert Kriegsschiffe zusammengezogen; Ihr Expeditionskorps ist zehnmal stärker als seine Miliz. Ist's da ein Wunder, daß er fürchtet, durch bloßes Übergewicht erdrückt zu werden?«

»Ein Waffenstillstand erfordert Entgegenkommen und Fairneß beider Seiten«, antwortete Tang. »Wir halten die gegenwärtigen Stellungen und führen keine weiteren Truppen heran, wenn Samar sich einverstanden erklärt, seine Truppen zurückzuziehen und an den Verhandlungstisch zu kommen.«

»Aber erst müssen Sie Ihre Truppen von den Philippinen abziehen ...«

»Wir sind dort auf *Einladung* des legitimen Präsidenten«, sagte Tang gelassen. »Wir brauchen nicht mit Rebellenführern wie Samar zu verhandeln ...«

»Auch Samar gehört der philippinischen Regierung an«, betonte Danahall.

»Soviel mir bekannt ist, hat die Regierung gegen ihn Anklage wegen Korruption und Hochverrats erhoben«, antwortete Tang. »Bis zur Verhandlung – *falls* Samar sich jemals der Justiz stellt – ist er von allen seinen Ämtern suspendiert.«

»Aber die Vereinigten Staaten erkennen die Regierung Teguina nicht an, weil wir keinen Beweis dafür haben, daß Präsident Arturo Mikaso tot ist«, stellte Cesare fest. »Können Sie uns über Mikasos Situation aufklären? Ist er tot?«

»Das kann ich nicht bestätigen, Sir.«

»Solange wir keine Bestätigung dafür haben, erkennen wir Teguinas Präsidentschaft nicht an«, sagte Danahall. »Das bedeutet, daß die Verfassung nach wie vor in Kraft ist und Samar die gleichen Rechte und Befugnisse wie Teguina hat.«

»Samar scheint auf der Flucht vor der Justiz zu sein – er benimmt sich wie ein gemeiner Verbrecher«, behauptete Tang. »Er hält sich im Dschungel versteckt, weigert sich, mit seiner eigenen Regierung zu sprechen, und stachelt die Bevölkerung zu offener Rebellion auf. Meinen Informationen nach unterstützen mehrere islamische Terrororganisationen Samar bei dem Versuch, die Macht gewaltsam an sich zu reißen. Wie können die Vereinigten Staaten diesen Mann unterstützen?«

Diese Gerüchte über Terroristengruppen trafen leider zu mehrere moslemische Untergrundorganisationen hatten ihre Bereitschaft erklärt, mit Samar gegen die Chinesen, die Amerikaner und die Regierung Teguina zu kämpfen. Obwohl sie Präsident Taylor damit in eine peinliche Lage gebracht hatten, antwortete Danahall: »Wegen der chinesischen Truppen in Manila fürchtet Samar um sein Leben. Er hält sich nicht versteckt, sondern ist unter unserem Schutz nach Guam unterwegs und wird dort bleiben, bis diese Angelegenheit geregelt ist.

Unserer Ansicht nach sollten alle fremden Streitkräfte von den Philippinen abziehen und die Lösung der dortigen Probleme der dortigen Regierung überlassen. Wird uns glaubhaft dargelegt, daß der Wählerwille geachtet und der Frieden wiederhergestellt wird, sind wir bereit, die Angelegenheit auf sich beruhen zu lassen. Aber wir halten den gegenwärtigen chinesischen Truppenaufmarsch für eine Invasion, zu deren Abwehr wir jetzt ermächtigt sind. Daher meine Frage: Ist die Volksrepublik China bereit, die Philippinen zu räumen?«

Tang schrieb wieder etwas in sein kleines Notizbuch. »Ich leite Ihre Frage an meine Regierung weiter«, sagte er, »und erläutere ihr die von Ihnen vorgetragenen Besorgnisse und Positionen.« Er klappte das Notizbuch zu, als wolle er bereits das Ende dieses kurzen Gesprächs signalisieren.

»Haben Sie uns keine Mitteilung Ihrer Regierung zu überbringen, Mr. Ambassador?« fragte Danahall. »Verlangt Ihre Regierung einfach, daß der Rest der Welt zusieht, wie China die Philippinen annektiert? Oder wollen die Chinesen tatsächlich nur Daniel Teguinas willige Söldner sein?«

»Wir wollen keine Eroberungen, sondern nur Stabilität für mein Land«, sagte Tang. »Aus unserer Sicht sind diese Unruhen auf den Philippinen höchst schädlich für unseren Außenhandel, unsere auswärtigen Beziehungen und die gesellschaftliche und politische Stabilität unseres Landes. Wie Sie wissen, Gentlemen, leben auf den Philippinen viele Chinesen und sehr viel überzeugte Anhänger des Sozialismus, die alle in den letzten Jahren gelitten haben. Wie würde meine Regierung in den Augen ihres eigenen Volkes dastehen, wenn wir zulassen würden, daß unsere kommunistischen Brüder im Ausland unterdrückt und hingeschlachtet werden?«

Danahall, Cesare und Kellogg hüteten sich, darauf zu antworten oder sich anmerken zu lassen, was sie von Tangs blumigen Ausführungen hielten. Nach wochenlangem Abwarten, nach tagelangen Drohungen mit militärischem Eingreifen legten die Chinesen endlich ihre Forderungen auf den Tisch. Da wäre es höchst ungeschickt gewesen, Tang jetzt zu unterbrechen.

»Außerdem sind wir sehr besorgt wegen weiterer Problemzonen im Südchinesischen Meer – die Spratly-Inseln und Palawan. China beansprucht diese Inseln seit Jahrhunderten für sich; wir halten es für unser Recht, über diese Inseln, *alle* diese Inseln, nach Gutdünken zu verfügen. Die gegenwärtige ungleiche Aufteilung der Spratly-Inseln dürfte auch in Zukunft zu viel Blutvergießen führen.

Auch die Philippineninsel Palawan hat früher zu China gehört, wie die große Zahl der noch dort lebenden Chinesen beweist.« Tang machte eine bedeutungsvolle Pause, bevor er hinzufügte: »Ließen sich die chinesischen Ansprüche auf Palawan und die Spratly-Inseln auf für alle Seiten akzeptable Weise befriedigen, wären wohl auch Chaos und Blutvergießen zu verhindern.«

Aha! dachte Danahall: China will Palawan und die Spratly-Inseln ... In den letzten Tagen hatte der Außenminister sich erneut gründlich über diese beiden Inselketten informiert, die China einen Krieg wert zu sein schienen. Aus historischer Sicht hatte Tang recht: Jahrhunderte vor der Ankunft europäischer »Entdecker« hatten chinesische Händler, Fischer und Flüchtlinge die meisten Inseln im Südchinesischen Meer besiedelt – auch die Spratlys und den größten Teil der Philippinen. Wie die Spratly-Inseln war Palawan im Lauf der Zeit unter asiatische, polynesische und europäische Herrschaft geraten, so daß mindestens ein Dutzend Staaten Ansprüche auf diese rauhen, gefährlichen Inseln hätten erheben können.

Aber das alles lag lange zurück. China mochte die Spratly-Inseln, die es angeblich bereits Vietnam versprochen hatte, für sich beanspruchen können, aber ob es seinen Anspruch auf Palawan untermauern konnte, blieb vorerst ungeklärt. Was die Chinesen mit Palawan wollten, war Danahall ein völliges Rätsel. Die Insel war gebirgig, dünn besiedelt und als Hafen am Südchinesischen Meer mit seinen zahlreichen Untiefen wertlos. Gut, sie konnte zu einem strategischen Luftwaffenstützpunkt ausgebaut werden, dessen Nutzen jedoch zweifelhaft gewesen wäre. Strebte China wirklich nur Landgewinne an – oder verbarg sich dahinter etwas ganz anderes?

»Ich denke, daß Verhandlungen über diese beiden Problemzonen wichtig sind und auch sofort beginnen können, Mr. Ambassador«, sagte Außenminister Danahall. »Natürlich müssen alle betroffenen Staaten hinzugezogen und die Kampfhandlungen sofort eingestellt werden ...«

»Falls das auch für Samar und seine moslemische Rebellenmiliz gelten soll, stimme ich Ihnen vorbehaltlos zu, Mr. Secretary«, antwortete Tang.

»Ich denke, daß wir dazu beitragen können, daß Vizepräsident Samar zustimmt«, sagte Frank Kellogg, »aber es wäre reine Zeitverschwendung, Verhandlungen aufnehmen zu wollen, bevor ein Waffenstillstand in Kraft ist und alle fremden Truppen abgezogen sind.«

»Könnten Sie uns garantieren, daß Ihre Marine und Luftwaffe nicht versuchen werden, Samars Rebellen zu unterstützen, und unter keinen Umständen chinesische Truppen angreifen werden, wäre ein Waffenstillstand denkbar. Aber wir würden Präsident Teguina nicht allein und schutzlos zurücklassen, ohne dafür zu sorgen, daß seine Regierung während unserer Verhandlungen intakt bleibt. Würden Samars Rebellen die Stadt Davao und den Samar International Airport räumen, wäre meine Regierung vielleicht eher bereit, in einen Dialog mit der philippinischen Regierung einzutreten.«

Diesmal wußten die Amerikaner nicht gleich, was sie antworten sollten. Die Zusicherung, keine chinesischen Truppen anzugreifen, war kein Problem – der Präsident wollte ohnehin nicht angreifen –, aber alle wußten, daß Davao die letzte Bastion war, die den Fall der Philippinen verhinderte. Räumte Samars Miliz auch diese Stadt, fielen die Philippinen – wenn nicht an die Chinesen, dann an Teguinas Kommunisten. Tang mutete der amerikanischen Regierung zu, China bei der Beseitigung des letzten Hindernisses auf dem Weg zu absoluter kommunistischer Herrschaft behilflich zu sein!

»Ich denke, daß dieser Punkt später bei Verhandlungen zwischen unseren Bevollmächtigten diskutiert werden kann«, wehrte Danahall vorsichtig ab. Er wollte Tang nicht durch ein angedeutetes Vielleicht ermutigen, ihm andererseits aber auch nicht signalisieren, das sei völlig ausgeschlossen. »Wir wollen nichts überstürzen. Als erstes müssen unsere Regierungen sich auf einen sofortigen Waffenstillstand einigen ...«

Tang hatte sein Zögern jedoch bemerkt und daraus offenbar den Schluß gezogen, die Amerikaner würden in diesem Punkt unnachgiebig bleiben. »Warum unterstützen Sie diesen Moslemrebellen Samar?« fragte Tang. »Er ist nur ein Krawallmacher. Er blockiert den Weg zum Frieden, Mr. Secretary. Er hat die Unterstützung Amerikas nicht verdient.«

»Wir unterstützen jede friedliche Lösung dieser Krise.«

»Das hoffe ich aufrichtig, Mr. Secretary«, erwiderte Tang. »Meine Regierung hat jedoch den Eindruck, daß es den Vereinigten Staaten darum geht, ihre verlorene militärische Vorherrschaft auf den Philippinen zurückzugewinnen. Sie verbünden sich mit einem Hochverräter und Verbrecher, verschweigen Ihren Bürgern seine gewalttätige Vergangenheit und unternehmen alle Anstrengungen, um sich irgendeine Art Legitimation für eine geplante Invasion zu verschaffen. So löst man keine Krisen, Sir!«

»Manche Leute haben den Eindruck, China versuche, seinen Einfluß dort mit militärischen Mitteln zu stärken«, warf Kellogg ein, »und werde dabei vor nichts zurückschrecken. Sie fürchten, China könnte eine *weitere* Atomwaffe einsetzen, um Samars Miliz auszuschalten...«

Das Wort »Atomwaffe« schien Tang nicht gern zu hören, und die Amerikaner wußten, daß dieses Gespräch jetzt zu Ende war. Tang stand mit ausdrucksloser Miene auf und steckte sein Notizbuch ein. »Ich glaube, daß wir alle wichtigen Themen besprochen haben. Gestatten Sie mir, Ihre Mitteilungen schnellstens meiner Regierung zu übermitteln.«

»Sie können ihr gleich noch etwas übermitteln, Mr. Ambassador«, sagte Danahall kalt. »Sollten die Vereinigten Staaten auf Mindanao *irgendwelche* Aktivitäten entdecken, die darauf schließen lassen, daß chinesische Truppen die Stadt Davao, ihren Flughafen oder eine der Küstenstädte am nördlichen Golf von Davao besetzen wollen, würden sie das als feindseligen Akt gegenüber einem Verbündeten betrachten und entsprechend reagieren.«

Der Außenminister und die anderen standen auf. Dennis Danahall stützte seine Fingerspitzen auf die Schreibtischplatte, ohne seine Rechte auszustrecken. Tang machte eine knappe Verbeugung, der sich seine Begleiter anschlossen, und verließ den Raum.

»Mein Gott, ich werde anscheinend alt«, murmelte Danahall. Er ließ sich in einen Sessel fallen, damit Kellogg sich wieder an seinen Schreibtisch setzen konnte. »Ich bin nicht mehr so überzeugend wie früher.«

Kelloggs Gegensprechanlage summte. »Ja?«

»Stabsbesprechung in fünf Minuten, Sir«, sagte seine Sekretärin. Kellogg bedankte sich und ließ die Sprechtaste los. Die Mitteilung war eine verschlüsselte Warnung an alle gewesen, daß der Secret Service sein Büro nach etwa zurückgelassenen Wanzen absuchen wollte, bevor Dinge besprochen wurden, die geheim bleiben sollten.

»Ich wollte dem Mann kein verdammtes Ultimatum stellen – und hab's doch getan!« sagte Danahall kopfschüttelnd. »Ungeschickt ...«

»Tut mir leid, daß ich das Wort mit ›A‹ ausgesprochen habe«, entschuldigte Kellogg sich. »Ich hab' echt kein Talent zum Diplomaten.«

»Wir haben alle daran gedacht, und er hat gewußt, was wir denken. Irgendwann hat's einfach raus müssen.« Danahall machte eine Pause. »Aber ich denke, daß er sich ein paar Blößen gegeben hat, die wir ausnutzen können – keine richtigen Blößen, aber doch Punkte, an denen wir einhaken können.«

»Ich hoffe, daß sich in den nächsten vierundzwanzig Stunden etwas bewegt«, sagte Kellogg grimmig, als sie aufstanden, damit die Geheimdienstagenten mit ihrer Suche beginnen konnten, »sonst ist die Diplomatie am Ende, fürchte ich.«

11

Santa-Cruz-Kanal vor Zamboanga
Sonntag, 9. Oktober 1994, 07.15 Uhr Ortszeit

Der Dienst für die Tagwache und Admiral Yin Po L'uns Stab auf dem chinesischen Zerstörer *Hong Lung* begann um fünf Uhr morgens mit dem Wecken; nach einer halben Stunde Turnen folgten Waschen, Anziehen und Frühstück. Die Morgeninspektion begann um 6.15 Uhr, und die Meldungen der einzelnen Abteilungen gingen bis 6.50 Uhr beim Kapitän ein. Bis sieben Uhr erstatteten die Ersten Offiziere der Begleitschiffe der *Hong Lung* und die Kommandeure der drei weiteren Kampfgruppen in den Gewässern südlich der Philippinen dem Chef der Operationsabteilung Bericht. Aus ihren Meldungen stellte der Chef von Yins Operationsabteilung einen morgendlichen Lagebericht zusammen, den er dem Admiral pünktlich um 7.15 Uhr vortrug.

Als erstes erhielt Yin eine Zusammenfassung aller aus Peking und dem Oberkommando der Südmeerflotte in Zhanjiang eingegangenen Funksprüche, die nicht so wichtig waren, daß sie ihm sofort hätten vorgelegt werden müssen. Dann folgten ein Bericht über die Lage im Einsatzgebiet und eine Zusammenfassung nachrichtendienstlicher Erkenntnisse. Der Chef von Yins Operationsabteilung, Kapitän Sun Ji Guoming, verbeugte sich tief, bevor er begann: »Genosse Admiral, es ist mir eine Ehre, Ihnen folgenden Lagebericht – Stand fünf Uhr Ortszeit – vorzutragen:

Gefährdet sind die gegenwärtig vor den Philippinen eingesetzten Kräfte unserer Kriegsmarine durch eine Trägerkampfgruppe der US Navy um den Flugzeugträger *Independence*, die in der Luzon-Straße operiert, die nach Guam verlegte Fünfundzwanzigste Infanteriedivision der US Army, auf Okinawa mobilisierte und mit dieser Trägerkampfgruppe operierende Teile der Dritten Division des US Marine Corps sowie das nach Guam verlegte Erste Geschwader der Air Battle Force der US Air Force. Zu berücksichtigen ist dabei, daß alle genannten Einheiten erst sechzig bis siebzig Prozent ihrer Sollstärke erreicht haben.

Teile der Fünfundzwanzigsten Infanteriedivision der US Army – mindestens achttausend Mann – sind vor kurzem aus Hawaii auf die Andersen Air Force Base verlegt worden. Sie sollen eine leichte, bewegliche Eingreiftruppe bilden, aber nach unseren Erkenntnissen reichen die Transportkapazitäten nicht aus, um sie auf dem Luft- oder Seeweg rasch auf die Philippinen zu bringen. Sollte sie dorthin verlegt werden, könnten wir ihr auf Mindanao schon jetzt doppelt so starke und auf Luzon viermal stärkere eigene Kräfte entgegenstellen.

Auch die Dritte Marine-Division und Teile des Ersten Geschwaders des Marine Air Corps gehören zur Trägerkampfgruppe mit der *Independence,* die sechzig Kilometer nordöstlich der Insel Y'ami in der Luzon-Straße und damit dreihundertfünfzig Kilometer nördlich der Philippinen steht. Nach unserer Einschätzung ist sie gegenwärtig nicht in Position, um Ziele auf Luzon anzugreifen; sie könnte jedoch in vierundzwanzig Stunden mit Luftangriffen beginnen und in achtundvierzig Stunden ein Landungsunternehmen durchführen. Die amerikanische Kampfgruppe besteht aus sechzehn Kriegsschiffen, zehn Versorgungsschiffen, vier bis sechs U-Booten – vielleicht auch mehr, die genaue Anzahl ist nicht bekannt –, zwanzig Jägern und fünfzig Jagdbombern.

Das Fünfte Marine-Expeditionskorps auf Hawaii ist ins Philippinische Meer verlegt worden und steht dort mit etwa fünftausend Marineinfanteristen, vierzig Kampfhubschraubern und dem Kipprotorflugzeug MV-22, das offenbar Samar und den abgeschossenen Piloten von Mindanao abgeholt hat. Auch dieser Verband könnte in vierundzwanzig bis achtundvierzig Stunden Ziele auf den mittleren Philippinen angreifen. Die

Kampfgruppe besteht aus zwei Landungsschiff-Transportern, vier Panzertransportern und vier Versorgungsschiffen.

Die größte Gefahr für unsere auf den südlichen Philippinen eingesetzten Kräfte ist von der Trägerkampfgruppe um die *Ranger* ausgegangen«, fuhr Kapitän Sun fort. »Der Flugzeugträger ist schwer beschädigt und praktisch nicht mehr einsatzfähig. Er wird nach Pearl Harbor auf Hawaii geschleppt und ist allenfalls noch für Hubschrauber benutzbar.«

Admiral Yin Po L'un nickte anerkennend.

»Nach letzten Berichten haben ein Zerstörer und ein Lenkwaffenkreuzer der *Ranger*-Gruppe von Indonesien aus Kurs auf die Célebes-See genommen und gelangen innerhalb der nächsten vier bis fünf Stunden in Reichweite der Lenkwaffen einiger unserer Schiffe. Zu ihnen stoßen soll eine Gruppe von sechs Schiffen, die unter Führung des Schlachtschiffs *Wisconsin* Hawaii verlassen hat; dieser Verband mit Marschflugkörpern Tomahawk zum Einsatz gegen Landziele ist vermutlich in drei bis fünf Tagen in Angriffsposition. Unserer Botschaft ist mitgeteilt worden, daß die Begleitschiffe der *Ranger* den Auftrag haben, eine Such- und Rettungsaktion für die letzte Woche abgeschossenen amerikanischen Flieger durchzuführen ...«

»Aber die Célebes-See bleibt für sie gesperrt«, kündigte Admiral Yin an. »Dafür garantiere ich! Sobald Davao genommen ist, bilden wir zwei Kampfgruppen, die wir diesen amerikanischen Verbänden gegenüberstellen, bis zusätzliche Kräfte herangeführt sind.«

»Zu Befehl, Genosse Admiral«, bestätigte Sun. »Damit komme ich zum gefährlichsten Gegner unserer Kräfte auf den südlichen Philippinen: der US Air Force. Das nach Guam verlegte Erste Geschwader der Air Battle Force hat mindestens zwei Dutzend strategische Bomber B-52, acht Schnellbomber B-1 und F-111, ein Dutzend Jagdbomber F-15, zwei Dutzend Begleitjäger F-15 und F-16 sowie Aufklärer, Frühwarnflugzeuge, Fliegende Leitstände und Tankflugzeuge. Meldungen unserer im Philippinischen Meer stationierten Vorpostenboote lassen vermuten, daß die Amerikaner auch Bomber B-2 einsetzen.

Dieses Geschwader kann innerhalb von drei Stunden mit genügend Lenkwaffen zur Bekämpfung von Schiffszielen angreifen, um große Teile unserer Kampfgruppen zu vernichten. Seine Aufklärer sind nach Westen bis zur Insel Talaud vorgestoßen – in Radarreichweite unserer Kriegsschiffe vor dem Golf von Davao.

Heute nacht hat der Zerstörer *Zhangyhum* ein Spionageflugzeug U-2 abgeschossen; wir vermuten, daß die U-2 Aufnahmen von unseren im Golf selbst liegenden Schiffen gemacht hat.«

»Das kommt mir nicht sehr bedrohlich vor, Kapitän«, sagte Admiral Yin. »Nur zweiunddreißig Langstreckenbomber, von denen die meisten über vierzig Jahre alt sind? Darin sehe ich keine wirkliche Gefahr.«

»Die Jäger und Jagdbomber sind ebenfalls gefährlich, weil sie in der Luft betankt werden können, Genosse Admiral«, erklärte Sun ihm. »Und wir dürfen die Nutzlast der B-52 nicht unterschätzen: Sie kann bis zu vierundzwanzig Abwurflenkwaffen Harpoon tragen und damit Schiffsziele aus bis zu hundertfünfzig Kilometer Entfernung bekämpfen …«

»Gut, die schweren Bomber sind gefährlich«, gab der Admiral zu, »aber sobald der Flughafen Davao in unserer Hand ist, können wir *jedem* ihrer Bomber *zwanzig* eigene Jäger entgegenwerfen.«

»Unsere Ausgangsposition ist viel günstiger«, bestätigte Kapitän Sun. »Der nächste amerikanische Luftwaffenstützpunkt auf Okinawa ist weit über fünfzehnhundert Kilometer von Manila entfernt, und zwischen Guam und Davao liegen über zweitausend Kilometer. Selbst wenn die Amerikaner den britischen Luftwaffenstützpunkt Bandar Begawan in Brunei benützen dürften, wären es achthundert Kilometer nach Zamboanga und zwölfhundert nach Davao – reichlich Zeit, um unsere Luftabwehr zu organisieren. Sobald die Philippinen von einem zuverlässigen Frühwarnsystem umgeben sind, kann keine amerikanische Maschine sich mehr unentdeckt annähern ...«

»Entscheidend ist jedoch unser bevorstehender Angriff auf Davao«, stellte Yin fest. »Wie lauten die Meldungen über den Status unserer Einheiten und den Status unseres Unternehmens gegen Davao?«

»Die Flotte meldet volle Einsatzbereitschaft, Genosse Admiral«, berichtete Kapitän Sun. »Das Unternehmen gegen Davao läuft wie geplant ab: Morgen früh um zwei Uhr werden Luftlandetruppen an der Küste westlich von Davao abgesetzt und sperren die Straßen nach Sibulan und Subasta. Weitere Einheiten besetzen die Insel Talikud und riegeln die Küstenstädte Samal und Bangoy auf der Insel Samal ab. Danach können unsere Minensucher vor den Zerstörern und Landungsschiffen in die Dadaoton-Bucht einlaufen, ohne durch Angriffe in dem engen Kanal gefährdet zu sein.«

Ähnlich war schon die Besetzung Zamboangas abgelaufen, wo der vielbefahrene Santa-Cruz-Kanal zu räumen gewesen war, bevor Yins Schiffe einlaufen konnten. Aber dort hatten sie mehr Luftunterstützung aus Puerta Princesa bekommen und zudem das Überraschungsmoment auf ihrer Seite gehabt. Damit konnten sie diesmal nicht rechnen – im Gegensatz zu Zamboanga war Davao, die mit fünfundsiebzigtausend Einwohnern größte Stadt Mindanaos, längst auf einen Angriff vorbereitet. Trotzdem war Yin entschlossen, José Samars Hauptstadt so bald wie möglich einzunehmen.

»Bis fünf Uhr sind die Zerstörer in Position, und die Landungsschiffe können anfangen, ihre Boote auszusetzen«, fuhr Sun fort. »Während die Luftwaffe den Strand bombardiert, sichern Schnellboote und Zerstörer die Bucht und unterstützen das Landungsunternehmen mit Artilleriefeuer. Die Landung beginnt ab sechs Uhr und müßte bis elf Uhr abgeschlossen sein. Spätestens morgen nachmittag – vielleicht schon früher – ist der Samar International Airport in unserer Hand.

Die Luftwaffe überwacht das Gebiet um die Stadt weiter – vor allem die sechs Privatflugplätze in fünfzig Kilometer Umkreis, die Bereitstellungs- und Versorgungspunkte für Samars Miliz gewesen sind. Bis übermorgen sichert General Yuhans Infanterie die nach Norden führende Straße nach Cagayan und besetzt die Flugplätze, das Cadeco-Tal und die wichtige Radarstation auf dem Mount Apo. Vom Gipfelplateau aus können wir die Umgebung fast fünfhundert Kilometer weit nach allen Richtungen überwachen.

Sind diese Ziele erreicht, kann die Gruppe Eins beginnen, die östliche Célebes-See zu überwachen und unsere in den Golf von Davao einlaufenden Versorgungsschiffe zu eskortieren. Die Gruppe Drei transportiert Nachschub, bis die Straße Davao – Cotaban gesichert ist und der Flughafen von Transportern angeflogen werden kann. Dafür gibt es allerdings noch keinen festen Zeitplan. Bis genügend Truppen auf Mindanao stationiert sind, müssen wir uns auf Nachschubtransporte über See konzentrieren – unter Umständen einige Wochen lang.

Wir können davon ausgehen, daß der Fall Davaos die Rebellenkräfte in mindestens drei Einzelgruppen an der Ostküste, der Südküste und in der nördlichen Mitte Mindanaos aufspalten wird«, schloß Kapitän Sun. »Das unterbricht ihre Nachschublinien und verringert ihre Kampfkraft erheblich. Wir engen sie weiter ein, bis ihnen zuletzt keine andere Möglichkeit mehr bleibt, als den Kampf zu beenden.«

Yin nickte nachdenklich. Der Lagebericht war imponierend gewesen. Hätte Sun von Taktik und Waffen gesprochen, wäre Yin nervös und beunruhigt gewesen. Mit Taktik und Waffen gewann man keinen Eroberungsfeldzug – der wurde durch Logistik gewonnen. Was seine Flotte und seine Soldaten hier taten, mußte letztlich zu sicheren Nachschubwegen führen, sonst würde die Invasion scheitern. Sun hatte in seinem Lagebericht großen Wert auf Nachschubfragen gelegt – und das war richtig so. Wurden sie von ihrem Nachschub abgeschnitten, waren sie verloren.

»Ausgezeichnet, Kapitän Sun«, sagte Yin. »Ich beglückwünsche Sie und Ihren Stab zu diesem gut ausgearbeiteten Plan und wünsche uns allen viel Erfolg. Sagen Sie mir nur noch, wo wir am schwächsten sind.«

»Zwei Punkte machen mir Sorgen, Genosse Admiral«, antwortete der Kapitän. »Beide betreffen die entfernte Möglichkeit eines Gegenangriffs durch amerikanische Maschinen oder ASEAN-Flugzeuge.

Unsere Abfangjäger müssen zu ihren Einsätzen vom Flughafen Zamboanga aus starten – der Flughafen Cotabato ist wegen möglicher Rebellenangriffe nicht sicher genug. Das bedeutet, daß die Jäger vierhundert Kilometer weit bis zum Golf von Davao und insgesamt fast sechshundert Kilometer fliegen müssen, um Bomber abzufangen, deren Abwurflenkwaffen unsere Schiffe gefährden könnten. Rechnet man den Rückflug und eine Kampfreserve dazu, können unsere Maschinen nie sehr lange im Einsatzgebiet bleiben.«

»Warum ist der Flughafen Cotabato nicht längst gesichert worden?« fragte Yin ungehalten. »Er ist eines unserer Hauptziele auf Mindanao gewesen. Sie haben mehrere Tage Zeit und reichlich Unterstützung gehabt, Kapitän Sun – warum erfahre ich erst jetzt, daß dieser Flughafen nicht benutzbar ist?«

»Genosse Admiral, wie ich bereits dargelegt habe, sind die Reserven der Gruppe Zwei während des Angriffs auf Cotabato in gefährlichem Umfang angegriffen werden«, antwortete Sun. »Wie Sie wissen, haben wir unsere Überwachung des größten Teils des Sulu-Archipels aufgeben und die hundert Kilometer breite Sicherheitszone um Zamboanga schaffen müssen, um die Invasionsflotte für das Unternehmen gegen Cotabango zusammenziehen zu können.

Trotzdem hat sie dann kaum für diese Aufgabe ausgereicht. Wir haben den Flughafen Cotabato eingenommen, aber der Stab und ich sind der Meinung, daß es unklug wäre, damit zu rechnen, ihn für das Unternehmen gegen Davao benützen zu können. Er ist als Ausweichflughafen geeignet, und dort landende Maschinen können betankt werden, aber ...«

»Können wir dort nicht auch die Jäger und Jagdbomber bewaffnen?«

Sun schüttelte widerstrebend den Kopf. »Wir haben es für zu gefährlich gehalten, in Cotabato große Mengen von Bomben, Raketen und Lenkwaffen zu lagern, Genosse Admiral«, antwortete er. »Tankwagen oder Flexibehälter sind schlechte Ziele für Guerillakämpfer mit Granatwerfern oder Panzerabwehrraketen – aber Munitionslager oder abgestellte Transportflugzeuge sind einladende Ziele. Guerillaüberfälle sind in Cotabato noch an der Tagesordnung ...«

»Verdammt, das hätte ich früher erfahren müssen!« explodierte Yin.

Er winkte übelgelaunt ab. »Weiter, Kapitän. Welche Schwierigkeiten könnte es noch geben?«

Kapitän Sun schluckte trocken, bevor er weitersprach. Er hatte den Admiral bereits über die Probleme informiert, die es bei der Luftunterstützung geben würde, solange Cotabato nicht fest in chinesischer Hand war – und nun wurde ihm vorgeworfen, nichts davon gesagt zu haben. Auch das nächste Thema hatte er Yin gegenüber bereits angesprochen, aber vermutlich würde der Admiral auch diesmal behaupten, nicht darüber informiert worden zu sein.

»Genosse Admiral, seit unsere Zerstörer in den nördlichen Golf von Davao verlegt worden sind, wo sie und ihre Begleitschiffe das Landungsunternehmen unterstützen sollen, ist unsere Luftabwehr in der östlichen Célebes-See gefährlich geschwächt«, sagte Kapitän Sun.

»Wegen welcher Luftangriffe machen Sie sich Sorgen, Kapitän?« fragte Yin. »Der amerikanische Flugzeugträger ist außer Gefecht, er kann seine Flugzeuge nicht einsetzen, und andere Träger sind nicht in Reichweite ...«

»Die größte Gefahr geht von landgestützten Bombern aus«,

antwortete Sun. »Die amerikanische Air Battle Force auf Guam kann jederzeit ...«

»Aber die Amerikaner setzen ihre schweren Bomber nicht gegen uns ein«, unterbrach ihn Yin. »Unser Geheimdienst meldet, daß ihr Präsident sie nicht mal dort haben wollte. Außerdem haben Sie doch berichtet, daß die Amerikaner nur eine Handvoll Bomber haben – knapp über dreißig, nicht wahr?«

»Die Zahl stimmt, Genosse Admiral«, bestätigte Sun, »aber da jeder schwere Bomber bis zu zwei Dutzend Abwurflenkwaffen Harpoon tragen kann ...«

»Um die einsetzen zu können, müssen sie erst mal nahe genug rankommen«, knurrte Yin. »Sogar unsere kleinen Vorpostenboote können eine fliegende Harpoon abschießen. Und je näher die Bomber während des Landungsunternehmens an Davao herankommen, desto wirksamer wird unsere Flak.«

Kapitän Sun machte eine kurze Pause. Yin schien auf alles eine Antwort zu haben. Obwohl Sun im Grunde genommen mit ihm übereinstimmte, schien der Admiral die Abwehrkraft ihrer eigenen Flotte ebenso leichtfertig zu überschätzen, wie er andererseits die Schlagkraft der amerikanischen Luftwaffe gefährlich unterschätzte.

»Ich stimme Ihnen zu, Genosse Admiral«, sagte Sun langsam, »aber ich glaube, daß es angebracht wäre, unsere Luftabwehr zu verstärken, indem wir die *Hong Lung* und einige ihrer Begleitschiffe in die östliche Célebes-See verlegen. Dann hätten wir dort vier Schiffe mit Fla-Lenkwaffen und vier weitere Schiffe mit leichter und mittlerer radargesteuerter Flak. Zamboanga ist fest in unserer Hand – dort werden die Schiffe nicht mehr gebraucht.«

Yin dachte über seinen Vorschlag nach und fand ihn gut – Sun hatte wirklich das Zeug zu einem hervorragenden Admiral. Die *Hong Lung* war eines der kampfstärksten Schiffe im Pazifik und konnte Luft- und Seeziele gleich gut bekämpfen. Außerdem eignete sie sich gut dafür, Stärke zu demonstrieren, aber da Yin seine Schiffe am liebsten außer Sichtweite der einheimischen Bevölkerung ankern ließ, war sie als Einschüchterungsmittel in Zamboanga nicht viel wert. Da die Stadt sich längst fest in chinesischer Hand befand, wurde es Zeit, daß die *Hong Lung* wieder in den Kampf eingriff.

»Ein sehr guter Vorschlag, Kapitän«, stimmte Yin zu. »Ich möchte, daß ein Schiff hier an einem Ankerplatz zurückbleibt, an dem die Einwohner der Stadt es deutlich sehen können, die übrigen Schiffe begleiten die *Hong Lung* ins Kampfgebiet. Sie bestimmen das Schiff, das zurückbleiben soll, und alarmieren dann den Rest der Flotte. Wir nehmen sofort Kurs auf die östliche Célebes-See!«

Kapitän Sun, dem es schwergefallen war, sich nicht anmerken zu lassen, daß er mit Yins Einschätzung der Schlagkraft der amerikanischen Luftwaffe nicht einverstanden war, atmete erleichtert auf.

»Zu Befehl, Genosse Admiral«, sagte er, bevor er mit einer Verbeugung den Raum verließ.

Yin war einige Minuten lang allein, bis sein Adjutant anklopfte. »Genosse Admiral, Sie bekommen Besuch. Der philippinische Präsident Teguina bittet um ein kurzes Gespräch unter vier Augen.«

Yin hatte Mühe, seine Überraschung zu verbergen. Was, zum Teufel, will der Kerl von *mir*...? Seit dem Staatsstreich hatte Daniel Teguina militärische Fragen ausschließlich mit Generaloberst Chin Po Zihong, dem Oberbefehlshaber der Volksbefreiungsarmee, besprochen; politische Fragen diskutierte er mit Dong Sen Kim, dem chinesischen Botschafter in Manila, oder Außenminister Zhou Ti Yanbing. Noch vor wenigen Wochen wäre Teguina bereit gewesen, Yin die Füße zu küssen, um sich seine Unterstützung zu sichern – aber seit seinem erfolgreichen Staatsstreich begann Teguina tatsächlich das Märchen zu glauben, China helfe ihm nur, die »Rebellen« zu unterwerfen und sein Land zu retten.

»Richten Sie ihm aus, ich sei zu ... schon gut, ich empfange ihn. Sorgen Sie dafür, daß im Salon Erfrischungen gereicht werden – und daß seine dämlichen Fahnen von Sulu und Aguinaldo wieder an die Wand kommen. Und überzeugen Sie sich davon, daß unser Gespräch aufgenommen und von den Videokameras aufgezeichnet wird. Ich will jedes Wort festgehalten haben!«

Yins Adjutant verbeugte sich und hastete davon, um seine Anweisungen auszuführen.

Das sieht diesem Angeber ähnlich, dachte der Admiral. Noch bevor er ganz an der Macht ist, läßt er für seine neuen »Staaten« bereits Flaggen nähen – über die hämisch lachend hergezogen wird, falls der Coup fehlschlägt.

In Begleitung seiner Leibwache aus schwerbewaffneten Marineinfanteristen machte Admiral Yin Po L'un sich auf den Weg zum Fallreep, um seinen Besucher zu empfangen. Als Teguinas Barkasse in Sicht kam, zog an der Backbordreling eine Ehrenformation auf. Unterwegs wurde das Boot mehrmals angehalten und kontrolliert, bevor es an der *Hong Lung* anlegen durfte. Dann kam der neue philippinische Präsident die Stufen heraufgehastet. Ein Bootsmann pfiff Seite, die Ehrenformation stand stramm, und der Wachhabende erstattete zackig Meldung.

Yin zwang sich dazu, seine rechte Hand grüßend an den Mützenschirm zu legen. Teguina ignorierte die chinesische Flagge und Yins Gruß. »Ich muß sofort mit Ihnen sprechen, Admiral«, sagte er ohne weitere Vorrede.

»Selbstverständlich, Mr. President«, antwortete Yins Dolmetscher. Er übersetzte dem Admiral rasch Teguinas dringenden Wunsch und seine Antwort darauf, und Yin machte ein finsteres Gesicht, während er Teguina in seinen flaggengeschmückten Salon folgte.

»Der Admiral entbietet dem Präsidenten der Demokratischen Föderation Aguinaldo herzliche Willkommensgrüße«, fuhr Yins Dolmetscher auf englisch fort. »Der Admiral empfindet Ihren Besuch als große Ehre und gestattet sich, Sie ...«

Teguina unterbrach ihn mit einem langen, unverständlichen Wortschwall. Yins Dolmetscher bemühte sich, mit ihm Schritt zu halten, mußte aber bald aufgeben, weil Teguina immer wütender und schneller sprach. »Er verlangt eine Erklärung dafür, daß die chinesische Regierung mit Vietnam ein Abkommen über die Spratly-Inseln geschlossen hat«, faßte der Dolmetscher zusammen. »Er ist wütend, weil sein Land alle Ansprüche auf die Spratly-Inseln an Vietnam verloren hat.«

»Was soll der Unsinn?« fragte Yin scharf. »Wir haben keinerlei Abkommen mit Vietnam geschlossen!«

»Mr. Teguina sagt, daß Vietnam sich vor kurzem bei einer Abstimmung im Rahmen der Association of South East Asian Nations der Stimme enthalten hat«, berichtete der Dolmetscher, »und daß die Regierung Aguinaldos gerüchteweise erfahren hat, daß China ein Abkommen mit Vietnam geschlossen hat, das diesem Land als Gegenleistung für seine Blockierung einer wichtigen Abstimmung weitgehende Rechte über die Spratly-Inseln einräumt.«

Yin wollte diesen Vorwurf zurückweisen, aber dann erkannte er, daß Teguina vermutlich recht hatte. Das *mußte* der wahre Grund dafür sein, daß dem ersten Aufschrei der ASEAN-Staaten nach der chinesischen Invasion keine Taten gefolgt waren – Thailand und Vietnam hatten sich der Stimme enthalten. Generaloberst Chin Po Zihong mußte bei einer Kampfabstimmung in Peking unterlegen sein, wenn er zuließ, daß Vietnam die Nansha Dao erhielt... Das hätte China *niemals* geschehen lassen, wenn Ministerpräsident Cheung seinen Protest nicht energisch zurückgewiesen hätte.

»Ich versichere Ihnen«, erklärte er Teguina gelassen, »daß in unserem vertrauensvollen Bündnis kein Platz für Heimlichkeiten ist. Diese Abstimmung, durch die China verurteilt werden sollte, ist gescheitert, weil verschiedene ASEAN-Staaten unser Vorgehen für angemessen halten – nicht wegen irgendwelcher Geheimabkommen, schon gar nicht mit der uns feindselig gesinnten Regierung Vietnams...«

Aber Teguina wartete nicht einmal ab, bis der Dolmetscher ausgesprochen hatte, sondern überschüttete ihn mit weiteren

Vorwürfen. »Er sagt, daß Aguinaldos Bündnis mit China zerbrochen ist, daß die Chinesen es auf ihn abgesehen haben, daß er keinem mehr trauen kann...«

»Bitte beruhigen Sie sich, Mr. President«, sagte Yin durch seinen Dolmetscher. »Wir möchten Ihnen unsere Vorbereitungen für die gemeinsame Zurückeroberung Davaos erläutern und Sie zu einer Besichtigung des Flaggschiffs einladen. Dabei haben Sie Gelegenheit, mit den Offizieren zu sprechen. Alle werden Ihnen bestätigen, daß wir Ihre Regierung in diesem Kampf vorbehaltlos unterstützen.«

Das schien Teguina halbwegs zu beschwichtigen, so daß die Besichtigung beginnen konnte. Aber sobald Teguina vorausgegangen war, griff Yin sich Kapitän Sun und flüsterte ihm zu: »Sie rufen sofort die Politische Abteilung des Oberkommandos an. Ich will wissen, wie es zu dieser ASEAN-Abstimmung gekommen ist und welchen Status die Nansha Dao gegenwärtig haben. Beeilung!«

Oval Office im Weißen Haus
Samstag, 8. Oktober 1994, 06.27 Uhr Ortszeit

Der Präsident der Vereinigten Staaten streckte Deborah O'Day, der amerikanischen Botschafterin, die Hand entgegen, als sie das Oval Office betrat, aber dann schloß er sie impulsiv in die Arme. »Willkommen daheim, Deborah«, sagte er und geleitete sie zu einem Sessel. Außenminister Danahall, Verteidigungsminister Preston, General Curtis und mehrere Mitglieder der Streitkräfteausschüsse von Senat und Repräsentantenhaus blieben stehen, bis O'Day saß, und nahmen erst dann um sie herum Platz. »Sie haben einiges durchgemacht, was?«

»Der Umgang mit einigen ASEAN-Delegierten und der chinesischen Delegation ist anstrengender gewesen als die Entführung durch Samars Rebellen«, gab O'Day zu. Sie ließ sich von ihrem Assistenten eine Saffianledermappe geben. »Mr. President, ich habe Ihnen eine Mitteilung der chinesischen Regierung zu überbringen – die Antwort auf Ihre Forderung nach einem chinesischen Rückzug von den Philippinen.«

»Ihr Tonfall läßt vermuten, daß Sie keine guten Nachrichten bringen.«

»Ich habe das Schreiben nicht gelesen, Sir, aber der chinesische Botschafter ist sehr förmlich gewesen. Ich glaube, daß es schlechte Nachrichten enthält.« Der Präsident nahm die Mappe entgegen, erbrach das Siegel, zeichnete das chinesische Originalschreiben ab, legte es beiseite und vertiefte sich in die vom Außenministerium beigelegte Übersetzung.

»Genau wie erwartet«, sagte Taylor resigniert. »Die Chinesen weisen unsere Forderung nach sofortiger Räumung der Philippinen zurück. Sie betonen, daß sie auf Bitten und mit Erlaubnis der philippinischen Regierung dort sind, und bezeichnen unser Engagement als völkerrechtswidrige Einmischung in die inneren Angelegenheiten eines souveränen Staats. Sie behaupten, nichts über Arturo Mikasos Verbleib zu wissen, und verweisen uns wegen dieser Sache an die philippinische Regierung. Im übrigen ist aus ihrer Sicht Daniel Teguina der legitime Präsident – im Gegensatz zu José Trujillo Samar, der kein Regierungsamt mehr besitzt.

Sie bedauern die Angriffe auf unsere Schiffe und Flugzeuge, aber in der gegenwärtig sehr labilen Lage hätten wir Angriffe voraussehen müssen, so daß wir an den Verlusten selbst schuld sind...«

»Blödsinn«, murmelte Curtis.

»Darüber hinaus betrachten sie die Stationierung schwerer Bomber und Trägerkampfgruppen im weiteren Umfeld der Philippinen als äußerst feindseligen Akt und werden alle verfügbaren Mittel zum Schutz ihrer Bürger und ihres Eigentums einsetzen.« Der Präsident ließ das Schreiben sinken und musterte seine vor ihm sitzenden Berater. »Nun? Irgendwelche Vorschläge?«

»Samars Rebellen werden in weniger als fünf Stunden angegriffen, Sir«, stellte O'Day fest. Sie sah zu Wilbur Curtis hinüber. »Das stimmt doch, General?«

»Richtig«, bestätigte Curtis. Auf dem Couchtisch vor ihm lag ein Stapel großformatiger Fotos: das von den Aufklärern B-2 und U-2 von ihren Flügen gesendete Bildmaterial. »Unter Umständen hat der Angriff schon begonnen. Chinesische Kriegsschiffe sind bei Sonnenuntergang in Position gewesen, um Davao zu beschießen. Sobald auch die Landungsschiffe in Position sind, beginnt das Unternehmen.«

»In fünf Stunden? Soll das heißen, daß wir schon zu spät dran sind?«

»Nein, Sir«, antwortete Curtis. »Wie ich schon ausgeführt habe, sind die chinesischen Truppen am verwundbarsten, solange sie noch auf ihren Truppentransportern sind. Entlang der Halbinsel Buoyan mit dem Mount Apo sind bereits Truppen angelandet worden, um die Küstenstädte zu besetzen, aber in Davao sind noch nicht viele gelandet. Um die Geleitzüge aufzuhalten, verminen Samars Rebellen die Kanäle und Buchten. Wir haben also noch Zeit für einen Luftangriff.«

Der Präsident nickte Curtis zu. »Danke, General.« Er wandte sich an Verteidigungsminister Preston. »Thomas? Was haben Sie für mich?«

»An sich plädiere ich dafür, noch zu warten, bis die Trägerkampfgruppen *Lincoln* und *Nimitz* sowie die Kampfgruppe *Wisconsin* in Position sind«, antwortete Preston. »Andererseits bin ich mir darüber im klaren, daß wir rasch handeln müssen, wenn wir Samar und seine islamischen Rebellen weiter unterstützen wollen.«

Der Präsident schien kurz über seine Worte nachzudenken. »Danke, Thomas.« Er fragte weiter, um zu erfahren, was Danahall und die Abgeordneten und Senatoren dachten. Einige äußerten sich zögerlich, aber letzten Endes schienen doch alle handeln zu wollen.

Aus seiner mittleren Schreibtischschublade nahm der Präsident einen schmalen roten Ordner und schlug ihn auf. Unter der Balkenüberschrift STRENG GEHEIM stand: *Executive Order 94-21, Luftangriff, Insel Mindanao, Philippinen.* Taylor unterschrieb den Befehl in mehreren Ausfertigungen, legte die Blätter in den roten Ordner zurück und klappte ihn zu.

Dreißig Sekunden später war Wilbur Curtis am Telefon, um mit dem National Military Command Center zu telefonieren.

Andersen AFB, Guam
Sonntag, 9. Oktober 1994, 19.15 Uhr Ortszeit

Patrick McLanahan wachte eine halbe Stunde vor dem Klingeln seines Weckers auf. Noch zwei Stunden bis zur ersten heutigen Einsatzbesprechung für die Besatzungen der alarmbereiten Maschinen. Etwas mehr Schlaf hätte ihm gutgetan, aber er wußte, daß er zu überdreht war, um ausschlafen zu können.

Sein Schlafzimmer, das er sich mit Major Henry Cobb teilte, war eines der Wartungsbüros im obersten Stock von Hangar 509 am nördlichen Vorfeld der Andersen AFB. In der riesigen Flugzeughalle unter ihnen standen zwei höchst ungewöhnliche Flugzeuge: McLanahans B-2A Black Knight und die EB-52C Megafortress, die vor drei Wochen bei ihrem gemeinsamen Übungsangriff am Powder River die beiden Jäger F-23 Wildcat »abgeschossen« hatte. Ebenfalls hier untergebracht waren die Besatzungen und das Wartungspersonal der HAWC-Flugzeuge und ein ganzer Zug schwerbewaffneter Wachmannschaften.

Um den Piloten nicht zu wecken, schlüpfte Patrick in seine Fliegerkombi, zog seine Socken und Stiefel unter dem Feldbett hervor und wollte auf Zehenspitzen hinausschleichen.

»Gehst du schon?« fragte Cobb von seinem Feldbett aus.

»Ja. Tut mir leid, daß ich dich geweckt habe.«

»Das hast du nicht. Ich hab' keine Sekunde lang geschlafen.« Cobb schlug die leichte Decke zurück und stellte seine Füße auf den Boden.

»Ich hab' noch nie in einem Hangar geschlafen – und keine Lust, es noch mal zu versuchen.«

»Amen«, sagte Patrick. »Nach einiger Zeit setzt einem der Geruch wirklich zu. Ich hab' schon angefangen ... schlecht zu träumen.«

Aber McLanahan wollte nicht erzählen, was er geträumt hatte – welchen Einsatz er im Traum flog. Der Traum wiederholte sich jedesmal, wenn er Kerosindämpfe einatmete: Ein lange zurückliegender Morgen in der Sowjetunion ... ein verschneiter Jägerflugplatz im sibirischen Anadyr, auf dem er bei klirrendem Frost mitgeholfen hatte, Zehntausende von Litern Kerosin in eine B-52 zu pumpen, damit sie wieder starten konnten, bevor die Russen sie aufspürten. Um ihnen die Flucht zu ermöglichen, hatte David Luger sich für sie geopfert, indem er einen Schützenpanzer mit einem Tankwagen gerammt hatte ... Patrick stand dieses grausige Bild unweigerlich wieder vor Augen, wenn er Kerosin roch.

Henry Cobb hatte nicht alle Stories gehört, die über diesen Flug der B-52 Old Dog kursierten, aber er kannte natürlich alle Überlebenden, von denen die meisten im HAWC arbeiteten – im Exil, wie manche sagten –, und hatte die erste Megafortress nach ihrer Überführung aus Alaska nach Dreamland gesehen. Deshalb konnte er sich vorstellen, daß Patrick McLanahans Alpträume mit diesem Einsatz zusammenhingen.

Nachdem die beiden sich auf der Toilette am Ende des Korridors gewaschen hatten, gingen sie ins Büro zurück und zogen sich an. Obwohl der Nachmittag feuchtheiß war, trugen sie unter der Fliegerkombi und über Unterhose und T-Shirt feuerfeste lange Unterwäsche und dicke Socken.

Ihre Erkennungsmarken trugen sie auf der blanken Haut, damit sie nicht klapperten oder beim Aussteigen wegflogen. Beide hatten in ihrer Knöcheltasche ein Survival-Messer mit einer Klinge aus Verbundwerkstoff, einem Magnetkompaß im Griff und einem wasserdichten Fach mit Sturmstreichhölzern, Angelschnur, Signalspiegel und winziger Erste-Hilfe-

Anweisung. In einer Tasche auf der Innenseite des Oberschenkels steckte ein Klappmesser, mit dem sich die Auslaufleinen von Fallschirmen kappen ließen, an einer zwei Meter langen Schnur. Diese Tasche enthielt auch ein Glasröhrchen mit Ohrenstopfen, die von neugierigen Laien oft für Selbstmordpillen gehalten wurden.

Die Geldbörsen oder Brieftaschen der beiden wurden durch eine speziell für den Einsatz entwickelte kleine Nylontasche ersetzt. Dort hinein kamen Dienstausweis, etwas Bargeld, Kreditkarten und Reiseschecks.

Bei der Einsatzbesprechung würden sie Bilderkarten für die Verständigung mit den Einheimischen und für eine etwaige Flucht eine Karte des Einsatzgebiets erhalten. Auch diese Sachen kamen in die kleine Nylontasche.

Alle Taschen ihrer Fliegerkombis enthielten irgend etwas, meistens Gegenstände, die zu einer aus jahrelanger Erfahrung zusammengestellten Notfallausrüstung gehörten. Patrick hatte feuerfeste Nomex-Pilotenhandschuhe, Reservebleistifte und einen Reißverschlußbeutel mit einer flachen Wasserflasche und einem Röhrchen Wasserentkeimungstabletten in seinen Taschen. Henry nahm eine Bibel, eine Hüftflasche mit unbekanntem Inhalt und ein ungewöhnliches Mehrzweckwerkzeug mit. Sie packten Luftfahrtkarten, Betriebshandbücher und weitere Unterlagen in eine Nomextasche, nahmen ihre leichten Fliegerjacken mit – deren Taschen ebenfalls Teile ihrer Notausrüstung enthielten – und verließen den Raum.

Vom obersten Laufgang des Hangars aus bot sich ihnen ein guter Blick auf den Begleitbomber EB-52C, der dort neben ihrer B-2A stand. Im Gegensatz zu der Black Knight, an der nur etwa zehn Männer arbeiteten, wurde die Megafortress von mindestens zwei Dutzend Waffenwarten und Wartungstechnikern einsatzbereit gemacht.

Für Patrick McLanahan war es ein bedrückendes *Déjà-vu*-Erlebnis, hier zu stehen und zu beobachten, wie diese Megafortress flugklar gemacht wurde. Ein Hangar auf einem abgelegenen Flugplatz, die Waffen an Bord und einsatzbereit, die Maschine betankt und startklar – alles hatte grausige Ähnlichkeit mit dem letzten Mal, als er vor vielen Jahren mit einer B-52 zum Einsatz gestartet war.

Aber das war jetzt nicht sein Flugzeug. Er hatte ein neues, größeres, tödlicheres – eine wie die EB-52 zu einem strategischen Begleitbomber umgebaute B-2A. Die Black Knight trug ihre gesamte Waffenlast innenbords, und ihre modernen Sensoren waren in die Flügelvorderkanten integriert oder unter dem Cockpit im Bug eingebaut. Diesmal waren die Behälter mit den Aufklärungssystemen nicht an Bord; sie hatten Revolvermagazinen für Abwurflenkwaffen Platz gemacht, die weit tödlichere Gefechtsköpfe als Kameras und Radargeräte trugen.

Die Bordmannschaft der B-2 war gerade dabei, die vor dem Start vorgeschriebenen Kontrollen durchzuführen, und da Cobb und McLanahan mindestens eine Stunde zu früh aufgestanden waren, hatten sie Zeit für einen Rundgang um ihre Black Knight, bevor sie zur Einsatzbesprechung mußten. Sie sahen keine wesentlichen Veränderungen. Die Bodenmannschaft hakte die Kontrollen routinemäßig ab, als sei nur ein Übungsflug geplant, und ihre Waffen waren noch nicht an Bord. »Wo sind die Lenkwaffen?« fragte der Pilot McLanahan. »Ich dachte, wir würden diesmal Harpoons oder SLAMs mitnehmen?«

»Welchen Auftrag wir diesmal bekommen, wissen wir erst in frühestens zwei Stunden«, antwortete Patrick. »Dann erfahren wir, ob wir Schiffe, Radarstationen oder Bodenziele bekämpfen sollen. Sobald die Entscheidung gefallen ist, dauert es nur ein paar Minuten, die Abwurfvorrichtungen und Bombenmagazine einzuhängen und ein letztes Mal zu kontrollieren. Dafür haben die Waffenwarte dann Zeit, während andere Maschinen bereits starten.«

Sie setzten ihren langsamen Rundgang fort und unterhielten sich dabei mit Männern des Bodenpersonals, die Kontrollen und Wartungsarbeiten durchführten. Dabei zeigte sich, daß jeder einzelne von ihnen ebenso unruhig, ebenso nervös, ebenso besorgt wegen der Ereignisse auf der Andersen Air Force Base und im gesamten Pazifikraum wie Cobb und McLanahan war.

Einer der Waffenwarte, der gerade den Sensor einer Abwurflenkwaffe SLAM inspizierte, richtete sich auf, als McLanahan ihn ansprach. »Glauben Sie, daß wir heute nacht fliegen?« erkundigte er sich. Das »wir« sollte keineswegs nur demonstrative Verbundenheit ausdrücken – die emotionale und berufliche Bindung der Bodenmannschaft an ihr Flugzeug war ebenso tief wie die des fliegenden Personals. Rollte McLanahans B-2A zum Start, waren Dutzende von Herzen und Köpfen mit ihm im Cockpit.

»Weiß ich selbst noch nicht, Paul«, antwortete McLanahan. »Wir wissen nur, daß wir uns bereithalten sollen...«

Der Mann trat etwas näher an ihn heran, als müsse er eine vertrauliche Frage loswerden, die ihn schon lange beschäftigt hatte. »Haben Sie Angst, Sir?« fragte er halblaut.

Patrick starrte ihn sekundenlang verblüfft an. Aber bevor er antworten konnte, zog ein anderer Waffenwart den Mann am Ärmel mit sich fort. »Das ist McLanahan, Dummkopf! Er ist absolute Spitze«, hörte Patrick den zweiten Mann sagen. »Er ist zu gut, um Angst zu haben.«

Cobb und McLanahan beendeten ihre Inspektion und schlenderten zum Ausgang, wo ihre Tragtaschen kontrolliert wurden, bevor sie den Hangar verlassen durften.

Im Gegensatz zur kontrollierten, ruhigen Spannung in Hangar 509 schien draußen regelrechtes Chaos zu herrschen. Soviel von hier aus zu erkennen war, waren nur die Start- und Landebahnen und die Abstellflächen vor den Hallen frei. Überall sonst standen alle möglichen Flugzeuge, und die Zufahrten und Rollwege waren mit Wartungs- und Versorgungsfahrzeugen verstopft.

Rechts von ihnen auf der nördlichen Abstellfläche standen dichtgedrängt Transportflugzeuge – C-141 Starlifter, C-5 Galaxy und C-130 Hercules, aus denen Paletten mit Waffen,

Ersatzteilen und anderen Versorgungsgütern entladen wurden. Ein stetiger Strom von Gabelstaplern, Sattelschleppern, Tiefladern und »Mulis« transportierte das Frachtgut zu Depots und Lagerhäusern. Alle paar Minuten landete ein weiterer Transporter auf einer der beiden Parallelbahnen der Andersen AFB, rollte zur Wartefläche und wurde dort von einem »Follow-me«-Wagen abgeholt, der ihn zu seinem Abstellplatz führte. Nach dem Entladen wurden die Maschinen betankt und starteten sofort wieder; Flugzeuge, deren Besatzungen die vorgeschriebene Ruhezeit einhalten mußten, standen im Nordosten am Rand der steilen Klippen von Pati Point.

Im Westen des nördlichen Vorfelds hatten die Tankflugzeuge ihre Abstellflächen. Nur mit Unterstützung durch die KC-135 Stratotanker, KC-10 Extender und KC-130 Hercules konnten die meisten Maschinen der Air Battle Force von Guam aus Einsätze fliegen – die meisten von ihnen wären ohne Tanker gar nicht imstande gewesen, die Andersen AFB zu erreichen. Mindestens ein Tanker befand sich ständig in der Luft, und mehrere standen für Notfälle startbereit. Darüber hinaus wurden die Tanker auch als Transporter eingesetzt: Eine KC-10 konnte alles Wartungspersonal von sechs Jägern F-16 mit kompletter Ausrüstung und Ersatzteilen von Hawaii nach Guam transportieren *und* unterwegs diese sechs Maschinen betanken.

Etwas abgesetzt vor den Hangars befanden sich die Parkpositionen der Abfangjäger. Dort standen jedoch nur die Hälfte der zwanzig F-15 und fünfzehn F-16 der Air Battle Force; die anderen Maschinen begleiteten entweder Aufklärer oder standen auf der südlichen Abstellfläche startbereit. Für den Fall eines chinesischen Luftangriffs waren vier F-15 und sechs F-16 betankt, bewaffnet und sofort startklar. Verstärkt wurde die Jagdstaffel der Air Battle Force durch vier F-23 Wildcat, die damit erstmals außerhalb der Vereinigten Staaten eingesetzt wurden, und einige F-14, die nicht mehr auf der *Ranger* hatten landen können.

Mit jeweils nur zwei radargesteuerten Lenkwaffen und

zwei Jagdraketen mit Infrarotsuchkopf waren die Jäger verhältnismäßig leicht bewaffnet, aber dafür trug jeder einen riesigen Zusatztank mit fast dreitausend Litern Treibstoff unter seinem Rumpf. Bei Einsätzen in diesem Gebiet mit großen Entfernungen zwischen Ausweichflugplätzen war Treibstoff ein kostbares Gut. Die unglaubliche Offensivkraft dieser Jäger wurde vor allem durch ihren Treibstoffvorrat beschränkt – ein einziges Tankflugzeug, das nicht starten oder keinen Treibstoff abgeben konnte, setzte unter Umständen Dutzende von Jägern außer Gefecht.

Cobb und McLanahan warteten mit einer Gruppe von Soldaten, bis ein von einem einheimischen Unternehmer gefahrener überfüllter Bus mit rostiger Karosserie und quietschenden Blattfedern vorbeikam, und quetschten sich mit hinein.

Das Durcheinander aus Menschen und Maschinen auf Guam war einfach verwirrend – es schien keinen Quadratmeter Beton oder Asphalt zu geben, der nicht als Abstellfläche für Wagen oder Flugzeuge diente. Überall bildeten sich lange Schlangen: vor Kantinen, vor Wartungs- oder Funkfahrzeugen, vor Wassertankwagen. Auf den Straßen und Zufahrten herrschte reger Verkehr, der die Pfiffe und Handzeichen der zur Verkehrsregelung eingesetzten Posten mißachtete. Über allem lag der bedrückende Geruch von verbranntem Kerosin, Hydraulikflüssigkeit, Schweiß und Moder. Und der Lärm war ohrenbetäubend – Düsentriebwerke, Starterwagen, Hupen, gellend laute Männer- und Frauenstimmen und Lautsprecherdurchsagen ließen sich auch durch Ohrenstöpsel nur unwesentlich dämpfen.

McLanahan war sich noch nie so klein und unbedeutend vorgekommen. Er hatte viele Alarmübungen für Bomber und Tanker von SAC-Einheiten mitgemacht, aber dies hier war mindestens zwanzigmal größer als alles, was er bisher erlebt hatte. Und sogar die Aufstellung des ersten Geschwaders der Air Battle Force auf der Ellsworth Air Force Base war ruhiger und geordneter verlaufen. Hier glaubte man sich in einen von unsichtbaren Mächten gesteuerten Aufruhr versetzt – oder aufs größte Messegelände der Welt, auf dem Tausende von Menschen zwischen Flugzeugen und Gebäuden hin- und herwogten.

Südlich der Abfangjäger und hinter dem Dienstgebäude der Flugbetriebsstaffel waren die Aufklärer und ECM-Flugzeuge abgestellt. Dort standen eine AWACS-Maschine E-3C Sentry, ein Fliegender Leitstand EC-135L und ein Aufklärer RC-135X; eine E-3 und eine zweite EC-135 waren bereits im Einsatz, um vor den Philippinen aufzuklären – Masters' NIRTSats waren offenbar noch immer außer Betrieb. Dort drüben standen auch drei ECM-Flugzeuge EF-111A Raven, zwei Elektronikstörflugzeuge EA-6 der Navy, ein weiterer Höhenaufklärer U-2R wie die vor den Philippinen abgeschossene Maschine und ein Radarflugzeug E-2 Hawkeye der *Ranger*. Daneben lag die Abstellfläche für alarmbereite Jäger und Tanker, die einen »Weihnachtsbaum« bildeten, um notfalls rasch und leicht starten zu können.

Kaum sichtbar jenseits und zwischen den Startbahnen standen die Bomber und Jagdbomber in Splitterboxen aus dreieinhalb Meter hohen Streckmetallzäunen, die Schutz bieten sollten, falls auf einem der Abstellplätze eine Bombe detonierte. Die kleineren Jagdbomber – F-15E Strike Eagle, F-4 Phantom und F-111G – sowie einige Bomber A-6 Intruder der Navy standen zwischen den Parallelbahnen, während die »Schwergewichte« – Bomber B-52, B-1 und B-2 – ihre Abstellplätze westlich davon hatten.

Für die drei B-2 hatten Bautrupps riesige Unterstände errichtet, damit sie möglichst geschützt waren – nicht nur vor dem Tropenklima Guams, das der aus Verbundwerkstoffen gebauten Black Knight ohnehin nicht viel anhaben konnte, sondern auch vor den neugierigen Blicken von Journalisten und Spionagesatelliten.

Obwohl die B-2 schon seit einigen Jahren im Dienst stand und nicht mehr wie 1989 bei ihrer Vorstellung als exotischer

Wundervogel bestaunt wurde, erregte sie noch immer viel unerwünschte Aufmerksamkeit. Unmittelbar hinter den westlichen Abstellflächen konnte McLanahan eben noch die über die Bäume aufragenden eckigen Behälter des Fla-Raketensystems Patriot sehen, das dort für den Fall eines Luftangriffs schußbereit aufgestellt war.

Die Verteidigung der Andersen AFB von Kampfgruppen der Seventh Fleet, Okinawas und weiterer an dem Philippinen-Unternehmen beteiligter Inselstützpunkte gegen Luftangriffe spielte eine wichtige Rolle. Zu befürchten waren vor allem Angriffe mit von U-Booten abgeschossenen Marschflugkörpern. Die chinesische Kriegsmarine besaß sechs U-Boote der *Wuhan*-Klasse, deren Lenkwaffen zur Bekämpfung von Schiffszielen Reichweiten zwischen zwanzig und hundert Seemeilen hatten. Diese Marschflugkörper konnten wahrscheinlich so programmiert werden, daß ihr Autopilot ein in geographischen Koordinaten eingegebenes Ziel ansteuerte.

Radarflugzeuge von Marine und Luftwaffe wurden eingesetzt, um den Luftraum um die Andersen AFB nach tieffliegenden Flugkörpern abzusuchen, während Kriegsschiffe und U-Jagdflugzeuge der Navy nach U-Booten Ausschau hielten. Auch Fla-Lenkwaffen Patriot waren keine allzu schlechte Verteidigung gegen tieffliegende Marschflugkörper. Selbst Jäger F-16 mit ihren Jagdraketen AIM-120D Scorpion waren im Einsatz gegen unterschallschnelle Marschflugkörper verhältnismäßig erfolgreich. China verfügte außerdem über vier mit Atomraketen bewaffnete U-Boote, die alle im Pazifik standen und als Gefahr für die amerikanischen Streitkräfte betrachtet wurden. Diese U-Boote wurden so gut wie möglich geortet und beschattet – als Diesel-U-Boote liefen sie getaucht sehr viel leiser als moderne Atom-U-Boote –, aber nach allgemeiner Überzeugung würden die bis dahin eingesetzten Waffen bei einem möglicherweise folgenden atomaren Schlagabtausch ohnehin rasch durch das volle strategische Atomwaffenpotential der Vereinigten Staaten ersetzt werden.

Vor dem Stabsgebäude bahnten Cobb und McLanahan sich mühsam einen Weg durch die dichtgedrängt stehenden Busfahrgäste, stiegen aus und betraten das Gebäude. Sie fröstelten, sobald sie es betraten, weil die auf Hochtouren arbeitende Klimaanlage den dünnen Schweißfilm, der ihre Körper bedeckte, augenblicklich fast in Eis verwandelte. McLanahan ging sofort zur Kommandozentrale und wartete geduldig, während sein Dienstausweis kontrolliert und ein Metalldetektor über seinen Körper geführt wurde. Sein Survival-Messer mußte er draußen bei der Kontrollstelle zurücklassen. Dann ging er weiter und betrat als erstes den Raum, in dem das Satellitensystem PACER SKY installiert war.

»Patrick?« fragte General Brad Elliott überrascht, als der junge Navigator hereinkam. Elliott sah auf die Uhr. »Sie sind viel zu früh dran – fast eineinhalb Stunden.« Elliott musterte McLanahans angespannten Gesichtsausdruck prüfend. »Sie haben nicht schlafen können, was?«

Patrick schüttelte den Kopf. »Henry auch nicht.«

»So ist's leider meistens«, sagte Elliott. »Wenn man unbedingt schlafen sollte, kann man's am wenigsten.« Er wartete auf McLanahans Reaktion; dem jungen Oberstleutnant schien eine wichtige Frage auf der Zunge zu liegen.

»Der Einsatzbefehl ist da, stimmt's?« fragte Patrick.

»Vor ein paar Stunden«, antwortete der General. »Erst mußte sichergestellt sein, daß unsere drei Schiffe im Philippinischen Meer in Position sind – was sie vorhin bestätigt haben. Unter Umständen warten wir noch einen Tag, um zu sehen, ob die NIRTSats wieder funktionieren, aber das Bildmaterial, das Sie letzte Nacht mitgebracht haben, ist so gut, daß wir vielleicht schon heute nacht angreifen.«

Seltsamerweise empfand Patrick keine Angst, keine schlimmen Vorahnungen, nicht mal eine Spur von Nervosität – seine verkrampften Magennerven und sein ruheloser Verstand hatten ihn nachmittags nicht schlafen lassen, aber jetzt war er unbefangen locker. Es war, als habe er bereits erfahren, daß sie fliegen würden – als komme Elliotts Mitteilung gewissermaßen aus zweiter Hand. Nachdem er wortlos genickt hatte, sah er zu dem großen HDTV-Bildschirm hinüber, auf dem bisher NIRTSat-Aufnahmen zu sehen gewesen waren. »Ich kann's nicht glauben, daß die noch immer außer Betrieb sind ...«

»Yeah, leider funktioniert eben *nichts* hundertprozentig. Auch das beste Material nicht.«

Patrick trat an eine riesige Wandkarte, auf der die Positionen der bekannten chinesischen Kriegsschiffe eingetragen waren, die Cobb, er und der dann abgeschossene U-2-Pilot vor einigen Nächten fotografiert hatten. Eine zweite Karte zeigte die voraussichtlichen Positionen dieser Schiffe zum Zeitpunkt des geplanten amerikanischen Luftangriffs.

In langen Dienstjahren hatte Elliott viele imponierende Flieger kennengelernt, aber Patrick McLanahan erschien ihm fast bewundernswert. Sein Ausdruck, seine Haltung und Einstellung blieben immer konstant: leicht abweisend, unerschütterlich, fast desinteressiert. Ob er dem Präsidenten der Vereinigten Staaten vorgestellt oder befördert wurde – er nahm alles gleichmütig hin. War das echt oder gespielt? War Patrick McLanahan wirklich so cool? Oder würde er eines Tages mit einem Herzanfall oder einem Magengeschwür dafür büßen müssen, daß er seine Gefühle stets verborgen hatte? Das konnte Elliott nicht beurteilen. Er war nur froh, daß McLanahan in *ihrem* Team spielte.

Elliott sah, daß Patrick den Einsatzmonitor hinter ihm interessiert betrachtete. »Sie können's kaum erwarten, endlich zu sehen, mit wem Sie's zu tun haben, was? Da vor der allgemeinen Einsatzbesprechung noch ein NIRTSat-Überflug stattfindet, ist das hier nicht das endgültige Bild – und PACER SKY funktioniert dann hoffentlich auch wieder –, aber die Aufnahmen, die Sie zurückgebracht haben, sind spektakulär und sehr nützlich.«

Der General trat mit ihm an den Bildschirm. »Die Chinesen verfolgen nicht nur weiter ihre Invasionspläne, sondern haben auch einen wirkungsvollen mehrfachen Verteidigungsring um den Osten von Mindanao gelegt. Kontrolliert wird alles von dieser Radarstation aus...«

»Scheiße!« sagte McLanahan. »Die Chinesen haben den Mount Apo besetzt!«

»Sie haben ihn gestern gestürmt und sofort eine Radarstation aufgebaut. Damit können sie ganz Mindanao überblicken – mit fast unbegrenzter Reichweite für Jägerführung, Frühwarnung, Seeüberwachung und sogar Feuerleitung für ihre Artillerie. Samars Männer haben sich tagelang gegen eine gewaltige chinesische Übermacht gehalten. Soviel wir gehört haben, sind rund fünftausend Chinesen und Soldaten der Neuen Volksarmee nötig gewesen, um die zweihundert Verteidiger zu überwältigen. Samars Leute sind bis zum letzten Mann gefallen.«

McLanahan schluckte trocken.

»Dies hier ist das östlichste Schiff – ein Zerstörer mit Luftraumüberwachungsradar, Frühwarnfähigkeit und Fla-Raketen HQ-91 mit großer Reichweite«, fuhr Elliott fort. »Zweihundert Seemeilen vor der Küste bilden Fregatten eine Kette, so daß eine vierhundert Meilen tiefe Frühwarnzone mit Warnzeiten von dreißig bis fünfundvierzig Minuten entsteht. Diese Lösung ist einfach, aber trotzdem wirkungsvoll.

Hundertzwanzig Seemeilen vor der Küste kommt die eigentliche Sperre: drei Zerstörer, sechs Fregatten und zwölf Vorpostenboote, die einen dreihundert Meilen breiten Gürtel um den Osten Mindanaos bilden. Die Zerstörer stehen so, daß die Wirkungsbereiche ihrer Fla-Lenkwaffen sich nicht ganz überlappen, aber die Lücken werden jeweils von einer Fregatte mit starker Fla-Bewaffnung ausgefüllt. Einige dieser Schiffe stehen in indonesischen Gewässern, ohne daß Indonesien irgendwas dagegen tun könnte. Flak und Lenkwaffen garantieren eine gestaffelte, lückenlose Luftabwehr in allen Höhen.

Hinter diesem ersten Gürtel liegen weitere Fregatten und Vorpostenboote – zum Glück keine Zerstörer, aber die Fregatten sind schlimm genug. Sie bilden praktisch einen lockeren Halbkreis um den Golf von Davao. In der südlichen Célebes-See stehen ein Zerstörer und sechs Schnellboote, um die Sangihe-Straße für die beiden Kreuzer zu sperren, die wir von Indonesien aus in Marsch gesetzt haben.

Die Masse von Admiral Yins Flotte ist bereits im Golf von Davao«, fuhr Elliott fort. »Wir haben zwölf Minensucher, zehn Fregatten, zwei Zerstörer, mindestens dreißig Raketenschnellboote, zwanzig Landungsschiffe, mehrere Panzerlandungsschiffe und viele Landungsboote gezählt – insgesamt über hundert Einheiten. Außerdem sind offenbar Luftlandetruppen in Bataillonsstärke auf einem der kleinen Flugplätze nördlich von Davao abgesetzt worden und stoßen jetzt nach Süden vor. Wir bezweifeln, daß dieser Platz für Jäger oder Transportmaschinen ausreicht, aber wenn die Chinesen dort leichte Panzer und Geschütze an Fallschirmen absetzen können, ist Davao nicht mehr zu halten.

Noch schlimmer wird alles dadurch, daß sie vermutlich eine weitere Zerstörerkampfgruppe von Zamboanga aus in Marsch gesetzt haben, um diese Armada zu verstärken – die Kampfgruppe mit der *Hong Lung*. Das ist ihr kampfstärkstes Schiff. Es wird von drei Fregatten und sechs Vorpostenbooten begleitet. Die *Hong Lung* soll schon den Marschflugkörper mit Atomsprengkopf vor Palawan abgeschossen haben, und unser Stab befürchtet natürlich, der chinesische Admiral könnte nochmals Atomwaffen einsetzen.

Ihre Jäger sind ziemlich dicht gestaffelt«, fügte Elliott hinzu, »jedenfalls so dicht, daß General Stone nicht riskieren will, unsere AWACS-Maschinen oder Tanker näher als zweihundert Seemeilen an Mindanao heranfliegen zu lassen ...«

»Das heißt also, daß die Bomber ohne Begleitjäger zurechtkommen müssen?« fragte McLanahan.

»Danach sieht's vorerst aus, Patrick«, bestätigte der General. »Wahrscheinlich können wir ein paar F-15 losschicken, die den Rückzug decken, aber wir dürfen nicht riskieren, einen Tanker so weit vorzuschieben, daß er Begleitjäger versorgen könnte. Die EB-52 Megafortress werden es mit den Jägern aufnehmen müssen.«

McLanahan spürte, wie sein Mund trocken wurde. Die EB-52 Megafortess waren gut für Luftkämpfe bewaffnet – aber nicht für die Abwehr ganzer Jägerschwärme. Und sie würden auch die Flak und Fla-Lenkwaffen der Schiffe ausschalten müssen.

Ihre Chancen schienen sich mit jeder Minute zu verschlechtern ...

»Auf Mindanao haben die Chinesen mindestens hundert Jäger stationiert, von denen etwa die Hälfte für Überwassereinsätze geeignet sind«, fuhr Elliott fort. »Sie können ihre Abwehr wirkungsvoll staffeln – Schiffe, Jäger, Schiffe, Jäger und im Zielgebiet zuletzt wieder Schiffe. Gelingt es ihnen, den Samar International Airport bei Davao zu erobern und als vorgeschobenen Flugplatz einzurichten, können wir *ganz bestimmt* keine AWACS-Maschinen oder Tanker entsenden – und damit wären auch alle Einsätze der Air Battle Force über Mindanao gefährdet.«

»Gibt's auf ihrem Monitor auch gute Nachrichten, General?« fragte McLanahan trocken.

»Zumindest eine. Die Chinesen und die Neue Volksarmee haben ihr Ziel, den Flugplatz Cotabato zu besetzen, nicht ganz erreicht. Vermutlich wollten die Chinesen ihn für ihre Jäger benützen, die den bevorstehenden Angriff auf Davao unterstützen sollen. Samars Guerillas haben hinhaltend gekämpft – und den Platz demoliert, bevor sie durch Luftangriffe vertrieben worden sind. Die Chinesen brauchen mindestens zwei, drei Tage, um die Startbahn instandzusetzen, und weitere zwei Tage, um den Platz für ihre Zwecke einzurichten.«

»Okay, was tun wir also?« fragte McLanahan. »Ziele gibt's jedenfalls genug. Womit fangen wir an?«

»General Stone und sein Stab sind noch dabei, das zu entscheiden«, antwortete Elliott. »Der große Rahmen steht fest, aber sie wollen die neuesten Satellitendaten aus Washington abwarten, bevor sie die Einsatzbefehle rausgeben. Wäre Jon Masters' System nicht ausgefallen, hätten wir sie längst – mit PACER-SKY-Daten dauert die Erstellung von Einsatzbefehlen nur ein paar Minuten. Normalerweise liefert sein System Flugpläne, Zieldisketten, Kartenausdrucke, Unterlagen für die Einsatzbesprechung und sogar Overhead-Folien. Jetzt müssen wir den ganzen Kram selbst programmieren.«

McLanahan sah Masters an der Hauptkonsole sitzen. »Hallo, Masters, wie geht's?«

»Cool, Mac, alter Junge, echt cool«, sagte Masters grinsend. Er trug weiße Shorts, ein buntes Hawaiihemd und Tennisschuhe ohne Socken – als komme er eben von der Tarague Beach, dem Erholungsgebiet der Andersen AFB. »Brad, wir haben noch zehn Minuten Zeit, bis die Daten reinkommen ...«

»Ist Ihr System wieder in Betrieb, Dr. Masters?«

»Noch nicht ganz«, gab Masters zu. »Aber Sie müssen positiv denken, alter Junge. Bisher sieht alles klasse aus. Hey, Mac, sind Sie bereit, die Chinks heute nacht kräftig in den Hintern zu treten?«

Patrick starrte ihn ungläubig an und wollte seinen Ohren nicht trauen. »Wie bitte, Doktor?«

»Ja, Mann, Sie werden kräftig aufräumen!« sagte Masters begeistert. »Wir haben spektakuläre Daten und Fotos, und Ihre An- und Abflugstrecken sind so gut geplant, daß die Chinks nicht mal merken werden, wer sie in ihren gelben Hintern getreten hat!«

»Ich glaube, wir sollten lieber ...«

»Hey, immer locker!« unterbrach Masters ihn und nahm einen großen Schluck aus seiner unvermeidlichen Pepsi-Flasche. »Sie lehnen sich einfach in Ihrem großen B-2-Cockpit zurück, schieben 'ne gute Kassette rein, schalten das BNS ein und schicken Onkel Cheungs Flotte auf den Meeresboden. Und wenn Sie zurück sind, ziehen wir gemeinsam los und amüsieren uns in Tumon Beach mit ein paar japanischen Miezen ...«

McLanahan sah, daß General Elliott einen Schritt auf Masters zumachte, aber Patrick kam ihm zuvor, ohne ein Wort zu sagen. Seine linke Pranke hielt Masters' schmächtigen Oberarm gepackt, und er zog den jungen Wissenschaftler vom Sessel hoch und hinter sich her in Richtung Ausgang.

»Hey, Mac, ich muß noch an der Konsole bleiben ...«

Das Dienstzimmer neben der Kommandozentrale war leer und nicht abgesperrt. McLanahan schob Masters hinein, schloß die Tür hinter ihnen und gab ihm einen leichten Stoß, so daß er auf dem abgewetzten Kunstledersofa landete. »Ich muß anscheinend einiges klarstellen, Doktor. Erstens: Ich heiße Oberstleutnant Patrick McLanahan. Zweitens: Sie haben 'ne verdammt große Klappe.«

Masters sah blinzelnd zu ihm auf. Aus dieser Perspektive wirkte der muskulöse blonde Navigator viel größer. »Hören Sie, McLanahan, ich weiß, daß Sie ein bißchen nervös sind, weil ...«

»*Nichts* wissen Sie! Nicht mal, wann Sie die Klappe halten müssen, weil's um Geheimmaterial geht, oder wie man sich anständig aufführt.«

Masters lächelte schwach. »Hey, wer sind Sie – Dirty Harry?« Er wollte aufstehen, aber McLanahan stieß ihn zurück.

»Hören Sie mir jetzt mal gut zu, Doktor. In der Kommandozentrale tragen Sie in Zukunft weder Shorts noch Tennisschuhe, sprechen Offiziere mit ihrem Dienstgrad, nicht mit ihrem Vornamen an und behalten Ihre dämlichen Kommentare für sich. Sie wollen ein Profi sein, also müssen Sie anfangen, sich wie einer zu benehmen.« Patrick sah auf seine Uhr. »Ihre Satellitendaten kommen erst in etwa zehn Minuten – in dieser Zeit können Sie leicht in Ihre Unterkunft laufen und sich umziehen.«

»Hey, Mann, Sie sind nicht mein Vater!« beschwerte sich Masters. »Spielen Sie bloß nicht Clint Eastwood: Mein Fall geht Sie nämlich nichts an ...«

Patrick beugte sich über das Sofa, bis ihre Gesichter nur noch eine Handbreit auseinander waren. Der Altersunterschied zwischen ihnen betrug knapp acht Jahre, aber an Lebenserfahrung lagen Welten zwischen den beiden Männern. Patrick starrte Masters durchdringend an. »Ich sollte mich nicht um Ihren Fall kümmern müssen, Doktor. Aber wenn Sie endlich anfangen würden, Ihre Umgebung wahrzunehmen, würden Sie vielleicht begreifen, was hier vorgeht.«

Masters räusperte sich, versuchte seinem Blick auszuweichen und schaffte es nicht. »Hey«, sagte er ruhig, »ich weiß, was hier läuft. Ich weiß, welche Waffen Sie einsetzen, welche Strecken Sie fliegen werden. Mann, die ganze Planung ist von *mir*, verdammt noch mal!«

»Schon möglich«, knurrte McLanahan und richtete sich etwas auf, »aber Sie haben keinen Schimmer davon, wie's im Einsatz aussieht. Wie einem zumute ist, wenn man vielleicht in den Tod fliegt. Lassen Sie sich gelegentlich von General Elliott, von Ormack oder Cobb von Einsätzen, vom Leben im Cockpit erzählen ...«

»Ja, ja, davon hab' ich schon gehört – von Ihrem Geheimbund, von Ihrer Brüderschaft der Flieger. Brad ... General Elliott und seine B-52 im Vietnamkrieg – draußen am Arc Light Memorial hat er davon angefangen, aber er hat's nicht erklären können. ›Man muß dabeigewesen sein‹, sagt er. Stone, Jarrel und alle anderen – sogar *Sie* – sind schon im Einsatz gewesen. Aber wenn Sie ihn als Spiel auffassen, warum sollte ich's nicht tun?«

McLanahan schnaubte empört. Er zog seine Erkennungsmarke aus seiner Fliegerkombi. »Ein *Spiel*? Was ist das hier, Doktor? Sagen Sie's mir!«

Masters verdrehte die Augen. Das wurde allmählich langweilig. »Erkennungsmarke. Nächste Frage.«

»Nur teilweise richtig, Doktor. Hier draußen benutzen wir diese Dinger nicht nur als Schlüsselanhänger. Sehen Sie, wie ein Teil an einer Halskette und der andere an einer eigenen kleinen Kette hängt? Das hat seine Gründe. Der eine Teil wird zurückgebracht und beweist, daß Sie im Einsatz gefallen sind – *falls* Ihre Leiche gefunden wird, versteht sich. Der andere verbleibt bei dem Gefallenen, meistens in seinem zugedrückten Mund.«

McLanahan zog die Wasserflasche aus seiner linken Beintasche. »Sehen Sie das hier? Meine Wasserreserve für den Fall, daß ich beim Aussteigen meine Notausrüstung verliere. Sollte ich über dem Philippinischen Meer aussteigen müssen, könnte dies das einzige Trinkwasser in tausend Meilen Umkreis sein.«

Er riß Namensschild und Staffelabzeichen von seiner Fliegerkombi. »Nur mit Klettband befestigt und für den Fall, daß man abgeschossen wird und in Gefangenschaft gerät, vor jedem Start abzugeben – damit der Feind nicht weiß, zu welcher Einheit man gehört. Ein Militärgeistlicher kommt vorbei und sammelt die Dinger ein. Er fragt auch, ob man sein Testament gemacht und angegeben hat, welche Angehörigen zu benachrichtigen sind.

Sie sollten sich mal für die Daten interessieren, die Sie uns liefern, Masters. An Bord der Schiffe, die von Ihren Satelliten geortet werden, sind Hunderte von Seeleuten mit dem Auftrag, uns aufzuspüren und zu vernichten. Dort draußen warten Tausende von Seeleuten auf uns ...«

»Aber wir wissen, wo sie sind ... wir wissen auch, *wer* sie sind ...«

»Wir wissen, wo sie sind, weil Männer ihr Leben riskiert haben, um diese Informationen zu beschaffen«, stellte McLanahan fest. »Ein Mann ist *gestorben,* um uns diese Aufnahmen zu verschaffen!«

»Nun, sobald die NIRTSats wieder funktionieren, kommt das nicht mehr vor ...«

»Das spielt keine Rolle, mein Freund. Gekämpft wird nicht mit vorprogrammierten Parametern auf einem Computermonitor; gekämpft wird von Männern und Frauen, die Angst haben, tapfer und wütend sind – und sich verloren fühlen. Die

Zeit der ritterlichen Zweikämpfe ist längst vorbei. *Alles* kann passieren. Man muß erkennen, daß die Leute um einen herum nicht in absoluten Begriffen denken, gerade weil sie wissen, daß alles passieren kann ...«

»Das mag in früheren Kriegen gestimmt haben«, meinte Masters. »Als der Feind noch rätselhaft gewesen ist, weil man nicht über den Horizont, nicht durch den Nebel und nicht ins Meer blicken konnte. Aber heute ist das anders. Verdammt, Sie wissen am besten, wie sich alles verändert hat – Sie fliegen den modernsten Bomber der Welt! Wir wissen *genau,* wo die Bösen sind. Sobald die NIRTSats wieder funktionieren, kann ich Ihre Waffen lenken, Sie vor Gefahren warnen, Ihnen genau sagen, welche Waffen Sie einsetzen müssen, um Sieger zu bleiben, und voraussagen, wie lange Sie für jede beliebige Aufgabe brauchen werden ...«

»Dann verraten Sie mir noch etwas, Dr. Masters«, forderte McLanahan ihn auf. Seine stahlblauen Augen schienen den Wissenschaftler durchbohren zu wollen. »Sagen Sie mir, wer dort draußen sterben wird.«

Masters öffnete den Mund, machte ihn plötzlich wieder zu und überlegte kurz, bevor er antwortete: »Für die Dauer dieses Konflikts schätze ich Ihre Verluste auf weniger als fünf Prozent ...«

»Ich habe nach keiner Zahl gefragt. Ich habe gefragt, *wer* sterben wird.«

»Woher, zum Teufel, soll ich wissen, *wer* sterben wird? Wenn Sie sich an meinen Plan halten und Ihre Waffen ins Ziel bringen, sollte niemand sterben.«

»Sie haben *sollte* gesagt, Doktor. Das heißt, daß es auch Tote geben kann, wenn alles planmäßig abläuft. Richtig?«

Masters zuckte mit den Schultern. »Nun, das ist sehr unwahrscheinlich, aber ... passieren kann alles.«

»Da haben Sie verdammt recht! Und wie sollen wir damit umgehen? Wenn Sie mir sagen, wie ein hochspezialisierter Pilot oder Navigator in einen Bomber oder Jäger klettern und mutig den Feind angreifen soll, wenn er weiß, daß er auf dem Meeresboden enden kann, selbst wenn alles *perfekt* klappt, dürfen Sie sich in der Kommandozentrale als frecher kleiner Pfau produzieren, solange Sie wollen. Aber bis dahin bringen Sie diesem Feldzug und den Menschen, die Sie führen – *allen* Menschen, die Sie führen, den Kämpfenden *beider* Seiten – den gebührenden Respekt entgegen!«

Jetzt schwieg Masters endlich. McLanahan trat vom Sofa zurück, damit er aufstehen konnte, aber Masters blieb wider Erwarten sitzen.

»Das heißt also, daß Sie ... daß Sie Angst haben«, sagte Masters nach längerer Pause. Er starrte den Offizier prüfend an und bekam vor Erstaunen große Augen, als McLanahan keine Antwort gab. »Sie haben *Angst*? Ausgerechnet *Sie* ? Aber dabei sind Sie doch der ...«

»Ja, ja, ich weiß«, wehrte Patrick ab. »Ich gelte als der Beste. Aber das ist Blödsinn. Ich beherrsche meinen Kram und hab' Glück, sonst nichts. Das macht mich nicht unverwundbar und gibt keinem das Recht, sich einzubilden, für uns sei alles nur eine Kleinigkeit – für irgendeinen von uns. Nichts läßt sich genau vorhersagen. Nichts ist hundertprozentig sicher. Wir kennen unsere Geräte, wir beherrschen unsere Verfahren, aber im Einsatz lernt man, nicht darauf zu vertrauen. Wir vertrauen auf *uns selbst*, um so die Kraft zu finden, unsere Einsätze durchzustehen.«

Jon Masters stand auf. »Das war mir nie klar, Patrick. Echt nicht! Ich hab' immer gedacht: ›Okay, die Geräte sind in Ordnung, alles funktioniert, also kann nichts passieren.‹ Wahrscheinlich ... nun, ich habe nicht allzuviel mit Menschen zu tun. Ich bin eigentlich mehr den Umgang mit Computern und Maschinen gewöhnt ...«

McLanahan zuckte mit den Schultern. »Vor ein paar Jahren hab' ich mir auch nichts aus Menschen gemacht. Ich bin nicht gerade das gewesen, was man einen Teamspieler nennt. Ich hab' meinen Dienst gemacht und bin schnell heimgefahren.

Ich sag's nicht gern, aber wir sind uns damals sehr ähnlich gewesen.«

Masters zog lächelnd die Augenbrauen hoch. »Wirklich? Dirty Harry ist unverkrampft und locker gewesen? Sie haben Bier getrunken und mit Frauen geflirtet und sich manchmal in eine verknallt?«

Diesmal lächelte auch McLanahan. Er dachte an die Parties von B-52-Besatzungen in Kalifornien, die Schlauchbootfahrten den American River hinunter – ein großes Zwölfmannschlauchboot für Besatzungsmitglieder, Ehefrauen und Freundinnen; im Schlepp ein nur wenig kleineres für die vielen Kühlboxen mit Sechserpacks –, die nächtelangen Streifzüge durch die Bars von Old Sacramento, die Skiausflüge zum Lake Tahoe, von denen sie oft nur knapp vor dem nächsten Übungsflug auf den Stützpunkt zurückgekommen waren. »Andauernd, Jon!«

»Aber was hat Sie so verändert?«

McLanahans Lächeln verschwand. All die sentimentalen Erinnerungen an diese unbeschwerte Zeit explodierten in einem gleißend hellen Feuerball namens Realität. Er ließ seine Erkennungsmarke unters T-Shirt gleiten und steckte seine Wasserflasche wieder ein. Von draußen kamen der stechende Geruch von verbranntem Kerosin und das Röhren eines startenden Flugzeugs in den Raum, und vor Patricks innerem Auge erschienen wieder die Schreckensbilder eines früheren unmöglichen Einsatzes an einem Tausende von Meilen entfernten Ort.

»Einsätze«, sagte er nur, bevor er sich abwandte und hinausging.

12

An Bord des Zerstörers »Kaifeng«
Zweihundertfünfzig Seemeilen südöstlich von Davao
Montag, 10. Oktober 1994, 23.52 Uhr Ortszeit

Auf den Radarschirmen war das große, langsame, schwerfällige Flugzeug in fast hundert Seemeilen Entfernung und großer Höhe mühelos zu verfolgen: ein einzelner, unbegleiteter Bomber B-52, der mit geruhsamen vierhundertzwanzig Knoten nach Westen flog. Obwohl er eindeutig näher kam, würde er auf diesem Kurs klar außerhalb der Reichweite der Fla-Lenkwaffen HQ-91 des Zerstörers *Kaifeng* bleiben. Die B-52 machte offenbar ganz bewußt einen weiten Bogen um die chinesischen Kriegsschiffe.

Falls diese B-52 Abwurflenkwaffen trug, stellte sie trotzdem eine ernst zu nehmende Gefahr dar: Ihre Lenkwaffen Harpoon konnten den Zerstörer erreichen, während sie außer Reichweite seiner Fla-Raketen blieb und im Augenblick auch für keinen der eigenen Jäger zu erreichen war. Der Kommandant der *Kaifeng,* eines Zerstörers der *Luda*-Klasse mit über dreihundert Mann Besatzung, war entschlossen, den Eindringling nicht aus den Augen zu lassen. »Zentrale, Brücke, Status dieser B-52?« fragte der Zerstörerkommandant.

»Brücke, Zentrale, Luftziel in sieben-acht Seemeilen Entfernung. Höhe eins-null-tausend Meter, Geschwindigkeit vier-zwo-null Knoten. Bisher keine erkennbaren Radarsignale. Die Maschine ist jetzt in Harpoon-Reichweite.«

»Verstanden.« Der Kommandant achtete darauf, sich keinesfalls anmerken zu lassen, wie frustriert und ungeduldig er war. Amerikanische B-52 flogen jetzt schon seit vielen Tagen »Spürhund«-Einsätze bis an die Grenze der Reichweite chinesischer Fla-Lenkwaffen, um dann abzudrehen, sobald sie von einem Zielsuchradar erfaßt wurden. Auch diese B-52 blieb hoch, flog verhältnismäßig langsam und wirkte trotz der Abwurflenkwaffen Harpoon, die sie möglicherweise trug, nicht unbedingt bedrohlich. Aber sie war bestimmt mit Empfängern und Sensoren vollgestopft und versuchte, den chinesischen Funkverkehr abzuhören oder die Signale von Zielsuchradargeräten zu analysieren ...

... oder sie war mit Lenkwaffen Harpoon zur Bekämpfung von Schiffszielen vollgestopft und setzte gerade zum Angriff an. »Funkraum, Brücke, keine Reaktion dieses Flugzeugs auf unsere Warnungen?«

»Keine, Genosse Kapitän«, antwortete der Funkoffizier. Wie alle Schiffe der von Admiral Yin Po L'un befehligten Kampfgruppe strahlte auch die *Kaifeng* seit Tagen Warnungen an alle Flugzeuge aus, den Luftraum vor den südlichen Philippinen zu meiden. Über die Célebes-See hatten Flugrouten nach Brunei, Malaysia, Indonesien und Singapur mit Zwischenstopps auf dem Samar International Airport geführt, aber die chinesische Luftwaffe hatte dieses Gebiet jetzt gesperrt, und der Flugverkehr von und nach Manila wurde streng kontrolliert. Seitdem die Atomexplosion vor Palawan die Gefahr von Strahlungsschäden extrem hatte ansteigen lassen, wurde dieser Luftraum ohnehin bewußt gemieden.

Aber die amerikanische Air Battle Force schien entschlossen zu sein, alle Warnungen zu ignorieren.

»Zentrale, Brücke, Standort unserer Abfangjäger?«

»Genosse Kapitän, Gruppe Liang Zwo mit acht Jägern J-7 befindet sich über dem Nenusa-Archipel – hundertzwanzig Kilometer nordwestlich der B-52. Ihr Einsatztreibstoff ist in zehn Minuten verbraucht, deshalb ist sie bereits zum Tanken nach Zamboanga zurückbeordert worden. Gruppe Sichuan Eins-null mit vier Jägern Q-5 befindet sich dreihundert Kilometer nordwestlich der B-52 auf Südostkurs, um Liang Zwo abzulösen.«

Verdammt wenig Jäger, dachte der Zerstörerkommandant.

Weil der Bomber ein »Spürhund« war, der beim ersten Anzeichen eines Angriffs sofort abdrehen würde, interessierte sich keiner richtig für ihn. Aber damit mußte *sofort* Schluß sein!

»Zentrale, Brücke, sorgt dafür, daß dieser verdammte Bomber abdreht!« befahl der Kommandant der *Kaifeng*. Jetzt kam es darauf an, die B-52 aus dem Wirkungsbereich ihrer Abwurflenkwaffen Harpoon zu vertreiben – selbst wenn dadurch einige Radarfrequenzen preisgegeben wurden. »Feuerleitradar einschalten.« Das genügte im allgemeinen, um die B-52 zum Abdrehen zu bringen.

»Sofort, Genosse Kapitän«, sagte der Wachoffizier. »Soll ich Liang Zwo zurückrufen, damit wir Jagdschutz haben?«

»Lassen Sie sich ihren Treibstoffstatus durchgeben. Falls sie noch Reserven haben, sollen sie angreifen. Ist das nicht möglich, setzen Sie unsere HQ-91 ein. Dann führen Sie Sechuan Zehn heran und lassen sie die B-52 mindestens zweihundert Kilometer weit wegjagen.«

Der über die Bordsprechanlage kommende Warnton für ein Zielerfassungsradar unterschied sich von dem für ein Suchradar – je größer die Gefahr, desto hektischer und drängender klang der Warnton. Das chinesische Suchradar löste ein fast gemächliches *Diedel... diedel... diedel* aus; nach der Umschaltung auf Zielsuchradar wurde daraus ein lautes, schnelles *Diedel-Diedeldiedel!* Gleichzeitig flammten auf allen Stationen der EB-52C Megafortress in dreißigtausend Fuß über dem Philippinischen Meer Warnleuchten auf.

»Raketenwarnung bei zwölf Uhr«, meldete der ECM-Offizier, Oberleutnant Robert Atkins. »India-Band-Radar... Zielsuchradar ›Fog Lamp‹ für Fla-Lenkwaffen HQ-91. Raketenstart steht unmittelbar bevor.« Seine Stimme wurde mit jedem Wort piepsiger – er war Ingenieur, kein richtiger Flieger, und hätte nie geglaubt, daß er mit einem dieser umgebauten Giganten in den Krieg ziehen würde.

»Immer mit der Ruhe«, sagte Major Kelvin Carter, der Pilot

ihrer Megafortress, so zuversichtlich wie möglich. »Die wollen uns bloß verjagen. Vorsichtig mit den Störsendern, bis wir sie wirklich brauchen.«

Aber auch das konnte den jungen Atkins nicht wirklich beruhigen, deshalb konzentrierte er sich wieder auf die einzigen Dinge, auf die er in dieser verrückten Welt bedingungslos vertrauen konnte – seine Geräte. Atkins saß auf dem Oberdeck der EB-52C vor zwei Reihen multifunktioneller Displays, suchte den Äther nach feindlichen Radarsignalen ab und war für die Programmierung der Störsender der Megafortress verantwortlich. Sein ECM-System verarbeitete die Signale automatisch, analysierte sie, gab Richtung und Entfernung des Senders von der Megafortress an und wählte die am besten geeignete Störsenderkombination aus. Und das System stieß automatisch Köder aus, um sie vor radargesteuerten Fla-Raketen oder Lenkwaffen mit Infrarotsuchkopf zu schützen.

In den letzten Tagen hatten Bomber B-52G oder -H von Guam aus alle »Spürhund«-Einsätze geflogen, aber in dieser Nacht hatte eine EB-52 Megafortress den unangenehmen Auftrag, die Aufmerksamkeit der chinesischen Kriegsmarine auf sich zu ziehen und die Gefahrenlage im Südosten Mindanaos zu erkunden, weil gewöhnliche B-52 nicht für diesen riskanten Einsatz ausgerüstet waren.

Im Grunde genommen war Atkins kaum mehr als das Sprachrohr des ECM-Systems, denn auch die Abwehrbewaffnung der Megafortress war vollautomatisiert. Im vorderen Bombenschacht trug sie ein Steckmagazin mit acht Marschflugkörpern AGM-136A TACIT RAINBOW zur Radaransteuerung; im hinteren Schacht befand sich eine rotierende Abschußvorrichtung mit acht überschallschnellen Lenkwaffen AIM-88B HARM zur Radaransteuerung. Das ECM-System programmierte die Lenkwaffe TACIT RAINBOW automatisch für den Angriff auf eine feindliche Radarstation. Wurde sie während des Angriffs abgeschaltet, blieb der Marschflugkörper minutenlang in der Luft, suchte dieses spezielle Radar und vernichtete es nach dem Wiedereinschalten. Versuchte ein anderes Schiff, die unterschallschnelle TACIT RAINBOW mit seinen radargelenkten Fla-Waffen abzuschießen, konnte Atkins dieses Radar mit überschallschnellen Lenkflugwaffen HARM vernichten.

Die Schlußfolgerung daraus? Das System funktionierte vollautomatisch, und Atkins paßte eigentlich nicht in diese Besatzung. Warum, zum Teufel, war er dann überhaupt an Bord?

Neben dem jungen Atkins saß Master Sergeant Kory Karbayjal, der »Bordschütze« der Megafortress. Karbayjal und andere Unteroffiziere auf diesem Posten nannten sich noch immer »Bordschütze« oder »Bulldogge«, obwohl das ein Anachronismus war – die alten 12,7-mm-MKs konventionell bewaffneter Bomber B-52 waren bei der EB-52C durch Jagdraketen ersetzt worden. Die Abwehrbewaffnung jeder Megafortress bestand aus zwölf Lenkflugkörpern AIM-120C an Aufhängepunkten unter den Flügeln und fünfzig kleinen Jagdraketen Stinger mit Infrarotsuchkopf in einer Abschußvorrichtung im Heck.

Auch diese Aufgabe hätten Computer zuverlässig übernehmen können, aber Karbayjal hatte offensichtlich Spaß daran. Karbayjal, der auf dreiundzwanzig SAC-Dienstjahre zurückblicken konnte, kannte noch die alten B-52D, in denen der Bordschütze mit seinen MGs in einem winzigen Heckstand saß und feindliche Jäger mit bloßem Auge erkennen mußte. Als Veteran hatte er es sich zur Aufgabe gemacht, sich nicht nur um feindliche Jäger, sondern auch um Atkins zu kümmern, was den jungen Offizier gegen ihn aufbrachte.

Die Navigatoren, Hauptmann Paul Scott und Hauptmann Alicia Kellerman, arbeiteten auf dem Unterdeck, stellten laufend ihren Standort fest und bereiteten sich auf Luftkämpfe mit Jägern vor. Diesmal trugen die vier EB-52C Megafortress keine Lenkwaffen zur Bekämpfung von Bodenzielen; statt dessen sollten sie möglichst viele feindliche Jäger ausschalten, um die Angriffschancen der eigenen Bomber zu erhöhen.

Scott würde sein Zielsuchradar einsetzen, um den Jagdraketen AIM-120C ihre Ziele zuzuweisen, während Kellerman das oben auf dem Rumpf montierte Seitensichtradar benützte, um die Positionen aller Flugzeuge und Schiffe im Einsatzgebiet festzustellen. Die Piloten, Major Kelvin Carter und Leutnant Nancy Cheshire, verhielten sich auffällig schweigsam – sie waren in Gedanken offenbar schon bei dem Kampf, der bald beginnen würde.

Mit Hilfe ihres Radars hatte Kellerman das größte vor ihnen stehende Schiff schon als einen Zerstörer der *Luda*-Klasse identifiziert, noch bevor sein Feuerleitradar die Megafortress erfaßte. Daher wußte Atkins bereits, welche Radargeräte und Waffen das Schiff an Bord hatte und wie sie im einzelnen zu bekämpfen waren. Darüber hinaus hatte das Radarsystem der Megafortress die Standorte und Kurse der übrigen Schiffe der beiden chinesischen Flottenverbände festgestellt und diese Informationen an andere Flugzeuge weitergegeben.

Das Raketenwarnlicht leuchtete noch immer, und sie flogen weiter auf den chinesischen Zerstörer zu. Trotzdem verzichtete Atkins vorläufig noch darauf, das feindliche Zielsuchradar zu stören, weil das vorzeitige Einschalten ihres Störsenders eine wütende chinesische Reaktion provoziert hätte. »Wir müssen draufhalten oder abdrehen, Kids ... noch ein paar Meilen, dann werden wir angegriffen ...«

»Noch sechzig Sekunden«, kündigte Hauptmann Alicia Kellerman an. »Abwehr beginnt in vierzig Sekunden ... Waffen getestet und einsatzbereit ... dreißig Sekunden ...«

Auf dem Bildschirm von Atkins' Radarwarner erschien plötzlich ein umgekehrtes Fledermaussymbol, während sein Computer nach kurzer Pause einen Strom von Identifizierungsdaten ausspuckte. »Ich habe einen Jäger bei zwölf Uhr, Entfernung ... Entfernung noch unbestimmt, aber über vierzig Seemeilen. Abwarten, Paul.« Scott hielt sich bereit, den Jäger mit dem Angriffsradar der EB-52 zu erfassen, das ihren Jagdraketen AIM-120 die Zieldaten liefern würde, aber das war unter Umständen noch nicht nötig. »Ein Radar nur zur Entfernungsmessung, Skyranger Typ 226 – wahrscheinlich ein Jäger J-7, ein chinesischer Nachbau der MiG-21F. Die maximale Reichweite beträgt nur dreißig Kilometer, und er ist weit außerhalb des Erfassungsbereichs ... Radar abgeschaltet.«

Das Radargerät Skyranger 226 eignete sich nicht zur Zielsuche, weil es dem Bordcomputer des Jägers nur Entfernungsangaben lieferte. Diese J-7 konnte nur Ziele angreifen, an die sie von einer Bodenkontrollstelle herangeführt wurde. Sie war trotzdem gefährlich, aber nicht gerade modern ausgerüstet – selbst Atkins' kleine Lenkwaffen AIM-120C hatten ein besseres Radar als die chinesische J-7. »Aber vielleicht sind dort draußen noch weitere Jäger unterwegs«, fügte der Oberleutnant hinzu. Scheiße, dachte Carter. Jetzt geht's rund! »Entfernung und Zieldaten ermitteln, Paul«, forderte er Scott auf. »Wir können nicht ewig Radarstille bewahren.«

»Verstanden«, sagte Scott. Er schwenkte die Antenne seines Angriffsradars in die von Atkins' Radarwarner angezeigte Richtung und schaltete es ein. »Ich hab' sie!« rief er aus, während er das Gerät sofort wieder abschaltete. »Mindestens vier Jäger, fünfundvierzig Seemeilen, etwas über uns. Möglicherweise vier Zweierrotten.«

Jägergruppe Liang-2 der chinesischen Kriegsmarine

Im Cockpit des führenden Jägers JS-7 der Luftverteidigungsgruppe Liang-2 leuchtete auf dem Radarwarner plötzlich ein Jägersymbol auf – aber das Signal kam von einer der eigenen Maschinen. »Gruppe Liang, Führer, laßt eure verdammten Radargeräte ausgeschaltet.« Im nächsten Augenblick verschwand das Symbol wieder. Er führte eine Gruppe ziemlich junger, unerfahrener Piloten, die erst ihren sechsten Überwassereinsatz flogen und ständig an den Schaltern in ihren Cockpits herumfummelten, weil sie sich langweilten.

Das Muster JS-7 gehörte zu den besten und modernsten chinesischen Jägern. Dieser ursprünglich als Super-7 für den Export gebaute Typ war später auch für die chinesischen Luftstreitkräfte beschafft worden und stellte eine wesentlich verbesserte Ausführung des Jägers J-7 dar, die mit importierter Technologie den besten Jägern der Welt gleichwertig war. Da es nur so wenige dieser JS-7 gab und sie den älteren Jägern J-7 weit überlegen waren, wurden sie als Führungsmaschinen für Jägergruppen verwendet, um die anderen Jäger auf Ziele ansetzen zu können, während sie selbst eigene Ziele angriffen.

Auf dem Radarwarner Thompson-CSF des Gruppenführers leuchtete erneut ein Jägersymbol auf. Er wollte seine Piloten gerade erneut anschnauzen, als ihm auffiel, daß es diesmal vor ihm, nicht neben ihm erschien! Irgendwo vor ihnen befand sich ein *weiterer* Jäger! Ein amerikanischer Jäger – *hier* draußen?

»Fayling, hier Gruppe Liang«, funkte der JS-7-Pilot, indem er das allgemeine Rufzeichen für bordgestütztes Überwachungsradar verwendete, anstatt den Namen des Zerstörers zu nennen. »Jägerwarnung, zwölf Uhr, Muster unbekannt. Was haben Sie auf dem Schirm?«

Der Controller am Überwachungsradar der *Kaifeng* antwortete: »Gruppe Liang, wir haben keinen Jäger, sondern eine B-52 in Ihrer Zwölfuhrposition. Kommen.«

»Ich habe ein Jäger-Radar, keinen Bomber.« Verdammt noch mal, der Zerstörer hatte diesen Eindringling die ganze Zeit über verfolgt und für einen *Bomber* gehalten. Wie konnte man bloß so dämlich sein …? »Bitte um Freigabe, zur Identifizierung aufzuschließen. Kommen.«

»Gruppe Liang und Gruppe Sichuan, Freigabe erteilt. Gruppe Liang, Einsatztreibstoff melden.«

»Gruppe Liang muß in zwei Minuten abbrechen«, meldete der Gruppenführer. »Bitte um Erlaubnis, alle bis auf mich und einen Rottenflieger zurückzuschicken. Wir identifizieren die Maschine und greifen an, bis Sichuan Zehn in Position ist. Kommen.«

Nach kurzer Pause meldete der Controller an Bord der *Kaifeng* sich wieder: »Erlaubnis erteilt. Zurückfliegende Liang-Elemente, steigen Sie auf zwölftausend Meter, Kurs zwoneun-null, achten Sie auf anfliegende Gruppe Sichuan Zehn. Rotte Liang, Ihr Ziel bei zwölf Uhr, siebzig Kilometer, Höhe zehntausend Meter, steigen Sie zum Abfangen auf zwölftausend Meter. Gruppe Sichuan Zehn, halten Sie Kurs eins-fünf-drei. Ihr Ziel bei vier-vier-null Zentrum. Viel Erfolg!«

Der Pilot des Jägers JS-7 stellte rasch fest, wie weit das Ziel von diesem Zentrum – dem Flughafen Davao – entfernt war, und erkannte, daß er sich in Radarreichweite befand. Die JS-7 war mit dem modernen französischen Radargerät Cyrano IV ausgerüstet, das fast so gut wie das verblüffende Angriffsradar der amerikanischen F-16 war: Es konnte mehrere Ziele aus erstaunlichen Entfernungen orten und sie gleichzeitig mit Jagdraketen oder Bordwaffen angreifen. »Liang Zwo, Abstand vergrößern und klarmachen zum Angriff...«

Oben im Cockpit umschloß Major Kelvin Carters linke Hand den Sidestick der EB-52C fester. Er war sich darüber im klaren, daß dies kein Spaziergang werden würde. Dutzende von Zahlenwerten gingen ihm durch den Kopf: Höchstbelastung beim Abfangen, Belastungsgrenzen der aus Verbundwerkstoffen bestehenden Bauteile, höchste Anstellwinkel bei verschiedenen Geschwindigkeiten, Überziehungsgeschwindigkeit und...

»Jäger!« kreischte Atkins plötzlich. »Zwölf Uhr... Jesus, sehr nahe, X-Band-Dopplerradar... ein chinesischer Jäger JS-7. Mann, der hat uns praktisch schon...!«

»Erfassen und angreifen!« befahl Carter. Er vergewisserte sich mit einem raschen Blick, daß die Schalter seines Waffenpults auf Angriff standen. »Besatzung, klar zum Sturzflug.«

Scott reagierte als erster und drückte die Sendetaste seines Angriffsradars, damit es die anfliegenden Jäger erfaßte. »Zwei Ziele bei zwölf Uhr, Annäherungsgeschwindigkeit elfhundert

Knoten ... weitere Ziele im Steigflug, Entfernung zunehmend, scheinen abzufliegen ... die beiden anfliegenden Jäger sind erfaßt ...«

Fast gleichzeitig schaltete Atkins seine nach vorn gerichteten Störsender ein, um das X-Band-Feuerleitradar wirkungslos zu machen. Und er hielt sich bereit, weitere Störsender gegen das Skyranger-Radar einzusetzen, sobald es eingeschaltet wurde ...

Karbayjal aktivierte seine Waffencomputer und verfolgte, wie die Lenkwaffen AIM-120 Scorpion in Bruchteilen von Sekunden ihren automatischen Selbsttest durchführten. »BIT-Checks abgeschlossen, Datenübertragung abgeschlossen ... Lenkwaffenstart!« Am Cockpit schossen grellweiße Feuerstrahlen vorbei, als die beiden radargelenkten Jagdraketen in die Dunkelheit davonrasten.

In diesem Augenblick beobachtete Kellerman auf dem Bildschirm ihres Seitensichtradars mehrere tieffliegende Objekte, die sie von links überholten. Sie bildeten einen allmählich breiter werdenden Schwarm aus unterschallschnellen Lenkflugkörpern, die nach Nordwesten flogen. »Tomahawks gestartet, Tomahawks gestartet!« rief sie aus.

»Raketen auf Kurs ... aktive Sucher eingeschaltet ... eine Scorpion nicht mehr auf Kurs, Steuerung scheint versagt zu haben«, meldete Karbayjal. Carter konnte beobachten, wie die Feuerspur der rechten Jagdrakete leicht erratisch wurde, bevor die AIM-120 sich selbst zerstörte. »Eine Rakete nicht mehr auf Kurs.«

»Besatzung, wir gehen runter«, kündigte Carter an. »Nancy, du paßt auf, daß wir im grünen Bereich bleiben. Achtung, es geht los ...« Carter zog die acht Leistungshebel der Megafortress auf siebzig Prozent Leistung zurück, wartete ab, bis ihre Fahrt sich um fünfzig Knoten verringert hatte, fuhr die Sturzflugbremsen aus, legte die EB-52 in eine steile Rechtskurve und hielt dabei den Steuerknüppel leicht gedrückt, um ein Überziehen zu vermeiden. Da die riesigen Tragflügel jetzt nicht mehr genügend Auftrieb lieferten, verlor der zweihundert Tonnen schwere Bomber mit schwindelerregender Geschwindigkeit an Höhe...

Das Radarziel in seinem Feuerleitradar Cyrano IV ging plötzlich so schnell tiefer, daß die Radarantenne ihm kaum folgen konnte – es schien abzustürzen, obwohl noch gar keine Jagdrakete abgeschossen worden war...

Im nächsten Augenblick begann die Signalleuchte »Raketenstart« seines Radarwarners hektisch zu blinken. »Liang Zwo, ausweichen!« rief er über Funk. Daraufhin stieg sein Rottenflieger mit dem Jäger J-7 nach rechts weg, während die leistungsfähigere JS-7, die rascher wieder in Angriffshöhe gelangen konnte, im Sturzflug nach links abdrehte. Außerdem war die JS-7 mit Störsendern, Düppeln und Leuchtkörpern ausgerüstet, und ihr Pilot vergewisserte sich, daß diese Abwehrmittel aktiviert waren, bevor er seinerseits zum Angriff überging. »Fayling, Fayling, Liang Zwo wird mit Raketen angegriffen!« Er stieß Düppel und Leuchtkörper aus, zog die JS-7 nach rechts, schaltete den Nachbrenner ein und zog den Steuerknüppel zurück, um den Bomber wiederzufinden...

Dann sah er weit über und etwas hinter sich einen grellen Lichtblitz, aus dem sich eine Feuerspur entwickelte, und wußte, daß sein Rottenflieger getroffen war. »Fayling, Liang-507 ist getroffen. 507, hören Sie mich? Ihre Maschine brennt! Ich wiederhole: Ihre Maschine brennt. Aussteigen! Sofort aussteigen!« Keine Antwort. Die Feuerspur wurde breiter, bis der Jäger J-7 trudelnd ins Meer stürzte und verschwand.

An Bord des Zerstörers »Kaifeng«

Die Radarechos erschienen zunächst als Hubschrauber und wurden vom dreidimensionalen Luftraumüberwachungsradar Sea Eagle des Zerstörers *Kaifeng* als solche klassifiziert, aber dann zeigte sich, daß diese Ziele viel zu schnell stiegen und beschleunigten, um Hubschrauber sein zu können. Der Radargast des Zerstörers meldete diese Beobachtung sofort seinem Vorgesetzten in der Zentrale.

»Genosse Korvettenkapitän, von einem Schiff der Kampfgruppe *Sterett* sind schnellfliegende Luftziele gestartet, Peilung eins-vier-acht, Geschwindigkeit ... vierhundert Knoten, weiter zunehmend, Flughöhe auf unter hundert Meter sinkend, Entfernung fünf-null Seemeilen.« Da zur Kampfgruppe *Sterett* kein Flugzeugträger gehörte, lag die Schlußfolgerung auf der Hand. »Das sind wohl Marschflugkörper Tomahawk.«

Der Wachhabende reagierte sofort: Er löste Alarm aus und telefonierte mit der Kommandobrücke. »Brücke, Zentrale, Lenkwaffenwarnung! Die Kampfgruppe *Sterett* scheint Marschflugkörper gestartet zu haben.«

»Brücke verstanden«, lautete die Antwort. »Anzahl melden, Abwehrbereitschaft herstellen.«

»Zentrale verstanden.«

»Genosse Kapitän! Luftangriff, Luftangriff! Gruppe Liang Zwo meldet Angriff feindlicher Jäger ...«

»Jägerangriff?« rief der Zerstörerkommandant. »Was für *Jäger* sind das? Bisher ist immer nur von einem Bomber die Rede gewesen!«

»Liang Zwo meldet einen Raketenangriff, Genosse Kapitän. Sein Rottenflieger ist von einer Jagdrakete getroffen worden. Der Bomber B-52 befindet sich in steilem Sinkflug, Entfernung sechzig Seemeilen, abnehmend, Geschwindigkeit sechs-eins-null Knoten, zunehmend, Höhe jetzt siebentausend Meter ... sechstausend Meter ... fünftausend ... Genosse Kapitän, mein Radar wird gestört ... versuche Frequenzwechsel ... schwere Störungen auf allen Frequenzen. Ich finde keine freie Suchfrequenz mehr!«

An Bord des Zerstörers »Jinan«
In der Célebes-See vor dem Golf von Davao

»Genosse Kapitän, die *Kaifeng* meldet aus Südosten anfliegende Marschflugkörper Tomahawk und hat für alle Schiffe Fliegeralarm gegeben. Und sie meldet eine amerikanische Maschine, vermutlich ein Bomber B-52, die auf Nordwestkurs rasch tiefer geht, und schwere Störungen auf allen Radarfrequenzen. Außerdem scheinen feindliche Jäger – Zahl und Typ unbekannt – angegriffen zu haben.«

Kapitän zur See Jhijun Lin, der Kommandant des Zerstörers *Jinan,* nickte resolut. »Lassen Sie alle Mann auf Gefechtsstation antreten, und beginnen Sie mit intermittierender Luftraumüberwachung. Auch wir müssen mit Luftangriffen rechnen, sobald …«

»Genosse Kapitän! Fregatte *Yingtan* meldet Radarkontakt – Flugzeug, Peilung zwo-null-fünf, Entfernung siebenundvierzig Seemeilen, Höhe … Höhe dreihundert Meter, Geschwindigkeit vierhundertsiebzig Knoten. Keine Freund-Feind-Kennung. Vermutlich mehrere Maschinen im Anflug.«

»Verstanden«, bestätigte Kapitän Jhijun. Während im ganzen Schiff Alarmglocken schrillten, zeichnete der Signalgast auf der Brücke der *Jinan* die Position des Radarkontakts mit Fettstift auf der großen Plexiglastafel mit der Darstellung der Célebes-See ein. »Ich brauche sofort eine positive Identifizierung.«

Endlich geht's los! sagte sich Kapitän Jhijun. Obwohl die anfliegenden Maschinen sehr spät entdeckt worden waren – das Überwachungsradar Sea Eagle der *Yingtan* konnte in Wellenhöhe anfliegende Ziele in zwanzig Seemeilen Entfernung orten, aber Ziele in dreihundert Meter Höhe hätten aus mindestens fünfzig Seemeilen geortet werden müssen –, wünschte er sich fast, alles hätte ein bißchen dramatischer begonnen.

Da bekannt war, welche Teile der amerikanischen Air Battle Force nach Guam verlegt worden waren, hatte er mit einem

Angriff von Bombern B-1 oder FB-111 gerechnet, die mit Überschallgeschwindigkeit im Tiefstflug heranrasen würden. Aber bei diesen anfliegenden Maschinen schien es sich tatsächlich nur um schwerfällige B-52 zu handeln. Und sie kamen ganz wie erwartet von Süden: Die chinesischen Zerstörer, Fregatten und Schnellboote im Philippinischen Meer östlich von Mindanao waren bewußt so stationiert, daß den amerikanischen Bombern nur eine »sichere« Anflugroute blieb – von Süden zur Mündung des Golfs von Davao.

»Lenkwaffenwarnung! Die *Yingtan* meldet anfliegende Marschflugkörper, Zahl unbekannt, alle in Wellenhöhe. Die Schnellboote sind abwehrbereit. Sämtliche Flugziele sind erfaßt und dürften sicher abgefangen werden. Ihrem Flugprofil nach sind sie jetzt als Bomber B-52 identifiziert.«

Das war also die Bestätigung – keine B-1, sondern nur Bomber B-52. Eine leichte Beute.

Die B-52 flogen geradewegs in die Falle, denn hier lauerten ein Zerstörer, vier Fregatten und sechzehn Fla-Schnellboote auf Flugzeuge, die eine vermeintlich sichere Route zu benützen versuchten. Zwei der Fregatten, die *Yingtan* im Süden und die *Xiamen* im Norden, waren mit Fla-Raketen Hong Qian-61 bewaffnet, die innerhalb ihrer kurzen Reichweite tödlich waren, aber die Fla-Lenkwaffen HQ-91 seines Zerstörers *Jinan,* der die Mitte dieses zweihundert Kilometer breiten Sperrgürtels sicherte, konnten auf fünfundvierzig Kilometer Entfernung selbst tieffliegende Überschallflugzeuge abschießen. Und selbst die kleinen Fla-Schnellboote besaßen genügend Feuerkraft, um jeden amerikanischen Marschflugkörper abzuschießen und einen Vorhang aus Blei und Stahl zwischen sich und jedes Flugzeug zu legen, das unvorsichtig genug war, sich ihnen bis auf wenige Kilometer zu nähern.

Andererseits waren die B-52 nicht zu unterschätzende Gegner. »Funkspruch an alle Schiffe der Kampfgruppe, daß wir angegriffen werden und Luftunterstützung gegen anfliegende Bomber B-52 anfordern«, befahl der Kommandant.

Sie greifen mit Lenkwaffen Harpoon an, dachte Jhijun. Aber sie haben erst angegriffen, als sie die *Yingtan* selbst im Radar hatten. Das bedeutet, daß die Amerikaner kein spezielles Radarflugzeug einsetzen, das den B-52 Ziele zuweist. Er warf einen Blick auf die Plexiglastafel. In wenigen Minuten würden die B-52 in Reichweite des Radars der *Jinhan* kommen – falls sie bis dahin überlebten –, und die Fla-Lenkwaffen HQ-91 würden ihre Ziele nicht verfehlen. Aber Jhijun rechnete fest damit, daß die B-52 schleunigst abdrehen würden, sobald sie ihre Lenkwaffen Harpoon abgeschossen hatten.

»Schnellboot 682 schießt Lenkwaffen ab... Schnellboot 688 schießt Lenkwaffen ab... *Yingtan* meldet jetzt sechs anfliegende Maschinen, alle aus Süden. Gleiches Flugprofil, vermutlich Bomber B-52 im Tiefstflug zur Bekämpfung von Schiffszielen.« Die Meldungen folgten immer rascher, während eine Lenkwaffe Harpoon nach der anderen abgeschossen wurde. »Die erste B-52 dreht nach Westen ab...«

»Funkverbindung zu Schnellboot 642 abgerissen, Genosse Kapitän«, meldete die Zentrale. »Schnellboot 688 hat zwei brennende Boote in Sicht – vermutlich 642 und 651. Fregatte *Yinhan* meldet Schäden durch Lenkwaffe, macht aber weiter Fahrt und ist einsatzbereit.« Bei einem Angriff von sechs Bombern B-52, von denen jeder zwölf Lenkwaffen Harpoon tragen konnte, mußten gewisse Verluste einkalkuliert werden. »Auch die zweite B-52 dreht ab!«

Die B-52 gaben sich also damit zufrieden, ihre Abwurflenkwaffen einzusetzen und danach schleunigst abzudrehen. Unsere Jäger werden mit ihnen aufräumen, dachte Jhijun aber trotzdem müssen wir noch mit den Lenkwaffen und den Marschflugkörpern fertig werden...

Der Pilot des chinesischen Jägers JS-7 hatte Mühe, sich auf seine veränderte Lage einzustellen: Vorhin hatte er noch eine Gruppe von acht Maschinen auf einer routinemäßigen Nachtpatrouille geführt; im nächsten Augenblick war er allein und wurde von einem unsichtbaren, unidentifizierten Gegner angegriffen.

»Fayling, Fayling«, rief der Pilot den Zerstörer *Kaifeng*, der den Luftraum in diesem Sektor kontrollierte, »wo ist das Ziel? Ich brauche einen Abfangkurs!«

»Gruppe Liang, Ihr Ziel befindet sich im Sinkflug bei acht Uhr, dreißig Kilometer, Höhe viertausend Meter«, antwortete der Controller, der vor Aufregung vergessen zu haben schien, daß die zweite J-7 abgeschossen worden war. »Linkskurve, Kurs zwo-neun-fünf, zum Abfangen auf dreitausend Meter sinken.«

Viertausend Meter? Vor weniger als einer Minute war sein Gegner noch in zehntausend Meter Höhe gewesen! Der JS-7-Pilot ließ den Jäger über die linke Flügelspitze abkippen, drückte nach und fuhr zwischendurch die Sturzflugbremsen aus, um zu verhindern, daß die Jagdraketen PL-2 und PL-7 von ihren Aufhängepunkten gerissen wurden.

»Liang, Ziel bei elf bis zwölf Uhr, siebenundzwanzig Kilometer.«

Sein Radar wurde erheblich gestört, aber das französische Gerät war modern genug, um durch rasche Frequenzwechsel einsatzbereit zu bleiben. »Intermittierender Kontakt«, meldete der JS-7-Pilot, während er seine radargelenkten Jagdraketen PL-7 aktivierte. »Liang schießt Radar eins ab...« Einige Sekunden später folgte die zweite. »Schieße Radar zwo ab...«

Atkins war sich so sicher, daß der Jäger hinter ihnen Lenkwaffen abschießen würde, daß er die Raketenwarnleuchte ständig im Auge behielt. Sobald sie aufleuchtete, rief er: »Raketenstart! Abfangen!« Dann wurde er tief in seinen Sitz gedrückt, als Carter die EB-52 Megafortress so abrupt aus ihrem Sturzflug abfing, daß Rumpf und Tragflügel unter dieser Belastung laut ächzten. »Linkskurve!« verlangte Atkins, während er aus den rechten Behältern Düppel ausstieß.

Der Pilot riß die EB-52 so scharf nach links, daß Atkins'

Helm gegen das linke Instrumentenpult knallte – aber er behielt seinen Finger lange genug auf der Düppeltaste, um eine ausreichend große Wolke zu erzeugen. Carter drückte energisch nach, damit die Megafortress Fahrt aufholte, und die negative Beschleunigung ließ Schmutz, Papier, Checklisten und allen möglichen Müll durch die Kabine schweben, als wären sie plötzlich schwerelos. Atkins spürte, wie sein Magen rebellierte, und riß seine Sauerstoffmaske ab, um sich nicht in sie zu erbrechen.

»Alles okay, E-Boß?« fragte Karbayjal. Atkins drehte mühsam den Kopf zur Seite und sah, daß der Bordschütze ihm eine Hand auf die Schulter gelegt hatte und ihn besorgt anstarrte. Der Pilot flog wilde Ausweichmanöver, und ein feindlicher Jäger war hinter ihnen her – aber Karbayjal machte sich Sorgen um *ihn*.

»Klar ... klar ...«, ächzte der junge Offizier.

»Gut«, sagte Karbayjal zufrieden. Er nahm seine Hand von Atkins' Schulter. »Sie machen Ihre Sache gut, E-Boß«, stellte er fest. »Weiter so, dann kriegen wir den Kerl! Schalten Sie Ihre Sender ein, und stören Sie sein Signal.«

Atkins konzentrierte sich mit gewaltiger Anstrengung wieder auf seinen Radarwarner. Das automatische Störsystem hatte bereits den optimalen Frequenzbereich und die entsprechenden Antennen ausgewählt – in diesem Fall ein X3-Band-Signal, das über die Heckantennen ausgestrahlt wurde – und konnte automatisch Düppel ausstoßen. Aber es konnte dem Piloten nicht sagen, wann oder wohin er ausweichen mußte, um den Jagdraketen zu entgehen.

Auf dem Bildschirm des Heckradars war deutlich zu sehen, wie die chinesischen Lenkwaffen zunächst die Düppelwolke der EB-52 ansteuerten ... und dann abdrehten, weil sie sich nicht hatten täuschen lassen. Nun waren sie schon so nahe, daß sie die Megafortress erfassen konnten, wenn sie nochmals kurvte. »Pilot, Geradeausflug!« verlangte Atkins. »Bordschütze, Stinger feuerbereit!«

Karbayjal grinste breit. Endlich spielte der Junge richtig mit! »Roger, E-Boß.« Karbayjal hatte die chinesischen Lenkwaffen längst mit seinem Radar erfaßt und wartete darauf, daß sie näher herankamen. Das war ziemlich riskant, denn er spekulierte darauf, daß der kleine Radarquerschnitt der EB-52C sich als wirkungsvoller erweisen würde als ihre Ausweichmanöver. Außerdem mußten sie wieder Fahrt aufholen, denn auch die Megafortress verlor in engen Kurven viel Fahrt.

Aber die Störsender schafften es nicht, das Zielsuchradar des chinesischen Jägers völlig zu überdecken – seine Lenkwaffen blieben auf Kurs. »Raketen weiter im Anflug!« rief Atkins in sein Mikrofon.

»Meine Stinger sind feuerbereit«, erklärte Karbayjal, »aber Sie müssen's schaffen. Die Stinger sind die allerletzte Waffe ...«

Atkins ging ein weiteres kalkuliertes Risiko ein: Während er aus den linken Behältern erneut Düppel ausstieß, verringerte er die Leistung der automatisch arbeitenden Störsender manuell um die Hälfte, damit das Zielsuchradar des Jägers die Düppelwolke gut erfassen konnte, und wies Carter an: »Pilot, rechts wegkurven!«

Die Jagdraketen rasten weiter heran ...

Der chinesische JS-7-Pilot fluchte, als er jetzt *drei* Radarziele vor sich hatte. Das erste war offenbar eine Düppelwolke – sie hatte sich rasch aufzulösen begonnen und seine Lenkwaffen PL-7 nicht lange täuschen können. Wenig später hatte sein Radar scheinbar das wahre Ziel erfaßt, das sich nun als weitere Düppelwolke herausstellte. Das Ziel kurvte mit fast tausend Stundenkilometern nach rechts weg, während das große, helle Scheinziel genau vor ihm blieb – mit null Stundenkilometern. Offenbar eine weitere Düppelwolke, auf die seine Raketen jetzt zusteuerten. Zwei klare Fehltreffer.

»Fayling, Lian, wo ist die Gruppe Sichuan Zehn? Ich habe keine Radarraketen mehr.«

»Liang, Sichuan Zehn hat sich in zwei Zweierrotten aufgeteilt, von denen eine nach Norden fliegt, um unter Kontrolle des Zerstörers *Zunyi* Luftziele abzufangen. Sie bekommen Verstärkung durch Sichuan Eins mit zwei Maschinen, Höhe zehntausend, Entfernung zwo-eins-fünf Zentrum.«

»Wo sind die restlichen Jäger meiner Gruppe Liang Zwo?«

»Die zurückkehrenden Maschinen fliegen in zwölftausend Metern nach Nordwesten ab.«

»Ihr spinnt wohl?« brüllte der JS-7-Pilot. »Die Schweinehunde sollen umkehren! Liang Zwo mit sechs Maschinen, sofort auf Gegenkurs gehen, auf dreitausend Meter sinken und Kampfbereitschaft herstellen!«

Aus seinem Kopfhörer kam eine krächzende Bestätigung. Sie hatten verstanden, wünschten sich aber vermutlich, ihn nicht gehört zu haben. Kehrten sie jetzt um, hatten sie keine Chance mehr, in Zamboanga zu landen – aber eine Notlandung in Cotabato oder eine Wasserung in der Célebes-See war noch immer besser, als diese seltsame B-52 ohne Abwehrversuch die Flotte angreifen zu lassen.

Er selbst hatte noch eine Chance, bevor er zum Stützpunkt zurückfliegen mußte – voller Nachbrenner, schnell aufschließen, die zwei PL-2 mit Infrarotsuchkopf abschießen, mit der doppelläufigen 23-mm-Maschinenkanone angreifen und abdrehen. Der JS-7-Pilot schob den Leistungshebel bis zum Anschlag nach vorn, sah die Entfernung rasch auf weniger als fünfzehn Kilometer zusammenschrumpfen, aktivierte die Lenkwaffen PL-2 und schoß dann beide gleichzeitig ab...

»Besatzung, Bandit bei sechs Uhr, geht jetzt hinter uns tiefer«, meldete Karbayjal, der den chinesischen Jäger mit seinem Heckradar verfolgte. Der Jäger sendete Störsignale, aber aus dieser geringen Entfernung war selbst das kleine Heckradar der Megafortress stärker. »Bandit beschleunigt... Achtung, gleich kommen Raketen... E-Boß, klar bei Leuchtkörpern rechts...«

Im nächsten Augenblick wurde die durch den Infrarotsender im Heck der EB-52 ausgelöste Raketenwarnleuchte aller Besatzungsstationen durch einen hohen Warnton in sämtlichen Kopfhörern und die Warnleuchte »Raketenstart« abgelöst. »Angriff mit IR-Lenkwaffen!« rief Atkins. »Links wegkurven!« Gleichzeitig stieß er aus dem rechten Rumpfbehälter vier Leuchtkörper aus. Aber Karbayjal hatte den Raketenstart gesehen und war abwehrbereit. Er achtete darauf, mit seinen Lenkwaffen Stinger nicht auf die Leuchtkörper zu zielen, wartete noch einige Sekunden, bis ihre IR-Sensoren die heißen Triebwerke der Jagdraketen erfaßt hatten, und schoß dann eine Sechsersalve ab. Als er sah, daß mindestens eine chinesische Rakete weiter im Anflug war, rief er über die Bordsprechanlage: »Rechtskurve! Möglichst steigen!«

Als Karbayjal das rief, hatte Atkins bereits auf den linken Behälter umgeschaltet und stieß weitere vier Leuchtkörper aus. Gleichzeitig legte Carter die Megafortress in eine steile Rechtskurve und behielt diese Fluglage bei, bis die Überziehwarnung ertönte. »Kann nicht steigen, Karb!«

»Nicht mehr nötig«, sagte der Bordschütze, als die letzte Lenkwaffe von seinem Radarschirm verschwand. »Jäger kommt näher, vier Meilen... drei Meilen... schieße Stinger ab...« Während der ganze Bomber erzitterte, hörte die Besatzung der Megafortress einen vierfachen scharfen Abschußknall, als Karbayjal weitere vier Lenkwaffen auf den anfliegenden Jäger abschoß...

Das muß ein Jäger sein, dachte der JS-7-Pilot, denn nur ein Jäger kann so schnell und wendig sein. Über der nachtdunklen Célebes-See wirkten die von der verfolgten Maschine ausgestoßenen Leuchtkörper wie kleine Sonnen. Das schienen auch seine Lenkwaffen PL-2 zu finden, denn sie verfolgten die Leuchtkörper und vernichteten sie mühelos. Damit verblieb ihm als einzige Waffe seine doppelläufige 23-mm-Maschinenkanone.

Aber die ausgestoßenen Leuchtkörper markierten die Position des auf seinem Radarschirm nicht mehr sichtbaren Ziels. Deshalb ließ der Pilot seinen Nachbrenner mit kleinster Leistung eingeschaltet und versuchte, auf Kanonenschußweite heranzukommen ...

Plötzlich detonierten genau vor seinem Jäger vier grellweiße Minisonnen, die eine Linie von der linken Flügelspitze bis zum Bug bildeten. Die JS-7 begann wie vor Angst zu zittern, und aus diesem Zittern entwickelte sich rasch ein vollständiges Überziehen.

»Fayling, Fayling, Liang Zwo, Mayday, Mayday, Mayday, bin getroffen, bin getroffen ...« Er sah die roten Warnleuchten »Triebwerk/Höchstdrehzahl« und »Hydrauliksystem/Druckabfall« aufflammen und betätigte seinen Schleudersitz gerade noch rechtzeitig, bevor der Jäger unsteuerbar wurde und trudelnd abstürzte.

An Bord des Zerstörers »Jinan«

»Genosse Kapitän! Zerstörer *Zunyi* meldet, daß er aus Osten mit Anti-Schiffslenkwaffen angegriffen wird«, wurde plötzlich gemeldet. »Die *Zunyi* hat das Feuer eröffnet. Sichuan Eins mit zwei Jägern Q-5 hat den Auftrag, feindliche Maschinen, vermutlich in niedriger Höhe anfliegende B-52, abzuwehren.«

»Wo steht die *Zunyi*?« fragte Jhijun laut. Die Antwort kam Sekunden später: nur hundert Seemeilen östlich der *Jinan*. Die *Zunyi*, ein älterer Zerstörer der *Luda*-Klasse, gehörte zu dem im Philippinischen Meer stationierten Kordon; sie hatte kein Fla-Lenkwaffensystem an Bord, weil sie U-Boote und Überwasserschiffe, aber keine Flugzeuge bekämpfen sollte. »Die *Zunyi* soll uns ihre Zieldaten übermitteln, damit wir ...«

»Achtung, *anfliegende Lenkwaffen*! Peilung zwo-sechsfünf, hoch, zwanzig Seemeilen, unterschallschnell, mehrere Ziele im Anflug, auf Kollisionskurs!«

»*Was?*« Jhijun widerstand dem Drang, seinen Sitz zur Seite zu drehen und nach Westen zu starren – draußen war es stockfinster, und er wußte, daß nichts zu sehen sein würde. »Verdammt noch mal, wie können Lenkwaffen plötzlich so nah sein? Radar, macht endlich die Augen auf, sonst postiere ich euch an Deck, wenn die Raketen einschlagen! Sofort Meldung Feuerbereitschaft!«

»Leitstand meldet Feuerbereitschaft, sämtliche Ziele sind erfaßt, Trefferwahrscheinlichkeit ist hoch.« Jhijun wünschte sich, er könnte diesen Optimismus teilen – aber ein Erstkontakt bei zwanzig Seemeilen war viel zu nahe.

»Ziele wandern leicht aus«, meldete der Wachhabende in der Zentrale. »Entfernung jetzt ... fünfzehn Seemeilen, Kurs zwo-sechs-fünf, Geschwindigkeit fünfhundertzehn ...«

Aber die Ziele wanderten keineswegs aus ... die Entfernung nahm weiter ab ... ihr Kurs blieb gleich ... »Antiradar-Lenkwaffen!« rief Jhijun plötzlich. Er wußte, daß die Amerikaner Lenkwaffen – vor allem Marschflugkörper – einsetzten, die Radargeräte ansteuerten. Wahrscheinlich hatten sie es jetzt mit solchen Waffen zu tun. Aber wie, zum Teufel, waren sie so nahe herangekommen, ohne entdeckt zu werden ...?

Als Carter jetzt nachdrückte, sank die EB-52 Megafortress mit über sechzig Metern in der Sekunde und befand sich nach wenig mehr als einer Minute in zweihundert Fuß über dem Meeresspiegel – aber wegen der chinesischen Kriegsschiffe, von denen sie auf allen Seiten umgeben waren, erschien ihnen diese Minute wie eine kleine Ewigkeit.

»Golf-Band-Suchradar bei elf Uhr ...!« meldete Atkins mit piepsiger Stimme über die Bordsprechanlage. »India-Band-Feuerleitradar jetzt bei ein bis zwei Uhr ... Jesus, Golf-Band-Radar wechselt zu Charlie-Band-Lenkwaffenradar ... ein weiteres India-Band-Feuerleitradar bei zwei Uhr dreißig ... verdammt, ist der Zerstörer schon in Reichweite? So machen wir's nicht mehr lange ...! Jetzt möglicherweise ein

Jägerleitradar auf diesem Zerstörer, wahrscheinlich führt er weitere Jäger heran.«

»Klar zum Abschuß der ersten TACIT RAINBOW«, sagte Kellerman, nachdem sie erneut einen Blick auf den Bildschirm ihres Seitensichtradars geworfen und die Standorte aller Schiffe in ihrer Umgebung kontrolliert hatte. »Nach dem Abwurf Rechtskurve, dreißig Grad, nächstes Ziel genau voraus, zwanzig Meilen.«

Atkins überprüfte nochmals die Anzeigen auf seinem Waffenpult: Raketentriebwerk, Führungssystem, Autopilot, Datenübertragung, Gefechtskopf – alle im grünen Bereich. »Bombenklappen auf... Lenkwaffe eins abgeworfen... Lenkwaffe zwei abgeworfen...«

Während die Megafortress nach rechts abdrehte, rasten die Abwurflenkraketen AGM-136A TACIT RAINBOW nach links davon, sanken auf weniger als hundert Fuß über dem Meeresspiegel und setzten ihre Linkskurve fort, bis der chinesische Zerstörer genau vor ihnen lag. Gleichzeitig gab Atkins einer weiteren Lenkwaffe die Daten des nächsten Ziels ein, das ihr Seitensichtradar als Raketenschnellboot der *Huafeng*-Klasse mit einem India-Band-Feuerleitradar identifiziert hatte. »Lenkwaffe drei einsatzbereit.«

»Nach dem Abwurf Linkskurve, fünfzehn Grad«, sagte Kellerman über die Bordsprechanlage. »Damit kommen wir auf weniger als zehn Meilen an das Schnellboot heran, wenn uns kein Lenkwaffenradar erfaßt.« Hoffentlich behält Atkins dann lange genug die Nerven, um uns zu warnen, dachte sie. Sie wußte, daß es ein großer Fehler gewesen war, den kleinen Korinthenkacker bei diesem Einsatz mitfliegen zu lassen – Atkins war sicher hochintelligent und schien einigermaßen zu funktionieren, solange Karbayjal sich seiner annahm, aber er war einfach keine Kämpfernatur.

»Piloten verstanden«, bestätigte Carter.

»Lenkwaffe drei, Countdown... Lenkwaffe drei abgeworfen... Bombenklappen geschlossen, klar zur Linkskurve.«

»Genosse Kapitän, die *Kaifeng* meldet, daß ihre Schnellboote das Feuer auf feindliche Marschflugkörper eröffnet haben. Admiral Feng empfiehlt, die Fregatte *Yingtan* nach Osten zu entsenden, damit sie unsere Verteidigungslinie im Südosten verstärken kann.«

»Abgelehnt«, entschied Kapitän Jhijun knapp. »Meine Schiffe werden mit Antiradar-Lenkwaffen angegriffen – der Angriff steht unmittelbar bevor. Die *Yingtan* bleibt hier, bis ...«

Im nächsten Augenblick wurde ihm klar, was es bedeutete, daß diese Antiradar-Lenkwaffen scheinbar aus dem Nichts aufgetaucht waren – ein Angriff von Stealth-Bombern! Die Bomber selbst waren im Radar nicht sichtbar, aber ihre Lenkwaffen konnten nach dem Abwurf geortet werden, weil ihr Radarquerschnitt größer als der einer B-2 war ... »Funkspruch an alle Schiffe der Kampfgruppe: Vermutlich Angriff von Stealth-Bombern, Anzahl unbekannt«, ordnete Kapitän Jhijun an. »Zentrale, sofort durch Ausgucks mit Nachtsichtgeräten nach Trägerflugzeugen suchen lassen. Findet diesen verdammten Stealth-Bomber! Findet ihn!«

»Genosse Kapitän, die *Kaifeng* meldet, daß der Bomber B-52 unterschallschnelle Lenkwaffen gestartet hat ... wegen starker Radarstörungen bisher kein Marschflugkörper Tomahawk getroffen. Bomber B-52 bis auf dreißig Seemeilen an die *Kaifeng* heran ...«

»Zerstörer *Kaifeng* meldet einen Treffer durch Marschflugkörper Tomahawk!«

Auf der Brücke der *Jinan* herrschte betretenes Schweigen. Keiner wollte seinen Ohren trauen. Was, zum Teufel, ging hier vor? »Die *Kaifeng* bittet über Funk um Unterstützung. Auf Befehl der Kampfgruppe wird die Fregatte *Yingtan* in Marsch gesetzt ... Die *Kaifeng* meldet weitere Treffer durch Antiradar-Lenkwaffen der B-52, Genosse Kapitän! Zerstörer *Zunyi* meldet Angriff durch Anti-Schiffsraketen... Vorpostenboot 614 von Lenkwaffe Harpoon getroffen, schwer beschädigt... Funkverbindung zu 614 abgerissen... Die *Zunyi* meldet Radarkontakt mit Bombern B-52 östlich ihres Standorts, Anzahl unbekannt...«

Verdammt! Wenn die *Yingtan* ihre Position verließ, um der beschädigten *Kaifeng* zu helfen, war die *Jinan* jetzt das südlichste Schiff, das den Golf von Davao verteidigte. Kriegsschiffe von der Größe eines Zerstörers brauchen als zusätzliche Verstärkung ihrer Luftabwehr eine Fregatte – und Jhijun war dabei, seine zu verlieren! Aber er war entschlossen, nicht das Schicksal der *Kaifeng* zu teilen. »Radargeräte abschalten!« rief der Kommandant der *Jinan* laut. »Ausgucks mit Nachtgläsern und Nachtsichtgeräten an Deck! *Findet die verdammten Bomber!* «

Der Alptraum wurde Wirklichkeit.

Nur zwei Tage nach ihrem nächtlichen Aufklärungsflug, mit dem sie im Hornissennest herumgestochert hatten, waren Henry Cobb und Patrick McLanahan wieder mit dem Stealth-Bomber B-2 Black Knight unterwegs – aber diesmal sollten sie die aus ihrem Nest schwärmenden Hornissen nicht nur beobachten und zählen, sondern möglichst vernichten. Erschwert wurde ihr Auftrag durch die Tatsache, daß die Hornissen sich vermehrt zu haben schienen. Außerdem waren sie offenbar verdammt wütend und versuchten, tödliche Stiche anzubringen.

»Der Zerstörer hat sein Radar abgeschaltet. Alle Schiffe in diesem Gebiet schalten ihr Feuerleitradar ab«, berichtete McLanahan seinem Piloten. »Vierzehn Meilen vor dem Einschlag – das haben sie sehr schnell erfaßt. Die meisten Radarstationen merken erst nach ein paar Treffern, daß sie angegriffen werden.« Er vergrößerte die Darstellung aus der Vogelschau, die sein SMFD ihm zeigte, und ergänzte sie durch erst vor wenigen Minuten empfangene NIRTSat-Daten. »Einige der Schnellboote lassen ihr Feuerleitradar eingeschaltet, aber die meisten arbeiten nur mit Navigationsradar.« Cobb klickte zweimal mit der Sprechtaste, behielt aber seine gewohnte Haltung bei: Hände an Sidestick und Leistungshebeln, Blick starr nach vorn gerichtet, unbeweglich.

Wie schafft er's nur, so unerschütterlich ruhig zu bleiben? fragte McLanahan sich. Er bekommt alles mit, er studiert das Super Multi Function Display, er sieht die Warnleuchten – und trotzdem sitzt er mit starr nach vorn gerichtetem Blick so ruhig wie immer da. Auch im Einsatz wirkt er nicht anders als auf irgendeinem Übungsflug.

»Die Lenkwaffen TACIT RAINBOW fliegen jetzt Warteschleifen, bis das Radar wieder eingeschaltet wird«, fügte McLanahan hinzu. Cobb klickte erneut mit der Sprechtaste und schob die Leistungshebel bis zum Anschlag nach vorn – je schneller die B-2 an diesen Schiffen vorbeikam, desto besser.

Diesmal war ihre B-2 Black Knight jedoch selbst imstande, sich mit tödlichen Stichen zu wehren, denn seitdem die NIRT-Sats wieder funktionierten, brauchte sie keine eigenen Aufklärungsmittel mehr mitzuführen. In der linken Bombenkammer trug die B-2 vier Antiradar-Marschflugkörper AGM-136A TACIT RAINBOW sowie vier Antiradar-Lenkwaffen AGB-88C HARM in Einsteckmagazinen, während die rechte Bombenkammer eine rotierende Abschußvorrichtung für sechs fernsehgesteuerte Abwurflenkwaffen AGB-84E SLAM enthielt. Die Marschflugkörper TACIT RAINBOW steuerten in Betrieb befindliche Radarstationen an; wurde der Sender nach ihrem Start abgeschaltet, kreisten sie in seiner Nähe, bis er wieder eingeschaltet wurde. Die von McLanahan auf dreißig Seemeilen Entfernung abgefeuerten vier Lenkwaffen TACIT RAINBOW würden noch etwa zehn Minuten lang angriffsbereit in der Luft bleiben. In dieser Zeit konnten die Bomber den Sperrgürtel aus chinesischen Kriegsschiffen überwinden und das Zielgebiet erreichen.

An Bord Fregatte »Yingtan«
vierzig Seemeilen südlich des Zerstörers »Jinan«

Seit dem Treffer auf der *Kaifeng* waren mehrere Minuten vergangen, ohne daß weitere Treffer gemeldet worden wären. Falls das Trägerflugzeug ebenso schnell oder sogar etwas schneller als die Antiradar-Lenkwaffen war, mußte es sich jetzt ganz in der Nähe befinden. Der Kommandant ließ Ausgucks mit Nachtgläsern und Nachtsichtgeräten die Marschflugkörper suchen, aber wenn sie nicht gehört oder zufällig gesichtet wurden, war es fast unmöglich, einen der winzigen kreisenden Marschflugkörper ohne Radar zu entdecken. Einige der größeren Vorpostenboote waren mit Restlichtverstärkern oder Infrarotsuchern für ihre 37-mm- und 57-mm-Flak ausgerüstet, deren Blickfeld aber sehr beschränkt war, so daß schnellfliegende Ziele damit kaum zu erfassen waren.

Aus der Bordsprechanlage drang eine Stimme: »Brücke, Zentrale, bitte um Erlaubnis, das Radar für zwei Umläufe einzuschalten.«

»Genehmigt«, entschied der Kommandant nach kurzem Zögern. Den Radargasten wies er an: »Zwei Umläufe. Sofort abschalten, falls Sie ein Ziel in weniger als fünf Meilen Entfernung orten. Alle Peilungen zur Feuerleitung laut melden.«

»Verstanden. Radar in drei, zwo, eins ... jetzt.«

Ein Umlauf – zwölf Sekunden – genügte, um ihnen zu zeigen, wie ernst die Lage war: »Brücke, Zentrale, in allen Richtungen mehrere kleine Luftziele in weniger als fünf Meilen. Zwei weitere große Luftziele hintereinander, Peilung zwosieben-acht, Entfernung zehn Seemeilen. Radar abgeschaltet.«

Der Kommandant der Fregatte *Yingtan* reagierte sofort. »Zentrale, alle Siebenunddreißiger – Feuer frei! Sperrfeuer gegen Lenkwaffen aus allen Richtungen. Die Ausgucks sollen weiter nach ihnen suchen. Radarköder abschießen! Alle Radargeräte abschalten, Ausführung melden!«

Im nächsten Augenblick eröffneten die vier Flakzwillinge der *Yingtan* das Feuer und bestrichen den Nachthimmel systematisch mit Spreng- und Leuchtspurgranaten. Ihr Abwehrfeuer sparte nur das Schiff selbst aus – und die Schnellboote standen zum Glück mindestens fünf Seemeilen entfernt, so daß die Flak der *Yingtan* ihnen nicht gefährlich werden konnte.

»Rudergänger, Ruder hart Steuerbord!« befahl der Kommandant. »Zentrale. Schiff dreht nach Steuerbord, backbords Düppelraketen abschießen!«

Von einem Flugzeug aus hätten das achtfache Mündungsfeuer und die nach allen Seiten davonrasenden Leuchtspuren vermutlich ans große Finale eines Feuerwerks erinnert. Gleichzeitig lief die *Yingtan* mit Höchstfahrt ab, um sich möglichst weit von der Stelle zu entfernen, an dem das Radar zuletzt eingeschaltet worden war, denn dorthin war jetzt einer der Marschflugkörper unterwegs. Dabei verschoß sie auf der ihrer Drehrichtung abgewandten Backbordseite Düppelraketen, die als Köder dienen würden, falls die Lenkwaffe ihr Ziel mit Radar ansteuerte.

Als Flakgranaten ihre Ziele fanden, wurden die Geschützbedienungen der *Yingtan* mit mehreren spektakulären Detonationen belohnt und sahen Lenkwaffen im Kielwasser der Fregatte ins Meer stürzen. Einige kamen gefährlich nahe – auf weniger als zwanzig Meter –, aber keine traf. Zwei Lenkwaffen steuerten über Bord geworfenen winzigen Bojen nach, die auf Radarfrequenzen sendeten, und die Brückenbesatzung konnte hundert Meter achteraus sehenswerte Explosionen bestaunen, als die Gefechtskörper detonierten. So wurden alle Antiradar-Lenkwaffen binnen weniger Sekunden von der Fregatte *Yingtan* unschädlich gemacht.

Aber ihr Sperrfeuer rettete sie nur vor den kleinen Antiradar-Lenkwaffen – das Flugzeug, das sie alle abgeworfen hatte, drohte zu entkommen. »Zentrale, Feuer frei für die Hunderter – mit reichlich Vorhalt auf die letzte Position dieses Bombers! Vielleicht erwischen wir ihn damit. Lenkwaffen HQ-91 klar zum Abschuß! Sofort Funkspruch an alle Einheiten und Flottenkommando: Stealth-Bomber, Anzahl unbekannt, vermutlich im Anflug auf Golf von Davao.«

Der in dunkler Nacht plötzlich losbrechende Feuerzauber war spektakulär und beängstigend zugleich. Über der Fregatte in der Ferne schien sich ein glitzernder Lichterdom zu wölben – aber sie wußten beide, daß diese hübschen Lichter für jedes Flugzeug, das von ihnen erfaßt wurde, tödlich gewesen wären. Obwohl sie nach McLanahans Schätzung mindestens zehn Seemeilen querab des nächsten Schiffes waren, wich Cobb instinktiv etwas nach Westen aus. »Jesus«, murmelte McLanahan. »Sieh dir das an ....«

Cobb äußerte sich nicht dazu.

»Dabei sehen wir bloß jede zehnte oder zwölfte Granate mit Leuchtspur ...«

»Die Flak macht mir keine Sorgen«, sagte Cobb. »Ich warte auf die Fla-Lenkwaffen dieser Fregatte.«

»Der eine Radarumlauf von vorhin kann genügt haben, um uns zu orten«, bestätigte McLanahan. Er benützte die Leuchtspurgranaten, um die Fregatte mit seinem vorderen Infrarotscanner zu finden. »Ich hab' ein großes Schiff – das muß die Fregatte sein. Laser-Entfernungsmesser ein ... Laser arbeitet ...« Der Entfernungsmesser lieferte sofort die genaue Zielentfernung, die der Computer brauchte, um die Waffen der B-2 einsetzen zu können. Als McLanahan auf dem SMFD das Symbol für die rechte Bombenkammer berührte, wählte der Waffencomputer eine fernsehgesteuerte Lenkwaffe SLAM aus, teilte den Bildschirm automatisch zur Hälfte ab und benützte die rechte Seite zur Darstellung des von der Bugkamera übertragenen Fernsehbilds.

»Sobald dieses Baby trifft, ist der Teufel los«, sagte McLanahan, als er das Waffensystem von »automatisch« auf »manuell« umschaltete. »Countdown läuft ... Lenkwaffe eins abgeworfen ...«

Die rechte Bombenkammer der B-2 öffnete sich, und das rotierende Magazin ließ eine einzelne Abwurflenkwaffe SLAM aus der Maschine fallen. Nach etwa fünfzehn Metern stabilisierte das Kreiselsystem der SLAM die siebenhundert Kilogramm schwere Lenkwaffe. Sobald ihre Sensoren feststellten, daß der Mindestabstand zum Trägerflugzeug erreicht war, wurde das Raketentriebwerk der SLAM gezündet. Dann sank sie wie vorprogrammiert blitzschnell auf weniger als hundert Fuß über dem Meeresspiegel und steuerte sofort die Fregatte an, während die B-2 Black Knight abdrehte. Sieben Sekunden später hatte das Magazin eine Umdrehung beendet und stieß eine weitere Abwurflenkwaffe aus.

Genau in diesem Augenblick schaltete der Radargast der *Yingtan* erneut sein Luftüberwachungsradar Sea Eagle ein – und was er auf dem Radarschirm sah, ließ ihn aufgeregt schlucken. »Zwei Flugzeuge, Peilung zwo-acht-eins, Höhe weniger als hundert Meter, Geschwindigkeit... *anfliegende Lenkwaffen, anfliegende Lenkwaffen,* Peilung zwo-acht-eins, Entfernung fünfzehn Meilen, Geschwindigkeit sechshundertzwanzig Knoten, Höhe zwanzig Meter!«

Und dann machte er einen folgenschweren Fehler: Er schaltete das Radar wieder ab, weil er glaubte, sie würden mit Antiradar-Lenkwaffen angegriffen.

Obwohl der Wachhabende in der Zentrale registrierte, daß ihr Radar abgeschaltet war, zögerte auch er einige Sekunden lang, bevor er es wieder einschalten ließ, damit ihre Flakgeschütze auf die überschallschnellen Ziele gerichtet werden konnten. Im Arsenal der Amerikaner gab es weitere überschallschnelle Antiradar-Lenkwaffen wie die Lenkwaffe HARM, um die es sich hier handeln konnte. »Düppelraketen abschießen! Brücke, Zentrale, anfliegende Lenkwaffen, Ausweichmanöver, Radar abgeschaltet.« Er wartete noch einige Sekunden, bis die Düppelraketen zur Täuschung der Antiradar-Lenkwaffen abgeschossen waren, und ließ dann das Überwachungsradar Sea

Eagle wieder einschalten, um die Flakgeschütze der *Yingtan* richten zu können.

Bei fast Mach eins brauchte die erste Lenkwaffe SLAM jedoch nur sechzig Sekunden, um ihr Ziel zu erreichen. In den weniger als dreißig Sekunden bis zum Einschlag blieb gerade noch Zeit, das Überwachungsradar Sea Eagle einzuschalten, die Lenkwaffe zu orten und die Zieldaten ans Feuerleitradar der Bordflak zu übermitteln. Die 37-mm-Flak der *Yingtan* war ebenso zielsicher wie die Lenkwaffen TACIT RAINBOW, aber diesmal wurden nur die beiden Steuerbordtürme eingesetzt...

Die rechte Hälfte von McLanahans Super Multi Function Display zeigte das von der Infrarotkamera im Bug der ersten SLAM gelieferte Videobild, und selbst Henry Cobb, dessen Blick normalerweise starr nach vorn gerichtet war, sah mehrmals nach rechts, um ihren Zielanflug zu verfolgen. Das Bild war eindrucksvoll: Die am unteren Bildrand als grünlich phosphoreszierende Streifen sichtbaren Wogen flitzten wie im Zeitraffer vorbei, während der heiße Fleck in der Bildmitte allmählich größer wurde und die Umrisse eines Kriegsschiffs annahm. Die Lenkwaffe war genau auf Kurs.

Plötzlich blitzte auf dem Kriegsschiff Mündungsfeuer auf. »Ihr Radar hat die SLAM erfaßt«, stellte McLanahan fest. Er berührte den kreisförmigen Cursor über der dreidimensionalen Darstellung der Fregatte, sagte dabei: »Zielwechsel!« und bewegte seinen Zeigefinger nach links. Die Lenkwaffe SLAM wich prompt nach links aus. Kurz bevor das Videobild der Fregatte vom Bildschirm verschwand, bewegte McLanahan den Cursor wieder nach rechts, und die SLAM folgte. Sekunden später führte er den Cursor zu der Fregatte zurück. »Fünfzehn Sekunden bis zum Einschlag«, berichtete er Cobb. »Los, Baby, du kannst's schaffen...«

Aber seine Bemühungen waren vergeblich. Sobald die Lenkwaffe wieder Kurs auf die Fregatte nahm, blitzte wieder Mündungsfeuer auf, und das Videobild wurde schwarz.

»Verdammt! Sie haben die erste SLAM abgeschossen.« Auf der rechten Hälfte von McLanahans SMFD blinkten dreimal die Worte SLAM 1 KEIN KONTAKT; dann erschienen die Videoaufnahmen der zweiten Lenkwaffe auf dem Bildschirm.

»Aber die nächste kriegt ihr nicht!« sagte McLanahan. Mit Hilfe des Cursors gab er für die zweite SLAM einen Zickzackkurs vor. »Versucht mal, *die* zu treffen ...«

Die Steuerbordflak der *Yingtan* schoß die erste SLAM Sekunden vor dem Einschlag ab, aber die sehr tief anfliegende zweite Lenkwaffe war unmöglich zu treffen: Sie zickzackte scheinbar willkürlich und wechselte ihren Kurs so schnell, daß die Geschütze ihr nicht folgen konnten. Zuletzt bohrte sie sich genau unter dem 3,7-cm-Geschützturm Nummer sechs in den Rumpf der Fregatte.

Der Gefechtskopf der raketengetriebenen SLAM zertrümmerte das in seinen Davits hängende Rettungsboot zwölf und schaffte es gerade noch, die Panzerung des Geschützturms sechs zu durchschlagen, bevor die zweihundertfünfzig Kilogramm schwere Sprengladung detonierte. Die Explosion riß ein riesiges Loch in die Steuerbordseite der *Yingtan*, tötete die zehnköpfige Geschützbedienung und setzte den Zwillingsturm sofort außer Gefecht.

»Treffer!« rief Patrick McLanahan. »Wenig Folgedetonationen ... guter Treffer, aber kein hundertprozentiger Erfolg.« Das SMFD zeigte ihm ihre Umgebung automatisch wieder aus der Vogelschau. »Nirgends ein Suchradar ... Verbesserung, Radargeräte werden eingeschaltet. Plötzlich senden wieder alle ... Suchradar bei fünf Uhr und ein neues bei zwei Uhr. Auch das India-Band-Radar bei fünf Uhr ist noch in Betrieb. Verdammt, wir haben die Fregatte nicht schwer genug getroffen. Sie kann weiter ihre Fla-Lenkwaffen einsetzen ...«

Im nächsten Augenblick begann das Leuchtzeichen »Raketenwarnung« auf seinem Super Multi Function Display und zugleich auf dem Bildschirm vor dem Piloten zu blinken.

»Ich habe ein weiteres Charlie-Band-Zielsuchradar bei ein bis zwei Uhr«, berichtete McLanahan. »Das müßte der Zerstörer in der Mitte sein.« Er wollte die ECM-Informationen aufrufen, aber der Computer stellte sie bereits automatisch dar – und was er auf seinem Bildschirm sah, ließ ihn zweimal schlucken. »Charlie-Band-Feuerleitradar ... vermutlich ein Radar DRBC-51 für Fla-Lenkwaffen HQ-91 ...«

»Einundneunziger?« fragte Henry Cobb. »Scheiße, dann sind wir noch in Reichweite!«

»Weiß ich, weiß ich«, wehrte McLanahan ab. Er hatte sich zu lange auf ihre Lenkwaffen SLAM konzentriert, anstatt auf die übrigen Kriegsschiffe in ihrer Umgebung zu achten. »Alle Störsender eingeschaltet, Raketenwarnsystem in Betrieb, Düppel und Leuchtkörper einsatzbereit, Lenkwaffe HARM wird zum Einsatz gegen dieses Radar programmiert ... Scheiße, Scheiße! Das Charlie-Band-Feuerleitradar schaltet auf Modus Charlie drei um ...«

Die Leuchtschrift »Raketenwarnung« erlosch; dafür blinkte jetzt »Kontakt Lenkwaffenradar« auf. »Feuerleitradar hat uns erfaßt!« rief McLanahan. »Störsender ein ... möglichst sinken und beschleunigen.«

Dabei hatten sie die Sicherheitsmindesthöhe für Nachtflüge längst unterschritten: Die riesige B-2 befand sich in weniger als hundert Fuß Höhe über der Célebes-See, wo Cobb die Black Knight manuell fliegen mußte, weil der mit dem Terrainfolgeradar gekoppelte Autopilot die Maschine in Höhen unter zweihundert Fuß über Wasser nicht mehr fliegen konnte. »Los, Jungs, wo, *zum Teufel*, seid ihr ...?«

In der nächsten Sekunde erhielt McLanahan genaue Angaben über Position und Entfernung des auf seinem SMFD dargestellten Zerstörers. Da er selbst weder Laser noch Radar einsetzte, mußte ihr Rottenflieger – der zweite Stealth-Bomber B-2 ihrer Angriffsformation – die Werte ermittelt und an sie weitergeleitet haben. Die Frage war jetzt nur: Wer würde den ersten Treffer erzielen?

»Erstes Luftziel erfaßt«, meldete der Radargast am Feuerleitradar für die Fla-Lenkwaffen HQ-91 auf dem Achterdeck der *Jinan*. »Leichte Störungen im unteren Bandbereich, schalte auf Frequenzwechsel um ... Vorläufig keine Störungen, System einsatzbereit ...«

»Verstanden«, bestätigte der Wachhabende in der Zentrale. »Abschußvorrichtung achtern – Meldung!«

Aus einem Magazin mit achtzehn Lenkwaffen fiel eine HQ-91 auf Führungsschienen und bekam von vier Technikern an Bug und Heck Dreiecksflossen gesetzt. Zwei weitere Techniker überprüften die Leitwerke, schoben die Lenkwaffe weiter und richteten sie abschußbereit auf. Gleichzeitig machte ein weiteres Team die zweite HQ-91 startbereit. In Startposition lief eine automatische Funktionskontrolle ab; zeigte sich dabei ein Defekt, neigte sich die Abschußvorrichtung selbständig nach vorn und ließ die Lenkwaffe eine Rutsche hinuntergleiten, damit sie dann instandgesetzt oder ausgemustert werden konnte.

Keine dreißig Sekunden nach dem Alarm war die Abschußvorrichtung achtern feuerbereit, während unter Deck zwei weitere Lenkwaffen mit angesetzten Leitwerken in Reserve gehalten wurden. »Abschußvorrichtung achtern feuerbereit!« meldete der Bootsmann, der die HQ-91 abfeuern würde.

»Deck frei, Schuß frei in drei, zwo, eins ... *Schuß*!« Der Bootsmann kontrollierte seine Anzeigen, umklammerte den Sicherheitsgriff, betätigte den Abzug und drückte mit dem Daumen auf den Feuerknopf. »Lenkwaffe eins gestartet ... Lenkwaffe zwo ...«

»*Lenkwaffen im Anflug!*« meldete der Radargast am Überwachungsradar Sea Eagle plötzlich. »Peilung zwo-vier-eins ...« Zwei Lenkwaffen AGM-84 SLAM der *zweiten* B-2 Black Knight in McLanahans Angriffsformation hatten das Feuerleitradar der HQ-91 unmittelbar nach dem Start der Fla-Lenkwaffen entdeckt und steuerten es jetzt an.

Aber die Lenkwaffen SLAM waren ähnlich wie die Marschflugkörper TACIT RAINBOW große unterschallschnelle Ziele, die das Feuerleitradar des Zerstörers mühelos erfassen konnte. Seine jetzt loshämmernde Flak konnte diese Ziele gar nicht verfehlen – beide Lenkwaffen SLAM wurden vernichtet, bevor sie auch nur in die Nähe der *Jinan* kamen.

Sein Abwehrfeuer machte den Zerstörer jedoch für die beiden von McLanahans B-2 abgefeuerten Lenkwaffen HARM verwundbar. Wie die Marschflugkörper TACIT RAINBOW steuerte auch die High-Speed-Antiradar Missile feindliche Radarsignale an, aber anstatt im Unterschallbereich aus großen Entfernungen anzufliegen und ein sehr einladendes Ziel abzugeben, war die über Mach drei schnelle HARM oft gar nicht zu entdecken. Je länger die *Jinan* die anfliegenden Lenkwaffen SLAM mit Radar verfolgte, desto leichter fanden die Lenkwaffen HARM ihre Ziele. Sie steuerten das Feuerleitradar der *Jinan* an, trafen die beiden Antennen und detonierten.

Obwohl die Lenkwaffen, deren Gefechtsköpfe kaum über zwanzig Kilogramm wogen, nur die beiden Radarantennen auf den hohen Antennenmasten der *Jinan* trafen, waren die Folgen für die Zentrale unter Deck fast so schlimm wie nach einer Atomdetonation: Der Strom fiel aus, aber während die Notbeleuchtung sofort aufflammte, waren die meisten Waffensysteme abgestürzt oder ganz stromlos.

»Jeder bleibt an seinem Platz!« rief der Wachhabende seinen Männern zu. »Systeme neu starten und auf weitere Befehle warten!« Er griff nach dem auch bei Stromausfall funktionierenden Telefon. »Brücke, Zentrale, Sensoren und Waffensysteme werden neu gestartet, ich wiederhole, Sensoren und Waffensysteme werden neu gestartet.«

»Brücke verstanden«, lautete die Antwort. »Lenkwaffentreffer an beiden Antennenmasten.«

Der Wachhabende schluckte. Beide Antennenmasten getroffen – das bedeutete, daß das HQ-91-Radar ganz ausgefallen war. Zur Not ließ sich das weiterhin funktionierende Luftraumüberwachungsradar Sea Eagle als Feuerleitradar verwenden, aber es arbeitete viel zu ungenau. Sie konnten zwar noch die Luftabwehr der Vorpostenboote koordinieren, aber ihr Zerstörer war in Sekundenbruchteilen buchstäblich wertlos geworden.

Aber nicht ganz wehrlos. Als die Stromversorgung im nächsten Augenblick wieder anlief, zeigte sich, daß die Zentrale weitgehend funktionsfähig geblieben war. »Irgendwo dort draußen ist ein zweiter Bomber, den wir runterholen müssen!« erklärte er seinen Männern. »Laßt euch vom Deck melden, welche Waffen einsatzbereit sind – die vordere Hunderter und die HQ-91 achtern müßten klar sein. Sorgt dafür, daß der Luftraum mit Nachtsichtgeräten und Restlichtverstärkern abgesucht und das Überwachungsradar mit dem Geschütz und den Lenkwaffen gekoppelt wird ... Brücke, Zentrale, die HQ-91 achtern scheint einsatzbereit zu sein. Bitte um Feuererlaubnis auf den zweiten Stealth-Bomber!«

»Charlie-Band-Radar ausgefallen ... nur noch Suchradar«, berichtete McLanahan. »Anscheinend hab' ich das Feuerleitradar erwischt. Verdammt, ich wollte, ich könnte mich bei den Jungs drüben in der anderen B-2 bedanken. Die haben uns mit ihren SLAM-Starts aus der Patsche geholfen.« Er starrte gespannt auf sein SMFD und wartete, ob das Heckradar sie vor weiteren HQ-91 warnen würde. Erst nach zwei Minuten ohne Warnsignal holte McLanahan tief Luft, als habe er die ganze Zeit über den Atem angehalten, und Cobb rutschte kurz auf seinem Sitz hin und her – was in seinem Fall einem wilden Schrei der Erleichterung gleichkam.

»Noch immer zwei Feuerleitradargeräte bei zwei Uhr«, sagte McLanahan. »Dreißig Grad links, damit wir ihnen nicht zu nahe kommen.« Er öffnete die Klappen der linken Bombenkammer und machte zwei Lenkwaffen HARM zum Einsatz gegen diese Vorpostenboote einsatzbereit. »Suchradar bei sechs Uhr ... das Überwachungsradar des Zerstörers arbeitet offenbar noch …« McLanahan überlegte, ob sie zurückfliegen sollten, damit er dieses Radar mit einer weiteren HARM bekämpfen konnte, aber das Feuerleitradar der Vorpostenboote stellte im Augenblick die größte Bedrohung dar. Da der Zerstörer seine gefährlichsten Waffen, die Fla-Lenkwaffen HQ-91, nicht mehr einsetzen konnte, würde er eine leichte Beute der nachfolgenden Bomber B-52 werden …

»Luftziel erfaßt, Peilung drei-vier-zwo, Entfernung elf Meilen, weiter zunehmend, Höhe unter achtzig Meter …« Der Radargast kontrollierte rasch den bisherigen Kurs dieses Ziels – und fand keinen. Es war buchstäblich aus dem Nichts mitten in der chinesischen Flotte aufgetaucht und schien jetzt wieder verschwinden zu wollen …

So sieht ein Stealth-Bomber also im Radar aus!

»HQ-91 achtern startbereit machen«, befahl der Wachhabende in der Zentrale der *Jinan*.

»Fehleranzeige bei den HQ-91, Genosse Korvettenkapitän – Defekt im Führungssystem.«

»Diese Anzeige löschen! Lenkwaffen mit Überwachungsradar Sea Eagle koppeln.«

»Verstanden … Fehlanzeige gelöscht, HQ-91 mit Überwachungsradar Sea Eagle gekoppelt, keine Zielsuche, nur Richtungssteuerung … Deck meldet Feuerbereitschaft.«

»Vierersalve … Feuer!«

Ein Treffer war bei dieser Methode – ein schwaches Radarecho, das vermutlich von einem Stealth-Bomber stammte, kein richtig erfaßtes Ziel, starke Beeinträchtigung durch Störsender, kein Zielsuchradar für die HQ-91, keine Annäherungszünder in den Gefechtsköpfen – eher unwahrscheinlich: Die Lenkwaffen würden ihr Ziel entweder verfehlen oder es mittschiffs treffen.

Die zweite B-2 hatte das Pech, eine leichte Kursänderung vorzunehmen, um ein chinesisches Vorpostenboot anzugreifen, dessen Zielsuchradar sie erfaßt hatte. Die erste HQ-91 raste links an dem Bomber vorbei, aber die zweite der vier Lenkwaffen traf den Flügel der Black Knight, detonierte und hüllte die ganze linke Seite des High-Tech-Bombers sekundenschnell in einen riesigen gelben Feuerball.

Die Besatzung war augenblicklich tot, als die B-2 mit Urgewalt flach ins warme Wasser der Célebes-See klatschte. Die bumerangförmige Maschine legte sich überschlagend noch mehrere tausend Meter auf der Meeresoberfläche zurück, bevor sie unter Wasser geriet und für immer verschwand.

»Treffer! Guter Treffer am zweiten Flugzeug!« In der Zentrale der *Jinan* brach Jubel aus ...

... der aber sehr rasch wieder erstarb. »Achtung! Anfliegende Lenkwaffen, mehrere Kontakte, Peilung ... Seitenwechsel, eins-vier-drei, Entfernung dreißig Meilen, Höhe ... unter fünfzig Meter, Geschwindigkeit sechshundert Knoten!«

Das mußten die Lenkwaffen Tomahawk sein, die den Gegenangriff der *Kaifeng* überstanden hatten. »Sofort Funkspruch an alle Schiffe, Lenkwaffenwarnung, Abwehrfeuer gegen ...«

»Bomber B-52 setzen Lenkwaffen ein, Peilung zwo-null-fünf, Entfernung einundfünfzig Seemeilen ... starke Störungen auf sämtlichen Frequenzen ...«

Von beiden Seiten anfliegende Lenkwaffen ... eine, möglicherweise zwei B-2 über der Flotte ... eine B-52, die keiner mehr im Auge behalten hatte ... plötzlich herrschte das reinste Chaos. Als erstes mußte er die weniger als dreißig Meilen entfernten Tomahawks bekämpfen. Kapitän Jhijun kreischte so laut in die Bordsprechanlage, daß er gar keinen Verstärker gebraucht hätte: »*Zentrale, Brücke, was ist mit den verdammten Tomahawks? Könnt ihr die abfangen?*«

»Unser Radar wird stark gestört, aber ich glaube, daß wir mit manueller Nachführung zurechtkommen. Ich bin zuversichtlich, Genosse Kapitän. Aber die Zahl der anfliegenden Lenkwaffen ist unbekannt ...«

»So viele wie irgend möglich bekämpfen!« wies Jhijun den Wachhabenden an. »Den Rest erledigt unsere Phalanx.« Außer mit 13-cm-Geschützen und 2,5-cm-Flakzwillingen war die *Jinan* mit zwei amerikanischen Maschinenkanonen Phalanx bewaffnet – mit vollautomatischen, radargesteuerten Revolverkanonen zur Nahbekämpfung anfliegender Lenkwaffen. Eigentlich eine Ironie des Schicksals, daß sie jetzt dazu dienen würden, amerikanische Lenkwaffen abzuschießen . . .

»Genosse Kapitän! Drei Bomber B-52, die im Abflug nach Westen gemeldet worden sind, drehen jetzt nach Norden ein und scheinen erneut angreifen zu wollen. Sie sind dreiundvierzig Seemeilen entfernt – an der äußersten Grenze der Reichweite unserer HQ-91.«

Zum Teufel mit ihnen! dachte Jhijun. Die Bomber sind außer Reichweite, aber wir haben wenigstens die Chance, diese Marschflugkörper abzuschießen, bevor sie die Landungsflotte erreichen. »Funkspruch an alle Schiffe: Mindestens drei, möglicherweise bis zu sechs Bomber B-52 und wenigstens eine B-2 aus Süden im Anflug auf den Golf von Davao. Zerstörer *Jinan* kann sie nicht bekämpfen, weil Marschflugkörper Tomahawk aus Südosten im Anflug. Erbitten dringend Unterstützung durch Jäger und Schiffe.«

Die Antwort kam eine Minute später: »Genosse Kapitän, wir erhalten Unterstützung durch den Zerstörer *Hong Lung*. Admiral Yin läßt Sie nochmals daran erinnern, daß Sie *persönlich* dafür verantwortlich sind, daß die Marschflugkörper Tomahawk vorrangig bekämpft werden.«

Kapitän Jhijun schluckte, als die *Hong Lung* erwähnt wurde, aber als er hörte, was Yin ihm mitteilen ließ, bekam er eine Gänsehaut. Er war sich darüber im klaren, daß jeder Marschflugkörper, den sie passieren ließen, ein Jahr Gefängnis und eine Degradierung um einen vollen Dienstgrad bedeuten würde. Seine Karriere – oder genauer gesagt sein *Leben* – hing jetzt davon ab, wie gut er diesen Auftrag erfüllte.

An Bord des Zerstörers »Hong Lung«
sechzig Seemeilen westlich des Zerstörers »Jinan«

Im Lageraum des Flaggschiffs der chinesischen Flottille wurden auf drei großen Plexiglastafeln laufend die Standorte aller eigenen Kriegsschiffe eingetragen. Die Darstellung glich allmählich der Kinderzeichnung eines Bienenstocks – Mindanao –, der von wütenden Bienenschwärmen umgeben war. Und die Bienen kamen mit jeder Minute näher...

Admiral Yin Po L'un war die Taktik der Amerikaner längst klar: Sie griffen aus mehreren Richtungen gleichzeitig an, um die Abwehr seiner Kampfgruppe zu zersplittern. Zu den im Anflug aus Süden gemeldeten B-2 und B-52 und den Marschflugkörpern Tomahawk aus Südosten kamen weitere B-52 aus Osten und B-1 aus Nordosten, denen dann B-52 folgten, die von schnelleren Bombern – vermutlich FB-111 – begleitet wurden. Die starken Störungen auf allen Radarfrequenzen zeigten, daß einige der feindlichen Maschinen keine Bomber, sondern ECM-Flugzeuge sein mußten.

Kapitän Sun Ji Guoming, der Chef von Yins Stab, faßte die bisherigen Erkenntnisse zusammen: »Nach ersten Meldungen sind an diesem Unternehmen sechsundzwanzig B-52, sechs B-1, vier B-2 – von denen die *Jinan* bereits einen abgeschossen haben soll –, zwei ECM-Flugzeuge EF-111 und vier bis sechs Jagdbomber FB-111 beteiligt. Damit hätte das erste Geschwader der Air Battle Force wenigstens drei Viertel, möglicherweise sogar vier Fünftel seiner Maschinen eingesetzt.« Sun lächelte wissend. »Wir können die gegen uns eingesetzten amerikanischen Luftstreitkräfte in einer einzigen Nacht vernichten.«

»Tatsächlich, Kapitän?« fragte Yin halblaut. »Offenbar haben wir erst ein Flugzeug abgeschossen, während die Amerikaner eine Fregatte und einen Zerstörer versenkt, zwei weitere Fregatten beschädigt und fast zwei Dutzend Vorpostenboote beschädigt oder versenkt haben. In weniger als dreißig

Minuten können sie über dem Golf von Davao sein. Ich sehe bisher keine Anzeichen für eine ›Vernichtung‹ der amerikanischen Luftstreitkräfte.«

»Sie haben einen großen Verlust erlitten, noch bevor sie das Zielgebiet erreicht hatten«, erklärte Sun ihm. »Und sie werden schwerste Verluste erleiden, sobald sie vor Davao in Reichweite unserer Zerstörer *Dalian* und *Yinchuan* kommen. Die Amerikaner sind undiszipliniert: Sie greifen jedes kleine Vorpostenboot mit Lenkwaffen an, anstatt sich ihre Waffen für Fregatten, Zerstörer oder Landungsschiffe aufzuheben. *Huangshi* und *Kaifeng* sind beide durch Zufallstreffer versenkt worden, aber die *Yingtan* ist noch einsatzbereit...«

»Sie haben die Möglichkeit eines Angriffs mit Marschflugkörpern Tomahawk nicht ausreichend berücksichtigt«, sagte Admiral Yin aufgebracht. »Unser äußerer Verteidigungsring ist allzu leicht durchbrochen worden. Und warum ist mir nie gemeldet worden, daß die Amerikaner auf Guam Stealth-Bomber B-2 stationiert haben...?«

»Genosse Admiral, unser Marine-Nachrichtendienst hat gemeldet, die Trägerkampfgruppe mit der *Ranger* liege weiter in Manado und habe von Indonesien keine Erlaubnis zu Offensivunternehmen erhalten«, stellte Sun fest. »Sollten amerikanische Kreuzer ihre Marschflugkörper aus indonesischen Gewässern gestartet haben, wäre das ein Völkerrechtsbruch...«

Yin funkelte ihn an, denn *diese* Erklärung konnte ihn keineswegs zufriedenstellen.

»Genosse Admiral, wir greifen in Kürze Bomber B-52 an der äußersten Grenze der Reichweite unserer Fla-Lenkwaffen an«, meldete der Wachhabende. Während die *Hong Lung* eine Kursänderung nach Steuerbord vornahm, fühlten sie das ganze Schiff erzittern, als die Gasturbinen als Verstärkung der Dieselmotoren anliefen. »B-52 setzen Antischiffs-Lenkwaffen ein... Störsender wirkungslos, guter Radarkontakt, alle Ziele dürften abgeschossen werden.«

Yin hatte nicht die Absicht, Kapitän Sun weitere Vorwürfe zu machen – hätte Sun nicht vorgeschlagen, die *Hong Lung* zum Schutz der Invasionsflotte nach Osten zu verlegen, würden alle diese amerikanischen Bomber jetzt vielleicht seine Marineinfanteristen angreifen. »Invasionskräfte, Meldung«, verlangte Yin knapp. »Sind sie bereit zur Landung?«

»Alle Schiffe sind in Position«, berichtete Kapitän Sun. »Die Artillerievorbereitung beginnt in zwei Stunden, das Landungsunternehmen eine Stunde später . . .«

»Wir können nicht länger warten«, entschied der Admiral. »Die Landungsfahrzeuge sollen sofort ablegen!«

»Aber wir haben noch keine Zeit gehabt, einen Brückenkopf für die Landung unserer Marineinfanterie zu schaffen, Genosse Admiral«, wandte Sun ein. »Wer weiß, was sie dort alles erwartet? Wir sollten nicht auf die Artillerievorbereitung verzichten, sondern den Strand mindestens eine Stunde lang beschießen, bevor wir . . .«

»Schlimmstenfalls werden sie schon in einer halben Stunde von diesen Bombern und Marschflugkörpern angegriffen«, unterbrach ihn Yin. »Los, sorgen Sie dafür, daß die Marineinfanterie an Land geht!«

»Wir haben keinen Grund zur Eile, Genosse Admiral«, wandte Sun erneut ein. »Wir sollten abwarten, bis feststeht, wohin die amerikanischen Bomber fliegen – vielleicht bombardieren sie sogar den Strand für uns. Jedenfalls sollten unsere Truppen nicht am Strand sein, wenn die Bomber kommen . . .«

»Und erst recht nicht auf Landungsschiffen im Golf von Davao!« sagte Yin lauter und schärfer als zuvor. Sun erkannte, daß weitere Einwände zwecklos gewesen wären. Das unbehagliche Schweigen im Lageraum wurde durch das laute Schrillen der Alarmglocken unterbrochen, als der Zerstörer die um sie herumschwärmenden Bomber B-52 anzugreifen begann . . .

Vierzig Seemeilen östlich des Zerstörers »Hong Lung«

Der Anflug der sechs Bomber B-52G Stratofortress des Südverbands glich einem Spießrutenlauf, bei dem sie genau zwischen zwei chinesischen Zerstörern hindurchfliegen mußten und keinen anderen Schutz als einen unsichtbaren Vorhang aus elektronischen Störsignalen hatten.

Ihre einzige Hoffnung: Leistungshebel bis zum Anschlag nach vorn, Flughöhe nicht höher als hundert Fuß und Kurs auf die noch zwanzig Seemeilen entfernten Inseln Barut und Sarangani, die sie erreichen mußten, bevor die chinesischen Fla-Lenkwaffen sie fanden. Obwohl sie von dem östlichen Zerstörer keine Signale eines Lenkwaffenradars empfingen, hatte er's irgendwie geschafft, die B-2 mit einer Lenkwaffe abzuschießen – deshalb achteten sie auf möglichst großen Abstand zu beiden Zerstörern.

»Trick Zero-Two, hier One«, sagte der Pilot der Führungsmaschine auf der Einsatzfrequenz. »Wir haben die Schiffe im Westen im Radar. Ich habe noch vier Harpoons. Wir greifen damit an.« Sobald seine Navigatoren den Standort dieser Schiffe genau bestimmt hatten, wiesen sie ihn an, auf dreihundert Fuß zu steigen, und schossen ihre vier letzten AGF-84 Harpoon auf die Schiffsziele ab.

Die beiden ersten Harpoons waren Exemplare des ursprünglichen Typs, die mit neunhundert Stundenkilometern geradewegs auf die Schiffe zusteuerten; die beiden anderen waren weiterentwickelte Abwurflenkraketen AGM-84E SLAM, die in bezug auf Ausweichkurse und Angriffe aus verschiedenen Höhen und Richtungen wesentlich flexibler waren.

Während die beiden ersten Harpoons die *Hong Lung* auf kürzestem Weg ansteuerten, wich das zweite Paar nach Norden und Süden aus, so daß der Zerstörer von drei Seiten gleichzeitig angegriffen wurde.

Dieser Angriff war erfolgreich. Die vom ersten Radarnavigator der B-52 gesteuerte südliche SLAM traf die chinesische Fregatte *Change De* steuerbords knapp über der Wasserlinie und setzte sie augenblicklich außer Gefecht, und ein vor der *Hong Lung* herlaufender Minensucher wurde von einer Harpoon getroffen und schwer beschädigt. Die andere Harpoon und die zweite SLAM wurden durch Flakfeuer der *Hong Lung* und ihrer Begleitschiffe abgeschossen.

Aber der Gegenangriff der *Hong Lung* war vernichtend – sobald die B-52 angriff, war der Himmel voller Fla-Lenkwaffen. Durch diesen unüberlegten Angriff mit vier Lenkwaffen Harpoon gleichzeitig verriet die B-52 ihre genaue Position, und die *Hong Lung* schoß sekundenschnell vier Fla-Lenkwaffen HQ-91 ab, denen eine weitere Vierersalve folgte.

»Wird verdammt Zeit, daß wir abhauen!« sagte der Pilot der ersten B-52 laut – mehr zu sich selbst als zur restlichen Besatzung. »Seht zu, daß ihr die Minen loswerdet, damit wir abhauen können!«

Die letzten konventionellen Waffen dieser B-52 waren vier Torpedos Mk 60 CAPTOR in Abwurfvorrichtungen im vorderen Teil der Bombenkammer. Das Waffensystem CAPTOR bestand aus einem Behälter mit einem Torpedo Mk 46 und komplizierten Sensoren. Während die B-52 in einer steilen Rechtskurve von dem westlichen Zerstörer abdrehte, warf sie diese Minen in die Célebes-See, wo sie unter Wasser treiben würden, bis ein Kriegsschiff in die Nähe kam. Sobald Geräuschpegel, Wasserdruck und magnetische Feldstärke vorprogrammierten Werten entsprachen, ortete die Mine das Ziel und verschoß den Torpedo. Ein einziger dieser Torpedos mit einer Reichweite von sechs Seemeilen genügte, um jedes chinesische U-Boot oder Überwasserschiff – mit Ausnahme der größten Klasse – zu versenken.

Binnen zwei Minuten waren alle vier CAPTOR-Minen gelegt, und die B-52 holte dramatisch Fahrt auf. Der Bomber stieß eine Düppelwolke aus und setzte seine Rechtskurve fort, um auf sicheren Südkurs zu gelangen. Aber bei hoher Geschwindigkeit betrug der engste Kurvenradius der B-52 etwa vierzig

Kilometer – direkt auf zwei der Vorpostenboote zu, die den beschädigten Zerstörer *Jinan* eskortierten.

Mit dem verbliebenen Luftraumüberwachungsradar der *Jinan* als Feuerleitradar und den IR-Richtgeräten ihrer Artillerie eröffneten die Vorpostenboote mit 2,5-, 3,7- und 5,7-cm-Geschützen das Feuer auf die B-52 und durchlöcherten den riesigen Bomber förmlich. Als die Cockpitverglasung zersplitterte, waren die beiden Piloten augenblicklich tot, so daß die Maschine führerlos ins Meer stürzte.

Der Absturz der B-52 in kaum drei Kilometer Entfernung bot den unglaublichsten Anblick, den die siebzig Mann starke Besatzung des Vorpostenboots *Yingkou* der *Haijui*-Klasse jemals erlebt hatte. Die pilzförmige Feuerwolke war bestimmt einen Kilometer hoch, und die Flammen waren so groß und heiß, daß der Kapitän später behauptete, er habe ihre Hitze selbst auf seiner geschlossenen Brücke gespürt. Der Feuerball rollte wie eine gewaltige rot-orange Flutwelle über die Meeresoberfläche. Nach kurzem Erschrecken brach die Brückenbesatzung in wilden Jubel aus, als die Flammen allmählich niedriger wurden – während die übrige Besatzung in Deckung rannte, weil aus der sich ausbreitenden schwarzen Rauchwolke Metalltrümmer herabregneten.

»Radarkontakt, zweiter und dritter Bomber B-52«, meldete der Artillerieoffizier. »Beide Maschinen dürften wie die erste abdrehen. In fünf Minuten ist die nächste fällig.«

Unglaublich! dachte der Kommandant der *Yingkou*. Vielleicht können wir heute nacht zwei oder sogar drei B-52 runterholen. Dafür bekomme ich garantiert eine Fregatte ... »Weiter nach Westen laufen«, wies er seinen Rudergänger an. »Wir müssen so nahe wie möglich an diese Bomber rankommen.« Der Rudergänger legte den Maschinentelegrafen auf äußerste Fahrt voraus. Jede hundert Meter, die sie den Zielen näher kamen, konnten ein Dutzend weiterer Treffer bedeuten.

»Zweiter Bomber dreht nach Osten ab, Entfernung abnehmend ... er kommt auf uns zu, Genosse Kapitänleutnant ...

Feuerleitradar wird gestört ... schalte vordere Siebenundfünfziger auf IR-Richtgerät mit Datenübertragung von der *Jinan* um ... Ziel wieder erfaßt, vordere Siebenundfünfziger und Dreißiger backbords melden Feuerbereitschaft.«

Das war ideal, wirklich ideal. Das zweite Vorpostenboot, das den Zerstörer *Jinan* begleitete, konnte sich keine Daten des Laufraumüberwachungsradars der *Jinan* übermitteln lassen und war deshalb darauf angewiesen, die Leuchtspurgeschosse seines Bootes zu verfolgen. In der Praxis bedeutete das, daß etwaige Abschüsse nur der *Yingkou* zugeschrieben werden würden.

»Dreißig Sekunden ... zwanzig Sekunden ... alle Geschütze melden Feuerbereitschaft ... fünfzehn Sekunden ... Achtung. Alle Geschütze ...«

Aber der Feuerbefehl wurde nicht mehr gegeben. Die erste Torpedomine CAPTOR war beim Eintauchen ins Wasser aktiviert worden, hatte trotz der lauten Detonation beim Absturz der B-52 die Maschinengeräusche der *Yingkou* geortet, sobald das Vorpostenboot mit der Fahrt heraufging, und hatte seinen Torpedo ausgestoßen. Der Torpedo schaltete sein Sonar ein, ortete die *Yingkou*, beschleunigte auf vierzig Knoten und traf den Maschinenraum des Vorpostenboots dicht unter der Wasserlinie.

Eine Hohlladung rammte die Titanspitze des Torpedos Mk 46 durch die Rumpfplatten der *Yingkou*, und der Torpedo schwamm mindestens einen Meter weit in den Backbordmaschinenraum, bevor sein dreihundertfünfzig Kilogramm schwerer Gefechtskopf detonierte. Mit fast ganz abgesprengtem Heck sank das Vorpostenboot in weniger als zwei Minuten – etwa zur selben Zeit, als die letzten brennenden Trümmer des Bombers Trick Zero-One ins Meer stürzten.

Die beiden anderen B-52 der ersten Südgruppe rächten den Abschuß ihrer Führungsmaschine mit einem Hagel von Lenkwaffen Harpoon, die innerhalb von wenigen Minuten drei weitere Vorpostenboote der *Jinan* versenkten. Der Zerstörer selbst, der jetzt aus Süden kommende Lenkwaffen Harpoon und die aus Südosten anfliegenden Marschflugkörper Tomahawk abwehren mußte, wurde von einer Harpoon und einer Tomahawk getroffen und außer Gefecht gesetzt.

An Bord der EB-52C Megafortress Diamond One-One

Major Kelvin Carter war überrascht, als er laut COLA-Anzeige (Computer Generated Lowest Altitude) nach so vielen Stunden in relativ gleichbleibender Flughöhe plötzlich steigen sollte, aber als die Megafortress sich den Felseninseln des Nenusa-Archipels näherte, wollte die EB-52 auf sechshundert Fuß steigen, um über die höchsten Spitzen hinwegzukommen. Carter nahm eine leichte Kursänderung vor, um die winzigen Radarziele südlich zu umfliegen, und sobald der Computer merkte, daß die Hindernisse vor ihnen verschwunden waren, sank die Megafortress wieder auf hundert Fuß über der Célebes-See.

Alice Kellerman war dabei, die Positionen der übrigen Maschinen ihrer Angriffsformation nach den über Funk eingehenden Standortmeldungen in ihre Karte einzutragen. »Geschafft!« sagte sie. »Alle sechs B-52 der zweiten Ostgruppe und Diamond One-Two sind durchgekommen. Sie sind zwei Minuten voraus.«

»Und die anderen?« fragte Carter.

»Die Südgruppe hat's schwer erwischt«, berichtete Kellerman. »Eine B-2 und eine der B-52 aus Castle sind abgeschossen worden ...«

»Etwa unsere B-2? Cobb und McLanahan?«

»Cobb und McLanahan haben's geschafft, aber Whitemans B-2 ist abgeschossen worden. Eine weitere B-2 der Nordgruppe hat umkehren müssen; alle anderen Maschinen sind durchgekommen.

Die übrigen fünf B-52 der Südgruppe scheinen den Zerstörer

östlich von ihnen außer Gefecht gesetzt und ein paar Vorpostenboote versenkt zu haben – folglich müßten sie's jetzt auch schaffen. Aber aus Westen nähert sich eine weitere Zerstörerkampfgruppe, die gefährlich werden kann, wenn die Bomber später nach Süden abfliegen.

Sonst keine weiteren Meldungen: Alle anderen kommen offenbar planmäßig voran. Kanes EB-52, die Begleitschutz für die Ostgruppe zwei fliegt, hat zwei chinesische Jäger abgeschossen.«

»Suchradar bei elf Uhr«, meldete Atkins. »Gold-Band-Suchradar... Luftraumüberwachungsradar Sea Eagle, Zerstörer der *Luda*-Klasse, jetzt auch Jägerleitradar, vermutlich Jäger aus Nordwesten im Anflug.«

»Der Zerstörer steht vierzig Seemeilen entfernt und wird von fünf Schiffen begleitet«, sagte Kellerman über ihr Seitensichtradar gebeugt. »Wir erreichen ihn etwa sechzig Sekunden vor den südlichen B-52. EW, wir sind jetzt in TACIT-RAINBOW-Reichweite. Los, nehmt Maß und zeigt's ihnen!«

In der Bangoy-Straße vor Davao
zur selben Zeit

Im Golf von Davao, keine zehn Seemeilen vor der Stadt Davao, stand der größte chinesische Flottenverband seit dem Koreakrieg angriffsbereit.

Der Verband war in zwei Angriffsgruppen unter Führung je eines Zerstörers aufgeteilt. In der Bangoy-Bucht nördlich des Samar International Airports stand der von sechs Schnellbooten begleitete Zerstörer *Dalian* mit fünf ehemals amerikanischen Panzerlandungsschiffen LST-1, die jeweils zweihundertfünfzig Marineinfanteristen, zwanzig gepanzerte Mannschaftstransportwagen und zehn Schützenpanzer an Bord hatten. Dazu kamen vier Landungsschiffe der *Yukan*-Klasse, von denen jedes über vierhundert Marineinfanteristen und etwa tausend Tonnen Nachschub und Ausrüstung transportierte.

Jedes Landungsschiff hatte mehrere kleinere Landungsfahrzeuge an Bord, die jeweils dreißig Marine-Pioniere absetzen würden, die den Auftrag hatten, Drahthindernisse am Strand zu beseitigen, Minenfelder zu räumen und Panzersperren zu sprengen. Danach würden die Landungsschiffe den Strand anlaufen, ihre Bugtore öffnen und die Marineinfanteristen in massiven Wellen an Land schicken. Sobald die Hubschrauber der Schiffe der *Yukan*-Klasse weitere Marineinfanteristen und Geschütze abgesetzt hatten, würden die Invasionstruppen einen Küstenstreifen nördlich des Flughafens besetzen und dann nach Süden vorstoßen.

Die Hauptangriffsgruppe unter Führung des Zerstörers *Yinchuan* stand nur vier Seemeilen südlich von Davao. Zu ihr gehörten zehn Panzerlandungsschiffe LST-1, acht Landungsschiffe der *Yukan*-Klasse und zahlreiche kleinere Landungsfahrzeuge, Minensucher und Versorgungsschiffe. Dieser Verband hatte den Auftrag, das Hochland westlich von Davao zu besetzen, die Stadt von Land her einzuschließen und sich mit der Nordgruppe zu vereinigen, um gemeinsam mit ihr den Samar International Airport einzunehmen.

Um 01.35 Uhr, zwei Stunden vor dem ursprünglich geplanten Angriffsbeginn, standen die beiden Zerstörer der *Luda*-Klasse acht Seemeilen vor den beiden Landungszonen, eröffneten das Feuer mit ihren 13-cm-Geschützen und überschütteten die Landungsgebiete mit einem Geschoßhagel.

Verschossen wurden hauptsächlich dreiundzwanzig Kilogramm schwere Granaten mit dreieinhalb Kilogramm Sprengladung, aber auch Spezialgranaten mit Infrarotsuchköpfen, die Wärmequellen wie Fahrzeuge oder MG-Nester ansteuerten, Brandgranaten, die Gebäude und dichtes Buschwerk mit Napalm in Brand setzten, und Splittergranaten gegen Flächenziele. Zwei Hubschrauber mit Infrarotsichtgeräten sollten Ziele für die Schiffsartillerie aufspüren, aber im allgemeinen begnügten die Chinesen sich damit, die Landungszone fast wahllos zu beschießen. Der Zerstörer *Yinchuan* beschoß auch die Umgebung des Samar International Airports, um vielleicht einen Teil der dort stationierten Verteidiger zu vertreiben.

Nach zwanzig Minuten Trommelfeuer setzten die chinesischen Landungsschiffe mehrere Wellen von Landungsfahrzeugen mit ihren Marine-Pionieren aus, die dafür sorgen sollten, daß die Schiffe ungefährdet den Strand erreichen konnten. Nun wurde das Feuer der Zerstörer selektiver: Um den Landungsfahrzeugen Feuerschutz zu geben, konzentrierte es sich jetzt auf einige Küstenbatterien, die ausgeschaltet wurden. Während die Landungsfahrzeuge den Strand mit 2,5- und 3,7-cm-Kanonen beschossen, gingen Froschmänner über Bord, um Minen und Unterwasserhindernisse aufzuspüren, bevor die Marine-Pioniere damit begannen, Minenfelder und MG-Nester zu beseitigen. Aber der feindliche Widerstand war so schwach, daß die erste Welle der Landungsfahrzeuge keine zehn Minuten brauchte, um den Strand zu erreichen.

Als nach fünfundzwanzig Minuten Trommelfeuer ein Drittel der zulässigen Lebensdauer der Rohre der 13-cm-Geschütze der Zerstörer verbraucht war, wurde auf die Bekämpfung einzelner Ziele umgestellt, die den Landungsschiffen gefährlich werden konnten. Aber der feindliche Widerstand blieb so schwach, daß die chinesische Marineinfanterie wider Erwarten nur sehr geringe Verluste durch Heckenschützen oder Granatwerferüberfälle aus dem Hinterhalt hatte.

»Genosse Admiral, eine Meldung von Flottillenadmiral Yanlai«, sagte Kapitän Sun, der Chef von Yins Admiralsstab. »Das Landungsunternehmen ist unerwartet glatt angelaufen. Die ersten Landungsfahrzeuge haben den Strand ohne größere Verluste erreicht, und die zweite Welle erfolgt in wenigen Minuten. Samars Guerillas leisten nur schwachen Widerstand.«

Der Flottenchef atmete erleichtert auf. Seitdem Kapitän Sun und weitere Stabsoffiziere dafür plädiert hatten, das Landungsunternehmen keineswegs anlaufen zu lassen, bevor die amerikanische Air Battle Force ausgeschaltet war, hatte er befürchtet, die falsche Entscheidung getroffen zu haben – und jetzt schien sie sich als bemerkenswert vorausschauend zu erweisen. »Macht Yanlai irgendwelche Vorschläge für sein weiteres Vorgehen?«

»Nein, Genosse Admiral«, antwortete Sun. »Er führt das Unternehmen wie geplant fort.«

»Unser Plan geht davon aus, daß Samar und seine Guerilla erbitterten Widerstand leisten«, stellte Yin fest, »aber Samar ist offenbar geflüchtet. Es wird Zeit, das Unternehmen zu beschleunigen – wegen der Gefahr amerikanischer Luftangriffe ist das sogar dringend notwendig. Weisen Sie Admiral Yanlai an, mit allen LSTs und Landungsschiffen zu landen, sobald die zweite Welle der Landungsfahrzeuge am Strand ist.«

Die anwesenden Stabsoffiziere starrten Yin sprachlos erstaunt an, und Kapitän Sun blinzelte verblüfft. »Aber ... Genosse Admiral, nach der zweiten Welle haben wir weniger als dreihundert Mann gelandet – in der Masse leichtbewaffnete Marine-Pioniere. Sie sind weder stark genug noch dazu ausgerüstet, die Landungszone zu säubern und zu sichern. Bei Tageslicht könnten sie vielleicht einen halben Kilometer weit landeinwärts vordringen; bei Nacht müssen sie sich darauf beschränken, den Strand zu halten. Es wäre Wahn ... Entschuldigung, Genosse Admiral, meiner Überzeugung nach wäre es *unklug*, die großen Schiffe einzusetzen, bevor feststeht, daß die Landungszone feindfrei ist.«

Kapitän Sun hielt dem zornigen Blick des Flottenchefs unbehaglich stand.

Daß er Yins Entscheidung als »Wahnsinn« bezeichnet hatte, grenzte an Befehlsverweigerung, und nur seine jahrelange enge Zusammenarbeit mit Yin und die Tatsache, daß sie sich im Krieg befanden, bewahrte ihn jetzt davor, auf der Stelle entlassen zu werden.

»Weitermachen, Kapitän«, knurrte der Admiral. »Unser

Einsatzplan basiert auf der Annahme, daß Samars Truppen erbitterten Widerstand leisten und so die größte Gefahr für unsere Truppen darstellen würden. Ihr Widerstand ist bisher gering, und die von den amerikanischen Bombern ausgehende Gefahr ist sehr groß. Unsere Landungsflotte ist verwundbar. Je mehr Männer wir sicher an Land bringen können, desto besser für uns. Geben Sie Befehl, daß die Landungsschiffe *sofort* den Strand anlaufen sollen.«

Mit Hilfe eines Abfragegeräts, dessen verschlüsseltes Kurzsignal die IFF-Geräte aller amerikanischen Flugzeuge im Einsatzgebiet dazu veranlaßte, mit einem ebenso kurzen Identifizierungssignal zu antworten, konnte Patrick McLanahan die Standorte der übrigen Bomber auf seinem Super Multi Function Display darstellen lassen. Gleichzeitig wurden diese Informationen an die Begleitflugzeuge EB-52C Megafortress der anderen Angriffsgruppen übermittelt, um ihre Lagedarstellungen auf den neuesten Stand zu bringen. Über die NIRTSats erhielten auch ihr Oberkommando auf Guam und das National Military Command Center im Pentagon diese Daten.

Die Rückmeldungen ergaben ein Schreckensbild: Sie hatten bereits eine B-2 und eine B-52 verloren und waren noch Hunderte von Seemeilen von der chinesischen Landungsflotte entfernt. McLanahan merkte, daß er Schweißperlen auf der Stirn hatte und ein leichtes Fingerzittern nicht unterdrücken konnte. Er kam sich schutzlos vor und hatte das Gefühl, jedes der auf seinem SMFD dargestellten feindlichen Schiffe könne ihn sehen und warte nur darauf, ihn runterzuholen.

»Wie sieht's aus, Patrick?«

McLanahan gab sich einen Ruck, schüttelte seine Benommenheit ab und versuchte, sich wieder auf die Lage im Einsatzgebiet zu konzentrieren.

»Patrick...?«

McLanahan nickte Cobb zu. »Alles klar, Henry...« Nachdem Cobb sich mit einem raschen Blick davon überzeugt hatte, daß sein Partner weitermachte, nahm er wieder seine gewohnt starre Haltung ein. Patrick McLanahan holte tief Luft.

»Wir sind zwanzig Meilen vor der Küste bei Kiaponga«, berichtete er. »Die B-52 hinter uns schließen zu Carters EB-52 auf. Vor dem Golf von Davao steht eine Zerstörerkampfgruppe, und ich vermute, daß Carter und seine B-52 aus der Südgruppe sie angreifen werden. Die Ostgruppe zwei dahinter ist mit ihren sechs B-52 noch komplett.«

»Wo sind die Tomahawks?« fragte Cobb.

Als McLanahan ein Bildsymbol auf seinem SMFD berührte, erschienen mehrere blinkende Leuchtpunkte und eine kurze Datenliste auf dem Bildschirm. Die Marschflugkörper Tomahawk ließen sich abfragen wie bemannte Flugzeuge. »Etwa zehn Meilen vor den B-52 und nicht weit hinter uns. Sobald wir die Küste erreichen, drehen wir nach Westen ab und lassen die Tomahawks landeinwärts vorbei; haben sie uns überholt, fliegen wir nach Norden zu unseren Zielen weiter.« Er studierte die Darstellung noch einen Augenblick länger und schaltete die Abfrage dann aus: Obwohl die Modus-2-Signale verschlüsselt und sehr komprimiert gesendet wurden, konnten sie die Position ihrer B-2 verraten. »Ungefähr die Hälfte der Tomahawks scheint noch in der Luft zu sein.«

»Gut«, meinte Cobb zufrieden. »Mir ist's lieber, wenn *sie* die feindliche Luftabwehr für uns testen.«

An Bord des Zerstörers »Hong Lung«

Der Signalgast hinter der Plexiglastafel zeichnete eine dünne gelbe Linie, die von einem Fregattensymbol an der Mündung des Golfs von Davao zu einem Punkt in der Nähe des Fischerdorfs Kiaponga führte. Trotz der Vielfalt von Punkten, Kreisen, Strichen und Symbolen wurde Admiral Yin gerade auf diese Linie aufmerksam. »Was bedeutet der gelbe Strich?« erkundigte er sich.

»Genosse Admiral, die *Xiamen* meldet ein schwaches UHF-Signal entlang dieser Linie«, antwortete der Lageoffizier. »Mehrere sehr kurze Ausstrahlungen. Laut Computerprojektion möglicherweise ein Flugzeug, das mit achthundert Stundenkilometern nach Nordwesten fliegt.«

Yin starrte die gelbe Linie wie gebannt an. »Bestätigung durch Radar? Höhenangaben?«

»Nein, Genosse Admiral.«

»Liegt das Signal entschlüsselt vor?«

»Noch nicht, Genosse Admiral.«

Kapitän Sun verstand die Welt nicht mehr – ein Zerstörer und eine Fregatte wurden angegriffen, aber Yin zerbrach sich den Kopf wegen eines komprimierten UHF-Signals. »Genosse Admiral, die *Jinan* wird erneut mit Antischiffs-Lenkwaffen angegriffen und kann sich nicht viel länger halten. Wir müssen ihr beistehen. Ich empfehle, sie nach Westen zurückzuziehen, damit sie in den Schutz unserer Fla-Lenkwaffen kommt. Und wir selbst sollten weiter nach Nordosten laufen, um auch die *Xiamen* schützen zu können – sie meldet zahlreiche Marschflugkörper Tomahawk und Bomber B-52 im Anflug...«

»Ich möchte wissen, was diese Signale bedeuten, Kapitän.«

»Zu Befehl, Genosse Admiral«, antwortete Sun. »Und was die *Jinan* und *Xiamen* betrifft...?«

»Wir laufen jetzt nach Nordosten, um möglichst große Teile des Golfs von Davao abzudecken, aber die *Jinan* hält ihre Position«, entschied Yin gereizt. »Sie ist kaum schwächer bewaffnet als wir und wird von mehr Vorpostenbooten begleitet. Ich lasse mir nicht bieten, daß meine Kommandanten beim ersten Angriff Reißaus über die halbe Célebes-See nehmen! Und ich verlange Meldung über unseren Jagdschutz – seit die ersten J-7 und Q-5 angegriffen haben, ist auf unserer Lagedarstellung kein einziger Jäger mehr eingetragen.«

Sekunden später trat ein weiterer Signalgast hinters Plexiglas und trug westlich des Mount Apo zwei Jagdgruppen ein. »Genosse Admiral«, meldete Kapitän Sun, »Jagdgruppe vierzehn mit sechs Jägern J-7 und Jabogruppe zwo mit drei Jägern Q-5 und drei Jagdbombern A-5K befinden sich siebenunddreißig Kilometer westlich des Mount Apo. Sie sind in drei Minuten über dem Golf von Davao in Position.«

Yin schlug mit der Faust auf die Tischplatte vor ihm und fauchte: »Das *reicht* nicht! Man wollte uns für dieses Unternehmen hundert Jäger zur Verfügung stellen – und jetzt sind nur *zwölf* in der Luft? Ich verlange, daß sofort zwei weitere Jagdgruppen starten, und befehle, daß alle verfügbaren Jäger J-7 und Q-5 sofort gegen die anfliegenden Bomber eingesetzt werden!«

»Wird sofort veranlaßt, Genosse Admiral – aber ich bitte zu bedenken, daß wir dann keine Jäger Q-5 mehr für die Luftunterstützung unserer Marineinfanterie haben«, antwortete Kapitän Sun. »Die Muster A-5 und Q-5 sind als einzige für Luftbetankung eingerichtet. Außerdem können nur wenige von ihnen als Nachtjäger eingesetzt werden ...«

»Fangen wir die Bomber nicht ab, *bleibt* uns keine Marineinfanterie, die Luftunterstützung braucht!« rief Yin erregt. »Lassen Sie sofort alle verfügbaren Jäger starten! Und lassen Sie zwei Jäger der projizierten Linie dieser Kurzsignale folgen. Ich will, daß *nichts* unseren Verteidigungsring durchbricht und unsere Marineinfanteristen angreift ... *nichts*!«

Die aktualisierten NIRTSat-Daten kamen herein, als Cobb und McLanahan mit ihrer B-2 südlich von Kiaponga die Küste überflogen. Cobb hatte sein COLA-Anzeigegerät eingeschaltet und blieb mit Computerunterstützung in nur zweihundert Fuß Höhe über den üppig grünen Hügeln und Tälern der Sarangani-Halbinsel im Süden Mindanaos. Auf seinem SMFD sah McLanahan die vom Bordcomputer errechneten Standorte dreier Marschflugkörper Tomahawk, die ihnen vorausfliegen sollten. »Rechtskurve in ungefähr sechzig Sekunden«, kündigte McLanahan an. Der Pilot klickte zweimal mit der Sprechtaste.

Vor ihnen lag das auf der Ostseite durch Felsabstürze begrenzte Tal des in die Célebes-See mündenden Flusses Glan; es war mindestens zehn Kilometer breit und fiel im Westen weniger steil ab. »Wir bleiben in halber Höhe auf der Westseite«, entschied McLanahan. »Dort können die Kriegsschiffe im Golf uns wenigstens nicht sehen.« Nach einem weiteren Doppelklick legte Cobb die B-2 in eine leichte Rechtskurve und folgte der westlichen Talseite in halber Höhe nach Nordnordosten.

McLanahan erweiterte den Darstellungsbereich seines SMFDs auf sechzig Meilen. Genau nördlich vor ihnen lag ihr Primärziel: die Radarstation auf dem Mount Apo. Eine gelbe Kuppel um den Gipfelpunkt bezeichnete die Reichweite der dort arbeitenden chinesischen Radarstation. Die gelbe Kuppel berührte das B-2-Symbol nicht ganz – nicht wegen zu geringer Reichweite des feindlichen Radars, sondern weil seine gemessene Signalstärke noch nicht ausreichte, um einen Stealth-Bomber auf dem Radarschirm darzustellen. Von dieser Station aus konnten die Chinesen ihre Jäger gegen alle amerikanischen Bomber heranführen.

McLanahan bezeichnete den Berggipfel sofort als Ziel für zwei Lenkwaffen SLAM, gab Ausweichmanöver und Kontrollpunkte vor, an denen die Datenübertragung aktiviert werden sollte, und überzeugte sich davon, daß das GPS-Satellitensignal beim Navigationssystem der Lenkwaffen ankam. Damit die Radarkuppeln nicht von der Seite, sondern von oben getroffen wurden, mußte er die beiden Lenkwaffen so programmieren, daß sie im Endanflug nochmals steil hochzogen, um sich dann ins Ziel zu stürzen.

Bei Einsätzen über Land hatte die Lenkwaffe SLAM den Nachteil, daß das Flugzeug, von dem sie gesteuert wurde, das Ziel in quasi-optischer Sichtweite haben mußte. Dazu mußte es den schützenden Bereich der in niedriger Flughöhe zahlreichen Bodenechos verlassen und konnte vom gegnerischen Radar erfaßt werden. Auf der Grundlage von Flughöhe und

Signalstärke würde der Lenkwaffencomputer Cobb und McLanahan anzeigen, wann sie steigen mußten – im allgemeinen sechzig Sekunden vor dem Einschlag der Lenkwaffen. Zum Glück war die B-2 wegen ihres kleinen Radarquerschnitts dabei von allen SLAM-Trägerflugzeugen am wenigsten gefährdet. »Lenkwaffen programmiert, Henry, beide startbereit...«

Im nächsten Augenblick erschienen auf dem SMFD links oben zwei rote Dreiecke, von denen gelbe Halbkreise bis zu dem B-2-Symbol am unteren Bildschirmrand ausgingen, ohne es jedoch ganz zu erreichen – vermutlich wegen der Stealth-Eigenschaften des Bombers. »Jäger bei zehn Uhr, vierzig Meilen«, sagte McLanahan. »Zwei... jetzt sechs, *mindestens* sechs kommen auf uns zu... Aber ich glaube nicht, daß sie uns schon entdeckt haben...«

»Jagdgruppe vierzehn, Ihre Ziele sind bei zwölf Uhr, Entfernung dreißig Seemeilen, Geschwindigkeit vierhundertfünfzig, Flughöhe unter hundert Meter«, meldete der Controller in der Radarstation auf dem Mount Apo. »Vermutlich Marschflugkörper auf Nordwestkurs. Rechts ausholen und einzeln angreifen! Jabogruppe zwo, Ihre Ziele sind bei elf Uhr, Entfernung siebenundzwanzig Seemeilen, Flughöhe unter hundert Meter. Gruppen zwo und vierzehn, Ihre Führungsmaschinen verlassen jetzt die Formation und bilden für einen Sondereinsatz die Gruppe Delta. Delta, Rechtskurve auf Kurs eins-sechs-acht, Höhe tausend Meter halten, auf Kontrollfrequenz Gold umschalten und bestätigen.«

Zwei Maschinen verließen die Zwölferformation und nahmen Kurs nach Südosten: ein Jäger JS-7 und ein Jagdbomber A-5K. Die A-5K war eine verbesserte Version des Schönwetterjägers Q-5, die mit von Aeritalia gelieferter modernster Avionik, zu der eine Fernsehkamera mit Restlichtverstärker und ein Laserentfernungsmesser gehörten, bei jedem Wetter Einsätze fliegen konnte.

»Gruppe Delta, nicht identifiziertes Ziel bei etwa zwölf Uhr, vermutlich in niedriger Höhe, vierzig Seemeilen. Identifizierung melden, Angriff vorbereiten. Kommen.«

Die beiden Dreiecke, die feindliche Jäger bezeichneten, erschienen nicht sofort – aber als sie auftauchten, überdeckten ihre Radarkuppeln sofort das B-2-Symbol. »Zwei Jäger haben sich vom übrigen Rudel getrennt!« rief McLanahan. »Zwölf Uhr. X-Band-Suchradar. Vermutlich haben sie uns entdeckt.«

Ihre B-2 hatte eben den Schutz der Küstenhügel der Sarangani-Halbinsel verlassen und raste ungefähr vierzig Seemeilen südwestlich von Davao das flache, weite Tal des Flusses Buayan entlang. Im Umkreis von über dreißig Seemeilen war das einsam aufragende Mount-Apo-Massiv die einzige bedeutende Geländeformation – daher war dies der ungünstigste Augenblick, in dem sie von Jägern entdeckt werden konnten. Weit im Osten – etwa zehn Meilen südwestlich von Davao – waren gerade noch die Bildsymbole mehrerer Kriegsschiffe erkennbar.

»Ungefähr zwanzig Meilen weiter westlich wird das Gelände leicht hügelig, aber im Osten haben wir nur den Golf von Davao und einen weiteren Zerstörer«, sagte McLanahan. »Ansonsten ist hier alles flach, flach, flach. Die Jäger sind bei zwölf Uhr ... Entfernung schätzungsweise zweiundzwanzig Meilen. Sie sind bald in Raketenreichweite.«

»Okay, dann nach Westen«, entschied Cobb. Er legte seine B-2 in eine steile Linkskurve, um das weite Flußtal zu überqueren und die Hügel zu erreichen, die relative Sicherheit versprachen.

»Zwei Minuten bis zum nächsten Höhenzug«, berichtete McLanahan. »Banditen bei ein Uhr. In weniger als zwei Minuten sind ...« In diesem Augenblick wurde einer der gelben Halbkreise rot, weil ein gegnerisches Radar die B-2 Black Knight erfaßt hatte. »Scheiße, Scheiße, *Scheiße*, sie haben uns ...«

Das Luftziel erschien vorübergehend in der Blickfelddarstellung der chinesischen JS-7, deren Angriffsradar sofort Höhe,

Kurs, Geschwindigkeit und Annäherungsgeschwindigkeit dieses Ziels errechnete. Aber erst die Fernsehkamera mit Restlichtverstärker der A-5K lieferte Aufschluß über die tatsächliche Position des Gegners. Ihre auf Kontraste ansprechende Sensorfunktion erfaßte augenblicklich das wärmere Objekt und verfolgte es...

Als die feindliche Maschine leicht nach Westen abdrehte, wurde sie eindeutig identifiziert, denn der Pilot der A-5K sah das unverwechselbare Bumerangprofil eines amerikanischen Bombers B-2. »Ein Stealth-Bomber! Stealth-Bomber!« meldete er aufgeregt auf der Einsatzfrequenz. »Im Tiefstflug auf Westkurs...« Er war so aufgeregt, daß er vergaß, vorschriftsmäßig Meldung zu erstatten.

Und er vergaß auch, daß er mit einer weiteren Maschine eine Zweierformation bildete. Die beiden chinesischen Flugzeuge wären fast zusammengestoßen, als der A-5K-Pilot nach Westen abdrehte, um den schnellfliegenden Bomber im Blickfeld seiner Fernsehkameras zu behalten. »*Kong Yun* Sieben, Position halten!« rief der JS-7-Pilot über Funk. »Leichte Rechtskurve zum Abfangen. Leitstelle, hier Delta, wir haben einen amerikanischen Stealth-Bomber B-2 im Radar, kurven bereits zum Abfangen ein...«

Aber während sie einkurvten, kamen von der B-2 so starke Störsignale, daß sogar das Radargerät Cyrano IV sich zweimal selbsttätig abschaltete. »*Kong Yun* Sieben«, fragte der JS-7-Pilot seinen Rottenflieger, »hast du sie noch auf dem Bildschirm?«

»Positiv, *Jian* Neun.«

»Ich verliere sie dauernd wieder, weil mein Radar gestört wird. Bring uns auf PL-2-Reichweite heran. Du hast die Führung.«

»Übernehme die Führung.« Der JS-7-Pilot spürte, wie seine Arme und Schultern sich bei diesem gefährlichen Wechsel verkrampften: Bisher hatte er auf den Radarschirm gestarrt und nur gelegentlich nach draußen gesehen, um das Gelände zu beobachten; im nächsten Augenblick mußte er sich an den schwachen Positionslichtern der A-5K orientieren. Nachdem er sich schräg hinter die rechte Flügelspitze des Jagdbombers gesetzt hatte, vergrößerte er sofort den Abstand, weil er plötzlich fürchtete, der A-5K gefährlich nahe zu sein. Erst im zweiten Anlauf gelang es ihm, die für den Rottenflieger richtige Position einzunehmen.

Ein nächtlicher Formationsflug, nur wenige Meter von einem mit Lenkwaffen bestückten Jäger entfernt, mit über sechzehn Kilometern in der Minute im Tiefflug unterwegs, bei der Verfolgung eines schwerbewaffneten Gegners – viel gefährlicher konnte Fliegerei nicht sein.

Die beiden Piloten des Stealth-Bombers B-2 Black Knight, der nur siebzehn Seemeilen Vorsprung vor den chinesischen Jägern hatte, wären vermutlich anderer Meinung gewesen.

Cobb hatte die Leistungshebel bis zum Anschlag nach vorn geschoben, um die schützenden Hügel im Westen möglichst rasch zu erreichen. »Die Jäger drehen hinter uns ein«, berichtete McLanahan. »Sie haben uns entdeckt… Zielsuchradar ist abgeschaltet. Wahrscheinlich greifen sie mit Infrarot oder auf Sicht an.« Er aktivierte das MAWS-System der B-2. Das Missile Approach Warning System arbeitete mit passiven IR-Sensoren, die in der Nähe befindliche Flugzeuge orteten, von denen eine Gefahr ausgehen konnte. Entdeckte das MAWS in der Umgebung eines dieser Ziele einen weiteren Lichtblitz – weil das Raketentriebwerk einer Lenkwaffe gezündet wurde –, aktivierte es das Dopplerradar ALQ-199A des Bombers, das die Jagdrakete verfolgte und selbständig Abwehrmaßnahmen einleitete.

»Ich starte die SLAMs – dann ist wenigstens die Radarstation weg, bevor die Kerle uns erwischen.« McLanahan berührte die Waffensymbole am unteren Rand seines Bildschirms, setzte damit die ursprüngliche Angriffsplanung außer Kraft und gab den Startbefehl für die beiden Standoff Land Attack Missiles.

Cobb mußte widerstrebend zulassen, daß ihre B-2 weitere hundert Fuß stieg, bevor der Countdown anlief: »Höhe beibehalten... Countdown Lenkwaffe eins... Klappen offen... Start Lenkwaffe eins... Start Lenkwaffe zwo... Klappen geschlossen... Terrainfolgeradar ein, auf hundert Fuß sinken.«

Obwohl sie noch immer zwei Lenkwaffen SLAM und zwei Antiradar-Lenkwaffen HARM hatten, war ihr Auftrag damit erfüllt. »Sind die Bomben weg«, hieß es bei den Bomberpiloten, »fliegt man nicht mehr für Onkel Sam, sondern für sich selbst.«

Cobb und McLanahan begannen, um ihr Leben zu fliegen...

»Lenkwaffen! Der Bomber schießt Lenkwaffen ab!« kreischte der A-5K-Pilot ins Mikrofon. Auf seinem Bildschirm sah er deutlich, wie die Lenkwaffen unter dem Rumpf der B-2 hervorkamen und allmählich beschleunigten. Er wählte eine Jagdrakete PL-2 mit Infrarotsuchkopf aus und drückte auf den Feuerknopf, als er den Bomber genau vor sich hatte. Nach dem Start wurde ihm klar, daß die Lenkwaffe keine Zeit gehabt hatte, das Ziel zu erfassen. Aber aus dieser Nähe *mußte* sie treffen!

»Zwischen den Hügeln finden wir nirgends Deckung«, sagte McLanahan nach einem Blick auf die computererzeugte Geländedarstellung auf seinem SMFD. Ohne die geringste Radarenergie abzustrahlen, zeichnete der Computer das Gelände fortlaufend in allen Einzelheiten und aktualisierte seine Darstellung bei jeder Kursänderung. Aber im Augenblick sah das Computerbild wenig erfreulich aus. Nur in Höhen unter hundert Fuß konnten sie ihre Verfolger vielleicht abschütteln. »Wir sollten...«

Er wurde unterbrochen, als die Warnleuchte »Raketenstart« zu blinken begann, während eine Computerstimme in ihren Kopfhörern sagte: »*Infrarotlenkwaffe... Ausweichen... Infrarotlenkwaffe.. Ausweichen...*« – »Rechtskurve!« rief McLanahan. Gleichzeitig überzeugte er sich davon, daß ihr ECM-Computer Leuchtkörper als Köder ausgestoßen und das IR-Störsystem HAVE GLANCE aktiviert hatte, das die IR-Sensoren anfliegender Lenkwaffen mit radargesteuerten Laserstrahlen blendete, um sie daran zu hindern, die heißen Triebwerksauslässe der B-2 anzusteuern.

McLanahan, der erstmals Gelegenheit hatte, einen Lenkwaffenstart auf seinem SMFD zu beobachten, fand das Bild unheimlich faszinierend – wie ein Pfeil, der im Zeitlupentempo ins Ziel flog. Aber dieser Pfeil zielte auf *sie*! Die Jäger waren als von Quadraten umgebene rote Dreiecke und damit als Hauptgefahren für den Bomber dargestellt, und die von ihrem Warnradar ALQ-199 erfaßte Lenkwaffe erschien als blinkender roter Kreis. Das SMFD veränderte den Bildausschnitt, zeigte das B-2-Symbol in der Mitte, stellte das Gelände in allen Richtungen dar und ließ die Jäger am Bildrand erscheinen.

Der Kreis bog anfangs nach links ab, um die links ausgestoßenen Leuchtkörper anzusteuern, und bewegte sich dann wieder genau auf die B-2 zu. Ein winziger Datenblock zeigte die Zeit seit dem Start und die voraussichtlich noch verbleibende Zeit bis zum Einschlag. Ursprünglich waren es zwölf Sekunden gewesen, aber als die chinesische Lenkwaffe PL-2 auf Mach drei beschleunigte, wurden daraus fünf Sekunden, die atemberaubend schnell dahinschwanden.

Aber die Lenkwaffe hatte scharf links einkurven müssen, um den Leuchtkörpern zu folgen, und als sie die Triebwerksauslässe der B-2 ansteuerte, kurvte sie plötzlich nach rechts. Die Lenkwaffe war »gestreßt«, verlor Energie und konnte ihr Ziel nicht mehr richtig erfassen. Damit bot sich Gelegenheit, sie unschädlich zu machen.

»Linkskurve!« rief McLanahan und stieß rechts zwei Leuchtkörper aus.

Im selben Moment begann das IR-Störsystem HAVE GLANCE, das die Lenkwaffe mit Hilfe ihres Warnradars ALQ-199 verfolgt hatte, die PL-2 mit hochenergiereichen Laserstrahlen zu bombardieren. Als die Lenkwaffe erneut nach links einkurvte, um die B-2 wieder zu erfassen, traf der

Laserstrahl ihren Suchkopf, zerstörte sofort ihr empfindliches Gallium-Arsenid-»Auge« und setzte die PL-2 außer Gefecht.

Aber sie hatten keinen Grund zum Jubel, denn der chinesische Jäger hatte eine zweite PL-2 abgeschossen – diesmal aus noch geringerer Entfernung. Die Zeit bis zum Einschlag sprang McLanahan förmlich ins Auge: 00:04:39. Für ein Ausweichmanöver blieb keine Zeit mehr. »Ziehen!« rief McLanahan, während er so so schnell wie möglich weitere Leuchtkörper ausstieß.

Diese Taktik war erfolgreich. Die zweite PL-2, die letzte Infrarotlenkwaffe der A-5K, erfaßte die heißen Triebwerksauslässe Zehntelsekunden lang nicht mehr. Obwohl die Lenkwaffe ebenfalls zu steigen begann, war der Kontakt abgerissen, und der zwölfeinhalb Kilogramm schwere Gefechtskopf der Lenkwaffe detonierte automatisch – aber nur zehn Meter von der linken Triebwerksgondel der B-2 entfernt.

Die Detonation riß ein fast sechs Meter langes Stück des linken inneren Klappruders an der Tragflügelhinterkante ab. Das Ruder zertrennte Hydraulikleitungen, schlitzte den linken hinteren Flügeltank auf und ließ zwei Reifen des linken Hauptfahrwerks platzen, die den linken Tank völlig aufrissen. Treibstoff begann in großen Mengen auszuströmen; der selbstdichtende Tank verhinderte, daß Kerosin in die Triebwerksgondel gelangte, aber der linke hintere Flügeltank lief sekundenschnell leer, und das Haupthydrauliksystem eins war ausgefallen. Im Cockpit waren die Detonation, die Druckwelle, die Erschütterungen und die Vibrationen so stark, als seien sie gegen ein Hindernis gerast. Ihre Geschwindigkeit ging um hundert Knoten zurück, als der riesige Bomber unkontrollierbar durch den Nachthimmel torkelte: Die Black Knight schien nach links zu trudeln, wo das Triebwerk eins ausgefallen war. Sidestick und Ruderpedale vibrierten heftig, wurden dann weich und nachgiebig und ließen sich zuletzt kaum noch bewegen. Die linke Flügelspitze rutschte tiefer und tiefer, ohne daß Cobb dieses Abrutschen hätte aufhalten können.

»Wir sind getroffen!« kreischte Cobb. Er zerrte mit beiden Händen an seinem Sidestick. »Los, hilf mir!« forderte er McLanahan auf. »Der linke Flügel muß hoch!«

McLanahan holte seinen Sidestick heraus, der normalerweise unter dem rechten Instrumentenpult verstaut war. Er bewegte ihn, aber die erhoffte Reaktion des Bombers blieb aus. »Er funktioniert nicht!«

Die Bordsprechanlage verstummte, weil der Generator eins ausgefallen war. Cobb riß sich seine Sauerstoffmaske ab und schrie: »Los, raus mit dir, Patrick! Los, raus!« Trotz ihrer Notlage hütete Cobb sich davor, »Aussteigen!« zu brüllen – darauf hätte McLanahan automatisch reagiert.

»Rauf mit dem Flügel, Henry!« rief McLanahan. Cobb zerrte mit aller Kraft am Sidestick. Als die linke Flügelspitze sich langsam, fast unmerklich zu heben schien, stand McLanahans Entschluß fest: Er würde *nicht* aussteigen. Die B-2 konnte im nächsten Augenblick aufschlagen, das Feuer konnte bereits die Bombenkammern erreicht haben – aber solange Cobb ihm nicht auszusteigen befahl, würde er in der Maschine bleiben. Der anscheinend verbliebene Rest von Steuerbarkeit überzeugte ihn davon, daß sie noch eine Chance hatten …

Mehrere laute Knalle rüttelten den hundertfünfunddreißig Tonnen schweren Bomber durch, als ob sie von einer Riesenhand gegen einen Berg geschleudert, wieder aufgesammelt und nochmals hingeschleudert würden.

McLanahan konzentrierte sich auf den Fahrtmesser und die Triebwerksüberwachungsanlage. »Fahrt hundertachtzig … Drehzahl Triebwerk eins fünfzig Prozent, Einlaß- und Abgastemperatur im roten Bereich … Triebwerk eins mit Strömungsabriß im Verdichter, Triebwerk stillegen. Leistungshebel eins.« McLanahan bedeckte mit der linken Hand die Leistungshebel der noch arbeitenden Triebwerke, damit Cobb nicht versehentlich eines davon stillegte. Der Leistungshebel links außen wurde erst in Leerlaufstellung und danach auf »Abstellen« zurückgezogen. Ein Strömungsabriß im Verdichter bedeutete, daß das Triebwerk keinen Schub mehr lieferte, während weiter Treibstoff einströmte und sich in der Brennkammer explosionsartig entzündete, wobei die B-2 jedesmal wie von einer Riesenhand durchgerüttelt wurde.

»Aus!« meldete Cobb.

»Einlaß- und Abgastemperatur«, sagte McLanahan. Er sah auf sein SMFD, aber seit dem Ausfall des Generators eins war der Bildschirm dunkel, so daß er die kleinen Reserveinstrumente ablesen mußte. »Drehzahl Triebwerk eins vierzig Prozent, Einlaß- und Abgastemperatur weiter im roten Bereich. Die anderen sind okay. Wir müssen die Nummer eins stillegen.« Da sie wegen der ausgefallenen Bildschirme nicht wußten, ob der Computer die Stillegung bereits eingeleitet hatte, nahmen sie sicherheitshalber an, er habe es nicht getan. »T-Griff Treibstoffzufuhr, Triebwerk eins, ziehen.«

»Zieh du ihn!« rief Cobb, weil er nicht wagte, eine Hand vom Sidestick zu nehmen. McLanahan löste den Zentralverschluß seiner Schultergurte, beugte sich weit nach links und faßte nach den nebeneinander angeordneten schwarz-gelb gestreiften Griffen, mit denen die Treibstoffzufuhr der einzelnen Triebwerke unterbrochen werden konnte. Er legte seine Hand auf den ersten T-Griff, überzeugte sich noch mal davon, daß dies der richtige war – ein arbeitendes Triebwerk abzustellen, hätte ihren sicheren Tod bedeutet –, und zog den Griff.

»T-Griff Triebwerk eins gezogen. Brandwarnleuchten.« McLanahan kontrollierte die Warnleuchten unter den Griffen – keine der vier brannte. Er drückte auf den Testknopf, um sicherzugehen, daß die Anzeigen funktionierten. »Brandwarnleuchten aus. Triebwerksanzeigen.« Da auch Cobbs Bildschirm dunkel war, fuhr er mit dem Zeigefinger über die Reserveinstrumente vor dem Piloten. »Einlaß- und Abgastemperatur hoch, aber zurückgehend … Abgastemperatur am roten Strich. Ich denke, wir haben's geschafft. Hydrauliksystem eins ausgefallen. Elektrisches System wird umgeschaltet. Generator eins abstellen, sobald du kannst.«

»Später!«

McLanahan würde auch den Rest ihrer Checkliste für Notfälle vorlesen, aber die entscheidenden Punkte waren abgehakt – die restlichen betrafen Kontrollen. Die B-2 schien sich wieder in Normalfluglage zu befinden, so daß Cobb endlich seine linke Hand vom Sidestick nehmen konnte. Nachdem er den Generator eins abgestellt hatte, nahm er langsam wieder die gewohnte Haltung ein: eine Hand am Sidestick, eine Hand an den Leistungshebeln und den Blick starr nach vorn gerichtet, obwohl er sich zwischendurch mehrmals im Cockpit umsah.

So unglaublich das klang, waren von der Lenkwaffendetonation bis zur Rückkehr in die Normalfluglage nur zehn Sekunden vergangen – die McLanahan wie eine Ewigkeit im Zeitlupentempo erschienen waren. Er hatte wieder erlebt, daß der Tod nach ihm zu greifen schien, und dieses Mal war noch schrecklicher gewesen als das erstemal. Das Gefühl völliger Hilflosigkeit konnte so überwältigend sein, daß es die Besatzung handlungsunfähig machte. Daß sie heute davongekommen waren, verdankten sie nur ihrer langen Praxis auf Übungsflügen und im Flugsimulator.

»Rechtskurve, wenn du kannst«, sagte McLanahan. Er schaltete das SMFD wieder ein und war überrascht, als das Navigationssystem noch funktionierte. »Mount Apo bei ein Uhr, acht Meilen. Da müssen wir hin! Kurs zwo-drei-fünf.«

Nach dem grellen Lichtblitz entstand für einige Sekunden eine lange Flammenzunge, die auch nach vorn gerichtet zu sein schien. »Treffer! Treffer!« meldete der A-5K-Pilot über Funk. »Ich hab' ihn erwischt...!«

Aber in seinem Überschwang vergaß er erneut, daß er sich in Formation befand. Als die Flammenspur einen leichten Bogen nach rechts beschrieb, legte er seine Maschine sofort in eine Rechtskurve und kam dabei seinem Rottenflieger gefährlich nahe.

Der Pilot des Jägers JS-7 wich sofort rechts aus und stieg steil weg. »*Jian* Neun hat Führungsmaschine verloren«, meldete er auf der Einsatzfrequenz. Als ihm plötzlich klar wurde, daß er nicht wußte, wo er war – außer daß er sich in dreihundert Meter Höhe in unmittelbarer Nähe eines fast dreitausend Meter hohen Bergmassivs befand –, begann er sofort, auf die Sicherheitsmindesthöhe zu steigen, die hier bei dreitausendeinhundert Metern lag. »*Jian* Neun steigt auf Sicherheitsmindesthöhe.«

»Komm zurück!« brüllte der Pilot der A-5K wütend ins Mikrofon. »Ich hab' keine Infrarotlenkwaffen mehr. Du mußt angreifen!«

»*Jian* Neun hat keine Führungsmaschine und keinen Bodenkontakt«, antwortete der Pilot der JS-7 ebenso laut. »*Ich* hab' keine Fernsehkamera, die mir das Gelände zeigt. Aber ich bin schon auf der Suche nach dem Bomber ...«

»Abgastemperatur wieder im grünen Bereich«, sagte McLanahan. »Vielleicht klappt's mit dem Wiederanlassen.« Cobb schob den T-Griff hinein, um die Treibstoffleitungen zu öffnen, wählte auf seinem linken MFD das Menü »Triebwerk-Status« aus, wählte »Wiederstart« und schob den Leistungshebel eins nach vorn, sobald der Computer ihn dazu aufforderte.

Das war ein Fehler. Sobald das Triebwerk auf Touren kam, blinkte die grellrote Brandwarnleuchte. Während der Computer das Triebwerk automatisch abstellte, zog Cobb diesmal den T-Griff selbst und aktivierte das Feuerlöschsystem des Triebwerks eins, um sicherzugehen, daß der Brand gelöscht war. Die Brandwarnleuchte erlosch sofort; alle übrigen Systeme funktionierten weiterhin normal.

»Entweder tropft Hydrauliköl ins Triebwerk oder ein Tank ist undicht«, meinte Cobb. »Sieht so aus, als müßten wir ab jetzt mit drei Triebwerken zurechtkommen.« Er legte das Bild des IR-Scanners der B-2 auf sein rechtes MFD und nahm wieder seine gewohnte Haltung ein. »Wo sind die Jäger?«

»Einer ist noch hinter uns; er ist auf acht Meilen zurückgefallen und hat keine Lenkwaffe mehr abgeschossen«, berichtete McLanahan. »Der andere ist nach fünf Uhr weggekurvt und steil gestiegen. Vielleicht will er uns von oben mit Bordwaffen angreifen oder eine Rakete abschießen, die unsere Störsender ansteuert – falls sie eine haben, die das kann. Alle Sender weiter aktiv.« Er schaltete auf Datenübertragung von ihren Lenkwaffen SLAM um, aber die linke Hälfte seines Großbildschirms blieb dunkel. »Scheiße, die Verbindung zu unseren Lenkwaffen ist durch den Stromausfall abgerissen. Mal sehen, ob ich sie wiederherstellen kann...«

»Was tun wir, wenn wir den Mount Apo erreichen?«

»Wir fliegen drum herum... und beten«, antwortete McLanahan. »Das ist unsere einzige Chance, diese Kerle abzuschütteln.« Als er das SMFD wieder auf die vergrößerte Darstellung aus der Vogelschau umschaltete, sah er sie plötzlich. »Henry!« rief er zu Cobb hinüber. »Rechtskurve auf eins-zwo-null, und auf neuntausendsiebenhundert Fuß steigen. Haarscharf über den Mount Apo hinweg!«

»Fast zehntausend Fuß?« fragte Cobb verständnislos. »Dort sieht uns die halbe chinesische Flotte.«

»Aber wir bekommen Unterstützung, wenn wir's rechtzeitig schaffen«, erklärte McLanahan ihm. »Los, mach schon!« Cobb zog wortlos den Sidestick zurück und stieg so steil, wie der angeschlagene Bomber noch konnte. Im Steigflug schaffte die Black Knight kaum zweihundertfünfzig Knoten, während Cobb das Infrarotbild der Radarkuppel auf dem Mount Apo auf seinem MFD zentrierte und genau darauf zuhielt...

Als die B-2 jetzt für kurze Zeit vom Bildschirm seiner Fernsehkamera verschwand, vergrößerte der Pilot des chinesischen Jagdbombers A-5K hastig ihren Erfassungsbereich und suchte in verzweifelter Hast nach dem Eindringling. Zu seiner Verblüffung stieg die B-2, anstatt weiter zu sinken: Sie hatte bereits zweitausend Meter durchstiegen und befand sich weiter im Steigflug. Außerdem hielt sie genau auf die Radarstellung auf dem Mount Apo zu.

Was hatten die Amerikaner vor? Wollten sie einen Kamikaze-Angriff gegen die Radarstation fliegen? Weitere Lenkwaffen abschießen? Aussteigen? Lauter unsinnige Vorhaben. Aber eines stand fest: Im langsamen Steigflug war der Bomber leicht abzuschießen. Der Pilot schaltete die kleinste Nachbrennerstufe ein – sein Treibstoff wurde allmählich knapp, aber das durfte jetzt keine Rolle spielen – und machte sich daran, den Abstand bis auf Bordwaffenreichweite zu verringern.

Als er bis auf etwa zehn Kilometer herangekommen war, aktivierte er den Laser-Entfernungsmesser. Sein Feuerleitcomputer errechnete daraus Vorhaltewinkel und Zielpunkte für die beiden 23-mm-MK in den Flügelwurzeln seiner Maschine. Leider hatte er in jeder Maschinenkanone nur hundert Schuß, was zwei sehr kurzen Feuerstößen entsprach. Aber die würden reichen. Die B-2 zog eine schwarze Rauchwolke aus dem Triebwerk links außen hinter sich her, und ihre Besatzung schien Fahrt gegen Höhe eintauschen zu wollen, um aussteigen oder einen Kamikaze-Angriff fliegen zu können. Aber dazu würde sie keine Gelegenheit mehr haben.

Die riesige B-2 flog plötzlich eine steile Rechtskurve – offenbar ein Ausweichmanöver. Aber der A-5K-Pilot zog seine Maschine in eine noch engere Kurve, um genug vorhalten zu können, und hatte das Ziel wieder im Visier. Seine Fernsehkamera zeigte ihm die Radarstellung auf dem Mount Apo keine zwanzig Meter unter der B-2, deren Pilot die Kuppel gerammt hätte, wenn er nicht im letzten Augenblick abgedreht hätte. Eine gute Leistung, die ihn aber auch nicht retten würde. Er schob sich auf einen Kilometer heran, betätigte den Abzug am Steuerknüppel und traf den Bomber mit einem ersten kurzen Feuerstoß ...

Gleichzeitig hatte er das Gefühl, das ganze Universum gehe in Flammen auf. Zwei Marschflugkörper Tomahawk waren *über* die beiden Maschinen hinweggeflogen und hatten die Radarstellung auf dem Mount Apo getroffen – nur etwa hundert Meter von dem chinesischen Jagdbomber entfernt. Die Detonationen schleuderten die A-5K über einen halben Kilometer seitwärts, blendeten den Piloten und ließen die Maschine in den Dschungel abstürzen.

Die Detonationen auf dem Mount Apo rüttelten die B-2 durch, aber im Vergleich zu den Schlägen, die ihnen die chinesische PL-2 versetzt hatte, war das kaum der Rede wert. Cobb drückte sofort nach, um Fahrt aufzuholen und den Bomber besser in die Hand zu bekommen. Im nächsten Augenblick erschien auf Cobbs rechtem MFD ein erschreckendes Bild, das ihm sein nach vorn gerichteter IR-Scanner zeigte: ein nur wenige Seemeilen entferntes großes chinesisches Kriegsschiff. Sie waren zu weit nach Osten abgekommen und bildeten nun eine Zielscheibe für die gesamte südliche Invasionsflotte der Chinesen. »Scheiße, wir müssen von hier weg!« rief Cobb.

»Aber nicht ohne Abschiedsgruß«, sagte McLanahan trokken. Während Cobb weiter in einer steilen Rechtskurve tiefer ging, programmierte McLanahan rasch ihre beiden letzten Lenkwaffen SLAM, kontrollierte sie nach Checkliste und schoß sie auf die chinesischen Kriegsschiffe ab.

»Lenkwaffe eins *weg* ... Magazin dreht ...« McLanahan sah plötzlich Warnleuchten vor sich. »Verdammt, das Haupthydrauliksystem ist ausgefallen – aber das Magazin müßte in Startposition sein ... Lenkwaffe zwei *weg*. Schließe Bombenklappen elektrisch.«

Cobb war dabei, das Notfall-Menü auf seinen MFDs abzuhaken. »Ich hab' auf Hilfshydraulik umgeschaltet«, berichtete er McLanahan. »Autopilot aus, Fluglageregler in Modus zwei. Kein automatisches Konturenfliegen oder plötzliche Kurswechsel mehr – beim nächsten vollen Ruderausschlag macht unsere ganze Hydraulik schlapp. Wir haben Treibstofflecks im linken Flügel, und ich glaube, daß auch der Kabinendruck sinkt. Der Kerl hat uns ganz schön durchlöchert.« Aber immerhin fliegen wir noch, dachte Cobb, und kämpfen weiter ...

... und wurden weiter angegriffen. »Bandit bei vier Uhr, Entfernung zehn Meilen, dreht rechts ein und schließt rückwärts auf!« rief McLanahan. »Wir müssen möglichst tief runter!«

»Ich sinke schon ... verdammt, wenn wir zu tief runtergehen, kommen wir später nicht wieder rauf.« Cobb hatte Mühe, die B-2 in der Hand zu behalten, weil die Hilfshydraulik nur siebzig Prozent des Normaldrucks lieferte und die Fluglageregler nicht mehr ansprachen. »Der Vogel läßt sich kaum noch steuern, Patrick. Falls der Kerl angreift, sind wir erledigt! Ich kann nicht mehr ausweichen ... ich kann ihn kaum so halten. Zieh deine Gurte wieder fest. Sobald er angreift, müssen wir aussteigen ...«

»Erst muß er uns finden, Henry«, sagte McLanahan, während er seine Schultergurte schmerzhaft festzog. »Entfernung sieben Meilen ... dreht auf sechs Uhr ein ... weiter sinken, Henry. Unsere Störsender arbeiten ... vielleicht kann er uns gar nicht sehen ... fünf Meilen, kommt weiter näher ...«

Der Bomber B-2 begann sich zu schütteln, und sein Bug bewegte sich auf und ab, obwohl Cobb ihn zu halten versuchte. »Fertigmachen zum Aussteigen, Patrick! Er fliegt noch, aber ich weiß nicht, warum!«

»Nicht lockerlassen, Henry!« Aber auf dem SMFD sah McLanahan das Jägersymbol unerbittlich näherkommen – der chinesische Jäger schloß auf, um ihnen den Rest zu geben, und sie konnten ihn nicht daran hindern ...

Der JS-7-Pilot war im Luftkampf erfahrener als sein bisheriger Führer – A-5K-Piloten übten mehr Jagdbomberangriffe als Luftkämpfe – und schloß aus der Tatsache, daß die B-2 langsam und erratisch flog, daß sie ohnehin jeden Augenblick abstürzen konnte. Der A-5-Pilot – dessen Namen er nicht einmal kannte – hatte überhastet geschossen, bevor er so nahe rangekommen war, daß die an sich wenig leistungsfähige Lenkwaffe PL-2 ihr Ziel richtig erfaßt hatte. Am besten zielte man mit dem ganzen

Jäger, weil die PL-2 so einer Raketengranate glich – viel tödlicher als seine 23-mm-Kanone, aber mit etwa gleicher Reichweite. Auch sie mußte mit Vorhalt abgeschossen werden, aber das war in diesem Fall einfach, weil die B-2 offenbar keine Ausweichmanöver mehr fliegen konnte.

Er hatte keinen Laser-Entfernungsmesser, keine Fernsehkamera und kein verwertbares Radarbild, um die Entfernung abschätzen zu können, aber als er die schemenhaften Umrisse der amerikanischen B-2 vor dem etwas helleren Nachthimmel erkennen konnte, wußte er, daß er nahe genug dran war ...

Plötzlich schrillte sein Radarwarner los – ohne vorher zu piepsen, ohne ein Suchradar zu zeigen, ohne ihm die Annäherung eines feindlichen Jägers anzukündigen. Statt dessen erschien mitten auf seinem Bildschirm ein Jägersymbol, was bedeutete, daß er sich schon in Schußweite des anderen Jägers befand. Er war sekundenlang abgelenkt, während er sich dazu entschloß, weiter anzugreifen, anstatt selbst auszuweichen – und in dieser Zeit kurvte die B-2 leicht nach Westen, so daß er Mühe hatte, sie vor dem nachtschwarzen Dschungeluntergrund wiederzufinden. Direkt auf den Bomber zielen konnte er jetzt nicht mehr.

Da er jeden Augenblick von dem anderen Jäger abgeschossen werden konnte, blieb ihm keine Zeit mehr, sich erneut für einen Direktschuß in Position zu bringen. Der JS-7-Pilot schaltete sofort auf den Infrarotsuchkopf seiner Lenkwaffe um und erhielt Sekunden später die Bestätigung, daß sie ihr Ziel erfaßt hatte, aber er kam nicht mehr dazu, die Lenkwaffe abzuschießen. Zwei Lenkwaffen AIM-130 Scorpion von Major Henry Carters EB-52C Megafortress trafen den chinesischen Jäger, zerfetzten ihn in drei Stücke und verstreuten die Trümmer quer übers Tal des Flusses Padada.

»Weiter nach rechts kurven, Horse«, forderte Carter die B-2-Besatzung auf. »Wir begleiten euch über Mindanao und versuchen, nach Nordwesten abzufliegen. Seid ihr Horse One-Sid?«

»Richtig, Diamond One-One«, antwortete Cobb auf der verschlüsselten Einsatzfrequenz, als er Carters Stimme erkannte. »Danke, daß ihr uns den Kerl vom Hals geschafft habt.«

»Kein Problem. Wir haben euch auf dem Infrarotschirm und sehen, daß eure Nummer eins eine Rauchfahne hinter sich herzieht. Wie sieht's bei euch aus?«

»Nummer eins ausgefallen, Haupthydraulik ausgefallen, Autopilot und Fluglageregler ausgefallen, verlieren Treibstoff aus dem linken Flügel«, berichtete Cobb. »In ungefähr dreißig Minuten brauchen wir einen Tanker.«

»Falls ihr noch im Netz seid, ist schon Alarm gegeben worden, damit ein Tanker wartet«, erinnerte ihn Carter. Alle Maschinen aus Dreamland, die NIRTSat-Daten empfangen und übermitteln konnten, wurden ständig von Offizieren der Air Battle Force überwacht – ihre Computer sendeten automatisch Statusberichte, die von den alle fünfzehn Minuten vorbeikommenden NIRTSats an General Stones Stab auf Guam übermittelt wurden. »Wir bleiben bei euch – unsere Luft-Boden-Lenkwaffen haben wir ohnehin schon verschossen.«

»Wie sieht's mit den anderen Maschinen aus?« fragte McLanahan.

»Wenn wir euch nicht mitrechnen, haben wir bisher zwei B-52 und eine Black Knight verloren«, antwortete Carter, »und das, bevor wir an die Invasionsflotte vor Davao herangekommen sind. Der eigentliche Angriff dürfte... ziemlich genau jetzt beginnen.«

13

Krisenlageraum auf dem Landsitz des Präsidenten
Camp David, Maryland
Sonntag, 9. Oktober 1994, 13.23 Ortszeit

Präsident Lloyd Emerson Taylor saß mit unter dem Kinn gefalteten Händen und aufgestützten Ellbogen da und starrte einen Punkt auf der Schreibtischplatte an. Zu rotkariertem Hemd und beiger Hose trug er noch immer eine Fliegerjacke aus braunem Leder – dieselben Sachen, die er gestern abend getragen hatte, als er kurz vor Sonnenuntergang mit dem Hubschrauber Marine Corps One nach Camp David geflogen war. Dort war er sofort in den Krisenlageraum gegangen, hatte an diesem Schreibtisch Platz genommen und ihn praktisch nicht mehr verlassen. Mitglieder des Nationalen Sicherheitsrats und wichtige Abgeordnete und Senatoren hatten ihn dort aufgesucht, aber Taylor hatte sie weitgehend ignoriert.

Uniformierte Nachrichtentechniker saßen vor Telefonen und mit Kopfhörern an Funkgeräten, aber der Präsident hatte nur zwei Telefone auf seinem Schreibtisch: eines zum National Military Command Center im Pentagon, in dem General Curtis und Verteidigungsminister Preston sich aufhielten, seit der Präsident den Einsatz gegen die Chinesen auf den Philippinen befohlen hatte, und das zweite zur Nachrichtenzentrale des Weißen Hauses, die hereinkommende Auslandsgespräche durchstellen konnte. Außerdem liefen über einen speziell gesicherten Fernschreiber Berichte von General Curtis ein – auch Verlustmeldungen. Diese scheute Taylor am meisten.

Schlimm war vor allem die Meldung, daß eine B-2 abgeschossen worden war. Er widerstand der Versuchung, das Fernschreiben zusammenzuknüllen, und legte es statt dessen auf den allmählich höher werdenden Stapel mit Eilmeldungen. Aber je länger er über die Meldungen nachdachte, desto klarer wurde ihm, daß der Abschuß der B-2 ihn am meisten bedrückte. Gewiß, er bedauerte den Tod von B-52-Besatzungen, F-14-Besatzungen und Seeleuten der USS *Ranger*. Aber die B-2 hatte er immer für ... fast unbesiegbar gehalten. Für soviel Geld und Entwicklungsarbeit, wie in diesen Flugzeugen steckte, hätte man das wohl erwarten dürfen. Trotzdem – und das wußte keiner besser als er – war im Leben nichts absolut sicher.

Nichts.

Paul Cesare, der dem Präsidenten immer wieder einen Kaffee gebracht hatte, obwohl Taylor seinen Becher kaum angerührt hatte, stellte ihm jetzt eine Tasse Hühnersuppe hin. »Sie müssen etwas essen, Mr. President«, sagte er dabei. »Und Sie sollten sich zwischendurch etwas Bewegung verschaffen ...«

Taylor überlegte, ob er seinen Rat befolgen sollte, aber das Klingeln des Telefons, das die Verbindung mit dem Weißen Haus herstellte, ließ ihn an seinem Platz verharren. Stabschef Cesare nahm ab, hörte kurz zu und hielt den Hörer dann dem Präsidenten hin. »Sir, der chinesische Außenminister ruft aus Peking an.«

Taylor hätte Zhou am liebsten aufgefordert, sich schleunigst zu verpissen, oder ihm erklärt, die Angriffe auf chinesische Schiffe würden sofort eingestellt – zum Teufel damit, er wußte selbst nicht recht, was er am liebsten gesagt hätte! Deshalb machte er Außenminister Danahall ein Zeichen, den Anruf entgegenzunehmen. Sie hatten längst ausführlich besprochen, was gesagt werden sollte; jetzt war der Augenblick gekommen, das Drama beginnen zu lassen.

Der Präsident hörte an einem stummgeschalteten Nebenapparat mit, während Danahall sich räusperte und dann sagte: »Außenminister Danahall am Apparat.«

»Mr. Secretary, hier ist Zhou Ti Yanbing«, antwortete der chinesische Außenminister. »Ich danke Ihnen, daß Sie meinen Anruf angenommen haben, Sir.«

»Haben Sie eine Mitteilung für uns?«

»Ja, Mr. Secretary«, bestätigte Zhou. »Ministerpräsident Cheung möchte in aller Form gegen den unprovozierten, brutalen Überfall auf einen vor den südlichen Philippinen stationierten chinesischen Flottenverband protestieren. Ministerpräsident Cheung wünscht Auskunft darüber, ob der Kriegszustand erklärt worden ist – und ob die Vereinigten Staaten Artikel vier des Brüsseler Abkommens anzuwenden beabsichtigen.« Dieser Artikel behandelte die völkerrechtlichen Voraussetzungen für eine förmliche Kriegserklärung.

Taylor wollte seinen Ohren nicht trauen. Am liebsten hätte er Zhou und Cheung aufgefordert, sich zum Teufel zu scheren. Und noch lieber hätte er sie in die Steinzeit zurückgebombt! Mit diesem einen Atomsprengkörper hatten sie ihn in die bisher schwerste Krise seiner Amtszeit gestürzt. Und jetzt verlangten sie rotzfrech, die Vereinigten Staaten sollten sich ans Völkerrecht halten. Diese Unverschämtheit!

Der Präsident holte tief Luft. Obwohl er angespannt, nervös und übernächtigt war, wußte er recht gut, daß bestimmte protokollarische Formen eingehalten werden mußten. Er nickte Außenminister Danahall zu, er solle fortfahren ...

»Ich darf Sie bitten, Ministerpräsident Cheung mitzuteilen«, sagte Danahall ruhig, »daß die Regierung der Vereinigten Staaten keine Verhandlungen mit der Regierung der Volksrepublik China wünscht, wenn dabei nicht ein sofortiger Waffenstillstand angeboten und die Einstellung aller militärischen Operationen auf den Philippinen garantiert wird. Etwa erforderliche Mitteilungen meiner Regierung würden Ihrer Regierung über die Vereinten Nationen zugestellt.«

»Ich kenne dieses förmliche Notifizierungsverfahren, Mr. Secretary, und wir werden uns selbstverständlich daran halten«, sagte Zhou in fließendem Englisch mit leicht orientalischem Akzent. »Meine Regierung hat dem Generalsekretär bereits einen förmlichen Protest überreichen lassen, und ich nehme an, daß Botschafterin O'Day sich bald mit Ihnen in

Verbindung setzen wird. Aber an sich müßte jede Nation, die für Frieden, Freiheit und Menschenrechte eintritt, den Wunsch haben, in Verhandlungen einzutreten, um alle Feindseligkeiten so rasch wie möglich zu beenden. Sie wollen doch nicht etwa Krieg führen, Mr. Secretary? Beharren Sie tatsächlich darauf, Forderungen an uns zu stellen, ohne im geringsten dialogbereit zu sein?«

»Ich habe den Auftrag, Ihrer Regierung lediglich folgende Mitteilung zu machen«, antwortete Danahall resolut. »Wir erwarten die bindende Zusage, daß die chinesischen Streitkräfte sofort von den Philippinen abgezogen werden. Haben Sie eine Mitteilung für meine Regierung?«

Am anderen Ende entstand eine kurze Pause, bevor Außenminister Zhou sagte: »Mr. Secretary, bitte übermitteln Sie dem Präsidenten ...«

Und dann wurde die Verbindung unterbrochen.

Amtssitz des Ministerpräsidenten, Peking
Montag, 10. Oktober 1994, 02.31 Uhr Ortszeit

»Wir kapitulieren *nicht* vor den Amerikanern!« fauchte Generaloberst Chin, indem er Außenminister Zhou den Telefonhörer aus der Hand riß. Mehrere andere Mitglieder von Cheungs Kabinett sprangen sichtlich erschrocken auf. Nur der Ministerpräsident reagierte nicht, sondern blieb gelassen mit auf der Schreibtischplatte gefalteten Händen sitzen und betrachtete dieses Schauspiel mit kalter, ausdrucksloser Miene.

»Wie können Sie's wagen, mein Gespräch mit dem amerikanischen Außenminister einfach zu unterbrechen?« rief Zhou empört. »Ich verlange eine Erklärung, Genosse General! Das ist ein klarer Verstoß gegen eine Weisung des Genossen Ministerpräsidenten, der mich ...«

»Für dieses militärische Unternehmen bin nur ich zuständig, Genosse Zhou«, unterbrach ihn der General. »Alle damit zusammenhängenden Erklärungen müssen mit mir abgestimmt werden. Und ich allein entscheide, welche Mitteilungen zweckmäßig und mit unseren Zielen vereinbar sind.«

»Damit überschreiten Sie Ihre Kompetenzen, Genosse General!« warf Zhou ihm aufgebracht vor. »Es ist verrückt gewesen, einfach die Philippinen besetzen zu wollen, es ist verrückt gewesen, diesen Verbrecher Yin an die Spitze der Invasionstruppen auf Mindanao zu stellen, und es wäre total verrückt, die Eröffnung eines Dialogs mit den Amerikanern abzulehnen.«

Zhou wandte sich ab und deutete auf den Stapel Meldungen auf der Granitplatte des Konferenztischs. »Sie kennen diese Meldungen. Bisher sind vier Zerstörer versenkt worden! *Vier Zerstörer!* Das ist die *Hälfte* der Admiral Yin unterstellten Zerstörer – ein Viertel aller Zerstörer unserer Kriegsmarine! Außerdem sind zehn Fregatten und fast dreißig Vorpostenboote versenkt oder außer Gefecht gesetzt worden. Verlustmeldungen liegen noch nicht vor, aber wahrscheinlich sind *Tausende* von Gefallenen zu beklagen! Dieses Wahnsinnsunternehmen muß sofort beendet werden!«

»Ausgeschlossen!« brüllte Chin. »Kommt nicht in Frage! In wenigen Stunden kann der Sieg unser sein. Das Landungsunternehmen ist angelaufen, und nach ersten Meldungen leistet der Gegner keinen nennenswerten Widerstand.«

»*Keinen Widerstand?* Vier Zerstörer liegen in der Célebes-See auf dem Meeresgrund, und Sie behaupten, der Gegner leiste keinen Widerstand? Glauben Sie etwa noch, dieses Debakel in einen *Sieg* ummünzen zu können?«

»Ich spreche vom Widerstand der Rebellen im Raum Davao«, stellte der General fest. »Wir haben von Anfang an mit schweren Verlusten gerechnet ...«

»Sie hatten uns versichert, während des gesamten Konflikts seien nicht mehr als zwanzig, höchstens dreißig Prozent Ausfälle zu befürchten«, warf Zhou ihm vor. »Aber Sie haben nie von dreißig Prozent Verlusten *in drei Stunden* gesprochen!«

»Mit diesem Unternehmen soll der Samar International Airport besetzt und die ganze Insel Mindanao unter unsere Kontrolle gebracht werden«, sagte General Chin. »Diese Zielsetzung ist vom Kabinett gebilligt worden – auch mit Ihrer Stimme, Genosse Zhou. Unser Ziel ist weiterhin erreichbar. Gesicherte Verlustmeldungen liegen bisher nicht vor, aber alles deutet darauf hin, daß unser Ziel in weniger als sechs Stunden erreicht sein kann. Bisher hat nur die amerikanische Air Battle Force angegriffen. Auch sie hat schwere Verluste erlitten, und selbst wenn sie die Angriffe zu Ende führt, können wir zuletzt Sieger bleiben. Ist der Flughafen erst einmal in unserer Hand, kommt keine amerikanische Maschine mehr näher als fünfhundert Kilometer an die Philippinen heran.«

»Für mich steht fest, Genosse General, daß selbst die Eroberung des Flughafens keine Wende zum Besseren herbeiführen würde«, sagte Zhou eindringlich. »Unsere bisherigen Verluste sind erschreckend hoch. Wir müssen sofort den Rückzug befehlen, sonst haben wir keine Truppen mehr, die auf dem Flughafen landen können, wenn Sie ihn endlich erobern – oder *falls* Sie ihn jemals erobern.« Er wandte sich an Cheung, der noch mit keinem Wort in diese Auseinandersetzung eingegriffen hatte. »Genosse Ministerpräsident, ich erlaube mir, den Antrag zu stellen, General Chins Unternehmen sofort abzubrechen und unseren Truppen zu befehlen, in ihre ...«

»Das können Sie nicht machen!« brüllte General Chin. »Man bricht kein Unternehmen ab, bloß weil unbestätigte Meldungen von schweren Verlusten in der Anfangsphase sprechen.« Cheung erklärte er: »Genosse Ministerpräsident, wir wissen, daß die Air Battle Force keine weiteren Angriffe fliegen können. Admiral Yin schätzt, daß die Amerikaner schon zwei Drittel ihrer Maschinen eingesetzt haben, die schwere Verluste hinnehmen müssen. Dieser Angriff ist nur eine Warnung – die Amerikaner wollen demonstrieren, daß ihnen der Status der Philippinen ernstlich am Herzen liegt. Weichen wir jetzt zurück, können wir in Zukunft keinerlei Ansprüche auf Min-

danao, Palawan oder die Spratly-Inseln mehr erheben. Besetzen wir Davao und bringen Mindanao unter unsere Kontrolle, können wir aus einer Position der Stärke heraus verhandeln. Vielleicht müssen die Amerikaner sich irgendwann zurückziehen, wenn ihre Verluste zu hoch werden und die öffentliche Meinung im In- und Ausland sich gegen den Einsatz amerikanischer Truppen wendet. Dann können wir anfangen, die Philippinen unter chinesischem Schutz zu konsolidieren.« Er fuhr mit bedeutungsvoll gesenkter Stimme fort: »Ich kann Ihnen einen Sieg garantieren, Genosse Ministerpräsident. Fällt man mir in den Arm, kann ich nur für Peinlichkeiten und Niederlagen garantieren.«

Cheung antwortete nicht gleich. Er stand von seinen Leibwächtern gestützt auf, bevor er mit brüchiger Stimme sagte: »Außer Tod und Zerstörung können Sie nichts garantieren, Genosse Chin. Um Ihretwillen hoffe ich, daß es dem Feind dabei schlimmer ergeht als unseren Truppen. Ich möchte alle halbe Stunde über den Fortgang des Unternehmens unterrichtet werden.«

»Wie Sie wünschen, Genosse Ministerpräsident«, bestätigte Chin mit einer Verbeugung. »Ich versichere Ihnen, daß wir den Sieg noch heute erringen werden!«

Cheung ignorierte diese Prahlerei. Zu seinem Außenminister sagte er: »Genosse Zhou, ich möchte Sie kurz sprechen.« Chin wurde nicht in das Gespräch einbezogen. Cheung sprach nur wenige Worte mit Zhou, der sich dann tief verbeugte und hinaushastete. Chin blieb mit seinen finsteren Gedanken allein.

Die Amerikaner hatten seine Flotte vor den südlichen Philippinen schon unglaublich dezimiert. Tatsächlich war keineswegs auszuschließen, daß er in diesem Kampf unterlag: Stießen die feindlichen Bomber bis zur Landungsflotte vor, konnte die im Raum Davao eingesetzte Marineinfanterie aufgerieben werden. Damit wäre Chin gänzlich entehrt gewesen. Also durfte er im Kampf um Davao keine Niederlage zulassen ...

Zhou hatte ihn vorhin kritisiert, weil er Admiral Yin Po L'un den Oberbefehl übertragen hatte – aber plötzlich hatte General Chin eine schreckliche Idee, wie Admiral Yin ihm einen Ausweg aus dieser Misere eröffnen könnte. Die Frage war nur: War Admiral Yin verrückt genug, um es zu tun?

Er verließ rasch den Konferenzraum und ging in die Nachrichtenzentrale, um ein Blitzgespräch mit Admiral Yin anzumelden. Wenig später wußte er die Antwort: Yin war verrückt genug, um es zu tun.

Andersen Air Force Base, Guam

»General, das Satellitenbild ist wieder da!« berichtete John Masters.

Die Generale Stone, Elliott und Harbaugh drängten sich mit ihren Stabsoffizieren vor dem reaktivierten HDTV-Bildschirm. Er zeigte eine ungewöhnlich detaillierte Darstellung des gesamten Golfs von Davao mit IFF-Datenblöcken neben jedem amerikanischen Flugzeug und computererzeugten Datenblöcken neben den chinesischen Schiffen.

»Großartig, John, einfach großartig!« sagte Stone, nachdem er das Bild eingehend studiert hatte. »Wir müssen das Gesamtgebiet auf die einzelnen Arbeitsplätze aufteilen und Informationen über die noch vorhandenen chinesischen Schiffe zusammenstellen. Die Entscheidung, ob wir die zweite Angriffswelle losschicken wollen, ist bald fällig.« Nachdem er sich davon überzeugt hatte, daß seine Offiziere an den Konsolen jedes beliebige Bild aufrufen konnten, wies Stone ihnen Seegebiete wie den Golf von Davao, Teile der Célebes-See und Sektoren im Philippinischen Meer zu, die sie nach chinesischen Schiffen absuchen sollten.

»Die südlichen Angriffsgruppen fliegen vom Ziel weg, die östlichen sind über dem Ziel und die nördlichen erreichen es in zwei Minuten«, faßte Calvin Jarrel zusammen. »Die südliche

Gruppe hat's schwer erwischt ... die östliche ist praktisch noch intakt ... verdammt, die nördliche hat Schwierigkeiten, überhaupt an dem einen Schiff in der Nähe des Flughafens vorbeizukommen!«

»Welche Schiffe getroffen sind, läßt sich erst nach einiger Zeit feststellen«, sagte Masters, »aber da mehrere überhaupt keine Fahrt machen, können wir annehmen, daß sie Treffer erhalten haben. Zum Glück haben wir gespeicherte Satelliteninformationen, um die Schiffsbewegungen mit den Kursen unserer Bomber vergleichen und abschätzen zu können, welche getroffen sein müßten.«

Einige Minuten später rief Elliott Stone an seine Konsole. »Das solltest du dir ansehen, Rat«, empfahl er ihm. Dabei zeigte er auf einen chinesischen Verband mit zwei großen Schiffen und drei kleineren Einheiten, der noch westlich der Hauptkampfgruppe stand. »Offenbar Verstärkung«, sagte Elliott. »Aber die Radarbilder, die Cobb und McLanahan neulich von ihrem Aufklärungsflug über die Chinesische See zurückgebracht haben, geben Aufschluß über diesen Verband ...«

Während Stone zusah, holte Elliott die Fünfergruppe näher heran, hob das größte Schiff noch mehr hervor und schaltete dann auf ein dreidimensionales Radarbild um. Mit Hilfe eines Computers, in dem die Daten fast aller Kriegsschiffe der Welt gespeichert waren, ließ sich nun die Identität dieses Schiffes feststellen.

Als der Schiffsname auf dem Bildschirm erschien, murmelte Stone einen Fluch. »Also die *Hong Lung*!« sagte er. »Sie soll anscheinend in die Kämpfe eingreifen ...«

»General Stone!« rief einer der Stabsoffiziere laut. »Sir ... eben ist ein dringender Anruf gekommen – von unserer Botschaft in Manila.« Alle drehten sich nach ihm um, denn sein Tonfall verriet, daß etwas Wichtiges passiert sein mußte.

»Was gibt's denn?«

»Sir ... die Botschaft ist von einem chinesischen Marineoffizier angerufen worden, der sich als Angehöriger von Admiral Yins Stab vorgestellt hat. Er läßt uns mitteilen, daß Admiral Yin Po L'un, der chinesische Oberbefehlshaber, entschlossen ist, die Stadt Davao mit Atomwaffen zu zerstören, wenn die amerikanischen Bombenangriffe nicht augenblicklich eingestellt werden.«

»*Was?*« Nun waren alle auf den Beinen.

»Das ist der Kerl gewesen, der die Antischiffs-Lenkwaffe mit Atomsprengkopf verschossen hat, stimmt's?« erkundigte sich Masters. Niemand ging auf seine Frage ein, aber die Antwort war ohnehin klar.

»Das ist ein Bluff!« sagte Jarrel resolut.

»Die Mitteilung scheint authentisch zu sein, Sir«, berichtete der Offizier. »Das Gespräch ist über die Pekinger Nachrichtenzentrale im Amt des Ministerpräsidenten gelaufen. Das Außenministerium benachrichtigt jetzt das Weiße Haus.«

»Dazu müssen wir sofort Stellung nehmen«, entschied Stone. »Sehen Sie zu, daß Sie den Präsidenten für mich ans Telefon bekommen.«

»Kann er das überhaupt?« fragte Elliott. »Kann er mit seinen Lenkwaffen Bodenziele angreifen?«

»Ganz leicht und sogar ziemlich präzise«, antwortete Stone. »Die Fei Lung-9 hat fast zweihundert Kilometer Reichweite – über hundert Seemeilen. Sie ist ursprünglich eine landgestützte Rakete gewesen, die erst für den Einsatz von Schiffen aus modifiziert worden ist.«

»Das dürfen Sie nicht ernst nehmen«, protestierte Jarrel. »Damit haben wir doch gerechnet! Was tun wir, wenn der nächste Anrufer ankündigt, daß die Chinesen Guam, Hongkong oder Okinawa mit einer von einem U-Boot abgeschossenen Rakete zerstören werden, wenn wir die Bombenangriffe nicht sofort einstellen?« Aber die Mienen der anderen zeigten, daß sie diese Drohung sehr ernst nahmen. »Ändern läßt sich ohnehin nichts mehr – unsere Flugzeuge sind jetzt über ihren Zielen«, stellte Jarrel fest. »In drei Minuten greifen die B 1 an.«

»Wir könnten sie zurückrufen«, sagte Harbaugh.

»Das wäre verrückt, Tom!«

»Sehen Sie sich die Satellitenaufnahmen an, Cal«, forderte Harbaugh ihn auf. »Ihre Jungs haben mehr als genug Schaden angerichtet. Was ist dabei, wenn wir auf den Einsatz der nördlichen Gruppe verzichten?«

»Damit lassen wir zu, daß die chinesische Marineinfanterie den Strand erreicht«, wandte Jarrel ein. »Damit wäre der Einsatz aller anderen Bomber vergeblich gewesen – dann wären die abgeschossenen Besatzungen vergebens gefallen.«

»Wir dürfen nicht riskieren, daß Yin seine Drohung wahr macht«, stellte Harbaugh nachdrücklich fest.

»Opfert er damit nicht auch viele eigene Leute?« warf Masters ein.

»Da sie sonst von der Air Battle Force dezimiert werden, dürfte ihm das egal sein.«

»Ich schlage einen weiteren Angriff mit Marschflugkörpern Tomahawk vor«, sagte Elliott. »Wie weit steht die Kampfgruppe mit der *Wisconsin* von der *Hong Lung* entfernt?« Die rasch ermittelte Entfernung betrug jedoch über fünfhundert Seemeilen. Die Bedienungsmannschaften der Tomahawks brauchten mindestens dreißig Minuten, um ihre Marschflugkörper für einen neuen Angriff zu programmieren – und die Tomahawks hätten für diese Strecke etwa eine Stunde Flugzeit gebraucht.

»Wir können die *Hong Lung* von einem unserer Bomber angreifen lassen«, schlug Harbaugh vor. »Der Bomber hält ein paar Waffen zurück, fliegt nach Süden und greift den Zerstörer an. Oder wir setzen ein paar B-1 aus der nördlichen Gruppe ein – sie haben nur noch Minen und Flammölbomben an Bord, aber das dürfte genügen.« Er deutete auf den HDTV-Monitor. »Die *Hong Lung* muß viel weiter nach Norden laufen – bis zum Eingang des Golfs von Davao –, bevor sie eine Lenkwaffe abschießen kann. Das bedeutet, daß wir ungefähr zwanzig Minuten Zeit haben, um jemanden in Angriffsposition zu bringen.«

»Die B-1 lassen sich nicht so schnell umdirigieren, Tom«, widersprach Jarrel. »Im Augenblick können wir den Bombern nur zwei Befehle geben: angreifen oder abdrehen. Selbst wenn wir zwei B-1 anweisen, zunächst nicht anzugreifen, sind sie der feindlichen Luftabwehr ausgesetzt. Sie müßten hundertzwanzig Meilen weit durch starkes Abwehrfeuer fliegen, das richtige Schiff finden und es angreifen. Das wäre verrückt! Ich plädiere dafür, unsere B-1 wie vorgesehen einzusetzen. Das Ganze ist ein offenkundiger Bluff, auf den wir nicht reinfallen dürfen.«

»Aber wenn's keiner ist...?«

»Ich habe einen Vorschlag, Sir«, sagte Masters. »Ich denke, daß es eine Möglichkeit gibt, den chinesischen Zerstörer rechtzeitig anzugreifen.« Und Jon Masters begann, seinen Zuhörern seinen Plan zu erläutern...

Vor der Insel Mindanao

Die Fregatte *Xiamen* war von mindestens sechs Lenkwaffen Harpoon getroffen worden und stand am Eingang des Golfs von Davao in hellen Flammen. Wegen starker Hitzeentwicklung durch brennendes Treiböl, das sich auf dem Wasser ausbreitete, und wiederholte Explosionen in ihren Waffenmagazinen kamen die Vorpostenboote nicht näher als einen Kilometer an die brennende Fregatte heran. Auch drei der sechs Vorpostenboote der *Xiamen* hatten Lenkwaffentreffer erhalten, so daß der Golf von Davao weit offen vor den anfliegenden Bombern lag. Zwei B-52 wurden durch Flakfeuer so stark beschädigt, daß sie ihre Bomben schon vor dem Zielgebiet abwerfen mußten, und eine weitere wurde beim Abdrehen abgeschossen; alle drei Besatzungen konnten jedoch rechtzeitig aussteigen und wurden gefangengenommen.

Der ältere Zerstörer *Yinchuan*, dessen Fla-Bewaffnung bei weitem nicht ausreichte, um einen entschlossenen Angriff abzuwehren, wurde das nächste Opfer. Zehn aus Süden anfliegende Bomber B-52 griffen mit insgesamt vierzig Lenkwaffen Harpoon an. Die meisten dieser Lenkwaffen trafen andere Schiffe oder wurden von Vorpostenbooten der *Yinchuan* abgeschossen, aber elf fanden ihr Ziel. Der Zerstörer sank in weniger als zwanzig Minuten.

Der Zerstörer *Dalian*, der Fla-Lenkwaffen Hong Qian-91 an Bord hatte, und seine Vorpostenboote waren zunächst gegen die sechs auf den Zerstörer angesetzten Bomber B-52 erfolgreich. Zwei B-52 wurden schwer beschädigt und mußten abdrehen; die eine stürzte östlich der Bangoy-Bucht über Land ab, die andere wurde von chinesischen Jägern abgeschossen. Aber die *Dalian* hatte die meisten ihrer Fla-Lenkwaffen verschossen, um die Landungsflotte vor Marschflugkörpern Tomahawk zu schützen, und konnte sich nicht mehr gegen alle der auf sie abgeschossenen zwölf Lenkwaffen Harpoon verteidigen. Als der beschädigte Zerstörer immer mehr Schlagseite nach Steuerbord bekam, entschloß sich sein Kommandant dazu, ihn bei Matiao auf Grund zu setzen, bevor sein Schiff in der Bangoy-Bucht sank.

Die drei großen Plexiglastafeln im Lageraum der *Hong Lung* boten einen körperlich schmerzhaften Anblick. Versenkte Schiffe waren rot, beschädigte und außer Gefecht gesetzte Einheiten schwarz, beschädigte, aber noch kampffähige Schiffe grün und schwarz gestreift und voll einsatzfähige Einheiten grün dargestellt – und von denen gab es verdammt wenige. Zum Glück waren die Landungsschiffe grün eingezeichnet – die Angreifer waren noch immer nicht zur Marineinfanterie am Strand vorgestoßen.

»Lageraum, Brücke, die Fregatte *Xiamen* ist in Sicht«, meldete der Kommandant der *Hong Lung* über die Bordsprechanlage. »Sie bittet durch Winkspruch um Hilfe. Sollen wir versuchen, längsseits zu gehen?«

Kapitän Sun sah fragend zu dem Admiral hinüber, der wortlos den Kopf schüttelte. Sun war nahe daran, ihn zu bitten, seine Entscheidung zu überdenken, hielt dann doch lieber den Mund und antwortete: »Brücke, Lageraum, nur taktische Unterstützung durch zwei Motorboote mit Lecksuch- und Feuerlöschtrupps. Kurs und Fahrt halten, bis der befohlene Standort erreicht ist.« Sun schaltete ab, bevor der Kommandant seinerseits umfangreichere Rettungsmaßnahmen fordern konnte. »Zerstörer *Dalian* meldet, daß er sicher auf Grund sitzt, Genosse Admiral«, sagte einer der Funker. »Kapitän Yeng meldet, daß er sein Feuerleitsystem provisorisch instandsetzen läßt. Die Arbeit dürfte eine gute halbe Stunde dauern.« Yin nickte wieder nur wortlos.

»Bis das Feuerleitradar wieder funktioniert, soll Kapitän Yeng seine Fla-Waffen elektrisch-optisch und visuell richten«, befahl Sun. »Fügen Sie hinzu, daß der Admiral ihn belobigt, weil er sein Schiff gerettet hat – und daß die *Dalian* weiterhin den Auftrag hat, die Landungsflotte vor Luftangriffen zu schützen.« Kapitän Sun trat an die Plexiglastafeln, begutachtete kurz die Lage und sagte dann: »Wir sollten die Truppentransporter nach Norden in die Bangoy-Buch verlegen – dort sind sie für Bomber schwer zu finden. Wird dann Entwarnung gegeben, können sie mit ihren Begleitschiffen mit Höchstfahrt nach Süden zurücklaufen.«

»Mit welchen Begleitschiffen?« murmelte Yin. »Welche sind denn noch übrig?«

»Wir haben noch mindestens sechs Vorpostenboote, Genosse Admiral ... und natürlich kann auch die *Hong Lung* ihren Rückzug decken. Sind sie erst in unserer Nähe, schützen wir sie vor Luftangriffen, bis sie in Zamboanga anlegen, um Verstärkungen an Bord zu nehmen.«

»Sechs ... Vorpostenboote ...«, sagte Yin mit leiser, zitternder Stimme. »Sechs ... Wir haben dieses Unternehmen mit acht Zerstörern, zwanzig Fregatten und nahezu sechzig Vorpostenbooten begonnen ... Wir haben *kein* Großschiff mehr, das die Landungsschiffe in den Hafen zurückbegleiten kann? Nicht ein einziges?«

»Genosse Admiral, die meisten unserer Fregatten und Vorpostenboote operieren weiter im Philippinischen Meer«, antwortete Sun. »Wir haben einige von ihnen sowie den Zerstörer *Zhangzhou* zurückgerufen, um den inneren Verteidigungsring zu verstärken.« Sun baute sich vor Yin auf und nahm Haltung an. »Genosse Admiral, Sie haben Ihre Kräfte mit wahrer taktischer Meisterschaft eingesetzt. Sie haben der Elite der amerikanischen Luftwaffe einen großen Kampf geliefert. Ihr Ziel – das Landungsunternehmen mit der Besetzung Davaos und des Flughafens – ist fast erreicht. Sie haben gesiegt, Genosse Admiral. Sie haben ...«

»Genosse Admiral! Feindliche Maschinen aus Osten und Nordosten im Anflug auf Davao«, meldete der Funker. Ein Signalgast trug die anfliegenden Maschinen ein, deren Zahl sich beängstigend rasch vergrößerte. Der Verband aus Nordosten war vorerst weiter entfernt, schien dafür aber deutlich schneller zu sein.

»Was für Flugzeuge sind das?« fragte Kapitän Sun. »Der Admiral muß wissen, was das für welche sind. Los, los, fragen Sie nach!«

»Der östliche Verband besteht nur aus Bombern B-52«, meldete der Funker, nachdem er sich bei mehreren Stellen erkundigt hatte. »Der nordöstliche ist noch nicht identifiziert.« Aber Sun konnte sich die Zusammensetzung der beiden Gruppen jetzt denken: Bomber B-52, denen Bomber B-1 und F-111 folgten. Die aus Süden anfliegenden Gruppen waren nur die erste Welle gewesen; diese zweite Welle – kompakter als die erste, aber noch schlagkräftiger – würde die Landungsflotte und die Marineinfanterie angreifen.

»Luftalarm für alle Schiffe und Truppenteile!« befahl Kapitän Sun. »Feindliche Bomber aus Osten und Nordosten im Anflug. Marineinfanterie geht am Strand in Deckung; Landungsschiffe möglichst weit auseinanderziehen!«

Admiral Yin wirkte wie vor den Kopf geschlagen. Er starrte die Plexiglastafel an und murmelte etwas vor sich hin, das

Sun nicht verstand. »Genosse Admiral? Haben Sie weitere Befehle?« fragte der Kapitän. Aber sein Vorgesetzter murmelte wieder etwas Unverständliches, studierte den Meldevordruck, den einer der Funker ihm gegeben hatte, und starrte sichtbar erschrocken die Plexiglastafel an.

»Achtung! Achtung! Achtung! Luftalarm! Die Flak Feuerbereitschaft melden!«

Oberst Yang Yi Shuxin von der Marineinfanterie sah nervös zu den Lautsprechern an den Inselaufbauten über ihm auf. Der nächste Blick galt den vielen Geschütztürmen mit 3,7-cm-Flak, die jetzt bemannt wurden, aber danach konzentrierte er sich wieder auf die Männer in seinem Landungsfahrzeug. Obwohl sie schwiegen, rief Yang ihnen laut zu: »Kein Wort, verstanden? Die haben ihren Auftrag, und wir haben unseren. Gleich geht's los, Männer!«

Yang führte einen Stoßtrupp von vierzig schwerbewaffneten Marineinfanteristen, die einen Strandabschnitt vor Davao besetzen sollten. Sie waren an Bord des sechzig Tonnen schweren Luftkissenfahrzeugs *Dagu,* das von zwei Luftschrauben mit Propellerturbinen angetrieben wurde und an Land und auf dem Wasser über siebzig Stundenkilometer erreichte. Die *Dagu* hatte zwei kleine Schützenpanzer mit je einer 30-mm-Maschinenkanone an Bord und war selbst mit zwei 14,5-mm-Maschinengewehren bewaffnet, hinter denen vier sehr jung aussehende Soldaten standen. Anders als normale Landungsfahrzeuge brachte die *Dagu* ihre Marineinfanteristen bis auf den Strand, anstatt sie in brusttiefem Wasser abzusetzen.

Ihr Landungsschiff hatte zwei solcher Luftkissenfahrzeuge, vier herkömmliche Landungsfahrzeuge, zwanzig gepanzerte MTWs auf dem Panzerdeck, dreißig Zweieinhalbtonner auf dem Oberdeck und insgesamt vierhundert Marineinfanteristen an Bord. Auch andere Landungsschiffe trugen Luftkissenfahrzeuge, aber die Speerspitze jedes Angriffs bildeten unweigerlich Oberst Yang und seine Männer. Sie würden als erste chinesische Soldaten den Samar International Airport besetzen und den Belagerungsring um Davao schließen.

Kleinere Landungsfahrzeuge der *Yuchai*- oder *Yunnan*-Klasse waren vorausgelaufen, um feindliches Feuer auf sich zu ziehen, Ziele für die Schiffsartillerie zu finden oder Strandhindernisse zu beseitigen. Aber erst mit dem Einsatz der *Dagu* begann das eigentliche Landungsunternehmen. Sobald Yangs Männer den Strand besetzt hatten, kam ihr Landungsschiff bis in seichtes Wasser, legte eine Pontonbrücke aus und ließ die Rad- und Kettenfahrzeuge über ihre Bugrampe von Bord rollen. Mit den Fahrzeugen würden Marineinfanteristen dann stürmisch weiter vorstoßen – bis zum Flughafen, bis zum Sieg.

Die beiden 7,62-cm-Geschütze des Landungsschiffs begannen den Strand zu beschießen, nachdem das LST sich gedreht hatte, damit beide Geschütze zum Tragen kamen. »Fertig!« brüllte Yang, und seine Männer antworteten mit einem wolfsartigen Knurren. Der Rudergänger der *Dagu* fuhr ihre Triebwerke hoch, und das gepanzerte Luftkissen füllte sich rasch. Ein Hupton gellte übers Deck, die Heckrampe wurde herabgelassen, und der Rudergänger schob die Leistungshebel seiner Propellerturbinen nach vorn. Das Luftkissenfahrzeug schoß in die Nacht hinaus, klatschte ins Wasser und raste auf den Strand zu.

Der Anblick, der sich Oberst Yang bot, als das LST hinter ihnen zurückblieb, glich einer Szene aus einem Alptraum.

Überall brannten Schiffe. Mindestens zwei Landungsschiffe standen in hellen Flammen, während aus zwei weiteren schwarze Rauchwolken quollen. Ihre eigene Flak verschoß scheinbar willkürlich Leuchtspurgeschosse. Die dunkle Meeresfläche vor Yang war mit einzelnen Leichen, gekenterten Landungsfahrzeugen und Treibgut bedeckt. Während er sich entgeistert umsah, hallte eine weitere Explosion übers Wasser, und die folgende Druckwelle war so stark, daß er Mühe hatte, auf den Beinen zu bleiben.

Er mußte sich zusammenreißen, um sich vor seinen Männern, von denen die meisten ihn beobachteten, keine Angst anmerken zu lassen. Als Marineinfanterist brauchte man verdammt viel Mut, um den Schutz seines Landungsfahrzeugs zu verlassen und einen Strand zu stürmen – und die meisten waren dazu nur zu motivieren, wenn ein tapferer Führer vorausstürmte.

Sie waren über zwei Kilometer vom Strand entfernt ausgesetzt worden, aber ihr Luftkissenfahrzeug legte diese Strecke schnell zurück. Bis zum Strand waren es keine dreißig Sekunden mehr. Der Rudergänger steuerte einen wilden Zickzackkurs – vermutlich mußte er nur Treibgut oder brennenden Öllachen ausweichen, aber Yang erzählte seinen Männern immer, dadurch sollten die Richtkanoniere des Gegners verwirrt werden. Obwohl Yang kein feindliches Artillerie- oder Granatwerferfeuer hörte, eröffneten die MG-Schützen der *Dagu* mehrmals das Feuer auf den Strand.

»Vor uns kein Widerstand!« rief er seinen Männern zu, die zufrieden grinsten. »Bildet Dreiergruppen, verteilt euch und rennt in Deckung! Aber paßt auf die Pioniere vor euch auf!« Die zuvor an Land gegangenen Marine-Pioniere waren mit orangeroten Leuchtstreifen an beiden Armen und auf dem Rücken gekennzeichnet, damit seine Männer sie nicht...

Hinter ihnen ereignete sich eine riesige Explosion, deren Feuerschein den ganzen Strand vor ihnen erhellte. »Augen geradeaus!« brüllte Yang, als seine Männer, die sich unwillkürlich geduckt hatten, jetzt zu sehen versuchten, was getroffen worden war. »Fertigmachen!« Auch Yang sah nicht hin, obwohl Sekundärdetonationen vermuten ließen, daß ihr Landungsschiff getroffen worden war. Als jetzt schwere Bomber über sie hinwegdröhnten, versuchten die MG-Schützen der *Dagu*, sie mit ihren lächerlichen Waffen zu treffen, obwohl sie damit nur ihren Standort verrieten.

»Feuer einstellen!« befahl Yang ihnen wütend. »Nachladen und die Landung sichern!« Aber die Schützen und Ladeschützen an den MGs hatten zu viel Angst, um auf ihn zu hören, sondern beobachteten die Vernichtung ihres Mutterschiffs oder suchten den Nachthimmel nach feindlichen Bombern ab. »MTWs, Motoren anlassen!« Die Turbodiesel der Mannschaftstransportwagen heulten auf, und ihre Kanoniere waren feuerbereit.

Sekunden später schob die *Dagu* sich mit pfeifenden Triebwerken aus dem Wasser über den Strand. Während die vorderen Luftkissen entleert wurden, um das Ausladen zu erleichtern, nahmen ihre MGs endlich die Baumlinie unter Feuer. »Fertig!« brüllte Yang, als die Bugrampe herabgelassen wurde, und seine mit Adrenalin vollgepumpten Männer knurrten erneut. Yang war mit einem Satz auf der Rampe, stürmte zum Strand hinunter, deutete auf die keine dreißig Meter entfernte Baumlinie und trieb die Marineinfanteristen gellend laut an: »*Vorwärts, Männer! Vor ...*«

Das letzte Wort ging in einer Feuerwalze und einer ohrenbetäubenden Detonation unter. Yang hatte das Gefühl, die Luft sei ihm aus den Lungen gesaugt und durch flüssiges Feuer ersetzt worden. Mehrere seiner Männer wurden von der Rampe in den Sand geschleudert, als die stärkste Druckwelle, die Yang je erlebt hatte, über sie hinwegtoste. Ein grellweißer Lichtblitz blendete Yang völlig, und seine Trommelfelle schienen geplatzt zu sein – nein, sein ganzer *Kopf* schien geplatzt zu sein ...

Vier Bomber F-111G röhrten mit nahezu Überschallgeschwindigkeit über das Gebiet hinweg, in dem Landungsfahrzeuge die chinesische Marineinfanterie an die Strände südlich von Davao zu bringen versuchten. Sie trugen keine Lenkwaffen Harpoon oder gewöhnliche Bomben, sondern jeweils vier neunhundert Kilogramm schwere Flammölbomben BLU-96 HADES. Jede HADES enthielt fast achthundert Liter Flammöl und wurde aus ungefähr tausend Fuß über einer Gruppe von acht Landungsfahrzeugen abgeworfen. In achthundert Fuß platzten die Behälter auf, und das Flammöl begann, sich in großen Dampfwolken auszubreiten. Als die Wolken sich Sekunden später mit inzwischen dreißig Meter Durchmesser etwa fünfhundert Fuß über der Landungsflotte befanden, wurden sie durch winzige mitausgestoßene Natriumzünder zur Explosion gebracht.

Die Sprengwirkung übertraf die eines 10-KT-Atomsprengkörpers: Die HADES erzeugte eine Hunderte von Metern hohe pilzförmige Wolke, einen Feuerball mit über eineinhalb Kilometer Durchmesser und eine Druckwelle, die das Meer im Umkreis von drei Kilometern zum Brodeln brachte und die im Detonationsbereich liegenden Landungsfahrzeuge sofort in Brand setzte. Zwei HADES detonierten über einem Strandabschnitt, wo chinesische Marine-Pioniere auf Verstärkung warteten, und die Explosionswirkung an Land war ebenso verheerend.

Keine HADES detonierte in weniger als fünf Kilometer Entfernung, aber Yang und seine Marineinfanteristen hatten das Gefühl, mitten in einen Vulkanausbruch geraten zu sein. Der Oberst fand sich benommen, aber unverletzt auf dem Bauch im Sand liegend wieder. Sein Sturmgewehr lag mehrere Meter von ihm entfernt. Er kroch darauf zu, holte es wieder und richtete sich kniend auf. »Vorwärts, Männer!« krächzte er. »MTWs marsch!« Er war erleichtert, als der erste MTW sich schwerfällig in Bewegung setzte; der zweite blieb jedoch stehen. »Los, runter mit den MTWs! *Beeilung!*« Seine Männer rappelten sich langsam auf, kamen wieder zur Besinnung und stolperten dann auf die MTWs zu, um hinter ihnen Deckung zu suchen.

Während Yang sich bemühte, seine Männer von Bord zu bekommen, bekam er ihr Landungsschiff ins Blickfeld – und was er sah, entsetzte ihn. Das gesamte Schiffsinnere schien in Flammen zu stehen. Die außenbords hängenden Abschnitte der Pontonbrücke brannten, und im Feuerschein sah Yang, wie verzweifelte Männer in das mit brennendem Öl bedeckte Meer sprangen. Eine spektakuläre Explosion ließ eine Hunderte von Metern hohe Feuersäule aufsteigen, als die Flammen den für alle Fahrzeuge an Bord gelagerten Treibstoff erfaßten.

Einige seiner Männer wollten stehenbleiben, um das todgeweihte Schiff anzugaffen, aber Yang stieß sie vor sich her. »Los, los, Bewegung! Alle Mann weg vom Strand! Marsch, unter die Bäume ...!«

Die MG-Schützen der *Dagu* schossen wieder in den Nachthimmel, und Yang hörte schwere Bomber heranröhren. »Runter vom Schiff!« brüllte er. »Unter die Bäume! *Marsch! Marsch!*«

Aber sein Befehl kam zu spät.

Zwei Minuten nachdem die F-111 die BLU-96 abgeworfen hatten, flog die nächste Bombergruppe von Norden an: vier B-52, die das Gefecht mit dem Zerstörer *Dalian* überstanden hatten, setzten die Angriffe mit Lenkwaffen Harpoon und CAPTOR-Minen fort; die sie begleitende EB-52C Megafortress war beim Abdrehen vom Zielgebiet von einem Jäger JS-7 abgeschossen worden. Die B-52 versenkten zwei Landungsschiffe und warfen über ein Dutzend CAPTOR-Minen ab, die sofort aktiviert wurden und die noch einsatzfähigen Schiffe ansteuerten, die mit Kurs auf die Insel Samal abzulaufen versuchten.

Sechzig Sekunden nach dem Abdrehen der letzten B-52 röhrten die letzten und am schwersten bewaffneten Bomber zum Angriff heran: sechs B-1B Excalibur griffen von Norden kommend im Tiefstflug an. Sie wurden erst entdeckt, als es für einen Abwehrversuch zu spät, viel zu spät war.

Oberst Yang sah hellrote und orangerote Leuchtkörper den Strand entlang auf sich zukommen und eine fünfzig Meter breite und Hunderte von Metern lange Spur der Verwüstung hinterlassen. Davor gab es kein Entkommen – die kleinen Bombenkörper der Schüttbomben bedeckten den gesamten Strand. Er konnte nur sein Gewehr hochreißen und auf den schlanken amerikanischen Bomber schießen, als er, vom Feuerschein des brennenden Landungsschiffs erhellt, über ihn hinwegröhrte. Yang kehrte dem näher kommenden Bombenteppich den Rücken zu und schoß weiter auf den Bomber, bis er von vernichtenden Detonationen und einem Hagel von Bombensplittern gefällt wurde.

Major Pete Fletcher, der OSO (Offensive Systems Officer) der B-1B, hatte noch nie einen Einsatz mit so unglaublich vielen Waffen an Bord geflogen – er hatte noch nicht einmal *gehört*, daß jemals so viele verschiedene Waffen im Einsatz mitgeführt worden waren.

Mit ihren acht Abwurflenkwaffen SLAM, die Blade Two-Five, seine B-1B Excalibur, an externen Aufhängepunkten mitführen konnte, hatten sie bereits chinesische Kriegsschiffe im Philippinischen Meer angegriffen. Ihre sonstige Bewaffnung bestand aus acht Minen Mk 65 QUICKSTRIKE – hochexplosive Minen für geringe Wassertiefen im Hafen von Davao oder in der Dadaotan-Straße – in der hinteren Bombenkammer, vierundzwanzig GATOR Minen für Strände – jeder Behälter verstreute Hunderte von tennisballgroßen Schützenminen, die auch kleine Fahrzeuge zerstören konnten – in der mittleren Bombenkammer und acht Flammölbomben BLU-96 HADES – für den Einsatz gegen Landungsfahrzeuge und Marineinfanterie in dem Küstenabschnitt nördlich des Samar International Airports – in der vorderen Bombenkammer.

Alle diese Waffen sollten auf einer Strecke von nur fünfunddreißig Kilometern in drei jeweils sechs Kilometer langen Sektoren abgeworfen werden – aber während sie mit fast fünfzehn Kilometern in der Minute in Baumhöhe flogen, blieb Fletcher kaum Zeit zum Nachdenken. Zwischen Jägerangriffen hatte er sein Navigationssystem durch einen Radarcheck beim Überfliegen der Küste getestet und wußte nun, daß es einwandfrei funktionierte. Falls die Zeit reichte, wollte er das System beim Zielanflug erneut testen – aber er bezweifelte, daß er dazu Gelegenheit haben würde. Für alles weitere war jetzt der Bombencomputer zuständig.

»Ausgangspunkt vor uns... fertig, fertig, jetzt!« meldete Fletcher. »Kurs ist gut. Dreißig Sekunden bis zum Abwurf.

Reihenwurf GATOR auf Kurs eins-acht-eins, danach Rechtskurve auf Kurs zwo-eins-sechs und Reihenwurf QUICKSTRIKE, dann wieder Rechtskurve auf Kurs zwo-sechs-acht und Reihenwurf HADES. Noch fünfzehn Sekunden...«

Die zahlreichen Schiffsbrände vor Davao und in der Dadaotan-Straße waren spektakulär – dort brannten mindestens zehn bis zwölf große Truppentransporter, zwischen denen weite Flächen von brennenden Öllachen bedeckt waren. »Mann, das sieht wie'n gottverdammter Weltuntergang aus«, murmelte der Kopilot über die Bordsprechanlage.

»Noch fünf Sekunden... klar zum Einkurven...«

Aber die Großbrände, die der B-1-Besatzung das Zielgebiet so klar zeigten, machten es auch den Chinesen leicht, die anfliegende Maschine zu erkennen. Leuchtspurgeschosse der Flak einiger nicht völlig außer Gefecht gesetzter Landungsschiffe zogen scheinbar willkürliche Feuerspuren durch den Himmel – und plötzlich trafen mehrere dieser Geschoßbahnen das Rumpfvorderteil des Bombers B-1.

Die Einschläge der 5,7-cm-Granaten eines LSTs wirkten wie gewaltige Hammerschläge Thors. Der Kabinendruck fiel sofort ab und wurde eine Millisekunde später durch das donnernde Tosen der durch die zersplitterten Cockpitfenster einströmenden Luft abgelöst. Die Geschwindigkeit über Grund schien auf null zu sinken, und die Besatzung fühlte sich fast gewichtslos, als die B-1 durch den Himmel zu taumeln begann.

Fletcher reagierte augenblicklich. Er bestimmte noch alle an Bord befindlichen Waffen für einen Notabwurf, öffnete die Bombenklappen und drückte nochmals auf den Notabwurfknopf. »Alle Waffen abgeworfen! Alle Waffen abgeworfen!« meldete er über die Bordsprechanlage. »Sofort Rechtskurve, Doug!« rief er Hauptmann Doug Wendt, dem Piloten, zu. »Rechtskurve! Nach Westen abfliegen!«

Alle Minen und BLU-96 HADES fielen glatt aus den Bombenkammern – nur eine nicht. Eine der Halterungen in der vorderen Bombenkammer war durch einen Treffer beschädigt worden: Sie klemmte zunächst und gab den Behälter dann so spät frei, daß er gegen das hintere Brandschott knallte und detonierte. Brennende Teile der Flammölbombe und der demolierten Bombenkammer flogen in die rechten Triebwerkseinlässe, legten die Triebwerke still und verursachten eine weitere gewaltige Explosion.

In der Kabine, die sich jetzt mit Rauch zu füllen begann, war ein gewaltiges Brausen wie von einem Wasserfall zu hören. Die B-1 schien sich für kurze Zeit in Rückenfluglage zu befinden und ging dann zu wilden Bewegungen um die Längs- und Hochachse über. »Doug? Was ist bei euch los?« Keine Antwort. »George?« Wieder keine Antwort. Ohne lange zu überlegen, betätigte Fletcher die Schnelltrennkupplung an seinem Schleudersitz, so daß er den Sitz verlassen konnte, aber dabei seinen Fallschirm auf dem Rücken behielt. Er ließ sich zu Boden fallen und begann, auf Händen und Knien in Richtung Cockpit zu kriechen.

»Pete!« rief Oberstleutnant Terry Rowenki, der DSO (Defensive Systems Officer), hinter ihm her. »Wo, zum Teufel, willst du hin? Komm zurück!«

Fletcher ignorierte ihn und kämpfte weiter gegen den heulenden Sturm an, bis er dann endlich das Cockpit erreichte. Im grellen Licht draußen aufsteigender Leuchtraketen sah er, daß alle Cockpitscheiben zersplittert waren. Wendt und Lleck hockten zusammengesunken in ihren Sitzen – offenbar beide bewußtlos. Der Autopilot war nicht eingeschaltet, aber die B-1 war leicht und gut genug ausgetrimmt, um selbst ungesteuert in Normalfluglage zu bleiben.

»Terry! Los, raus mit dir! Aussteigen!« brüllte Fletcher, aber der tosende Wind übertönte seine Stimme. Er kroch etwas weiter nach vorn, zog sich an der Mittelkonsole hoch, blieb dabei geduckt, um dem Sturm möglichst wenig Angriffsfläche zu bieten, streckte seine Hand aus und drückte den rechten Auslösegriff von Doug Wendts Schleudersitz hoch. Im nächsten Augenblick flammten an allen Stationen die mit der Betätigung des Schleudersitzes eines Piloten gekoppelten roten Leuchtschilder »Aussteigen!« auf. Fletcher kämpfte gegen den Wind an, der gegen seinen Körper hämmerte, hob mühsam den Arm und betätigte mit der linken Hand den Abzugsgriff.

Zum Glück wurde Doug Wendts Oberkörper durch das Haltesystem automatisch in Sitzhaltung aufgerichtet, bevor ein Segment des Cockpitdachs abgesprengt und sein Sitz aus der Maschine geschossen wurde. Aber der Abgasstrahl des Schleudersitzes traf genau Fletchers Gesicht, so daß er aufschrie und nur noch flimmernde Sterne sah. Er war kurz davor, bewußtlos zu werden, als eine neuerliche Explosion an Bord ihn wieder wachrüttelte. Da er seine Augen nicht mehr aufbekam, tastete er blindlings nach Llecks Abzugsgriff, fand ihn und zog daran. Diesmal traf der weißglühende Abgasstrahl seinen Oberkörper und ließ ihn zusammensacken.

»Pete! Verdammt noch mal, Pete, wach auf!«

Jemand rief seinen Namen ... jemand ... Fletcher hob mühsam den Kopf.

»Pete! Hierher zu mir! Beeil dich!«

Das war Terry Rowenkis Stimme – der Idiot war noch nicht ausgestiegen. Fletchers Kopf prallte dumpf aufs Deck. Selbst schuld, dachte er benommen, bevor er in die nächste Ohnmacht abdriftete. Selbst schuld, wenn er seinen einwandfrei funktionierenden Schleudersitz nicht benutzen will ...

Aber er konnte nicht in Ruhe dahindämmern. Gleich darauf fühlte er, wie jemand an seinen Beinen zog. »Verdammt, Pete, du sollst hierher kriechen ... wach auf, Arschloch, wach auf ...«

Um ihn bei Laune zu halten, stieß Fletcher sich mit beiden Händen von der Mittelkonsole in Richtung Kabine ab. Die ungewöhnliche Schräglage des Decks erleichterte ihm das Zurückrutschen – die Excalibur reckte den Bug in die Luft, als befände sie sich in steilem Steigflug –, und Rowenki zerrte mit Bärenkräften an seinen Beinen. Je weiter sie nach hinten kamen, desto lauter wurde das Heulen des Windes in einer anderen Öffnung. Fletcher brauchte einige Zeit, um zu begreifen, was das bedeutete: Rowenki hatte die Einstiegsluke mitsamt der Leiter weggeworfen und bemühte sich jetzt, ihn durch die Luke hinauszubefördern!

Rowenki schaffte es irgendwie, Fletcher so umzudrehen, daß er auf dem Bauch und mit dem Kopf voraus an der offenen Einstiegsluke lag. »Scheiße, was hast du vorn zu suchen gehabt?« brüllte er, während er sich mit Fletchers kraftlos schlaffem Körper abmühte. »Mußtest den verdammten Helden spielen, was? Wenn ich deinetwegen hier oben draufgehe, Fletcher, verfolge ich dich hundert Jahre lang als Gespenst!«

Nachdem Rowenki das Seil, mit dem man sich im Notfall aus der Luke abseilen konnte, durch den D-Ring der Aufzugsleine von Fletchers Fallschirm gezogen und verknotet hatte, stieß er seinen Kameraden kopfüber aus der Luke. Das Seil straffte sich ruckartig und ließ Fletchers Körper kreiseln, bevor es den Verpackungssack aufriß. Fletchers Bein verfing sich in den Fangleinen, aber es kam sofort wieder frei, so daß der Fallschirm sich sicher öffnete. Rowenki hechtete sofort hinter ihm her.

Er brach sich den linken Knöchel, der am hinteren Lukenrand anschlug, aber dieser Schmerz erinnerte ihn nur daran, den Abzugsgriff zu ziehen, während er auf den Dschungel unter ihnen zustürzte.

Die angeschlagene B-1 setzte ihren Steigflug mit Rechtskurve noch einige Minuten lang fort und beschrieb fast eine 180-Grad-Kurve, bevor sie durch Fahrtverlust in einen überzogenen Flugzustand geriet und am Stadtrand von Cadeco abstürzte. Damit hatte die letzte Maschine des ersten Einsatzes der Air Battle Force ihren Flug beendet.

»Genosse Admiral, gerade meldet sich ein Jäger J-7 über dem Samar International Airport«, kündigte der Funker an.

Admiral Yin war mit einem Satz auf den Beinen. »Meldung!« blaffte er so laut, daß alle Anwesenden zusammenzuckten. »Ist der Flughafen erobert?«

Während der Funker kurz zuhörte, nahm sein blasser werdendes Gesicht einen ungläubigen Ausdruck an. Er wich dem Blick des Admirals aus, sah hilfesuchend zu Sun hinüber und starrte zuletzt wieder sein Funkgerät an.

»Was ist?« fragte Yin scharf. »Ich verlange Meldung!«

»Genosse Admiral... der Pilot meldet viele Schiffsbrände vor Davao und in der Dadaotan-Straße«, antwortete der Funker stockend. »Keine Verbindung zu Bodentruppen auf irgendeiner der Einsatzfrequenzen. Mehrere Explosionen... Sekundärdetonationen... Anzeichen für Truppenbewegungen am Boden – aber auf den Einsatzfrequenzen meldet sich niemand.«

Yin war wie vor den Kopf geschlagen. »Keine... Funkverbindung... keine Verbindung zu meiner Marineinfanterie?«

»Das braucht nichts zu bedeuten, Genosse Admiral«, sagte Kapitän Sun beruhigend. »Bei Beginn des amerikanischen Luftangriffs ist die Marineinfanterie natürlich in volle Dekkung gegangen. Ihre Verluste sind bestimmt nicht hoch.« Aber damit konnte er Yins hoffnungslose Verzweiflung nicht lindern. Achttausend Marineinfanteristen... sechstausend Seeleute... keiner von ihnen meldete sich...

»Status der amerikanischen Bomber!« verlangte Kapitän Sun scharf. Entschlossenes Handeln war jetzt die beste Therapie – schließlich hatten sie ein Landungsunternehmen zu kommandieren. Abgerissene Funkverbindungen bedeuteten noch längst nicht, daß die Schlacht verloren war. »Haben sie abgedreht?«

»Ja, Genosse Kapitän«, meldete der Funker. »Keine Luftangriffe mehr. Beim letzten Angriff ist eine B-1 abgeschossen worden.«

»Sehr gut«, sagte Sun befriedigt. »Ausgezeichnet! Genosse Admiral, haben Sie das gehört?«

Endlich schienen alle Offiziere im Lageraum der *Hong Lung* unglaubliche Erleichterung zu empfinden – ganz besonders Admiral Yin Po L'un. Sie wußten, daß die Air Battle Force bereits den größten Teil ihrer Flugzeuge eingesetzt und ziemlich schwere Verluste erlitten hatte. Falls es überhaupt einen zweiten Angriff gab, war er erst in einigen Tagen zu erwarten. Bis dahin war genügend Zeit, den Samar International Airport zu erobern und in dieser Schlacht Sieger zu bleiben.

»Der J-7-Pilot soll den Flughafen genauer erkunden«, ordnete Yin an. »Er soll möglichst feststellen, ob unsere Truppen den Flugplatz vielleicht schon erobert haben. Eine Handvoll Bomber kann unmöglich Tausende von Marineinfanteristen aufgehalten haben!«

Sie mußten einige Minuten warten, bevor der Funker sagte: »Genosse Admiral, *Jian* Vier hat Funkverbindung zu einem Bataillonskommandeur der Marineinfanterie, der Ihnen eine Statusmeldung übermitteln möchte.«

»Ausgezeichnet! Ich hab' gewußt, daß unsere Truppen durch nichts aufzuhalten sind! Stellen Sie sofort diese Verbindung her!«

Alle warteten gespannt, bis sich eine Funkstimme meldete: »*Hong Lung*, hier Tiger. *Hong Lung*, hier Tiger. Wie hören Sie mich?«

»Das ist Oberst Liyujiang!« sagte Sun aufgeregt. »Ich erkenne ihn an der Stimme. Er hat den nördlichen Angriffskeil befehligt.«

Der Admiral Yin griff selbst nach dem Mikrofon. »Die Verständigung ist klar, Tiger. Wo ist Ihr Standort? Was haben Sie zu berichten?«

Die Stimme klang müde, aber der Offizier sprach klar und deutlich. »Tiger meldet sich von innerhalb des Nordtors auf dem Samar International Airport«, sagte Liyujiang.

»Innerhalb des Flughafens!« jubelte einer von Yins Offizieren. »Wir haben's geschafft! Die Marineinfanterie erobert den Flugplatz!«

»Die hiesige Lage ...« Liyujiang machte eine kurze Pause, als müsse er eine Karte studieren.

Danach hörte der Admiral zu seinem Entsetzen eine Stimme auf Englisch. »Admiral Yin, hier spricht Oberst Renaldo Ca rigata, Stadtkommandant von Davao. Oberst Liyujiang wird länger keine Meldung mehr erstatten können, deshalb erlaube ich mir, ihn zu vertreten. Die Lage ist folgende: General Samars Truppen halten nach wie vor die Stadt und den Flughafen. Meine Scharfschützen schwärmen aus, um Jagd auf versprengte Marineinfanteristen zu machen. *Allah akbar!* Leben Sie wohl, Admiral Yin.« Damit riß die Verbindung ab.

Yin wich entsetzt einen Schritt von dem Funkgerät zurück. Seine Stabsoffiziere starrten einander erschrocken an. Kapitän Sun führte den gebrochen wirkenden Admiral zu seinem Sessel zurück.

»Machen Sie sich keine überflüssigen Sorgen, Genosse Admiral«, riet Sun ihm. »Warten Sie erst den vollständigen Lagebericht ab. Vertrauen Sie weiter auf Ihre Männer! Die Luftangriffe sind vorüber – wir können unsere Kräfte sammeln und zum Sieg führen. Wir können ...«

»Genosse Admiral!« plärrte eine Lautsprecherstimme aus der Zentrale der *Hong Lung*. »Lenkwaffenwarnung! Ein Vorpostenboot meldet zahlreiche Marschflugkörper Tomahawk im Anflug aus Südosten ... Vorpostenboot 403 meldet Luftziel, vermutlich überschallschnelles Flugzeug, zweihundertzwanzig Kilometer östlich unserer Position ... aus Südosten schätzungsweise bis zu zwanzig Lenkwaffen im Anflug ... ist das verstanden, Genosse Admiral ...?«

Yin schüttelte benommen den Kopf. Nun war alles verloren. Die Amerikaner hatten nicht nur seine Invasionstruppen dezimiert, sondern auch überraschend schnell weitere Luftstreitkräfte herangeführt, die jetzt angreifen würden.

Darauf gab es nur eine mögliche Antwort.

Der Admiral knöpfte langsam seine Uniformjacke auf und zog einen an der Halskette hängenden silberglänzenden Schlüssel heraus. Seine Offiziere sprangen erschrocken auf ... das war der Sicherheitsschlüssel für die Lenkwaffen Fei Lung-9 mit Atomsprengköpfen. Trotzdem versuchte niemand, Yin in den Arm zu fallen, denn jeder war sich bewußt, daß ihm nur noch dieser Weg offenstand. Ob zum Guten oder Schlechten, Yin würde diese Schlacht letztlich doch gewinnen und so erreichen, was er sich vorgenommen hatte: die Stadt Davao zerstören, die Rebellen niederwerfen und ganz Mindanao besetzen.

Yin sperrte mit dem Schlüssel ein Fach neben seinem Platz auf und drückte eine der Tasten des darin stehenden roten Telefons. Daraufhin schrillten überall an Bord die Alarmglocken los. Keiner der Offiziere im Lageraum bewegte sich. Matrosen kamen hereingestürzt, verteilten ABC-Schutzkleidung und rannten wieder hinaus auf ihre Gefechtsstationen. Yin nahm langsam den Telefonhörer ab.

»Schlachtruf, Schlachtruf«, sagte der Admiral. Seine Stimme klang geisterhaft dumpf, als trage er Helm und Atemschutzgerät, obwohl er beides zurückgewiesen hatte.

»Anfangscode bestätigt«, antwortete der Waffensystemoffizier für die Fei Lung-9. »Ziele, Genosse Admiral?«

Yin machte eine Pause. Sein Blick ging ins Leere, als versuche er, etwas im Dunkel außerhalb der schrägen Fenster des Lageraums zu fixieren. Dann sagte er: »Davao.«

»Verstanden, Genosse Admiral. Ausführung automatisch. Erbitte Bestätigungscode.« Aber Yin schien ihn nicht gehört zu haben. »Genosse Admiral? Bestätigungscode?«

»Roter ... Mond ...«

»Verstanden, Genosse Admiral. Beide Codes verifiziert. System geprüft ... einsatzbereit. Ausführung in drei Minuten ab ... jetzt! System arbeitet automatisch, Ziel liegt an der äußersten Reichweitengrenze, aber Trefferwahrscheinlichkeit ist wegen abnehmender Entfernung hoch. Countdown wird in zwei Minuten angehalten. Kommandozentrale, Ende.«

Diese zwei Minuten bis zur automatischen Unterbrechung des Countdowns verflogen sehr, sehr rasch. Als das rote Telefon klingelte, nahm Yin den Hörer ab. »Zentrale, Countdown für Roter Mond angehalten. Ziel jetzt in Reichweite. Ausführungsbefehl, Genosse Admiral?«

»Der Ausführungsbefehl lautet... Drachenschwert, Drachenschwert«, antwortete Yin.

»Verstanden, Genosse Admiral. Code verifiziert.« Gleichzeitig hallte die letzte Sechzig-Sekunden-Warnung durch alle Decks...

Und dann war ein anderes Geräusch zu hören, das aber kein Warnsignal, sondern ein heulendes Kreischen war, das sich zu fast schmerzhafter Lautstärke steigerte. Als dieser Ton gerade körperlich unerträglich zu werden drohte, wurde die *Hong Lung* von einer spektakulären Detonation erschüttert, die im ganzen Schiff die Lichter ausgehen ließ, so daß nur noch die Notbeleuchtung brannte, und die meisten der Stabsoffiziere im Lageraum aufs Deck warf.

Jon Masters hatte den zweiten NIRTSat in fast fünfzigtausend Kilometern Entfernung aus der Umlaufbahn geholt. Nachdem der Aufklärungssatellit seine empfindlichen Sensoren und Radarantennen ins schützende Gehäuse eingefahren hatte, wurde er von leistungsfähigen Steuertriebwerken genau im richtigen Augenblick abgebremst. Sowie der NIRTSat seine Umlaufgeschwindigkeit von siebenundzwanzigtausend Stundenkilometern unterschritt, verringerte sich die Bahnhöhe. Beim Wiedereintritt in die Erdatmosphäre richteten seine Steuertriebwerke den Hitzeschild nach vorn aus, so daß die Keramikkacheln zum Teil abschmolzen, während der NIRTSat wie ein Meteorit durch die Atmosphäre raste.

Aber im Gegensatz zu einem Meteoriten blieb der NIRTSat weiter von Guam aus steuerbar. Sobald er genügend abgebremst war, aktivierte Masters wieder seine Sensorsysteme. Der Satellit befand sich weiterhin auf seinem genau über die Célebes-See und den Golf von Davao hinwegführenden Kurs. Masters brauchte nur noch dafür zu sorgen, daß der NIRTSat mit Radar und IR-Scanner den aus fünf Einheiten bestehenden Schiffsverband erfaßte. Als die Entfernung dann abnahm, identifizierte er den großen Zerstörer und steuerte seinen Satelliten direkt aufs Achterdeck der *Hung Long*.

Der NIRTSat trug natürlich keinen Gefechtskopf – aber bei über Mach fünf besaß der hundertachtzig Kilogramm schwere und mit Titan armierte Satellit die Zerstörungskraft eines großen Torpedos. Beim Einschlag wurde das ganze Heck der *Hong Lung* unter Wasser gedrückt, bevor der Satellit die Decks über dem Maschinenraum durchschlug und einen der beiden Turbinensätze drei Meter tief durch den Schiffskiel trieb. Der Maschinenraum begann vollzulaufen, und der Zerstörer, der mit dem Heck im Wasser lag, hatte bereits schwere Schlagseite, bevor genügend Schotten geschlossen werden konnten, um den Schaden zu begrenzen …

… und die wichtigste Folge war, daß durch den Stromausfall nach dem Einschlag der Start der Fei Lung-9 automatisch abgebrochen worden war.

Yins letzter Versuch, sich zu rächen und doch noch zu siegen, war gescheitert.

Kapitän Sun trat auf Admiral Yin zu, verbeugte sich tief und sagte: »Genosse Admiral, der Wassereinbruch ist kaum noch beherrschbar. Die Fregatte *Jiujiang* liegt längsseits. Wollen Sie nicht auf die Fregatte umsteigen, Genosse Admiral?«

Er bekam keine Antwort.

Admiral Yin starrte blicklos vor sich hin. In seinem Kopf herrschte ein wildes Durcheinander aus Erinnerungen, gegenwärtigen Überlegungen und Zukunftsängsten. Bei der Rückkehr in die Heimat, wo er sich vor dem Oberkommando würde verantworten müssen, stand ihm eine Katastrophe bevor. Er würde vor den Augen der ganzen Welt die Ehre verlieren. Die Kriegsgerichtsverhandlung und seine Hinrichtung würden brutal und öffentlich sein. Er würde bis zum Letzten gedemütigt werden.

Yin sah zu Kapitän Sun auf und stellte fest, daß sein Betragen sich geändert hatte: Sun war nicht mehr ganz aufmerksamer Stabsoffizier, sondern schien jetzt in die Rolle eines Sekundanten geschlüpft zu sein, der darauf achtete, daß Yin seine Verpflichtung erkannte – und auch einlöste.

Seine Verpflichtung ... seine Truppen zum Sieg zu führen oder zu sterben.

Sun wußte recht gut, welche Demütigungen den Admiral bei seiner Heimkehr erwarteten, und erinnerte ihn wortlos daran, daß er sich ihnen nicht auszusetzen brauche.

Achtungsvoll schweigend, aber auch mit Respekt und gewisser Bewunderung sahen Kapitän Sun und die übrigen Stabsoffiziere zu, wie Admiral Yin Po L'un an seinen Privataltar in einer Ecke des Raums trat, davor niederkniete, die Pistolentasche an seinem Koppel öffnete, eine 7,62-mm-Pistole Typ 54 herauszog, die Mündung an seine rechte Schläfe setzte und gelassen abdrückte.

Epilog

Große Halle des Volkes, Peking
Montag, 10. Oktober 1994, 04.57 Uhr Ortszeit

Generaloberst Chin Po Zihong marschierte, von zwei Adjutanten und zwei Soldaten begleitet, durch endlos lange Korridore zu den Amtsräumen des Ministerpräsidenten der Volksrepublik China. Ein Protokollbeamter führte ihn rasch in den großen Konferenzsaal, in dem er bereits erwartet wurde. Als er eintrat, drehten sich mindestens zweihundert Köpfe in seine Richtung, als sei die gesamte Kommunistische Partei Chinas in diesem Raum versammelt. Cheung saß allein an der Schmalseite des riesigen Konferenztisches; den normalerweise für Chin reservierten Platz links neben Cheung nahm diesmal der Innenminister ein. So war es Chin nicht möglich, seinen gewohnten Platz einzunehmen, und als erfahrener Militärtaktiker erkannte er sofort, daß Cheung genau das beabsichtigt hatte. Chin trat rasch ans andere Ende des Konferenztischs, wo er den Ministerpräsidenten vor sich hatte, und die Bürokraten und Parteipolitiker rückten murmelnd ihre Stühle zurecht.

General Chin verbeugte sich tief. »Genosse Ministerpräsident, ich melde mich wie befohlen zum Rapport.«

»Haben Sie einen Lagebericht für mich, Genosse General?« fragte Cheung mit überraschend lauter, kräftiger Stimme.

»Ja, Genosse Ministerpräsident ...« Chin machte eine Pause, erkannte dann, daß er lauter sprechen mußte, und wiederholte: »Ja, Genosse Ministerpräsident. Aber ich würde es vorziehen, ihn ... unter vier Augen zu erstatten.«

»Bitte erstatten Sie den Bericht jetzt, Genosse General«, forderte Cheung ihn auf.

»Aber viele der Anwesenden sind nicht berechtigt, Geheiminformationen...«

»Sie *sind* berechtigt, Genosse General. Erstatten Sie bitte Ihren Bericht.«

Dies war nicht etwa eine Lagebesprechung, das wurde Chin jetzt klar, sondern ein öffentliches Verhör. Ministerpräsident Cheung war offenbar schon über den Ausgang der Schlacht um Davao informiert – also hatte es keinen Zweck mehr, Informationen zurückhalten zu wollen.

»Genosse Ministerpräsident! Als erstes habe ich die traurige Pflicht, Ihnen mitteilen zu müssen, daß Admiral Yin Po L'un, der tapfere Oberbefehlshaber unserer Streitkräfte auf den Philippinen, nicht mehr unter uns ist. Bis zur Ernennung eines geeigneten Nachfolgers habe ich Flottillenadmiral Sun Ji Guoming, dem bisherigen Stabschef des Admirals, das Kommando über unsere Streitkräfte auf den Philippinen übertragen. Admiral Yin hat... in Erfüllung seines Kampfauftrags einen ehrenvollen Soldatentod gefunden.«

»Sehr tragisch«, sagte Cheung. »Wir werden seiner als eines treuen Volksdieners gedenken.« Das war die richtige, die angemessene Antwort. Durch seinen Selbstmord hatte Yin sogar in dieser angeblich aufgeklärten kommunistischen Gesellschaft sein Gesicht wahren können. Obwohl Cheung diese Nachricht recht gelassen aufnahm, schloß Chin aus Miene und Körpersprache des Alten, daß der Ministerpräsident bisher nichts von Yins plötzlichem Hinscheiden gewußt hatte.

»Das Unternehmen zur Eroberung Davaos und des Flughafens kommt voran; unsere Landungsflotte und die Marineinfanterie haben jedoch Verluste durch schwere amerikanische Luftangriffe erlitten. Außer mit Abwurflenkraketen und Marschflugkörpern haben die Amerikaner unsere Landungsschiffe und die gelandeten Truppen mit Flammölbomben angegriffen – mit Waffen, die mit Feuerball und Druckwelle weit wirkungsvoller als herkömmliche Bomben sind und fast an Atomwaffen heranreichen.«

General Chin hatte gehofft, daß das Wort »Atomwaffen« seine Zuhörer etwas aufrütteln würde. Aber sie blieben merkwürdig passiv.

»Zur Zeit läuft ein zweiter amerikanischer Angriff«, berichtete er weiter. »Flottillenadmiral Sun meldet, daß er seine Flakkräfte zusammenfaßt, um die Flotte besser gegen Luftangriffe verteidigen zu können.« Chin machte eine kurze Pause. »Ich habe einen Plan zur Verhinderung weiterer amerikanischer Luftangriffe, den ich dem Ministerpräsidenten – und vielleicht auch Kabinett und Politbüro – erläutern möchte, um sein Einverständnis einzuholen.«

»General Chin«, fragte Außenminister Zhou Ti Yanbing, »könnten unsere Truppen die Kampfhandlungen ungefährdet einstellen und sich nach ... Puerta Princesa auf der Insel Palawan oder sogar auf die Nansha Dao zurückziehen?«

»Die Kampfhandlungen einstellen? Uns zurückziehen?« fragte Chin entgeistert. »Wozu sollten wir zurückgehen? Wir ...«

»... sind noch auf der Siegesstraße? Werden Davao und den Samar International Airport ohne weitere schwere Verluste erobern? Werden auch nach Beendigung dieses Konflikts noch eine einsatzfähige Kriegsmarine haben?« fragte Zhou.

»Wir besitzen Waffen, die wir bisher nicht eingesetzt haben«, stellte Chin fest. »Wir haben uns bemüht, den Konflikt zu begrenzen, indem wir nur Bodentruppen und konventionelle Waffen eingesetzt haben. Die Amerikaner haben rücksichtslos Bomber B-1 und B-2, von U-Booten und Schlachtschiffen gestartete Marschflugkörper Tomahawk und Terrorwaffen wie Flammölbomben eingesetzt. Diese Eskalation erfordert eine angemessene Antwort. Ich habe einen Plan ausgearbeitet, der uns die Möglichkeit eröffnet ...«

»Die Eroberung Mindanaos und die Unterstützung dieser Marionette Teguina ist keinen Krieg mit Amerika oder den Verlust eines weiteren Großkampfschiffs wert!« unterbrach Zhou ihn aufgebracht. »Ich frage Sie nochmals, General: Können unsere Truppen sich ungefährdet nach Puerta Princesa oder auf die Nansha Doa zurückziehen?«

»Reden Sie mir nicht von Rückzug!« brüllte Chin los. »Einen Rückzug könnt ihr Politiker viel besser organisieren als ich!« Und dann tat er etwas, was er in Anwesenheit des Ministerpräsidenten nie für möglich gehalten hätte: Er machte auf dem Absatz kehrt, um aus dem Saal zu marschieren.

»Wenn Sie jetzt gehen, General Chin, gehen Sie als *ehemaliger* Oberbefehlshaber der Volksbefreiungsarmee«, sagte Zhou warnend. »Das Politbüro hat sich bereits dafür ausgesprochen, in einen Dialog mit den Amerikanern einzutreten, um einen geordneten Rückzug zu ermöglichen. Sie können daran mitwirken – oder Sie können von Ihrem Posten zurücktreten und nichts mehr damit zu schaffen haben.«

Generaloberst Chin erstarrte. Dann drehte er sich langsam zu der Versammlung um und sagte mit lauter, klarer Stimme: »Ich befehlige die stärkste Armee der Welt. Ich führe sie in die Schlacht – aber nicht in die Kapitulation.«

»Sie haben sie schon in die Niederlage geführt, General – Sie und Admiral Yin«, stellte Ministerpräsident Cheung fest. »Wollen Sie sie nicht auch zu neuer Größe führen? Sie können den Saal verlassen und als der Mann in die Geschichte eingehen, der vor den Philippinen eine ganze Flotte verloren hat – oder Sie können als der Mann bekannt werden, der die Volksbefreiungsarmee ins einundzwanzigste Jahrhundert geführt hat. Sie haben die Wahl!«

Chin wußte genau, daß er dieses Angebot nicht hätte annehmen dürfen. Ehrenhafter wäre es gewesen, hinauszumarschieren und Yins Beispiel zu folgen – sich eine Kugel durch den Kopf zu jagen ...

Aber er ging nicht; statt dessen kam er an den Konferenztisch zurück und nahm Platz.

Keiner war überraschter als er, als die versammelten Politiker applaudierten.

Wenn die Idioten wüßten, dachte Chin grimmig, daß ich

Yin befohlen habe, Davao mit Atomwaffen zu zerstören, würden sie mir bestimmt nicht applaudieren – sie würden meine Hinrichtung fordern. Sun und die übrigen Stabsoffiziere Yins mußten eingeschüchtert, bestochen oder liquidiert werden, damit sie dichthielten, aber das war eine Kleinigkeit. General Chin Po Zihong hatte nichts von seiner Autorität, seiner Macht eingebüßt ... und während glücklicherweise ahnungslose Politiker ihm zu seinem Entschluß gratulierten, überlegte Chin bereits, wie er sich an José Trujillo Samar und den Amerikanern, die ihm diese vernichtende Niederlage beigebracht hatten, rächen würde.

Jawohl, er würde sich rächen ...

Andersen Air Force Base, Guam

Es war bereits Tag, als Henry Cobb und Patrick McLanahan aus ihrem beschädigten Stealth-Bomber B-2 in die schon warme Tropenluft hinauskletterten. Sie schien zehnmal feuchtheißer als sonst zu sein – aber die beiden Männer fühlten sich trotzdem wie im Paradies.

Der Rückflug von den Philippinen war trotz der starken Beschädigungen des Bombers relativ problemlos gewesen. Da Autopilot, Bordcomputer, elektronische Flugregler und McLanahans Sidestick ausgefallen waren, wechselten die beiden Männer sich auf dem Pilotensitz ab. Während Cobb sich ausruhte, flog McLanahan die geraden Strecken; der Pilot übernahm das Steuer, wenn sie einen Tanker anflogen – was wegen der Lecks in den zerschossenen Treibstofftanks alle dreißig Minuten erforderlich war.

Zuletzt mußten die beiden noch fast eine Stunde über Guam kreisen, während zweisitzige Jäger F-16 mit Ingenieuren und Wartungstechnikern die Schäden an Klapprudern und Fahrwerk begutachteten. Der zwar erschöpfte, aber durch einen neuerlichen Adrenalinstoß aufgemöbelte Cobb lehnte alle

Vorschläge, sie sollten aussteigen oder die Einholung weiterer Expertenmeinungen aus der Heimat abwarten, rundweg ab und brachte die Maschine mit einer Bilderbuchlandung herunter. Wider Erwarten hielt das linke Fahrwerk doch, und die Black Knight kam von Feuerwehr- und Rettungsfahrzeugen eingekreist am Ende der nördlichen Landebahn zum Stehen.

Obwohl Cobb und McLanahan ihr Flugzeug ohne fremde Hilfe verließen, wurden sie wegen der an der B-2 sichtbaren starken Beschußschäden auf fahrbaren Krankentragen in das riesige grüne Zelt gebracht, das auf dem Vorfeld für die Erstversorgung zurückkehrender Besatzungen errichtet worden war. Die Ärzte stellten fest, daß Puls und Blutdruck bei Cobb gefährlich überhöht waren, und verlegten ihn und McLanahan in ein anderes Zelt, in dem unverwundete, aber ruhebedürftige Besatzungen sich unter ärztlicher Aufsicht erholen konnten. Dort fand General Elliott die beiden kurz nach ihrer Einlieferung vor.

»Henry, Patrick, zum Teufel mit euch beiden, ich bin froh, daß ihr heil zurück seid!« sagte Elliott und begrüßte seine Offiziere mit kräftigem Händedruck und einem Schulterklopfen. »Ihre Landung war große Klasse, Henry. Wie geht's euch beiden? Ihr seht nicht mal schlecht aus. Henry, wie fühlen *Sie* sich?«

»Danke, mir fehlt nichts, General«, antwortete Cobb. »Ich hab' bloß Entzugserscheinungen, weil das Adrenalin ausbleibt. Ich bin eben zu alt für diesen Scheiß, Sir.«

»Der halbe Stützpunkt ist von Adrenalin high, glaube ich, seit wir eure Landung beobachtet haben«, sagte Elliott. »Und der Jubel beim Ausrollen ist bestimmt noch in China zu hören gewesen.« Er nickte McLanahan lächelnd zu. »Sie haben's wieder geschafft, eine schwerbeschädigte Maschine zurückzubringen, Patrick. Aber diesmal werden Sie in aller Form belobigt – nicht wieder unter Ausschluß der Öffentlichkeit. Das gilt übrigens für euch beide.«

»Mir wär's recht, wenn wir jetzt Schluß machen und heimfliegen könnten«, sagte der Navigator. »Wie hoch sind unsere Verluste bisher?«

»Wir haben einige hinnehmen müssen«, gab Elliott zu. »Tut mir leid, daß ich euch das erzählen muß, aber John Cochrans Megafortress ist abgeschossen worden. Eine B-52-Besatzung hat den Absturz beobachtet. Sie hat in der Dunkelheit keine Fallschirme gesehen, aber mehrere Notsender gehört. Die Besatzung gilt als vermißt.« Neben Major Kelvin Carter gehörte Oberstleutnant John Cochran zu den Pionieren, die im High Technology Aerospace Weapons Center die Entwicklung der EB-52C Megafortress vorangetrieben hatten; in den vergangenen Monaten hatte er eng mit ihnen allen zusammengearbeitet. »Seine Megafortress ist als einzige HAWC-Maschine abgeschossen worden. Immerhin hat sie vorher sechs Jäger runtergeholt. Jede Megafortress hat mindestens drei Abschüsse zu verzeichnen – eine phantastische Leistung!«

»Hoffentlich wird er gerettet«, sagte McLanahan. »Und die anderen?«

Elliott holte tief Luft. »Fünf B-52, eine B-1, eine B-2«, antwortete er knapp und mit hartem, nüchternem Gesichtsausdruck. »Meldungen über das Schicksal der Besatzungen liegen bisher noch nicht vor.«

»Und wie kommt der Krieg voran?«

Elliotts finstere Miene hellte sich etwas auf. »Die vorläufigen Aufklärungsergebnisse sind höchst erstaunlich – beinahe unglaublich. Die endgültige Bestätigung steht noch aus, aber wir haben möglicherweise bis zu einem Drittel aller Zerstörer der chinesischen Marine versenkt oder beschädigt. Dazu kommen bis zu fünfzehn beschädigte oder versenkte Fregatten, und wir haben den Überblick über die versenkten Vorposten- und Schnellboote verloren. Außerdem sind im Golf von Davao mehrere Landungsschiffe versenkt oder beschädigt worden, und Samars Truppen, die nach wie vor den Flughafen halten, melden über Funk, daß Tausende von chinesischen Marineinfanteristen gefallen und Hunderte in Gefangenschaft geraten sind.«

Elliott bemühte sich, keine Freude über die offenbar hohen chinesischen Verluste zu zeigen, aber aus der Sicht einer der Verantwortlichen war diese erste Nacht ein großer Erfolg für die Air Battle Force gewesen. Auch McLanahan nickte zufrieden. Jeder Krieg war schrecklich, aber wenn er schon geführt werden mußte, waren Siegesmeldungen stets willkommen. »Okay, für wann ist der nächste Einsatz geplant?«

»Wahrscheinlich werden wir für Angriffe auf Zamboanga und Puerta Princesa angefordert«, antwortete der General, »aber da die Chinesen nur noch zwei, drei Zerstörer als Flakschiffe und Jägerleitstellen haben, dürften die Bomber über Mindanao auf wenig Abwehr stoßen. Außerdem können wir unsere Tanker jetzt näher an Mindanao operieren lassen, um Jagdschutz für Bomber und Schiffe zu gewährleisten – was zugleich bedeutet, daß keine Megafortress mehr mitzufliegen braucht. Auch B-2-Einsätze kommen wohl nicht mehr in Frage, da die meisten Großkampfschiffe versenkt sind und die Radarstellung auf dem Mount Apo zerstört ist. Fürs HAWC ist dieser Krieg vorläufig zu Ende, glaube ich.

Die Twenty-fifth Infantry Divison steht für ein Landungsunternehmen bei Davao bereit, um zu verhindern, daß die Chinesen auf Mindanao einen Angriff mit Bodentruppen versuchen«, fügte Elliott hinzu. »Aber ihre Kriegsmarine hat letzte Nacht schwere Verluste erlitten, und die Chinesen wissen, daß wir weitermachen können: Die zweite Welle mit Bombern und Marschflugkörpern Tomahawk hat kurz nach dem Abflug der ersten angegriffen und scheint dabei nach ersten Meldungen auch tagsüber kaum gestört worden zu sein. Ich hoffe, daß die Politiker in Peking und Washington jetzt vernünftig sind und dieser Sache *sofort* ein Ende machen!«

Darin stimmte Patrick McLanahan ihm zu, denn das war der geheime Wunsch jedes Soldaten – kampfbereit zu sein, aber im stillen hoffen, nicht kämpfen zu müssen.

Die Tür zum Hubschrauberlandeplatz auf dem Dach des Präsidentenpalasts wurde aufgestoßen, und Erster Vizepräsident Daniel Teguina stürmte mit nicht weniger als zehn Leibwächtern ins Freie. Sechs Soldaten verteilten sich, um den Landeplatz nach allen Seiten zu sichern; die restlichen vier umringten Teguina mit schußbereit gehaltenen Gewehren M-16.

Trotz dieser beachtlichen Streitmacht wirkte Teguina wie ein gehetztes Tier – und das war er im Grunde genommen auch. Er schleppte einen Koffer mit Dollarscheinen, Staatsanleihen, Goldmünzen und anderen Wertgegenständen aus den Tresoren der philippinischen Nationalbank.

Damit wollte er seinen Aufenthalt in einem südostasiatischen Land innerhalb des chinesischen Einflußbereichs – oder vielleicht in Pakistan, auf Madagaskar oder in Sri Lanka – finanzieren, bis er nach einigen Jahren hoffentlich ungefährdet auf die Philippinen zurückkehren konnte.

Kurze Zeit später war das Knattern eines Hubschraubers zu hören, der im Tiefflug von Süden herankam und sich rasch dem Präsidentenpalast näherte. Teguina wollte geduckt zu dem mit einem H gekennzeichneten Dachlandeplatz laufen, als plötzlich Schüsse fielen. Er stieß einen lauten Schrei aus und drückte seinen Feldkoffer an sich, während einer der Leibwächter sich schützend über ihn warf. Zumindest glaubte Teguina das – bis er den erstickten Schmerzensschrei des Mannes hörte und warmes Blut über Hals und Brust fließen spürte.

Dann verstummte das Feuer plötzlich, und irgend jemand zog den blutenden Leibwächter von dem ehemaligen Staatspräsidenten der Philippinen weg. Teguina rappelte sich auf und wollte zu der vom Dach führenden Treppe laufen. Aber er prallte schon nach wenigen Schritten mit einem Soldaten zusammen, der den dunkelgrünen Kampfanzug der von José Samar aufgestellten Commonwealth Defense Forces trug.

»Aber Ihr Hubschrauber landet gleich, Mr. President«,

hörte er eine Stimme sagen. Als Teguina sich umdrehte, stand er General José Trujillo Samar gegenüber. Samar trug noch einen Kopfverband, und die bisher nicht wieder nachgewachsenen Wimpern und Augenbrauen verliehen seinem Gesicht einen grausig gespenstischen Ausdruck. Auch er trug einen Dschungelkampfanzug und hatte an seinem Koppel eine amerikanische Pistole Kaliber 45, die er jedoch nicht zog. Teguina sah zwei seiner Leibwächter tot auf dem Dach liegen; die übrigen knieten mit auf den Kopf gelegten Händen in einer Reihe.

Teguina ließ seinen schweren Koffer fallen – aus Schuldbewußtsein, weil er Diebesgut enthielt, und aus Schwäche, weil er plötzlich nicht mehr die Kraft hatte, ihn zu tragen. Dann legte er die Hände hastig auf den Rücken, um ihr Zittern vor Samar zu verbergen, und sagte höhnisch grinsend: »Wie ich sehe, hat der Aufenthalt bei Ihren amerikanischen Freunden Sie nicht schöner gemacht, Samar.«

»Der Umgang mit Ihren chinesischen Freunden hat *Sie* nicht integerer gemacht«, stellte Samar fest. »Wo stecken sie übrigens alle? In der Stadt haben wir heute nur sehr wenige angetroffen.«

»Ich brauche keine chinesische Unterstützung mehr, um das Land zu befrieden«, behauptete Teguina. »Ihre Revolution ist fehlgeschlagen, Samar, Ihre Anhänger sind zersprengt worden, Ihre Truppen haben schwere Verluste erlitten. Das Volk weiß, daß ich der rechtmäßige Präsident bin, und ...«

»Das Volk kennt Sie jetzt als Lügner, Dieb und Verräter«, unterbrach Samar ihn gelassen. Er gab dem Kameramann hinter ihm, der die Szene mit einer professionellen Videokamera aufnahm, ein Zeichen. Ein Soldat klappte den Deckel des Koffers zurück, damit er seinen Inhalt aufnehmen konnte; danach hielt er Teguinas ungläubig entsetzten Gesichtsausdruck fest. »Sie kommen in Untersuchungshaft und müssen sich vor dem Obersten Gerichtshof verantworten. Hoffentlich werden Sie wegen Hochverrats zum Tode verurteilt!«

»Und Sie wollen diese Verhandlung wohl selbst leiten?« erkundigte sich Teguina spöttisch. »Sie sind hierzulande verhaßt, Samar. Das Volk macht Sie für alles verantwortlich, was geschehen ist. Als Präsident der Philippinen sind Sie ein Garant für Parteienstreit, blinden Haß und bürgerkriegsähnliche Unruhen – Sie werden dieses Land weit mehr polarisieren, als ich's je getan hätte. Sollte ich tatsächlich am Galgen enden, werden *Sie* mir dort Gesellschaft leisten!«

»Darüber sollen Volk und Parlament entscheiden«, antwortete Samar. »Und den Vorsitz im Verfahren gegen Sie führe nicht ich, sondern der Präsident.«

Teguinas Grinsen war wie weggewischt, als er Samar völlig verwirrt anstarrte. »Der ... Präsident? Aber ich dachte, Sie würden ...«

Samar wandte sich ab, um zu beobachten, wie der Hubschrauber, der den Präsidentenpalast bisher in einigem Abstand umkreist hatte, zur Landung ansetzte. Als er aufgesetzt hatte, wurde die linke Seitentür geöffnet ...

... und Arturo Mikaso stieg aus.

Teguina wollte seinen Augen nicht trauen. Vor Verblüffung stand ihm der Mund offen, als Mikaso auf ihn zutrat. »Hallo, Daniel«, sagte der Präsident der Philippinen. »Vielen Dank, daß Sie uns Ihren Fluchthubschrauber zur Verfügung gestellt haben.«

Nun sah Teguina auch einen chinesischen und zwei amerikanische Offiziere aus dem Hubschrauber steigen. »Was ... was hat diese ... Verschwörung zu bedeuten?« stammelte er.

»Das ist keine Verschwörung, Daniel«, erklärte ihm Mikaso. »China hat stets betont, seine Truppen seien nur auf den Philippinen, um die demokratisch legitimierte Regierung in ihrem Kampf gegen Aufständische und Rebellen zu unterstützen. *Ich* verkörpere diese Regierung, und *Sie* sind ein Verräter. China steht jetzt wie Amerika fest auf meiner Seite. Und da unsere Streitkräfte wieder geschlossen hinter mir stehen, werden die verbündeten chinesischen Truppen nicht mehr gebraucht und haben daher ihren sofortigen Abzug angekündigt – ebenso wie die Amerikaner.«

»Aber... aber ich dachte, Sie seien tot!«

»Sie haben geglaubt, ich sei hingerichtet worden«, stellte Mikaso richtig. »Wie sich gezeigt hat, wollten die Chinesen sich nicht durch die Hinrichtung eines Staatsoberhaupts entehren. Auf mich ist geschossen worden, das stimmt – aber ich war nur leicht verwundet. Danach haben sie mich als Gefangenen nach China gebracht, aber selbst das ist noch immer besser als das Schicksal gewesen, daß Sie mir vermutlich zugedacht hatten.« Er nickte dem Hauptmann zu, der die Soldaten befehligte. »Führen Sie den Vizepräsidenten ab! Der Parlamentspräsident ist bereits informiert; er erwartet ihn, um ihm die Aufhebung seiner Immunität und den Haftbefehl gegen ihn zu eröffnen.«

Nachdem Daniel Teguina abgeführt worden war, standen Mikaso und Samar einander gegenüber. Samars Miene war ausdruckslos; Mikaso lächelte schwach. »Also, General Samar. Sind Sie auch glücklich, mich wiederzusehen?«

»Warum sind Sie so lange in China geblieben?« fragte Samar erbittert. »Das Land hat wegen Ihres Schweigens viel zu leiden gehabt.«

»Ich hatte keine andere Wahl José«, erklärte Mikaso ihm. »Während meiner Genesungszeit haben die Chinesen die weitere Entwicklung abgewartet, um mich dann vielleicht doch noch zu liquidieren. Hätten sie nicht gemerkt, was für ein Phantast unser Freund Teguina ist, läge ich jetzt vermutlich zwei Meter tief unter mandschurischer Erde.« Er seufzte, betrachtete die zwischen tropischem Grün aufragende Skyline von Manila und fuhr fort: »Vielleicht hat unser Land diese leidvolle Erfahrung gebraucht, José. Es wird immer Verfechter der Überzeugung geben, Revolution und bewaffneter Kampf könnten mehr bewirken als Demokratie. Aber ich glaube, daß unser Volk gesehen hat, wohin die Abschaffung der Demokratie führt – zu einer zügellosen Gewaltherrschaft, die für viele Tod und Vernichtung bedeutet.«

Das Lächeln blieb auf Mikasos Gesicht, als er hinzufügte: »Vor nicht allzu langer Zeit sind Sie selbst noch für den bewaffneten Kampf eingetreten, General, und ich glaube sogar, daß *Ihnen* die Unterstützung der Chinesen sicher gewesen wäre, wenn Sie sich zum Putsch entschlossen hätten. Könnte es etwa sein, daß José Trujillo Samar, der gefürchtete Dschungelkämpfer, doch an demokratische Werte glaubt?«

Samar zuckte die Schultern. Trotz der fehlenden Wimpern und Augenbrauen war sein Gesicht finster und verschlossen. »Die Zeiten ändern sich, die Politik ändert sich, Politiker ändern sich ... aber ich nicht.«

»Gut, warten wir's ab«, meinte Mikaso gelassen. Er nickte dem chinesischen und den beiden amerikanischen Offizieren zu. »Sind Sie dafür, alle ausländischen Truppen des Landes zu verweisen, José?«

»Wir haben einen Fehler gemacht, denke ich, weil wir manche ausgeschlossen, aber andere eingeladen haben«, antwortete Samar. »Unser Land ist zu arm, als daß wir ohne Kontakte mit der übrigen Welt überleben könnten – vielleicht sollten wir versuchen, unsere Häfen allen ausländischen Kriegsschiffen zu öffnen. Warum sollen neben den Amerikanern nicht auch die Chinesen, die Vietnamesen oder die Russen Liegerechte in unseren Häfen erhalten? Korrumpiert irgendein Gesellschaftssystem mehr oder weniger als andere?«

»Ein interessanter Vorschlag«, sagte Mikaso. »Sehr interessant ...«

»Ich weiß, ich weiß – von mir hätten Sie den nicht erwartet«, wehrte Samar ab. »Ich bin bloß ein kleiner unbedarfter Soldat, der sich als Politiker ausgeben muß.«

»Sehen Sie sich selbst in dieser Rolle?«

»Könnte ich bestimmen, was andere von mir denken sollen, sähe meine Rolle anders aus«, stellte Samar fest. Dann folgte eine lange, unbehagliche Pause, bevor er fragte: »Was haben Sie mit Teguina vor? Wollen Sie ihn mit aller Gewalt an den Galgen bringen?«

»Eine gute Frage, José. Was würden Sie tun?«

Der General zuckte mit den Schultern. »Ich habe in letzter Zeit mehr als genug Tote gesehen«, sagte er ausweichend. »Außerdem glaube ich nicht, daß Teguina letztlich Erfolg gehabt hätte – er ist zu egoistisch und raffgierig, um eine Revolution anzuführen …«

»Wären *Sie* der Mann dafür?«

Samar warf Mikaso einen irritierten Blick zu. »Sie reden wie irgendein Amateurpsychiater, Mr. President, und beantworten Fragen mit Gegenfragen.« Ohne auf Mikasos Anspielung einzugehen, fuhr er fort: »Ich finde nicht, daß blanker Schwachsinn den Galgen verdient. Das Zuchthaus Puerta Princesa wäre ein geeigneter Ort, an dem er den Rest seines Lebens verbringen könnte.«

»Sehr gut!« stimmte Mikaso zu. Er holte tief Luft, atmete langsam aus und sagte dann: »Ich habe beschlossen, morgen im Parlament meinen Rücktritt zu erklären – aber erst nachdem ich Sie für den Rest meiner Amtszeit zu meinem Nachfolger ernannt habe. Was halten Sie davon, José?«

Wegen der fehlenden Augenbrauen war schwer zu beurteilen, ob Samar auf diese Ankündigung auch nur halbwegs überrascht reagierte. Er nickte Mikaso charakteristisch gelassen zu und sagte mit der Andeutung eines Lächelns: »Eine kluge Entscheidung, Mr. President.«

Rosengarten des Weißen Hauses
Mittwoch, 2. November 1994, 10.07 Uhr

»Ich bitte um Aufmerksamkeit!« begann Oberst Michael Krieg, General Richard »Rat« Stones Adjutant. »Ich verlese den Text der Urkunde, mit der Patrick S. McLanahan das Distinguished Flying Cross der Luftwaffe verliehen wird.«

General Stone stand im Rosengarten des Weißen Hauses vor McLanahan. Nur wenige Schritte von den beiden entfernt standen der Präsident der Vereinigten Staaten, der Vizepräsident, das halbe Kabinett, wichtige Senatoren und Abgeordnete sowie hohe Militärs. Vor der Treppe des Weißen Hauses waren zwölf Offiziere und Unteroffiziere angetreten – eine B-52-Besatzung von der Fairchild AFB im Bundesstaat Washington, eine B-1-Besatzung von der Dyess AFB in Texas und Cobb und McLanahan –, die dafür ausgewählt worden waren, das DFC im Weißen Haus verliehen zu bekommen. Alle Angehörigen der Air Battle Force waren mit Joint Service Commendation Medals ausgezeichnet worden, und viele hatten für ihre Einsätze über den Philippinen den Bronzestern für Tapferkeit erhalten.

»Oberstleutnant Patrick S. McLanahan hat sich vom ersten Oktober bis zum zweiten November 1994 durch tapferen Einsatz als Navigator und Mission Commander einer B-2A ausgezeichnet. In diesem Zeitraum hat Oberstleutnant McLanahan durch überragendes fliegerisches Können, außergewöhnliche Führungsqualitäten und selbstlosen Einsatzwillen entscheidend dazu beigetragen, daß die Invasion chinesischer Truppen auf den Philippinen erfolgreich abgewehrt werden konnte.«

Wer sich wie McLanahan mit Verleihungsurkunden auskannte, mußte sofort merken, daß der Name seiner Einheit bewußt weggelassen worden war. Obwohl diese Auszeichnung nicht geheim war – damals nach seinem Einsatz mit der B-52 Old Dog hatte er das Air Force Cross, die zweithöchste Tapferkeitsauszeichnung nach der Medal of Honor, verliehen bekommen, durfte es aber nicht in seine Ordensspange aufnehmen –, war die Verleihungsurkunde absichtlich so vage abgefaßt, um keinen Hinweis darauf zu liefern, daß McLanahan auf einem geheimen Versuchsgelände tätig war.

»Oberstleutnant McLanahan hat während der Luftschlacht um die Philippinen zwei Kampfeinsätze geflogen. Beim ersten Einsatz ist Oberstleutnant McLanahan mit seinem unbewaffneten, nur für Aufklärungszwecke ausgerüsteten Bomber B-2 in stark verteidigten Lufträumen an feindliche Kriegsschiffe herangeflogen, um Informationen zu beschaffen, die später erfolgreiche Angriffe ermöglicht haben. Beim zweiten Einsatz – keine vierundzwanzig Stunden später – hat Oberstleutnant McLanahan mehrere feindliche Kriegsschiffe versenkt oder beschädigt und eine wichtige Radarstellung auf feindlichem Gebiet zerstört. Obwohl sein Bomber dabei mehrere Treffer erhalten hatte, hat er seinem Piloten geholfen, die beschädigte Maschine zurückzubringen und sicher zu landen. Diese hervorragenden Leistungen Oberstleutnant McLanahans machen ihm und der United States Air Force alle Ehre.«

General Stone steckte das DFC an McLanahans Uniform, trat einen Schritt zurück und grüßte; McLanahan erwiderte seinen Gruß und den danach folgenden Händedruck. »Danke, Sir«, sagte er dabei.

»Ich finde, Sie sollten sich nicht mehr im Dreamland verkriechen, Patrick«, sagte Stone. »Im SAC-Oberkommando wartet ein Job auf Sie. Dort können Sie jederzeit anfangen.«

»Vielen Dank«, wehrte McLanahan ab, »aber solange General Elliott im HAWC ist, arbeite ich lieber dort.«

Stone lächelte wissend. »Natürlich, so geht's vielen. Alles Gute, Patrick.«

Bei dem anschließenden kurzen Empfang im Westflügel fiel McLanahan auf, daß Jon Masters verschwunden war. Nachdem er sich bei einer Sekretärin Paul Cesares erkundigt hatte, wurde er von einem Secret-Service-Mann in den Lageraum im Keller des Weißen Hauses geführt. Dort traf er Jon Masters und Brad Elliott an, die am Konferenztisch vor einem neu aufgebauten Monitor saßen, der von einem PACER-SKY-Satelliten gesendete Bilder zeigte. McLanahan war nicht überrascht, als er sah, daß der Bildschirm das Gebiet um Zamboanga auf den südlichen Philippinen zeigte. »Was geht dort vor?« fragte er. »Gibt's etwa Schwierigkeiten ...?«

»Nein, nein, alles läuft nach Plan«, versicherte Elliott. »Maschinen der PACAF scheinen bereits zu Überwachungsflügen von Zamboanga aus zu starten. Und die Kampfgruppe mit der *Wisconsin* steht jetzt in der Sulu-See.«

»Dort draußen war einiges los«, gab McLanahan zu. »Ich bin froh, daß alles so schnell vorbei war. Aber was macht ihr beiden hier unten?«

»Jon wollte was sehen ...«

»Diesen neuen Satelliten-Monitor?«

»Nein«, sagte Masters, »ich wollte die Philippinen, unsere Flugzeuge sehen. Wissen Sie, Patrick – jetzt sehe ich das alles mit ganz anderen Augen.«

»Wie meinen Sie das?«

»Na ja, früher hab' ich auf den Bildschirmen Symbole ... Bilder ... nur von Computern aufbereitete Daten gesehen«, erklärter Masters. »Ich hab' mir Sorgen wegen der Bildqualität, der seit der letzten Aktualisierung verstrichenen Zeit und der Lesbarkeit gemacht. Und natürlich wegen des Gewinns. Sie wissen schon, die üblichen Sachen ...

Aber jetzt ... sehe ich die Piloten, Flugzeugmechaniker, Seeleute, Ehemänner und Väter dort draußen. Ich denke daran, wie weit sie von daheim entfernt sind. Ich frage mich, ob sie genug Wasser haben, ob sie vielleicht übermüdet sind, ob sie ihre Familie anrufen konnten oder Post von ihr bekommen haben – und ich mache mir Sorgen um sie. Ich glaube, daß ich mir seit mindestens zehn Jahren um *nichts* und *niemanden* mehr Sorgen gemacht habe.

Ich überlege mir, wie gefährlich es ist, nachts zu fliegen – dabei hab' ich früher nie gewußt und mich nicht darum gekümmert, ob's dort draußen Tag oder Nacht gewesen ist. Ich hab' nie über diese Symbole nachgedacht, mir nie richtig klargemacht, daß jedes dieser Symbole soundso viele Amerikaner verkörpert, die in einem fremden Land kämpfen und sterben.«

Nach einem weiteren Blick auf den Monitor wandte er sich mit schwachem Lächeln an Elliott und McLanahan. »Neulich vor dem Arc Light Memorial auf Guam hatten Sie recht, General: Ich habe nur eine alte B-52 gesehen, aber Sie hatten die Männer vor Augen. Das habe ich neulich nicht verstanden, aber ich denke, daß ich's jetzt verstehe.«

»Das glaube ich auch, Jon«, sagte Brad Elliott. »Und wissen Sie, was ich noch glaube? Daß Sie nie wieder so wie früher sein werden.«

Masters nickte, denn er wußte, daß Elliott recht hatte.

Und McLanahan wußte es auch ...

Widmung

Flug in die Nacht ist General Curtis E. LeMay gewidmet – dem »Eisernen Adler« und »Vater der Strategischen Luftmacht«, einem Mann, der viel von dem vorausgesehen hat, wovon dieses Buch handelt.

Ebenfalls gewidmet ist *Flug in die Nacht* den Männern und Frauen, die an den Unternehmen DESERT SHIELD und DESERT STORM teilgenommen haben. Ganz besonders widmen möchte ich diesen Roman meinem Bruder Leutnant James D. Brown, 3-35 ARMOR, First Armored Divison, United States Army, und seiner Frau Leah für all die Opfer, die sie in ihrem Privat- und Berufsleben gebracht haben.